EN TIEMPOS DE
Laura Osorio

EN TIEMPOS DE
Laura Osorio

Cristina Bajo

Ediciones del Boulevard

EDITORIAL ATLANTIDA
BUENOS AIRES • MEXICO • SANTIAGO DE CHILE

Diseño de tapa: Alina Talavera

Depositaria del pasado

"La historia de aquella estirpe estaba ilustrada de más altas proezas y famosos amores que un libro caballeresco."

–Enrique Larreta
La gloria de Don Ramiro

CIUDAD DE CÓRDOBA
FINALES DE 1835

Oculta por el torno, la portera de las Carmelitas Descalzas anunció a Laura que habían quitado el pasador y podía pasar al locutorio, donde la esperaba su prima Isabel.

La salita era una habitación despojada de adornos salvo por algunas imágenes en nicho y dos cuadros piadosos, malamente iluminada por una lámpara que pendía de la bóveda. Unas sillas que no invitaban a demorarse y una especie de poyo que sostenía el doble enrejado de hierro —tan tramado que apenas podía verse a través de él— completaban cuanto había en ella.

Arrepentida de haber entrado sin su tía, Laura se arrimó al tabique, desde donde llegaba una respiración ansiosa: por los pequeños orificios distinguió, tras un velo, el rostro apenas identificable de su prima. De pronto, sobresaltándola, los dedos de Isabel se aferraron a los huecos y oyó su voz entrecortada.

—¿Laura? —Ante el asentimiento casi inaudible de la joven, la novicia preguntó con angustia: —¿Es verdad que se han ido? ¿Se ha ido Luz?

—Sí, hace unos días que ella y su esposo salieron para Buenos Aires —la tranquilizó, asombrada de que Isabel tuviera tanto miedo de su propia hermana—. Las tías te mandan su afecto. —Intentó distraerla. —¿Cómo estás? ¿Te sientes mejor?

—¿Mejor? —balbuceó su prima, sin entender. Luego volvió al tema que la obsesionaba: —Entonces, ¿el juicio acabó? ¿No tendré que presentarme ante los jueces?

—Todo está bien —le aseguró Laura, al tiempo que se preguntaba si no sería falta de caridad el no poder dedicarle una palabra afectuosa, llamarla por un apodo familiar—. Me preocupa tu salud. ¿Has mejorado?

—Oh, sí, bastante, pero, ¿sabes? Me cuesta dormir. El padre Eustaquio me ha permitido disciplinarme...

Laura se estremeció al pensar en la flagelación que, sabía, se infligían algunas monjas. El bolso cayó de su falda y cuando se inclinó a recogerlo la mantilla resbaló y descubrió la cabellera de un castaño rojizo.

—¡Cúbrete la cabeza! —la apremió Isabel, y la joven alcanzó a ver el ojo que se blanqueaba tras el velo—. Ah, Laura, el color de tu pelo indica que Dios te ha señalado. Yo vi esa señal en Luz: es la marca que aparta a la oveja del rebaño. Por eso mi hermana se entregó a la lujuria, por eso...

Paralizada de espanto, Laura oyó los susurros distorsionados por los huecos del enrejado con que la novicia enumeraba los presuntos pecados de Luz. Intentó detenerla, y al fin, disgustada, se puso de pie y se cubrió el pelo con el encaje. Dijo:

Adiós, Isabel; tengo que irme —y se retiró tras cerrar la puerta con tal nerviosismo que el golpe estremeció el silencio inalterable de los claustros.

Se disponía a abandonar el convento, todavía impresionada, cuando oyó un chistido suave que venía del otro lado del torno: "Las flores... las flores..." y al girar la armazón, apareció un ramo de lirios y azucenas del jardín de las reclusas. Laura murmuró un agradecimiento, lo tomó y se apresuró a salir. Afuera, casi cegada por el resplandor, vio a su tía que venía del templo acompañada por la criada. Al acercarse a ellas, entregó a la morena la brazada de flores.

—¿Consiguió las velas bendecidas?

Doña Adoración asintió, y enseguida agregó:

—¿Pudiste verla? ¿Cómo está de semblante?

—¿Qué supone que pueda haber visto a través del enrejado? —se impacientó la joven—. Parecía mejorada —concedió por no preocuparla más.

La tarde lucía calma y solitaria, pero la ciudad estaba trastornada: el ex gobernador y sus hermanos habían precipitado la política de la provincia al ordenar la matanza de Barranca Yaco, y en medio de las discusiones de la Sala de Representantes se esperaba al nuevo mandatario, don Manuel López, apodado "Quebracho". Este hombre, propuesto por el gobernador de Santa Fe e impuesto por el de Buenos Aires, llegaría de un momento a otro con las temibles milicias del sur, un ejército de indios y gauchos desharrapados.

—Mejor hubiera sido no salir —rezongó doña Adoración, pues la ciudad, sobresaltada por algún intento de sedición, cerraba los negocios al menor amago y las ventanas al primer rumor—. Tu padre me regañará por haberte acompañado...

—Tía, no exagere —la contuvo Laura.

Era una joven alta, de pelo rojizo, ojos felinos y raras sonrisas. La luz de la tarde se concentraba en su rostro: la vida al aire libre, en la hacienda de las sierras, daba a su tez una vitalidad luminosa. Al oír los cascos de un caballo sobre el empedrado, se volvió y no pudo disimular un gesto de contrariedad.

—Mademoiselle Adoración, Mademoiselle Laura, buenas tardes...

Doña Adoración, que se mostró tan complacida como disgustada su sobrina, exclamó:

—¡Ay, Huberto!; ¿qué hace que no está con su encantadora madre?

Hubert De Bracy desmontó y se quitó el sombrero con ademán galante; era francés y vestía con chocante elegancia en una sociedad en la que se dignificaba la sobriedad.

—¿Puedo acompañarlas? No está la calle... hum... muy...

Solía titubear como si no atinara con el término; siendo extranjero, se entendía, pero Laura sospechaba que era, más que nada, afectación.

De Bracy, rubio de un color subido y con ojos del tono de las avellanas, sonreía, la mirada fija en la joven; ella, incómoda, pensó que tenía una tonalidad casi femenina en los labios.

—En fin, quiero decir... con esto de... —y señaló hacia el Cabildo, donde se congregaba una montonera de soldados—. Hay mucha canalla suelta —indicó.

—Nuestros paisanos suelen tener mejor índole que traza —respondió Laura—. Y no se moleste, que estamos a un paso.

—Pero, querida —intervino su tía—, sería prudente que Huberto...

La joven no la escuchó; no quería que ningún conocido viera que se dejaba acompañar por el francés. No quería suspicacias ni chismes ni suposiciones al respecto. A pesar de su inexperiencia, intuía que De Bracy hacía lo posible —en forma muy solapada— por comprometerla, dando pie a que se creyera que había —o podía haber— algo entre ellos.

Como leyéndole el pensamiento, y ante la taimada atención de la criada, el joven levantó los ojos y murmuró:

—¡*Bonté divine*! —antes de insistir: —En fin, nobleza obliga. Aunque desairado, las escoltaré a distancia.

Laura, fastidiada, se lanzó a la calle, cruzó hacia su casa y traspuso el umbral casi corriendo; su tía, que apenas pudo despedirse de De Bracy, la reprendió mientras la seguía por las galerías.

—¡Pero, Laurita! ¡Qué te costaría ser un poco más urbana con él! Huberto sólo tiene atenciones para contigo. No sé por qué tú...

La joven se quitó con torpeza la mantilla.

—¿Acaso no sabe que a papá le disgusta que me deje acompañar sin su permiso? —Molesta, agregó: —Además, ¿qué cree que pensará de usted, que me lleva a desobedecerle?

—¡Querida! ¿No supondrás...?

—No importa lo que yo suponga —le advirtió—, sino lo que mi padre desconfíe.

Tras dejar turbada a la señora, que tenía un temeroso respeto por los varones de la familia, se volvió hacia la morena que sostenía las flores sin perder un detalle de la conversación.

—Las azucenas para el altar y los lirios para el Corazón de Jesús; no te olvides llenar la pila con agua bendita —ordenó antes de pasar al segundo patio, donde se oía el alboroto de sus hermanitos. Allí, sentada al fresco de la galería, misia Francisquita Osorio —tía carnal de Laura— se entretenía en una obra de encajes difícil y delicada. Era una anciana de carácter, con ojos de azor y "oídos de madre", sentidos que le permitían estar al tanto de todo lo que sucedía en la casona.

Cerca de ella, los niños y las niñeras corrían tras un cuzquito entre gritos, risas y ladridos.

Laura se dejó caer sobre un sillón de mimbre, agotada: desde el año anterior, en que había muerto su madre, estaba a cargo de la casa.

—¿De dónde vienen tú y Adoración? —preguntó misia Francisquita.

—Fuimos a las Carmelitas a ver a Isabel... Queríamos preguntar por su salud —se justificó la joven.

—¿Y conseguiste hablar con ella?

—Sí, pero estaba intranquila; su voz sonaba muy rara.

—Tú y tus tías no entienden que esa chica está más allá de toda comprensión. Por mi parte, no puedo absolverla de lo que hizo con los bienes de la familia. ¡Dónde se ha visto que se pase sobre la ley para enajenar por voluntad de una lo que es de todos! No. —Levantó la mano ante la defensa que Laura intentó hacer de Isabel. —No aceptaré que la disculpes. Demasiado buena ha sido Luz al dispensarla de presentarse ante los jueces y permitirle conservar la parte que le toca de la herencia. Debería haber deducido de su hijuela lo que nunca pudimos recuperar. —Exasperada, le recordó: —¿Es que te has olvidado de lo que hizo con la pobre loca de su madre, poniéndola en manos de un médico ebrio y un abogado corrupto? ¿Y con Severa, que murió como un animal en el pozo de tortura, siendo que esa negra fue el sostén de tu abuela cuando quedó viuda? ¿Qué comportamiento es ése, dime? ¿Acaso no tenemos deberes y obligaciones con los que nos han sido leales, que han atado su suerte a la nuestra? ¿Tengo que recordarte que, entre nosotros, los criados son parte de la familia?

—Tía, por favor; no sea que le dé a usted un soponcio y...

—¡A mí no me dan soponcios, Laurita! ¡Yo tengo rabietas! —Aclarado esto, la señora se calmó un tanto. —¿Qué sentirías tú —la interrogó— si un buen día te encontrases con que tu hermano ha fraguado documentos para quedarse con esta casa, ha traspasado las joyas de tu abuela a alguna mala mujer y se ha deshecho de los retratos de tus antepasados?

—No, tía; si yo no la disculpo...

—Mejor, entonces —le advirtió misia Francisquita—. Y mejor aún si no me dices que has ido a verla.

Laura prefirió cambiar de tema:

—Hemos recogido las velas bendecidas y las hermanitas nos regalaron unas flores para el altar.

—¿Y qué pasó con De Bracy?

Al darse cuenta de que la señora había oído la discusión con su otra tía, Laura, que no pensaba contarle el episodio, tuvo que reconocer:

—Oh, nos encontramos con él y se ofreció a acompañarnos, pero...

—¿Acaso se lo permitiste? ¿Esa lela de Adoración se ha olvidado del daño que puede hacer un rumor?

—No, tía —se apresuró a asegurarle la joven—; apenas si nos detuvimos a saludarlo. Fue acá mismo, en la esquina.

La señora la miró con fijeza, pero la expresión de Laura la tranquilizó.

—En fin, dejemos esos temas. —Desplegó sobre las rodillas la labor. —Tendrías que aprender a hacer encaje en tus momentos libres —la exhortó—. No es una labor común, y es ocupación de damas.

"¿Momentos libres?", se preguntó la joven mientras contemplaba a sus hermanitos. Se puso de pie al tiempo que se excusaba:

—Debo prepararme para el rosario —y, dispuesta a borrar lo desagradable de la tarde, se dirigió hacia el piso superior, donde tenía sus habitaciones.

La tarde iba hacia el anochecer cuando Laura bajó a encender las candelas del altar doméstico. En el momento en que prendía el último cirio, la sacudió una descarga de fusilería. Se llevó la mano al corazón y se aferró al altar; comprendió entonces la presencia de tropas en el Cabildo, como había señalado De Bracy: había olvidado la ejecución del coronel Baigorrí, acusado de sedición.

Como oyó a las criadas correr en puntas de pie, se apresuró a salir, y las detuvo con una orden.

—Que no me entere de que alguna se ha escapado por el fondo, porque lo lamentará.

Volvió a la capilla y se sentó en el reclinatorio. "Es una atrocidad que se fusile frente a la Catedral —pensó, y aguzó el oído, con un nudo en el estómago, pero, al parecer, el ejecutado no había merecido el tiro de gracia que solía oírse, solitario, después de la descarga—. No podemos vivir así. Pediré a papá que nos lleve a La Antigua hasta que todo se tranquilice. Esto les hace mal a los chicos... Supongo que tía Mercedes podrá ayudarme..."

Pensar en la esposa del comandante Farrell fue como invocarla: llamaron con insistencia a la puerta y poco después entró la señora, bajita, robusta, sofocada y con el peinado a punto de desbaratarse.

—¡Ay, Laurita, que si no fuera... si no fuera... no salgo, te lo aseguro! ¡Sentí los tiros acá, en las orejas! ¡Gracias a Dios que mi corazón es fuerte, o allí quedaba!

—No tiente a la suerte, tía —se burló la joven, al tiempo que le sostenía el pelo con las horquillas.

La matrona imploró:

—¡Ah, querida, tienes que ayudarme! ¡He venido a pedirte un favor!

—¿Y cuál será? —Sonrió, acostumbrada a las urgencias de la señora.

—Necesito que me acompañes a buscar a unos chiquillos que han aparecido abandonaditos más acá de Oncativo. No recuerdo el lugar, tiene un nombre horrible, y Farrell no quiere ir; está a la espera de ese Robertson que le mandó recado. Se escuda en que el gringo llegará en cualquier momento y quiere estar aquí para recibirlo. Mira, tengo todo preparado: he mandado venir unos peones de Ascochinga, y Serafín, que es tan prudente, nos acompañará.

Laura pensó que no era la prudencia, precisamente, lo que distinguía al moreno —un muchachito gracioso y desobediente—, pero le aseguró su compañía.

—Eso sí: después usted ayudará a tía Francisca con abuelita para que pueda llevarme a los chicos a La Antigua.

Y mientras doña Mercedes subía a saludar a la Señora Mayor, Laura atendió a sus hermanos, que corrieron hacia ella, descompuestos de miedo.

—Lali, ¿es verdad que mataron a un hombre?

—¿Es cierto que los perros van a lamer la sangre?

Laura miró a la niñera, asustadiza aunque entusiasta relatora de horrores que alimentaban su propio terror además del de los chicos.

—Vete a la cocina —dijo con dureza, y después besó a las criaturas—. Son cuentos de Juanchita. Los soldados tiran al aire porque están aburridos —mintió. Al ver aparecer a la "mayordoma", como había bautizado misia Francisquita a la negra mayor, le indicó: —Llame a rosario, Martina.

La mujer, impecablemente vestida, recorrió los patios con una campanita de cristal. Cuando volvía, Laura preguntó:

—¿Quién rezará las plegarias con abuela Adelaida?

—Doña Mercedes, la señorita Adoración y misia Francisca —contestó la mujer.

—¿Y mi padre?

—Don Felipe salió, niña; dijo que vendría a cenar.

Criadas y chicos se reunieron en la pequeña capilla adornada con azucenas y hojas de palma. Sobre el altar, Nuestra Señora de la Piedad resplandecía entre los cirios encendidos.

—Hoy dedicaremos las plegarias a reos y ajusticiados —anunció Laura—, para que el Señor tenga piedad a la hora de juzgarlos.

Al terminar el rosario, la casa estaría en penumbras. Sólo entonces candiles y faroles, candelabros y palmatorias se encenderían.

Don Felipe Osorio llegó tarde y acompañado por el padre Ferdinando, dedicado genealogista, que era su mejor amigo. Como vivía en el pasado, el mercedario era moderado en política, salvo en un punto que lo sacaba de sí: que se avasallara la autonomía de Córdoba.

—Se me da un ardite a qué partido pertenece el gobernador Rodríguez —decía con impaciencia mientras se sentaba a la mesa—. Lo voy a apoyar en tanto defienda el decoro de su investidura y la integridad de nuestras instituciones. Su alejamiento debe ocurrir porque a todos nos cuadra, no porque nos lo exijan desde otras provincias. Se acomodó la servilleta sobre las rodillas y aclaró para Osorio, llegado esa mañana de las sierras: —La Legislatura ha propuesto a Mariano Lozano. Con él nos dejarán en paz; es hombre de integridad y ha trabajado para la Federación...

—Servando —Don Felipe lo llamó por el nombre de pila al tiempo que extendía la copa para que le sirvieran vino. —Son muchas las federaciones: en grueso, una por cada provincia... y todas se hacen zancadillas. Eres un ingenuo si imaginas que Rosas aprobará a Lozano, porque lo que necesita Don Juan Manuel no es un hombre ilustrado, sino un capataz para su nueva estancia: Córdoba. Los capataces no piensan, Servando; obedecen. Y aun cuando toman decisiones, las toman sopesando el "qué dirá el patrón". Rosas no aflojará hasta imponernos a Quebracho; es el hombre que le conviene a Buenos Aires.

—Pero los representantes...

—Nos obligarán a retirar a cuantos gobernantes elijamos, y obedeceremos, porque el asesinato de Quiroga nos ha desacreditado al punto de no contar con aliados. El correo seguirá interrumpido; los salvoconductos, negados; los negocios y los intercambios, impedidos.

Nadie hará tratos con nosotros... Servando, entiende: nos han puesto sitio y tendremos que ceder o morir de necesidad. Así están las cosas.

Y el ademán nervioso con que terminó el discurso volcó la copa recién servida. Ambos miraron la mancha granate que se extendía sobre el mantel y que Nombre de Dios trataba de secar con un repasador.

—Deja eso. —Osorio arrojó la servilleta sobre la mesa. —Corre los platos hacia el otro extremo y en paz.

Se trasladó la vajilla, se llevaron las sillas y, sumidos en sus propias especulaciones, los hombres comieron en silencio. Don Felipe acariciaba la cabeza que Capitán —su perro preferido— le apoyaba en la rodilla; el sacerdote fruncía el entrecejo.

Aquella noche Laura se desveló a causa de las revelaciones de Isabel, que acusó a Luz de haber concebido el hijo de un indio. No quiso interrogarla; prefirió retirarse antes que escuchar los horribles detalles que enumeraba su prima.

¿Cuántos secretos como aquél —pensó mientras se desvestía— existirían en la familia, tan guardados que ni sospechaba su existencia? Tía Francisca, estaba segura, debía de conocerlos todos, pero, ¿quién se atrevía a preguntarle?

Con desgano tomó el libro que le había dado para leer: un tratado sobre el origen de los encajes. Ella no era muy lectora, pero quería conformar a la anciana, que siempre la instaba a leer. Armada de paciencia, abrió la página señalada con una ramita de madreselva. "Los encajes —leyó— son maravillosos tejidos; el primer paso fue el llamado 'cortado', que se trabajaba cortando la tela entre los bordados. Luego vinieron los calados, que se trabajaban sacando de la trama ciertos hilos, sin conservar más que los precisos para sostener y unir entre sí los puntos del bordado..."

El encaje que tejía su tía era como la historia de los Osorio: los caprichosos calados le daban significado y el diseño más complejo se formaba con los hilos eliminados de la trama; cada tanto, el nudo con que se sostenía un punto suelto dejaba una cicatriz en el diseño.

Cicatrices, pensó; cada pérdida familiar, por muerte o por ausencia, marcaba en la trama una cicatriz perdurable. Esta reflexión le despertó una fuerte nostalgia por la familia desmembrada: tíos, primos, hermanos... Recordó con un nudo en la garganta: ¡todos tan lejos! Muchos irrecuperables, algunos con el futuro enajenado.

"Mi destino, en cambio, será corriente: me casaré, tendré hijos, cuidaré de mi padre y de mis tías. Seré de aquellos hilos que sostienen la malla", pensó y un momento después, al emerger del sueño en que había caído, comprendió que la encajera, una vez desaparecida tía

Francisca, sería Luz: depositaria de ambiguos misterios, guardiana de tragedias sin nombre.

Cómo podría su prima mantener el encaje de la familia, si vivía a tanta distancia —cuando no en otro país—, fue algo que Laura no llegó a preguntarse. El libro se le escurrió de las manos, así que sopló la candela y se cubrió con las sábanas, feliz de descansar de sus obligaciones. Se durmió en la certeza de que siempre habría una mujer señalada para unir los puntos y sujetar la lazada que los incorporaría a un diseño de siglos.

Puerta de por medio, misia Francisquita leía su Libro de Horas con la mente puesta en otra cosa. Hacía unos meses que Hubert De Bracy mostraba interés por su sobrina, aunque de una manera tan discreta que no podía hacer nada. Desde su punto de vista, era una relación indeseable para Laura, por más que fuera apuesto y muy capaz de seducir a jóvenes sin experiencia. Y si bien ella parecía indiferente a su encanto, no era cuestión de descuidarse...

"Pero tampoco puedo tenerla encerrada todo el tiempo —razonó—. ¡Ah, si mañana vuelve Adoración, le diré claramente que no se meta a casamentera! Se me hace que son las Villalba quienes andan detrás de esto."

Relegó por fin el problema a un rincón de su conciencia, tomó una llavecita que llevaba al cuello y abrió un pequeño cofre del que sacó un papel doblado: era la carta que su sobrina Luz le había dejado antes de partir de regreso a Buenos Aires, donde residía.

"Queridísima tía", comenzaba, y lo que seguía daba alivio a misia Francisquita, que por demasiados años se creyó abandonada por el único hombre al que había amado. Pero el caso era que Luz y la negra Severa habían hallado en la cripta de Los Algarrobos —la estancia del sur— el esqueleto vestido de un hombre encerrado en sus profundidades. La cabellera, de largos bucles oscuros, se había preservado, y —hecha de un material más resistente que el humano— una rastra lujosa de monedas chilenas.

Las lágrimas rodaban por las mejillas aún lozanas de la anciana que releía, sin cansarse, aquellas frases que desarmaban su pena; ya no eran amargas, sino llenas de agradecimiento por la forma casi milagrosa en que por fin pudo desentrañar la desaparición de su prometido. Ella había contado a su sobrina: "Me enamoré de un cobarde, Luz María; mi padre y mi hermano debieron de amenazarlo y él prefirió huir. Hace cuarenta años que no pronuncio su nombre...". La joven comprendió de inmediato que los despojos del túnel correspondían al presunto traidor. "Su desdichado Santiago, tía, no faltó a la cita: debió de morir en duelo con algún hombre de nuestra familia. Ya me dijo usted que el abuelo indagó sobre él y descubrió que era hijo adulterino de aquel hacendado chileno que solía ir por las mulas, el que lo hacía pasar por legítimo en Córdoba..."

—Así fue; los hijos concebidos fuera de las sábanas no tienen cabida entre los Osorio —murmuró, recordando viejas historias. Guardó la carta y tomó el rosario. "Hay algo peor que envejecer, y es envejecer sin recuerdos de amor... Dios ha sido clemente conmigo al devolvérmelos." Y con ese pensamiento también ella sopló la candela y se entregó a la oscuridad.

En el convento, Isabel Osorio se había dormido después de azotarse; en verdad lamentaba no poder hacerlo más seguido, por negativa de su confesor. Ya no se flagelaba con el cordón, sino con una cadenilla metálica que después debía sumergir en vinagre para limpiarla de sangre.

Despertó cerca de las tres de la mañana, aterrada y sin saber qué la había sacado del sueño. Le vinieron a la memoria las amenazas de Luz y se enderezó en la cama, consciente de la oscuridad en torno de la sosegada llama de la vela. Por un momento creyó distinguir algo que fluctuaba sobre ella y, sofocada de espanto, saltó del camastro y se refugió bajo él, convencida de que su hermana había conseguido introducirse en el convento.

Se mordió la mano para contener el grito que sobresaltaría a las reclusas; quiso controlar los esfínteres, pero se dobló en dos, las rodillas pegadas al mentón, asqueada de la humedad que se pegaba a sus nalgas.

Recién al amanecer se arrastró fuera del escondite, se limpió la espuma que se había secado en sus labios, se incorporó trabajosamente y descalza, la ropa manchada y hedionda, fue a preparar agua de ceniza para limpiar todo.

Nombró a su madre; extrañaba a la loca que había encontrado en ella materia maleable para descargar las alucinaciones con que le transmitía la historia de aquellas mujeres de la familia dadas a amores salvajes y prohibidos, aquellas que por generaciones sólo deshonra habían traído, dejando detrás de ellas discordia entre sus miembros, mancilla en sus descendientes.

Mientras limpiaba el suelo y fregaba la ropa, la sostuvo la certeza de que la Santa Madre Teresa —cuya sangre corría por sus venas— la preservaría en la Orden para redimir su linaje.

Laura y doña Mercedes partieron en el coche antes de que amaneciera. Mientras atravesaban la ciudad, a la joven le sorprendió encontrar más gente de lo imaginable: beatas que iban a la primera misa, soldados que se dirigían al cambio de guardia, aguateros y proveedores que llegaban con sus burros o sus carros cargados de productos para el mercado.

Restregándose los ojos, su tía preguntó:

—¿Cómo encontraste a Isabel?

—Un poco mejor, creo.

—En cuanto regresemos, iré a verla... ¡mi pobre niña! —suspiró la señora, cuyo buen corazón no soportaba el estado en que se encontraba su sobrina—. Creo que es una suerte que esté internada en el convento. Allá la protegerán de sí misma y de... de todo.

Laura cerró los ojos para que doña Mercedes abandonara la conversación; tironeada entre ella y tía Francisca, los sentimientos por su prima se le volvían confusos e incómodos.

En las afueras descubrieron, de trecho en trecho, grupos de hombres, algunos uniformados, otros con aspecto de peones llegados del sur, todos armados. Laura los observó, pero no pudo saber a qué partido o a qué hombre representaban. Se sintió más tranquila al salir al despoblado aunque el amanecer, a pesar de su gloria, no alcanzó a atenuar el estado de inquietud de las viajeras. Como era primavera, los arbustos de la región estaban florecidos y en alguna quinta los frutales ponían un borrón de color. La tormenta de dos días atrás había terminado de voltear las hojas secas.

Por fin dieron con la tropa —en un lugar llamado Los Perros— que se había hecho cargo de los niños; y los recogieron y regresaron, en la certeza de que llegarían muy tarde a la ciudad.

Doña Mercedes, soñolienta, cargaba una canasta llena de carne fría, empanadas y frutas; Laura observaba con preocupación a los niños, que comían con desgano, como si no hubieran recuperado la costumbre de alimentarse, aunque tomaban mucha agua. El mayorcito no tendría diez años; el otro, apenas siete. Se preguntaba, afligida, qué les habría sucedido. No sabían explicarse, todavía asustados y cansados y quizá con poca costumbre de ejercitar el lenguaje.

¿Habían escapado a un malón? ¿Los habrían abandonado sus padres? A veces, ante el ataque de los indios, la gente corría a los caballos olvidando a las criaturas, que eran muertas a lanzazos, consumidas por el fuego o llevadas en cautiverio. Algunas mujeres que huían de las tolderías con hijos de pecho —le había contado Luz— relataban con la impasibilidad del desvarío cómo los habían abandonado en el desierto al ser perseguidas, para no ir estorbadas. "¿En qué nos estamos convirtiendo? ¿Éste es el verdadero país, este campo despoblado, cruzado por gentes despiadadas, esta tierra que va perdiendo uno a uno sus sueños de grandeza?" Mientras los observaba

17

se dolió de sus bracitos descarnados, de sus pies lastimados de caminar entre cardales. El hambre les había abierto canchas en el pelo y llagas en la boca.

Miró hacia afuera: preferiría suponer que los padres, sabiéndose perdidos, habían atinado a esconderlos, posibilitándoles la salvación. El oficial que patrullaba la zona —que era quien los había encontrado— le aseguró que no sabían de ningún malón por las inmediaciones. "Pero no necesariamente tienen que ser infieles, señorita; las montoneras pueden ser tan bárbaras como los ranqueles."

Los niños mostraron signos de inquietud y Laura pidió a Serafín que se detuvieran: ya antes habían ensuciado el coche y perdieron mucho tiempo en limpiarlo y orearlo.

—Mire, niña; poquito más y hay un rancho —indicó el moreno—. A lo mejor nos den leche pa' los guachitos...

Al llegar a la vivienda no vieron a nadie, aunque evidentemente el lugar estaba habitado: en un claro verde pastaban varios caballos y una mula. Laura encomendó los chicos a Rosina y bajó a estirar las piernas; alcanzó a ver que desde adentro del rancho una mano cerraba con sigilo la puerta de cañas y no se acercó más.

Los perros respondieron a la joven con ladridos desganados y se acercaron a olerle las manos. Pensando en la cantidad de comida que sobraría, tomó algunos trozos de asado y se los arrojó; mientras Serafín sacaba agua del surgente, oyó el zumbido de cientos de moscas alrededor de una olla de sangre, y tuvo un principio de náusea.

Pensaba cómo sería vivir en aquel desamparo, lejos de la compañía de otros, cuando oyó a cierta distancia, donde caía un zanjón, los gritos desesperados de una mujer. Sin dudar volvió al coche para tomar la vieja pistola que llevaba —aunque su tía sostuviera que encomendadas a San Cristóbal nada podía pasarles— y corrió hacia el borde. Abajo, donde el río formaba un remanso, vio que un hombre atacaba a una mujer, de la que sólo se veían las piernas debatiéndose y las manos aferradas a la cabellera del agresor.

Incitada por los gritos, las manos temblorosas en cuanto aflojaba la presión sobre la culata, Laura disparó; sabía un poco de armas, pues tanto su padre como el comandante Farrell le habían enseñado a usarlas.

El hombre soltó a la mujer y se volvió, desnudo y aturdido, hacia ella. Era alto, delgado pero fuerte, el cuerpo marcado con algunas cicatrices, moreno y de cabellera larga y oscura. Su piel brillaba al sol, más clara en las zonas habitualmente cubiertas por las ropas. Con lentitud se llevó una mano a las partes viriles al tiempo que levantaba la otra, como pidiendo tregua. Mientras Laura, perturbada, quedaba con la vista fija en la desnudez masculina, la mujer, que había caído al río, gateaba entre sonidos incomprensibles a medida que trepaba la barranca. Laura reaccionó por fin, entregó el arma a Serafín y le ofreció la mano.

El muchacho, azorado, comprendió de inmediato que aquello era una diversión de dos y no el capricho de uno y sin saber con qué palabras advertirle, le tiró de la manga repitiendo: "Niña, niña...", al tiempo que la joven se enfrentaba con que lo que había tomado por lamentos era una risa incontenible.

Avergonzada, roja de furia y maldiciéndose, soltó la mano de la muchacha y corrió hacia el coche lo más rápido que el vestido le permitió; en cuanto se vio adentro bajó las cortinillas con torpeza.

Serafín socorrió a la escandalosa y le preguntó:

—¿Y? ¿Ti han estorbau la diversión?

La respuesta de la muchacha fue un empujón, antes de desaparecer en los arbustos, riéndose con ganas.

Laura, sobre los gritos de su tía, espió por la ventanilla y vio al moreno que hablaba con otro hombre. Como estaba bajo la ramada, no pudo verle la cara pero notó que se prendía los pantalones militares.

—¡En marcha, cochero! —ordenó, y Serafín tuvo que correr para prenderse del pescante en tanto doña Mercedes insistía en preguntar qué pasaba y los chicos aullaban a más y mejor. "¡Dios Santo, no puede ser que me haya pasado esto!", pensó mientras, también a los gritos, intentaba acallar a todos.

2

Desoladas regiones

"No sólo es el paisaje; el hombre encuentra afinidades en este mundo agreste que tierras más amables y más suaves le rehúsan."

–Walter Scott
El pirata

De Buenos Aires a Córdoba
Finales de 1835

L a función del teatro de la Merced había concluido y las damas porteñas, con sus inmensos peinetones de complicadas caladuras, sus vestidos de gala y las costosas flores naturales que moderaban los escotes, acompañadas por los no menos elegantes caballeros que iban y venían de un palco a otro, aplaudían con fuerza.

Robertson se puso de pie y, tras volverse hacia su compañero, murmuró:

—Salgamos, de la Torre, o quedaremos atrapados en la muchedumbre.

Desde los palcos superiores, bajaron con premura la escalera —que apenas permitía el paso de una dama con su miriñaque— y desembocaron en la entrada del teatro, donde unos raros carteles anunciaban: *El loco Tezandri, o el amor paternal*, seguida por *Elisa y Claudio* para concluir con un sainete, *Manuel Méndez Injundia, abogado de tras los montes*.

El capitán de la Torre estaba bastante animado: se había divertido arrojando flores a una señora llena de risas con el solo objeto de molestar al marido, un currutaco encorvado de ojos inquietos y biliosos.

Mientras se alejaban del teatro por las calles más iluminadas, se les acercaron algunas negras vestidas de colorado que les ofrecieron litografías del general Quiroga o cuartillas con el *Himno de los Restauradores*; en la parte superior de éstas podía verse un óvalo de laureles con la imagen de un Rosas imperial. Robertson leyó en voz alta:

¿No los ves cómo quedos conspiran?
¿Cual aguzan su oculto puñal...?

—Hay una epidemia de conjuras —dijo de buen humor Ignacio de la Torre.

—Pero las suposiciones han costado la vida de varios —le hizo ver Robertson. Se refería a los fusilamientos del 29 de mayo.

—Y, algo habrán tenido que ver esos tres; a lo mejor era cierto que querían asesinar a Rosas.

Meses antes, en marzo de 1835, don Juan Manuel de Rosas, con la suma de las potestades públicas en un puño, se hizo cargo del gobierno de Buenos Aires, "separando de sus destinos a todos los empleados administrativos y a más de un centenar de militares", y purgando así, desde la cúpula hasta el más bajo peldaño, la maquinaria del poder.

Pero ésas eran tragedias menores para un pueblo que festejaba el advenimiento de aquel Salvador: caballeros aficionados presentaron la tragedia *Bruto, o Roma libre* y, encarnando a la Fama, recitaron las odas de Rivera Indarte.

Pasaron los meses, y las parroquias de la provincia continuaban dedicadas a homenajear al Restaurador y a su carismática esposa, doña Encarnación Ezcurra. A los sainetes seguían los bailes con mascaradas, carreras de caballos y juegos de sortija. Y los cantos, los vivas, las muertes por borracheras, las agresiones, los negros con aire de poder y los indomables gauchos de la pampa se enseñoreaban por la ciudad, mezclándose en los agasajos de las clases acaudaladas que les permitían frecuentar ciertos espacios antes vedados para ellos. ¿Quién podía, entonces, recordar a los primeros ajusticiados, a la gente cesante, a los que, curándose en salud —estaban señalados como opositores desde el anterior gobierno de Rosas— debían emigrar a la Banda Oriental?

Robertson dobló las cuartillas y se las guardó en un bolsillo.

—¿Vamos al Café de la Victoria? —propuso a de la Torre, y allí se dirigieron.

—¿Sabe el comandante Farrell que irá usted a Córdoba? —preguntó el capitán. Mientras se acomodaban a una mesa cercana a la ventana, Robertson contestó:

—Sí; mandé la carta con los Harrison. Supongo que pronto estarán de vuelta, pues han dejado aquí a su hijo.

El señor Harrison era un relevante importador y exportador del río de la Plata. Ya maduro, se había casado con una joven cordobesa famosa por su belleza e inteligencia, doña Luz Osorio. Después de un viaje a Gran Bretaña, a mediados de 1835 regresaron a la Argentina en el *Countess of Morley*, donde hicieron amistad con Robertson.

Pero los Harrison se vieron obligados a salir con urgencia hacia el interior y él quedó enredado en Buenos Aires con los informes del consulado. A eso se sumó que las autoridades no entregaban salvoconductos para Córdoba, pues se habían cortado relaciones con esa provincia debido al asesinato del general Quiroga.

—Tranquilícese, hombre; la demora será cuestión de días —aseguró de la Torre, tras pedir ginebra para él y coñac para el escocés.

Robertson era alto y moreno, con los treinta cumplidos. En el rostro fuertemente viril, de barbilla marcada, los ojos oscuros tenían una mirada vigilante y la boca insinuaba una naturaleza más carnal que romántica. Aunque por costumbre se afeitara rigurosamente, siempre le resaltaba en las mejillas y alrededor de la boca la sombra del bozo. Usaba el pelo largo y oscuro sujeto con una cinta, y sus ropas, de calidad, parecían adquiridas en distintos países; las botas y las armas denunciaban al legionario. Hablaba el español, el francés, el portugués y algún dialecto por una serie de circunstancias de su vida, y al oírlo, una persona de mundo hubiera dicho: "Tiene educación, pero no es un caballero", porque llevaba, sin que chocara, el sello del aventurero en toda su persona.

Había conocido al capitán de la Torre en la Recova, cuando merodeaba entretenido en organizar el viaje al interior: el capitán, como él, esperaba que Rosas levantara la interdicción a Córdoba para visitar a los suyos.

De la Torre levantó el vaso.

Salud —dijo, y mientras discutían si ir a alguna fonda por comida o hacer una incursión por la Calle del Pecado —un callejón ubicado en las cercanías de la plaza de Monserrat— se les acercó otro oficial.

—Alégrese, de la Torre. Desde mañana la frontera está abierta —le comunicó.

Aquella noticia fue suficiente para que terminasen sus bebidas y regresaran al hotel, pues debían madrugar en el Fuerte para tramitar los pasaportes.

Pero Robertson no se acostó de inmediato; ya en su pieza, encendió todas las velas del candelabro, lo trasladó a la mesa, tomó el diario de viaje y una caja con los implementos de escribir e hizo la reseña para el Foreign Office; entre otras actividades, era informante de la Corona.

"En febrero de 1835, después de haber apaciguado ciertas insurrecciones en el norte del país y, según se cree, de haber firmado un tratado que daba pie a la tan deseada Organización Nacional, el general Facundo Quiroga, un destacado jefe federal, fue asesinado en Barranca Yaco, provincia de Córdoba. La celada fue ordenada por el clan Reynafé, cuatro hermanos de origen irlandés, uno de ellos gobernador de la provincia por entonces; según se cree, estaban hartos de ser hostigados por el general Quiroga, que quería disponer sobre aquel territorio. Al parecer se le advirtió de la emboscada, pero prefirió continuar su camino hasta que los asesinos salieron al paso de la diligencia. Sin alarmarse demasiado, el general se asomó a la ventanilla, para terminar con un tiro en la cara. La matanza que siguió fue de una crueldad notable: hasta eliminaron a los postillones, muchachos que no llegaban a los trece años, además de ser muertos todos los que, en mala hora, pasaron por las inmediaciones.

"Después del atentado, el interior ha quedado bajo el influjo de don Juan Manuel de Rosas, quien aseguró que el ataque había sido perpetrado por la Liga Unitaria, que preparaba una conspiración para eliminar a los jefes federales.

"Según el capitán Ignacio de la Torre, cordobés y de la zona donde se llevó a cabo el asalto, el general Quiroga debió recordar, antes de atravesar aquella región, que en la última invasión había fusilado y degollado a componentes de las más destacadas familias del lugar, junto con peones y adeptos. Una copla, de las que llaman 'vidalitas', y que transcribo por curiosa, recordaba el suceso:

Me mataste padres
vidalitá
parientes y hermanos.
Bebiste su sangre
vidalitá
Tigre de los Llanos.

"Como resultado, y por temor al desborde de las provincias, en Buenos Aires se ofreció a Rosas lo que éste exigía para aceptar el gobierno. Mientras don Juan Manuel lo pensaba, la opinión pública dio un vuelco, señalándolo como instigador del crimen. Los rumores se extendieron, así que Rosas aceptó de inmediato el gobierno, y pronto decretó prisión y juicio tanto a los instigadores como a los autores del asesinato.

"Con la desaparición del general Quiroga se ha reestructurado el mapa político de la Argentina, se han malogrado alianzas y se han reformulado otras, se han roto tratados y muchos hombres de buena voluntad —federales o unitarios— resultarán perjudicados.

"Mientras tanto, el pueblo continúa festejando: en las funciones teatrales, aficionados de entre la gente de rango, que actuaron en las primeras presentaciones, han obtenido nombramientos en el gobierno; ignoro si poseen otro mérito que el de ser entusiastas seguidores del mandatario. Hay hombres de la Iglesia que improvisan, después de los oficios, estrofas de escaso ingenio recitadas al retrato del Restaurador, colocado en el altar cual una divinidad más.

"Pero entre tanta obsecuencia son de destacar gestos ponderables: varios políticos le negaron, contra la marea de votos, las facultades extraordinarias. Esto se extendió a individuos de la propia familia del gobernador, y el caso más meritorio fue el del general Guido, que tuvo el coraje y la honestidad cívica de remitir al mismo Rosas un sobre con su voto en contra..."

Preparado para analizar los movimientos sociales, sabía que aquellos gestos democráticos se perderían en el vacío: el pueblo, temeroso de la anarquía, iba a apoyar al hombre al que un magnicidio había llevado al poder.

"Mientras tanto —concluyó—, el general Quiroga, esa especie de Viento del Oeste (pertenecía a las provincias occidentales), sin importar sus defectos o sus virtudes, ha entrado en los dominios de la leyenda: ya en vida, su apodo —Tigre de los Llanos— lo presagiaba..."

Anotó la fecha y guardó la libreta en el piso falso del cofre de viaje.

Como era una imprudencia cruzar solos la inmensidad desértica que se extendía entre una y otra ciudad, solía ponerse bando en la plaza de carretas para que los viajeros se sumaran. Robertson y de la Torre eligieron unirse a un hacendado tucumano.

El día de la partida, aún de noche, se presentaron en la plaza del Buen Orden, ubicada en el tan popular barrio de Nuestra Señora de Monserrat. Iban a caballo, con una mula de tiro que llevaba las pertenencias de Robertson; de la Torre cargaba un zurrón sujeto detrás de la montura. El tiempo era frío a pesar de que estaban en primavera, así que tuvieron que abrigarse: de la Torre con el poncho y Robertson con el capote de Ulster que solía usar en campaña.

Entraron en la plaza a medio despertar, donde las carretas llegadas con sus productos eran custodiadas por cansados y maldormidos conductores.

Abajo de la tan conocida Casa de la Balconada, el hacendado y su séquito finalizaban los preparativos; por fin, después de tomar el último mate y rezar una Salve, se pusieron en marcha a través del casi palpable olor a guano de los corrales. Un grupo de mujeres en el que se mezclaban todas las razas, tiritando y a medio vestir, despedían a los viajeros después de una noche de juerga: la generosidad de los hombres se exteriorizaba en los pañuelos coloridos, las peinetas de oropel y los anillos de fantasía con que se humanizaba el precio del pecado.

Viajaban con un guía y un baqueano, unos cuantos ayudantes y los sirvientes del hacendado, además de varios vecinos del Tucumán y otro que iría más al norte. La escolta estaba formada por una partida de peones que arreaban una recua de mulas cargadas y una tropilla de excelentes caballos.

Robertson no podría olvidar aquel viaje, pues lo macabro se les presentó con regularidad de presagio. La primera vez fue cuando un cochecito pintado de blanco con barandillas celestes los cruzó al galope; el muchacho que lo guiaba vestía de colorado, con un llamativo penacho de plumas en el sombrero. Robertson miró con curiosidad hasta que distinguió el cadáver de un niño negro, desnudo, que rebotaba contra los barrotes. Quedó alelado al comprender que el ridículo transporte, tan irreverentemente conducido por el casi disfrazado conductor, era un coche fúnebre infantil: ninguno de sus compañeros le dio importancia y la marcha continuó sin comentarios.

La segunda vez iban ya tres días internados en aquella planicie obsesiva que llamaban "pampa", cuando un golpe de viento los envolvió en una pestilencia insoportable. Poco después vieron un grupo que se acercaba: una mujer en los huesos, un anciano ciego, un joven de aspecto salvaje y un muchachito trastornado. Llevaban a tiro una mula con un bulto cubierto y rezaban a media voz. Al encontrarse sobre la huella, la fetidez y el desasosiego que despiertan los muertos insepultos los obligaron a volver la cara. Quitándose el sombrero, se santiguaron.

—Lo llevan a enterrar en lugar consagrado —explicó de la Torre a Robertson.

—¿Por qué no en donde viven?

—Señor —replicó el hacendado—, hasta los pobres tienen derecho a ser sepultados con una bendición. Seguramente no hay capilla ni sacerdote en donde viven.

Los desventurados se alejaron y oyeron la monotonía de sus plegarias hasta que el viento cambió, se llevó las palabras y dispersó el olor a carne descompuesta. Aquella noche Robertson escribió:

"A medida que nos adentramos en las Tierras Interiores, los poblados se vuelven miserables, pequeñas ciudades se levantan aisladas, aparecen los cardos gigantes, que superan los dos metros de altura. El pasto es excelente para la cría de cualquier tipo de ganado y todo el territorio está poblado de gamos, avestruces, zorros y gatos salvajes del tamaño de un leopardo pequeño. Al caer el Sol, de los cientos de cuevas que cortan el campo y que son una trampa a veces mortal para caballos y jinetes, salen vizcachas, roedores parecidos a la liebre, de su tamaño y pelaje aunque de rabo largo, de buen sabor si se las sabe cocinar. La variedad de aves haría las delicias de un estudioso a la par que las de un cazador. Si juzgamos con mirada europea, diríamos que el hombre ha renunciado aquí a todas sus obras, dejando el territorio en poder de la Naturaleza, que se enseñorea por cientos de millas. La soledad, la pobreza, el atraso, la falta de caminos y de puentes, todo dificulta el intercambio comercial y la sociabilidad humana; el escaso respeto por los muertos (o quizá debería decir un tipo de respeto inentendible para mí) es casi generalizado..."

En la provincia de Santa Fe atravesaron esteros y fueron atacados por los mosquitos. No era mucho lo que podía conseguirse en las postas, pero encargados y viajeros compartían con solidaridad las provisiones. Robertson se alegró de haber cargado té, azúcar, sal, queso y aguardiente, como aconsejaba el libro del capitán Head; gracias a eso pudo retribuir cortesías y canjear alimentos. A veces salía acompañado por de la Torre —que admiraba su rifle, un Enfield de la infantería británica— y regresaban con patos, gallaretas y vizcachas; una tarde cazaron varios gamos y esa noche se dieron un festín.

Días después, tras haber cruzado el límite con Córdoba, divisaron tropas alrededor de uno de los ranchos quemados que marcaban el paso de los malones; varios soldados armaban un aparejo sobre un pozo. Cuando se acercaron, se adelantó el oficial.

—¿Qué pasó, comandante? —preguntó de la Torre.

—Han matado a un correo y al chico que lo acompañaba. —Señaló a un anciano que parecía la imagen del dolor. —El muchacho era hijo del viejo.

—¿Y para qué el aparejo? —preguntó Robertson.

—Arrojaron los cuerpos al pozo. También sacrificaron los caballos y el perro. El animal defendió al chico hasta el último trance. Quedó traspasado a puñaladas. —Con una palabrota, se excusó, malhumorado: —No podemos estar en todas partes; la frontera es harto extensa.

Mientras Robertson calibraba aquella barbarie sin sentido de arrojar los cadáveres al surgente —contaminando el agua que los mismos malvivientes podían necesitar—, además de matar los caballos, el oficial les comunicó que pertenecía a las fuerzas del coronel Sixto Casanova y que andaban detrás de una gavilla de cuatreros.

Una vez que hubieron rescatado los cuerpos, los acomodaron dentro de las tapias del rancho y alguien, misericordioso, renunció al poncho para cubrirlos. Alrededor, el viento desparramaba cartas que los asaltantes habían abierto.

—¿Buscaban papel moneda? —preguntó Robertson.

—Quizá fueran montoneros deseosos de hacer cumplir la prohibición de Rosas —conjeturó el comandante Saldías—. Como los correístas se dirigían a Córdoba...

—Pero la frontera ha sido abierta.

—¿Y quién lo sabe? ¿Usted cree que por aquí se ponen bandos?

Los milicianos, que no contaban con palas de campaña, apilaron ladrillos de barro sobre los muertos y el hacendado, la mano sobre el hombro del anciano, usó del influjo feudal del terrateniente para consolarlo. El viejo pidió que el perro también fuera enterrado, y así se hizo.

Finalmente, Saldías dijo una plegaria y al concluir se refugiaron bajo un manzano florecido que parecía extraviado en aquel escenario de ruina y desolación. Después de hablar en un aparte, de la Torre y el oficial se acercaron al escocés.

—Van a dar una batida —le comunicó de la Torre—. ¿No quiere que nos unamos? Total, nos queda de camino —fue el argumento.

Robertson apenas lo pensó. Se despidió de los otros y se unió a las Fuerzas de Frontera de Córdoba.

El coronel Sixto Casanova estaba al mando del operativo; había recibido orden del gobernador Rodríguez de desbaratar las montoneras que desangraban la provincia con sus desmanes para luego refugiarse del otro lado de la línea; muchos de sus componentes eran cordobeses expulsados de las fuerzas regulares por ser cuatreros, díscolos o asesinos.

Esa noche cabalgaron detrás del rastreador, un hombre de la zona. Apartándose de la huella, los guió por senderos de cabras y a través del monte espeso, esquivando arroyos traicioneros e inesperados barrizales. Más adelante el paso de la tropa se volvió cauteloso y terminaron deteniéndose en un calvero. Se establecieron guardias y el resto se echó a dormir, envueltos en las caronas. Al amanecer, el guía trepó a un árbol, oteó y por fin señaló hacia el oeste.

—De allá vienen, y no están lejos —anunció.

Una hora después los vichadores llegaron al galope y les advirtieron que los bandidos desembocarían frente a ellos; esteros y cañadones no dejaban mucho terreno para desviarse.

Pronto el tumulto de cientos de cascos estremeció la tierra, pues arreaban una gran cantidad de vacas y caballos. Sin vanguardia, creyéndose dueños del campo, se dirigían ciegamente hacia los dragones. Al chocar con los soldados que salieron del monte, fueron divididos en dos por la fuerza del encontronazo y, obligados a elegir, abandonaron el botín y se dispersaron en abanico. Los que no pudieron escapar al movimiento de tenaza quedaron encerrados, y al terminar la escaramuza Casanova se encontró con una treintena de prisioneros y otros cuantos muertos. Robertson, admirado, pensó con cuánta pericia y sentido de la estrategia se movían aquellos hombres, habida cuenta de que en el país no había escuela de guerra.

Pronto se encontraron pruebas contra los asesinos del correo. Era difícil que los gauchos desecharan las prendas de las víctimas, a quienes obligaban a desnudarse antes de matarlas, para no estropear las ropas. También fueron hallados los aperos y el pañuelo del postillón en el brazo de un prisionero, cubriendo las mordeduras infectadas del perro.

—Un Yo Pecador y me los ahorcan —fue la orden. En minutos había media docena de colgados. Mientras los veía mecerse todavía, el comandante Saldías tiró la colilla del cigarro y se calzó el sombrero.

—Ahora podré mirar a la cara al viejo Pilar y a la madre del chico —fue su comentario.

El operativo de Casanova consiguió que las montoneras dejaran el territorio, y además rescataron mucho del ganado robado.

—Oímos en la última posta que don Mariano Lozano venía a tomar el cargo de gobernador —comentó el capitán de la Torre mientras acomodaba el fusil en la montura.

—Parece que a mitad de camino don Mariano recibió un mensaje de Rosas y renunció al nombramiento —aclaró Casanova.

—¿Y por qué? Lozano es buen federal...

El coronel se encogió de hombros.

—Alegó "desengaños políticos e insuficiencia personal". Pero no debemos preocuparnos —agregó con sorna—; ha caído en nuestras manos un parte de Rosas que nos asegura que todo se hace "para felicidad de Córdoba".

Luego preguntó cómo proyectaban continuar viaje; de la Torre dijo que se dirigirían hacia Oncativo para seguir detrás de alguna galera.

Robertson los oyó barajar nombres y mientras ajustaba los bultos a la mula intentó trazar el derrotero en el mapa invisible de una tierra todavía sin nombre. Más adelante escribiría:

"...la Argentina es un país desmembrado: puede suceder que en Buenos Aires se dé una orden y pasen meses antes de que sea conocida en los pueblos apartados o en las regiones apenas habitadas. De ello derivan incalculables problemas. Sin embargo, el viaje a caballo hasta el centro del territorio puede hacerse entre siete y diez días."

Antes de llegar a Pilar, en un lugar llamado Muerto Atado, Robertson y de la Torre dieron con un rancho alejado del camino y al acercarse vieron a dos mujeres aindiadas; en una especie de cuna que colgaba del alero dormitaba un niño de meses. Las mozas estaban fabricando morcillas y no se veían varones, ni señales de que los hubiera. Eran jóvenes y agraciadas y los observaron primero con recelo, para después, ganadas por la simpatía y el descaro de de la Torre, invitarlos a tomar, tentándolos con torta de chicharrón.

Mientras daban de beber a los caballos, el capitán murmuró a Robertson:

—Estas chinitas me las manda Dios por haberme confesado antes de emprender la travesía... —y desde el momento en que se quitó el sombrero para adentrarse en la ramada, comenzó a cortejar a una de ellas, la que había puesto el niño al pecho en cuanto lloriqueó.

La otra, observándolo sin recato, indicó a Robertson un remanso, apenas bajara el zanjón, donde podría bañarse. La muchacha tenía hoyuelos y era, más que linda, graciosa, pero estaba tan sucia que él no se decidió a insinuársele. Tomó algunas cosas de la bolsa y se dirigió al río, donde comprobó que había un abrevadero invisible desde el camino. Unos patos se elevaron a su paso y tuvo que protegerse la cara con los brazos.

Se desnudó, se pasó la faja por la entrepierna y se la sujetó a la cintura; se trenzó el pelo para que no lo molestara. Siempre llevaba jabón, porque la experiencia y el libro del capitán Head le decían que era artículo difícil de conseguir en el camino.

Dividido entre la prudencia y el deseo, pensaba en la chica cuando la vio descender hacia el agua.

"Si se bañara...", se esperanzó, y quedó sorprendido al ver con qué naturalidad se desnudaba y se adentraba en el río. "Necesita algo más que un remojón", se dijo. Al verle los brazos manchados de sangre, le ofreció el jabón, que ella tomó sin saber para qué servía; él le enjabonó las manos, mostrándole el resultado. La morena rió, dispuesta a que él hiciera el trabajo.

Era pequeña y dura, de cuello corto, corta de talle y de piernas, con pechos de española y caderas indígenas. Tenía ojos apenas oblicuos, el pelo renegrido y tupido; una vez aseada, la piel mate, suave, lo tentó al tacto, y le asombró que no tuviera vello en el triángulo de Venus ni en las axilas. Al reír, mostraba una buena dentadura. Toda ella era de una procaz ingenuidad.

La operación de higiene terminó en juegos de cierta rudeza hasta que ella le soltó la faja de un manotón y lo empujó de espaldas; él alcanzó a aferrarle la muñeca, arrastrándola en su caída. Intentó sujetarla bajo su peso, pero la joven, entre risas y contorsiones, se liberó y en cuatro patas se alejó unos metros para enfrentarlo a través del agua, provocativa y expectante. Robertson la persiguió; cuando la alcanzó, le enlazó la cintura y la apretó contra él, sosteniéndola de las nalgas. Todo sucedió muy rápido, sin falsas palabras de amor ni permisos condescendidos. Su cuerpo ya había respondido cuando ella se le colgó del cuello —era mucho más baja— y le atenazó las caderas, facilitándole la consumación a tiempo que comenzaba a gritar como si la estuvieran matando.

Él se turbó, pero pensó: "¿Quién la oirá en este desierto?".

Y en el momento en que perdía la conciencia tras el instinto y ella aullaba y se sacudía con entusiasmo, un disparo de pistola y el silbido de una bala le congelaron la sangre. "¡Por San Andrés —juró para sus adentros—. ¡Me dejé las armas en la bolsa!" Al volverse, pensando enfrentar a un amante o un padre furioso, vio a una joven alta y hermosa. Aunque con sencillez, iba bien vestida. Sostenía la pistola con algo de maña y la acompañaba un criado. ¿De dónde había salido semejante mujer, más a tono en un salón que en aquel páramo?

En cuanto reaccionó, comprendió que los gritos de su compañera le habían hecho suponer que él la estaba atacando. Avergonzado de haber sido sorprendido por una joven a la que debería habérsele ahorrado la crudeza de la escena, fue incapaz de quitarle la vista de encima. Así vio cómo se le descomponía el rostro al enfrentar a la que creía víctima, y cómo, furiosa y confundida, se alejaba corriendo.

Se puso los pantalones apresuradamente, deseoso de ver por qué medios había llegado y hacia dónde se dirigía.

Distinguió al criado que hablaba con de la Torre; éste, a medio vestir y sin dejarse ver, observaba a la joven que subía de prisa al coche donde una señora mayor gritaba:

—¿Qué fue, qué pasó? ¿Acaso nos atacan?

A la pregunta del capitán, el moreno respondió:

—Oímos los gritos de la zafada, y la niña pensó que la achuraban.

—¿Y mi amigo? —se alarmó de la Torre.

—Bien... quitándole lo fastidiado —rió el sinvergüenza.

—¿Quiénes son las señoras?

—Pa' pior será enterarse, capitán de la Torre —lo identificó el moreno, al tiempo que trataba de alcanzar el coche.

—¡Ah, qué razón! Mejor ni imaginarlo. Al menos a mí no me vieron...

El muchacho trepó al pescante mientras los hombres de la guardia —que habían visto cruzar a la moza "en cueros" hacia los matorrales— ajustaban más cinchas de las necesarias. Al ponerse en marcha, tomaron el camino hacia Córdoba.

No bien se alejaron, Robertson se acercó a Ignacio, que le contó lo sucedido.

—Lo siento, hombre. Jamás imaginé que sacara un arma —se justificó.

—Vámonos —dijo el escocés, de mal talante, y se puso a recoger el equipaje.

El capitán le pidió:

—¿Podría facilitarme una moneda de valor? No traigo metálico y querría dejarle algo a la moza... para el chico. En Córdoba se la devolveré.

Robertson le entregó el dinero y luego intentó recompensar a su compañera, pero ella, riendo todavía, no quiso aceptarle. Azorado, le obsequió un agua de Colonia. Cuando se fueron, la chica estaba empapándose la cabeza con ella.

Al anochecer acamparon en un montecito de chañares; comieron frugalmente, de la Torre se tendió a descansar y Robertson acomodó el candil. Se disponía a trazar el mapa de la ruta pero terminó pensando en la joven del coche. "Jamás la veré de nuevo", se desalentó. Porque si volvieran a encontrarse, ella evitaría todo trato con él. ¡Y qué si pudiera tratarla! ¿Cómo redimirse a sus ojos, cómo explicarle las urgencias masculinas, casi tiránicas, tan diferentes de las de las mujeres?

Confuso, un pensamiento se deslizó en su conciencia: la mestiza no parecía tener apetitos muy distintos de los de él. Claro que no podía comparar a ésta, si no prostituta, al menos promiscua, con una señorita sin duda virgen y evidentemente honesta. Aquello, pesara o no a las mujeres, tenía rigor de ley: algunas eran hembras, y otras, damas.

Se estiró, apoyó la cabeza sobre los brazos. La noche era de una serenidad increíble y bajo el respirar hondo y atemperado de la naturaleza le decepcionó pensar que aquel encuentro sería como un chispazo perdido en la oscuridad de las circunstancias.

Casi a la misma hora, los apresados Reynafé llegaron a Luján, donde el general Paz —uno de los más significativos jefes del unitarismo—, prisionero, los vio entrar, y apuntó en sus Memorias: "No era uno de mis menores temores que se le antojase a Rosas acusarme, junto con ellos, del asesinato de Quiroga...", porque días antes una murga se había detenido bajo la ventana de su celda entonando estribillos que iban de la amenaza al escarnio: "¡Mueran los cordobeses, asesinos de Quiroga!", gritaban.

Los Reynafé se hallaban en un estado deplorable; aquellos hombres señalados entre los más acaudalados hacendados del norte de Córdoba, que se habían repartido el poder provincial entre los cuatro hermanos, entraban en el tiempo de la expiación. Sólo había escapado uno, Francisco, el que se había entrevistado en Santa Fe con López y Cullen muy poco antes de que Rosas instara a Quiroga a viajar "con urgencia necesaria" hacia el norte, teniendo que atravesar indefectiblemente Córdoba; aquel coronel Francisco Reynafé que escribió a su hermano Guillermo: "...soy de sentir que te debes venir a hablar con Vicente (el gobernador) para que lo más pronto posible salgamos de este compromiso a que nos hallamos obligados", dejando a la posteridad la pregunta que inquietaría a muchos: ¿con quién se habían comprometido para eliminar a Quiroga en aquel viaje?

3

El ángel de la oscuridad

"Y vi un ángel que bajaba del cielo teniendo en la mano la llave del abismo."

–San Juan,
Apocalipsis

ASCOCHINGA (SIERRAS DE CÓRDOBA)
FINALES DE 1835

A pesar de los días transcurridos, Laura no conseguía reponerse de la impresión que le había causado el episodio de Muerto Atado: jamás hubiera imaginado que el apareamiento humano fuera cosa tan brutal y ruidosa, tan animal que parecía impensable que el Creador hubiera determinado que de semejante forma se reprodujera el género humano. A veces le parecía que, con el paso del tiempo, recordaba más detalles del cuerpo desnudo. "Es mi imaginación", se repetía, y se apretaba los párpados hasta que todo se volvía negro y dorado en su cabeza; de inmediato se decía, desconcertada: "No tiene cara de persona decente, pero tampoco parece un gaucho", pues el rostro de expresión intensa, la cabellera empapada que se le pegaba a la cabeza, las cicatrices que la fascinaban más allá de lo imaginable, le hablaban de un hombre diferente de cuantos había conocido.

Sin darse cuenta, Laura se encontró pensando en Eduardo Farrell despojado de ropa y haciendo "la cochinada" —al decir de las criadas— con tía Mercedes. La escena fue tan vívida que la borró de inmediato: además de pecar de pensamiento, era también irrespetuoso pensar en su tía —¡tan devota!— desnuda y a los gritos.

Por fin partieron con don Felipe, los más pequeños y la amiga de Laura, Consuelo Achával, a La Antigua, la hacienda de Ascochinga. Con seguridad se encontrarían con Farrell, cuya estanzuela estaba a pocas leguas de ellos. En vista de que no tenía noticias de Robertson, el comandante había decidido esperarlo en las sierras, donde prefería recluirse, al igual que don Felipe; ambos amigos lamentaban el derrumbe de los ideales que proclamó la Independencia, al tiempo que veían expirar un modo de vida, las viejas tradiciones, las lealtades seculares.

Dos días después de llegar a la hacienda, a la mañana temprano, don Felipe se dirigió con sus hijos hacia El Oratorio, la propiedad de Farrell.

Osorio, que montaba un colorado, abría la marcha flanqueado por dos peoncitos, y los niños —Catalina, Javiera y Francisco— iban en sus petisos. Las niñeras cabalgaban a lo varón, riendo y manoteándose, mientras Laura y Consuelo iban a mujeriegas, guardando una intencional distancia con los otros: Laura, una vez segura de que nadie podía oírla, contó a su amiga la experiencia que había tenido en Muerto Atado. Consuelo le confesó haber presenciado una escena semejante entre su cochero —en la época en que lo tenían— y una de las criadas de los Bustamante, que vivían al lado. Al comparar los relatos, quedaron aún más desconcertadas, pues todo parecía diferente.

Pronto atravesaron la abertura que entre pircas acortaba el camino hacia la casa. Desde aquella altura se veía una hermosa perspectiva de El Oratorio: lo que primero llamaba la atención era el tajamar, con los bancos que el alma escocesa del padre de Farrell había levantado —a hechura de los de su hogar en Inverness— hacia el espejo de agua. Detrás, a ocho o nueve escalones sobre la montaña, se alzaba un cenador con reminiscencias griegas, envidia de las damas que veraneaban en Ascochinga y que nunca consiguieron que sus maridos levantaran semejante capricho en sus dominios.

A la derecha, y casi a la altura de los bancos, se veía una construcción —más rancherío que caserío— con techo de paja y base de piedra. En esos cuartos se resguardaban animales, se acopiaba el forraje, se alineaban herramientas y se colgaban los arreos de la caballería y la boyada. El último, único que tenía puerta, pertenecía a Cora; allí la mujer guardaba sus alcoholes, sus ungüentos y menjunjes; de la viga central colgaban manojos de plantas atadas con fajas de mimbre. Cora era médica y acudían a consultarla hasta de provincias vecinas.

Al descender la cuesta pedregosa, Laura pudo ver el corredor frontal de la propiedad, con los encendidos geranios que cuidaba primero la madre de Farrell y luego, en su memoria, la mayordoma. Laura suspiró con una espina de ansiedad: después de un mes vería a Farrell, a quien llamaban "tío" aunque sólo lo era político y en segundo grado; sentía por él un inocente enamoramiento.

Los peoncitos se lanzaron al prado llamando la atención con sus gritos, y casi de inmediato salió Eduardo Farrell con los brazos abiertos.

Si algún hombre tenía la facultad de lucir bien vestido con cualquier atuendo, ése era don Eduardo. Se combinaban en él estatura y peso, largo de piernas y de talle, medida de cintura, tórax y hombros; esto, unido a una piel apenas morena, cabello y ojos castaños y una expresión inteligente, entre burlona y divertida, hacía que se lo contara entre los varones más atractivos de la ciudad.

Sin embargo, desde su regreso de la guerra con Brasil se había dejado estar. La estructura del cuerpo, con buenos huesos y músculos mantenidos por los trabajos del campo, lo salvaba del deterioro. Pero algo sutil, que provenía del desgano de la desilusión, contribuía a su desaliño: había optado por sus viejas ropas gastadas, sus pantalones ceñidos —propios del regimiento— y rara vez calzaba otra cosa que botas adecuadas a la ocasión.

—¡Madre de Dios! —suspiró Consuelo, poniendo en susurros lo que su amiga pensaba—. ¡Qué buen mozo es!

Y a Laura le enterneció descubrir, al acercarse, algunas canas en la barba descuidada. "Uno de estos días se la cortaré; también tendré que hacer algo con su pelo..."

Francisco fue levantado en el aire, y Javiera y Catalina ofrecieron sus manos al beso del caballero; hasta las niñeras recibieron de él un coscorrón de bienvenida.

Mientras las chicas iban a desempacar, los peoncitos llevaron los caballos al corral.

—¿Y a quién tenemos de gobernador? —inquirió Farrell, pues en menos de dos meses Rosas había recusado tres nombramientos y al menos dos elecciones.

—A Aramburú... si no lo han cambiado desde que salí de Córdoba. Pero no te sorprenda que vengan a buscarte; tu nombre se ha pronunciado varias veces en la Legislatura.

—Conmigo perderán el tiempo.

Laura y Consuelo los dejaron hablando de política y atravesaron la casa hacia el corredor de atrás, donde encontraron a Cora en la cocina, adobando un matambre.

La mujer, que poseía un rostro marcadamente indígena y sugestivo, les sonrió más con los ojos que con la boca. Laura no pudo dejar de recordar lo que les había dicho Calandria, la niñera de Luz, hacía nueve o diez años.

Fue un día en que subieron —Luz, Calandria y ella— la sierra que se elevaba detrás de El Oratorio. Podían distinguir, a medida que ascendían, los valles ensombrecidos y el bosque alto; en el progresivo crepúsculo, parecía como si cientos de ascuas se apagaran sobre él.

Una vez escondido el Sol, bajaría la temperatura, la floresta se volvería misteriosa y la naturaleza recuperaría los espacios que el hombre le quitaba durante el día.

Laura no tenía miedo, porque iba con Luz y con Calandria, que se ufanaba de esgrimir un palo con el que hasta había espantado chanchos del monte. La mulata decía de saber, además, ensalmos para ahuyentar o apaciguar ánimas, según vinieran en furia o en tristeza; entonces, ¿qué podía temer ella?

Subían aquella lejana tarde entre rocas, helechos y matorrales. Jamás habían llegado tan alto: el cielo se había vuelto índigo y no se oía otro sonido que el de alas batiendo entre las ramas. Muy abajo, desde la ingle de la quebrada, llegaba el sonido del agua sobre el cauce de piedras.

Se habían detenido a tomar aliento, y la solemnidad de la hora y del paisaje las volvió silenciosas. De pronto Luz, que miraba por el catalejo de Farrell, soltó una exclamación.

—Allá está Cora. ¿En qué andará?

Calandria le quitó el anteojo y enfocó el último cerro, al otro lado del arroyo.

—Me juego las tetas a que ésa va derechito a la capilla —dijo la mulata.

—¿Qué capilla?

—La de arriba, la que cuidaba el hombre de las cabras, el que tenía cuernitos.

—¡El diablo! —se asustaron ellas.

—¡Qué! —Y con la despreocupación de las razas sensuales aclaró: —Dicen que lo parió una cabra blanca.

—¿Cómo una cabra va a tener otra cría que no sea un cabrito? —preguntó Luz, que iba comprendiendo las leyes de la genética.

—Vean a doña Sabetodo... —se burló la morena—. ¿Qué tal si el padre era un cabrero, ah?

Y como ellas no entendieran, bajó el catalejo y dijo brutalmente:

—Carajo, ¿que no saben que hay cabreros que...? —e hizo un gesto por demás explícito.

Laura siguió sin comprender, pero vio, por la expresión de Luz, que su prima entendía de qué hablaba la otra, que amonestó con un:

—Cállate, deslenguada.

Calandria se alzó de hombros y fijó la vista en la figura que ascendía por el sendero de cornisa.

—¿Y vive ese hombre por aquí? —preguntó Laura, temerosa de encontrárselo.

—No. Un día tomó el rebaño y se fue; dicen que le encomendó a Cora la capillita.

—¿Por qué a ella?

—Porque los animales del monte la quieren y la respetan. Además, le pone flores a la Manquita y ahí cultiva los yuyos... yuyos para curar y yuyos para matar.

—¡Matar!

Laura no podía creerlo de Cora, dulce y callada, con esos ojos que parecían mirar a través de las cosas.

—Mi'jita, es una despenadora, ¿que no sabían? —dijo Calandria. Y les contó: —Cuando don Goyo, el primo de los Bedoya, volvió de San Francisco del Chañar al tiempo que lo habían muerto al entrerriano aquél que andaba jorobando...

—¿El Pancho Ramírez?

—Ése. Don Goyo venía herido y dicen que le agarró la gangrena y olía como mula muerta. Ya se veía que el hombre no iba para sanar, pero no terminaba de estirar la pata. Así que él mismo hizo llamar a la Cora y le pidió que lo despenara; hasta le ofreció oro. Pero ella le dijo que lo iba a hacer de voluntá, no más.

—¿Lo... lo degolló?

—No, ella no derrama sangre. Le cantó todita la noche, así. —La mulata imitó un canto bajito y monocorde. —Cada vez más despacito... hasta que a Don Goyo se le cortó el latido y no despertó jamases.

—Tengo frío. —Laura se estremeció. Luz se quitó la pañoleta, le cubrió los hombros, y emprendieron el regreso.

Laura se atrevió a mirar atrás: con el último rayo sobre el horizonte, vio a Cora desaparecer como si el Sol se la hubiera tragado.

En tanto descendían como atolondradas, ella prendida al delantal de su prima y Calandria abriéndoles paso con el garrote, la morena preguntó:

—¿Saben por qué plantan ruda a la entrada de los cementerios? —Ante el silencio de ambas, que no deseaban a aquellas horas mentar cementerios y hombres con cuernos, explicó: —Para que los enterraditos no salgan a molestar. ¿Y saben para qué se la pone cerca de las puertas? Para que en las casas no dentre la envidia ni los ladrones.

Años después, Luz confesó a Laura que, saltando sobre las piedras, corriendo bajo los árboles, estremecida y sin aliento, se había preguntado: "¿Qué tendrá el monte, que da tanto miedo?".

Pero lo inexplicable no tenía fin: al llegar a la casa, encontraron a Cora regando los geranios. Nunca se atrevieron a preguntar cómo pudo llegar antes que ellas, si acababan de dejarla en la cumbre más lejana.

Y esa mañana de 1835, al aceptar el pan de manos de la mujer, recordó que en aquel entonces había suplicado: "¡Cora no, Cora no!", porque era buena con las bestias y las plantas florecían a su cuidado; porque les horneaba galletas con forma de animalitos; porque les regalaba raros guijarros y les confeccionaba escapularios con flores secas. ¡Y cantaba tan lindo! ¿Podía uno morir de sólo escucharla? Luz la había tranquilizado demostrándole que no: la prueba era que tío Eduardo y tía Mercedes seguían vivos.

Después de los saludos, Laura y Consuelo dejaron a los niños hartándose de mazamorra y se dirigieron a la pieza que compartirían.

—Es tan rara —murmuró Consuelo.

—Dicen que ve en la oscuridad —susurró Laura, temerosa de que la mujer la escuchara.

Aquella tarde, siguiendo la tradicional costumbre, todos los de la casa más algunos vecinos y unos pocos peones se reunieron en el oratorio a rezar el rosario.

Cora, demorada, entró después de que las oraciones habían comenzado. Se arrodilló cerca de la pila bautismal y al persignarse, en la claridad que filtraba el coro y que caía sobre el grupo de los Osorio, vio descender un ángel de negras vestiduras. Llevaba una espada en la mano y la hoja señalaba a don Felipe y a Consuelo; una llamarada los envolvió, pero apenas rozó la cabeza de Laura. Fue un instante, y al siguiente, el fuego había desaparecido.

Cora cayó de bruces, la frente contra el suelo; cuando las vecinas la socorrieron, todo había desaparecido, hasta el rayo de Sol del efímero ocaso de las sierras.

Esa noche, Cora fue hasta la habitación en que guardaba sus medicinas. Se sentó en la negrura, rodeada de cosas intangibles, respirando el olor a raíces y a hojas secas. Apretó la piedra que llevaba al cuello y se interrogó sobre lo que había visto: solía tener visiones que la espantaban, como si la Oscuridad —una fuerza con la cual luchaba desde más vidas de las que recordaba— se complaciera en plantearle acertijos que no alcanzaba a desentrañar. La respuesta, si llegaba, de poco servía, pues lo irremediable ya había sucedido.

Farrell, feliz de tener a su amigo y a los hijos de éste de visita, permitió que Laura le afeitara la barba, pero se negó terminantemente a que le cortara el cabello, que usaba en una coleta corta y trenzada.

—Hombres han muerto por ella —le advirtió, y les contó sobre el Motín de las Trenzas, en 1811, durante el cual una decena de soldados fueron fusilados en Buenos Aires por negarse a ser despojados de aquel distintivo de rango y hombría.

Al mediodía siguiente llegó la noticia de que López "Quebracho", cansado de esperar y con el plácerme de Rosas, que no admitía más veleidades de Córdoba, había salido de Pampayasta con sus tropas, rumbo a la ciudad capital.

La Sala de Representantes, humillada y desconcertada, sin lograr conciliar sus pareceres con los intereses del gobernador de Buenos

Aires, dudaba en nombrar gobernador a un hombre que, aunque de sobrados blasones, era señalado como "apenas de letras gordas".

Preocupados por lo que pudiera suceder al entrar el ejército en la ciudad, don Felipe y Farrell decidieron regresar de inmediato.

Esa noche, en La Antigua, Laura tuvo un sueño inquietante: soñó que despertaba en las tinieblas para encontrarse con el hombre del remanso cerca de su cama, la mano extendida hacia ella, el cabello suelto, el rostro en sombras porque la Luna lo iluminaba desde la espalda. La observaba quieto y silencioso, y ella supo que había despertado porque él acababa de tocarla. Fue tan real la visión que abrió los ojos, aterrada, y después de escuchar sin mover un músculo, segura al fin de estar a solas, encendió la palmatoria y recorrió el cuarto con la mirada: la Luna resplandecía en el centro de la ventana, como suspendida de un hilo. Comprendió que el brillo la había despertado y recordó los cuentos oídos en la cocina, en invierno, cuando lavanderas y cocineras se ponían a hablar de cosas sobrenaturales: uno podía "alunarse", y si no moría de eso, quedaba atontado por el resto de su vida, condenado a mirar siempre hacia arriba. Y en plenilunio, decían, los ángeles bajaban a llevarse al "alunado"...

Desasosegada, se levantó y cerró los postigos de la ventana. Volvió a acostarse pero no osó apagar la candela, así que se envolvió en una sábana y fue hasta el dormitorio de Consuelo.

—¿Qué pasa...? —preguntó su amiga, adormilada.

—Tuve una pesadilla. ¿Puedo quedarme contigo?

La otra murmuró unas palabras que Laura interpretó por "sí". Se acomodó al borde de la enorme cama, para no molestarla; el recuerdo de la mano de aquel hombre sobre su seno la mantendría desvelada hasta el amanecer.

4

Bardos y juglares

"En este conjunto se mezclan la historia y la leyenda: los nombres pertenecen a menudo a personas históricas, que la leyenda transforma en aspecto y aventura. A su lado se mueven personajes mágicos de carácter legendario compuestos en provecho de poetas y recitadores."

–Jean Marx
Las literaturas célticas

CÓRDOBA
FINALES DE 1835

Robertson despertó sintiéndose helado, inmerso en una especie de estupor. El corazón le latía desordenado.

La Luna llena dejaba ver cada detalle del exterior de la posta, donde de la Torre y él habían preferido dormir, lejos de los piojos, las chinches y las garrapatas del interior.

Uno de los perros se había echado contra su espalda. Empujó al animal, se incorporó, se pasó las manos por la cara.

Y entonces, como si le devolvieran la memoria, recordó el sueño: caminaba por una casa llena de pasadizos y escaleras, túneles y azoteas; buscaba a la joven que lo había sorprendido en el remanso. La encontraba al fin, en una pieza pequeña, con una ventana sin rejas por donde entraba la Luna. Dormía en una cama sencilla, sin doseles, cubierta por una manta blanca. Él se acercaba a contemplarla: yacía con los labios entreabiertos, la cabellera del color de los licores añejos derramada sobre la almohada. No parecía respirar y temió que estuviera muerta, así que extendió la mano y la posó sobre el joven corazón para sentir la vida a través de la palma. Ella despertaba y lo miraba con espanto; él, avergonzado, asustado a su vez, se reintegraba a la oscuridad...

"Maldita mujer —pensó—. Me va a volver loco." Enlazó las piernas con los brazos y apoyó la frente en las rodillas hasta que la absoluta calma de la noche lo volvió en sí. Se cubrió la cabeza con la manta para escapar del resplandor que lo desvelaba. "Es esta Luna del demonio." Se sacudió con un escalofrío, recordando las leyendas que le había contado un marino de la Hébridas Exteriores, en el occidente más nórdico de Escocia: Tanoth, la diosa-Luna, habitaba todavía en la isla de Eilean na Gealach, que tenía la forma de la mano de un gigante. El mar golpeaba aquel promontorio deshabitado, cuyas rocas, como grotescos nudillos, asomaban entre las coléricas aguas del Gealach. Desde allí, Tanoth devolvía a las tierras habitadas extrañas criaturas de mentes extraviadas y dones sobrenaturales... Sí, en noches como aqué-lla bien podía él sentir que ese astro enigmático reinaba aún sobre los brotes de demencia, como si el cristianismo nunca hubiera venido a desplazarlo.

Suspiró profundamente, estirándose sobre las caronas, y con algún recuerdo de antiguos pactos entre hombres y bestias, dejó que el perro se acercara y se durmió palmeándole el cuero lleno de cicatrices.

El viaje se demoraba por los trastornos que provocaba en la campaña el avance de don Manuel López "Quebracho"; tanto, que en la posta de Río Segundo se encontraron con que la galera que venía de Tío Pujio todavía esperaba para partir: el motivo era el paso del ejército que se dirigía a la ciudad.

—No han dejado nada; se comieron todo y arrearon con las tropillas. Tendremos que esperar hasta que nuestros caballos descansen o de la posta consigan campear algunos. Además, los Terceranos aún no han pasado.

—¿Y por qué la preocupación? —inquirió Robertson.

—Señor —El maestro de posta hizo un ademán muy hispánico. —Donde hay montonera de soldados siempre pagamos las gentes.

Después de discutirlo brevemente, de la Torre y Robertson decidie-ron acomodarse y esperar, pues era más seguro viajar a la retaguardia de la tropa que a la vanguardia.

—Habrá que cazar, entonces —dijo el capitán, y buscó el arma.

Robertson sacó la caja de municiones del morral y, con el Enfield calzado bajo el sobaco, lo siguió hacia el río.

Cenaron a la intemperie una especie de guisado que había hecho la mujer de la posta con las aves traídas por los cazadores. Robertson saboreó por primera vez en el viaje zanahorias, zapallo y papas.

En el grupo de pasajeros iban un cura franciscano, gordo y simpático, y un comerciante de ultramarinos; ambos se acercaron de inmediato a la rueda donde Robertson y el capitán conversaban con el administrador de la posta y los conductores de la diligencia.

El padre Mateo preguntó qué se sabía del coronel Francisco Reynafé, que hasta entonces había eludido con éxito la orden de captura dada por Rosas.

—Escapó no más, el hombre —le contestó el maestro de posta.

—¿Cómo fue? —indagó de la Torre.

—Ah, capitán, por los caballos. Salió del Río Cuarto con una tropilla de diez, y tres más que eran un lujo: el bayo que le regaló don Cullen, de Santa Fe, y un oscuro que le cedió el juez Celman, de acá del sur...

—Ahá —interrumpió el mayoral, como conocedor que era—. Ese flete lo puede al viento.

—...y el comandante Vasconcelos le arrimó un zaino que no conoce la derrota. —Mirando a los viajeros, el maestro aclaró para los que no eran del lugar: —Pingos de carrera. Llevaba de baqueano al Gabriel Rivarola.

—A ése no lo pilla nadies —acotó un postillón, que era del lugar—. ¿Y por ánde agarraron?

—Por Melincué. En Las Rositas lo sorprendió una partida, pero allá lo aprecean a don Francisco; se jugaba los hígados por su gente cuando salía a castigar infieles. Así que hicieron un trato con Isleño para que no recelaran de la comandancia: el coronel les dejó los caballos cansados y las maletas, como que habían tirado todo en la juida, y siguió viaje con sus créditos...

—¿Sólo con tres? —se asombró el padre Mateo.

—¡Qué! Con semejantes alhajas y a mitad de camino... Dicen que entró en el Rosario montado en el de Cullen, el bayo.

—Para hacerle los honores —dedujo de la Torre.

—Descansaron como reyes; hasta mujeres les arrimaron... y di áhi el comandante de la plaza lo metió en una balandra que tenían preparada y lo cruzaron como de escupida a la otra banda.

—¿Entonces, consiguió escapar? —quiso saber Robertson, que no entendía el lenguaje coloquial del grupo.

—No ha de ser... En el barco se puso el uniforme y luciendo estampa, que no le falta, llegó a Montevideo.

Ante una pregunta de Robertson, que no terminaba de entender, de la Torre le explicó:

—Mire, hombre, la situación de Córdoba es un enredo. Puedo asegurarle que no es sólo la Sala de Representantes la que rechaza al candidato que nos imponen: ese López Quebracho que nos dejó sin caballos. Desde el norte de la provincia, donde tenían sus estancias, hasta la frontera del sur, donde campeaba el coronel, se respeta el nombre de los Reynafé, aunque estén en la desgracia. Ya lo oyó: hasta jueces les son leales. —Arrojó un tronco más a la hoguera y se excusó:

—Qué quiere, Robertson. A pesar de que estos irlandeses no son de mi calendario, a mí la lealtad me sigue pareciendo una virtud... una de las pocas que aprecio.

—Señores —dijo don Fidel Calleja, el comerciante en ultramarinos—, brindemos para que esa gente no pague la lealtad con sus vidas.

Esa noche durmieron adentro de la posta, pues había lugar y parecía razonablemente limpia. A la mañana siguiente, mientras se secaba la cara, Robertson se arrimó a la galera con curiosidad. El vehículo, constató, bien podía servir como exponente de la carrocería en tiempos de la reina Ana. Sin embargo, se lo veía en buen estado, con los tirantes reforzados y las ruedas protegidas por lonjas de tiento para resistir los malos caminos. Miró adentro y comprobó que el interior estaba acolchado para amortiguar los tumbos, además de contar con infinidad de bolsillos para acomodar pistolas, escopetas, sables, ropa, libros y cuanta cosa imaginable llevaran los viajeros. Tenía una mesa de escribir rebatible, canastos y cofres.

De la Torre se le acercó.

—¿Prefiere que tomemos la galera?

Robertson lo pensó.

—Mejor la seguimos a caballo. Pero no vendría mal que nos llevaran el equipaje. La mula irá más rápido.

—Hombre, déjeles la mula; les puede hacer falta para campear los potros.

Así continuaron el viaje. En la última etapa, de la Torre ponderaba cuanto veía.

—Esto es tierra y no carancho asado. —Y señalaba hacia el sur: —Ahí se criaban las mejores mulas del país. Yo creo que esta guerra va a terminar no porque lleguemos a un acuerdo o a una victoria, sino porque nos vamos a quedar sin recursos para mantener las tropas.

Calleja, que había escuchado las últimas frases, dijo en el próximo descanso:

—El capitán lleva razón. No creo que los hacendados, tan castigados por el saqueo y las requisas, sigan sembrando y criando ganado para que todo les sea confiscado o les paguen con papeles. Si esto continúa, quedaremos en la ruina. Yo, que por mis negocios viajo mucho por el interior, puedo decirles que entre la guerra y la política del puerto harán de las provincias mendigos.

Esa noche Robertson trazó la ruta de las postas y redactó un breve informe:

"...al parecer, la muerte del general Quiroga no ha creado una situación nueva, sino más bien ha sacado a luz (por lo inesperado del crimen) ciertos cambios que no eran visibles, pero que venían anunciándose: el predominio del gobernador Rosas sobre Buenos Aires y de Buenos Aires sobre el resto de las provincias. Es indudable que un nuevo orden político ha entrado en escena, y no creo que sea fácil de desplazar, en especial porque en la parte central del país existe un vacío de poder, sin un hombre fuerte con tendencias feudales, como son los más destacados líderes de estas comarcas. Es debido a esa ausencia que le es posible al Puerto imponerse a Córdoba, que carece de 'caudillos'. El nuevo gobernador de ésta no cuenta con prestigio fuera de los estrechos límites de su jurisdicción: es comandante de un lugar llamado La Carlota, villa castigada por las incursiones de los aborígenes y enclavada en una región desértica y difícil de defender..."

Antes de dormirse, pensó con satisfacción en el final del viaje —ya estaban cerca de la ciudad— y en el encuentro con Farrell después de tantos años.

Se habían conocido al finalizar la guerra entre Brasil y la Argentina, Robertson contratado como mercenario por el Imperio, Farrell oficial del ejército argentino. Enemigos en el campo de batalla, en la paz congeniaron: todavía recordaba las incursiones a lupanares y casas de juego, las reyertas por mujeres, por naipes o por naderías, empeñados en hacer de las borracheras y de la violencia purgas físicas y emocionales: estaban sacándose la guerra de encima. Al despedirse, allá por los finales de 1828, él le dio palabra de visitarlo. Pero, al contratarse de soldado de fortuna u obedecer los mandatos del Foreign Office, había demorado años en cumplir lo prometido. Disfrutó de la idea del encuentro, de un baño caliente y una cama, una cama con dos colchones de pluma y una almohada suave como pecho de mujer.

Desde su dormitorio, Laura percibió el alboroto en el patio. La luz de la ventana le dijo que el Sol estaba alto, y aunque todavía tenía sueño, bajó a enterarse.

En el corredor sombreado por jazmines, las Villalba —Mercedes, Adoración y Sagrario—, con misia Francisquita, escuchaban a las criadas recién llegadas de la plaza.

—Es que lo han preso al Santos —le explicó Canela.

Para la gente de pueblo, el capitán Santos Pérez, legendario asesino de Quiroga, era solamente "el Santos".

—Lo habrá denunciado la querida, por golpearla —dijo doña Sagrario, el rostro lupino lleno de satisfacción.

—No, no —aseguró otra criada—. Si me permiten las señoras, la Porteña lo quiere con locura al hombre.

—Cierto; yo la vide llegar detrás de los soldados, y él le dijo con mucha dinidá: "Vuélvase a las casas, no me avergüence" —intervino Fe—. La pobre venía medio desnuda, destrenzada y en patas... ¡Tan pintadita que iba por agua a la fuente del marqués! Gritaba así, como loca: "¡Santos, Santitos!".

A pesar de la aversión que sentía por aquel "gaucho malo", uno de los más sanguinarios guerrilleros que asolara la serranía en la época en que el general Paz era gobernador, Laura quedó impresionada.

—Si no lo denunció ella, ¿quién, entonces? —interrumpió doña Mercedes—. Poco empeño ponían en prenderlo. La guardia ni siquiera vigilaba la casa de la chinita.

—Fue el Porteño —aclaró una de las morenas—, el padre de la moza; él le daba permiso al capitán pa' que visitara a la hija.

—El Porteño... ¿el que cuida la quinta de Yofre, arriba del Paseo? —preguntó misia Francisquita.

—Ése. Lo entregó por miedoso.

—Y por algunos dinerillos, que de Judas acá...

—¿Y a cuántos mató el capitán?

—Niña, a ningunos; el traicionero le había sacado las armas cuanti el pobre se durmió. Así lo agarraron, en cueros y desarmado.

—A mí me dijeron que él le daba a la mocita unas tundas de ponerla verde —insistió doña Sagrario.

—Con su perdón, señora, mienten —corrigió Nombre de Dios—. Hasta le llevó, ¿cierto, Fe?, una chica pa' que no se le arruinen las manos con los trabajos.

—No es tan malo el hombre; seguro que los Reynafé le hicieron creer que Rosas ordenaba la ejecución de Quiroga... —lo disculpó doña Adoración.

—Nadie puede ordenarnos asesinar, y menos a criaturas indefensas —se impacientó la joven.

—Tuvo sus dificultades de conciencia, no creas. La víspera del crimen veló a la Virgen en la capilla de Tulumba.

—Mal consejo recibió, entonces.

—¡Cuidado! —le advirtió misia Francisquita.

—No lo dije como ofensa, tía —se ofuscó Laura—, sino por los que encuentran en la fe justificativos para sus atrocidades.

—Lo dentraron al Cabildo por el Pasaje de las Catalinas; medio que quiso corcovear, pero apechugó.

La sepultura del general Quiroga descansaba sobre aquel costado de la Catedral y se sabía que el Santos Pérez evitaba atravesar la callejuela.

—Lo arrastraban con todos los fierros encima... Haberá sido malo, pero daba lástima ¡Tan lindo qués el mozo! —se dolió Canela—. ¡Tan blanquito, con ese pelo retinto, largo hasta acá, y la barba enrulada...! ¡Tan alto y juerte! Duele ver a un valiente cargado de cadenas...

—Es un asesino —la frenó Laura, pero, por su mirada y por la de doña Adoración, comprendió que la fatal seducción que ejercen los hombres violentos sobre algunas mujeres las había dominado.

—Se lo entregarán a Rosas —dijo misia Francisquita, quitándose los anteojos.

—Si antes no lo libran sus hombres.

—Todos están encarcelados o fuera de la provincia —les advirtió Laura—. Casanova no ha dejado títere con cabeza por Tulumba.

—Cómo sería, que ahora le tienen más miedo a él que al Santos —dijo otra de las chicas, rencorosa.

Martina volvía en aquel momento de la calle con más noticias.

—Hasta el gobernador se apersonó; había gentíos en el pasaje y pusieron guardia hasta en los techos.

—No hay mérito en este apresamiento —apuntó Doña Adoración—. Traicionado, sin armas, medio dormido...

Martina giró el cuerpo hacia ella.

—Al hombre no lo ha prendido la ley, señorita Adoración, sino el chico al que hizo matar.

Uno de los postillones de Quiroga, de apenas doce años, había muerto clamando: "¡Mamá, mamita!", mientras lo degollaban y se creía que ese grito era el único que torturaba a Santos Pérez.

—Por él se ha entregado, y por las ánimas que lo tienen rodeado. Dicen que no puede dormir porque se le aparece el Facundo retinto en sangre pidiéndole explicaciones de la matanza.

Una sensación de desasosiego las invadió. Las visitas se apresuraron a despedirse, pues todas querían regresar a encerrarse y ponerse al tanto —mediante la red de esclavas y sirvientas— de lo que pasaba en el Cabildo. Se dirigieron a la salida acompañadas por Laura, y afuera un noviembre luminoso, ajeno a tantas inquietudes, las recibió.

Unos días antes, Manuel López "Quebracho" había entrado en Córdoba con sus milicias. La ciudadanía, expectante, pisaba la calle sólo lo indispensable, atenta a las determinaciones de aquel hombre tan esperado como temido.

Aquella tarde misia Francisquita tuvo una de sus famosas "pataletas" al enterarse de que doña Mercedes había acudido a la Casa de Huérfanas.

—¿Quiere ser mártir, exponiéndose así? ¿Quiere que la canonicen? ¡Como si esa negra, Benigna, no fuera más capaz que ella para cuidar de los niños! ¡Es puro ostentarse, Laura, que bien conozco de dónde cojea Mecha! —sólo la llamaba Mecha cuando estaba molesta con su amiga.

—Bueno, tía, no pasó nada; apenas fue un susto.

Porque algunos terceranos, confundiendo la casa con un antro de placer, se habían metido de jarana con sus caballos en el patio. La negra encargada de los chicos les habló con buenos modos y los soldados, entre disculpas, se retiraron. Unos tiestos rotos y las fucsias pisoteadas representaron todo el daño, exagerado por la esposa de Farrell.

—¡Y esa tilinga, ese espantajo, esa cuica recién aparecida...! —La señora se refería a Madame De Bracy. —...apersonarse en el Cabildo con los Arbonés, las Pereira y esos Lescanos que nadie sabe de dónde han salido, ¡porque de los nuestros no son! ¡Ir a rendirle pleitesía a Manuel! Yo, que lo conozco desde la pila bautismal, que somos compadres en Luz, me he quedado esperando que se asiente el polvo... Ya veo en qué terminaremos: ¡un puro hacer genuflexiones!

Laura, recién levantada de la siesta, se tendió en uno de los sillones y la señora, una vez desahogada, se fijó en ella.

—¿Quién te compró esa tela? —Señaló, todavía belicosa, la bata color durazno que vestía la joven.

—Fue mamita, ¿no recuerda?

—Bien, no se puede discutir con los muertos, pero si Amalia viviera, le diría que no es color para una señorita, sino para una meretriz.

—¿Qué es meretriz?

La anciana hizo ademán de "mejor olvídalo" y volvió a preguntar:

—¿Cómo es que has dormido hasta semejante hora?

—Francisco pasó mala noche y esta mañana apenas si pude despertarme —se justificó la joven, que solía madrugar para enfrentar la dirección de la casa.

—¿Y qué hacía Juanchita? ¿Acaso no está para atender a los niños durante la noche?

—Desde la muerte de mamá, los chicos se enferman de nada —repuso Laura, de pronto firme—. No quiero que Panchito vuelva a tener asma. El doctor Pizarro dice que se le puede volver crónica.

Todavía molesta, la señora se ajustó los lentes y tomó el tilo que le había llevado una criada no bien la oyó renegar.

—Vete a mudar de ropa, criatura —indicó a su sobrina—, que me crispas con eso tan suelto. ¿No sabía tu madre que los colores atraen ángeles o demonios, y que bajo las prendas sueltas se cuela la tentación? —Y, como al incorporarse la joven el pelo que apenas había sujetado se le soltó hasta la cintura, le advirtió: —Mejor te recoges el cabello, que así pareces María Magdalena... ¿Sabes quién era María Magdalena?

Laura contestó enfurruñada:

—No leo mucho, pero estudié Historia Sagrada —y subió a su dormitorio.

Iba a dar la recorrida acostumbrada por la casa cuando llegó su padre en compañía de Farrell, a quien se veía notoriamente contento.

—Eduardo ha recibido chasqui de ese Robertson... Oye, ¿no se llamaba Hardy?

—Hardy es su segundo apellido.

—En fin, parece que llega en uno o dos días. Mercedes anda trastornada preparando todo, así que me lo traje. Le prometí que le servirías un café...

Ella los miró, sonriendo.

—Creo que mi padrino apreciaría más una copa del coñac que nos dejó Harrison. Y después se sentará con nosotros a la mesa.

Farrell, que la miraba con desesperanzada ternura, le besó la mano y durante la cena los entretuvo contándoles algunas aventuras corridas con Robertson. A Laura se le despertó el interés, pero no se atrevió a preguntar por la edad de su amigo. Sin duda sería más viejo que su tío, pensó desilusionada.

Después de cenar los hombres salieron a jugar una partida de naipes. Laura dio las buenas noches a sus hermanitos y se refugió en su dormitorio con Sansón, un gatazo blanco y negro que dormía con ella.

Mientras se ponía la bata pensaba en la curiosa pareja que componían tío Eduardo y tía Mercedes. Quería mucho a su tía, pero por Farrell sentía un afecto especial. ¿Cómo podía él, tan buen mozo e inteligente, haberse casado con ella, que era un "pan de Dios" pero exasperante y un poco cómica?

Laura había oído, en su niñez, cierta explicación de boca de las señoras que se reunían a coser para los pobres; Consuelo y ella jugaban del otro lado del cancel, fuera de la vista de las matronas, cuando las oyeron murmurar:

—¿Qué le pasó por las mientes a don Andrés cuando obligó a Eduardo a casarse con esa boba?

—No fue él —aclaró otra—, sino su madre. Decía que Mercedes era "muy de su casa".

—No me hagas reír. En los Juegos Florales deberían darle el premio a la casa peor gobernada de la ciudad...

—Pero, yo digo... él ya andaba en el ejército, estaba emancipado. ¿Por qué no se negó?

Alguien dijo:

—¡Chist! —y las voces menguaron.

Consuelo y ella quedaron estáticas, las orejas atentas a tamaños secretos.

—¿Qué fue, qué fue? —cuchichearon las señoras.

—La mulatita aquella, la que sacó preñada de la casa de sus padres, la que escondió en el Bajo de Galán. Ya tienen un negrito, figúrense. Don Andrés y Eduardita lo amenazaron con no sé qué ley sobre españoles y negros...

—Del tiempo del virrey sería, porque los republicanos tiraron abajo los sanos rigores, como dice el padre Iñaki.

—...tal, que Eduardo prefirió casarse con esta aturdida para que no le echaran los perros a su negrita...

Laura, sin que su familia lo supiera, llegó después a conocerla: Canela era amiga de la querida del entonces teniente Eduardo Farrell, apenas mozo y ya enrolado en el ejército. A espaldas de doña Amalia —en esas semanas en que su madre permanecía postrada— solía llevar a Laura a la quintita del Bajo de Galán, donde la joven, una morena dulce y apacible, vivía en una casa modesta cultivando la huerta, criando animales y trabajando en el telar. Tenía un hijito más bien morenillo, de casi tres años por entonces.

Laura recordaba aquellas escapadas como un tiempo muy grato: separada a causa de la edad de su hermano Edmundo, quedaba librada a las idas y venidas de las niñeras. A veces Martina mandaba a Canela por verduras y le daba permiso para que la llevara. La sinvergüenza tenía apalabrado al correísta de la ciudad con la promesa de un beso para que las acercara, y el muchachito se daba por bien pagado llevándola en ancas de su petiso. A ella la sentaban en el burrito de las alforjas y se desviaban hasta las quintas de Galán, donde Florinda —aquél era el nombre de la morena— lo convidaba con una fruta. Laura recibía un beso, las muchachas iban a recolectar verduras y ella llevaba al chiquillo de paseo, entretenida en escuchar su media lengua.

Y como Canela tenía aprendidos los horarios que convenían a sus picardías, esperaban al aguatero que venía de Saldán con aguas curativas, quien las llevaba de vuelta al centro, no sin que la Florinda hubiera obsequiado a Laura algún ramito de flores: conejitos, pajaritas, madreselvas. Todavía guardaba amor por las flores más silvestres en desmedro de la ostentación de las rosas o los gladiolos.

El regreso también era excitante: en el precario carro, Canela se sentaba junto al mozo a cruzar malicias y dejaba a Laura detrás, en compañía de un perrazo y sosteniéndose del lazo que sujetaba el tonel. Ya mayor, pensó que el amor por los animales le venía de aquella época: los polluelos, los patos, los conejos, los gatos y los pájaros de Florinda; el perro del aguatero, que le lamía minuciosamente las manos, y el lebrel del correísta, que trotaba con la lengua afuera ante la indiferencia del amo. Laura solía regalarlo con un trozo de carne que el hambriento se tragaba de un bocado.

Un día tuvieron que salir de la capital; decían que había tifus, así que se fueron a las sierras. El ya capitán Eduardo Farrell estaba en el frente de batalla, luchando contra Brasil. Poco antes se había casado con tía Mercedes.

Luego de un tiempo regresaron a la ciudad y Laura se enteró que Florinda y su hijito habían muerto durante la epidemia, pues oyó a Martina contándoselo a la negra Severa: "¡Ah, se me parte el alma! ¡Lo que va a sufrir el mozo Eduardo al enterarse de que se los llevó la peste!".

—Los quería por demás — reconoció Severa con tristeza, y sólo entonces Laura comprendió que Florinda tenía algo que ver con Farrell. Años después, supo que también Edmundo la conocía, pues oyó un comentario que le hizo a Sebastián, llamándola "la de nombre florido y de triste destino". ¡Triste destino, pero no sólo para ella y su hijo, sino también para el comandante, que nunca pareció reponerse de tal pérdida!

Mientras palmeaba las almohadas para acostarse, recordó que tía Mercedes la había mandado a buscar después del regreso de Farrell, que convalecía de sus heridas; cuando llegó, encontró a la señora trastornada.

—Lali, ¿quieres que tu padrino muera? —La sacudió por los hombros. —¿No? ¡Entonces, háblale, criatura, dile que salga de ahí! ¡Debes conseguir que nos abra por el amor que te tiene!

Ella, espantada ante la idea de que su tío muriera, se acercó a la puerta; no recordaba qué le había dicho, pero ante su llanto Farrell había retirado la barricada y entregado la pistola. De rodillas y a medias ebrio, la había abrazado sollozando. Fue entonces cuando le prometió cuidarlo de por vida.

Y pasado el tiempo, en los momentos en que Farrell se mostraba ensimismado, colérico con su esposa o descuidado con su persona, sentía que él medía con desesperación la enormidad de su pérdida y lo escueto de su ganancia: entre otros desencuentros, había deseado hijos y doña Mercedes no pudo concebirlos. Debido a aquella atracción que ejercía sobre ella desde niña, al cariño que se había ganado con su bondadosa fortaleza, Laura pegaba sus botones, le tejía medias, zurcía las prendas viejas que él se negaba a tirar y disfrutaba cocinándole alguna comida que le apeteciera.

Mientras se trenzaba el pelo con una cinta, pensó en la profundidad de aquel viejo dolor, en la evidente rectitud de su padrino. ¿El hombre del remanso tendría tan nobles sentimientos? No, se dijo; aquél era un hombre brutal y grosero. Molesta y turbada ante la imagen que ahora se le aparecía en sueños, trasladó a Sansón a la cama y se metió entre las sábanas que olían a manzanas.

Había días en que sentía que la única vida privada que tenía eran aquellas horas en que se encerraba en su dormitorio. Y como si allí fuera dueña de sus pensamientos y de algunos deseos que se imponía rechazar, se mantuvo despierta; por primera vez se le ocurrió que no era descabellado suponer que aquel hombre, después de todo, sólo estuviera ejerciendo su derecho de esposo. Se volvió boca abajo en la cama y sintió que lo prefería pecador y no casado.

5

Lo que aún no está escrito

"Cuando estoy cerca de ella, el mundo entero no me importa nada;
ella es mi deleite, mi entretenimiento, mi solaz, mi consuelo, es mi
riqueza y mi tesoro y a nada amo tanto como a su persona."

–Chrétien de Troyes
Erec y Enid

CÓRDOBA
FINALES DE 1835

El día había comenzado con una lluvia persistente, pero ni siquiera
así Robertson y de la Torre consintieron en meterse en el coche.
Sacaron sus capotes, protegieron las maletas con hule y, como el día era
templado, no se preocuparon por la mojadura.

Robertson no podía distinguir muy bien el paisaje, pero le pareció
que el monte se espesaba y se hacían más evidentes los cursos de agua,
aunque ninguno llegara a superar al Carcarañá o al río Tercero, que les
había costado vadear; aquél era un país sin puentes.

Cañadones, desniveles y, en el horizonte, una sombra que de la
Torre señaló como el cordón montañoso de la provincia. Algunas
quintas con sus cercos de ramas o de piedra anunciaban que se iban
acercando a la ciudad. El terreno estaba anegado sólo en partes;
curioso, examinó la consistencia de la tierra: era muy arenosa.

—Filtra. —De la Torre pateó el suelo con la bota. —Abajo es pura
piedra.

El mayoral, feliz de llegar, arreaba con entusiasmo los caballos,
pero Robertson gritó a de la Torre:

—¡Van a volcar! —pues galopaban hacia un barranco.

—No se asuste, hombre. El conductor y los matungos conocen el
camino. Abajo está la ciudad.

Al acercarse a observar la pendiente, Robertson contempló en el fondo, en una especie de valle, la población que se había ocultado hasta entonces. Un río la ceñía, apenas distinguible entre la niebla y la lluvia, como una línea, que parecía tener el color y la consistencia del mercurio. La galera descendía la cuesta a los saltos y los conductores se saludaron a los gritos con un grupo de uniformados que salían de recorrida.

—¿Cómo se llama el río?

—Primero... o Suquía, si gusta. Suquía es el nombre indígena, y Primero, el que le dieron los fundadores, que en cuestión de ríos no anduvieron inspirados —respondió de la Torre.

Llegaron a la plaza de carretas empapados pero contentos. Al detenerse los caballos, unos muchachitos zaparrastrosos treparon al vehículo e intentaron tomar las maletas para recibir unos centavos. El mayoral los espantaba a ponchazos, pero los postillones hacían la vista gorda; más de uno habían comenzado así en aquel oficio.

Pronto fue evidente para Robertson que muchos de los que aguardaban iban sólo a inquirir noticias: preguntaban por los acontecimientos de Buenos Aires, si la frontera estaba en calma, si se avistaban indios o montoneras. También recogían encomiendas, periódicos y correspondencia traídos por la buena voluntad del mayoral mientras se esperaba que se extendiera la orden de Rosas de levantar la interdicción.

Mientras descargaban la mercadería, don Fidel Calleja invitó a Robertson a visitarlo en su tienda y le dio una tarjeta con las señas. El padre Mateo se quitó las sandalias al ver el barrial en que se habían detenido; al tiempo que se recogía el hábito, le dijo risueño al escocés que lo había visitado en el convento:

—Tiene una buena biblioteca, a pesar de que por ahí dicen que para ser seráfico ni falta que hace saber leer y escribir. —Luego, talego al hombro, se alejó por el lodazal con el calzado en la mano.

Robertson contrató a un peoncito con un burro para que transportara el equipaje y emprendieron la marcha guiados por de la Torre.

Bajo la lluvia la ciudad se veía misteriosa, llena de sorpresas y seductora como una mujer detrás de un velo.

De pronto, las campanas comenzaron a sonar y Robertson comprendió que había muchos templos, pues los distintos sones se multiplicaban y dividían en una secuencia interminable, al tiempo que infinidad de pájaros salían chillando de los árboles, daban una vuelta en redondo y todavía chillando se posaban en los techos.

—¿Cuántas iglesias tienen?

—Más que prostíbulos, lo que vuelve a nuestra ciudad única en América —dijo de la Torre con tono burlón.

Era cerca del mediodía y la lluvia parecía arreciar, con la intención de continuar así durante horas.

Farrell, sentado en la galería del segundo patio, observaba a Laura, que, con un suelto delantal con mangas, se entretenía, en compañía de su mujer, entre plantas y macetas. El sargento Camargo, su ayudante, un correntino callado y cetrino, aprovechaba la lluvia para limpiar los desagües que volcaban en el aljibe.

—¿Es que acaso les place mojarse? —habló el comandante por sobre el borde del periódico que estaba leyendo.

—Farrell, todas las plantas se estropean si se las muda con lluvia —contestó doña Mercedes, impaciente—. De milagro he conseguido las diamelas y los lirios amarillos. No dejaré que se me mueran.

—Si quieres empaparte, allá tú, pero Laura podría enfermarse.

—No he estado enferma ni un día de mi vida, salvo por el sarampión —se jactó ella—. Además, decir que estamos empapadas es una exageración.

Él se calló y simuló seguir con la lectura, pero en realidad observaba con disimulo a la joven. Con algún año menos ella y alguno más él, Laura podría ser su hija, pensó avergonzado.

"¡Oh, dioses!" Sacudió el periódico, la vista clavada en la hoja que no había leído. "El sueño de todo varón que declina: el amor de una joven que ilumine su tarde y cuide de él en su anochecer." Y con una mirada larga, desnuda, que gracias al cielo nadie descubrió, espió el rostro de su sobrina, que resplandecía de sanos colores. Tenía unos ojos muy bellos, entre verde y ámbar, y la cabellera se acercaba del castaño a un rojo claro.

Mirando sin ver lo que tenía delante, se sumió en el pasado, un año atrás. Descabezaba una siesta en el despacho mientras afuera, como hoy, llovía a cántaros. De pronto oyó un griterío en el zaguán y luego corridas por los patios. Se levantó alarmado y encontró a Canela, que, del color de la cera y chorreando agua, trataba de darse a entender: doña Amalia —la madre de Laura— había expirado. Don Felipe estaba en los tambos, misia Francisquita asistía a una enferma y nadie se atrevía a decírselo a doña Adelaida.

—Pide la niña que por favor la socorra.

Demasiado preocupado para buscar el capote, se calzó las botas y en camisa corrió hacia el solar de Felipe. Amalia, prima de Mercedes, era una mujer enfermiza que venía anunciando su muerte desde que Farrell recordaba. Días antes, cuando ella aseguraba, clamando por su hijo Edmundo —que estaba en el exilio—, que de aquel ataque no saldría con vida, nadie lo tomó en serio. Sólo Laura se preocupó y llevó un catre al dormitorio para atenderla aun de noche.

Al entrar Farrell, mojado y sin respiración, se encontró con que esta vez la enferma no se había equivocado: yacía en la cama sobre infinidad de almohadas con las que pretendían aliviarle los ahogos, una patética figura envejecida antes de tiempo, restos de lo que había sido una melancólica belleza.

Al lado de la cama, blanca de aflicción, descalza y a medio vestir, el cabello —como ahora— destrenzado, Laura lo miraba con los ojos secos.

—Gracias a Dios que vino usted, padrino —dijo con calma, pero cuando él abrió los brazos, se arrojó en ellos como si hubiera esperado su presencia para derrumbarse.

—Le dieron la extremaunción al mediodía; llamé al padre Ferdinando por tranquilizarla... — Sollozó contra su pecho.

Mientras la sostenía sintió el joven cuerpo temblar contra el suyo y comprendió que, a pesar de la presencia de la muerte, alguna compuerta se había levantado en su corazón y ya no podía seguir mintiéndose: la amaba profunda, loca, casi incestuosamente. En fin, sin remedio.

Se hizo cargo de todo hasta que llegó Felipe y en los meses que siguieron Laura tomó la dirección de la casa. Ni muerta Amalia podía él perdonarle que con sus achaques y caprichos hubiera atado a la joven a una existencia sin juegos y con apenas un remedo de vida social.

Volvió a mirarla. La cinta que le ataba el pelo se había aflojado y el cabello caía pesado, casi suelto, sobre su perfil angélico. "Menos mal que no tengo que confesarme." Cerró los ojos. No era muy practicante, a pesar de que el padre Iñaki y el padre Ferdinando intentaban volverlo al redil.

En aquel momento llamaron a la puerta y una de las criadas que merodeaba admirando las espaldas de Camargo, fue a abrir; volvió y dijo que dos hombres lo buscaban. Farrell salió y al reparo del zaguán se encontró con un casi desconocido Robertson y con el joven capitán de la Torre, que lo había acompañado hasta la puerta.

El escocés, con la torpeza de los pueblos poco demostrativos, le tendió la mano con un "Hola; aquí me tienes", pero el comandante lo abrazó espontáneamente, palmeándole la espalda.

—Amigo, ¡al fin! Capitán de la Torre, agradecido por haberlo traído. Pasen, pasen... ¡Serafín, Camargo, aquí! —voceó al tiempo que cortaba las excusas que dio de la Torre para seguir viaje—. Ignacio, no se irá sin tomar un tentempié. Después lo liberaré, porque sé que su madre lo espera desde hace días.

Mientras hablaba, ordenó que llevaron bebidas e indicó al chico del burro que entrara las maletas pues Serafín, como siempre que se lo necesitaba, había desaparecido. Luego los guió por las galerías hacia el segundo patio, donde oyeron el agua que rugía por las canaletas del tejado.

Una de las criadas ya iba hacia ellos llevando en una bandeja tres copas de vino que ofreció a los viajeros y al dueño de casa. Robertson tomó la suya con placer y siguió a Farrell. Miró con interés los trabajos, sin sorprenderse ante el aspecto de la mujer de su amigo: en una noche de juerga, éste le había contado su historia. Y mientras la señora lo saludaba, intimidada, Farrell la presentó, para agregar después:

—Y acá tienes a mi sobrina. Es prima de doña Luz, por si no lo sabes.

Robertson se adelantó y vio a una muchacha alta que se incorporaba con una maceta en la mano. Se la veía atractivamente desarreglada, algo mojada y con algunas manchas de barro. Demoró unos segundos en advertir que se hallaba frente a la joven que le había disparado en el remanso.

La copa se le escapó de los dedos y se estrelló en el piso. Ella, a su vez, dejó caer la maceta, al tiempo que se ponía intensamente roja. De pronto, la lluvia disminuyó y él se sintió como si lo hubieran desnudado en público.

—¡Caramba! ¿Han visto al diablo? —dijo Farrell, riendo, y pidió otra copa para su amigo. De la Torre salvó la situación adelantándose a saludarla.

—Buenos días, Laura. Veo que te hemos pescado ocupada... —Apenas si pudo reprimir una sonrisa al comprender que se habían reconocido.

Farrell decía al escocés:

—Como me dijiste que pensabas quedarte un tiempo, he conseguido una casa para ti, con una mujer que la administre y un peoncito para tus cosas.

—¿Crees que me enriquecí en Haití? —alcanzó a decir Robertson, con voz ronca. Quería volver a mirar a la joven (de cerca le había parecido aún más deseable), pero por un lado no se atrevía y por otro su amigo chocaba la copa con él y advertía a de la Torre:

—Ignacio, ni se acerque a mi ahijada. —Y aclaraba para Robertson: —Aquí el capitán, tan joven y buen mozo, es el terror de las madres con hijas casaderas.

—Jamás cazo en terreno de amigos —rió de la Torre.

—Es una broma; sé que es usted hombre digno —se redimió Farrell, y Robertson tuvo un asomo de sospecha al verle cierta evasividad en la mirada. "Estoy equivocado; los sudamericanos son muy afectuosos. Es imposible pensar que él..."

Por el rabillo del ojo vio que la joven se quitaba el delantal con torpeza, como si hubiera reaccionado, y se despedía rápidamente de su tía.

—¡Eh, señorita! ¿Adónde va usted? Habíamos quedado en que comerías con nosotros —la detuvo Farrell.

—Perdóneme, tío, pero olvidé... olvidé que papá... que tía Francisca... Adiós. Lo veré a la tarde.

—Pero, ¿te vas sola, criatura? —se afligió doña Mercedes—. ¡Serafín, Serafín, acá, de inmediato! Tienes que acompañar a Laurita a su casa... Querida, llegarás con un constipado... ¿Dónde estabas, bueno para nada? —reprendió la señora con un tirón de orejas al morenito que entraba con una empanada en la mano.

El chico no tuvo más que ver el perfil del escocés para saber quién era. Con una carcajada incontenible, pasó a su lado y corrió hacia la puerta, seguido por Laura, que, con la falda levantada, parecía jugar una carrera con él.

—¿Estoy equivocada, Serafín?

—¡No, niña!

—¡Ay, Dios, qué voy a hacer! ¡Y tan amigo que es de mi tío!

Misia Francisquita le dio una reprimenda, puso en duda la inteligencia de doña Mercedes e hizo echar al moreno.

—¡No te quiero aquí, malcriado por esos dos que te consienten cualquier cosa! ¡En esta casa hay respeto! ¿Entiendes? ¡Vamos, sáquenlo a la calle de una vez! —Al ver que Laura estaba alterada, reprimió el enojo y preguntó con mejor modo: —¿Qué pasa? ¿Has peleado con Mercedes? ¿Alguien te ha molestado?

Cuando la joven alzó los ojos, comprendió que nunca sabría lo que había pasado: bien le conocía la mirada.

—¿No te ibas a quedar a comer con tus tíos? —preguntó, suspicaz.

—Yo... preferí volverme. —Al buscar una excusa, se le ocurrió culpar a de la Torre, reputado como ladrón de honras: —Llegó el amigo de tío Eduardo, y el capitán de la Torre lo acompañaba. Tuve miedo de que se vieran obligados a invitarlo.

Misia Francisquita la observó, preocupada. "No sea que la chica me salte de la sartén para caer sobre el fuego", pensó. De Bracy le molestaba, pero la fama de de la Torre era la de un mujeriego inveterado que no respetaba edad, estado civil o parentesco.

—Bueno, entonces tengo que decirte que has hecho bien. Farrell por ahí deja entrar a cualquiera en su casa. —Con las manos sobre el bastón, la barbilla levantada, preguntó con curiosidad: —Y el gringo, ¿cómo es?

Como Laura la miraba sin atinar a hablar, insistió:

—¿Se parece a Harrison?

—No, no; es muy distinto. No es rubio, sino moreno.

—¿Viejo? ¿Joven? —se impacientó la señora.

—Es... creo que más joven que mi padrino.

—¿Es buen mozo?

Laura, incapaz de soportar más, se puso de pie y atropelladamente se dirigió a la escalera.

—No sé, no lo vi bien —respondió, dándole la espalda.

La señora se dijo: "¡Qué de la Torre ni ocho cuartos! Debe de ser por el amigo de Eduardo. Es la primera vez que la veo impresionada por un hombre". Por supuesto, tenía que darle un vistazo al señor. Nunca lo había dicho, pero sentía debilidad por los hombres apuestos, y si Laura se había impresionado, debía de valer la pena.

—¡Juanchita, Rosina! —Cuando las chicas aparecieron, les dijo, mientras se secaba las manos en el delantal: —Vayan hasta lo de Farrell y díganle que los esperamos esta tarde, a ellos y a su invitado. Que Martina ha preparado unas aceitunas que son de delirio y que tengo vino blanco al fresco del aljibe.

En aquel momento Canela bajaba con los vestidos mojados de Laura y se tranquilizó al ver que subían un brasero con la plancha para secarle el pelo. Pensó en subir para seguir interrogándola, pero sabía que la joven, aunque tranquila, era de una tozudez mayúscula si la presionaban.

"Le doy una ojeada al gringo y sabré de qué se trata. Y si es por de la Torre, ya me encargaré de que Quebracho lo mande bien lejos."

Satisfecha por tener todo controlado, la señora decidió regalarse una siesta de un ojo mientras ponían la mesa para el almuerzo.

Aquella tarde, una vez que dejó de llover, Farrell y Robertson salieron hacia lo de don Felipe.

El aire estaba fresco y las calles presentaban bastante movimiento, con las criadas que barrían las veredas para recoger las hojas que había tirado la tormenta.

Poco después llegaron a la plaza, donde la catedral y el Cabildo dominaban con su grandeza. Más allá, el mercado era un escenario colorido, lleno de movimiento, que despedía un fuerte olor.

—En este lugar —señaló Farrell— se dan cita los traficantes de mercancías y los ejércitos de paso.

Robertson observó al descuido a las vendedoras, casi todas mujeres, sentadas a lo arábigo y pregonando la excelencia de sus productos: "...pancito de anise, torta de chicharrón, bollo de leche gorda...", gangoseaba alguna, y otra canturreaba: "Zapallodulce, calabazamadura, de Quisquisacate tráidas...". Criadas mandadas por pastelería para el mate jaraneaban entre ellas y lanzaban risotadas ante las bromas de los muchachos que las seguían.

Le llamó la atención el rostro severo de indias y mestizas, tocadas con sombreros, en contraste con el de las sonrientes mulatas, que lucían escotes y una buena porción de puntilla bajo las faldas, además del turbante.

Había carretas que oficiaban de carnicería: los hombres, con los mandiles ensangrentados, calzaban una variedad de cuchillos en la faja; en tierra, sus mujeres cebaban mate, voceaban los productos y cobraban.

—Aquí —dijo Farrell mientras esquivaban a varios soldados— puedes conseguir desde un ají hasta un asesino.

La atención de Robertson se distrajo a causa de un anciano que avanzaba con paso errático hacia ellos; era flaco, vestía en forma anticuada y usaba sombrero español. Su barba y su cabellera, largas, eran de un blanco amarillento.

—¿Qué hace?

—Da a besar una cruz de plata, reliquia de su familia —contestó Farrell.

El viejo buscaba vendedores o milicianos, esquivando a los pudientes. Algunos besaban la cruz por devoción y otros por compromiso; toda era gente humilde que aun así entregaba una moneda que el viejo se metía en el refajo.

—El capitán Head comenta en su libro que presenció una cosa parecida en Mendoza. ¿Por qué le dan dinero?

—Es una vieja costumbre. El caballero es un hidalgo venido a menos; su única fuente de ingresos es ese crucifijo. Muchos no pueden pagar la moneda, pero se cortarían la mano antes que negársela al Salvador. Razón llevaba la madre de don Agustín al decirle que, si conservaba el Cristo, no pasaría hambre. —Tras una pausa, comentó: —Hay quien dice que el viejo tiene una fortuna enterrada, y no me sorprendería que un día lo asesinaran a causa de esos creeres.

A la salida del mercado, dieron con un puesto de plantas de especias, helechos, cactus y claveles del aire, y pasos más allá, unas indias del sur exponían sobre sus mantas fabulosos trabajos en tiento trenzado y plata, además de adornos con piedras semipreciosas.

Por un instante, Robertson imaginó a Laura —su nombre le producía ansiedad— luciendo aquellas bárbaras alhajas, más al modo celta que indígena, y de pronto Farrell señaló una pulsera y expuso varias monedas en la palma de la mano. Sin mediar palabra, la india separó dos, que guardó en el pelo severamente recogido.

"¿Tendrá Edward una querida?", se preguntó Robertson, ya que era inimaginable que doña Mercedes gustara de aquellas cosas.

Más adelante ascendieron hacia una avenida —la Calle Ancha, la nombró su amigo— y el comandante señaló:

—La del pórtico trabajado.

La fachada de la casa ostentaba un discreto barroquismo. El fondo de los muros estaba pintado de blanco, pero las molduras resaltaban en ocre amarillento. Las rejas, de sólido trabajo, se habían pintado de negro y la madera, como era costumbre, de verde oscuro. La puerta, a la que se accedía por dos escalones, era de cuatro hojas, las dos centrales a modo de portillo. Los remaches y las bisagras eran de hierro trabajado; la aldaba, una cabeza de lobo. Un par de grandes faroles escoltaba la entrada y bajo ellos se veían dos asientos de mampostería adosados a los muros.

Al llegar, Farrell, con gesto inconsciente, se arregló el lazo del cuello y se palpó la chaqueta; Robertson se preguntó si lo que había pensado aquella mañana era realmente inconcebible. Y antes de que se lo propusiera, se encontró mirándolo como posible rival y ya no se sintió tan seguro: lo único que podía oponer era el hecho de ser célibe y más joven, pero todas esas cualidades que resaltarían para cualquier madre deseosa de casar a sus hijas se convertían en polvo ante una realidad inexcusable: era extranjero, y ni siquiera un extranjero respetable.

Una morena de ojos vivaces les dio paso y con un suave contoneo los guió por un ancho zaguán al que daban dos salas enfrentadas. El techo era abovedado y del centro colgaba un hermoso candil, al estilo de los que había visto en Andalucía. Macetones y tinajas con plantas florecidas flanqueaban los poyos encalados, y al final, la hoja de una preciosa reja se abría al patio morisco, donde distinguió el naranjo, el laurel y el limonero. El aire olía dulcemente y las glicinas enturbiaban, en la tarde nublada, los arcos de las galerías superiores.

Los hicieron pasar al salón y Farrell se adelantó a besar la mano de una señora de porte regio, que los miraba con aire inquisitorial a través del monóculo que llevaba en el ojo izquierdo. Robertson contuvo una sonrisa; la anciana debía de ser temible entre los suyos, pero le despertó una simpatía instantánea.

—Supongo, Eduardo, que Mercedes estará al llegar... —fueron sus primeras palabras.

—Lo dudo, Francisca; hoy se reunía con los De Bracy a rendir cuentas sobre nuestro huésped. Permítame presentárselo.

—Bien le ha de ir a esa atontada como siga apañando a aquel lobezno —fue su dictamen, y extendió la mano, en la que un impresionante anillo de amatista sobresalía. Robertson, desmañado, atinó a besársela.

—¿Y usted, caballero, a qué se dedica?

Desconcertado ante la interrogación, él, que aún llevaba el sombrero en la mano, no supo qué contestar. Se volvió a mirar a Farrell, que aclaró:

—Legionario, escritor y viajero. Entre esas ocupaciones puede elegir, Francisca, la que más le guste.

Misia Francisquita parecía estudiarlo con la mirada.

—¿Viene por las minas? Porque debe saber que en eso hay más cuento que verdad. El padre de Eduardo podría habérselo dicho.

—No, no soy experto en minerales.

—¿Piensa levantar una estancia?

—¿Perdón?

—Un cortijo, una granja... ganadería —tradujo la señora.

—Hmm... No, no me tienta.

—Pues sepa que acá no se es alguien si no se tiene tierra.

Aquello hizo sonreír a Robertson, que contestó:

—La tierra me gusta para recorrerla. La única que me pertenece se irá conmigo a la tumba.

La respuesta agradó a la señora —sin que necesariamente estuviera de acuerdo—; mirando a Farrell, reconoció:

—Tiene espíritu. —Se acomodó el monóculo e hizo la pregunta que consideraba más importante: —¿Es hereje?

—Soy cristiano —repuso él tramposamente, pues en Sudamérica se usaba más el término "cristiano" por católico, a diferencia de Europa.

—Francisca, ¿seguimos haciendo penitencia o nos acomodamos? —preguntó Farrell.

Robertson se preguntó, nervioso, si la joven se presentaría; al sentarse descubrió un libro en el suelo. Lo levantó y algo cayó de él: era una ramita de madreselva.

—Es el libro de mi sobrina —explicó la señora, y lo dejó sobre el abanico.

—¿Laura no saldrá a saludar? —preguntó Farrell, desconcertado con las actitudes de su ahijada.

—Está con mamá. Bajará más tarde —dijo la señora, al tiempo que pensaba: "Y mejor si no".

No tuvieron que preguntar por don Felipe, que pronto apareció desde el interior de la casa.

—Eduardo.

—Acá nos tienes. Quiero presentarte a Robertson Hardy.

Robertson se volvió a saludarlo y se encontró con un caballero maduro y apuesto, aunque le faltara algo de estatura. Sus facciones eran nobles. El pelo y la barba los conservaba rubios, y en su tez clara los ojos exhibían un azul muy vivo.

Al terminar las presentaciones, se amplió la rueda de asientos y se sacó una botella de vino mantenida en el aljibe y como en banquete real aparecieron copas y fuentes y fuentecillas con escabeche, chorizo de Galicia, aceitunas y otros encurtidos.

Robertson, maravillado con la belleza del lugar, levantó la vista y miró hacia el piso superior. En un pequeño hueco formado entre las glicinas, alcanzó a ver un rostro que se retiró rápidamente. El pulso se le aceleró; quiso creer que era la joven, que no había podido sustraerse a la curiosidad de espiarlo.

Y aquella noche, al acostarse, sacó del bolsillo la ramita de madreselva y la hizo girar entre los dedos. Aspiró el perfume, abrió luego la libreta de notas y la colocó con cuidado entre sus hojas.

Se desvistió, apagó la vela y en la noche tranquila se hizo muchas preguntas. La primera: ¿había algo entre Laura y Edward? Suspicaz, razonó que una relación así no sólo era un peligro social; era también, para los católicos, pecado mortal. Eso, sin contar la aproximación de parentesco: Laura era sobrina de Edward, además de ser su ahijada. ¿No tenía la Iglesia romana leyes contra relaciones de ese tipo? ¿Y qué decir de la deslealtad de ella hacia doña Mercedes, de él hacia su mejor amigo, el padre de la joven?

Pero podía equivocarse; quizá todo fuera transparente. Alguien le había dicho en España que, si los latinos eran demostrativos en sus afectos, los "indianos" lo eran mucho más.

Sin sueño, miró por la ventana entreabierta el cielo donde la luna luchaba con los nubarrones. Si estaban en pecado mortal, no podían comulgar; si al menos no lo hacía ella, llamaría la atención, por lo tanto, tenía que recibir la comunión. ¿Agregaría aquella joven, al parecer tan candorosa, sobre los otros pecados el del sacrilegio que a él mismo espantaba? No, era absurdo; sin duda la joven estaba tan limpia de culpa como la Virgen María...

Exasperado, buscó la petaca de whisky y tomó lo suficiente para dormirse de inmediato. Le vino a la memoria lo que le había dicho una gitana de Granada cuando andaba contratado en España: "Chaval, recuerda que lo que hoy no está escrito en el libro del Destino puede estarlo mañana".

Laura, por más que fue reclamada, deambuló evitando primero a su tío y a su padre y después a tía Francisca, para terminar encerrándose en el pequeño gabinete que comunicaba con su dormitorio.

Con desaliento, encendió la lámpara, abrió el pupitre y sacó una especie de cuaderno recubierto en tela. Lo abrió, quitó la tapa del tintero y probó la pluma en la yema del índice, para luego apoyarla en la ranura. Con la cabeza apoyada en los puños, clavó la vista en los renglones cubiertos con letra irregular y cifras despatarradas: era el diario doméstico, donde debía anotar los gastos, las necesidades, las reposiciones y cualquier cosa que hiciera al bienestar de la casa, como recetas médicas o de cocina. A veces, también apuntaba plegarias nuevas o el onomástico de un santo que no quería pasar por alto.

"Jamás aprenderé a escribir bien —se impacientó—. ¡Me gusta tan poco!" Pero debía hacerlo, se esperaba eso de ella. ¡Se esperaban tantas cosas de ella!

Con un suspiro anotó: "Hambrocía d Geromita Caransa". Colocó la z sobre la s, feliz de haberlo recordado, y pensó en lo sucedido esa tarde.

Recién cambiada, se había sentado al lado de tía Francisca con el libro de los encajes; la señora, que desconfiaba de su dedicación, la había puesto a leer en voz alta y ella lo hacía con cierta dificultad.

—"En el inventario de Catalina de Médicis se encontraron en un cofre trescientos ochenta y un cuadrados y en otro quinientos treinta y ocho, los unos en rosetones y los otros en forma de ramos, hechos por sus hijas y doncellas, que pasaban el tiempo en tales labores..." ¿Quién era Catalina de Médicis, tía?

—Una reina que gustaba de eliminar con veneno al que se interponía en su camino o en el de sus hijos.

Se oyeron dos golpes secos dados con al aldabón y ella reconoció la mano de Farrell. Miró a la señora y vio que la observaba como si sospechara su secreto.

—¿Espera a alguien, tiíta?

—Sí, a los Farrell y a su huésped —le contestó, y ella se puso de pie al tiempo que oía quitar los cerrojos. El libro cayó al suelo pero consiguió desaparecer por la escalera antes de que las visitas traspusieran la cancela.

Sintió un maullido tras la puerta y se levantó a abrir: Sansón se restregó contra sus piernas para luego saltar sobre el tablero y caminar con cuidado de equilibrista entre el tintero, el cuaderno y la arenilla. Mientras le acariciaba el lomo, Laura recordó el rostro del extranjero, que había observado desde las glicinas del corredor superior. No se equivocaba, ese hombre había ido con la intención de encontrarla; había paseado los ojos por cada rincón del patio con ese modo tranquilo y disimulado que inquietaba. Se preguntó si él habría adivinado su presencia entre las flores.

Sansón se acomodó en su falda y la joven dibujó manzanitas mientras se decía que podía pasar por alto el encuentro de la mañana, puesto que ninguno de ellos tenía idea de quién era el otro, pero jamás que se hubiera introducido en su casa después de... ¿Podía ser tan... tan... (¿cuál sería la palabra?) para obligarla a mirarlo cara a cara, a entregarle su mano?

Ardiendo de vergüenza, y mientras el gato mordisqueaba los bordes del cuaderno, comprendió que debía consultar con quien tuviera más experiencia que la suya sobre cómo actuar en semejante situación. A sus tías, jamás. Si estuviera Luz, la escucharía y con seguridad le diría qué hacer. "Consuelo es tan sensata —pensó—. Tía Francisca siempre lo dice." Al día siguiente le mandaría recado.

Con premura, pues el cansancio iba pesándole en las rodillas, recogió las cosas y las dejó acomodadas con prolijidad en la mesita. Al día siguiente, prometió al descalzarse, haría el esfuerzo de continuar con la tarea. Se durmió turbada por la mirada oscura, directa, indescifrable, del desconocido y en la línea que iba de sus hombros a sus talones, que de pronto le pareció de una perfección inadvertida para ella en otros hombres. Por supuesto, sin contar a Farrell.

6

Engañosas apariencias

"En los años siguientes a la expulsión (1767) y posterior disolución (1773) de la Compañía de Jesús, prevalecía en general una actitud cautelosa y elusiva respecto de la responsabilidad y el carácter de dichas medidas extremas. Más, estando involucradas en ellas varias monarquías europeas de mayor peso y el Papado de Roma."

–Eduardo Bajo
La obra del padre Florián Paucke, S. J.

CÓRDOBA
FINALES DE 1835

A la mañana siguiente Farrell llevó a Robertson a ver la casa que había rentado para él.

—Es pequeña y está algo descuidada, pero no quise disponer ninguna reforma hasta que la aprobaras. Si la tomas, la madre de mi amigo se alegrará de recibir algo de dinero para contribuir en el convento donde se ha alojado.

La casa era de una planta; necesitaba arreglos, una blanqueada y usar la podadera en el patio; el techo se hallaba en mal estado pero el piso de ladrillo no necesitaba otra cosa que el diario cuidado.

El moblaje era discreto y en una pequeña sala, que daba a la callejuela donde estaba ubicada, viejos volúmenes se conservaban tras las puertas vidrieras de una biblioteca.

—No tengo ropa de blanco ni vajilla —recordó Robertson.

—En casa hay de sobra, y aquí encontrarás los armarios llenos de plata, loza y cristalería, aunque no sean de lujo. Te regalaré un par de caballos y un petiso para el peoncito.

Regresaron a la sala principal, que el escocés midió a zancadas.

—¿Es muy frío el invierno?

—Según Harrison, lo suficiente para maldecir, sin estufas.

—Si tengo que arreglar el techo, no costará nada sacar la chimenea por ahí. Estudié algunos planos. Yo mismo la construiré.

—Lo que abunda no daña, decimos por estas tierras —repuso el comandante.

Cumplidos los arreglos, Robertson se trasladó a la casita del pasaje. La famosa estufa levantó el clamor de las damas, que ya imaginaban la ciudad arrasada por el fuego, y fueron muchos los pedidos que se hicieron a Farrell y a don Felipe para que impidieran "aquel desatino". Sus cofres —mandados por el consulado— despertaron la suspicacia del clero, que los suponía cargados de veneno para la juventud, envasado en libros que difundirían ideas heréticas o cientificistas. A pesar de todo, se sentía a gusto en la casa, y estaba encantado con la biblioteca, donde, por increíble que pareciera, descubrió una Historia Universal de cuarenta y tres tomos compuesta por una sociedad de escritores ingleses. Varios días después, entretenido en organizarla, halló un *Compendio de vocablos* en lengua española y guaraní, escrita por el padre Pretovio, S. J., prolijamente manuscrito. Decidió transcribirlo para enviarlo de regalo a sus primos, John y William Robertson, que residían en el Paraguay.

Misia Francisquita le había relatado su visión del "extrañamiento", como llamaban a la expulsión de la Compañía de Jesús. La señora recordaba a muchos sacerdotes loyolistas, que Robertson suponía afincados en Córdoba por aquel entonces, y una tarde en que él se presentó inesperadamente con Don Felipe, se los fue nombrando:

—Mamá me hablaba del padrecito Guevara, que era todo un estudioso... En 1767 el padre rector era el padre Andreu, noble varón por donde se lo mirara. El confesor de nuestra familia era el padre Páez, pariente de Dolorita por parte del marido, claro. ¡Y qué decir del padre Falconer, el mejor médico desde Méjico hasta la Argentina! Casi me olvido del padre Paucke; una de mis tías me enseñó a dibujar con sus láminas, tan bonitas. ¡Y el padre Lozano! Mi abuelo nos solía leer sus crónicas... ¿No habría muerto ya el bendito?

Y aceptando su interés con satisfacción, suspiró y dijo por sobre la cabeza de Laura, que, muda y silenciosa pues no había alcanzado a escapar antes de que él se presentara en el patio, devanaba una madeja de hilo:

—Los sacaron en carretas a los pobrecitos, como a malhechores. Mamá me contó que el abuelo las llevó en coche hasta las afueras, porque el impío de Fabro había prohibido despedirlos, y a él se le había puesto que conseguiría la última bendición para sus hijos. Fue un amanecer de julio... un invierno helado; todavía hay viejos que se acuerdan.

Y cuando las carretas se acercaban, los soldados descubrieron a los que esperaban para despedirlos, que eran muchas familias de lo mejor de Córdoba, y también gente humilde. Le avisaron a Fabro, que les echó encima a sus sicarios y los obligó a retirarse. No les permitieron siquiera entregarles las mantas ni la comida que les llevaban. Dice mi madre que aun así el padre Andreu se puso de pie y los bendijo antes de que los infames lo empujaran con la culata del arcabuz...

Laura, afligida, se puso de pie y le acercó un vaso de agua. La señora volteó el rostro para esconder el pesar, y continuó:

.—Mamá siempre me dice: "Y así, Paquita, con ellos se fue la luz de Córdoba, la guía de los jóvenes, el alivio de enfermos y ancianos, la defensa de nuestros pobres. La ciudad, sin ellos, no volvió a ser la misma". —Tras tomar aliento después de beber el agua, agregó con enojo: —¡Y todo se hizo por darles el gusto a algunos pervertidos de testas coronadas, a la corrupción de los italianos, al libertinaje de los franceses! Y a un papa que no supo defender a la mejor de sus órdenes, que tuvo que refugiarse en Rusia, con esa Catalina que dicen fue la mayor meretriz... Laura, ni se te ocurra preguntarme en este momento qué es meretriz... del siglo pasado. Así me lo explicó un pariente que llegó de la corte acá, y así, señor Robertson, se lo cuento a usted para que lo reseñe, pues dice Eduardo que es usted cronista...

Él, tocado por la emoción de la anciana, levantó la vista hacia la joven, que parecía turbada. Misia Francisquita bebió pequeños sorbos de un segundo vaso.

—Y hasta ahora —suspiró, las manos sobre la lujosa empuñadura de su bastón—, mamá me dice: "¿Qué, Paquita? ¿No han vuelto los padrecitos? Mira que he hecho promesa de no morir hasta verlos de regreso...".

—He oído en Buenos Aires que Rosas permitirá a la Compañía de Jesús regresar al país —comentó Robertson.

—Oh, mamá es muy anciana y sólo su empecinamiento la mantiene viva. Ahora, mejor que se demoren —contestó misia Francisquita, realista.

Pero él tenía de pronto la atención ausente: acababa de ver, en el momento en que la joven recibía el vaso, que el puño del vestido dejaba al descubierto la pulsera que Farrell había comprado a la india, en el mercado.

Aquella noche se quedó despierto, de nuevo obsesionado por las relaciones de ambos; como remedio a las sospechas que no lo dejaban, y al aburrimiento de estar acostado y sin sueño, decidió levantarse a escribir. La ramita de madreselva que recogió del libro de Laura le servía de señalador.

· · ·

"Es la Compañía de Jesús, en este país, tan admirada como denigrada lo es en Gran Bretaña. Para muchos católicos, estos religiosos conformaban el brazo de la Iglesia que luchaba contra los tres cuernos del Diablo que apuntaban hacia el papado: el jansenismo, el enciclopedismo y el volterianismo, que ensalzaban el poder real para eludir el poder papal.

"En la América española, esta orden (algo así como el patriciado de la intelectualidad de la Iglesia) extendió su influencia desde las clases más ilustradas, que los consideran incluso al día de hoy santos y sabios, hasta las gentes más ignorantes, que los señalan como santos y mártires. Pero sea lo que fuere que pueda decirse contra ellos, prevalecerá el hecho de que los jesuitas dejaron, al ser expulsados, un notable vacío tanto en lo cultural como en lo social, y la imagen brillante 'en santidad y en luces' de San Ignacio no ha encontrado rivales en las otras órdenes..."

Con la pericia del viajero compulsivo, muy pronto construyó lo familiar: puso los retratos de sus tíos sobre la repisa de la chimenea, y entre el Antiguo Testamento y Chaucer, sus libros más amados: la poesía de Emily Brontë y el *Jane Eyre* de su hermana Charlotte, además de *Melmoth el errabundo* y una edición en español de *Cuentos de la Alhambra*, de Irwing, bellamente ilustrada. Seguían algunos libros técnicos sobre cartografía, navegación y armas, y el *Gran atlas* de Johannes Blaeu, que presentó la Sociedad Geográfica de Londres en 1830, a la cual había sido invitado. Y por último, el que nunca olvidaba: las *Cartas* del conde de Chesterfield a su hijo ilegítimo, Philip Stanhope.

Hizo construir un armero, colgó el capote junto al sombrero gallego; sus viejas botas de viaje fueron a parar a un lado de la cama, y al otro, las de vestir. La montura, las alforjas y todo el correaje los confió al peoncito.

Era cuanto arrastraba del pasado, junto a unas aguatintas pintadas por él. Admirado de lo poco que costaban las cosas por aquellas tierras, las hizo enmarcar y las colgó en su escritorio, al lado de una vista a pluma de la ciudad de Edimburgo, que tío Malcom le había regalado en su niñez.

Al finalizar el mes le llegó correspondencia de Harrison, que le proponía una serie de artículos para el *British Packet* de Buenos Aires.

Se sentía satisfecho, aunque el retrato de sus padres continuara en el fondo del arcón y la ramita de madreselva entre las ásperas hojas de su libreta. Aún no había cruzado palabra con Laura, apenas monosílabos y una que otra mirada —provocativa la de él, impenetrable la de ella—. Y un día se sorprendió perdido y algo desquiciado por aquella atracción que escapaba a su voluntad.

Con el paso del tiempo y el conocimiento de nuevas personas, el escocés se enteró de que, si bien los Osorio no habían apoyado a los Reynafé, no se olvidaba que fueron adeptos al general Paz y que don Felipe tenía un hijo y un sobrino en el exilio. "Cada vez que se revuelven las aguas de la política —le dijo Farrell—, salen a flote viejas rivalidades; pronto no habrá antiguas amistades que pesen más que las ordenanzas de Rosas." Porque los tiempos de indulgencia y sensatez se iban volviendo tan tenues que un soplo podía desvanecerlos. La tranquilidad pública, tan alabada, era apenas una apariencia.

Pero durante esas noches en que se acostaba con puertas y ventanas abiertas, Robertson se desvelaba pensando qué artilugio usar, cómo conseguir que Laura levantara la condena que le había impuesto por una falta común a todos los hombres. Se preguntaba si ella era consciente de la seducción que ejercía sobre Farrell, o si simplemente era una chiquilla crecida sin una idea muy clara de lo que ocurría entre un hombre y una mujer.

Y mientras se empeñaba en hacer el mejor papel delante de la joven, las circunstancias le jugaron de nuevo una mala pasada: desde el primer día Canela le había resultado simpática y atractiva, pero entre las ordenanzas que jamás transgredía estaba la de no ceder a las tentaciones en casa o con miembros de la casa de sus amigos.

La muchacha se ingeniaba para sonreírle a espaldas de Martina y de los patrones; sus dedos rozaban los de él al entregarle el mate; otras veces, al abrir la puerta, se detenía en seco y Robertson se la llevaba por delante. A él le divertía el juego, aunque nunca alentó las picardías de la chica.

Un mal día, Felipe y Farrell lo citaron apenas pasada la siesta para que los ayudara con un parral que se les había venido abajo.

Robertson llegó puntualmente y en el silencio del descanso alargado Canela le dio entrada con la expresión más inocente del mundo. La puerta cancel estaba, como siempre, a medio cerrar; la morena la traspasó, e hizo como que se enganchaba en ella al tiempo que decía: "Perdone, su mercé". Antes de que él pudiera reaccionar, la mulata le había echado los brazos al cuello, apretujándolo con destreza. Sorprendido, sintió contra su boca un beso ávido y caliente; luego, tan rápido como había iniciado el ataque, la muchacha se apartó y él alcanzó a oír la risa de las otras morenas, a quienes no vio pero oyó correr hacia los últimos patios.

Le hizo gracia la comedia y el beso lo había dejado algo excitado; mientras se acomodaba el pelo, vio el rostro de Laura detrás del cristal de una de las puertas. Aturdido, sin atinar a nada, fue consciente de la sonrisa estúpida que aún le campeaba en la cara. Entonces ella, con una mirada de absoluto desprecio, cerró el postigo y él quedó de pie en el corredor, confuso y enojado al comprender que todo lo acusaba y desesperado al no poder defenderse. Una mujer decente podía pasar por alto un "desahogo", pero jamás que se faltara, según parecía, el respeto a su hogar.

Pero debía aún sufrir otra humillación. Por esos días, Farrell y su esposa viajaron a Calamuchita, donde una anciana de la familia estaba en agonía. Se llevaron a Serafín y dejaron a Camargo, el ayudante de Farrell, en libertad de irse al pueblito, donde tenía a su compañera. Quedaba a cargo de la casa la negra Ramona.

En todas las familias, la "negra mayor" no lo era sólo por la edad, sino también por el respeto que imponía sobre los criados. En Ramona se rompían todas las reglas: era una negra petisa y fea, de mal carácter y famosa porque escupía. Al único que respetaba era a Farrell, al único que temía era a Camargo, a quien debía unos rebencazos —cuando pretendió soltarle uno de sus famosos escupitajos— que todavía recordaba. Doña Mercedes poca cualidad de mando tenía y su hogar era un desastre con aquella energúmena al frente.

El comandante, consciente de que Ramona, en ausencia de ellos, se pasaba el día con otras de su catadura y la despensa se vaciaba como por magia, pidió a Robertson que se trasladara a la casa y vigilara los desbordes de la mujer.

Varios días después, una siesta en que se había acostado en el despacho de su amigo diciéndose que la tan ponderada vida sedentaria no parecía para él, buscó alguna de las botellas que Farrell escondía detrás de los volúmenes de su biblioteca. Una vez que hubo conseguido la bebida, volvió a recostarse sobre el sillón y trató de idear una estrategia para lograr alguna forma de comunicación con Laura; estaba harto de soñar con ella desnuda, de imaginar cosas debajo de todos aquellos trapos y armazones, sin contar los bordes que lo obsesionaban: los escotes y los ruedos y, desde hacía poco, hasta los puños. No, decidió, no era hombre al que le gustara conjeturar; hasta entonces, casi no había tenido que practicar aquel arte, ya que el tipo de mujeres con las que se involucraba no solían dar margen a espejismos.

Después de vaciar casi toda la botella, ni ebrio ni tampoco del todo sobrio, se dispuso a salir, para mojarse la cara y la cabeza; de pronto, la puerta se abrió, dándole en el rostro, y Laura se presentó en la habitación.

Él la distinguió de inmediato, ya que tenía los ojos acostumbrados a la oscuridad, pero ella, que venía del exterior, preguntó, sorprendida de encontrar a alguien:

—¿Tío Eduardo...?

Cuando dio un paso adelante, Robertson, irritado por el golpe y en un acceso de celos, cerró la puerta tras ella con un golpe seco. Apoyado sobre el tablero, la miró sin decir una palabra.

—¿Qué hace usted en casa de mi tío? —preguntó ella con brusquedad.

—Soy el guardián —respondió, y le hizo una reverencia no muy firme.

Ella intentó abrir la puerta pero él se pegó a la madera.

—Déjeme salir.

—No hasta que hablemos.

—No tengo nada que escuchar de usted —replicó ella, pero su voz no tenía firmeza, lo cual, considerando el alcohol que había consumido, despertó en Robertson deseos de hacer algo desastroso, uno de esos actos que luego obligan a dejar una ciudad al galope y armado. Sacudió la cabeza para librarse de tales pensamientos.

—Está equivocada —le dijo—. Tengo mucho que aclarar con usted.

—No tengo interés en oírlo —contestó ella, e intentó tomar de nuevo el picaporte. Como él no se movió, se exasperó. —¡No quiero saber nada de un hombre como usted! —gritó.

—¿Como yo? —Se puso una mano en el pecho. —Dígame, ¿y cómo soy?

Estaban muy cerca, porque la joven todavía intentaba dejar la habitación.

—Usted es... es... ¿Cree que no lo reconocí? ¡Cómo se atrevió a poner un pie en mi casa! —le recriminó.

—No tuve opción. ¿Qué podía decirle a Edward? Si no, créame, no hubiera...

—¡No me interesan sus excusas! —gritó ella, indignada—. Y si bien puedo disculpar el... lo... eso, no puedo pasar por alto lo que vi en mi propio patio.

—¡Ah, demonios! Lo que vio. ¿Y qué vio, si puede explicarlo?

Ella, con resentimiento, bajó la voz al decir:

—Váyase al diablo.

—Le voy a explicar lo que usted vio: un juego en el que no intervine, llevado a cabo por la picardía de su criada, y del que no atiné a librarme a tiempo, lo que permitió a usted suponer otra cosa. Créame que me sentí un idiota.

—Esa cara tenía —contestó ella, vengativa—. Ahora, déjeme salir.

—¿No oye lo que le digo? —Se enfureció. La tomó de un hombro al tiempo que se preguntaba por qué una mujer con ese aspecto y esa estatura sería tan inhábil para defenderse.

—Suélteme. —Forcejeó, pero cada esfuerzo que hacía por librarse era para él una provocación, y cada temor que captaba en su voz, una incitación.

—No se haga la virtuosa conmigo, que conozco su secreto.

Laura preguntó, desconcertada:

—¿Qué secreto?

—¡Como si yo ignorara que está enamorada de Edward! —Le tomó la muñeca con fuerza, corrió el puño y dejó la pulsera a la vista.

Laura se desprendió de él y dijo con voz segura:

—No es culpable mi amor bajo ningún mandamiento, porque me limito a amarlo sin desear nada, salvo hacerlo feliz dentro de lo que me permite la honestidad. No espero que usted entienda algo así.

Enfurecido por el desprecio, él se adelantó y Laura atinó a tomar el picaporte y tirar con fuerza. El filo de la puerta le golpeó dolorosamente la barbilla. Sin medir las consecuencias, la inmovilizó por los brazos y Laura, perdiendo la calma, intentó patearlo. La abrazó con torpeza, sin imaginar que ella fuera capaz de morder, pero Laura le clavó los dientes en el brazo, con tanta intensidad que tuvo que hacer un esfuerzo para no gritar. Perdida la cordura, la tomó de la cabellera y la besó en la boca. En el forcejeo que siguió, ella le arañó el rostro y consiguió liberarse, haciéndolo perder pie. Él terminó en el suelo; pasada la excitación, se sintió muy infeliz.

Laura se alejó hacia el centro de la pieza, mientras se limpiaba la boca con el dorso de la mano. Luego de arreglarse con nerviosismo el cabello, las manos en la cintura, aseguró con frialdad:

—Usted está borracho.

—No tanto como debiera —admitió él.

Ella quedó erguida a cierta distancia mientras hacía un esfuerzo por calmar la respiración.

—¿Qué quiere de mí? —preguntó al fin.

Desconcertado por la concesión, sin atinar a ponerse de pie, Robertson sacudió la cabeza:

—Quiero ser su amigo. —Y pensó: "¿De qué otra forma decirlo?".

—Eso me resulta imposible —respondió la joven—. Además, en la Argentina las mujeres no tienen amigos.

—Al menos desearía que me dirigiera la palabra.

Ella preguntó:

—¿Me dejará ir ahora?

Desde el piso, él respondió:

—¿Cree que podría retenerla? Me ha golpeado la nariz con la puerta, me ha pateado, me ha mordido, me ha arañado y me ha arrojado al suelo. Váyase; no quiero terminar lisiado.

Aunque él no pudo verla, ella sonrió. Ya con un pie afuera, reconoció:

—Tiene razón. Me resulta difícil ignorar a usted en presencia de mi familia; algún día me pedirán explicaciones que no sabré dar, así que hablaremos si se da la ocasión.

Y se fue, dejándolo más desdichado que antes, imaginando cuántas cosas inteligentes podría haberle dicho, cuántos actos de redención podría haber llevado a cabo para demostrarle que no era el patán que el destino lo obligaba a parecer.

7

Posesiones inalienables

"En una forma u otra esperaba aquello. Ahora más que nunca le era necesaria toda su habilidad. Adivinaba a su enemigo avizor, dispuesto a todo, y presentía la proximidad de días difíciles."

–Alejandro Pérez Lugín
La casa de la Troya

CÓRDOBA
FINALES DE 1835

De las tres hermanas Villalba —Adoración, Sagrario y Mercedes— era Adoración la romántica, Sagrario la maliciosa y Mercedes la activa. Las tres eran ardientes defensoras de la unión por amor entre los jóvenes y del casamiento como fuera en los mayores. Las tres, seducidas por la personalidad de Hubert De Bracy, habían planeado casarlo con Laura y, de ser posible, casar a su madre —Madame Clémentine— con Felipe. ¡Eran gente de tan buen tono, de tanta riqueza, de tan notable encanto!

La historia de los De Bracy comenzaba a mitad de 1834, cuando Hubert llegó a la ciudad con un distinguido joven —José María Achával, hermano de Consuelo— después de conocerse en casa de los Mansilla, en Buenos Aires. Achával se había sentido atraído por la mundanidad del francés y después de haber paseado por el Jardín Inglés, cabalgado por los bosques de Palermo y asistido a algunas veladas en el teatro de la Ranchería, lo invitó a Córdoba. Una vez llegados, gracias a las relaciones del joven, Hubert ingresó en los salones de algunas familias de fuste y, en vista de la buena recepción que se le hizo, decidió instalarse allí con su madre, que había quedado en Buenos Aires. Buscaba una buena propiedad para residencia y dio con la casa de la familia de Luz Osorio. Aquella casa tenía una historia trágica: asesinado el patriarca —don Carlos Osorio—, y debido a los manejos inescrupulosos de Isabel, quedó deshabitada y cerrada con cadenas.

El francés, admirado ante la mansión, pensó que a los dueños les convendría venderla para que no siguiera generando gravámenes y, en ausencia de éstos, se dirigió a don Felipe. Osorio manifestó que no creía que sus sobrinos tuvieran intención de deshacerse de la propiedad una vez que se aclarara el fraude y, como De Bracy insistió, ofreciendo una suma muy alta, el caballero se impacientó.

—Señor —lo detuvo—, la memoria de los antepasados es invaluable porque, como el honor, pertenece a las posesiones que consideramos inalienables.

El joven se inclinó en una rígida reverencia y se retiró de casa de Farrell —donde se habían encontrado— sin saludar, actitud que contrastaba con el carácter que exhibía, educado y afable. Terminó conformándose con una buena vivienda y luego partió a buscar a su madre. Regresó de Buenos Aires en noviembre de 1834, en un coche lujoso y seguido por una caravana de carretas. La señora llevaba sombrero con velo, pero al descender se la vio menuda y elegante.

Cuando comenzaron a descargar el mobiliario, la gente quedó boquiabierta por las noticias que traían los criados: allí se vieron lámparas y espejos, cuadros, tapices y alfombras que parecían el sueño de un artesano oriental. Sólo para satisfacer la curiosidad, con el paso de los días y los rumores que crecían, varias señoras "bajaron el copete" y mandaron bienvenidas y saludos a los franceses.

Pronto se supo que recibían muchísimo dinero en libras esterlinas —del padre del joven, un lord inglés— además de poseer propiedades en España, Francia y Suiza, sin que les faltara escudo de armas —un jabalí y otras lindezas— de la época de Ricardo Corazón de León.

La mitad de la ciudad admiraba la distinción y la riqueza de los recién llegados, pero la otra mitad se preguntó: "Tanta plata, tanto menaje, tanto apellido... ¿Qué hacen, entonces, aquí?".

Madame De Bracy llamó la atención con sus sombreros y un algo de exceso en el maquillaje. Las criadas describían sus joyas y enumeraban sus perfumes y algunas señoras con quienes había intimado enfatizaban que jamás tendría ocasión de lucir tan suntuoso vestuario en aquella aldea.

Traían con ellos un criado negro, hermoso y fuerte como animal bien cuidado, y un ama de llaves francesa que sólo en ocasiones se dignaba hablar español... aunque don Fidel Calleja, el comerciante en ultramarinos, dijo que la había oído insultar en un inconfundible catalán. El resto de la servidumbre fue contratada después de una rigurosa selección; hurtaron a la llamada Reina Mora —una parda temperamental, la mejor cocinera del centro del país— a los Rueda, que se descuidaron en unos sueldos y tomaron a mal que ella los reclamara con aires de emperatriz.

De todos modos, según observaban los discretos, tenían demasiados criados. "Ella no debe de saber ni quebrantar nueces", se sospechó. "Y para qué —contestaron los oficiosos—, si Beau Bouclier está a su lado con una tenacilla de oro." Beau Bouclier era el moreno consentido que tenía a las criadas de los alrededores pendientes de su hechizo de semental. Se murmuraba que la Madame lo había salvado de una feroz flagelación en Haití y pagado su peso en oro para que le levantaran la sentencia. En retribución, él la atendía en tan íntimos quehaceres como arreglarle el pelo y ponerle lunares de terciopelo. Raro arte aquel, se comentaba, y los hombres hacían chistes sobre las habilidades del negro y las apetencias de la francesa.

Parte de la aceptación de que gozaban los De Bracy se debía a las relaciones que cultivaban: José María Achával y su tío, el respetable doctor de la Mota; doña Mercedes Villalba y sus hermanas, lo mismo que las señoritas Núñez del Prado y las tan ponderadas del Signo. Fue doña Mercedes quien los introdujo en casa de Felipe Osorio, y al ver aquella delicadeza de mujer sentada junto al dueño de casa, recientemente viudo, pensó que no había mejor cosa que paliar la soledad de dos en única compañía... hasta que vio a Laura en el patio, al lado del joven. Si bien la actitud de ella no daba mucho pie al acercamiento —la querida niña era muy tímida—, doña Mercedes y sus hermanas pensaron que había por ese lado una alianza muy promisoria y comenzaron a soplar sobre las brasas que creyeron percibir entre ellos.

Misia Francisquita estaba molesta; no le gustaban los franceses, desconfiaba de ellos, no le importaba el dinero que tuvieran y desde todo punto de vista le parecían, si no indeseables, al menos inadecuados para emparentar. Veía con malos ojos las maniobras de sus primas y constantemente tenía que esquivar reuniones donde podían encontrarlos.

Pero una tarde, al salir de su casa, vio detenerse un coche descubierto, propiedad de los De Bracy, en su misma puerta. Y dentro de él, a la vista de toda la ciudad, iba muy oronda doña Mercedes acompañada de Hubert... y calzada entre ambos, Laura.

Molesta con la situación y enojada con su prima, misia Francisquita renunció a su compromiso y, tras ofrecerles un saludo apenas formal, subió a desajustarse los varios corpiños que llevaba. Desde su puesto de observación en el corredor superior, constató que la esposa de Farrell, demostrando una absoluta falta de discernimiento, dejaba a Laura en compañía de la visita mientras ella revoloteaba por el patio dedicada a cortar flores.

—Deja en paz mis rosas —le sopló, furiosa, y bajó a vigilar a los jóvenes. El rostro de su sobrina no le dijo mucho; parecía molesta, pero era tan poco expresiva que no pudo detectar si sería sólo un ataque de timidez.

Con sus mejores modales, le pidió que le cediera el sillón y, una vez que la alejó del invitado, le solicitó las manos para devanar una madeja de hilo. Tal como supuso, la joven no habló, De Bracy hizo algunas preguntas, ella contestó con monosílabos y el francés terminó por despedirse cumplidamente, sin haber llegado a ser inoportuno.

No bien se cerró la puerta tras él, la señora miró a Laura, que contestó antes de que le preguntara:

—No pude hacer otra cosa sin llamar la atención —y desapareció al tiempo que misia Francisquita recriminaba a su prima:

—¡Tanto empeño que tienes, Mecha Villalba, en imponernos a ese recién aparecido! ¡Y mejor sería que te dedicaras a casar a esas dos gárgolas que tienes en tu casa y nos dejaras en paz, que cumplidas estamos! —fue el final del sermón.

La esposa de Farrell pidió una criada para regresar a su casa, no sin antes volverse y aconsejar a su prima:

—Cuida ese genio, Panchita, o se te reventará la vena —y huyó de inmediato, mientras Laura se metía en su pieza para que no la oyeran reír.

Pero si aquello había llenado de malhumor a la señora, peor fue cuando, avisada por Fe de que tenían visitas, se tomó el trabajo de arreglarse y bajar a la sala, donde encontró a aquel espantajo —como la definía— de Madame De Bracy sentada muy cerca de Felipe, que con cara contrita no sabía cómo escapar sin mostrarse descortés.

Al ver a su hermana, Felipe se despidió con alivio y ella, pálida de desagrado, se obligó a hacer que sirvieran a la señora una copita de anís aunque más no fuera para guardar las formas, y a contestar con frases secas a la conversación "llena de espiritualidad" —como la definían las Núñez del Prado— de Clémentine De Bracy.

Robertson y Farrell las vieron despedirse, y el primero advirtió a su amigo:

—Don Felipe debería cuidarse de la francesa; tiene dientes de roedor: no se llevan el bocado de un mordisco, sino que lo consiguen desgastando la voluntad.

—Con él, va perdida —le aseguró Farrell—. Todo lo llamativo le produce espanto, y más si viene encarnado en mujer. Pero temo... —Tras una brevísima hesitación, reconoció: —Temo por Laura; ese Hubert es muy persistente y no le falta encanto.

Aquella posibilidad, jamás imaginada, puso a Robertson alerta.

—¿Ella ha dicho algo? —indagó.

—No; en verdad, no le he visto ningún síntoma de que ese dandi le atraiga, pero... ¡las mujeres suelen ser tan ingenuas si uno no mira por ellas! Ya les he dicho a Mercedes y a mis cuñadas que dejen de andar tramando bodas. Esto no puede terminar más que en problemas...

Robertson anduvo preocupado varios días porque desde que Farrell le había señalado a De Bracy en la calle le rondaba la cabeza un recuerdo inquietante que no podía ubicar en tiempo y lugar.

El problema que Farrell temía se desencadenó en el momento en que llegaron a oídos de misia Francisquita varios chismes. El primero provino de las señoras y señoritas del Signo: unos días antes de Navidad, volvían con Laura de la novena del Niño Dios y al cruzárselas en el atrio éstas preguntaron:

—¿No tienes algo que contarnos, Panchita?

—¿Ninguna novedad?

Como la señora respondió que no, algo desconcertada, las otras aclararon:

—Dicen que pronto habrá boda... o bodas, en tu familia.

Y la menor de las hermanas rió al agregar:

—¿Será verdad que Felipe está aprendiendo francés?

—¡Pero habráse visto que repitas semejante tontería, Teresa! No sé de dónde... —Y, atenta al final de la frase, exigió saber: —¿De qué otra alianza hablas?

Todas miraron a Laura, que enrojeció, pero su tía no perdió tiempo en increparlas:

—¡Que no me entere de que andan desparramando infundios sobre Laura y De Bracy, o romperemos relaciones! ¿Te gustaría a ti, Dorotea, que hiciera correr rumores sobre tu hija?

—Bueno, después de todo, si la cosa va en serio...

—No hay nada serio en esto y sí mucha sandez. Esa mujer es mayor que Felipe, es un monigote que quiere presumir de juvenil...

—Ah, siempre has sido celosa con tus hermanos... —replicó Teresa con un gesto.

—...y en cuanto al hijo, no tengo la evidencia, pero tengo la certeza de que no es el caballerito que simula. Algo debe de haber en sus vidas para que se hayan quedado aquí, puesto que viven llenándose la boca con las cosas del gran mundo.

La despedida fue brusca; la señora quedó molesta, y las otras, satisfechas de haberse enterado de algo: Francisca no soltaría al hermano a los tirones, y mucho menos a la sobrina.

—La verdad —dijo Dorotea—, para recibirlos son entretenidos. Pero de ahí a emparentar...

De pronto, como si el cielo y las circunstancias se hubieran unido para exasperar a misia Francisquita, hubo una serie de coincidencias y de encuentros que la pusieron en guardia. Era como si Felipe siguiera a la francesa por toda la ciudad; por donde iba se la encontraba, y eso daba aliento a las habladurías sobre bodas dobles que corrían ya en boca de todos. Lo que terminó de rematar el asunto fue lo que le dijo una de las Zúñiga en un momento de confidencias:

—Mira, Pancha, no quiero preocuparte, pero si las cosas siguen así y todo el mundo da por sentada la relación... hasta es posible que alguien advierta a esa mujer que puede demandar a Felipe por incumplimiento de promesa. Ya sabes que tu hermano es un buen partido para cualquiera, y esta señora parece muy emprendedora.

Aterrada, misia Francisquita volvió a su casa y entró en el despacho de su hermano sin siquiera llamar.

—Dime la verdad, Felipe, y te dejaré en paz. ¿Estás festejando a esa cuca?

El estupor pintado en el rostro de él la convenció de que, o los dioses estaban decididos a matarla a disgustos, o Felipe era víctima de una intriga bien armada.

—Mira, tú te vas a las sierras o te recatas de salir por un tiempo, que ya me las ingeniaré yo para librarlos, a ti y a Laura, de esos molestos —fue la decisión que tomó.

Felipe siguió su consejo y se fue a La Antigua con la esperanza de que pasara la tormenta antes de Navidad.

Misia Francisquita se convirtió en la sombra de Laura en cuanto la joven ponía el pie en la calle, y, como bien lo sospechaba, a la vuelta de cada esquina se encontraban, por casualidad, con De Bracy.

Un día que se presentaron en casa del doctor de la Mota a consultarlo sobre unos bienes que la señora quería legar a las Catalinas, se encontraron en medio de una tertulia bastante concurrida, en que se hallaban presentes muchos de sus amigos, además de los franceses.

Mientras saludaban, molestas por haber caído sin estar invitadas, Hubert se acercó a Laura y le alcanzó un refresco de menta. Todos los presentes, aunque seguían las conversaciones, estaban pendientes de ellos dos, por lo que la joven se mostró más indiferente aún de lo que solía ser.

Oyó la voz de la madre de Consuelo, doña Josefa, que decía:

— ...Francisca negó que Carlos se iba a casar con Carmen hasta el día antes de la boda. Yo, queridas, creo en lo que veo, y lo que veo...

La aludida recibía una taza de chocolate de manos de Consuelo, que solía oficiar de dueña de casa para su tío; nerviosa porque la voz de su madre había sonado con claridad en el salón, la joven cruzó una mirada con Laura y ambas se fijaron en misia Francisquita, que parecía no haber oído nada. La señora se sirvió azúcar y con el platillo en la mano se volvió, chocó con doña Josefa y la bañó de chocolate de la pechera a los pies.

La viuda de Achával lanzó un grito de dolor al quemarse, toda la gente quedó estática, y Francisca, tras depositar la taza en la bandeja que sostenía una criada, extendió la mano hacia Laura.

—Querida, creo que tendrás que llevarme a casa. Me ha dado un vahído muy fuerte. Josefita, cuánto lo siento. Arruinar tu único vestido de salón... espero que puedas sacarle las manchas. Teodomiro —se dirigió a de la Mota—, tendrás que disculparme. Lamento el incidente, créeme que lo lamento... Ve por casa uno de estos días y hablaremos de los legados.

—¡Tú... tú...! —sollozaba doña Josefa, extendiendo las faldas, mientras el criado se empeñaba en pasarles un trapo.

Al salir a la calle, Laura dijo:

—Qué mareo tan oportuno...

—Verdad —reconoció la señora—, aunque pensaba destinarlo a ese pisaverde que te hablaba al oído.

—Oh, tía, tanto escándalo. ¡Si no me gusta, siquiera!

—¿Será que te gusta otro?

—Nadie se acerca a mi reja, si quiere saberlo —dijo ella con una risa nerviosa.

—No sea que ya esté del otro lado, criatura —la observó de reojo y vio cómo se le encendían las mejillas. "Hmm... si no es el gringo, me como un sombrero", pensó, divertida de aquellos amores hechos de miradas encendidas por parte de él y desdeñosas —aunque le prestara disimulada atención— de parte de su sobrina.

Pocos días después la francesa se presentó en casa de los Osorio sin anunciarse, y una criada le hizo saber, sin darle paso, que esa tarde las señoras no recibían.

Mercedes se lo reprochó, pero misia Francisquita le calló la boca de mal modo:

—Lo que nos falta es que el bueno de Felipe tenga que desposar a la Madame, que no le agrada ni pizca, porque ella se encarga de que se pronuncie en junta el nombre de los dos. Y mejor que no me entere de que tú o tus hermanas andan en alcahueterías...

—¡Panchita, qué lenguaje!

—...en tercerías, si lo prefieres, para que Laura se vea comprometida con el amanerado de su hijo. ¡Si ni sabemos de dónde vienen! Mis buenas dudas tengo sobre el oficio de la Madame en las Europas. ¡Y el tonto de Achával, que anda con el hijo de ella colgado al cuello! Hace un año que le advertí a Josefa que no permitiera que esa amistad prosperase. ¡El descuidado ha conseguido que de la Mota lo nombre en Catastro! ¿Hasta dónde serán capaces de llegar? ¡Franceses a mí!

—Ya que nombraste a Achával... Debería darte vergüenza. ¡Mira que volcarle el chocolate encima a Josefita...! Le hiciste lo mismo en aquel baile...

—¿Qué baile?

—El que dio tu padre cuando tu hermano cumplió los veinte años y lo puso de administrador en Los Algarrobos.

—Ah, sí, recuerdo. Andaba prendida a los faldones de él. Carlos me dijo: "Sácame a esa pesada de encima, que no la aguanto".

—¿No te arrepientes?

—Le mandaré dos de mis vestidos para compensarla —fue el acto de contrición de la señora. Pero pronto volvió a lo que le importaba: —De algún modo tendrás que ingeniártelas para hacerles entender a esos advenedizos que aquí no son bien recibidos.

—Me gustaría saber por qué ellos no y el señor Robertson sí —se encocoró doña Mercedes.

—Porque mi querido Farrell lo recomienda y además es su pariente; de otra manera, el señor Robertson no habría pisado esta casa. Y supongo que ni tú, con tu... bueno, con tu forma de ser... dudarás de que Eduardo tiene más seso que José María...

Aunque el rechazo no llegó a que se les retirara el saludo, pues estaban de por medio amigos muy apreciados, los Osorio, poco dados a figurar, consiguieron evitar a los De Bracy en cuanta ocasión fue posible. El joven, que amaba enfermizamente a su madre, guardó un resentimiento disimulado contra ellos, aunque no perdía las esperanzas de seducir a Laura, con quien seguía teniendo discretas atenciones las raras veces que se encontraban.

Misia Francisquita mandó recado a Felipe para que volviera, pero no se durmió en sus logros; escribió a sus sobrinos Sebastián y Edmundo, exiliados en Francia, para pedirles que trataran de averiguar algo sobre los De Bracy. "Esa gente no me gusta. Sólo contamos con su palabra para saber que son así o asá; el que tengan dinero no garantiza ni buen origen y mucho menos honradez. Yo temo que sean embaucadores..."

Con saludos y consejos puso el punto final. La despacharía al otro día, aunque debía llenarse de paciencia: la respuesta demoraría meses.

8

Tiempo de treguas

"Las dueñas de los pesebres contaban con la colaboración piadosa de los vecinos. Con regular anterioridad, reunían en su casa a las pequeñas del sector, para formar el coro de 'pastoras' a las que enseñaban canciones para la Novena del Niño."

–Azor Grimaut
Duendes en Córdoba

CÓRDOBA
FINALES DE 1835

P ara diciembre, López "Quebracho" dio a conocer una sanción legislativa que prohibía a todo ciudadano sospechoso de unitario ocupar cargos públicos: en una sociedad que apenas tenía trabajo para las clases intermedias aquello significaba la pobreza vergonzante. Como parte de aquel proceso, apareció en la Legislatura la pleitesía que pronto se volvería costumbre.

Don Felipe veía aquello con ácida filosofía; su ciudad, su gente, se le iban volviendo ajenas a la grandeza de la que tanto se enorgulleciera, y la impuesta liturgia federal lo asustaba como una forma de locura que se extendía sin que nadie hiciera nada por ponerle remedio.

Para entonces, los implicados en el asesinato de Quiroga estaban en manos de Rosas; los últimos en llegar fueron Santos Pérez y sus hombres.

"...La muchedumbre se apiñaba frente al fuerte y al ver descender de la carreta a Santos Pérez comenzó a vociferar con tono amenazador —escribió Harrison a Farrell, precavidamente en inglés—. Entró erguido en su nada común estatura, sin bajar la cabeza y sin el encogimiento que produce la turba embravecida. Yo, que había visto entrar a los Reynafé para Vísperas de Difuntos, no pude dejar de comparar a estos hombres impávidos con aquellos otros en estado de vil descompostura, los que ordenaron el crimen sin atreverse a perpetrarlo por sus manos. La galera, traspasada a balazos, manchada de sangre y desmantelada, fue expuesta al público por orden del gobernador... Todo parece una orgía macabra, donde no se pierde oportunidad de avivar los instintos más sanguinarios. El alcohol tiene a los mazorqueros bestializados. ¿Hasta dónde llegará esto? Luz, que tan en desacuerdo estuvo cuando dejé a sus hermanos en Cardiff, ahora da gracias a Dios por ello..."

Una carta parecida mandó Luz a don Felipe: "Querido tío: En compañía de mi esposo fui testigo fortuito de la entrada de Santos Pérez en el fuerte. En un momento dado, la muchedumbre se le fue encima, pero él los encaró haciéndolos retroceder a tiempo que murmuraba: '¡Tuviera aquí mi cuchillo!', y antes de que lo entraran a empujones los provocó gritando: '¡Muera el tirano, mueran los déspotas!'. El retrato de Quiroga ha sido litografiado por millares; se ha empapelado la ciudad con él. La gente está tan sugestionada, tan creída de que todo ha sido un plan unitario para acabar con Rosas, que, azuzados por las frases que se repiten sin cesar, si el gobernador apareciera mañana en una ventana del fuerte y ordenara pasar a cuchillo a media provincia, así lo harían..."

Aquellas noticias, que se extendían por el país con más rapidez que un decreto, tenían a las provincias inquietas y a Córdoba temerosa de la tan anunciada invasión de La Rioja, en vista de que Rosas parecía, con su modo evasivo, consentirla y hasta propiciarla.

Pero nada sucedió y a medida que se acercaba la Natividad la gente hacía un esfuerzo por olvidar las inquietudes en esa fiesta especialmente amada.

Robertson fue invitado por los Farrell, y en la tarde del 24 de diciembre, vestido con sus mejores ropas, contempló cómo se abrían las ventanas que daban a la calle y las señoras arrojaban puñados de golosinas y monedas a los niños que las reclamaban con ruidos de campanillas y las recibían con coplas punzantes si eran mezquinas y un villancico si generosas. El más popular era el que decía:

Niñito bonito,
cabeza enrulada,
parece un lucero
de la madrugada...

Desde temprano se había impuesto a los presos la ímproba tarea de humedecer las calles, aunque una llovizna fina, de amanecer, los había ayudado.

En todas partes bullía el entusiasmo y en los barrios de indios y de libertos se notaba la misma actividad que en el centro de la ciudad. Los infaltables pesebres, expuestos en cofradías, en modestos oratorios y en casas de familia, serían muy visitados. La mayoría de los "nacimientos" eran obra de artesanos locales, aunque no faltaban los venidos de tierras lejanas. Los había "animados", con actores que dramatizaban la peregrinación a Belén, la adoración de los Reyes y hasta la Matanza de los Inocentes. En alguna casa de postín, uno que otro mecánico provocaban el asombro de chicos y grandes.

Por fin Robertson y Farrell partieron para la catedral, a misa del Gallo; doña Mercedes y sus hermanas irían con otras damas, y don Felipe lo haría con su familia.

En la calle la gente se saludaba con cordialidad; las esquinas estaban más iluminadas que de costumbre y los serenos, pasados de copas, pues los vecinos los convidaban con algún brindis que ellos no sabían rehusar.

Señoritas con aires de solteronas guiaban grupos de "pastoras" de blanco coronadas con ramas de sauce, haciendo gala de un villancico por cada día del Novenario del Niño Dios. Otras dirigían a pequeños vestidos de ángeles que portaban cirios y cantaban... si es que llegaban a recordar la letra.

Las beatas trataban de mantener decorosas y solemnes a las expósitas de un coro muy solicitado; las muchachas, excitadas por la desacostumbrada libertad, masticaban alfeñiques mientras recorrían las viviendas de sus patrocinadores. Soldados y estudiantes les dirigían requiebros; ellas reían sofocadamente y alguna, burlando a la celadora, les arrojaba una flor.

Los alumnos de los franciscanos —Robertson vio al padre Mateo que los dirigía como un rubicundo Falstaff— llevaban en andas un Niño Jesús al que paseaban mientras solicitaban limosnas para las obras de Asís. El escocés cruzó a saludar a su compañero de viaje; el fraile le contó que acababan de nombrarlo capellán de la policía. Luego se perdió, feliz en su rotunda humanidad, vestido con pobreza, en sandalias y cantando con una voz sospechosa de alcohol.

Mientras las campanas tañían festivas, Farrell y Robertson desembocaron en la catedral. Éste quedó sin aliento: las voces confundían el bronce y dentro del templo se izaban lámparas enormes recién encendidas; lo suntuoso de las vestiduras sacerdotales admiraba.

Un aire de festejo rompía la severidad habitual. Las mujeres lucían vestidos de colores y mantillas claras; el tafetán, las sedas de China y las cintas contrastaban con la sombría elegancia de los hombres. Hasta los paisanos que se veían en las calles lucían una casi oriental opulencia, donde la plata brillaba en botones, en rastras, en vainas, en detalles de frenos, riendas y cabezales que competían con la ingeniosidad del cuero trenzado.

Era una ocasión doblemente solemne, ya que el obispo Lazcano, recién restituido, oficiaría la misa en la catedral, que, alhajada con parte de los bienes de la Compañía de Jesús, encandilaba de metales preciosos y pedrería. Los cirios de las monjas, gruesos como puños y con una pizca de mirra, se encendían en cantidad en los altares laterales.

Por fin los feligreses entraron en el templo. Las señoras iban precedidas por criadas con cojines y alfombras, y los lugares de privilegio se respetaban en forma rigurosa.

Los jóvenes se detenían en las pilas de agua bendita, los más audaces para ofrecer en la punta de los dedos el agua a su pretendida.

Y como la sobriedad se había quebrado aquella noche, raras alhajas obtenidas por lejanos antepasados en Flandes o Nápoles brillaban sobre pieles marfileñas.

El gobernador y su familia ocupaban en las primeras filas; de allí hacia atrás, los demás asistentes. Robertson y Farrell se quedaron cerca del atrio, pero cuando llegó doña Mercedes con sus hermanas y otras damas, ocuparon lugares más cercanos al púlpito.

Don Felipe se presentó llevando del brazo a su madre —doña Adelaida sólo se hacía ver para Navidad y Semana Santa—, seguido por misia Francisquita, sus hijos, la cohorte de parientes menos destacados y, por fin, la servidumbre.

El silencio se hizo gradualmente. Robertson observó a su alrededor, admirado de cuán tranquilizadora era la sociedad cordobesa: más que en Buenos Aires y muchísimo más que en Río de Janeiro, una dama era lo que parecía ser y un hombre con aspecto de caballero con seguridad lo era, cosa que evitaba a los extranjeros caer en desagradables errores de apreciación.

Laura, que estaba delante de ellos, volvió la cabeza y la luz de las bujías puso en evidencia la armonía de su rostro. Un joven se postró a su lado, susurrándole algo. Ella asintió y él se retiró hacia las sombras; era Achával. Segundos después, Robertson distinguió a De Bracy: no parpadeaba y tenía los ojos clavados en Laura.

El obispo —con los ornamentos dorados que correspondían a la festividad— hizo su invocación y todos se pusieron de pie. Al Introito dio paso el Salmo Responsial y después el Ofertorio; el órgano se oyó en toda su excelencia y el coro de novicios cantó, entusiasta, predisponiendo a la liturgia de la exaltación.

Aunque Robertson no practicaba ninguna religión, sintió que las voces, la música, las plegarias, la indudable fe de los asistentes, el incienso que perfumaba el aire y el temblor de las luces le erizaban la piel. Las palabras y las notas, concebidas cinco siglos atrás, parecieron golpearlo sobre la cintura:

"Puer natus in Bethle-em
Aleluia
Un de gaudet Jerusalem
Aleluia, aleluia..
In cordis júbilo Christum natum
Adoremus sum novo cántico..."

El oficio terminó en una apoteosis de loas y preces. Luego los fieles, en columna, se dirigieron a un costado de la nave, donde un sacerdote sostenía al Niño Dios en brazos para que la gente le besara los piececitos. Un monaguillo los limpiaba después de cada beso con un paño purificado: era la llamada "segunda comunión".

Detrás del gobernador, que se encaminaba hacia el atrio, se movían parsimoniosas las señoras con el famoso doctor de la Mota, varios de los abogados más destacados del foro y otros integrantes de la Legislatura.

En el atrio y en la explanada las muchas familias que componían los estratos ilustrados de aquella sociedad, unida por intrincados parentescos, olvidaron sus diferencias políticas y se acercaron a saludar al obispo.

Detrás de ellos, en la nave, una especie de melancolía amustiaba las flores y se deslizaba en el ruido prosaico de monaguillos y sacristanes que acomodaban los ornamentos sagrados.

Se oyeron disparos en la plaza, vivas a Quebracho y los fuegos artificiales que encendían los dominicos de la Calle Ancha.

—Feliz Nochebuena, ahijada —dijo Farrell con emoción.

Laura lo besó en la mejilla.

—¿Y cómo es que ha venido usted, padrino, tan reacio que es a estas devociones?

—Mi amigo me trajo a rastras —se quejó el comandante.

La joven miró a Robertson:

—Cosa rara será que le debamos a usted la fe del comandante.

Él quedó mudo, sin bajarle la mirada; era la primera vez que ella le dirigía de propia voluntad la palabra, la primera vez que le sonreía de manera espontánea.

Achával se había reunido con ellos y al ver a De Bracy excluido cambió varias veces el sombrero de mano. José María era un joven excepcionalmente elegante, y el escocés sintió una punzada de envidia: ¿cómo hacía para sostener el sombrero tan al desgaire, los dedos índice y mayor metidos sin esfuerzo en el bolsillo del chaleco, los pies correctamente plantados, toda su figura con una liviandad que parecía llevársela el aire?

Mientras Farrell lo instaba a dirigirse al coche de Felipe a saludar a la madre de éste, a quien todavía no había sido presentado, pudo ver de soslayo cómo Achával daba un paso atrás y hacía espacio a su amigo, obligando a Laura a saludarlo.

—Consuelo se quedó en casa haciéndole compañía a mamá, que no se sentía bien, así que Hubert tuvo la gentileza de acompañarme —oyó decir al joven.

—¿Y de qué padeces, para que deba asistirte? —preguntó ella, impaciente.

"Bueno, no es tan tímida como parece", se admiró Robertson, al tiempo que prestaba atención al silencio dolorido de Achával, y pudo imaginar el deseo de éste de unirse a sus amigos de toda la vida y la renuencia a dejar al otro librado a su suerte pues De Bracy no parecía dispuesto a terminar, mediante una retirada estratégica, con la incómoda situación.

Robertson fue presentado a la "Señora Mayor", como nombraban a doña Adelaida, y quedó admirado de la distinción de su persona. Era pequeña, no había abandonado el luto y hasta el trapecio de encaje que llevaba sobre la cabeza estaba sujeto con una perla negra a su pelo blanquísimo. No habló; se dejó besar la punta de los dedos e hizo una levísima inclinación de cabeza.

Después de los plácemes, Farrell se dirigió hacia donde estaba su sobrina.

—Todo arreglado, Laura. Te vienes a casa con nosotros; tu padre llegará en cuanto deje acomodada a la familia. Vamos, Brandon.

Hubo un titubeo en Achával, una mirada cruzada con el francés, pero llegó doña Mercedes, que tomó a los dos del brazo y los instó a seguirla.

Detrás de ellos se oyó la voz seca de misia Francisquita, que departía con las del Signo:

—Laurita.

La joven, que había dudado en seguir a los otros, se dirigió de inmediato hacia la señora. Robertson alcanzó a oír:

—Vamos a visitar el pesebre de los Aparicio. —Como la joven asintió, la señora le palmeó la mano: —Ya me van a obligar a compartir la fiesta con ese caballerito...

Farrell intentó convencerlas, pero no hubo caso; ni tía ni sobrina cedieron y los dos hombres tuvieron que ver cómo ambas se dirigían, en compañía de las más devotas señoras de la ciudad, a dar otro recorrido por los pesebres.

Para Robertson, la noche terminó en aquel momento; había tenido la ilusión de disfrutar de la cercanía y la conversación de la joven. Sólo la consideración hacia Farrell impidió que se volviera a su casa. De pronto, el comandante le preguntó:

—¿Sabes quién es el general José María Paz?

—Es un destacado unitario, por ahora prisionero de los federales —recitó él, según la información que tenía.

—Yo lo considero un gran amigo. ¿Le habrán permitido pasar esta noche con su familia?

Tiempo después, un ex oficial de Paz que pasaba de Buenos Aires a Salta les contó que había visitado a su antiguo jefe.

—Dios ha de descontarme purgatorio por haberlo acompañado en Nochebuena. Fue tristísima para él, pues Rosas aprovechó el traslado a Luján para separarlo de su esposa, que está en el primer embarazo. No podía creer lo que veía, Eduardo: allí estaba ese hombre, uno de los más brillantes militares argentinos, contándome cómo fabrica jaulas y se dedica a trabajar de zapatero, además de leer y releer los pocos libros que consigue...

La noche en que se encendían todas las candelas de la cristiandad, sólo le habían dejado una vela a punto de consumirse, les dijo.

—Cuando entré, escribía en la penumbra; se excusó diciéndome que lo hacía como una forma de espantar la desesperación. "Los fantasmas de la desesperación", así los nombró. Mi familia me esperaba en casa de unos parientes, donde hacíamos noche, pero me entretuve con él: era demasiado el contraste de aquella celda despojada de todo, hasta de iluminación, con la alegría de la gente de afuera. Sin embargo, no faltó la murga que, según me dijeron, se presenta cada tanto a dedicarle coplas soeces y consignas intimidantes. —Después agregó, volviéndose hacia Robertson: —¿Sabía usted que Margarita Weild, la esposa del general, es de origen escocés? Él la llama "este ángel de bondad".

—Es una joven muy hermosa —convino Farrell—. Tuvieron que pedir las dispensas para casarse por empeño de ella, pues él, que era su tío y veinte años mayor, dudaba en atarla a la suerte de un militar. Y allí está, compartiendo su miseria y casi tan prisionera como él. ¡Y esperando un hijo!

"¡Ah! —pensaron los tres en silencio—. ¡Si me amaran así!"

9

No vengas contra mí

"Los sucesos, las cosas y las gentes de ese mundo son salvajes, y son como caballos sin domar, tanto más hermosos que los que han aprendido a correr entre varas."

–W. B. Yeats
Prólogo a la *Historia de los hombres*
de la rama roja del Ulster, de Lady Gregory

PROVINCIAS DEL NOROESTE (ARGENTINA)
FINALES DE 1835

Después de la muerte de Quiroga, en aquel reacomodamiento de piezas sobre el tablero de la política nacional se produjeron en varias provincias choques e invasiones entre gobernantes de fuerte sentido localista y sus vecinos, deseosos los últimos de aliarse al poderío de Rosas.

En Catamarca, el gobernador, don Mauricio Herrera, perteneciente al partido federal en su línea moderada, eligió como ministros a hombres señalados como "ilustrados", condición y término confundibles con el de unitario, para después permitir que opositores al gobierno de Tucumán se asilaran en tierras de Andalgalá y Santa María. El gobernador de Tucumán se dio por provocado y ordenó marchar contra aquellas dos localidades.

El enfrentamiento se produjo en Chiflón de Paclín y para septiembre de 1835 los catamarqueños, a pesar de su denodada defensa, fueron vencidos por los tucumanos.

Heredia entró en la capital —San Fernando del Valle—, destituyó a Herrera, puso en el gobierno a don Juan Nicolás Gómez, que era federal reconocido, y Santa María y Andalgalá pasaron a ser tucumanas.

A pesar de lo que Heredia esperaba, Gómez también era moderado y fue gracias a su moderación que muchos de los unitarios capturados en Andalgalá —entre los que estaba el mayor Allende Pazo, cordobés— salvaron sus vidas, aunque permanecieron prisioneros.

El gobernador de Tucumán, disgustado con su protegido, "intrigó ante Rosas, acusando a Gómez de dar cabida en su gobierno a unitarios disfrazados de federales".

Rosas, "por la Causa Santa de la Federación", ordenó a las provincias de Santiago del Estero, La Rioja y Tucumán que acabaran con los unitarios en Catamarca.

La misión fue encomendada al general Villafañe, que con una división de la famosa caballería riojana invadió Catamarca. Gómez consiguió salvarse acantonándose en El Alto.

Fernando Osorio, jefe de guerrillas, federal quiroguista, se enteró de las penurias del mayor Allende Pazo y se dispuso a rescatarlo, pues éste era marido de su hermana Inés.

Llegó a la ciudad con un grupo de hombres —indios y montoneros— cuando el pánico se extendía ante el avance de los riojanos. El mayor problema para Fernando no lo presentaron los federales —enemigos en el trance, siendo él federal—, sino Allende y sus seguidores; a pesar de que había algunos heridos, muchos enfermos, otros sin botas y ninguno con armas, aquellos hombres, en vez de emprender la huida, se organizaron lo suficiente como para unirse a las tropas catamarqueñas. Dirigidos por Allende Pazo, consiguieron desarmar a varios soldados, apoderarse de la artillería liviana, hacerse de calzado y antes de que el asombrado Fernando supiera en qué paraba aquello, se aprestaban a resistir al invasor Villafañe.

—Por un carajo —apostrofó Osorio—, le prometí a mi hermana que te devolvería vivo y vivo te he de llevar...

Pero no bien dio un tranco su potro, Luis lo encañonó con la pistola.

—Inés jamás esperaría que salve la vida pasando sobre el honor —contestó, y el otro se encontró mirando, boquiabierto, a aquel que había sido un guapo mozo, algo vano y quizás un poco tonto "... pero que se jugó entero por sus ideas", reconoció.

—Un momento, Luis; mi hermana me ha fastidiado para que venga a buscarte —se impacientó, y al ver la determinación en la expresión agotada de su cuñado, le puso una mano en el hombro; se impresionó, porque desde la malhadada herida de Oncativo, Luis tenía el torso desvencijado. El dolor, los sufrimientos, las derrotas, no habían conseguido, sin embargo, doblegarlo.

—Luis, deja esta corajeada que no conduce a nada. Villafañe los arrollará; conozco sus tropas...

Al ver que "sembraba en baldosa", le recordó:

—Solías decir que las mujeres prefieren a sus varones vivos y no a

96

los héroes muertos. Volvamos al Totoral. Por Inés te lo pido, pero sobre todo por tus hijos.

—Es por ellos que peleo —respondió Luis, la respiración hecha silbido—. No quiero que hereden este matadero.

—Si te pasara algo, heredarían algo peor —dijo Fernando secamente, y con una seña indicó a sus hombres que se cerraran sobre él. El Malandra y el Mulita, dos guerrilleros que habían peleado bajo las órdenes del mayor, se pusieron con tranquilidad de su lado. Fernando maldijo entre dientes:

—Lo que faltaba, que estos cristos se insubordinen.

Pero el Malandra intentó razonar con don Luis.

—Capitán —dijo, dándole el antiguo rango que había superado en Oncativo—, todos sabemos de su coraje. Yo lo vide a usted cargar con Ares, en La Tablada, y pensé: "Ahí va un hombre". Pero yo creo... no sé usté... que ahora no hay p´ande hacerse...

Fernando comprendió, tranquilizado, que los guerrilleros unitarios no estaban —abiertamente, al menos— dispuestos a respaldar al otro en lo que fuere, aunque en última instancia su lealtad se inclinaría hacia Luis.

—No hay remedio —suspiró, y levantó la mano. Lienán, el ranquel que era su lugarteniente, se acercó como al descuido, con las orejas y los ojos bien abiertos, intuyendo alguna treta de su jefe.

—Fumemos y decime qué le digo a Inés.

Recibió del Tuna dos cigarros en chala y Lienán le arrojó el yesquero.

Luis bajó la guardia y aceptó el cigarrillo que le pasaban; no alcanzó a tocarlo, pues el puño de Fernando se estrelló contra su frente. Lienán lo recogió antes de que cayera del caballo.

Sobándose los nudillos, Fernando gruñó:

—Cabeza dura como todos los tontos —y mientras los compañeros de Allende Pazo encaraban la montaña, volvió el caballo hacia el este.

—Vamos; no quiero topármelo a Villafañe.

—Hay que conseguir una carretilla, Chañarito —dijo el ranquel—. No te creás que está bien.

El Malandra y el Mulita mostraron su silenciosa operatividad; en minutos se apropiaron de un pequeño carro, y en poco más, de un colchón tomado de una casa abandonada por sus dueños. Alguien les alcanzó un poncho y Fernando, mientras decía: "Lo siento, cuñado", así, desvanecido como estaba, le ató las muñecas a las barandas. Enfrentó la mirada rencorosa de los dos unitarios y les espetó:

—No vamos a campearlo hasta El Alto, ¿o sí?

Siguieron viaje de inmediato; bajaron por la cuesta del Portezuelo hasta Anjuli, y de allí a Choya, tirando para esquivar las salinas y los esteros de Ambargasta. Buscaban un paso por Santiago del Estero. Pensaban desviarse en Atamisqui hasta el camino de las postas y entrar en Córdoba por el norte.

Prefirieron aquel derrotero al de La Rioja, porque a pesar del tiempo transcurriendo desde la muerte de Quiroga todavía se disputaba allí el poder y de momento se imponían las facciones contrarias al Chacho Peñaloza, a quien respondía Fernando.

Cuando Luis reaccionó, se le dio agua, y como temblaba de fiebre, lo cubrieron con el poncho para que sudara. Lienán, compadecido, rebuscó entre los yuyos y le preparó una bebida que, según dijo, le bajaría la temperatura.

Mientras saboreaba el asado (habían carneado una vaquillona extraviada), Fernando miraba con ojos especulativos a su cuñado. Los infortunios lo habían avejentado; daban una espiritualidad notable a sus facciones. Lo oyó toser, luego respirar afanosamente, más tarde dormir.

Se quedó con el sueño ido, el alma dolida. ¿Qué haría ahora Luis? ¿Qué sería de su vida, de Inés y de sus hijos? ¿Algún federal rencoroso sabría quién era y un día, andando ocioso, se le ocurriría llegarse a degollarlo? ¿Y adónde podrían ir para estar a salvo?

Por primera vez sintió que se le helaban las entrañas al comprender en forma cabal el drama del país, de muchos hombres, de sus familiares, acosados por su discrepancia política; arrinconados, perdidas sus propiedades, el trabajo, el capital; las mujeres separadas de sus maridos, criando a sus hijos muchas veces en la indigencia, sin saber si eran casadas o viudas; esperanzadas siempre, atormentadas por la incertidumbre, algunas obligadas a presenciar cómo se mataba o se afrentaba a su padre, a su esposo, a su hijo, a su hermano...

"¡Dios mío! Si seguimos así, la Constitución va a costarnos la vida de la mitad del país..." Y se preguntó, enfermo, qué podía hacer por Luis. ¿Trasladarlos a todos a La Rioja? No querrían, ni él ni Inés. ¿Sacarlos del país? En tal caso, ¿de qué vivirían? Y sus hijos eran chicos todavía, no resistirían el paso de los Andes o el agotador trayecto hasta las repúblicas vecinas.

No había salida, comprendió; no había escondite, no había un solo punto de la Argentina donde pudiera dejarlos a salvo. Tomó conciencia de que sus mismos camaradas le matarían al cuñado, le vejarían a la hermana, dejarían huérfanos a sus sobrinos. A su vez, gente del bando de Luis bien podía llegar a su casita de Santo Domingo, en La Rioja, violar a Calandria —su compañera—, ensartar a su hijo en una chuza, quemarle el campo...

Revolviéndose inquieto, aquel gigante rubio, atezado y de brillantes ojos azules, pensó con desesperación: "¡Cuánto más fácil sería odiarlos si fueran extranjeros, más aún si hablaran otra lengua! Es duro saber que el enemigo es de una provincia hermana, que quizá nació en la misma ciudad en que nacimos...".

Y "el otro", comprendió, no siempre era unitario; sólo se necesitaba ser disidente y muchas veces el disidente, era a su vez federal.

Se echó de espaldas al suelo, con la cabeza sobre el apero, mesándose la barba ensortijada y desteñida por el sol, extrañando con desesperación a la mulata y a su hijo, presintiendo para ellos peligros innominados, desgracias impensables. "Son los Jinetes de la Oscuridad —le había dicho una vez el comandante Gaspar Indarte, que tenía alma de poeta—. Llegan con la noche y nos muestran el daño que hemos causado a otros, pero también nos advierten que tampoco nosotros estamos a salvo..."

—Los jinetes de la oscuridad... —repitió Fernando, con la boca amarga.

Al amanecer, perdida mucha de la impaciencia que Luis le provocaba, lo trató con deferencia y le habló con afecto. Luego se alejó con Lienán para decirle:

—Quiero que te llevés al Tuna y al Gato y te vayás a Santo Domingo.

—¿Y a qué? —se sorprendió el ranquel.

—Quiero que se queden con Calandria y Lucián... por cualquier cosa.

—A ella no le va a gustar que llegue sin vos.

—Carajo, esa tigra tiene que aprender a respetar. —Amansado por la preocupación, puso un brazo sobre los hombros del indio y lo acompañó hasta los caballos. —Decile que estoy intranquilo con tanta tropa. Al Chacho me lo tienen marcado y muy vichados a todos los que le respondemos. No vaya y se les ocurra llegarse por allá. Poné un bombero y decile a ella que en una semana estoy en casa.

—¿En una? —rió su lugarteniente.

—Vos decile y me la convencés. Después de todo, recordale que fue ella quien quiso que le llevara el marido a Inés. —Y reconoció: —Es de ley mi mujer. Inés nunca fue considerada con ella. —Esto se debía a que Calandria había pertenecido a la servidumbre de la casa de los Osorio, de donde Fernando se la había llevado.

Lienán, que sentía un ciego respeto por las corazonadas del jefe, obedeció sin discutir.

El ranquel, el Tuna y el Gato, temerosos de no ser reconocidos como "colorados" o ser capturados por los "celestes", cabalgaron de noche, los cinco sentidos puestos en no hacerse notar. La urgencia de la orden de Chañarito (el nombre de guerra de Fernando) los obligó a llegar en un tiempo muy ajustado a Santo Domingo.

Desmontaban, agotados, cuando Calandria salió del rancho, erguida y con la falda recogida en banderola. Era una morena joven, muy hermosa, muy alta y de un vigoroso atractivo animal. Vio a los tres hombres y de inmediato miró detrás de ellos.

—¿Y ánde está el Payo? —preguntó, nombrándolo con el apodo de la infancia.

—No vino —repuso Lienán al tiempo que libraba al caballo de los arreos y lo dejaba que fuera por agua.

—¿Que en de cómo que no vino? —preguntó la mulata, enojada. Como salió una paisanita de la casa, con un niño de año y medio en brazos, le ordenó: —Lleváte a Lucián, que tengo que hablar con éstos.

No esperó mucho para entrar en la cocina y salir con una robusta escoba; sin mediar palabra, la descargó en la espalda del indio.

—¿Dónde me lo has dejado al Payo, ah? ¡Bien capaz sos de haberlo abandonado en la estacada! —gritó.

—¿En la estacada, yo, a Chañarito? ¡No me conoce, comadre! —se defendió Lienán, parando los golpes con los brazos.

El Gato y el Tuna, que habían visto con anterioridad enojada a la morena, se quedaron a distancia y montados, por las dudas.

—¡Comadre tu abuela! —vociferó Calandria—. ¡Decí ánde me lo has dejado, caracho!

—Oiga, Cala, él me dijo que se acordara que fue usté quien quiso que le llevaran el marido a la hermana...

—Sí, pero no que se quedara a vivir ayá —aclaró la morena, con los ojos desorbitados.

—Bueno, que él tenía miedo de...

—¿Miedo, el Payo? —Volvió a descargar la jarilla sobre la cadera del ranquel. —¡Vos habrás tenido miedo, cobarde, indio de mierda!

—Oiga, Cala, no se propase — sorteó el ranquel los golpes.

—¡Decime la verdad o te mato, desgraciado! ¿Le ha pasado algo? ¿Está herido? ¿Lo han agarrado?

Lo tomó con un puño de la camisa y se la desgarró cuando él intentó esquivar los sopapos de la joven.

—Chañarito está bien, Cala. Oiga, espere...

—¡Se me van de acá los tres, indios hediondos! —gritó la muchacha, incluyendo a los dos criollos.

—Doñita, escuche... —se atrevió a abrir la boca el Tuna.

—¡Se me van y no aparecen hasta que vuelvan con el Payo! —Y se encerró en la casa con un portazo, llamando a gritos a la paisanita para que le llevara al hijo.

Los tres hombres no la vieron, pero sabían que lloraba, que aquel ataque de furia no era más que el temor a que le pasara algo a su hombre.

Sobándose las canillas, Lienán se arrimó a los otros.

—Bueno, hay que obedecer. —Acuclillado, trazó un dibujo en el suelo. —No es difícil cuidar el lugar. Sólo pueden llegar por la cuesta o por la sierra, pero de ahí no creo que se larguen.

En voz baja, con pocas indicaciones, se distribuyeron las tareas: el Gato serviría de bombero en la primera guardia, el Tuna observaría la caída de la sierra y Lienán quedaría cerca de la casa, para la última defensa, si llegaba el caso.

Soltaron los caballos cansados y con unos peoncitos arrimados —había muchos huérfanos aquerenciándose en donde los recibían— llevaron animales descansados y los ataron en el monte, disimulados y con las cinchas apretadas, por si había que salir de estampida con las mujeres y los chicos. Luego mandaron al muchachito a entenderse con Calandria.

Expectantes, muertos de hambre, esperaron y fueron recompensados con lo que su olfato ya les había hecho agua la boca: el chico regresó con una ollada de locro, granado en carne de cabra, dos vasijas de vino y un pan entero.

Comieron con hambre, pero atentos a cualquier cambio del monte, a cualquier sonido que amplificara el valle.

En la casa, Calandria, tirada sobre el jergón, daba de mamar a Lucián para tranquilizarlo y tranquilizarse. Mientras acariciaba la cabeza del niño, ya crecido para estar al pecho, dejó que las lágrimas corrieran libremente por su rostro.

—¡Si viviera Severa! —gimió. No le habría importado que la negra estuviera a muchas leguas de allí; su sola existencia, la seguridad de poder correr a ella, eran de por sí un alivio. Pero Severa había muerto un año atrás.

Mordiéndose el puño, clamó con desesperación:

—¡Madrina, madrina!

Y casi de inmediato le pareció oír la voz algo mandona de la mujer:

—No llorés, descosida, que se te va a agriar la leche.

Besó a Lucián con desesperación, le mordisqueó con suavidad los deditos, le acarició las nalgas; en el hijo recordó al padre y lo rodeó con sus brazos, mientras el dolor le apretaba el pecho, le cerraba la garganta. El solo pensar cuántos peligros podían salir al paso de Fernando, en las circunstancias inesperadas que traían la muerte como por regalo, la dejó desmadejada, los ojos ardidos en la oscuridad, aferrada a su hijo.

Cuando Fernando llegó a la casa de su hermana, le afligió ver las tierras yermas por falta de atención y por los inconvenientes de la requisa. Ésta era padecida más o menos por todos los estancieros, pero a los Allende Pazo, como a otros unitarios, no se les habían ahorrado injurias y despojos, y debían agradecer que no les hubieran quitado la tierra durante el régimen de los Reynafé.

Pensando con amargura en Los Algarrobos, la estancia de su familia —ahora deshabitada—, Fernando se dedicó, con el Malandra y el Mulita, a campear reses, herrar caballos, arreglar los corrales, además de cabalgar un buen tirón para conseguir víveres.

Su hermana Inés había sido una belleza rubia y algo desteñida que sorprendió a la familia al aceptar a don Luis por esposo cuando todos la hacían camino al convento.

No había sido de las preferidas de Fernando, y la joven sufrió muchas veces con su alma simple, de rígidos conceptos, las bromas de él o las punzantes frases de Luz, menor que ella.

Pero la adversidad pone a veces comprensión en unos, reflexión en otros, y de pronto ambos hermanos se encontraron hablando en un entendimiento solidario por parte de él, confidencial por parte de ella. Para no malograr aquel milagro, Fernando se guardó de pronunciar los conflictivos nombres de Luz y de Calandria.

Y como siempre le habían atraído los niños, se mortificaba al mirar a sus sobrinos, unos chiquillos esmirriados, tímidos, algo hambreados, al compararlos con su Lucián, moreno, fuerte como un torito, berreador y hasta prepotente si él o Calandria no le bajaban los humos con una palmada.

Con ese estado de ánimo, al regresar del campo y después de lavarse en el surgente, entraba en la casa desmantelada —donde apenas unos cuartos estaban en uso—, llamaba a los chicos, los sentaba en sus rodillas, les contaba cosas del abuelo muerto, de los tíos Osorio, a los que apenas habían conocido.

Ellos lo escuchaban sin distinguir si era cuento o verdad; cerca, Inés, con la vista nublada por los recuerdos, recosía los trapos que iban pasando de uno a otro. A veces, en la oscuridad apenas disipada por un cabo de vela que se entreveía en los corredores, se oía la tos de Luis, y con consternación Fernando veía cómo resbalaban las lágrimas hasta mojar las manos de la hermana.

Ni para pan había, pues el horno se les había derrumbado y Luis no tenía fuerzas —y mucho menos oficio— para arreglarlo.

Al interrogar a una indiecita que ayudaba a Inés, ésta le dijo, con su escaso vocabulario, que dependían de unos puesteros leales que estaban escondidos en lo profundo del monte; si el campo estaba "quieto" mandaban un chiquillo en burro a llevarles el pan que ellos horneaban.

Por su antiguo capitán, el Mulita y el Malandra se desnudaron el torso, se quitaron las botas de potro y en chiripá remendaron el adobe y calzaron la bóveda, además de limpiar los pozos y reacomodar alguna teja.

—Al menos, cuando usté se vaya tendrán para el pan —comentó uno a Fernando. El otro, apoyado en una horqueta, miró a Inés con pocas esperanzas.

—¿Sabrá la niña andar en eso de amasar?

Fernando se sintió de pronto ansioso por regresar a La Rioja, y al saberlo, los dos guerrilleros le comunicaron que se quedarían un tiempo con Allende, "por lo que pueda ser". Luis, que no había querido hablar con él desde que llegaron, lo mandó llamar, en el momento en que se disponía a partir.

Cuando entró en la pieza Fernando se turbó ante los ojos afiebrados del lisiado; como hombre sano y fuerte que no ha tenido más enfermedad que las heridas que se buscó, se estremeció al pensar que él, por un mal lanzazo, por un tiro cruzado, podía quedar así, en la certeza de que nunca más podría proteger a sus hijos, a su mujer, condenado a ver enajenado el futuro de su descendencia. "Si llega a sucederme, me mato", decidió.

Recostado sobre aquella cama que parecía enorme para su delgadez, Luis consiguió incorporarse con la ayuda de Inés, a quien pidió luego que se retirara.

Los dos se miraron rectamente: Fernando, erguido, con el sombrero en la mano, incómodo; Luis, esquinado sobre los codos que se hundían en el colchón, pálido y sudoroso.

—Bien, Fernando, te saliste con la tuya. Acá me entierras. —Con la mano crispada sobre la sábana, lo increpó: —Debiste dejarme morir con el uniforme puesto; así, al menos, mis hijos podrían enorgullecerse de su padre. No esperes que te absuelva de haber intervenido.

Con un acceso de tos, cayó sobre las almohadas; se cubrió los ojos con un brazo.

Fernando sentía un nudo en la garganta que le imposibilitaba hablar, pero se acercó a la cama.

—Lo hice por mi hermana, Luis, por mis sobrinos... y también porque te aprecio —alcanzó a decir.

Luis se descubrió la cara y sonrió como quien ya está de vuelta de las cosas.

—¿Aprecio? ¿Desde cuándo me aprecias? Debe de ser algo muy nuevo ese aprecio.

Tartamudeando, Fernando le alargó la diestra y reconoció:

—Sí, es verdad. Te aprecio desde que te he visto luchar como el mejor con lo que te queda de aliento, Luis.

Y quedó con la mano extendida, expuesto a la mirada aguda y cáustica de su cuñado, que terminó por aceptarla.

—Bueno, bueno. —Me alegra que resolviéramos tan viejo rencor. —Con tristeza, Luis añadió: —Hubiéramos podido ser amigos, ¿verdad, Payo? ¿Por qué tuviste que meterte a federal...?

—¿Y tú, por qué te volviste unitario? —retrucó Fernando, sentado al lado de la cama, su sombrero en el suelo.

Recordaron días de estudiantes, algunas anécdotas, las peleas y los desencuentros, las aventuras que corrieron juntos siendo apenas muchachos. Sobre todo, recordaron amigos comunes, pronunciaron todos sus nombres, todos sus apellidos, como si con ello pudieran evocar mejor la feliz niñez, la vida feliz de los años anteriores al asesinato de Dorrego.

Por fin, Luis se despidió de Fernando, y soltó una carcajada.

—Ya nos encontraremos por ahí —braveó.

—Pero jamás olvidemos que somos familia: la sangre de los Allende y de los Osorio se ha juntado en tus hijos.

—Prometido —dijo el otro, y se tomaron el brazo, cerca del codo.

Fernando caminó un largo trecho con Inés y los chicos. Sentaron al mayorcito en la montura y él cargó en brazos al menor. El del medio iba en ancas de un baqueano, y la nena, enlazada a la cintura de la madre. En toda su vida, él no recordaba haber besado a su hermana. Esa mañana lo hizo.

Rumbo a Santo Domingo, delante de sus hombres, taciturno, sintió que la invalidez de Luis le había dejado el instinto cargado de premoniciones; de pronto añoró desesperadamente a los suyos. ¡Aquellos galopes con Luz de pie en la montura, prendida a su cuello! No tenía más de ocho años la audaz... Y su padre, que había muerto sin duda decepcionado de él. ¿Y sus primos, los Lezama? Les había perdido la pisada después de la batalla de Oncativo, pues Buenos Aires se los había tragado, como a tantos provincianos. ¿Y los Cepeda, peones de ley, con quienes había cazado su primer chancho del monte? ¿Viviría todavía el capataz de Los Algarrobos, Oroncio Videla? ¿Qué sería de todos ellos, peones, estancieros, sirvientes, familiares, amigos, profesores, maestros, confesores? ¿Era posible que en tan poco tiempo se hubiera derrumbado un mundo que parecía perdurablemente a salvo? Sí, era posible; a su vista estaban las cenizas.

Hizo un esfuerzo por aventar la nostalgia de lo que no volvería a ser, y lo ayudaron los chistes malintencionados de sus hombres.

A medida que se acercaban a su campito, Fernando se sintió vagamente culpable por haberse demorado con su hermana, y la certeza de tener que afrontar las iras de Calandria le molestaba como una espina en el pie.

En lo alto de la última cuesta estaba el Tuna, disimulado, pero los baqueanos lo descubrieron enseguida.

—¿Qué diría usté que se ve pa´allá, don Chañarito?

—A un cojudo que se pisa las pelotas —maldijo él. Enseguida gritó: ¡Eh, Tuna! ¿Estás jugando a las escondidas?

El paisano lo reconoció y movió ambos brazos en el aire.

—¿Todo bien? —preguntó Fernando al llegar a su lado.

—Tranquilo todo. El Gato ´tá cubriendo el monte, y Lienán la casa.

—¿Y la gente? —Se refería a sus parciales.

—Desparramados, como usté ordenó. Algunos se jueron con Peñaloza; creo que iban a molestarlo a Villafañe.

El amanecer, caliente y rojizo, se elevaba desde el valle que dejaban abajo. Inquieto, deseando a Calandria, Fernando, que no quería testigos del recibimiento que le haría la morena, les ordenó que carnearan unos chivitos y fueran por vino.

Lienán se le acercó con el aspecto zorruno y socarrón que lo caracterizaba. Le palmeó las espaldas y le advirtió:

—Doña Cala no anda muy mansita. Yo que vos, dentro con tiento.

—Como se propase, cobra —alardeó él. Quería hacer el amor con ella, no tener una pelea de órdago; la mulata era rencorosa y podía negarse por días a sus avances.

Lienán se llevó el caballo con una sonrisa sobradora. Fernando se acomodó la barba, intentó aplastar las mechas rubias que le daban un aspecto salvaje. Por las dudas, se ciñó la faja antes de abrir la puerta con cuidado.

—¿Negrita? —susurró, asomando la cabeza. Una de sus botas le dio en la frente, así que entró rápido y se tiró sobre la cama; la inmovilizó y le tapó la boca antes de que comenzara a chillar. —¿Así recibís a tu amor? —Enardecido, la besó en el rostro, en los hombros, en el escote, le bajó la blusa con la barbilla.

Ella decía bajo su mano:

—Soltáme, soltáme.

Él pensó que era un trato, retiró la mano y se inclinó a besarla, pero ella lo tomó de los cabellos y tiró hasta hacerle saltar las lágrimas.

—Guacha tenías que ser —se enfureció, pero ella, con pericia de atleta, recogió las piernas, le calzó las plantas en el vientre y lo catapultó contra la puerta. En su trastabillar, Fernando arrastró algunos muebles y un montón de cacharros. —No grités, jodida; no me hagás la afrenta delante de mis hombres —la intimó, perdida la paciencia.

—Si yo soy guacha, vos sos hijo de puta —rabió ella—. Decí dónde has estado, que seguro tenés otra hembra por ahí. ¿O sería que pensabas quedarte con la baba helada de tu hermana, limpiándole el culo a tu cuñado?

La mulata se le fue encima con el puño en alto, pero él le hizo una zancadilla, la sostuvo por la cintura y, ya bien sujeta, la besó en el cuello mientras le repetía al oído:

—Te quiero, te quiero, negrita. Te extrañé mucho, te lo juro por Lucián. Portate bien, sé buenita conmigo.

Ella se rindió de pronto y le echó los brazos al cuello, besándolo vorazmente, abrazándolo, empujándolo contra la pared, con igual urgencia que él.

—¿Y Lucián? —alcanzó a preguntar Fernando mientras resbalaban al suelo.

—Vi cómo recelaba Lienán y me agarró miedo, así que lo mandé a lo de Correa...

Fue lo último que hablaron por mucho rato. Después, rendida, feliz, tranquilizados ambos y ya en la cama, ella cruzó la pierna sobre el vientre de él, el largo brazo sobre su pecho, y anidó la cabeza en su cuello.

—¿Tuviste miedo de perderme? —preguntó Fernando antes de que cayera dormida. Le besó con ternura la cabeza de cabellos cortísimos, de huesos perfectos. El sueño lo venció mientras pensaba en su hijo.

Cerca del mediodía, bostezando, Calandria salió de la casa a buscar agua. Lienán, sentado contra un árbol, silbó bajito, con intención. Ella sacó el balde y sin decir "agua va" lo vació con fuerza sobre el ranquel.

—Aprendé a lavarte, indio roñoso... —dijo la morena, y se retiró con aquel andar garboso que enmudecía al más plantado.

Al rato, el Gato apareció con la paisanita que llevaba en brazos al niño. Depositado en el suelo, y a la vista del padre, corrió hacia él a trompicones, lleno de risas. Fernando, agachado, lo recibió y lo estrechó con fuerza. "Dios mío, que nunca le falte mi protección", rogó mientras lo besaba repetidas veces. Era un pedido difícil de ser concedido por aquellos años: cuando llegaban degollando, parecía que los ángeles guardianes olvidaban sus espadas y batían alas en retirada.

10

Jerarquías terrenales

"Sobre una tumba, el cirio de un candelabro de plata diluye, en el horror de aquella escena de soledad, la lumbre trágica. Insignias de jerarquías terrenales —una capa, espadas, arneses— yacen sobre la tumba como muda acusación a la soberbia humana."

–Manuel Gálvez
El solar de la raza

CÓRDOBA
PRINCIPIOS DE 1836

En vista de la incertidumbre política, los Osorio y los Farrell decidieron permanecer en la ciudad. Los que tenían quintas en las afueras o campos en el interior se habían marchado en coches, a caballo, en carretas, seguidos por una tropa de sirvientes y tan cargados de cofres como si no pensaran regresar.

En cuanto al López "Quebracho", prometía grandes cambios y una euforia ofensiva para el resto de la población regocijaba a sus adeptos. Robertson anotó en su libreta:

"El gobernador parece haber renunciado a toda autonomía federal; incapaz de conseguir localmente las alianzas necesarias, la inseguridad lo vuelve maleable a la presión de Rosas. Por ahora pueden distinguirse tres clases de ciudadanos que lo apoyan: los que creen en él, los que temen ser tildados de opositores y aquellos a quienes, por intereses personales y económicos, les conviene apoyarlo. Estos dos últimos grupos suman la mayoría y no serán para el mandatario de ninguna ayuda en caso de crisis, unos porque se volverán vengativos en el obligado silencio, los otros porque, agravadas las cosas, buscarán contactos más convenientes. Creo percibir que el negocio político de Córdoba se dirime entre dos clases dirigentes que pertenecen al mismo estrato social y que se suceden cíclicamente en el poder con mayor o menor suerte. Sus fuerzas son tan parejas que no existe el respiro de que una de ellas prevalezca por demasiado tiempo sobre la otra. Por el momento, los federales rosistas parecen más fuertes, pero tengo la impresión de que los unitarios —y aun los llamados federalistas, que no desean ser confundidos con los rosistas y a cuya línea pertenecen muchas familias— sólo esperan algún acontecimiento que les permita imponerse sobre el gobernador y su gente..."

El verano se tornó sofocante y las altas temperaturas se condensaban sobre la ciudad como un ectoplasma reacio a dispersarse. Robertson adquirió una bañera de roble de factura inglesa a don Fidel Calleja; la había encargado años antes uno de los del Castillo, que después de la revolución contra los Reynafé huyó a Chile por su seguridad. Colocó el artefacto bajo el parral, para escándalo de la mujer que llevaba la casa y diversión del peoncito, y pasaba sumergido la siesta leyendo y hasta escribiendo. Farrell llegaba al ocaso con sus Memorias, leían algunas hojas y luego, pensativo ante los jazmines, el comandante cortaba un ramito que se ponía en el bolsillo superior, mientras Robertson, furioso, sabía que anhelaban a la misma mujer.

En Buenos Aires, doña María de los Dolores, viuda de Quiroga, reclamó a Rosas los restos de su esposo enterrados en Córdoba. Conocida la noticia en la ciudad, Farrell se presentó en casa del escocés.

—Dicen que llamarán a formar guardia ante el féretro de Facundo. Algunos se avendrán, pero otros no dejarán de lado sus convicciones, y uno de ésos será Felipe. Es celoso de sus derechos por encima de cualquier régimen. Por desgracia, su familia es demasiado notoria como para que la pasen por alto, y ellos son demasiado orgullosos para disimularse.

—¿Qué puede sucederle?

—Nada... o cualquier cosa: perder propiedades, ser encarcelado, azotado en el poste público... Todavía no sabemos cuál será el cariz de este gobierno. Mi esperanza está en el cariño que Quebracho tiene a Luz, que es su ahijada; sería lo único que podría templarle la mano... ¡Ah! —Suspiró. —Esto recién empieza, y no habrá paz, porque, si de Rosas depende, no tendremos Constitución.

Días después, al pasar Farrell por casa de Osorio, encontró un grupo de señoras que rodeaba al padre Ferdinando. A su pregunta, la señorita del Signo contestó secamente:

—Han separado a los doctores Sánchez y Ramallo del coro de la catedral y del rectorado del Monserrat.

—¿De qué los acusan? —Se sorprendió, pues ambos eran personas intachables.

—Diz que han desertado de la Santa Causa...

—...como si el partido federal fuera la cofradía del Espíritu Santo —agregó otra de las Núñez del Prado.

El sacerdote hizo un aparte con Farrell para advertirle, preocupado:

—Nuestro sacristán tiene un amigo tinterillo que se amaneció con el último decreto: a cuatro días de notificados, los supuestos unitarios que estén en el campo o en la ciudad deben presentarse a Quebracho...

Sin embargo, Osorio no recibió la cédula, lo cual dio un respiro a la inquietud de todos. Laura, observó Robertson, parecía indiferente al peligro en que se encontraban, quizá por una filial aceptación del criterio de su padre o debido a la certeza de pertenecer a una clase hasta entonces intocada.

Mientras se esperaba la carroza que transportaría los restos de Quiroga, continuaban los preparativos: se cursaron invitaciones a ciudadanos destacados y a miembros del comercio para formar la guardia de honor durante los funerales. Algunas de esas personas eran adictas al general Paz —don Felipe se contaba entre ellas—; otras, víctimas de Facundo; las más, federales de una línea contraria a la del muerto. El obispo Lazcano, amigo y protegido del general asesinado, oficiaría el Réquiem.

Los artesanos, ajenos a tantos enredos, tenían mucho que hacer; hasta los carpinteros se presentaron a mostrar su habilidad en la confección de un féretro digno del muerto. Y, como en el año 29, para el triunfo de Paz en La Tablada, se levantaron arcos y tribunas, esta vez adornados con crespones negros, frente a la catedral.

Profesores sin trabajo y estudiantes aventajados fueron reclutados para redactar discursos, cumplidas notas, cartas de pésame a la viuda del caudillo. Entre ellos estaban los siempre inadvertidos, los que trabajaban en olvidadas oficinas y que más de una vez dirigían el pensamiento y la frase del que los contrataba: los escribas, los amanuenses, los tinterillos, los que ponían en letra florida y términos altisonantes (para tanto gobernante, funcionario o general de mano torpe y escasas palabras) cartas, decretos, ordenanzas, discursos, bandos, advertencias, sentencias y —para su redención— alguna esquela de amor.

Fue en el cumpleaños de doña Adelaida que Robertson oyó hablar del otro hijo de don Felipe, el exiliado Edmundo.

Osorio se refirió a él entre dos copas, y como Farrell y el padre Ferdinando defendieron al joven, se exasperó.

—Lo que la familia necesita es un administrador que más adelante se haga cargo de las cosas. No me sirve de nada que pueda hablar en rima o rimar en tres idiomas. Es una cuestión de responsabilidades...

—Con gesto amargo señaló a Laura con la barbilla: —Estoy interiorizando a Laurita en la administración del campo, para que tenga una somera idea. Hasta que crezca el más chico. —Y miró pensativo al pequeño rubio y atrevido que jugaba con sus hermanas a la "mancha venenosa". —A mí no ha de pasarme lo que a mi hermano Carlos —aclaró para el escocés—, que se negó a preparar a Luz María para que lo ayudara con Los Algarrobos. ¡Miren si se puede confiar en los varones! Fernando, Gonzalo, Martín, Sebastián, Edmundo... —Nombró a los jóvenes de ambas familias. —¿Dónde están?

—Están vivos, cosa que con seguridad no podríamos decir si hubieran permanecido aquí. Vamos, olvídate de ello y brindemos.

—¿Y cuál es el voto? —preguntó Osorio con tono desabrido.

—Por los que piensan que la Constitución es el único camino para el entendimiento.

El padre Ferdinando apoyó el brindis:

—Para que Córdoba vuelva a ser foco de cultura, cuna de próceres y tierra de prosperidad.

—Por los hombres de buena voluntad —dijo Robertson, y Osorio, con un suspiro, concluyó:

—Por la paz de la Nación, que no pasa por el silencio de los camposantos.

En aquel momento se presentó Laura, hermosa en su traje de muselina bordada, seguida por dos negros viejos que iban a saludar a la Señora Mayor; llevaban presentes —uno era santero, el otro, platero— además de sus violines.

—¡Aquí están los músicos, abuelita! —anunció la joven. Tomó de la mano a don Felipe y después de que los libertos terminaron con sus pleitesías le pidió:

—Padre, elija usted la música. Y, si me lo permite, bailaré la primera pieza con mi padrino. —Sacó un pañuelo del escote, para inclinarse en una risueña reverencia hacia Farrell.

Robertson sintió que la joven hacía esas demostraciones para molestarlo y, como lo consiguió, escondió su disgusto en un rápido trago. La prudencia se le diluía en la ofuscación y fue con esfuerzo que oyó a don Felipe decir:

—Que sea la que tú desees.

—La Mariquita, entonces —indicó Laura, y extendió la mano hacia Farrell, que pidió el pañuelo a Achával.

La pareja se adelantó al centro del patio, donde les habían hecho lugar. Los libertos —Mártires y Primitivo— mojaron la garganta y pronto la música cubrió la reunión.

Fastidiado, Robertson descubrió que las figuras de la danza expresaban los requiebros de los enamorados y los velados gestos de la seducción; olvidando cuánto la deseaba, se preocupó al comprender el peligro que significaba para Laura que se hiciera evidente la atracción que despertaba en Farrell. Al final ella, que hasta entonces —según las reglas del baile— se había mostrado esquiva a los avances del compañero, dejó caer el pañuelo e hizo la mímica de rendirse a sus brazos; en ningún momento se habían tocado. Después, disimulada y provocativa, le dedicó una mirada desafiante a Robertson y él aceptó el reto pidiendo permiso a don Felipe para bailar con su hija.

—Una contradanza —indicó, y pronto se armaron las parejas.

Laura se prestó, pero mantuvo los ojos apartados, sin dirigirle la palabra.

—Algún día comprenderá —dijo él en voz baja— que no soy tan mala persona como le parezco.

—Al hombre se lo juzga por sus actos —respondió ella sin mover los labios.

—Y a la mujer, por lo que aparenta —retrucó él, incisivo. Sintió que la mano de Laura se retraía, y no la dejó escapar. —Si hubiera entre los presentes una persona maliciosa, ¿qué conclusiones sacaría de la actitud de usted con Farrell?

La joven pretendió apartarse al concluir la danza, pero él, con una galantería que ni don Felipe vería mal, le besó los dedos.

—Gracias por concederme el honor de este baile —le dijo.

—Yo no se lo concedí —replicó ella—. Fue mi padre. —Le dio la espalda y se refugió en el grupo donde Consuelo y José María departían con Jeromita Carranza y su marido.

Antes de que la gente comenzara a retirarse, se sirvió la famosa ambrosía que se resguardaba bajo cristal: un postre de ocasiones importantes. Robertson, que nunca lo había probado, revivió la gula de su niñez. Pasó detrás de Laura y le murmuró al oído:

—Sería capaz de casarme con una mujer que supiera preparar la ambrosía...

Ella contestó con engreimiento:

—Sé tres recetas, pero nunca conseguirá que se la prepare.

Había sido una conversación tonta, pero Robertson se sintió desalentado. Caminó junto a su amigo, pero los celos se le habían instalado en el pecho como una piedra. "¡Maldita muchacha! —juró—. Está agriando mi relación con Edward."

De pronto, Farrell se detuvo en mitad de la calle y fijó la vista en las estrellas.

—Cristo, ¿por qué siento como si el cielo fuera a caer sobre nosotros? —preguntó, y se llevó la mano al pecho.

—Deben de ser tus antepasados celtas —se burló él—. ¿No sabes

111

que lo único que les infundía miedo era la idea de que el firmamento se desplomara sobre ellos?

Recordaría por siempre aquel comentario. Poco después, el cielo se precipitó sobre ellos.

La carroza que trasladaría los restos de Juan Facundo Quiroga llegó y fue expuesta al público. Era un carruaje magnífico arrastrado por seis caballos negros, pintado de rojo, con los tiros y el capitoné del interior del mismo color. Una vez descansados, los caballos, con las coleras y las testeras punzó, fueron paseados para admiración del público.

Los uniformes impecables, el dorado de alamares y charreteras, el cuero lustroso que sostenía las armas, la plata de las empuñaduras, las botas charoladas despertaron la admiración del pueblo, sensible a lo teatral.

—Qué jorobar —dijo Farrell—. Hace años que no vemos uniformes nuevos por el interior.

Llegado el momento de desenterrar los restos de Quiroga, se nombró al médico inglés Mackay Gordon —que había practicado la primera autopsia—, que, con otros médicos y asistido por el boticario Borja Ruiz, abrió la tumba en presencia de autoridades eclesiásticas y civiles, entre ellas Achával. De Bracy, que tenía el don de la ubicuidad, lo acompañaba.

Después, en rueda de hombres, José María contó que al entrar en el panteón de la catedral no pudieron reprimir un estremecimiento: sobre el muro se vio una sombra inmensa, una silueta tan semejante a la de Facundo que los hizo retroceder.

—Allí quedamos —se mofó De Bracy—, inmersos en la patética fantasía del temor a los muertos, pero Gordon, escéptico, dio un paso al costado y, *voilà*, era su sombra superpuesta a la del escribano aquel que responde al extraño nombre de José Baños de Flores.

Describieron la exhumación: el agua bendita, las oraciones, los pedidos del Obispo, indispuesto, para que se trataran los despojos con el mayor respeto. Una vez lavados con abundante alcohol y vinagre, los restos fueron perfumados por el boticario.

Corrió por la ciudad el espeluznante rumor de que los huesos habían sido hervidos hasta descarnarlos, una práctica medieval que, años después, gauchos que nada sabían sobre el medioevo pusieron en práctica con el cadáver del general Lavalle.

—Contó Gordon que, cuando fue a Barranca Yaco, encontró que el cadáver de Quiroga estaba en menor grado de descomposición que los otros.

El padre Ferdinando adujo:

—Por virtuoso no ha de ser. Pocos pecados le quedaban al general por transitar.

—El féretro se exhibirá en una sala de la curia que ya han ornamentado con alfombras y cortinas de terciopelo negro.

—Sacarán el tenebrario de la catedral, el que sólo se usa para Semana Santa, y lo velarán por dos días completos, con los cirios encendidos en todo momento. Después trasladarán el cajón a la catedral para el oficio de difuntos —comentó De Bracy.

—La guardia de honor será renovada constantemente pues hay muchos ciudadanos anotados.

En realidad, algunos se habían curado en salud, como don Fidel Calleja.

—Por más que fui perjudicado por Facundo, temo negarme, así que agaché la cabeza y me anoté —Cerró el puño y preguntó: —¿A usted le parece, tener que hacerle la corte al que en vida me dejó una vez en la ruina, por temor a que, difunto, repita la hazaña? ¡Muerte de Dios! No avalé el crimen, pero esto colma la medida.

Cuando el escocés inquirió cuál había sido la injuria, el español se acomodó con nerviosismo los puños.

—Mucha gente, incluso gente que no era de su facción, se sentía sugestionada por el general Quiroga. Usted no lo conoció, señor Robertson, pero había en él algo sobrehumano, y con todos esos cuentos de relaciones con ánimas y protectores de otro mundo, del caballo adivino y del batallón de hombres-tigre, era difícil hablar del Facundo real, del que mostraba sus flaquezas. Señor, el mayor vicio de ese hombre no era, como se ha dicho, algo tan romántico como las mujeres o el juego, sino la codicia pura y simple. Esto va de explicación a lo que me sucedió... mejor diré, lo que nos sucedió a muchos durante el sitio de la ciudad, en el año 29: mientras sus delegados parlamentaban con los atrincherados en la plaza, él comenzó a desvalijar a los comerciantes primero (habíamos visto que traía demasiadas carretas) y a los vecinos después. Esa noche entregó al saqueo muchas viviendas...

—Casi todas de unitarios —recordó de la Torre, que había intervenido en la contienda—. Le entraron a saco a González, a Aramburú, a Gigena y con saña a don Faustino Allende y a Gualberto Echeverría, que eran oficiales del general Paz. Pero, como él mismo diría —concluyó el capitán, burlón—, ley pareja no es rigurosa: entregó también propiedades de federales que tenía atragantados por algo.

—Así —retomó Calleja el relato— quedé despojado y dando gracias porque mi mujer y mis hijas estaban en la catedral. Pero sus vestidos y aderezos, ¡hasta sus costureros!, se llevaron. Tuve que empezar como cuando vine de España. Luego dimos una misa de acción de gracias porque no se le ocurrió hacer una matanza...

—Eso —lo interrumpió de la Torre— se lo debemos a la mediación del ex gobernador Bustos y su cuñado, el coronel Maure, que insistieron en que no se entregara la ciudad al pillaje y al degüello. Pero —reconoció— no debo hablar mal de Quiroga, porque durante los fusilamientos que hizo poco después en Tucumán me concedió la vida de tres personas de mi familia, todas unitarias.

—Así somos —terció el Padre Ferdinando—. De luz y tiniebla, de la misma madera que los dioses.

—De todos modos —aclaró Ignacio de la Torre—, yo era incondicional del brigadier Bustos, porque si iba a jugarme el cuero, prefería que fuese por un cordobés. Quiroga solía burlarse de mi jefe; un día lo llamó "pachón".

—¿Qué significa eso? —preguntó Robertson.

—Así, como medio azonzado...

—Mentecato, diríamos en España —acotó Calleja, con los pulgares en los tirantes del pantalón—. Un buen hombre, el brigadier —concedió—, pero poco liberal para el comercio. —Resignado, concluyó: —En fin, que allí me veréis, escoltando al artífice de mi desgracia.

Por su parte, don Felipe rehusó la invitación, aunque aclaró que acudiría al oficio fúnebre por respeto a un hombre del interior —de quien lo habían separado métodos y objetivos— que había sido brutalmente asesinado.

El pueblo desfiló ante el sarcófago y Robertson recordó un cuadro que había visto en Sevilla; era de Valdés Leal, un pintor de dos siglos atrás. Estaba colgado en el hospital de la Santa Caridad, donde había ido a visitar a un compañero enfermo de tétanos. Se titulaba *Finis Gloriae Mundi* y mostraba el interior de una cripta funeraria con todas las insignias del poder humano; una escalofriante alegoría.

Durante el oficio, Farrell observó que al obispo Lazcano se lo veía muy decaído; el padre Ferdinando le confió que padecía de un mal incurable.

Acabadas las ceremonias, los amigos decidieron juntarse en lo de Robertson. Mientras servía café, les comentó lo escrito por un jesuita: en algunas sociedades primitivas, la muerte de alguien no se consideraba real hasta que no se llevaban a cabo las ceremonias funerarias, ya que era necesario el conjuro del rito para crear la nueva identidad del fallecido.

—O sea —sintetizó Farrell— que, si Quiroga fue un cuco en vida, muerto se volverá un espanto.

Clotilde anunció al capitán de la Torre, quien les comunicó desde la puerta:

—Vengo por la copa del estribo; se me ha ordenado reintegrarme al batallón, así que me uniré a la escolta. —Vestía el uniforme y se lo veía animado; no olvidó dar a Robertson las señas de sus varios paraderos en Buenos Aires.

El 30 de enero de 1836 el edecán de Rosas recibió los restos del Tigre de los Llanos. El féretro fue conducido a pulso y las cintas de terciopelo negro que pendían de él eran sostenidas por altos dignatarios del gobierno. "Pompa y grandeza —se escribiría después— de que no hay memoria en los anales de la mística ciudad"... ciudad que siempre había sido amarga para el general riojano.

Redoblaron las campanas de todos los templos y el carruaje se puso en marcha al mismo tiempo que el cañón de la plaza y el piquete de guarnición cumplían con las salvas de honor. Una escolta de ciudadanos, con rosa de crespón en el brazo izquierdo, lo acompañaría parte del camino.

Muchos federales vieron partir los despojos con resentimiento; no se les escapaba que, junto con los controvertidos huesos, Rosas se apropiaba de su herencia política. Ahora, sólo don Estanislao López se interponía entre él y el poder absoluto sobre el país, y el gobernador de Santa Fe estaba muy enfermo.

El 7 de febrero, después de un largo trayecto en el que la gente se apostaba en los caminos para ver pasar la carroza encarnada, el edecán llegó a Buenos Aires y depositó su fúnebre carga en la iglesia de San José de Flores.

A las nueve de la mañana, treinta carruajes salieron del fuerte. En el primero iba Rosas con dos de los hijos varones de Quiroga; lo seguían ministros y empleados civiles y militares, entre ellos la aristocracia del ejército federal. Detrás iban una escolta de honor, el jefe de policía y subalternos. En la ruta se les unieron no menos de doscientos ciudadanos a caballo y de esta forma el cortejo penetró en la ciudad a paso tardo entre la muchedumbre apiñada en la calle.

La guarnición había mandado lo más selecto de sus tropas en uniforme de parada, formados desde el fuerte hasta la plaza de Lorea: todos al mando del general Pinedo, inspector de armas.

Las banderas a media asta flameaban en algunos edificios y en la rada, los buques mostraban un bosque de estandartes que el hálito del Plata movía con desgano.

Con estricto ceremonial se condujeron los restos hasta el templo de San Francisco siguiendo el mismo camino que otrora había recorrido el difunto para abandonar Buenos Aires en su último viaje. Aquel recorrido se llamaría, por años, "Camino del general Quiroga".

Luz Osorio escribió a Misia Francisquita: "... desde la salida del Sol ya no se pudo descansar los oídos, tía; el cañón del fuerte comenzó a disparar cada media hora y en la plaza de la Victoria una compañía de artillería de tres piezas lo hacía cada minuto. Eso, sin contar las bandas de música que ejecutaban marchas fúnebres y todas las campanas de la ciudad que doblaban a dolor. Como si no bastara, los clarines y los tambores acompañaban el paso de la tropa... El corazón se acongojaba y, al pensar en aquel hombre al que muchos consideraban un semidiós, no he podido dejar de preguntarme, después de ver este duelo ostentoso, este amenazante despliegue de poder: ¿quién calló la palabra que condenó a Quiroga?

"Al día siguiente del sepelio, la prensa atacó con violencia a los unitarios; es extraño, pero la gente no parece comprender que el general Quiroga ha sido inmolado por hombres de su partido. El asesinato de este hombre notable se está usando para profundizar el odio entre ambos partidos...

"Hablemos de cosas más gratas. Mi embarazo no me trae problemas y Tristán está cada día más audaz, en especial porque Brian lo alienta en sus travesuras. ¡Hasta le ha encargado un caballito enano a Gran Bretaña para que empiece a montar! He recibido carta de Cardiff. Mis hermanos están bien y, según me escriben los Harrison, son muy estudiosos. Mandan para ustedes muchos besos y cariñosos recuerdos..."

En Córdoba, don Manuel López no perdió tiempo en hacer imprimir en el papel timbrado: "Vivan los Inmortales Rosas y López" —por el gobernador de Santa Fe— y "Mueran los Unitarios". Se decía que la sugerencia provenía de Rosas. Y cómo —se burlaban los enemigos del mandatario cordobés— había de negarle éste algo a don Juan Manuel, si al pedirle don Aparicio Frías por un amigo de ambos —inocente de los cargos de asesinato y traición— le contestó: "No me hable, amigo, sobre el particular, porque si el señor Rosas me pide a la Santos, a la Santos le he de mandar". Doña Santos era su esposa.

—Bien cierto es que doña Santos está ya medio pasa... —dijeron los mal intencionados.

A todo esto, el peligro para don Felipe parecía el producto de la inquietud en que se vivía; el castigo pasó por una cierta evasividad del gobernador y Farrell se convenció de que aquello sería todo. Respiró al anunciarle su amigo que en cuanto cesaran las lluvias saldría para las sierras con sus hijos. Esta vez él y Robertson decidieron acompañarlos.

11

Persuasión

CÓRDOBA
PRINCIPIOS DE 1836

Aunque en la ciudad la lluvia había sido tranquila y no muy abundante, la gente que bajaba de las sierras comentaba que las tormentas habían rebasado los cursos de agua, aislando muchos poblados.

De todas maneras, el tiempo tormentoso parecía un marco adecuado para los preparativos que se organizaban: nuevas honras fúnebres para Quiroga en el aniversario de su muerte.

Harto de estar encerrado, Robertson se puso el capote, ensilló uno de los caballos y se dirigió al río, lugar donde siempre encontraba la compañía de soldados o de gente con la cual le gustaba alternar.

Cerca de la ribera dio con algunas personas que cargaban sus bártulos, llevando a rastras animales; a veces, en una carretilla, se amontonaban unos cuantos niños y algún anciano de rostro sufrido.

—¿Qué sucede? —preguntó.

—La avenida, señor —dijeron con expresión preocupada, al tiempo que se alejaban del río.

Él no entendió, así que se detuvieron a explicarle:

—El agua que se viene de la sierra —le dijeron—. La crecida, don.

Robertson miró el río y pensó: "¿No será demasiada pretensión? ¿Hasta dónde podrá subir?". Con curiosidad, se detuvo en un alto donde los sauces colgaban sobre las barrancas. Muy lejos, creyó oír un continuo tronar.

Un muchacho lanzó una advertencia y Robertson comprendió que lo que oía era en realidad el estruendo de una avalancha que se acercaba con rapidez.

Se paró sobre los estribos, pero como el río hacía una curva no podía distinguir lo que rodaba hacia ellos. Ante otra exclamación del chico, volvió la cabeza a la derecha y vio a Canela montada y detenida en medio del cauce: hablaba con Laura, que desde la otra banda miraba con aprensión hacia el recodo mientras taloneaba nerviosa su caballo, que se resistía a obedecer.

—¡Corra, niña, corra! —chillaba Canela—. ¡Use el látigo o la pilla el agua!

Robertson oyó el cada vez más distinguible rodar de piedras, troncos y agua desbocada. Como Laura bajó del animal dispuesta cruzar a pie, taloneó con ímpetu al suyo y se lanzó hacia el bajo al tiempo que advertía a la morena que se pusiera a salvo, cosa que la muchacha hizo de inmediato.

Entró en el agua mientras el rugido de la crecida le golpeaba los oídos y se dirigió hacia la joven; el caballo se le había escapado y ella, sin atinar a retroceder, se decidió cruzar a la otra orilla.

Espoleó ferozmente al animal, y sin disminuir el galope la tomó con fuerza de la ropa, cerca del cuello, rogando que tuviera buenas costuras. Mientras ascendía la cuesta para alejarse de la ribera, la arrastró por varios metros sobre el pasto fangoso. Ella gritaba de dolor e indignación, le ordenaba que la soltara. Ya a salvo, él desmontó y al volverse vio pasar aquel aluvión de ramas y barro, de árboles arrancados y piedras que retumbaban al chocar entre ellas. Por fin se mostró la cabeza de la crecida: un revoltijo de yuyos y troncos, una maraña capaz de aprisionar a alguien como una de esas aglutinaciones de serpientes marinas que había visto en las costas del Caribe. Y mientras él y la joven, paralizada y muda, veían aquel horror en el cual creyeron distinguir un cuerpo humano y varios animales, llegó el aluvión espeso y barroso que pronto ganó terreno a la ribera.

Robertson gritó a Canela, sin saber si lo oiría:

—¡Vete a avisar a don Felipe! ¡A Farrell! ¡Avisa a Farrell!

Ya porque entendía, ya porque comprendía que debía hacerlo, la morena volvió grupas y trepó la barranca.

—¡Suélteme de una vez! —gritó Laura, y él comprendió que la sujetaba con demasiada fuerza.

En la otra banda, unos soldados que habían corrido a auxiliarlos iban y venían con sus caballos, sin saber qué hacer. Era inútil gritarles: el ruido de las piedras —semejante al de una molienda gigantesca—

que se removían en el lecho inutilizaba cualquier intento. Al fin, tras haberse refugiado sobre las barrancas, donde faltaba poco para que el agua llegara, dejaron a dos de guardia y el resto se alejó al galope, sin duda a informar lo que había pasado. En ese momento comenzó a llover a cántaros.

Robertson observó alrededor. El caballo de Laura trotaba hacia un rancho medio derruido: alejado de las márgenes del río, bajo unos árboles inmensos, se elevaba sobre una cuesta adonde parecía improbable que llegara la creciente.

—Vamos —dijo a la joven y, como ella se derrumbó mirando desesperada al otro lado del río, la tomó del brazo sin contemplaciones y tiró de ella, que comenzó a debatirse de nuevo.

—Maldición —juró él—. ¿No comprende que trato de salvarle la vida?

Laura, muda, le clavó las uñas en la mano sin dejar de mirarlo a los ojos. Enfurecido con ella, Robertson le dio una palmada en el rostro, medida pero cargada de advertencias. Ya sin paciencia, atajándose los golpes, jurando y apostrofando, consiguió llevarla al rancho.

Estaba deshabitado y adentro se llovía en partes, pero era un refugio contra una lluvia tan espesa que no permitía ver a más de dos metros.

Malhumorado porque le había despellejado los nudillos, la alzó de los hombros, la empujó a un rincón y la sostuvo contra la pared.

—Si no se aquieta, la ato —amenazó—. No quiero que su familia o Farrell me hagan responsable de su estupidez. ¿No sabe, acaso, que la crecida tiene un régimen? Que me haya engañado yo, bien puede ser. Pero ustedes... ¿qué demonios hacían de este lado?

—No le importa —contestó ella. Afligida, agregó: —No podemos quedarnos acá. Tengo que volver a casa.

—No hay forma de cruzar. Tendremos que esperar unas horas.

Ella guardó un momento de silencio y luego explicó, angustiada:

—No podemos pasar la noche solos.

—Pues, como dice Edward, "a la fuerza ahorcan". No hay manera de atravesar el río y, por lo que he visto, tampoco hay viviendas por los alrededores.

Ella volvió la cara contra la pared del rancho.

—Usted no entiende lo que va a pasar conmigo. Hubiera preferido quedarme sola.

—Si no fuera que comprendí que la llevaría el río, créame que no habría intervenido.

—Vendrán a buscarnos —dijo la joven, consternada—. Todos verán que hemos pasado la noche juntos.

—¿Quiere decir que, a pesar de haberse salvado providencialmente, la gente hablará mal de usted?

—Sí —reconoció ella.

—Bueno, aunque yo me fuera hacia otra parte, lo mismo dirían que hemos estado solos. Y este lugar es bastante peligroso. Prefiero que hablen de usted en forma equívoca a devolverla lastimada... o muerta.

Se sacó el capote empapado, lo arrojó en un rincón.

—Siéntese ahí. Yo vigilaré; lejos de usted, si eso la tranquiliza, aunque no afuera. Bastante molesto estoy por haberme metido a salvador.

Una hora después, la lluvia había amainado pero la creciente seguía bramando en la oscuridad. En la banda opuesta vieron luces y hombres a caballo que recorrían la costa.

Robertson salió y, por sobre el estruendo del agua, hizo bocina con las manos y gritó:

—¡Edward, Osorio! ¡Laura está a salvo! ¿Se puede cruzar por algún vado, hay algún puente que no haya sido barrido?

"¡Para qué pregunto, si en este país deben de estar prohibidos los puentes!", protestó para sí.

Debieron de oírlo, pues las antorchas que sobrevivieron a la lluvia se perdieron río arriba y río abajo.

Esperó estoicamente, retrocediendo a medida que el agua ganaba terreno, hasta que volvieron y a gritos le hicieron saber que no había paso por ningún lado. Farrell preguntó:

—¿Tienen abrigo? —y Robertson señaló el rancho, que era apenas una sombra bajo la negrura de los árboles. Luego quedó frente al grupo de hombres estáticos, que no sabían si partir o continuar una guardia absurda bajo el diluvio.

Amargado por la situación, comprendiendo lo que sentiría don Felipe, y el mismo Farrell, Robertson dio media vuelta, juró en gaélico y se refugió en el rancho.

Laura —sentada en un rincón, las piernas enlazadas con los brazos— se volvió a mirarlo y su rostro recibió la última claridad del crepúsculo tormentoso; el traje verde selva escondía las formas de su cuerpo y se veía mustio de barro. Los puños y el cuello de encaje blanco estaban sucios y desgarrados. Como si no soportara mirarlo, volvió la cara hacia la pared y él pudo ver el nacimiento de su cabello en la nuca, a medias deshecho el peinado, que mostraba parte del cuello, donde algunos finos mechones se habían adherido. Contempló su perfil suave y fuerte al mismo tiempo, la frente recta y despejada, la línea donde se unían los labios. "Que San José me dé fuerzas para respetar a esta virgen", masculló para adentro, y prefirió darle la espalda. Apoyado contra el dintel, miró con inquietud la lluvia que de a ratos parecía arreciar. Una tonalidad extraña, de un celeste artificial, marcaba el tapiz por donde se atropellaban nubes del color —y a veces parecía que también de la consistencia— del plomo. "No debo perder los sentidos. ¡Ah, qué maldición! Nunca he deseado a una mujer tanto como a ésta." A veces le parecía como si la sangre, inclemente, amenazara con ahogarlo.

Exasperado porque el viento, al cambiar, había largado un chubasco sobre él, se adentró en la tapera y buscó con qué hacer fuego. Encontró unas hebras de alfalfa seca, unas ramas, unas cuantas maderas. Sacó la caja del yesquero; el metal había resguardado la pólvora, así que con algo de esfuerzo consiguió que todo aquello ardiera. Se calentó las manos y a la luz cambiante de las llamas vio a Laura, que, recostada en el ángulo de la pieza, volvía el rostro pálido hacia el resplandor.

—Acérquese; el calor le secará la ropa. —Al ver que ella, sin mirarlo, se recogía el pelo empapado sobre la coronilla, carraspeó en un intento de moderar la voz: —Déjelo suelto. No le hará bien mantenerlo mojado tantas horas.

Ella levantó los ojos y lo miró con aquella expresión enigmática que lo dejaba en espera de que se traicionara, de que hiciese algún gesto descuidado que le proporcionara un indicio de la persona que ocultaba bajo sus rabietas, sus silencios y su terquedad. Pero no; los cerró, pareció suspirar y apoyó la mejilla en la pared.

Tratando de parecer indiferente, él tarareó por lo bajo, se quitó el chaleco y, para que se oreara, lo colgó de una rama que sobresalía de un hueco. Hizo lo mismo con la camisa; se soltó la coleta y, en cuclillas, comenzó a secarse el pelo al titubeante calor de la madera húmeda.

Laura parecía ajena a todos sus movimientos mientras se esforzaba para no mirar su desnudez; un calor nervioso le subía desde la cintura y le encendía el rostro; la avergonzaba que Robertson pudiera darse cuenta de su turbación. Habría deseado comprender por qué la vista de las cicatrices, el movimiento de sus brazos, de los músculos de los hombros, le producían aquel sentimiento de... no sabía de qué: era una mezcla de ansiedad, de nervios, de vergüenza de sí misma.

Luchó con el deseo de acercarse al fuego; a medida que bajaba la noche, sentía más frío y parecía como si el cuerpo se le entumeciera.

—Hoy se quedará sin cenar —dijo él. Compadecido de su incomodidad, le propuso: —Acérquese al fuego. Yo me retiraré, si eso la tranquiliza.

Como retrocedió un poco, ella se levantó y se sentó al calor de las llamas; le parecía tener una corona de hielo alrededor de la cabeza, así que, imitando a Robertson se soltó la cabellera y la ahuecó al calor. De inmediato se sintió mejor.

—¿No podríamos hablar como personas civilizadas? —propuso él—. ¿Contarnos cosas inocentes? Prometo no decir nada que pueda molestarla.

Laura tomó una ramita y dibujó algo sobre las cenizas. Al fin levantó la vista hacia él y preguntó:

—¿De qué podríamos hablar?

Sentado a varios metros, la espalda contra el adobe, él sugirió:

—Hábleme de su hermano.

Una sonrisa desarmó el ceño apretado de la joven.

—Edmundo es mayor que yo. Tiene la edad de nuestra prima Luz; parecen mellizos... en el carácter, me refiero. Desde chicos han sido muy compañeros, siempre metidos en líos, cubriéndose uno al otro...

—¿Qué líos?

—Oh, eran muy rebeldes, aunque no se opusieran abiertamente a nuestros padres; sólo hacían lo que les venía en gana y después afrontaban el castigo como parte de la diversión. Yo los envidiaba; no le temían a nada.

—¿Usted no era desobediente?

Ella se alisó la falda, la extendió para que se secara.

—No. Siempre he tratado de hacer lo que se debe; me cuesta menos, además —reconoció con sencillez.

—Cuénteme alguna picardía de ellos.

—Luz llegó a falsificar notas para Edmundo, porque es capaz de imitar cualquier letra. Y eso hizo para la batalla de La Tablada. Mamá tenía a mi hermano vigilado para que no fuese a pelear, así que Luz fraguó unos permisos con la firma del bedel. En casa pensábamos que estaba practicando vendajes y él, en cambio, andaba por los techos tirando granadas a los riojanos. Estaba en la plaza cuando la entregaron a Quiroga. —Dejándose llevar por los recuerdos, le contó: —Dos de los hermanos de Luz estaban enfrentados por entonces: Sebastián, el que es pintor, era unitario y peleaba en las filas del general Paz; el otro, Fernando, era oficial del general Quiroga, y estaba con los federales. Sufrimos mucho por eso, en especial Luz, que los quiere tanto. Por suerte, Fernando consiguió que les dieran la libertad.

—¿A quiénes?

—Pues, a su hermano Sebastián, a Edmundo, a unos amigos y al negro Simón, que era muy viejo; él también había peleado en la plaza. Poco después lo asesinaron junto con mi tío Carlos, el padre de Luz.

—¿Cuántos hermanos tiene doña Luz? —se interesó Robertson.

—¿Usted dice aparte de Fernando y Sebastián? Cuatro más: Inés, que está casada con un militar; Isabel, que es novicia en las Carmelitas, y Ana y Carlitos, que viven en Gran Bretaña con la familia de Harrison. Ellos son los más chicos.

—¿Y qué hace su hermano de usted?

—Vive con Sebastián, en París; tuvieron que huir al caer prisionero el general Paz. Edmundo escribe, es poeta —dijo con admiración de hermana menor—. Ahora se gana la vida como traductor y escribiendo para los periódicos... como usted. ¿Tiene hermanos? —preguntó con timidez, mirándolo a los ojos. Los colores parecían haber vuelto a sus mejillas y los labios se le veían casi rojos.

—No —respondió Robertson, y se pasó el pulgar por la boca en un intento de disimular lo que sentía—. Y créame que lo lamento. Me habría gustado tenerlos. —Se apretó los dedos, haciéndolos crujir y cambió de conversación. —¿Le gusta vivir en la ciudad?

—Prefiero el campo. ¿Y usted?

—Prefiero el mundo... —Le sonrió. Con un suspiro, se puso de pie y dijo con suavidad: —Este rincón se llueve menos. Acomódese ahí, que la cubriré con mi camisa. Ya está seca.

Ella, sin discutir, se ovilló y cerró los ojos, extenuada una vez que el disgusto dio paso a la resignación.

En el rincón opuesto, Robertson, acostumbrado a incomodidades y noches en vela, le cuidó el sueño mientras arrojaba ramitas a la fogata. "Después de esto, quizá se muestre más cordial... Ya que no puedo tenerla, como es evidente, al menos me gustaría que fuéramos amigos. Es una persona sin malicia." Se sorprendió ante el inesperado afecto que ella le despertaba y en ese momento, por un tiempo brevísimo, pudo entender la naturaleza de los sentimientos de Farrell.

A la mañana siguiente el río seguía crecido, pero con una correntada pareja. Robertson observó del otro lado a don Felipe, a Farrell y varios vecinos. Pensó: "Es ahora o nunca", y les advirtió que estuvieran atentos a ayudarlos, que intentarían cruzar.

Fue por los caballos, que se habían refugiado bajo los árboles, y ayudó a la joven a montar.

—Siéntese a lo varón —le aconsejó—. Quiero que sujete con fuerza las piernas a la montura. Si el agua nos arrastra, préndase a la cola del caballo, que buscará salvarse. ¿Estamos de acuerdo?

Ella asintió con la cabeza. A la luz del día, se la veía afligida y avergonzada.

—Laura —le dijo con firmeza al entregarle las riendas—, ni usted ni yo tenemos nada de que avergonzarnos... ¿no es así?

—Dígaselo a mi padre —respondió ella, angustiada.

Él pensó: "No pueden ser tan brutos". Montó y le pidió que se aprestara a cruzar. Con el caballo de Laura a tiro, se adelantó hacia el río. Las cabalgaduras retrocedieron al borde del agua hasta que del otro lado don Felipe, Farrell, Camargo y otros peones montados sujetaron en reata varias mulas, usando de resistencia un sauce enorme que había quedado atravesado. Así avanzaron hasta conseguir que los caballos, con instinto de tropilla, se adentraran en el río.

Llegaron a la otra orilla trabajosamente pero a salvo. Allí esperaba el coche de Farrell; su padre tomó a Laura, que temblaba, en brazos y la metió en el vehículo, donde doña Mercedes, desencajada de aflicción, esperaba para envolverla en una manta.

Luego se pusieron en marcha. La comitiva atravesó la ciudad en el más absoluto silencio. En todas partes había vecinos apostados fuera de sus casas, ya enterados de lo sucedido.

Robertson, recuperado del aturdimiento, notó que se iban alejando de él, que nadie le dirigía la palabra, ni siquiera una mirada. Intentó hablar con Farrell, pero el comandante taloneó su caballo y se adelantó.

Se sentía furioso, con la gente que salía a mirarlos como si fueran un espectáculo de feria, con Farrell por su necedad. Sólo disculpaba a don Felipe, que, por ser el padre, sin duda era el más afectado.

Al ver que podía desviarse hacia su casa, dobló sin una advertencia. Nadie lo llamó, nadie lo acompañó, nadie preguntó si estaba herido.

Clotilde y Pascual lo esperaban con la estufa prendida, ropa seca, toallas y sobre el escritorio la botella de whisky. Lo primero que hizo fue servirse una medida generosa y beberla de un trago que le llenó los ojos de lágrimas. Antes de cerrar de una patada la puerta, se desnudó y, sin importarle quién lo viera, arrojó afuera las ropas empapadas y las botas, y se secó con energía.

Envuelto en las mantas, cayó en el sillón frente a la estufa, la botella a mano.

"¿Qué pasará ahora? ¿Tendré que irme de la ciudad?", se preguntó, porque, si sopesaba la actitud de todos, nadie parecía apreciar el hecho de que hubiera salvado la vida de la joven, sino que actuaban como si él, con su decisión, la hubiera mancillado.

"Bien, que sea lo que quieran. Si quieren un duelo, tendremos un duelo, pero pueden estar seguros de que no me dejaré matar. Mi conciencia está en paz." Al menos, no dudaba de que la joven apoyaría sus palabras.

El alcohol, con el estómago vacío y el calor del fuego con su intermitente chasquido lo sumieron en el sueño.

Clotilde lo despertó horas después.

—Manda decir el señor Osorio que lo espera en su casa.

"Bien, aquí vamos." Suspiró. Fue a su dormitorio y, ante el brasero que había avivado la mujer, eligió la ropa y se vistió con esmero. Iría a caballo, pues, aunque eran pocas cuadras, no deseaba que nadie lo detuviera. Pascual quiso acompañarlo y él aceptó con un gruñido.

Sin saber bien por qué, se volvió y dejó las pistolas. Prefería no tentar al Diablo.

No fue Canela quien le abrió la puerta, sino otra de las morenas. En los patios y en los corredores no se veía a nadie, salvo a Capitán, el perro del dueño de casa.

Al entrar en el despacho de don Felipe encontró la habitación iluminada por varios candelabros, pues el día seguía nublado. El padre de Laura estaba de espaldas y en la esquina más sombría de la habitación Farrell se puso de pie, con el rostro descompuesto.

"¡Dios mío! ¿Es posible que crea que soy un infame?", se preguntó sorprendido. Con bastante sangre fría dejó el sombrero y los guantes sobre la mesa y se quedó mudo. Que ellos dijeran la primera palabra.

Quizá pretendían explicaciones, pues ambos se miraron y luego don Felipe, con una tos seca, le preguntó:

—¿Entiende usted el daño que ha ocasionado a la reputación de mi hija?

—¿La prefería muerta, señor? —respondió con frialdad.

Farrell se adelantó dispuesto a golpearlo, pero él puso sus manos a la espalda para demostrar que no se defendería. Don Felipe extendió el brazo y el otro se contuvo a unos pasos.

—No te propases —le advirtió.

—No me propaso. Ella iba a cruzar a pie en el momento en que venía el aluvión. Alcancé a rescatarla con los segundos contados.

—¿Y por qué no la trajiste hasta esta orilla?

—Porque Miss Laura estaba a dos metros de la otra y a muchos de ésta. Pero, por supuesto, si hubiera sabido que para ustedes eran más importantes los infundios de la gente que la vida de ella, les aseguro que me habría quedado mirando mientras la crecida la arrastraba, así después podía indicarles hacia dónde la llevó el agua.

Don Felipe detuvo de nuevo a Farrell.

—Señor —dijo con calma—, le aseguro que agradezco lo que ha hecho por mi hija, pero mi pregunta iba dirigida a darle una idea de la situación en que estamos y de lo que ahora debo pedirle.

Robertson quedó a la expectativa y Farrell barbotó:

—Tendrás que casarte con ella.

En un instante aquilató lo ridículo de la situación. Se preguntó, además: "¿Me gusta tanto ella como para eso?". La respuesta era "No". El casamiento jamás había entrado en sus planes.

Como el silencio se alargaba, don Felipe levantó los ojos hacia él.

—¿Se niega usted? ¿Voy a tener que rogárselo?

—No, no. No es ésa mi intención. Pero no creo que sea lo más conveniente... en especial para Miss Laura. Ella puede atestiguar que, salvo cuando la saqué del río, nunca estuvimos a menos de tres metros uno de otro. Sepa usted que soy una persona de honor, y Edward puede...

Se volvió a mirarlo y lo que siempre supo se hizo evidente: el amor desesperado de su amigo por la joven lo acercaba al colapso. "¿Es que todo el mundo es ciego, de su padre para abajo? ¿Cómo es que nadie parece notar lo que para mí es evidente?", se preguntó, exasperado.

—Edward —dijo, intentando hacerlo reaccionar—, ¿crees que sería capaz de insultar a tu sobrina, a cualquier mujer?

Farrell cerró los ojos y por fin reconoció:

—Te creo incapaz de cualquier vileza.

Robertson suspiró y oyó decir a don Felipe:

—También yo lo creo así, señor Robertson, no es eso lo que está en duda. No obstante, el suceso ha sido tan público que no podemos evitar las especulaciones de los otros. No está en nuestro ánimo obligarlo, pero sería un alivio para la familia si usted afrontara las consecuencias... de su compasiva actitud.

Desconcertado, Robertson se tiró sobre una silla y los otros dos, como si fuera una comedia, se sentaron con más cuidado, la vista fija en él, las manos sobre los muslos. Don Felipe lo miró.

—Permítame explicarle lo que sucederá de ahora en adelante —le dijo—. Laura quedará marcada. No será invitada a ningún lado, tendrá que hacer sus devociones a escondidas, jamás será pretendida y, si me pasara algo a mí, ella quedaría sola y desamparada para el resto de su vida...

—No mientras yo exista —dijo Farrell.

Don Felipe se volvió hacia su amigo y le puso una mano en el hombro.

—Eduardo, sabes la tranquilidad que me da el haberte nombrado en mi testamento tutor de mis hijos, pero no tenemos la vida comprada. —Se volvió hacia Robertson: —Como decía a usted, dado el carácter poco suspicaz de mi hija, sería víctima fácil de cualquier sinvergüenza.

Robertson, afectado, miró a Farrell, y era tal la desdicha que vio en su rostro, que prefirió enfrentar al padre:

—Ella puede negarse. No creo serle agradable desde ningún punto de vista... quizás hasta ame a otro...

—No ama a otro, salvo que esté yo en la más completa ignorancia —contestó don Felipe—. Además, en esto no está dada a mi hija la última palabra. Es su familia la que debe tomar la resolución de velar por su destino. Estoy seguro de que el matrimonio es una solución a medias, que nunca volverá a ser el mismo el trato que le den nuestros iguales, pero al menos se guardarán las formas. Y quizá, con el tiempo, el incidente se vea con más benevolencia.

Aturdido, Robertson se puso de pie.

—Señor —dijo—, lo siento, pero no puedo contestar de inmediato. Vendré más tarde, si usted me lo permite, y le daré mi respuesta.

Salió apresurado del despacho. La casa seguía igualmente silenciosa y pensó si no se habrían llevado a Laura al campo. Canela apareció detrás de una columna con el rostro hinchado de llorar.

—Venga, señor. La niña Francisca quiere hablar con usté —y señaló hacia una de las salas.

Malhumorado, siguió a la morena. Lejos de la vista de todos, la tomó del brazo:

—¿Cómo está la señorita Laura? —preguntó.

—No ha parado de llorar. —Soltando ella las lágrimas, explicó: —Yo me largué a cruzar para darle ánimo, pero el caballo se le plantó... ¡Ojalá hubiera quedado yo con ella!

—Ya no hay remedio —replicó, con una palmada.

La chica abrió la puerta y dijo algo ininteligible, anunciándolo más de fórmula que de forma.

Robertson encontró a la señora sentada en su sillón habitual, aquel alto que la obligaba a usar escabel. En una mesita tenía toda suerte de tijeras, agujas, hilos, dedales y hasta un libro. En la falda, la labor de encaje. Llevaba puestos los anteojos y no el monóculo. "Bien, no piensa amedrentarme", se tranquilizó Robertson.

—Puede tomar asiento, señor Robertson —dijo la señora, al tiempo que se sacaba las gafas y las dejaba colgar sobre su pecho. —Una vez que él hubo obedecido, lo miró fijo y le preguntó: —¿Se va a casar con Laurita?

Después de un silencio, él preguntó a su vez:

—¿Cree usted que éste sea un buen matrimonio para su sobrina?

—No nos distraigamos, señor Robertson. Acá, la pregunta es si usted cree que ella sea una aceptable elección. —Dejó la labor de lado, lo estudió con detenimiento. —¿Piensa que ella desmerece la condición social de usted, acaso?

Su voz tenía un dejo de ironía. Él se apresuró a contestar:

—Señora... nada más lejos. Soy yo quien no llega a reunir las condiciones que ella se merece. Creo que es un grave error forzarla a un matrimonio que con seguridad detesta. Todo esto no tiene ningún sentido práctico...

—Se equivoca, señor. Lo único que tiene es sentido práctico. Es una forma de reintegrarla, por medio de ese vínculo, a la sociedad de la cual será irremisiblemente separada. Porque, como están las cosas, sólo quedan dos caminos: o la enterramos de por vida en La Antigua, en Ascochinga, o la enterramos en vida en el convento.

—¿Acaso saben ustedes algo de mí? —preguntó, exasperado.

—Me basta saber que Farrell dice que es usted un buen hombre, de costumbres corrientes, de palabra, y que no es buscado por ningún crimen. Y que es soltero. ¿Es usted soltero, señor Robertson? Porque si a usted se le ocurre decir que es casado, nadie podrá obligarlo a esta boda.

—Soy soltero —reconoció, malhumorado—. Edward ha hecho una buena silueta de mí; estimo no tener en mi haber nada demasiado grave, salvo... —Iba a confesar aquello que más lo avergonzaba, pero se arrepintió. —Salvo que soy un hombre de armas.

—Bueno, entre nosotros, pertenecer al ejército nivela algunas cosas, socialmente hablando. Nuestros militares aún conservan su prestigio.

Y mientras él buscaba nuevos argumentos, ella levantó una mano.

—Escuche lo que voy a decirle. Usted se casa con Laura, la saca del atolladero con esa medida y, si después decide irse, yo misma los acompañaré a Buenos Aires y dejaremos a Laura con Luz María, que la protegerá.

—¿Y en qué situación me deja eso a mí?

—¿Qué problema tienen los hombres? Usted se vuelve a su tierra y se libra de posteriores embrollos. ¿No es protestante, luterano, calvinista o como se llamen? Dicen que ustedes no creen en la indisolubilidad del matrimonio, que pueden casarse tantas veces como quieran, mediante ese artilugio que le costó a Inglaterra la verdadera fe: el divorcio. Pero tendrá que convertirse, o ningún ministro de Dios le dará la bendición.

Aliviado, Robertson sintió que con aquella mujer excepcional podía hablar como con una igual, así que dejó descansar las manos sobre los brazos del sillón y sonrió.

—Es que, sabe usted, también soy católico.

Ella quedó unos momentos mirándolo, sin estar segura de que aquello no fuera una broma de mal gusto.

—¿Entonces, lo cristianaron?

—Sí. Mi... mis padres me hicieron bautizar, pero me crié con mis tíos, que son de la Iglesia de Escocia. Practico las dos religiones.

—De cualquier manera, habrá problemas, pues supongo que ese papel está en su lengua y tendremos que pedir corroboración al obispo y... Mejor sería si se convirtiera, así acallamos todo rumor. Lo último que deseamos es sacrificar a una virgen para que después se diga que el matrimonio no es válido.

Robertson se sonrió con malicia. Cada vez le gustaba más aquella mujer. Sentía que podía decirle cualquier cosa y lo que no dijo fue más por su incapacidad de reconocer algunos hechos que por la duda ante la recepción que tendrían en la anciana.

—Da la casualidad de que tengo una partida de bautismo en castellano.

La señora parpadeó, sorprendida.

—Señor Robertson, es usted increíble. ¿Debo esperar otras sorpresas?

"Más de las que se imagina, querida señora", pensó. Se avino a aclararle:

—Estaba contratado en España y el capellán del ejército, al verme mal herido, supuso que era hereje. En un santiamén me bautizó y me dio la extremaunción.

—Mejor no podría ser. La castiza es la castiza, por mal hablados que seamos.

Se hizo un silencio en que se miraron a los ojos y ninguno parecía molesto con el otro.

—¿Cuándo va a contestarle a Felipe?

Robertson cruzó la pierna, apoyando el tobillo sobre el muslo.

—¿Cómo sabe que no le contesté ya?

Ella hizo un ademán admonitorio hacia él, al tiempo que le lanzaba una sonrisa de labios cerrados.

—Usted no sería el hombre que yo creo si hubiera contestado sin reflexionar antes —arguyó.

Él rió, se puso de pie, recogió el sombrero y se calzó los guantes.

—He prometido venir esta tarde. Y tenga usted por seguro que no dejaré a Laura... a Miss Laura en problemas.

—Lo sé. A pesar de esa cara de aventurero, se nota que es usted muy gente.

Caminó hasta la puerta, pero antes de llegar se volvió impetuosamente hacia donde estaba la señora. Arrimó una silla, se sentó muy cerca de ella y reconoció con aire confidencial:

—La verdad es que es imposible no fijarse en Miss Laura. Tiene en sí una extraña sugestión.

—Se engaña usted. Ese hechizo que ejerce sobre los hombres es absolutamente inconsciente; mi sobrina no tiene idea de él, ni sabe usarlo. Es una muchacha sencilla por demás, algo cabeza dura a veces, pero de excelentes sentimientos. Sobre todo, como son las mujeres de nuestra casa: responsables hasta el sacrificio. Y si voy a serle sincera, me parece que usted está algo enamorado de ella desde que la vio por primera vez.

—Tiene razón —sonrió. —Pero aclaremos que nunca entró en mis pensamientos la palabra "matrimonio". Además de considerar a su sobrina muy por encima de mis posibilidades, temo dejarme llevar por algún sentimiento egoísta que pueda lastimarla. Sólo quiero hacer lo más conveniente para ella. Aconséjeme usted, pero no la condene a una unión inadecuada. No por mí, que soy varón y tengo la libertad que por siglos se nos ha dado. Por ella, que quizá después no pueda hacer otro matrimonio más ventajoso...

—Como están las cosas, no podrá hacerlo de ninguna manera salvo con enorme riesgo de su fortuna y de su cordura.

—... y además, con seguridad querrá hijos y...

—¿Hay algún impedimento para que usted se los dé?

Él enrojeció.

—No abandonaría a la madre de mi hijo sin preocuparme de su suerte, y mucho menos a mi hijo. Y como todavía no sé qué voy a hacer con mi vida, creo que en principio debemos olvidarnos de algunas cosas. —Se reclinó hacia ella, le tomó la mano y se la besó. —Dígame usted qué debo hacer. No es mi tierra, no son mis costumbres, desconozco el terreno que piso.

—Señor Robertson, yo creo que usted debería casarse con Laura ahora y después veríamos de conversar algún tipo de arreglo.

—Aclaremos que mi libertad no se compra y a mi esposa la mantengo yo.

—Así ha de ser, entonces. —La anciana sonrió. Cuando él se dirigía a la salida, lo detuvo con un gesto imperceptible: —No le diga aún a Felipe que decidió casarse con mi sobrina. Deseo tener antes una conversación con ella. Creo que podré convencerla. —Como él quedó silencioso, misia Francisquita preguntó: —¿Otra duda, acaso?

—Hay ciertas cuestiones que tendríamos que hablar más largamente. Por el momento, creo que después de casarnos sería mejor si no conviviéramos... hasta que ella se acostumbre o acepte el vínculo.

—¿Y cree usted no ser un caballero? Esa actitud lo honra, señor Robertson. Estoy segura de que eso tranquilizará a Laurita, pero, para evitar chismorreos, tendrán que vivir bajo el mismo techo: aquí.

—No dejaré mi casa del todo —se plantó él.

—Es comprensible —aceptó la señora.

Mientras montaba el caballo que Pascual sostenía de las riendas, Robertson se dijo con disgusto: "Cuando deseaba verla, cuando soñaba con ella, cuando la seguía hasta la iglesia, no pensaba en casarme. Creo que me satisfacía que fuera así, un amor en que la unión física fuera improbable. ¿Cómo me las ingeniaré ahora para largarme sin dejarla mal parada?".

Al entrar en su casa, vio a Clotilde en su pose acostumbrada, las manos envueltas en el delantal. Preocupada, señaló hacia el escritorio:

—Lo esperan.

Como supuso, allí estaba Farrell, sentado ante la mesa con un vaso de whisky en la mano, la botella casi vacía, la mirada vidriosa y las piernas extendidas, tobillo sobre tobillo.

—¿Dónde estabas?

—En tratativas con misia Francisquita.

—¿Qué harás, entonces?

—Casarme. Ya le di mi palabra.

Distinguió en el rostro del amigo la desesperación del amante, el dolor de una pérdida irreparable.

—Es injusto el destino —barbotó Eduardo.

Robertson se sirvió whisky y concluyó la frase:

—En efecto. Tú, que la amas más que yo, te ves obligado a presenciar cómo tu gran amigo y tan poco recomendable pariente se queda con la dama de tus sueños.

Farrell se puso con torpeza de pie e intentó tirar un golpe, que él paró sujetándole el puño.

—Has bebido lo suficiente como para que te deje fuera de combate en la primera vuelta, Edward. Tranquilicémonos.

Se miraron fijo y Farrell dijo:

—Entonces, ¿le dirás que sí a Felipe?

Robertson se alzó de hombros como diciendo: "¿Qué otra cosa me queda?", acabó la bebida y le pidió:

—Preferiría que me dejaras solo. Tengo que considerar algunos detalles.

El comandante se retiró sin despedirse y él ordenó a Pascual que ensillara de nuevo. Saldría a dar un paseo; eso lo ayudaría a decidir qué haría con una esposa tan absurdamente ganada. ¡Dios, tener que casarse con una muchacha por haberle salvado la vida! Imprevistas, le vinieron a la memoria las palabras de Hamlet a Ofelia, y reconoció: "No, no es sólo en estas tierras que tienen tan absurdas reacciones". Porque el príncipe de Dinamarca decía a la hija de Polonio: "Así seas tan casta como el hielo y tan pura como la nieve, no te librarás de la calumnia".

12

Profundos pasadizos

"No sólo en las estancias hay espectros
y no se ocultan sólo en las moradas:
más que en sitios palpables,
profundos pasadizos
se esconden en el alma."
                                    –Emily Dickinson

CÓRDOBA
PRINCIPIOS DE 1836

No bien se retiró Robertson, misia Francisquita mandó a Canela por Laura.

—Y si te dice que se siente mal, que no puede o lo que sea, le dices que no me obligue a subir hasta su cuarto, que hoy me duelen las piernas y estoy determinada a hablar con ella.

Poco después Laura se presentó en la sala con los ojos enrojecidos y el cabello desordenado; vestía aquella bata color fuego que detestaba la señora, e iba descalza.

La anciana le abrió los brazos y Laura se lanzó a ellos, arrodillándose al tiempo que se largaba a llorar con desconsuelo.

—Bueno, bueno —dijo misia Francisquita, acariciándole la cabeza—. No es tan grave la cosa.

—¡No quiero casarme, tía! ¡No quiero casarme con ese hombre!

—¿Prefieres a Achával? José María es un caballero. Estoy segura de que si tu padre se lo pide...

—¡No, no! ¡Tampoco quiero casarme con él!

—Suerte para ti, porque yo no te lo permitiría. Es un buen muchacho, tiene prestancia, pero no tiene carácter ni con qué mantenerte. Ya sabes que su padre echó dos herencias a los gallos... No, Achával no te conviene. Además, en poco tiempo De Bracy estaría instalado en tu sala.

133

La apartó y le indicó que se sentara a su lado.

—Mira, Laurita: tienes que casarte. Tu vida será muy dura si no lo haces. Lo que te ha pasado, por designio de Dios, quizá sea penitencia a alguna culpa que no es tuya. Ya sé que no entiendes, y mejor así. Quizá sea de justicia ver cómo se castiga en ti a otras mujeres de nuestra familia, que no fueron tan inocentes como tú... También para el señor Robertson es un castigo; no creo que entre sus planes estuviera el casarse en Córdoba, por más miradas ardientes y frases susurradas que te dedicara cuando creía que nadie lo veía.

—¿El señor Robertson no quiere casarse? —preguntó ella, más desconcertada que aliviada.

—Dice que no te conviene como marido, que ni siquiera te merece, pero he logrado convencerlo. Mira, no me interrumpas. Ustedes se casan y más adelante, si decide irse, nos vamos con él hasta Buenos Aires y te quedas allá con Luz. ¿Qué te parece?

Con un movimiento apasionado, ella volvió el rostro.

—Me parece mal, porque quiero vivir en Córdoba.

—¡Ah, qué castigo! ¡Tú deberías haber sido hija mía! Las cosas están así, Laura: o te casas o te casan. ¿Quieres un nuevo escándalo en la familia? ¿No te sirvió de nada lo que sucedió con Luz María?

—Sea lo que fuere lo que le sucedió a Luz —replicó Laura, recordando las malvadas alusiones de Isabel—, no es mi caso. ¡Nada pasó, tía! ¡Nada!

—Hoy le estuve echando el ojo al gringo. No está nada mal. Es bien formado y con lindas espaldas. Es lo que en mis tiempos llamábamos un real mozo. Podría haberte tocado algo peor... como a Leonor. ¡Ah, veo por tu expresión que mis sospechas eran fundadas! ¡Algo sabes! ¿Qué te habrá contado esa pasmarota de Adoración?

—Que Leonor era hermana de usted; que era atrevida y que una vez apostó con una amiga a que se encontrarían a la medianoche, en el fondo de esta casa, con un joven.

—Era Ramoncito Guzmán.

—... y que después él dijo algo...

—En realidad, fue más complicado. Ramoncito tenía un primo, un puntano que había venido a estudiar en la universidad. Pretendía a Leonor, que se burlaba de él dándole esperanzas. El muchacho le declaró su amor y Leonor lo rechazó porque estaba enamorada de Ramoncito, que andaba ocupado en sacar adelante el campo que tenía cerca de Corral de Felipe, así que se veían cada muerte de obispo. Era un buen chico y lindo, además, así como son los Guzmán, que tienen como... como que les sobra espíritu. Bueno, Laurita, así andaban los dos tontos, Leonor y el mocito, jugando con fuego. Y sucedió que el pérfido del primo insinuó que un día se encontró con ella por la tapia y el arrebatado de Ramoncito dijo que era mentira, porque él... No dijo más, pero eso, querida, le costó la vida. Se corrió la voz y tu tío Carlos, que era su mejor amigo, lo retó a duelo y lo mató. Así fue como el pobre pagó las palabras que no dijo, mientras que su primo, el que las dijo... Bueno, ésa es otra historia, que guardaremos para más adelante.

—¿Y después? ¿Qué pasó después?

—Leonor quedó, además de tristísima por la muerte de Ramoncito, encerrada bajo llave. A veces venía nuestro consejero espiritual, la confesaba, le daba la comunión y los domingos le oficiaban misa. Yo sabía tirarle piedritas a la ventana, y ella se asomaba, agarrada a la reja. En cuanto nuestros padres salían, subía y me sentaba de este lado de la puerta; la pobre me contaba que prefería morirse. Nuestro profesor de música (tomábamos lecciones de canto y clave) era un italiano con rostro de arcángel y, aunque de ropas lustrosas, muy elegantito. Bueno, con tanta bulla, no pudo dejar de enterarse, y un día me habló durante la lección de clavicordio, y yo, que estaba afligidísima por Leonor, le conté cómo la tenían. El joven palideció y al ver su expresión comprendí que estaba enamorado de ella, así que, por darle ánimo a mi hermana, le llevaba notas y versos que Renzo le escribía y que ella se negaba a recibir. Pero un día papá la hizo bajar al despacho y delante de mamá (yo escuchaba pegada a la puerta), le dijo que había arreglado un casamiento de conveniencia para ella. Leonor no quería casarse, pero papá le recordó que podía obligarla. Entonces, por curiosidad, ella preguntó quién era el novio. ¡Si te digo quién era, querida! Se llamaba Nacho Urrutia, era más viejo que papá y tenía una enfermedad horrible: se caía al suelo como si lo hubieran tomado los demonios y se retorcía de una forma espantosa, entre gritos y quejidos... Además le salía espuma por la boca y tenían que meterle el dedo hasta la garganta para que no se tragara la lengua. También decían que se orinaba encima. Aparte de eso, era muy buena persona, de excelente familia, pero un hombre que hasta Adoración, con las ganas que tenía de casarse, habría desdeñado. Porque, Laura, no era su enfermedad todo lo que andaba mal. Vivían en la extrema pobreza, con un padre centenario al que había que darle de comer en la boca y cambiarlo como a un crío. Tenía Nacho otro hermano, el único que podía valerse en esa casa y trabajaba para todos. No les iba a venir mal, ¿sabes?, un ama que dirigiera el hogar y se encargara de la criada, que les sisaba a mansalva... Como tampoco la dote que, dadas las circunstancias, no iba a ser mezquina. Mira, tenían sólo dos sillas, y si un día se juntaban los tres infelices a comer, Nacho debía traer un mortero de pie y ponerle un almohadón si deseaba sentarse...

—¿Cómo podían casarla así? —preguntó Laura, impresionada.

—Querida, ningún muchacho de nuestra condición hubiera aceptado a Leonor por prometida. Además, la familia no podía mantenerla encerrada toda la vida y hasta la Iglesia dudaba en admitirla, porque estaba el asunto del duelo. A Carlos lo tuvieron en penitencia un año, porque los duelos son pecado mortal, y la familia de Ramoncito dijo que había sido asesinato...

—¿Y qué hizo tía Leonor? ¿Se casó con él?

—No, a Dios gracias. El florentino le seguía mandando versitos, y un día ella me dijo que se iba a escapar con él, que no soportaba la condena que querían imponerle. Así que yo los ayudé. Sí, y no me arrepiento.

—¿Y entonces? ¿Cómo fue que huyeron?

—Ah, querida, ¿sabes quiénes nos asistieron? Nada menos que Martina, Mártires y Primitivo, esos negros que fueron los primeros que libertó papá. Ellos les consiguieron un coche y más adelante tuvieron que seguir a caballo. Sacaron ventaja, porque hubo que esperar que papá y Carlos llegaran de Los Algarrobos, y para entonces Leonor y Renzo iban muy adelantados, ya que Mártires les había conseguido un baqueano entrerriano que conocía las sendas más escondidas desde Córdoba a Brasil. A pesar del esfuerzo que hicieron nuestros hombres para dar con ellos, no los encontraron.

Con un suspiro, como si se le hubiera despertado el corazón con tantos recuerdos, la señora palmeó la mano de la joven.

—Nos hemos ido por las ramas, querida. Estábamos hablando de tu matrimonio. —Como a Laura, traída al presente, se le nublara el rostro, continuó: —Ya ves, no podemos comparar a este gringo que te ha tocado con Nacho Urrutia, ni con Renzo, que no era feo pero... ¿cómo diré? Renzo me parecía tan bonito como una jovencita, y qué quieres, prefiero los hombres que matan y no los que bailan. Por otra parte, he ideado un plan: si te casaras con alguien de Córdoba, sería una unión que duraría por el resto de vuestras vidas. Pero este hombre... Si no te acostumbras, tienes la posibilidad de que un día desaparezca. Ya lo confesó: la tierra le gusta para recorrerla. Esta tarde me dijo algo interesante: habló de no imponerte su presencia hasta que te acostumbres a la idea de estar casada con él. Creo que puedes comprender la delicadeza de esa actitud. Más de uno que conozco no la tendrían; la bendición es la bendición, dirían. Más adelante se conversará sobre ello. Si luego deciden entre ustedes que puede haber un arreglo, él primero lo tratará conmigo. Eso, querida, te libera de tener que compartir la cama con él, al menos de inmediato, ¿entiendes?

La mirada de Laura, primero fija, luego parpadeante, le indicó que había cedido.

—Pronto te llamará tu padre, porque el señor Robertson va a venir a hablar con él y sin duda querrán que des tu consentimiento. Yo estaré contigo para apoyarte. Plantea sin temor lo que desees, siempre dentro del tema de que aceptas casarte, al menos de forma. En el momento en que oigas el llamador, arréglate, y baja cuando te pidan que te presentes.

Mientras la joven volvía al dormitorio, misia Francisquita, preocupada, se preguntó:

—¿Cómo hago para explicarle a esta criatura la naturaleza del matrimonio? Mercedes podría, ¡pero vaya a saber qué temores le mete en el cuerpo!

Dormitó en la sala, como si guardara el castillo. Una hora después levantó la cabeza ante el aldabonazo y oyó el retumbar de los pasos de Robertson: eran los pasos de un hombre que sabía adónde iba. Se oyó la puerta del despacho de su hermano que se cerraba y las voces le llegaron atenuadas por los muros y la distancia.

Apoyó el codo en la mesita y se sostuvo la frente con la mano. Una congoja inmensa la tomó, aquel viejo recuerdo por el que, después de cuarenta años, se permitía llorar: a pesar de ser tan distintos, aquel Santiago y este Robertson se parecían mucho.

Don Felipe ordenó a Laura comparecer en su despacho, y ella se presentó acompañada de Misia Francisquita. Se sentaron juntas en un sillón, la joven con las manos entrelazadas con fuerza, y la señora algo más rígida que de costumbre.

Don Felipe permaneció de pie, aunque ofreció asiento a Robertson, que lo rehusó. De ahí en adelante, ni él ni Laura pudieron decir mucho; fue un trato llevado a cabo por el padre y la tía de la joven.

—Bueno, Laura, quiero entender que has aceptado...

—Ella acepta, por supuesto. Está de acuerdo con lo que el señor Robertson conversó esta tarde conmigo... —Expresión desconcertada de Osorio. —...después de que habló contigo.

—Pues a mí se me tiene en la ignorancia de esa conversación —dijo don Felipe, molesto.

Misia Francisquita, las manos sobre la empuñadura del bastón, siguió como si tal cosa:

—Conversé con el caballero sobre la conveniencia o no de este matrimonio. No hace falta que te recordemos, Felipe, ni a ti, Laurita, que éste es un matrimonio de circunstancias, lo que el señor Robertson comprende cabalmente. Él mismo acepta que no había pensado casarse en Córdoba, pero, como es un caballero, lo hará para evitar más daños a mi sobrina... tu hija. Sin embargo...

—Él no mencionó ningún "pero" —se encrespó Osorio, como si lo hubieran engañado.

—Oh, déjame terminar. —La señora hizo un gesto de impaciencia. —Estoy segura de que será un "pero" que te caerá bien al ánimo. Aquí, el presunto pretendiente dice que quizás él quiera volver a su tierra, que aún no tiene decidido qué hacer con su vida, cosa que comprenderás es normal en un hombre que ha andado por ahí la mitad de su vida. Bien, debido a eso y comprendiendo que ésta no es una unión que Laura acepte con agrado... al menos de momento... sugiere que no haya... contacto matrimonial hasta que él tome una determinación con respecto a su destino. Sobre todo, lo propone en consideración a nuestra querida niña, que no está lo que se dice encantada con la unión. Como el señor Robertson, creo que eso es lo mejor para Laura. Nosotros cuatro sabemos que esto es una salida razonable a una situación irrazonable.

Don Felipe, tranquilizado, preguntó a su hija:

—¿Qué dices, Laura?

Laura volvió la cara, sosteniéndose el mentón con el puño.

—¿Estás conforme con ese trato? —insistió su padre.

—Mi silencio significa que no tengo otra salida. Dejo sentado ante usted, papá, lo que tía ya sabe: que el señor Robertson me salvó la vida, que jamás sucedió nada que pueda avergonzarnos ni a él ni a mí. Que creo que esto es injusto para ambos. Y por fin... yo... ya que... es un alivio que él proponga...

No pudo terminar; tuvo un ataque de llanto.

"¿Tanto le repugno? —se preguntó Robertson, consternado—. Es cruel obligarla a esto."

El padre se acercó y le acarició la cabeza.

—¿Crees acaso que lo hago para tu daño? —dijo con aflicción.

Doña Francisquita se impacientó:

—Laura sabe que todo se hace por su bien. Dale tiempo a que le entre en la cabeza, que es muy chiquilla y demasiado obcecada. —Se volvió hacia ella: —Basta, Laura. Estás dando fuelle a tu capricho. Las cosas son como son y Dios sabrá por qué son. Puedo asegurarte que Él sabe de esto mucho más que una chicuela atontada como tú.

Robertson deseaba que le permitieran un momento a solas con ella. Pero ¿no consideraría el padre que era impertinente de su parte?

En un punto, las preguntas y reconvenciones de los mayores se le tornaron insoportables. Se puso de pie y se excusó:

—Preferiría retirarme. Mañana hablaremos de los detalles.

No esperó que le dijeran una palabra. Salió casi huyendo de la sala y de la casa, pensando seriamente en escapar también de la ciudad. ¿Cuánto demoraría en llegar al Paraguay? No era factible que lo capturaran en territorio argentino, pues todos pensarían que se dirigía al puerto; y una vez que comprendieran hacia dónde había huido, él ya estaría en Asunción, protegido por sus primos, los Robertson, y otros poderosos del gobierno paraguayo.

"¿Sería capaz de dejar a Laura en este trance? ¿Podría faltar a la palabra dada a los Osorio?" Sí, se reconoció muy capaz de hacerlo, sobre todo porque la desdicha de ella parecía tan profunda que con seguridad prefería quedar soltera, semiapartada de todos, pero en paz consigo misma.

Al llegar a su casa, se encerró con órdenes de no ser molestado. Oscureció la pieza y se tiró en la cama, agotado y furioso.

¿Era correcto que don Felipe y misia Francisquita, en estas circunstancias, siguieran ignorando aquello que más lo avergonzaba? ¿Debía enterarlos? Y el dolor, la vergüenza y la furia que imaginaba desvanecidos volvieron a golpearlo.

Recordó vívidamente la infancia en casa de sus tíos, en Edimburgo, cuando se suponía huérfano. Fuera de ellos, sólo había conocido como familia a otra tía, la señora Constantia Hardy, que cada tanto los visitaba.

Tenía quince o dieciséis años cuando recibió una carta de Aberdeen que comenzaba: "Hijo mío, no ha sido el desamor ni la indiferencia lo que me ha mantenido lejos de ti, sino el peso de mis culpas. Si lees esto es porque he muerto y créeme que lo lamentaría, porque al tiempo que he quedado libre de primitivos compromisos estoy empeñado en poner en orden tu legitimidad. Es mi ferviente deseo que podamos conocernos. Quiero que sepas que no me he desentendido de tu bienestar; aunque tus tíos han rechazado todo de mí, al menos me he ocupado de que fueras admitido en el King's College a pesar de las irregularidades de tu nacimiento...".

Más que la sorpresa de hallar un padre al que daba por muerto, quedó alelado ante la certeza de que el director, el bedel, los profesores sin duda sabían que él no era huérfano, sino bastardo.

Recordó cosas incomprensibles a las que apenas había prestado atención: la oposición de sus tíos a que fuera a Aberdeen a estudiar, aduciendo que estaría lejos de ellos. Los buenos tíos que trataban de protegerlo y se negaban a recibir dinero para cuidar de él.

Recordó otro incidente de su niñez: mientras paseaba con tío Malcolm por la Royal Mile, hacia Holyroodhouse —la residencia real—, un carruaje se detuvo y un caballero intentó hablar con ellos. Su tío lo cargó en brazos y, dirigiéndose al lacayo del hombre, dijo: "Transmítale a su señor que ni yo ni el niño queremos nada de él y que nos deje malditamente en paz". Fuertes palabras en un hombre observante y esmerado en el hablar. Recordaba que, ofuscado, su tío se había lanzado por los prados comunales a paso muy vivo. Sobre su hombro él había observado largo rato al caballero. Y unos años después, al salir del oficio religioso de Saint Giles, le pareció distinguir al mismo hombre entre el claroscuro de los ventanales heráldicos de la pequeña capilla del Cardo.

Por mucho tiempo tuvo la fantasía de que el extraño era un hombre rico o de la nobleza, sin hijos, que quería raptarlo. Nunca olvidó su expresión. Ya mayor, la calificó de atormentada.

La carta seguía: "Mi falta fue consentir los caprichos de la carne; la de tu madre, la dejadez moral. Pero al menos ella ha podido tratarte todos estos años, y yo, en tanto, he debido conformarme con verte de lejos y recibir los informes de tus preceptores...".

¿Su madre, cerca de él? Con ansiedad había tomado la hoja siguiente: "... ella es la que llamas tía Constantia...". ¡Tía Constantia! Apretó la carta en el puño y enterró la cabeza entre los libros de griego que había estado estudiando.

Tía Constantia, supuesta parienta política por quien él tenía sentimientos muy poco filiales. Ella había despertado sus primeras reacciones viriles, con su imagen se había manoseado buscando el desahogo del sexo. "¡Malditos sean y que Dios los condene! ¡Malditos por callar antes, mil veces malditos por haber hablado después!"

Su madre, a quien más tarde —inmisericorde— juzgó frívola y banal, solía llegar en los momentos más inesperados, cargada de regalos, de caricias, de besos. Tía Constantia, que hablaba del reino de las dos Sicilias, de lord y lady Hamilton, del almirante Nelson y muy especialmente de Arthur Colley Wellesley, duque de Wellington, quien había dado su merecido a Boney en Waterloo.

Quedó enfermo por días, avergonzado y desesperado. Se negó a regresar al colegio y a presentarse en los funerales de su padre, Stuart Robertson (Esquire), vecino de Aberdeen. Más adelante le llegó la carta de un bufete de abogados; lo convocaban para la lectura del testamento. Se había convertido en el principal beneficiario de una notable fortuna y propiedades de importancia con tierras de rendimiento.

No fue tentado; mediante el procurador de su tío, suscribió un documento en que renunciaba a cualquier herencia, cosa que tío Malcolm y tía Maud aprobaron en silencio. En respuesta recibió una fría nota en que se le aclaraba que, por ser menor, no estaba en facultades de renunciar a la herencia, que se colocaría bajo un fideicomiso.

Por último llegaron los papeles de su nueva identidad: de Brandon Hardy pasó a ser Brandon Robertson Hardy, pues su padre, al enviudar, se había casado con su madre por poder, legitimándolo antes de morir.

Sondeando los oscuros corredores que se abrían en su alma, supo que nada quería de ellos: ni propiedades, ni capital, ni el nuevo nombre. Sólo aspiraba a que le devolvieran el candor perdido en el pecado original de aquellas revelaciones.

Para colmo de males, su madre envió una carta en que lo llamaba "hijo adorable" y otras ternezas. Sin pudor, las hojas venían manchadas de lágrimas, palabras ilegibles y prosa llena de barbarismos, lo que hizo que, además de odiarla, la despreciara al compararla con tía Maud, de preciosa caligrafía e impecable gramática.

La carta no lo emocionó; sólo lamentaba que aquellos dos imbéciles, por contentar sus conciencias al reparar el pasado, hubieran afectado el mundo cálido e inamovible que sus tíos le habían procurado.

Tía Maud le anunció que su madre había vuelto a plantear "la pequeña cuestión" de que la acompañara en un viaje "para conocernos mejor y ser presentado a mis lindos amigos". Aquello fue demasiado para él. Rápidamente se decidió: escribió una carta muy afectuosa a sus tíos comunicándoles que se iba porque ignoraba qué derecho podía esgrimir su madre para separarlo de ellos; que regresaría en cuanto el peligro hubiera pasado y se sintiera lo bastante cuerdo para aceptar su nuevo nombre. Que dijeran a su madre que nada quería saber de ella.

Huyó sin llevarse ni una muda de ropa y apenas con el dinero que le daban para la semana. En el puerto se contrató como marinero en un barco de cabotaje. Desembarcó en Londres y se internó en la ciudad.

Vivió un tiempo en la City, ganándose la vida de mil modos y llevando una existencia desordenada. Por fin alquiló unas habitaciones entre Haymarket y Leicester Square, un lugar de hoteles baratos y de extranjeros de poca categoría, además de muchos "patios" donde se jugaba tenis y se practicaba boxeo y esgrima. Se codeó con soldados que le aconsejaron contratarse de mercenario. "Siempre hay guerra en algún lugar del mundo", le dijeron, y lo presentaron en un local donde aprendió a usar armas de fuego y también el acero; un escocés de las Highlands enseñaba a defenderse de cien formas distintas con un palo.

En donde se alojaba trabó amistad con un anciano preceptor. A veces le llevaba de comer con la excusa de hacerlo juntos, pues, aunque el viejo tenía la dignidad de disimularlo, Robertson olfateaba la miseria en la buhardilla.El hombre, al oírlo contar sus aventuras, lo animó a escribirlas y pronto llevó el producto de sus afanes al anciano, quien le hizo críticas, le dio consejos y ejercicios que él se empeñó en pagar. Le tomó el gusto a escribir.

A pesar de su juventud, dada la intrepidez de su carácter, su fuerza, su buena planta y la superioridad de educación entre los que lo rodeaban, lo nombraron contramaestre de un barco. Dejó Londres con pesar por perder la compañía del preceptor y se asentó en el sur, en tierra que fuera cuna de corsarios. En poco tiempo estaba en la marina mercante navegando por el mar del Norte y el estrecho del Minch, donde —se decía— "el mar es todo islas, y la tierra, toda lagos". Conoció la legendaria isla de Iona, de donde había salido San

Columbán a llevar el cristianismo a las tribus celtas; subió hasta las más danesas que británicas islas Shetlands y tocó puertos del helado norte que ni siquiera sabía que existían. Alguien le habló de España y despertó su interés. Con un marino de aquel país comenzó a aprender el idioma y pronto supo marcar sobre el mapa los nombres de sus puertos y de sus provincias.

Un día renunció a su plaza y desembarcó en Santander. Simpatizó con los republicanos y terminó contratado por el Empecinado, donde consiguió cierta reputación. Ya con diecinueve años, se sintió lo bastante seguro para dar a sus tíos las señas del consulado británico en Madrid, adonde podían remitirle la correspondencia. Por esa época apreció la conveniencia de tener dos nombres: el "malo" era Robertson, soldado de fortuna con la captura pedida por los absolutistas; el "bueno" era Hardy, que escribía artículos geográficos o de viajeros para la prensa de España e Inglaterra.

Por fin volvió a Escocia, deseoso de ver a sus tíos. Fue una corta estadía pues, al no tener cumplida la mayoría de edad, temía que su madre consiguiera detenerlo.

Tía Maud le entregó un medallón de repisa que aquélla había dejado para él. Era de oro y rubíes y al abrirlo dio con los retratos de sus progenitores: su padre, un caballero bastante parecido a él, a la vez el hombre de sus lejanos recuerdos y otro al que no deseaba parecerse. Su madre, una belleza tonta, con un gran sombrero, una buena porción de escote al descubierto y bastante favorecida por el artista.

Aunque lo arrojó al fondo de uno de los cofres de viaje, hasta el presente ignoraba por qué no lo había destruido. Por entonces encargó un pequeño retrato de sus tíos, con estuche para protegerlo en las travesías; ellos se emocionaron mucho.

En uno de sus viajes a Londres pasó por el Almirantazgo para entregar correspondencia que un oficial de la Marina Real le había confiado en Gibraltar. Para su sorpresa, se le pidió que esperara y luego se lo hizo pasar a un gabinete artesonado, con cuadros de famosas batallas navales y retratos de los más destacados marinos del Reino.

Después de un prolongado interrogatorio que respondió con laconismo, fue remitido al Foreign Office y entre aquellas oficinas y estas galerías fue reclutado como informante. Allí se encontró con británicos que volvían de América del Sur y tan remotas tierras despertaron su interés.

Cumplida la mayoría de edad, se quedó en Escocia cerca de un año, viajando y negándose a recibir a su madre.

En uno de sus viajes al Almirantazgo conoció al encargado de los intereses del emperador de Brasil, que contrataba barcos, marinos y mercenarios para el ejército imperial en guerra con las Provincias

Unidas del Sur. Así llegó a América. Al terminar la guerra conoció a Farrell, se enteró de que eran parientes y que tenía unos primos en Paraguay, los hermanos James y William Robertson. Comenzó a cartearse con ellos y más adelante los visitó...

Y ahora, en Córdoba, sintió que al menos mantenía un estado de equidad con sus recuerdos: él rara vez los invocaba y ellos raramente lo atormentaban.

Enredado en la situación en que se veía envuelto y en el pasado que no conseguía superar, se levantó, fue hasta uno de los arcones y del fondo tomó una caja cubierta por tela de madrás; sacó una pipa de boquilla larga y arqueada, un dedal, una espátula, una cuchara, un frasco, una tabaquera. De ella tomó una sustancia reseca, opaca, sin forma, de color tostado y fuerte olor; también era amarga. Midió con el dedal, preparó la mezcla, encendió la vela, cargó la pipa con la cucharita, la apretó con la espátula. Cebó la pipa y con las primeras bocanadas del humo oloroso y acre se recostó sobre las almohadas. Tras inhalar dos o tres veces, echó la cabeza hacia atrás y esperó las primeras visiones. Tenía que avivar la llama cada tanto. Al principio sentiría un estímulo cardíaco, luego muscular; en la segunda visión se le contraerían las pupilas y llegaría el sueño sugerente. Por fin, el humo cerraría los oscuros pasadizos de su alma.

13

Los viejos pecados tienen sombras largas

"Pero ¿qué hombre podía prever los extraños trastornos que los acontecimientos de 1830 habrían de ocasionar en el estado político, en las fortunas y en la moral de Francia?"

–Honorato de Balzac
Una hija de Eva

PARÍS (FRANCIA)
PRINCIPIOS DE 1836

Sebastián Osorio regresó a París a mediados del invierno de 1836 desde las islas griegas, donde, bajo un discreto anonimato, una dama de la nobleza británica le había encargado pintar una serie de escenas sobre la vida de lord Byron.

Poco después de llegar, fue invitado a casa de *lady* Clarissa Lytton, una inglesa ya de edad, famosa por recibir en sus salones a las personas más destacadas del gran mundo de la política y de las letras. El argentino, conceptuado como excelente retratista, había logrado entre ellos una buena cosecha de patrocinadores y clientes.

Su apostura extranjera llamaba la atención; por entonces, andaba en amores —amores que él deseaba terminar— con una de las Granville, mujer madura y violentamente romántica.

Sebastián, con su palidez morena, su elegante delgadez y su naturaleza más bien indiferente hacia el sexo, seducía a las parisinas, que querían despertar en él el fuego retaceado a sus amigas; era común que, luego de prudente distanciamiento, las mujeres se reunieran a comentar dotes y defectos del galán compartido, y urdir maquinaciones contra la probable reemplazante.

Aquella helada noche de invierno llegó a la mansión en su cabriolé de asientos revestidos en piel de leopardo y al entrar en el patio vio muchos carruajes estacionados; los cocheros contaban chistes obscenos y bebían para mitigar la inclemencia del tiempo. Entre ellos creyó descubrir al criado de los Simeuse. Buscó ansiosamente la carroza del marqués y el corazón le dio un vuelco al distinguirla; por un momento pensó ordenar que dieran media vuelta y se alejaran de allí, pues supuso que sería una treta de la dueña de casa: invitar a su actual amante junto con la marquesa de Simeuse. Resignado al fin, se dirigió a la mansión.

Los salones ofrecían una espléndida apariencia; las flores exóticas, las alfombras, los candelabros de oro y las lámparas de cristal armonizaban con el brillo de las joyas, con las lustrosas cabelleras de las mujeres y sus perfectos tocados, la finura de las telas en caprichosas confecciones, plumas de los trópicos y perlas de Asia. Se lucían allí las cinturas más estrechas y los pechos casi descubiertos.

Todo era de un lujo asombroso, de un asombroso buen gusto, pensó el pintor; un digno marco tanto de las bellezas que allí se reunían como de las matronas imponentes, duchas en el disimulo y las artes amatorias, que no perdían pisada a las jóvenes que intentaban, inexpertas, seguir el mismo camino.

Y entre aquellos tonos pasteles se destacaban los caballeros de las principales naciones de Europa; casi todos tenían condecoraciones prendidas al pecho o alguna banda imperial que los cruzaba.

Los perfumes —de sándalo y flores, de raras esencias de Oriente— embriagaban los sentidos.

Sebastián entregó a un criado capa, sombrero y bastón, mientras contemplaba con disimulado cinismo aquella multitud que mostraba y a la vez ocultaba sus pasiones. Vio miradas de descarnada malicia, vio debutantes mareadas en un indefinible deseo, mujeres ávidas y hombres celosos, oyó exageradas alabanzas dispensadas a enemigos.

En un pequeño salón —al que llamaban "dorado"— distinguió, en entretenida conversación, a varios banqueros y otros tantos embajadores, al dueño de casa —el viejísimo lord Lytton— y personajes de la nobleza francesa, además de algún ministro de la época de Carlos X.

Mientras Sebastián observaba, intentando descubrir a los Simeuse, el legendario Talleyrand se unió al grupo y de las sombras se levantó un hombre alto, delgado y en extremo aristocrático, tan anciano que su rostro descarnado semejaba una calavera; era el marqués de Simeuse.

Sebastián se volvió de espaldas con el corazón disparado. Edmée, entonces, debía de estar por allí. ¿O, prudente ante la malicia de *lady* Clarissa, había buscado una excusa para no ir?

Comenzó a deambular entre los invitados, seguro de que le resultaría difícil encontrarla en aquella multitud. Alguien le tocó la espalda, pero sus esperanzas se vinieron abajo al oír a Madeleine de Granville murmurar, casi apoyada sobre su hombro:

—¡Ay, Sebastián! ¡Cuánto amor tenéis por la marquesita y cuánto amor tengo yo por vos!

—Señora, no se comprometa públicamente más de lo necesario —le advirtió él, distanciándose—. El marido de usted ya sospecha, y sabe Dios que un pintor no puede mantener a una dama de hábitos tan dispendiosos como los suyos.

—Ya veo que hoy su corazón no está dispuesto a ser clemente —repuso ella, herida en su vanidad. Pero cambió enseguida de tono, para decir con apasionamiento: —Por un tiempo muy breve, usted me devolvió los recuerdos de la primera juventud, las ilusiones de los dieciocho años, el fuego del corazón, y ahora, cruelmente...

—Pues se ha creído usted dueña de un corazón condenado —contestó el pintor con frialdad.

—Sufre usted —dijo la dama con despecho—, y su amada ya debe de tener a otro tonto seducido con sus encantos de virgen salida de convento.

La expresión de Sebastián se endureció. Hizo una inclinación hacia la de Granville, le tomó la mano, se la besó con indiferencia.

—Le aseguro —replicó, mirándola a los ojos, como si le hiciera una promesa de amor— que mañana a la mañana tendrá usted sus cartas y los regalos que ha tenido a bien hacerme. No espero que me devuelva los míos.

Y ante la mirada aturdida de Madeleine, como un hombre que remara contra la corriente, se dirigió a la salida. Casi llegaba a la puerta cuando vio a Edmée, pálida, que buscaba con los ojos, ansiosa, a alguien. Una punzada de celos lo traspasó hasta que las miradas de ambos se encontraron, y fue tal la expresión de dicha en el rostro delicado de la joven que él se sintió miserable por haber escuchado a Madeleine. Todo el salón desapareció para ellos. Edmée fue incapaz de dar un paso; él, de acercársele. Un segundo después, como de acuerdo, ella le volvió la espalda y él se retiró ignorando a las matronas que, detrás de los abanicos, murmuraban y reían. Sólo quería regresar a su casa.

Ya en el coche, con un suspiro profundo, se dijo: "La virtud existe; no todo es hedonismo y sensualidad. No todo es engaño y egoísmo". Con nostalgia pensó en aquella ordenada sociedad en la que se había criado, a la que una vez había creído despreciar por pacata y severa. Pensó en su hermana Luz y en sus transgresiones —¡tan llenas de sinceridad!—; pensó en su prima Laura, a quien recordaba como una casta belleza que él pintó cual Diana Cazadora, rodeada de sus animales.

Y en la helada noche de París, mientras el coche trotaba hacia la orilla izquierda del Sena, dejó correr las lágrimas del exiliado al recordar a las mujeres de su familia, tan amadas; a las otras, a las que en algún momento creyó amar; la tierra donde se había criado, el sonido del ganado al atardecer (¡pero si ni siquiera le gustaba el campo!) encerrado en los corrales. En el recuerdo, oía el clavicordio tocado por su hermana Inés, y el aullido salvaje y sostenido de Fernando, que revoleaba el lazo sobre la cabeza, al galope detrás de la hacienda cimarrona. "¿Qué ha hecho la Patria de nosotros?", se preguntó con rencor, y aceptando la parte que correspondía a sus errores, reconoció: "¿Qué hemos hecho nosotros de la Patria?". Cruzó el puente sin poder imaginar por qué, en algún momento, había creído admirar aquello que ahora despreciaba: la amoralidad y el desenfado de aquel París insensible.

Había viajado a la Argentina en 1828, se había involucrado con los unitarios, dando su apoyo al general Paz, y en 1830 decidió volver a París. Llevaba cierto capital procurado por retratos pintados en Buenos Aires, Montevideo y Río de Janeiro, más los dividendos de la estancia Los Algarrobos, en Córdoba, que su padre le había liquidado por buena voluntad. Con ese dinero, y confiado en futuros trabajos, compró una mediana mansión en la calle de Saint-Dominique-d'Enfer, situada en la orilla izquierda del Sena; buenas construcciones se habían malvendido allí debido a que se había impuesto entre la sociedad parisiense la moda de residir en lo alto de la ribera derecha.

La revolución de 1830 había provocado la caída de Carlos X y su ministro Polignac; éste había disuelto la Cámara y establecido la censura de prensa, lo que originó el levantamiento de París. En medio de aquel desorden, los liberales aprovecharon el movimiento popular para proclamar rey a Luis Felipe.

Tantos vaivenes políticos propiciaron la especulación, desorientando a muchos por la rapidez con que se movía el mercado de valores, la veloz devaluación del franco y su posterior y asombrosa recuperación. Fueron tiempos de perder y ganar fortunas y él, sin proponérselo, por dos o tres adquisiciones que hizo más por capricho que por reflexión, duplicó su capital.

La casa que adquirió, construida en la época en que el barrio d'Enfer gozaba de favor, había sido levantada durante el período de Luis XIV. El frente era de "piedra de tallo" —hermosa aun después de sufrir los castigos de la intemperie— y las ventanas estaban adornadas con mascarones. La puerta lucía pequeños cristales en la parte superior; la construcción era de ladrillo rojo como el de las caballerizas de Versalles.

El interior no se había dejado estropear por los sucesivos ocupantes; tenía dos amplias salas y el comedor daba a un patio trasero, con glorietas y bancos además de una fuente de muro. Lo separaba de la huerta un muro de ligustros recortados que no perdían el verdor durante todo el año y formaban un arco en la entrada.

Sobre la planta alta había un gabinete encristalado ideal para taller de pintura, con vistas al jardín y a un callejón que recordaba el encanto de lo silvestre. Tenía otro piso con grandes claraboyas sobre las habitaciones superiores. El salón mayor recordaba al Gran Siglo con su chimenea de mármol de Languedoc; el cenador estaba enlosado en piedra gris y blanca, y el maderamen, afeado por un empapelado que él hizo arrancar. Se dedicó a rastrear tapices que correspondieran al estilo; a menos de cincuenta años de la revolución de l789, todavía quedaban lujos de la nobleza para rescatar.

Toda la propiedad tenía la belleza desplegada por la alta burguesía del siglo anterior, aún no pervertida por las nuevas clases.

Residía allí con su primo Edmundo, el hermano de Laura, que había llegado en 183l. Fervoroso unitario, el muchacho había tenido que abandonar el país con rapidez después de la caída del general Paz.

No vivían mal en París, aunque el más joven debía ser mantenido —sin ningún egoísmo ni mala voluntad— por Sebastián.

Ambos gozaban del prestigio del exiliado político de aquellos años y, por ser cultos y distinguidos, se los recibía en los mejores salones. Tenían trato constante con periodistas y políticos de todo el mundo, que en general apoyaban al partido perseguido, en especial en Francia; Inglaterra favorecía al partido federal.

Sebastián ejercía, sin premeditación, una fuerte sugestión entre las damas de su círculo; a su apostura prestaba atracción el saberse que su indiferencia provenía del amor que sentía por Edmée de Simeuse, hija de una destacada familia de Normandía a la que habían casado con un aristócrata anciano y adinerado. Ella aunque amaba profundamente a Sebastián, jamás había cedido su virtud a la pasión. Se decía que ambos habían hecho un juramento: ya que debían pertenecer a otros —por imposición de su estado ella, y del reclamo de la carne él—, jamás entregarían su corazón y se guardarían mutua fidelidad en lo más hondo de sus almas.

En cuanto a las aficiones privadas de Edmundo, que frecuentaba jóvenes elegantes y afectados, muchos de ellos poetas, otros herederos de las grandes fortunas de la campiña francesa, Sebastián prefería mantener un discreto distanciamiento.

Los recuerdos cesaron cuando entró en el patio de su casa. Le sorprendió distinguir luz en el piso de abajo, lo que significaba que Edmundo estaba levantado. Animado, pensó que podían prepararse un chocolate, comentar lo que les había sucedido durante el día...

Encontró a su primo recostado en la alfombra, con una copa de champaña en la mano y el hogar encendido en un gran fuego.

—¿Qué pasó, que regresas tan temprano? —preguntó Edmundo, incorporándose sobre un codo.

Su rostro fino y blanco, los ojos vivamente oscuros, el cabello apenas ondulado, negro y largo, las esbeltas líneas de su cuerpo, las manos delicadas y pálidas, le daban un aspecto de elfo o espíritu de la floresta que atraía tanto a varones como a mujeres.

"Algún día lo pintaré, quizá como al amante de Adriano, aquel joven que se quitó la vida al creer que comenzaban en él los primeros vestigios de la madurez", pensó Sebastián. Entregó al criado sus cosas y se sentó frente a su primo.

—Me encontré con una despreciable intriga de *lady* Lytton y de Madeleine. Preferí retirarme.

—Qué mujeres espantosas. —Edmundo bebió de su copa mientras servían otra para su primo. —Sin embargo, no puedo dejar de admirarlas. ¡Con cuántas dramaturgas contaría Francia si, en vez de practicar esas artimañas para molestar a otros, se dedicaran a escribirlas!

—Y tú, ¿has escrito hoy?

—Algo. Algo como un apestoso artículo para un diario de Boston sobre las transgresiones a los derechos humanos por los llamados "partidos populares". Y además... un poema. Un poema que no sé si conservaré. Es sensiblero, porque todo el día estuve acordándome de Córdoba, de los nuestros...

Con la expresión oscurecida, tomó ciertas hojas del suelo y las puso en orden.

—Yo también estuve recordando a la familia —reconoció, algo avergonzado, el mayor. Tendió la mano hacia los papeles. —¿Éste es el poema?

—No, pero sí lo que lo desencadenó. Llegó esta tarde. Carta de tía Francisca. —Le adelantó: —¿Sabes que tu hermana intentó quedarse con la herencia de todos ustedes para cedérsela a la curia?

Como le resultaba impensable que se refiriera a Inés, y mucho menos a Luz —sabía que Ana estaba en Gran Bretaña—, Sebastián parpadeó.

—¿Isabel?

Su primo asintió, todavía sorprendido por la noticia.

—Pero si era una chiquilla...

—Bien dices: era. Una chiquilla medio loca. Tía Francisca siempre lo señaló: "Sale a las Núñez del Prado, todas tilingas" —imitó, con lo que hizo reír a Sebastián—. Y ya debe de tener unos diecisiete años, creo. Era más o menos de la edad de Laura.

—Gracias a Dios —comentó el otro mientras leía—, la casa se ha recuperado. Y la propiedad de tu padre, si bien no trabaja a pleno, al menos no ha sufrido mucho con las calamidades políticas.

—Porque queda fuera del camino al norte. Querría ver cómo se las arreglan los hacendados de Totoral o La Dormida. Dice que Laurita se da maña con la administración de la casa...

—Siempre fue muy responsable. Creció en la dura escuela de la enfermedad de vuestra madre.

—Hablemos de los buenos sucedidos —propuso Edmundo—. Tu hermana Luz, "mi prima y cómplice", ha tenido un hijo varón y espera otro. Ya debes de ser tío varias veces, Bastián: por Inés, con seguridad por Fernando, al que siempre imaginé gran preñador, y ahora por Luz.

—¿Mataron a Quiroga? —se consternó Sebastián, y Edmundo, recostado con las manos cruzadas sobre la cintura, miró el cielo raso artesonado.

—Parece increíble, ¿verdad?

Aunque eran enemigos declarados del caudillo, siempre lo habían considerado una fuerza de la Naturaleza, como si sólo un Acto de Dios pudiera borrarlo de la Tierra.

La carta, en su última parte, estaba dedicada a los De Bracy. Después de indicar en qué fecha habían llegado a Buenos Aires, misia Francisquita les hacía saber:

"...presumen de pertenecer a la nobleza y tener escudo de armas. Gastan mucho dinero, que proviene, según ellos, de propiedades que poseen en Francia, Inglaterra y España, pero ya Harrison los ha descubierto en falsedades. Se me hace que son embaucadores, y lo peor es que tienen de cabeza a varias de vuestras tías. Como no me gustan los impostores, me he propuesto sacarlos a empellones de la ciudad si los descubro en alguna trapacería.

"La Madame debe de tener más de los cincuenta y cinco que confiesa, pues recibe a cortinas cerradas o a cenar. Yo me digo que la penumbra y la luz de velas disimulan las arrugas más que la despiadada claridad del día. Ella se hace llamar Clementina, y su hijo, Huberto. Dice ser francesa y que el joven es nacido en Inglaterra. Les aclaro lo de las edades porque no sea que mientras buscan a una señora de cincuenta y tantos y a su hijo de veinticinco, no den con los verdaderos, quince o diez años más viejos, pues cualquier cosa espero de ellos... Si les es posible enterarse de algo, escriban a Luz María a Buenos Aires —terminaba la señora—. Ella sabrá cómo hacerme llegar la carta con premura."

—Es muy improbable que consigamos noticias sobre esa gente.

—Sé de alguien que puede ayudarnos. —Sebastián sonrió.— Es un individuo que trabajó para Fouché, el que fue ministro de Policía. Se llama Meunier y perteneció a la famosa brigada clandestina de aquel sujeto desagradable. Si alguien puede encontrar rastros de los De Bracy, será él. Le pediré que venga a vernos.

Dos días después, muy tarde, lo tenían por allí; era la representación teatral de un policía del Imperio, con un sobretodo remendado, los cabellos largos y teñidos de negro bajo un anticuado sombrero y con más aire de calabrés que del provenzal que acusaba su tonada.

Tomó algunos datos con letra indescifrable; hizo unas cuantas preguntas y terminó diciéndoles:

—Los De Bracy eran una antigua familia de la nobleza normanda y es posible que alguno se haya librado de la guillotina. —Con expresión lobuna, los alentó: —Aunque fueran farsantes, el apellido elegido nos dice mucho del elector. Pecando de asombrarlos, les informo que tengo indicios de quiénes pueden ser.

No dijo más, interesado en acordar el precio. Una quincena más tarde, mientras llovía a diluviar y ellos estaban ya acostados, se presentó de nuevo. Lo hicieron pasar a la cocina, le sirvieron algo de comer y una copa; su capa, puesta cerca de la lumbre, despedía un fuerte olor a transpiración vieja.

Al tiempo que el ex policía saboreaba el borgoña, Edmundo preguntó:

—¿Cómo es que sigue investigando, si está retirado?

—Muchos de "nosotros" trabajamos todavía... aunque no figuremos en las nóminas —dijo Meunier en tono socarrón. Y aclaró: —Somos los hombres de Vidocq, ladrón y estafador por vocación, creador del Departamento de Policía, la Sûreté, si lo prefiere... ahora dedicado a la investigación privada. Mi jefe tiene grandes admiradores, entre ellos, el señor Balzac, si puede apreciar ese nombre.

Edmundo podía. Meunier se sirvió más pan y queso y comentó:

—Antes del año 20, la policía prestaba inmensos servicios a las familias, pero a partir de ese año la prensa y el gobierno constitucional restringieron nuestro modo de operar, así que preferí pasarme a la Brigada de las Sombras. Va más con mi naturaleza.

A pesar de parecer un gato rescatado del Sena, sus modales eran un tanto refinados. Pasó la mano por el respaldo de una de las sillas y comentó como al descuido:

—¿Saben que el nogal se usó de 1660 a 1720? Después fue suplantado por la caoba. —Sin darles tiempo a salir de la sorpresa, se limpió los labios y dijo: —Bien, señores, comenzaré como en los cuentos del buen padre Perrault: había una vez una jovencita nacida de una miserable familia que llamó la atención de un saltimbanqui. Éste le prometió dos comidas diarias y algún trapo para que fueran por las ferias, y ella lo siguió. Con el tiempo pasó al teatro de la mano de un actor, que le enseñó muchas cosas malas y algunas buenas, como disimular el acento de arrabal, hablar con propiedad y prescindir de ciertos gestos. A pesar de su juventud, se especializó en papeles de damita de salón. Presten atención al detalle, que tiene mucho que ver con su futuro. Llegó la Revolución y el noble (ya estaba entre los nobles) que era su protector huyó a Portsmouth, dejándola abandonada. ¿Cómo se llamaba el caballero? Hubert De Bracy.

—¿Padre del otro Hubert?

—No. El hijo de ella nació mucho después de muerto este hombre en circunstancias... Pero sigamos con la pequeña desamparada. Con esa cualidad que tenía para metamorfosearse, pudo pasar por artesana ante los hacedores de la República, entre los que consiguió otro protector; por desgraciada, era seguidor de Dantón y fue guillotinado con éste. Realmente, la madamita se esforzaba, pero tenía poca suerte. A la vez siguiente se convirtió en modistilla y consiguió un bienhechor que le duró hasta el consulado de Bonaparte. Por entonces, yo creo que ni ella misma sabía quién era, pero, por ciertas actividades en que había participado, en las que había perdido la vida, entre otros, el último De Bracy, había gente interesada en dar con ella, así que consideró saludable tomar los aires de Inglaterra, ya con una fortunita en las manos. En Londres se presentó como Clémentine de De Bracy que, ¡oh, portento!, era el nombre de una hermana del tal Hubert, fallecida durante el reinado de Robespierre. En Londres dijo ser de la nobleza y haberse salvado del cadalso porque se hizo pasar por su sirvienta; afirmó que, gracias a un altruista *gentleman* inglés, cuyo nombre nunca supo (muy conveniente, ¿verdad?), pudo cruzar el canal.

Meunier, que lucía algo pálido, cerró los ojos un instante.

—Ustedes, que son hombres de mundo, sabrán cuán sensibles son los ingleses a los cuentos lacrimógenos. Ella esquivó con delicadeza las asociaciones de refugiados; era dudoso que un británico distinguiera algunas entonaciones que todavía se le escapaban, cosa que hubiera alertado a un francés: ningún aristócrata habría echado a rodar esas erres. Invirtió el capital en alquilar una casa en Mayfair y se presentó en esos lugares que frecuenta la aristocracia y no están vedados a los mortales. Allí conoció a un valetudinario baronet y lo embobó de tal forma que... Pero retrocedamos: por primera vez, ella había entregado su corazón: fue a un refugiado sin un céntimo, uno de esos hombres por los que las mujeres dan lo que no tienen y toman de otros para mejor darles. Aclarado esto, digamos que la damita planeó quedar embarazada del vejete, pero pasaban los meses y la cigüeña no piaba, por lo que recurrió a su amor para luego informar al *milord* de la preñez a él debida. Y el anciano decidió desposarla. Pero hete aquí que su familia, desde mucho antes, hacía antesala por sus caudales, así que trataron de disuadirlo. Como resultó imposible, mandaron a alguien a investigar en Francia y cuando saltó la historia era mucho más de lo que ellos podían digerir. La hicieron seguir en Londres, y se enteraron de sus amores con el girondino aquel, salvado de la gran cosecha de cabezas que hicieron en La Gironda los jacobinos. Consiguieron entonces que el anciano caballero los acompañara, compraron a la portera y encontraron a los tórtolos en una posición indefendible.

Con gesto de asombro, Meunier apoyó un codo sobre la mesa y adelantó la mano hacia los jóvenes.

—¿Creen ustedes que esta mujercita, que ya andaba por los treinta y siete y aún pasaba por damisela, se arredró? No, señores. Mandó a un abogado para que amenazara a la familia con un juicio por paternidad e incumplimiento de promesa.

Meunier levantó la copa y Edmundo, fascinado por la historia, le sirvió.

—A todo esto, veamos el capital traído de Francia. Lo hallamos triplicado por una simple argucia: en complicidad con el joyero, fingía comprar alhajas carísimas, regalos del baronet, que luego cambiaba por imitaciones, quedándose con la diferencia. Fue sensata; las joyas, vendidas en un futuro, no le hubieran redituado esa cifra. Sigamos con la heroína embarazada. Hizo la demanda sin saber que la familia del caballero tenía un puñal en la manga... que sacó a relucir ante el juez, con tanta eficacia que ella debió firmar, en presencia del Escribano Real, el mentís de que el fruto de su vientre provenía del *milord*. A causa de aquellos descubrimientos que hizo la parentela, se le negó la permanencia y la futura entrada en el Reino. El parto se adelantó y el niño nació en tierra inglesa; es el que ahora usa el nombre de Hubert De Bracy, nombre con el cual no fue precisamente bautizado. Sin embargo —dijo Meunier con un gran suspiro—, el corazón humano es fuente de inagotables sorpresas. Ella citó en secreto al anciano, que fue a conocer al recién nacido. Quizá feliz con el engaño, o al imaginar algún parecido en el niño, sin que lo supieran sus parientes, y acudiendo a otros abogados, les instituyó una pensión de por vida, y no pequeña. Por una vez, nuestra madrecita tuvo éxito, ¿eh?

—Pero, ¿debió salir de Inglaterra?

—Por supuesto. Pasó a Suiza, más precisamente Berna, sin el girondino, que no quiso seguirla. Allá metió los ahorros en el Banco Nacional Bearnés o como sea su nombre, a donde el apoderado del baronet giraba cada seis meses aquel dinerillo ganado con tanta picardía. Con el tiempo, Suiza les resultó cara y pasaron a España. En 1815 se los vio en Lisboa, siempre con el estilo de vida de presuntos aristócratas. Viajaron de nuevo a Inglaterra, en la esperanza de que todo estuviera olvidado (el joven ya tenía dieciocho años), pero sólo alcanzaron a estar una temporada antes de que los conminaran a retirarse. Muy a tiempo, pues se habían infiltrado en salones condales de Escocia. Fue entonces cuando decidieron (y le daré crédito al hijo) que lo mejor para disimular lo que eran y dejar dormir aquellos pecados tan gravosos para ella era viajar en forma continua, y así evitar el trato íntimo y con él, las preguntas. De esa manera se pasearon por Europa; cada tanto regresaban a España a rehacer su fortuna, pues el tipo de cambio de la moneda les era allí favorable. Ya estamos en 1832. No sé por qué motivo viajaron a América del Norte, a Filadelfia, y luego pasaron a Santo Domingo; allí se embarcaron a Brasil y en Río de Janeiro se movían en los círculos próximos al emperador... hasta que por algún escándalo, al que se puso sordina, debieron salir con premura hacia Buenos Aires. Hasta aquí llega mi mirada, porque en poco tiempo se les perdió el rastro; o se han internado en el país, o se han cambiado de nombre. Voto por lo primero. Hay gente interesada en dar con ellos y es por esa gente que he podido reunir los datos en tan poco tiempo y sin tener que viajar. Ellos me dicen que el Banco de Berna sigue girándoles como de costumbre.

Hubo un silencio durante el cual sólo se oyó el ruido de la lluvia en el callejón.

—¿No hay posibilidades de que sean auténticos De Bracy?

—Ninguna —contestó Meunier, y de un cilindro de cuero muy protegido sacó unos papeles agrisados. Se calzó los quevedos y comenzó a ordenarlos.

Edmundo, que había quedado pensativo, inquirió:

—Usted dijo que ella dejó Francia con algún capital. ¿Cómo lo obtuvo? ¿La sospecha prostituta de alto vuelo?

La sonrisa de "la mano izquierda de Vidocq" se volvió una mueca.

—Eso serían niñerías. Las acciones de esta señora fueron... casi diría inimaginables. Es una fea historia; necesito un trago para sacarla a luz. Antes de continuar, quiero decirles que hay una lista de nombres muy corta, que de sólo susurrarla conseguirán que Madame levante el vuelo. —Con un suspiro muy poco pesaroso, concluyó: —No les queda mucha tierra adonde ir... Por lo menos, para vivir como ellos pretenden.

Alguna ventana mal cerrada dejó pasar un golpe de aire; cuando se abrió oyeron el ruido de los árboles sacudidos por el viento. De pronto, Meunier pareció muy viejo. Irguió los hombros y se dispuso a relatarles el resto.

14

Misterios y oscuridades

"Con todos los misterios de su vida, con las sombras y claridades de su ser medio confuso, con las perversiones afectivas, con sus simulaciones instintivas y sus deseos violentos, ésta es una de las enfermedades más curiosas y terribles de la nosografía médica."

–J. M. Ramos Mejía
Las neurosis de los hombres célebres

CÓRDOBA
PRINCIPIOS DE 1836

De Bracy se levantó malhumorado y las criadas huyeron porque solía pasar del silencio al furor y las acusaba —no sabían si por maldad o por así imaginarlo— de provocar su enojo. Deambuló por las salas, llevó por delante a una chica que no alcanzó a retroceder hacia la pared y por fin, después de descargar su irritación en ella y en el peón de patio, volvió al dormitorio y se encerró en él.

Entre otros motivos, estaba furioso porque su madre daba aquella noche una cena para los Arbonés, y Achával había rechazado la invitación. En verdad, los Arbonés eran insoportables: ella, de nula instrucción; él, un español llegado a Buenos Aires sin nada y que mediante una pulpería —y ocultamente con el contrabando— se había enriquecido. Sentados en el lujo, comprendieron que no se los recibiría en los salones aunque dieran donativos a la Iglesia, hiciesen fiestas ostentosas con criados de librea y hubieran adquirido un coche magnífico.

Fue Cullen, funcionario de Santa Fe con quien él tenía negocios, quien les aconsejó viajar a Córdoba. "Nombrarán gobernador a un hombre leal a nuestra administración. Estoy seguro de que prestará atención a una nota mía —dijo, y les anunció:— Se van a producir grandes cambios allá." Estimulados con tan promisorias palabras, llegaron

157

unos meses antes que López "Quebracho" e hicieron lo que los De Bracy, aunque con menos suerte.

Madre e hijo los encontraban toscos e ignorantes, pero les divertía imponerlos a personas que, de no mediar ellos, no habrían aceptado compartir la misma mesa: "El poder que no se ejerce se desvanece", decía Clémentine, pero no todo era por mofa; con los tiempos que se avecinaban —y ella tenía un notable instinto para detectarlos—, comprendió que, al endurecerse el régimen federal, los Arbonés se encontrarían entre los favorecidos.

También avivaba el malhumor de De Bracy el haberse enterado, por Beau Bouclier, de que casarían a Laura con Robertson, lo cual significaba que debía despedirse de todos los proyectos que había urdido alrededor de ella.

Había descubierto varias cosas sobre la sociedad cordobesa: las familias de antiguos apellidos poco querían con quien no fuera de su círculo. Se casaban unas con otras, en general en algún grado de parentesco. No mezclaban la sangre ni la herencia. No dejaban menoscabar el linaje ni cedían sus tierras y posesiones. Entonces, ¿cómo era posible que casaran a Laura con aquel bárbaro y que se la negaran a él, que podía competir en blasones y superar en riqueza a cualquier familia de Córdoba?

Su madre y él sabían que, contrariamente a lo que todo hacía suponer al establecerse en Córdoba, al no ser recibidos por los Osorio las posibilidades de ampliar su círculo social habían disminuido. Hubert se preguntaba todavía de qué se ufanaban aquellos aldeanos, ya que los De Bracy eran barones de larga data con derecho, además, a usar escudo de armas.

En aquel momento entró Beau Bouclier, corrió de un tirón las cortinas y a su manera estudiadamente ruda —nada se caía ni llegaba a romperse salvo que lo hiciera por voluntad— comenzó a sacar de los profundos cajones del gabinete la ropa con que debía vestirlo. Sin deseos de discutir con él aquella mañana, Hubert fue al dormitorio de su madre, que estaba aún en cama, con una novelita francesa. Ella lo recibió con cariño y al notar el malestar que le descomponía el ánimo palmeó la cama para indicarle que se sentara a su lado.

—¿Qué sucede, querido?

—El escocés. No sé por qué me parece que estaba en Filadelfia cuando...

La señora cerró el libro.

—Después de todo —lo tranquilizó—, en Filadelfia no hubo pruebas, sólo conjeturas. Yo temo más... —Y con esas frases interrumpidas sobre las cuales Hubert no osaba inquirir, agregó: —Temo más que conozca a Edmond, el hermano de Laura, el que vive en Francia...

Clémentine calló y arrojó el libro al suelo. Hubert quedó con la impresión de que iba a confesar algo que mantenía oculto, enigma que lo atraía —por ignorado— como atrae el abismo: había crecido entre intrigas e intuía, con un temor irracional aunque controlado, que lo que desquiciaba a su madre era tan grave que podía destruirlos.

—Mamá, hace más de un año que estamos aquí y no tenemos indicios de que Edmundo, en París, sepa... No sé qué teme usted que pueda saber.

—¿Cuántas cartas pueden cruzarse en un año entre Córdoba y París, querido? Dos, con mucha suerte... —contestó ella, pensativa.

Él se apoyó contra el espejo; era inútil tratar de tranquilizarla si no sabía qué la alteraba. Con los puños en los bolsillos de la bata dijo, en cambio:

—En cuanto a Robertson, he pensado que...

—¡Ah, mi querido! —lo interrumpió su madre—. Ya que lo nombras... ¿Sabes qué recordé esta mañana? Aquella vieja historia de Aberdeen, la de la honorable Constantia Har... Har... y su hijo ilegítimo. ¿No era un Robertson quien terminó por reconocerlo?

—¿En Aberdeen, dice usted...?

—Pero, Hubert, ¡se hicieron tantas bromas sobre la paternidad de su hijo! No recuerdo el apellido pero empezaba con Har... Har algo.

—¡Por supuesto! ¡Es él! —exclamó Hubert, sacudiéndole las manos—. Vi en su biblioteca unos libros firmados con ese nombre. Era Hardy, sí; lo recuerdo. ¡El gran bastardo! No creo que lo haya confesado a don Felipe ni a misia Francisca, y no creo que enterarse los haga felices. Quizás hasta contemplen romper el compromiso...

—Esa chica debería casarse contigo —dijo Clémentine, irritada—. Al fin de cuentas, la casan por aquella tontería de que pasaron la noche juntos. Lo mismo podrían casarla con otro, si se trata de acallar detalles sobre su reputación. —Molesta, tocó la campanilla para llamar a la criada. —Me exaspera pensar cuántos extranjeros recién llegados, que hacen fortuna porque los nativos son perezosos, terminan entroncando con las mejores familias. ¿Es que acaso somos menos que esos muertos de hambre que han salido del barro de sus aldeas?

Hubert le dio un beso en la sien y, con el ánimo cambiado, llamó a gritos a Beau Bouclier para que fuera a vestirlo de inmediato. El haitiano todavía estaba en el dormitorio; había abierto el alhajero y se probaba sus joyas. Sin un atisbo de sobresalto levantó los ojos y lo miró a través del espejo con una mueca insolente.

Las funciones de *valet* que cumplía solían provocar en De Bracy sensaciones que no siempre tenía voluntad para rechazar: la mano de un color negro violáceo a veces apretaba de más el lazo del cuello, o se demoraba en aflojarlo aunque así se lo ordenara. Otras, sus dedos le recorrían la espina dorsal con una levedad que lo estremecía, y al afeitarlo, la navaja se demoraba en su cuello produciéndole escalofríos.

Pero en aquel momento, sin tiempo para juegos, prefería que lo ayudara una de las chicas, que se mostraban más respetuosas y eficientes, y a las cuales, además, podía golpear.

—Vete —ordenó, malhumorado.

Con una carcajada profunda, el negro lo rozó al salir, dejándole en la oreja la ronquera de una palabrota.

Desde el día de la creciente, Laura no había pisado la calle y sufría al pensar en cómo se las arreglaría el domingo para no faltar a misa. Además, la ausencia de Farrell le daba la sensación de haber cometido un acto reprochable.

Resentida con su suerte, por primera vez no enfrentaba el día con una buena dosis de convicción en sus deberes; se levantaba tarde, no tenía hambre y estallaba en malhumor ante la mínima reconvención. No había vuelto a sacar el diario del pupitre ni leído una página del libro de encajes; encontraba alivio en esas pequeñas rebeldías. Por el momento, insegura de lo que sentía (¿desagrado, rabia, inquietud?), eludía a Robertson. No quería reconocerlo, pero le molestaba que se mostrara tan renuente al casamiento y más aún porque había dado palabra de respetarla hasta que ella... "En un supuesto que yo desee... ¿cómo dice tía?... consumar el matrimonio, ¿de qué manera puedo hacérselo saber? ¡Me moriría de vergüenza! ¡Oh, Dios! ¿No hubiera sido mejor que nos metieran en la misma pieza y pasar el trago de una buena vez? Al menos ya no me parece tan insoportable. Sabe escuchar y hasta mostrarse complaciente..." Todas las noches se desvelaba con el recuerdo del beso que le había dado. La primera sensación había sido de asco y de indignación; ahora lamentaba que no volviera a intentarlo.

Mientras meditaba en aquello llegó Nombre de Dios a avisarle que los Farrell habían mandado el coche para que fuera a visitarlos. Ilusionada con ver al comandante, deseosa de escuchar la sensatez de sus consejos, corrió a vestirse.

No bien pisó la vereda de sus tíos, doña Mercedes se adelantó a abrazarla. Primero la llenó de besos y luego la tomó de la mano y la arrastró hacia la sala, a medias oscurecida.

Laura, que esperaba ver a su tío, se encontró con De Bracy, sonriente y muy seguro de sí. Quedó clavada a la entrada de la habitación, pero la señora la introdujo casi a la fuerza y cerró la puerta tras ella. Lo primero que pensó fue: "Tío Eduardo no está en casa; de otra manera, tía Mercedes no se habría atrevido a esto".

Enojada, se volvió a mirarla mientras el francés se adelantaba con la intención de tomarle la mano, que ella rehusó poniéndola a la espalda.

—¿Qué sucede, tía? —preguntó con brusquedad.

—No te precipites —la tranquilizó la señora—. Hubert desea tener una plática contigo.

Ella no contestó; los miró con enfado y dio media vuelta para retirarse. Tenía la mano en el picaporte cuando doña Mercedes exclamó:

—¡Escúchalo, querida! Es muy grave lo que tiene que decirte.

La curiosidad y el cariño que sentía por ella hicieron que Laura se volviera a mirarlos.

—Vamos, siéntate; no hablemos de pie —le rogó la señora, pero Laura se mantuvo donde estaba, pálida y sin expresión.

—Es sobre el señor Robertson —le adelantó doña Mercedes, animando al joven a seguir.

—Ese hombre no es digno de usted, Mademoiselle Laura. Él es... —Miró a su anfitriona como pidiéndole permiso. Ella se lo concedió con rápidos y decididos cabeceos. —... su origen es...

Titubeó, tan incapaz de seguir que doña Mercedes lo interrumpió:

—El señor Robertson, Lali, es ilegítimo. Es decir, ya no, porque fue reconocido, ¡pero ni siquiera se sabe si el que le dio el apellido es el verdadero padre!

Laura enrojeció, no por repulsa al hombre que sería su esposo, sino hacia la maldad de De Bracy y hacia la tontería de su tía.

—Señor —dijo con frialdad—, escucharé esas palabras sólo si se decide a repetirlas delante del señor Robertson. Entretanto, delas por no escuchadas. —Y recriminó a doña Mercedes: —Me extraña de usted, tía. Estoy segura de que mi padrino no aprobaría ni este encuentro ni esta conversación.

—Pero... pero, criatura... Es algo tan grave... Escucha lo que sabe Hubert de ese hombre. ¡Laura, es un aprovechado! ¡Si debes casarte con alguien, Hubert está...!

Perdida la poca paciencia que había juntado, Laura se recogió las faldas y salió con un portazo. Enseguida se volvió y gritó a través de la puerta cerrada:

—¡Que se vaya al diablo su amigo! ¡No voy a perdonarle a usted el haberme traído engañada!

Al llegar a la vereda, sin considerarlo mucho, subió al coche y se sentó al lado de Serafín. La señora salió tras ella.

—¡No puedes casarte con él, Laurita! ¡Te lo hemos dicho tantas veces! ¡Mucho mejor sería...!

—¿La llevo de paseo, niña? —se burló el moreno, con expresión de ingenuidad.

Laura lo sacudió de la mota.

—¿Sabías quién estaba con la señora?

—No, niña —dijo el muchacho, serio—. No tenía idea. Si no, yo le habría alvertido. Recién me lo dice la Joaquina, que me arrimó un matecito.

—¿Dónde está el comandante?

—Días hace que se fue al campo.

—Llévame a casa —ordenó Laura.

Nerviosa, subió las escaleras y se encontró con misia Francisquita en la galería superior.

—¿Podría hablar con usted, tía? —Con la respiración entrecortada, agregó: —¿Sabe si es verdad que el señor Robertson es... es...?

Misa Francisquita parpadeó, perpleja. Como la joven no continuaba, se impacientó:

—A ver si te explicas. No entiendo ni jota. —Al ver la confusión en el rostro de su sobrina, le dijo: —Vamos a mi pieza.— Allí se sentaron frente a frente. —Empieza por aclararme qué es este escándalo.

Laura le contó cómo doña Mercedes le había mandado el coche, y lo dicho por De Bracy.

—Pero, ¿de qué lo acusó?

—De ser un bandido... y de ser hijo ilegítimo reconocido.

"Bueno —pensó la señora—, parte del encanto de Robertson es esa mezcla de corsario y caballero." Alertada la memoria por las pretensiones del francés, le preguntó:

—Dime, ¿De Bracy se te ha insinuado?

—Él no lo dijo, pero tía Mercedes...

—¿Ofreció a casarse contigo así, de lástima?

—¿Y cuál es la diferencia con el señor Robertson? —replicó Laura con amargura.

—Él lo hace por responsabilidad, no como ese sinvergüenza, que tanto él como su madre ya no saben qué hacer para meterse en nuestras camas. —Con fría cólera sentenció: —Esta vez Mecha se ha sobrepasado; tendré que darle un escarmiento. De cualquier manera, he visto los papeles de Robertson y dice en letra bien clara y en castellano: hijo legítimo. Seguramente se subsanó el error después de que nació, y eso es lo importante. Ahora, si te tranquiliza, puedo hablar con él y pedirle que me explique...

—¡Tía, no! Y por favor, ¡que papá no se entere!

—A tu padre lo único que puede importarle es lo que dicen los documentos. Lo demás es infundio.

Cuando quedó sola, misia Francisquita se permitió pensar: "Por eso me gustaba; se parece a Santiago hasta en sus orígenes".

• • •

Aquella tarde don Felipe y su futuro yerno, con el designio de fortalecer sus posiciones, se presentaron en lo del doctor de la Mota, que daba una recepción de caballeros para agasajar a José María Achával.

Don Teodomiro los recibió cumplidamente. Era bajo y tirando a grueso, solterón y frailero. Se hacían chistes sobre que no había conocido cuerpo de mujer y decían que lo habían oído aconsejar a José María: "Tienes que evitar a las hembras, muchacho. Chupan nuestras fuerzas, se llevan nuestras energías y nos embotan el seso. Sin contar lo que cuesta mantenerlas". Él no contribuía mucho a socorrer a su hermana, la viuda de Achával, un poco por desacuerdo con el casamiento que había hecho, otro porque era un tanto avaro.

Para redondear su personalidad, don Felipe contó a Robertson que no se sabía que hubiera expresado con claridad su opinión sobre algo, salvo que el clima de Córdoba era seco, y que con tanto suceso Córdoba seguía siendo Córdoba, es decir, confusa para los de afuera pero predecible para cualquier cordobés.

Don Felipe se encargó de las presentaciones:

—El doctor Manuel Cáceres, el doctor Medina Aguirre... Ellos llevaron el juicio de mi sobrina Luz, por la herencia.

Robertson aceptó la copa que alguien le ofrecía. Cáceres era el más joven de los dos, atildado y tieso. "Poco sentido del humor", decidió el escocés al observarlo apartarse. El otro, Medina Aguirre, debía de andar cerca de los treinta. En él, cierta vivacidad irónica y una chispa de genialidad borraban sus maneras no muy pulidas aunque tampoco inadecuadas. Osorio los dejó solos y continuó con los saludos.

—¿De paso por nuestra tierra? —inquirió Medina Aguirre.

—Quizá me establezca aquí —dijo Robertson, y vio que De Bracy se acercaba a ellos; llevaba en la mano una copa y en el rostro una expresión mordaz.

—¡Vaya, vaya! Apuesto a que el señor Osorio lo ha traído en su auxilio. Nuestro vecino es un tanto reacio a dejarse ver.

—¿Qué se festeja? —preguntó Robertson.

—El nombramiento de José María en otra oficina pública. Es un milagro que conservara sus puestos después de la caída de los Reynafé, y otro que lograra este cargo, ya que el gobernador dictó una ordenanza que imposibilita tener más de un cargo administrativo.

—Es asombrosa la cantidad de tareas públicas que se pueden ejercer en los mismos horarios —contestó Medina Aguirre con una sonrisa que De Bracy evitó aceptar.

—Por suerte, el doctor de la Mota es solterón y adinerado. Y dígame, Monsieur, ¿cuál es su verdadera ocupación? ¿Es escritor, como oí por ahí, o espía de la Corona, como sospecho?

Robertson contestó con una palabra:

—Escribo.

—Con ese laconismo no me dice nada. —Provocativo, De Bracy presionó: —A ver, contésteme esta vez. ¿A qué se dedica usted?

Robertson lo observó. Como adicto, reconocía los síntomas: estaba bajo el efecto de algún estimulante, aunque no pudo distinguir cuál.

—Ya se lo dije: escribo —repitió. Nunca le había gustado. Ahora se le tornaba desagradable.

—Tengo entendido que es escocés. —Como el otro no respondió nada, agregó: Visité Escocia, pero siempre me atrajo más Inglaterra, Londres en particular. —Cambió en forma abrupta de tema: —Una vez fui con José María a pasar una temporada a La Antigua. Ya le habrán hablado de ella. Yo recién llegaba a la ciudad, y me sentí muy impresionado. La propiedad es magnífica, pero don Felipe tiene ciertas costumbres... ¿Sabe que comían en la cocina, con la servidumbre? Y todos esos mastines, además de un cachorro de puma que orinaba las paredes... Era tan... Muy de abolengo de estas tierras, supongo.

—¿De veras? —dijo Robertson en tono de mofa.

De Bracy lo miró, el movimiento de la copa detenido en su mano. Completó el gesto de beber, se alzó de hombros y reconoció:

—Lo supongo. —Con el cristal sobre la mejilla, comentó: —Cuando estuvimos en Aberdeen frecuenté a una encantadora señora... ¿o debo decir señorita?... llamada Constantia Hardy. —Lo observó con una sonrisa y continuó: —Una bella personita que tenía el mal gusto de contar sus amoríos. Decía haber concebido a un hijo nada menos que de Wellington... y por qué no, si la pequeña, obesa y ebria *lady* Hamilton pudo tener una hija con ese patético Nelson... La singularidad de su historia estaba en que había convencido de su paternidad a otro de sus amantes, un tal... oh, sí, Robertson. Era tan graciosa nuestra Constantia, tan bien relacionada... Ya sabe, todo el Olimpo mundano: los Hamilton, lord Palmerston, los duques de Alba... Ella parecía haberlos conocido a todos, y aun sospecho que algo más, porque esa pequeña seductora tenía su reputación, muy alejada de su virtuoso nombre. Bien, no sé dónde oí que el hijo, de origen tan dudoso, había renunciado a una cuantiosa herencia, legada por el que creía ser su padre. Por cierto, lo había legitimado tardíamente pero, en fin... ¿Es posible que estuvieran emparentados con usted?

Aunque por un instante los sonidos habían cesado para él, Robertson sostuvo la mirada del francés, que, al extenderse en su relato, le había permitido reponerse.

—No conozco a nadie en Aberdeen —contestó—, pero Robertson es un apellido común en Edimburgo. ¿Y a quién más trató allí?

La pregunta llevó al otro a pavonearse:

—A los Urquhart, a los Maxwell de Kirkconnell... ¿Los frecuenta usted?

—¿Cómo podría? —se burló—. Mi familia está compuesta por escritores y viajeros, no por aristócratas.

—También conocimos a un individuo con un sentido del humor tan... Por aquel entonces entraba y salía de la abadía de Holyrood, pues allí los acreedores no podían prenderlo. Thomas, se llamaba; Thomas de Quincey. Escribió un libro de extravío: *Del asesinato como una de las bellas artes*. ¿Lo leyó usted?

—Ni siquiera lo oí nombrar —volvió a mentir.

—Entonces, ¿no oyó hablar de Constantia Hardy ni de ese excéntrico bastardo que renunció a su herencia?

—¿Cree que olvidaría a un idiota capaz de rechazar una fortuna? —Sonrió y agregó: —¿No lo he visto a usted en Filadelfia? —pues de pronto le vino a la memoria el recuerdo, siempre confuso, de algo desagradable sucedido en aquella ciudad.

De Bracy lo miró largamente.

—Dudo de que frecuentáramos los mismos salones —dijo, y comenzó a retirarse.

—Oh, yo no frecuenté salones. —Robertson rió. —Con más seguridad nos conocimos en alguna taberna.

El francés dijo:

—Con permiso —y se dirigió hacia donde estaba Achával.

Medina Aguirre lo vio alejarse.

—Encantador como una yarará —comentó. Y ante la ignorancia del escocés, aclaró: —Una de nuestras más venenosas serpientes.

Al rato don Felipe le advirtió que podían retirarse. Se despidieron del abogado y salieron juntos, haciendo comentarios sobre la reunión.

En la casona encontraron a Laura en compañía de misia Francisquita. Don Felipe se encerró en su despacho y Robertson se sentó con ellas y se puso a explicarles las características de los encajes escoceses.

—Es un arte muy apreciado entre nosotros y lo practican tanto varones como mujeres —comentó.

—También en España el bolillo era pasatiempo de nobles —recordó la señora—. Bien recuerdo a mi abuelo entretenido en eso. El buen señor lo había aprendido de un tío abuelo y se tomó el trabajo de enseñármelo a mí.

Robertson se sentía nervioso por la conversación sostenida con De Bracy, y como misia Francisquita mandó a Laura a por unos hilos, se inclinó hacia la anciana y le dijo en un murmullo:

—Tengo que hablar con usted. Hay algo que debe saber.

—No hace falta, hijo. —Con rapidez, pues volvía su sobrina, la señora susurró: —Ya me enteré y no tiene importancia.

Impetuosamente, él se inclinó y la besó en la mejilla.

Laura entregó a su tía lo pedido. Mientras lo miraba retirarse, dijo:

—El señor Robertson debería casarse con usted.

—¿Ya despuntan los celos? —bromeó la anciana—. Buena señal. No todo está perdido en esta alianza.

—¡Oh, tía, no se burle de mí! —se turbó la joven mientras comenzaba a devanar el hilo con ademanes nerviosos.

Aquella noche Robertson pensó con frío resentimiento en De Bracy. Si misia Francisquita sabía algo de su origen, evidentemente había sido porque éste se había preocupado de que llegara a su conocimiento. ¿Qué derecho se arrogaba el francés para andar desparramando secretos que no le pertenecían? Hizo un esfuerzo por recordar lo de Filadelfia, cosa que sin duda había puesto al francés en retirada, pero de nuevo la memoria le mandó la vaga sombra de algo escandaloso y malvado. De cualquier forma, ¡qué importaba! No pensaba desparramar cuentos como si fuera una lavandera. Se desquitaría del mal rato haciéndole pasar otro... no con palabras, precisamente.

Lo tranquilizó poder delegar en misia Francisquita que se lo comunicara a Laura. Tenía sentimientos contradictorios con respecto a eso: aunque no deseaba ser despreciado, no le disgustaría que ella se negara a casarse con él. En ese caso, alzaría sus cosas y desaparecería de Córdoba en veinticuatro horas. Pero si su prometida era capaz de aceptarlo a pesar de todo, podía concebir esperanzas de hacer de su vida, por fin, una estructura permanente. "Entonces tendré que dejar el Foreign Office." Calculó, desconcertado, cuántos trámites, en ese caso, se vería obligado a hacer.

15

El delirio repetido

"Está de acuerdo, en todos los puntos, con su madre, a quien nunca dejó. Era su única confidente y el delirio de la madre repetido incesantemente se imprimió en su cerebro, sin que nunca una defensa le opusiera el esfuerzo personal de un razonamiento."

–Gaëtan de Clèrambault,
Contribución al estudio de la locura comunicada

CÓRDOBA
PRINCIPIOS DE 1836

No bien Dionisia le llevó el desayuno, Clémentine preguntó por su hijo. —El señorito no nos ha dado permiso para entrar en su cuarto —dijo la morena.

Clémentine miró la hora en el reloj de *toilette* y frunció la frente.

—Deja la bandeja. Alcánzame el deshabillé y las chinelas. —Exigió: —Sujétame el pelo.

La morena hizo todo en silencio, con el rostro sin expresión y mucha eficiencia. Antes de que la señora lo pidiera, tomó un frasco de colonia.

—¿Y Beau Bouclier? —preguntó Clémentine, impaciente, mientras Dionisia le masajeaba el cuello y las axilas con el perfume.

—Le preparó el baño al señorito y después salió —respondió la chica, con un vaso de agua verdosa en una mano y en la otra una bacinilla de porcelana.

La señora juró en francés y se enjuagó la boca con varios buches que salivó allí; luego se ajustó el cinturón de raso y se dirigió al dormitorio de Hubert, temerosa de que aquél no fuera a ser un día de malhumor para su hijo, sino uno de aquellos en que la melancolía lo atacaba de tal forma que costaba arrancarlo de ese estado.

—Hubert, mi querido, ¿estás dormido? —Llamó varias veces a su puerta. Como no consiguió que contestase, le advirtió: —¡Hubert, voy a entrar!

Se oyó un sonido —un suspiro disimulado— que ella tomó por asentimiento.

—¿Qué sucede, mi pequeño? —preguntó. Tanteando en la oscuridad, se dirigió al cortinado granate bajo el que se distinguía una franja de luz y lo corrió. Dionisia miraba desde el marco, sin atreverse a entrar. A la luz de un candelabro, entre el humo del pebetero que olía a mirra, encontró a su hijo recostado en la bañera. Con las manos aferradas blandamente a los bordes, mantenía los ojos cerrados; los cabellos se movían en el agua como algas doradas, con vida propia. El líquido —le pareció a Clémentine— era de un rojo intenso, casi negro, y por un momento desfalleció, pensando que era sangre: ella había visto a Marat asesinado en su baño. El intenso perfume la hizo reaccionar; Hubert se había sumergido entre pétalos de rosas, de dalias y de nardos, que dejaban un ligero olor seminal al ser estrujados. Las curas de agua le habían sido recetadas por un médico de Alejandría, para restablecer "las disposiciones animísticas". Al oír el quejido de su madre, Hubert reclinó con suavidad la cabeza, y ella, traspasada por su vulnerabilidad, tiró las toallas al suelo y se sentó en la banqueta. Le acarició la cabeza, le pellizcó la oreja, le masajeó los hombros y el cuello en tanto él, débilmente, hacía como que la rechazaba. Era un juego que perduraba desde la niñez y, como en la niñez, le dijo:

—Vamos, Bijou, abre los ojos, mírame. Dile a mami qué te entristece. ¿Te has metido de nuevo en algún lío? ¡Bien sabes que yo y Beau siempre te hemos sacado de los enredos! Dionisia. Se volvió, imperativa. Tráele una taza de café negro y caliente; échale unos granos de... ¡No, dos clavos de olor serán suficientes! ¡Anda de una vez!

Mientras la chica se retiraba apresurada, De Bracy parpadeó y miró a su madre con las pupilas dilatadas.

—Estoy bien —murmuró con una sonrisa desvaída—. Estoy bien, estoy bien... es sólo que... —Y dijo con amargura: —Ese maldito ha conseguido los testigos que le exige la iglesia; pronto librarán las proclamas. ¡Oh, mamá! —gimió, la frente sobre el hombro de ella—. Si me daban tiempo, yo hubiera conseguido enamorar a Laura; estaba seguro de que ella se interesaba en mí... ¿Es posible que guste de ese hombre? ¿Es posible que una mujer fina y educada guste de un hombre como él? ¡Dímelo! —Pasando del abatimiento a la agitación, se le pusieron los ojos vidriosos y se golpeó la frente en el borde de la bañera.

—Querido, querido —lo calmó Clémentine al tiempo que lo apretaba contra su pecho—, no te pongas así. Claro está que se lo han impuesto. Ella es algo altanera, pero en realidad es una lástima...

Hubert no estaba dispuesto a dejarse consolar.

—Ella dijo, en lo de Madame Farrell...

—Una dama siempre debe fingir ante terceros. Estoy segura de que no lo dijo para tus oídos, sino para los de esa torpe gordinflona. Mira, yo misma iré a hablar con Laura; creo que a mí me escuchará. Si es necesario, encontraremos un cura que los case. Te prometo que hoy mismo hablaré con ella. Creo que Osorio no está, y ya veré cómo hago para burlar a esa bruja de Madame Francisca. Primero debo encontrar un sacerdote al que podamos sobornar y después, ¿quién les quita las bendiciones? Sin duda Begoña, la de Arbonés, conoce algún infeliz de convento. No sé cómo hace, pero siempre descubre dónde están los podridos.

Contenta porque le había arrancado una sonrisa, juntó las palmas y derramó pétalos sobre la cabeza de su hijo. Luego lo besó repetidas veces, llamándolo con diminutivos cariñosos, hasta que él condescendió en reír.

Dionisia, que había entrado con la bandeja, no entendía el francés, pero, aunque deformados, reconoció los nombres de Laura, Francisca, Osorio.

Martina encontró a Laura en el despacho que se dedicaba con paciencia a poner al día lo que llevaba atrasado.

—Con su permiso, niña —dijo, y dio dos pasos hacia la joven—. —La gringa esa anda en algo dañino. Ella y su hijo —le advirtió.

—¿Madame De Bracy? —se sorprendió Laura—. Quiere decir, ¿contra nosotros? —Y, ante el asentimiento de Martina, se levantó de hombros. —¿Qué podría hacernos? —preguntó.

—No sé. Dice Mártires que su hija, que trabaja con ellos, le contó que nombran a la familia y a usted a cada rato. No sabe qué dicen, porque hablan así, usté ya sabe. —Insistió: —Para nada bueno ha de ser. Es gente de maldad, niña.

Laura, aunque escéptica, la tranquilizó diciéndole que en cuanto llegara su padre de La Antigua se lo comentaría.

Pero don Felipe no volvió aquel día, y por la tarde Madame De Bracy se presentó sin anunciarse. Aprovechándose del estupor de Rosina ante una dama blanca de polvos y con un lunar de terciopelo en la mejilla —además de un sombrero con velo—, se deslizó adentro y se apoltronó en la sala sin que nadie la invitara.

Martina, no bien enterada de que la "cualesquiera" había traspasado el cancel, golpeó con la mano abierta a la responsable y luego, con mucho tino, como el comandante y el patrón estaban en Ascochinga, mandó por Robertson. Ella no creía, como Laura, que los franceses fueran inofensivos.

Misia Francisquita, a quien no se le escapaba ni un suspiro dado en el último patio, ordenó decir a Clémentine que se retirara, pero la otra, la mano en la empuñadura de su sombrilla, se hizo la que no entendía el español y allí quedó con expresión satisfecha. Dionisia, que la acompañaba, estaba de pie detrás de ella, contrita y avergonzada.

Juanchita subió con la noticia y misia Francisquita llamó a gritos a Fe para que la ayudara a vestirse mientras pensaba en el placer que sería contar después cómo había despedido a la madame. "Si se hace la que no entiende el idioma, le mostraré la salida con el bastón. Un bastón es más contundente que cien palabras en francés", se regodeó mientras luchaba con sus pies hinchados y los chapines estrechos.

Laura bajó enseguida, pues quería evitar el escándalo. Sansón, que la seguía, se coló bajo sus faldas y, como que era malcriado, pronto andaba sobre los muebles, maullando y saltando de uno en otro. En un segundo resultó evidente que Clémentine de De Bracy no tenía simpatía por los gatos.

Laura miró con discreta curiosidad a la mujer que se recogía el velo translúcido sobre el sombrero y pensó: "Tiene razón tía Francisca; es mayor de lo que aparenta". Molesta por lo que debía hacer, cerró la puerta tras de sí.

—Es mejor que se retire antes de que mi tía se presente —le dijo—. Es una persona irritable y no le deseo el mal rato a ninguna de las dos.

—Oh, no se preocupe por mí; yo soy de sangre fría —contestó la otra, y se reclinó en el sillón con una sonrisa compradora—. Es por el interés de usted que he venido —anunció— con una propuesta que sin duda la contentará.

—¿Propuesta? —se desconcertó Laura.

La francesa, sin dejar de sonreír, pidió a Dionisia que le alcanzara la caja que sostenía en las manos. Sacó una llave del bolso, la abrió, y debajo de un papel plegado quedaron a la vista un montón de libras esterlinas; Laura las reconoció porque Luz le había regalado unas para su dote. Levantó la vista sin comprender a qué iba aquel despliegue de riqueza.

Madame Clémentine se puso de pie y palmeó con la mano enguantada la mejilla de Laura, que se hizo atrás con desagrado.

—No tiene que disimular ante mí, querida —le advirtió la francesa—. Soy mujer de mundo y esto... —Pero el ademán estudiado se perdió ante el respingo con que esquivó al gato, que saltó de la silla a la mesa para olisquear la caja. —¿No puede hacer que saquen a ese animal de la habitación? —preguntó, nerviosa.

—¿Por qué he de hacerlo? —Laura declaró con cándida testarudez: —Es mi casa, mi sala y mi gato.

Clémentine se llevó el pañuelo a la cara.

—Los animales me producen eccema —dijo con fuerte acento.

—Puedo asegurarle que eso es algo que no va a desvelarme —repuso la joven.

Como el gato saltó sobre el bargueño, la señora se enderezó, un tanto perdida la compostura.

—¿Y bien, qué responde usted?

—¿Sobre qué? —preguntó Laura, divertida con la escena.

La otra lanzó una interjección que sonó procaz y aclaró:

—Mejor se apresura a aceptar, porque antes de contar tres usted se encontrará casada con un patán de origen más que dudoso.

Laura perdió la paciencia.

—No sé de qué habla, ni por qué usted se toma la atribución de meterse en mis asuntos...

—Oh, dejémonos de rodeos —dijo Clémentine, impaciente. De pronto le entraron dudas y moderó el tono. —Querida, entendámonos: se dice que tendrá que casarse y que a usted no le gusta ni le conviene el pretendiente elegido por su familia.

—Sigo sin entender a su merced —contestó Laura, los ojos oscurecidos por el enojo—, ya que eso no le incumbe en lo más mínimo.

Sansón, desde el piano, maullaba para reclamar la atención de su dueña; al no obtenerla, saltó de nuevo a la mesita y rozó la mano de la francesa, que dio un grito, asustándolo de tal forma que el animal retrocedió, agachó las orejas y bufó.

—Quieto, Sansón —lo calmó Laura. El gato bajó la pata pero siguió moviendo la cola con enojo.

—Vayamos al grano. —Clémentine prescindió del acento de clase alta. —Usted entiende que le conviene mil veces mi Hubert, digno, adinerado, de excelente linaje... sin contar con que es un bello muchacho... y no ese bastardo que quieren imponerle... —Ante el asombro de Laura, le extendió el papel apresuradamente. —He arreglado todo por si usted acepta. El cura de la parroquia del Niño Infante va a casarlos de inmediato, porque estas cosas hay que llevarlas a cabo con rapidez para que nadie pueda impedirlas. Mi hijo nos espera en casa, ya vestido para la ceremonia, que, como comprenderá, será muy sencilla y rápida. Tengo el coche a la puerta. —Le tendió la caja: —Para el viaje. Santiago del Estero queda cerca para ir y volver...

Había gesticulado en su nerviosismo, y Sansón, que guardaba su mal humor, tiró un zarpazo a aquella mano que aleteaba ante él como un pájaro. La ofendida, con un grito, se volvió y tomó la sombrilla para golpearlo. Laura la detuvo asiéndola con fuerza del brazo. Misia Francisquita entró y, malinterpretando la situación, pensó que la francesa había tratado de golpear a su sobrina. Sin una palabra, pálida de ira, la señora se desplazó con una rapidez increíble para sus años y levantó el famoso bastón. Clémentine de De Bracy la vio venir y por esquivarla cayó sobre el sillón, donde Sansón se había agazapado.

Luego, Laura no supo qué sucedió: el gato dio un maullido terrible, su tía descargó el bastón, se oyó un alarido, la puerta de la sala se abrió con estruendo y Robertson entró seguido del peoncito.

Apoyada contra la pared, la joven vio al gato prendido del brazo de la entrometida, que lo aplastaba sin atinar a liberarlo para que huyera. El animal afirmaba las garras a cada grito de "*chat de merde*", mordiendo y bufando bajo los golpes con que la francesa pretendía deshacerse de él. La sangre manchaba la organza del vestido y su tía lanzaba golpe tras golpe sobre las piernas de la otra, al tiempo que gritaba:

—¡Infame, indeseable, pelandusca, ramera! ¡Levantarle la mano a mi sobrina! ¡Salga de esta casa, puta apolillada, meretriz, perendeca! ¡Aquí no se reciben pendones!

Laura oyó a Robertson decir:

—¡Oh, dioses! El escocés se sacó la chaqueta, izó a Clémentine por la cintura y envolvió a Sansón en la prenda; entregó el revoltijo a Pascual, que lo soltó en el patio, donde el animal, que escupía, trepó por la glicina a los techos.

Laura retrocedió y vio a la hija de Mártires que lloraba mientras Madame De Bracy se debatía contra el animal que ya no estaba y trataba de parar los golpes del bastón que caían sobre ella.

—Señora, basta —dijo Robertson con autoridad, y misia Francisquita, con la respiración atascada, el monóculo torcido sobre la concavidad del ojo, retrocedió y se apoyó con una mano sobre la mesa, temblando de indignación.

—Sáquenla de mi casa, o no respondo de mí —advirtió a los presentes. Señaló las monedas de oro desparramadas por el piso, la caja pisoteada por el escocés, y dijo a Dionisia: —¡Tú, levanta ese salario de fornicio y te lo llevas con tu ama! ¡Bien harías en dejar esa casa, que como sigas ahí, nadie te dará trabajo después!

Clémentine, el peinado deshecho, el sombrero sostenido ridículamente del alfiler que no se había soltado, los polvos corridos, se apretaba el brazo gimiendo y meciéndose como en trance.

—¡Que se vaya! —Misia Francisquita, llena de cólera, señalaba la puerta.

—Tranquilícese —la calmó Robertson—. Yo mismo la llevaré. Ha dejado el coche afuera.

La alzó e indicó a la criada, que en cuatro patas buscaba las monedas, que los siguiera.

Cuando llegaron a casa de los De Bracy, Robertson descendió y golpeó la puerta sin contemplaciones. Una criada lo atendió y al oír los lamentos de la señora corrió por el amo. Hubert apareció vestido con extrema elegancia. Perdió el color al ver a su madre ensangrentada y en aquel estado de descontrol.

—¿Que pasó? ¿Ha tenido un accidente?

Robertson tomó a la mujer en brazos y, guiado por Dionisia, la dejó en la cama, replegada sobre sí misma, la mano tendida hacia su hijo.

—¡Hubert, Hubert! —clamaba.

—Pero, ¿qué ha sucedido? —volvió a preguntar De Bracy, que abrazaba a su madre y le acariciaba la cabeza después de que Dionisia atinara a quitarle el sombrero.

Robertson contestó:

—Pregúntele a ella —y dejó la casa para volver a pie a lo de Laura.

De Bracy, tembloroso, se miró la mano empapada en sangre.

—¡Mamá! —gimió.

Mientras Dionisia le pasaba por el rostro un paño embebido en agua de azahar, Clémentine dijo con voz ahogada:

—Fue ella... la vieja cochina...

—¿Doña Francisca? ¿Qué te hizo?

Dionisia se atrevió a abrir la boca.

—Fue el gato de la niña Laura... Se le prendió del brazo.

—¡Esa cochina vieja se atrevió a golpearme! —reaccionó la señora, que se levantó las faldas para mostrar las piernas enrojecidas por los bastonazos.

—¿Misia Francisca? —repitió Hubert, estupefacto.

—¡Ella, ella, la del monóculo! ¡Me llamó ramera, me expulsó de su casa! ¡Yo sólo quería darle una oportunidad a la joven para que se librara de ese... ese...!

—¿La arpía golpeó a mi madre y tú no la defendiste? —se enfureció De Bracy con Dionisia, que resbaló por impulso del golpe recibido—. ¡Ve a buscar al médico, que luego hablaremos, maldita!

La chica, llorando a gritos, avisó al ama de llaves que mandara por el doctor y corrió a casa de sus padres.

—¡Tengo miedo de que digan que me quedé con alguna moneda! —sollozó abrazada a la madre—. ¡Yo recogí las que pude, pero no sé cuántas eran!

—No llorés —la calmó Mártires—. La niña Francisca hablará por vos. ¿Quién le creerá a esa cuica?

A la mañana siguiente De Bracy, sin atender el consejo de Achával, presentó querella contra Laura y su tía. Luego intentó que don Teodomiro de la Mota tomara la defensa de su postura, pero el abogado se negó de manera terminante, ya que él llevaba el legajo de don Felipe. Más tarde el señorón comentó a su sobrino, aconsejándole que se cuidara de ciertas actitudes de su amigo.

—Ya se sabe —le dijo— que la honra de un letrado es tan frágil como la de una doncella —se preguntaba, pasmado, bajo qué influjo había permitido que De Bracy entrara con su recomendación en las oficinas de Catastro.

El procurador de justicia hizo unas pocas preguntas a Madame De Bracy: ¿Alguien la había invitado a casa de misia Francisca de Paula Osorio? No. ¿Tenía ella amistad con dicha familia? No. ¿Al menos se anunció? No. ¿Acaso no le fue pedido que se retirara? Sí (dicho después de una pausa). ¿Qué se proponía hacer con la sombrilla enhiesta, mientras forcejeaba con doña Laura Agustina Osorio? Ella no... ¿No tenía la sombrilla en la mano? Sí, pero... ¿A quién pensaba golpear, entonces? ¿O estaría alardeando de funámbula?

Aquella palabra hizo que la señora enmudeciera e instara a su desconcertado hijo a que se retiraran. Se anotó en actas que los De Bracy abandonaban la sala y misia Francisquita, con ademán imperioso, insistió en que los querellantes levantaran los cargos o se prosiguiera con el juicio, pues estaba dispuesta a llegar hasta las últimas consecuencias. De igual modo, la señora pidió que se limpiara el nombre de Dionisia, hija de Mártires, antes esclavo de la familia Osorio, ahora santero, dando fe ella (Francisca de Paula) de su honradez e integridad.

Aquella tarde, Robertson encontró sola a la señora. Se le acercó y le dijo muy serio:

—Mire que había sabido usted palabras para nombrar a las "alegres amigas", señora. ¿Dónde las aprendió?

La anciana sonrió, bajando la cabeza.

—De aquí y de allá. De Quevedo, de Cervantes y también del cancionero —respondió.

Era evidente que no les convenía enemistarse con nadie, así que los De Bracy se llamaron a silencio. El francés no tocó el tema con doña Mercedes, que había estado algo esquiva; también dejó en paz al doctor de la Mota y reconoció ante Achával —a quien habían mandado con urgencia a Los Sauces por unas actas testamentarias— los errores de su madre, que achacó al desconocimiento de las costumbres. Y a pesar de que Robertson había auxiliado a Clémentine, creció en el ánimo de De Bracy —por esa rara alquimia de las relaciones humanas— el antagonismo que sentía por un rival que ignoraba serlo.

Semanas después murió el cuzquito de los chicos y Sansón anduvo enfermo, pero se curó regando de vómito la casa e ingiriendo gran

174

cantidad de pasto y de aceite dosificado a la fuerza. Laura, a quien se le había puesto que De Bracy los había mandado envenenar, con la ayuda de Robertson se dedicó a darle leche a gotas y trocitos de carne que el caprichoso comía después de mucha insistencia. Con el tiempo mejoró, pero nunca volvió a ser el gato robusto y de pelaje espléndido que se había ganado el mote de Sansón.

En tanto, los franceses se purgaron retaceando su vida social, no haciendo invitaciones —que temían fueran rechazadas— y cuando, con el tiempo, comenzaron de nuevo sus andanzas, se encontraron con que algunas casas se les habían cerrado.

Como coronamiento a tanto escándalo, la Reina Mora volvió a la cocina de los Rueda: "Aquí no hay tanta plata pero hay decencia", dijo, muy oronda, para dejar librada a la inteligencia de cada cual la explicación de lo que aquello significaba.

16

Las voluntades unidas

"Y ahora —dijo él—, en nombre de Dios, tú y yo iremos al cura para casarnos, porque los vecinos de los alrededores se fijan en todo y murmurarán."

–Jeremiah Curtin
Tom Moore y la mujer de las focas, antiguos cuentos irlandeses

CÓRDOBA
PRINCIPIOS DE 1836

El padre Ferdinando se presentó en el despacho de don Felipe y lo interrogó sobre el casamiento de Laura, tras comunicarle la preocupación que sentía por la joven.

—No nos queda otra salida —fue el comentario de su amigo—. El señor Robertson es una buena persona y tiene recursos propios. Farrell y Harrison lo avalan.

—Pero, ¿ella está de acuerdo? ¿Alguien le ha preguntado a él si está de acuerdo? Porque debes recordar la vieja fórmula de las actas, que de manera tan sencilla plantea la cuestión: "Las voluntades unidas", dice... o decía. Hace mucho que no caso a nadie.

Don Felipe se recorrió el bigote con el pulgar y aclaró:

—En cuanto a Robertson, sabes bien que no puedo obligarlo. Le hubiera bastado decir que es casado, que es protestante, que no lo desea, y sanseacabó. Sin embargo, hasta nos ha facilitado el acta de bautismo.

—A él lo entiendo. Pero, ¿y tu hija?

Osorio titubeó.

—Quiero hablar con Laura —planteó el sacerdote, con las manos dentro de las mangas. Para quienes lo conocían, ese gesto indicaba su decisión de llegar al fondo de la cuestión.

—Habla con ella. —Don Felipe le advirtió: —Quizá te debamos en-

177

tonces que mi hija sea desventurada por el resto de su vida. Bien sabes cómo son en esta ciudad: tanto la virtud como el pecado se juzgan por las apariencias.

—Es preferible que quede soltera, que Dios la proveerá, y no mal casada. —Con terquedad insistió: —Quiero hablar con ella.

Llamaron a Laura y su padre se retiró de no muy buena gana.

El mercedario contempló a la joven. No se la veía feliz, pero tampoco tan abatida como esperaba. Carraspeó, se sentó y le pidió que ella también lo hiciera.

—No voy a darte un sermón. Sólo quiero que me digas la verdad, porque si existen dudas sobre tu consentimiento, este matrimonio no se llevará a cabo. ¿Sabes que la Santa Madre Iglesia tiene obligación de velar por ti? Ningún sacerdote puede ser testigo o bendecir una unión en que uno de los contrayentes esté en desacuerdo, aunque bien sé que algunos lo hacen, porque la doctrina católica se basa en la libertad de la persona...

Laura, sentada en el borde de la silla, apoyó el codo en la mesa y se llevó el puño a la boca, mientras lo miraba en silencio.

—Una palabra, Laurita, y te ves libre —dijo con suavidad el sacerdote.

—Estoy de acuerdo en casarme —reconoció por fin la joven—. El señor Robertson ha prometido respetarme.

—¿Hasta cuándo le durará la promesa? —se impacientó él.

Ella le sonrió a medias.

—Hasta que yo se lo permita.

—¿No estarás siendo ingenua?

Con el entrecejo fruncido, Laura levantó la vista.

—Padre, en verdad no sé qué siento por el señor Robertson. Pero de alguna manera que no puedo explicar a usted, sé que no miente.

—¿Has conversado de estas cosas con ese hombre? —quiso saber el sacerdote, escandalizado.

—No. Él lo habló con tía Francisca.

Repasando los detalles tan poco usuales a los que se enfrentaba, el religioso soltó un bufido, golpeó los brazos del sillón y se puso de pie.

—Hablaré con Panchita. —Pero antes de salir, le aseguró: —La más mínima duda de tu ánimo, aunque se te presente en el altar, puede librarte del compromiso. Una señal y detendré todo. Querida niña, cualquier cosa antes que un matrimonio no deseado. Demasiados trastornos, miserias y daño he visto derivar de eso. Sin contar con la infelicidad, que no siempre se encuentran fuerzas para soportarla en soledad. Y la infelicidad, puedo asegurarte, es cuna de muchas faltas.

Laura se quedó por un buen rato sola, pues acababa de comprender que por primera vez se había reconocido que Robertson no le era indiferente.

Publicadas las amonestaciones, el paso siguiente consistía en encontrar los testigos que aseguraran que Robertson era libre de contraer matrimonio. Sin otra opción, debió pedir a Farrell que lo hiciera, además de dar la dirección de los Harrison y del cónsul británico en Buenos Aires; se notificaría al obispo y al cabildo de diócesis para que los interrogaran en Buenos Aires, certificaran la memoria y la remitieran de vuelta a Córdoba.

Todos en la ciudad estaban muy animados con tan peregrinos sucesos. después de la noche en vela que habían pasado, temerosos de que la creciente arrasara la ciudad, a la mañana siguiente vieron atravesar las calles a don Felipe y al comandante Farrell con sus hombres, escoltando el coche de este último, en el que se había visto subir a Laura empapada, desgreñada y con la ropa llena de barro. El gringo, separado del grupo, cabalgaba más sombrío que nunca. "No sabía lo que le esperaba" era el comentario puntual. "Los Osorio no son dejados con la honra. Ahora tendrá que desposarla." Se decía que De Bracy estaba dispuesto a casarse con ella —una opción más decente como marido—, pero cuando su madre fue a pedirla, misia Francisquita, sin atender los deseos de la joven, trató con violencia a Madame Clémentine. Los franceses plantaron querella a la señora, pero no prosperó.

La historia del imaginario amor entre Laura y De Bracy se extendió por las tertulias y quedó confirmada cuando sorprendieron a Hubert, sobre la medianoche, arrancando la proclama de la puerta de La Merced. Después de eso, las señoras lo trataron con la consideración debida a los que sufren de amores contrariados, y algunas jovencitas que suspiraban por él comentaron cuán tontas eran aquellas que no sabían luchar por sus sentimientos; ellas estaban dispuestas a enfrentar a sus padres por aquel al que adoraban.

Otro motivo de interés era lo que se estaba invirtiendo en la boda. Se llevaba la cuenta de las perlas y los hilos de oro del vestido de novia que bordaban apresuradamente entre las Núñez del Prado, Consuelo Achával, Jeromita Carranza y Clarita Oliva, asistidas por las monjas catalinas. Don Fidel Calleja dejaba caer pequeños datos a la clientela, muy incrementada: "Hoy se han llevado diez cartuchos de perlas y doce de mostacillas... Me preocupa que mi hijo no regrese a tiempo de Buenos Aires con los zapatos de raso de Dinamarca que el señor Robertson quiere que luzca la señorita Osorio en la ceremonia... He tenido que mandar a Santa Fe por hilos de seda...". El marido de Jeromita Carranza, que comerciaba con frutos del país, se encargó de conseguir en la región de Cuyo los mejores vinos del país. Algunos animales de granja traídos de La Antigua se mantenían en la casa, pero el ganado que se sacrificaría para la fiesta tuvo que guardarse en corrales alquilados. Los huevos, acomodados en cajones con arena, se guardaban en los sótanos para los famosos postres en los que se usaban como base: la ambrosía y el tocino del cielo.

Y para rematar tantas cosas dignas de entretener tertulias, sobrevino lo que después se llamó "el incidente".

Sucedió en el hotel de los Pizarro —a un paso de Santo Domingo—, donde se tomaba café y bebidas de calidad, se reunían los señorones, se oían algunos latines y los jóvenes de familia jugaban al billar.

La puerta se abrió y entró Robertson en el mismo momento en que salía De Bracy. Ninguno de los presentes pudo decir luego qué originó la discusión: Medina Aguirre estaba de espaldas y Manuel Cáceres, de frente, pero con la atención puesta en la bola.

Cara a cara y casi rozándose, De Bracy intentó esquivarlo, pero Robertson dio un paso de costado, interponiéndose en su camino. Debió de agregar algo, porque el francés le clavó la mirada y los que estaban más cerca oyeron que De Bracy decía:

—Espero que se excuse —y después: —Lamento... guante.

De a poco se hizo el silencio entre los asistentes y se oyó, nítida, la voz de bajo de Robertson:

—No necesito guantes para este negocio —y plantó al otro una bofetada que le sacudió la cabeza. En el estupor que siguió, agregó: —Creo que esto resuelve la cuestión. Diga usted cómo desea salvarla; yo estoy a sus órdenes. Busque quien lo represente y diga dónde y cuándo.

No iba a ser él quien se retirara, así que se encaminó a las mesas de truque, saludó a los otros y esperó que alguien lo invitara a jugar.

De Bracy, fuera de sus cabales, salió dando un portazo que hizo caer un vidrio de la puerta. Los que quedaron no se atrevieron a hacer ninguna pregunta.

Al volver a su casa, Robertson bebió un trago de whisky. "Si sale vivo del lance, en el futuro se morderá la lengua antes de hacer comentarios sobre la vida de los demás", pensó y se sintió satisfecho de solucionar la cuestión de una maldita vez.

A mitad de la tarde apareció Achával. Sus convicciones estaban en contra de los duelos, pero, como nadie más podía representar a su amigo, había aceptado aquella carga.

—Con la condición de que sea a primera sangre —aclaró.

Robertson no iba a jugarse la vida tirando a herir a quien con seguridad estaba dispuesto a matarlo, pero se guardó el reclamo para plantearlo en el campo de honor.

—¿Dónde?

—¿Conoce la plaza que está a dos cuadras del Paseo del Virrey, hacia el poniente?

—¿Donde dicen que el gobernador piensa levantar un templo?

—Mañana, a primera luz. A las seis pasa la ronda de la policía, pero suelen comenzar por el matadero. ¿Necesita más tiempo para buscar quién lo apadrine?

—No. He comprometido a Medina Aguirre y a Manuel Cáceres. Hay que hacer las cosas con estilo, ¿no cree? —bromeó al ver al otro tan nervioso.

—Lo que me aflige es quebrantar las leyes de Dios y de los hombres —se justificó José María antes de retirarse.

Poco después llegó Serafín, mandado por Laura a enterarse de si era verdad lo que le había contado Consuelo. El moreno entró con el descaro de siempre, ofreciéndose a hacerle algún mandado.

—¿Quiere que le traiga el uisqui de don Fidel? ¡Eh? ¿Qué le pasa, que anda tan templadito? ¡Apenitas ha tomado un trago!

—¿Quién te mandó?

—Usté elija. —Contó con los dedos: —El comandante, la niña, misia Pancha... don Osorio no, porque está en La Antigua.

Robertson no preguntó más. Sin duda era Farrell; a las mujeres se las dejaba en la ignorancia de tales cosas. Sacó una moneda y se la arrojó.

—No hables del duelo con nadie. Y ahora, ve por los cigarros y te guardas el cambio.

El muchachito calculó con rapidez: era mucha plata.

—¿Le hago rezar una misa de difuntos endespués? —se burló, ya lejos de su alcance.

Esa noche, Calleja mandó a Robertson un recado. Le ofrecía, "al amigo, no al cliente", su coche para el otro día. "No me parece conveniente que ustedes lleguen a pie", aclaraba.

Y al filo de la última oscuridad, con la teatralidad con que se revisten las situaciones dramáticas, el coche que llevaba a Medina Aguirre y Cáceres apareció en la puerta de Robertson; éste salió cubierto por el capote de campaña y entregó la caja con las pistolas a Cáceres. Al ponerse en marcha, notó que los cascos de los caballos y las ruedas no hacían ruido. Medina Aguirre explicó:

—Envueltos en trapos, para que no sobresalten a los buenos ciudadanos.

Cáceres, más serio, preguntó:

—¿Y qué debemos hacer en caso de que... en fin, de que le pase algo a usted?

—Si los hados me descuidan, mis papeles están en un arcón. Remítanlos a mis tíos con esta carta. —Sacó del forro del abrigo una carta lacrada. —He dejado también instrucciones y una especie de testamento en mi escritorio, además de una nota para Miss Laura. Ustedes tendrán la bondad de encargarse de todo. —Con cortedad, sacó un reloj de cadena y lo puso en manos de Medina Aguirre. —Para el comandante Farrell, con mi amistad. El resto de mis cosas repártanlas entre Clotilde, Pascual y Serafín.

A medida que se acercaban al predio elegido, las sombras comenzaban a disiparse. Dejaron el coche en un montecito de talas y cruzaron a pie el puente destartalado, armado con troncos sin desbastar. En el fondo del Calicanto corría un hilillo barroso. Aquel cañadón, según dijo Medina Aguirre a Robertson, más de una vez había traído destrucción y muerte al descargar las aguas sobre la ciudad.

—Han llegado primero que nosotros —lo interrumpió Cáceres, nervioso. En la plazuela, un grupo de hombres esperaba.

Una vez reunidos, se llevó a cabo el ritual de saludos y presentaciones, inspección de armas, el recordatorio de las leyes del duelo y un último esfuerzo por convencerlos de que no fuera a muerte.

De Bracy, tan medido que solía mostrarse en sociedad, ahora caminaba de un lado a otro con el rostro desencajado de rabia. "A muerte, a muerte", repetía, y Robertson, que se reservaba la última palabra, dijo que, por él, a muerte estaba bien.

Los contendientes se pusieron espalda contra espalda y un primo de Achával comenzó a contar los pasos.

De pronto, todo fue confusión. Una patrulla salió del monte al trote; se oyeron órdenes, ruido de sables al salir de las vainas y gritos. Los hombres del oficial Pacheco cayeron sobre los conjurados, a quienes rodearon y conminaron a entregarse de inmediato. Cruzando el puentecito, haciendo equilibrio debido a las redondeces de su persona, el padre Mateo se levantó los hábitos con una mano y con la otra les mostró un crucifijo.

—¡Bajen las armas, bajen las armas! —los exhortaba a gritos. A último momento se pisó el ruedo de la sotana y cayó en el inmundo cauce, de donde unos mirones salidos de la nada tuvieron bastante trabajo para sacarlo.

La presencia de la tropa, más que disuadir a De Bracy, pareció enardecerlo; estiró el brazo dispuesto a disparar sobre Robertson, que, con la mano de la pistola apoyada sobre el hombro, lo miraba sin inmutarse. Achával se colgó de De Bracy instándolo a reflexionar, en tanto su primo desviaba el cañón del arma. Se oyó a Medina Aguirre decir alegremente:

—Creo que alguien alertó a la policía.

Robertson se sentía frustrado, pero al ver a los mestizos que componían la tropa, que con los puños en la cintura contestaban los alegatos de los doctores con una frase repetida —¿Y di'ai? ¿Y di'ai?—, sin retroceder ante el dedo admonitorio del Achával, de Álvarez o de Cáceres, captó lo ridículo de la escena y se largó a reír. Se apoyó en un árbol, estiró el arma hacia Medina Aguirre y rió hasta que se le saltaron las lágrimas. De Bracy tuvo que ser contenido otra vez, pues quiso lanzársele encima, ante la sorpresa del escocés, que no lo había imaginado capaz de algo violento y arriesgado.

El padre Mateo, que olía a barro y hojas podridas, se acercó, cambió un parpadeo con Medina Aguirre y luego recriminó a Robertson, a medias serio, a medias jocoso:

—¿Iba a tener un duelo sin haberse confesado, hijo mío?

—No estaba en mis planes morir, su merced.

Fueron a parar a la cárcel. Robertson y De Bracy en celdas diferentes, y los jueces y padrinos confinados a una de las oficinas —con guardia en la puerta—, mientras se esperaba que llegara Eusebio Casaravilla, el jefe de policía. Por más que los abogados protestaron, Pacheco movió la cabeza, se fue y cerró la puerta tras él.

Robertson, que había recuperado el buen humor, ofreció al guardia pagar por unos mates.

A través de los corredores retumbaba la voz clara de Medina Aguirre, que insistía en que ellos no tenían nada que ver con el duelo, que habían ido a tratar de impedirlo y por lo tanto debían dejarlos en libertad.

—Además, el señor Robertson es nuestro cliente.

—Y el señor De Bracy, el nuestro —retrucó Achával.

Un guardia llamó la atención de Robertson dando un golpe en los barrotes con el aro de llaves.

—Visita para usted —le avisó.

Creyó que sería Farrell, pero era Serafín, con una manta, pan y queso.

—Los mates se los consigue usté —le advirtió.

—¿Y esto?

—¿Quién podrá ser que se lo manda? Adivine.

—¿Clotilde?

—Friyo, friyo. Pero como soy tierno de corazón, le daré una ayudita. Su nombre comienza con ele de elefante.

Después de que el moreno se fue, cayó en la cuenta de que se refería a Laura. Al rato soltaron a De Bracy, que pasó frente a la celda quitándose de encima las manos de los vigilantes y amenazándolos con hacerlos despedir. Echó a Robertson una mirada furiosa que éste pagó con una inclinación burlona. Al rato fueron por él y lo condujeron a la oficina de Casaravilla.

—Considero que es descomedido que un par de gringos vengan a sobresaltarme la ciudad... La próxima vez, lo hacen del otro lado de las goteras o les aplicaré la letra de la ley —dijo, irritado, el jefe de policía—. Hoy hice la vista gorda porque el comandante Farrell vino a interceder por usted. Un hombre a punto de casarse debería tener más juicio —le recriminó.

—El señor Robertson es una buena persona —terció el padre Mateo, que se había valido de su capellanía en la policía para intervenir.

—Con todo respeto, su merced, pero usted, en vez de andar de defensor de pobres, debería ir a cambiarse —contestó Casaravilla al sacerdote—, con baño incluido. Y usted —enfrentó a Robertson—, si tenía algo contra ese mequetrefe, debió presentar una denuncia.

—Prefiero saldar mis cuentas personalmente —contestó Robertson mientras recogía sus cosas—, y no delegarlas en los verdugos. —Plegó el capote y lo acomodó en el brazo. —¿Puedo irme?

—No toleraré otro incidente entre usted y el francés.

—Si él no me provoca, no tengo inconveniente —respondió Robertson.

Cerraba la puerta cuando Casaravilla deslizó:

—Yo que usted, me mantenía lejos de los descampados y me cuidaba las espaldas por un tiempo.

Al salir del pasaje de las Catalinas, Medina Aguirre le entregó la carta y el reloj y siguió con Cáceres hacia el bufete. Serafín y Pascual, que esperaban en los escalones de la Catedral, se hicieron cargo del capote y de la caja de armas.

Robertson entró en la casa, esquivó a Clotilde y se tomó medio vaso de whisky. El alcohol le aflojó las piernas, así que se tiró sobre la cama. El pensamiento de Laura en el amanecer, preocupada por él, le provocó una satisfactoria oleada de amor propio.

Al atardecer apareció por casa de los Osorio, recién despertado, recién bañado y recién rasurado.

Laura, que regaba las macetas en el patio, sintió que el corazón le daba un vuelco; parecía febril y sus ojos lucían de un negro intenso.

Como no había nadie cerca, él se apoyó en una columna, cruzado de brazos y en silencio. Laura, nerviosa, no pudo seguir callada.

—¿En qué líos anda usted metido, que ha ido a parar a la cárcel?

—¿Y qué asuntos tiene usted con De Bracy, para que me aborrezca tanto?

—No pronuncie su nombre —contestó ella—. Él y su madre me resultan detestables.

La protesta sonó tan convincente que Robertson, que tenía sus dudas, dejó el tema y se acercó un poco más.

—¿Fue divertido andar por esos andurriales a las seis de la mañana, disfrazado de no sé qué y dispuesto a liarse a tiros con cualquiera? —continuó la joven, dedicada a quitar las hojas secas.

—¿Se preocupó por mí? —respondió él, y se acercó un poco más.

—Ya que tengo la suerte de casarme —dijo Laura con ironía—, no me gustaría perder al prometido.

—¿Por qué está molesta?

—No creí que usted fuera de esa índole.

—El más juicioso escocés —le advirtió él— tiene un demonio en las entrañas. Cada tanto se le despierta el hambre, así que hay que dejarlo salir para que no devore a su dueño.

—Qué talento para novelar —repuso ella, pero dio un respingo al pincharse un dedo. La sangre formó con rapidez una gota roja sobre el pulgar; antes de que pudiera sacar el pañuelo, la mano de él cubrió la suya y, tras llevar el dedo a sus labios, se lo mordió con suavidad.

Se oyó la voz de misia Francisquita, pero Laura, a quien le flaqueaban las piernas, no atinó a hacer ningún movimiento. Robertson bajó la mano, se la apretó antes de soltarla.

—Los irlandeses son talentosos. Los escoceses sólo somos tercos —le aclaró.

Esa noche misia Francisquita regañó a Laura por su indiferencia para con la suerte de Robertson.

—Ya sé que no lo amas, ¿pero no te da ni pena que lo hubieran matado? —le recriminó—. Dicen tus tías que De Bracy asistía a la Escuela de Tiro de Austria.

—Deme usted todas las escuelas que quiera, que yo le doy los campos de batalla por quince años, y le gano.

—¿El señor Robertson te contó eso? —se interesó misia Francisquita.

—No. Serafín, que siempre lo escucha conversar con tío Eduardo.

—Las circunstancias de un duelo son impredecibles —insistió la señora.

—Es que no iba a haber duelo, tía. Me tomé el trabajo de hablar con el doctor Medina y el padre Mateo para que avisaran a Pacheco.

Después de un silencio evaluador, misia Francisquita aseguró:

—Serás una excelente esposa.

—Esperemos que Robertson lo aprecie —fue la respuesta de Laura—. Porque yo no estoy segura de poder decir lo mismo de él.

Don Felipe quería que se casaran en La Antigua, pero doña

Adelaida dijo que no tenía salud para hacer el viaje. En cuanto a misia Francisquita, fue terminante:

—Se casarán en la ciudad, para que nadie diga esto o esotro. Se hará la fiesta como se debe: se invitarán todos los parientes, los amigos y algunos enemigos, como es de estilo. Pasarán muchos años, Felipe, hasta que veas casarse a otra de tus hijas.

La boda se llevó a cabo con todo el boato y el derroche que la ciudad y la sociedad permitían: Laura lució el hermoso traje bordado en perlas, con manto de encaje y los tan esperados zapatos de Dinamarca, además de una cruz de oro que le regaló su abuela.

Robertson, sobrio con su mejor traje —color azul oscuro—, llevaba al cuello un lazo ancho, de seda, sostenido por un alfiler de oro con piedra de zafiro. Misia Francisquita se lo había entregado la noche anterior, diciéndole:

—Es mi regalo personal. Lo encargué hace años para alguien a quien quería mucho y que falleció antes de que pudiera dárselo. Quiero que le pertenezca a usted, tanto si se queda entre nosotros como si decide abandonarnos.

Y la mañana de la boda, ella misma, en la sacristía de la Merced, se lo prendió sobre el lazo.

Ya se habían cumplido los trámites burocráticos que la Iglesia imponía para ceñir los nudos de la indisolubilidad del matrimonio. Se firmaron las actas y en carta aparte, donde se consignaba la dote y el capital de la novia, Robertson los cedía en integridad a su esposa "...pues es su corazón cuanto pretendo". El renunciamiento y la fórmula, tan romántica, dieron mucho que hablar y satisficieron íntimamente a Laura, aunque fue incapaz de demostrarlo.

—Cualquiera diría que la casan con el príncipe de Asturias, y no de apuro —dijo doña Josefita, la madre de Consuelo, mientras saboreaba el tercer plato de "tocino del cielo" y paseaba la vista por los salones repletos de invitados.

Ni el novio ni la novia parecían, para desilusión de muchos, desgraciados, si bien era cierto que él estaba un tanto envarado, y ella, más tímida que de ordinario.

El nombre de De Bracy se pronunció en voz baja, y aunque algunos no lo creían del todo, resultaba emocionante pensar que habían casado a Laura con alguien a quien odiaba.

Por lo pronto, los franceses y los Arbonés habían viajado a Santa Fe, invitados por la amabilidad del ministro Cullen. Se decía que iban a permanecer al menos un mes en la provincia vecina.

17

Los trabajos y los días

"Es la temporada para preparar conservas de peras secas, orejones, pasas, jarabe de moras y manzanas confitadas, así como la pera en aguardiente. Estas dos últimas, si quieren conservarse frescas, se envuelven en hojas de parra, con helechos para mullido además de hierba retoñada en la pradera para cubrirlas."

El cocinero práctico
Siglo XIX

LA ANTIGUA (ASCOCHINGA)
PRINCIPIOS DE 1836

Con los últimos calores, don Felipe, Robertson, Laura y los niños, con las dos niñeras, partieron para La Antigua. Consuelo Achával pudo acompañarlos después de dejar a su madre al cuidado de Antonia, una parienta lejana que vivía con ellos.

Robertson estaba contento e inquieto; deseaba conocer la tan mencionada hacienda, pero sobre todo encontrarse con Farrell, a quien sólo había visto cuando se presentó a atestiguar que era soltero, y después en la boda, donde se mantuvo lejos de él en todo momento. Si bien había intervenido para que lo liberaran por el asunto del duelo, lo hizo como quien cumple con una obligación molesta: habló a su favor y se retiró sin esperarlo.

Emprendieron el viaje, los hombres a caballo y las mujeres y los niños en el viejo coche. Robertson captaba a veces la alegría de Laura, el entusiasmo con que hablaba a su amiga. Consuelo tenía un perfil impecable, la piel clara y las mejillas suavemente coloreadas. El cabello del color del nogal y los grandes ojos oscuros le recordaban a los cervatillos de las tierras del norte de su país. Parecía inteligente y sensata, una buena compañía para su esposa —¡qué extraño pensar en Laura como su esposa!—, alguien que podía moderar cierta tozudez y algunas de sus ingenuidades de adolescente.

187

Mientras se internaban en la región de Jesús María, Robertson pensó que aquél no parecía el mismo país de enfrentamientos e intolerancia, sino el país de bellas muchachas, de sabias mujeres, de niños felices, de pastores y agricultores, de poetas y hombres de paz que con seguridad habían soñado los padres de la patria; la guerra comía en otra parte.

Pasaban junto al convento de San Isidro y don Felipe se entretuvo en relatar el origen de las estancias del lugar, que habían pertenecido a la Compañía de Jesús hasta su expulsión, en 1767.

—El nombre indígena del lugar era Guanasacate. Todavía quedan viñedos plantados por ellos. Criaban mucho ganado y fabricaban carretas; mi abuelo compró varias y aún las tengo en uso.

—¿Y el agua? ¿Escasea?

—En la superficie. Pero si se cava, enseguida se encuentra. De todos modos, los frailes se las ingeniaron para proveerse de ella por tajamares y redes de acequias.

—Cada vez que se habla de La Antigua, la gente nombra a Santa Catalina...

—Porque están cerca y se asemejan. La Antigua es más pequeña y siempre estuvo en manos de particulares. A Santa Catalina, en cambio, los jesuitas la adquirieron a principios de 1700; sus tierras y las de La Antigua eran parte de los campos del gobernador Quiñones de Osorio, un antepasado nuestro. Tenía cincuenta habitaciones solamente para criados, además de una ranchería para doscientas familias.

—¿Y en qué ocupaban tanta gente?

—En los trabajos domésticos y en la producción: aceite, vino, jabón... todo en cantidad, pues de eso subsistían. Disponían de cinco tipos de telares, lo que aun después de setenta años conforma toda una industria para nosotros.

Comenzaba a descender el Sol y Osorio le anunció que iban llegando a Santa Catalina, cosa sorprendente —Robertson había oído hablar de sus hermosos campanarios y de su soberbia cúpula—, pues delante de ellos sólo se veía monte tupido y, como horizonte, una cadena montañosa. En forma inesperada, al salir de una curva, se encontraron con la propiedad. Robertson, admirado, detuvo el caballo para contemplarla. El sol de la tarde destacaba el paisaje y la construcción con rotundos contrastes de luces y sombras; el cielo se veía terso, sin una nube, y los muros del convento parecían vanagloriarse de un legado más fuerte que la roca y la argamasa que los sustentaba. Bordeaba el terreno una murallita de piedra seca que le recordó las divisiones de tierras en Irlanda.

Grandes escalones surgían del prado de tréboles, para abrirse en un semicírculo de mampostería que encerraba el terreno de frente a la iglesia. La puerta era impresionante.

—A la derecha —Osorio señaló un hermoso pórtico con reja— está el antiguo cementerio. Algunos frailes de la orden están enterrados ahí, como Zípoli, que era músico.

—¿A quién pertenece?

—A los descendientes de Francisco Antonio Díaz, que la compró a la Junta de Temporalidades después de la expulsión. Era teniente coronel de los Reales Ejércitos y alcalde de primer voto. Dicen que el padre Guevara alcanzó a decir al comisario de la junta: "Se va la Iglesia. Trate de que no se ausente Dios".

El camino rodeaba la propiedad hacia la izquierda y don Felipe le explicó que a legua de posta, internándose en las sierras, se levantaba La Antigua.

—Posee todas las bondades de las obras realizadas por los jesuitas; por su emplazamiento, tiene menos perspectiva que la propiedad de los Díaz, pero una mejor vista sobre las sierras. —Señaló el paisaje, que, a medida que ascendían, se ensanchaba ante sus ojos. Poco después vieron en extensión el tajamar construido al costado de la hacienda.

Cuando el camino lateral desembocó en un llano, Robertson pudo admirar la construcción: era realmente hermosa, pero como situada de propósito para que no fuera vista desde ninguna parte del camino.

Los peones anunciaron la llegada y Robertson distinguió una enorme entrada de carruajes; adentro, se oía el rechinar de pasadores y bisagras con que se abrían los grandes portones tachonados de hierro. Una mujer mayor, de aspecto severo —Paula Ordóñez, la encargada de servidumbre—, salió a recibirlos.

Los trabajadores que quedaban en la casa se adelantaron y, mientras unos llevaban los caballos de silla, otros se encargaban de los de tiro y de bajar los cofres de la familia. Los corrales y las barracas no estaban a la vista.

Un hombre se les acercó caminando con parsimonia; era alto, con aspecto sefardí, y aunque llevaba el sombrero en la mano, no había sometimiento en él. Usaba melena en dos trenzas, tan grises como la barba nazarena. Era Ventura Lencina, el capataz. Él y don Felipe se saludaron con parca cordialidad.

Al trasponer el ancho zaguán, por donde pasaba un coche, Robertson se encontró con un corredor que bordeaba el patio central, en el que un hermoso reloj de sol sobre columna de piedra parecía eternizar el lugar. Sobre la galería inferior se levantaba otro piso igualmente bordeado de corredores, al que se accedía por dos escaleras ubicadas en cada extremo.

La paz del lugar se combinaba con la armonía de la arquitectura, y las paredes enjalbegadas, con el ladrillo, el adobe y la piedra.

Robertson, admirado, levantó la vista hacia la hermosa espadaña; en los tejados se veían manchas de verdín azules y grises.

Laura recibió un gran llavero y, seguida de Paula, comenzó con el ritual —siempre en manos de mujeres— de quitar candados y abrir cerrojos. La luz y el aire penetraron en los cuartos sombríamente amueblados con cierto lujo entre español y colonial.

Robertson, que la seguía, vio bellos objetos de plata labrada, tallas indígenas de santos católicos y maravillosas alfombras que Laura le explicó eran una artesanía a la que las señoras tenían gran afición; las llamaban "de bordo". En una pequeña sala, alrededor del clavicordio, muebles laqueados con incrustaciones de nácar recordaban el afrancesamiento del siglo anterior. Bien pudo él imaginar a De Bracy paseándose por allí, los ojos codiciosos de señorío, y comprendió que para alguien como él, imbuido de su propia superioridad, los Osorio, si no eran sus aliados, terminarían inevitablemente siendo sus enemigos.

Más tarde fue guiado al otro piso —su dormitorio se comunicaba con el de Laura—, donde se dedicó a acomodar sus pertenencias; al igual que Farrell, era reacio a que las mujeres se encargaran de sus cosas. Después de poner las armas lejos del alcance de los niños, ordenó los libros, los implementos para escribir y la maleta con cartulina y tintas para pintar. La puerta que comunicaba ambos cuartos estaba entreabierta; al observar furtivamente, vio a las chiquillas que tendían la cama de doseles: no era el cuarto conventual en el que había visto en sueños a Laura.

Cuando descendió al patio principal encontró a la joven y a su amiga sentadas en el pasto; los niños corrían alrededor de ellas y hasta se trepaban a espaldas de la hermana con la torpeza de las criaturas que están fuera de sí.

Sintió un afecto desconocido hasta entonces, una especie de sentido de pertenencia que lo hizo ajustarse la coleta con impaciencia y calzarse el gabán, pues había refrescado.

—Vamos al estanque —propuso. Levantó a Francisco sin darle tiempo a resistirse y lo colocó sobre sus espaldas. Las dos pequeñas los siguieron tomadas de la mano.

Caminaron por el terreno en declive, sobre la fuerte gramilla de la sierra, hasta encontrar, a mitad de camino hacia el agua, un gran banco de mampostería, con respaldar y brazos, que miraba hacia el poniente; el paisaje que se veía desde él respiraba serenidad.

Recorrió la orilla del embalse con los chicos, tiraron piedras al agua, persiguieron a los teros, asustaron a los sapos y con la primera campanada para la cena regresaron entre el runrún de innumerables insectos.

Una brisa fría hizo que Robertson se estremeciera como si algo helado hubiera pasado a su lado, recordándole aquel viaje donde la Muerte se le había presentado en tan horribles formas.

Al mirar hacia atrás vio el horizonte recargado en las cumbres como una hoguera a punto de extinguirse. Casi con temor, sintió que la Tierra respiraba sobre él, y con gesto furtivo, para que su conciencia protestante no lo advirtiera, se persignó. A la vez que completaba el gesto, miles de lucecitas comenzaron a titilar alrededor de ellos.

—¡Los tucu-tucus! —exclamaron los niños, que trataban de atraparlos.

Las jóvenes, ya cambiadas, se habían sentado en los sillones de la galería con los faroles encendidos.

—Nos sentaremos a la tercera campanada —le avisó Laura.

Durante la cena, al generalizarse la conversación, Robertson la observó: al resplandor estremecido de los cirios, sus facciones le parecieron de una sugestiva dulzura. Aquella noche se dormiría deseándola.

Robertson descubrió que le gustaba seguir a Felipe, de quien aprendía sobre las cosas del campo, suplantándolo a veces en el trabajo. Como era callado y eficiente, y a su manera calmada, hombre de cuidado, los peones lo respetaban.

Aunque don Felipe fue a visitar a Farrell varias veces, el comandante no se presentó en La Antigua, lo cual era preferible para él, ya que todavía no se sentía preparado para encontrarse con su amigo.

Un día oyó que Laura le pedía a su padre que la llevara hasta El Oratorio. Osorio se negó.

—Tu lugar está en el hogar —le advirtió—. Las mujeres casadas no andan pajareando por las casas vecinas, Laura.

La joven dio media vuelta y se llevó a Robertson por delante. Contrariada —era evidente que, si él no había oído el pedido, podía deducirlo por la respuesta—, se levantó las faldas y se dirigió al interior de la casa, dejándolo exasperado de celos.

"El gobernador de esta provincia —escribió Robertson en su informe—, don Manuel López 'Quebracho', está en La Carlota, una población cercana a los campos dominados por los indígenas y ella misma asaltada con regularidad. El objeto: parlamentar con las tribus en discordia. Rosas ha hecho saber que deseaba que éste pase de gobernador provisorio a gobernador propietario, y a tal fin publicó en La Gaceta que debía ser generalizado el contento de la provincia con su actual gobernador. Aunque por aquí no parece que se opine lo mismo, estaba de más el consejo, porque ya uno de los ministros, don Calixto María González, se había ocupado de seleccionar a aquellos que representarán no los deseos del pueblo —que ignoro cuáles son— sino los deseos del gobernador de Buenos Aires.

”Se dice también en Córdoba que esto es un intento de doblegar a las clases ilustradas (como lo hizo el gobernador Rosas en Buenos Aires), pero aquello no corresponde, al menos por ahora, a la realidad, puesto que muchos 'ilustrados' adhieren voluntariamente a don Manuel López, y gente del pueblo, a su vez, está embanderada en la facción unitaria. El nombramiento llegó al interesado cuando estaba todavía negociando con los ranqueles...”

Para llevar aquella noticia, Farrell había aparecido, callado y sin su habitual desenvoltura. Abrazó a Felipe, se palmearon las espaldas, y besó a los niños, que se treparon a él como si fuera un árbol.

Robertson, que llegaba del campo, sintió una oleada de amistad; iba a talonear el caballo cuando vio venir a Laura corriendo. Le pareció que pensaba arrojarse a los brazos de su amigo, pero nunca se enteraría, porque el comandante, con discreción, puso la mano sobre el hombro de Osorio y fue al encuentro de ella con Francisco en brazos. La joven quedó aturdida, sin saber qué hacer con aquella alegría que no le estaba permitido exhibir.

Robertson, con la boca seca, dio media vuelta y prefirió retirarse. Lo saludaría más tarde, en el momento en que estuviera preparado para dar la mano a su más querido amigo, a su detestado rival.

Una semana después Robertson acompañó a las jóvenes en la recolección de frutas, algunas ya pasadas por la demora.

El huerto se anunciaba, distante de la casa, con su aroma de manzanas fermentadas. Y mientras se encaminaban hacia allí provistos de cestos, Laura y Consuelo aceptaban la mano o el brazo de él para saltar la acequia, salvar las pircas o bajar los escalones de piedra con que se unían las distintas terrazas.

Ya en el manzanar hicieron la selección de la fruta. Las jóvenes arrancaban las del árbol y los niños recogían otras del suelo, que colocaban en cestos de mimbre con helecho en el fondo, según su condición: para comerlas frescas, preservarlas para el invierno, hacer dulces y compotas, resecarlas al sol. Se haría vinagre de otras, y algunas de ellas —las uvas tardías, las peras y los damascos— se pondrían en aguardiente.

Robertson las seguía con la escalera y espiaba a Laura cuando, trepada, se estiraba hacia las ramas más altas. A veces le veía el tobillo enfundado en una media clara y al levantar los ojos, distinguía el perfil de su pecho, destacado contra la cortina de hojas, que le traía a la memoria el sueño en que había puesto, sin lujuria, la mano sobre su corazón.

Al atardecer, cansados, acalorados y con las cestas llenas regresaron a la casa caminando por el campo iluminado al ras. Consuelo bromeaba con él, como para provocarle la sonrisa que les retaceaba.

Al salir del predio, Francisco se quejó de que estaba cansado y se negó a acarrear su canasto; Consuelo lo puso en manos de Rosina y cargó al niño sobre su cadera, dejando a Laura con Robertson, que, irritado con el episodio, le señaló:

—Ustedes miman demasiado a Francisco. En Escocia somos más severos.

—No somos escoceses —respondió ella con una sonrisa—. Nuestros niños son lo más preciado que tenemos. Se los consiente, se los protege, se los ama. Se les hace sentir que son importantes. Quizá por eso nuestros hombres son tan reacios a la servidumbre.

—Quizá por eso hay tanta inmadurez en vuestro pueblo. Son por demás estrictos con las mujeres y por demás tolerantes con los hombres. Yo votaría para que, con semejante educación, fueran las mujeres quienes gobernaran el país.

Laura movió la cabeza.

—Hoy está muy criticón, Robertson —dijo—. En castigo, cargue también mi canasto.

—Mi nombre es Brandon —señaló, molesto—. ¿Le cuesta tanto decirlo?

—En realidad, no —reconoció ella—, pero entre nosotros es una forma afectuosa el que los esposos se traten de usted, y a los hombres, hasta por sus apellidos.

—¿Es ése su caso?

—No —admitió Laura, sosteniéndole la mirada—, pero trataré de subsanarlo.

Se oyó tañer la campana que llamaba a los que aún no habían regresado de los campos y Robertson sintió que el sonido ponía una nota de melancolía en la transparencia del atardecer. Oyó que Laura le decía:

—Mañana recogeremos las nueces y las castañas, porque si cae una lluvia, se terminan de perder...

Con la mirada verde fijada en la retina, se sintió casi perfectamente feliz.

Aquella noche, los niños ya en cama, Osorio y él se quedaron fumando y conversando en la oscuridad del primer patio.

—Con tanto cambio y desconcierto se han caído algunas torres y se han perdido fortunas, pero lo que me desvela es la educación —reconoció don Felipe—. Antes de la Independencia, un virrey, Sobremonte, sembró de escuelas nuestra provincia; teníamos la mejor educación del país. ¿Es posible que en veinticinco años hayamos reducido la cifra a menos de la mitad? Todo el dinero se va en mantener ejércitos que nos expolian con sus desplazamientos, requerimientos de armas, sueldos, comida... y hombres. Harán desaparecer a una generación entre los que mueren en enfrentamientos, son asesinados o deben exiliarse...

Robertson lo escuchaba con poca atención, pues pensaba en Laura. Se había equivocado al considerarla una ciudadela que esperaba ser conquistada; al final, el sometido sería él, condenado a adorar a una fuerza que nunca entendería del todo, a una mujer en la cual jamás confiaría plenamente y que, por diversas razones, de ningún modo sería del todo suya.

Esa noche salió a caminar, con la intención de encontrar una forma de poner fin al distanciamiento con Farrell. Tomó la determinación de hablar con su amigo al día siguiente. No en La Antigua, sino en El Oratorio. Algún peón lo acompañaría.

18

Algo más perdurable
que la piedra

"Ahora que conozco toda esa extraña historia de amor, si existe realmente algún fantasma tras los postigos, no me creo con derecho a molestarle."

–George Langelaan
La casa de los postigos cerrados

LA ANTIGUA (ASCOCHINGA)
PRINCIPIOS DE 1836

A la mañana siguiente, Robertson partió temprano para no dar explicaciones y al llegar a la estanzuela no tuvo que hacerse anunciar, ya que Farrell estaba hachando cerca del estanque que proveía de agua a la casa; una pila de leña indicaba que hacía rato había emprendido la tarea. Observó también que hacía el ejercicio con violencia rítmica, agotadora si no se tenía algo que templar en el espíritu.

Desmontó a distancia, entregó el caballo al muchacho que le servía de guía y caminó a través del terreno hacia donde se encontraba su amigo.

Farrell lo vio acercarse, pero no disminuyó la regularidad de los golpes; estaba con el torso descubierto y sus buenos hombros, los fuertes brazos de músculos largos y flexibles, le hicieron recordar que era temible en la pelea.

Mientras avanzaba, Robertson recordó las veces que, en el Uruguay, su amigo había intervenido para ayudarlo en situaciones críticas. Nunca dudó, nunca fue necesario que le pidiera ayuda; la tuvo siempre que la necesitó.

Amenguó el paso y dejó que el recuerdo de aquella hermandad lo alcanzara; al llegar a su lado se quedó mirándolo hasta que el comandante, comprendiendo que no se iría, le preguntó sin dejar de hachar:

—¿Qué quieres?

Antes de pensarlo, repuso:

—Tu amistad. —Se avergonzó de inmediato; no estaba acostumbrado a palabras o gestos tan francos.

Farrell dio tres hachazos más y con un golpe maestro clavó el hacha profundamente en el tronco. Se irguió, mojado de transpiración y jadeante. Se observaron sin que ninguno dejara vacilar la mirada. El comandante dio media vuelta:

—Vamos adentro —dijo.

Guardando la distancia física y sin poder salvar la emocional, se dirigieron al corredor exterior y de allí al despacho, una habitación que ubicada cuatro escalones sobre el nivel de la sala mayor. Farrell, que había recogido de un manotazo la camisa, se la puso y abrió la puerta del balcón que daba a un bosquecito de robles plantado por su padre.

—Siéntate —dijo con frialdad.

Robertson prefirió quedarse de pie mientras Farrell sacudía con fuerza el cencerro para después, al recostarse en el sillón, levantar los ojos hacia él. La mirada del escocés, directa y herida, lo hizo titubear; iba a decir algo pero el otro se le adelantó.

—Es una cosa muy estúpida, Edward, pero eres el único amigo que he tenido en mi vida. ¿Es justo que pierda tu amistad por algo que no provoqué y que sólo acepté como un deber moral? Comprendo que nada podrá ser igual entre nosotros. Yo tengo la mujer a la que amas y que no hubieras podido poseer, porque reconozco tu integridad y la honestidad de...

—Las mujeres honradas no deben ser nombradas en estas circunstancias.

—Está bien. —Continuó: —Sé que te duele, pero no puedo impedirlo. Y si te sirve de alivio, quiero que sepas que no la he tocado y no la tocaré hasta que decida si voy a quedarme o voy a dejar el país. Y en caso de quedarme, no la tocaré hasta que ella me acepte de buen grado.

Vio cómo la furia se deshacía en la expresión del amigo y en aquel momento, sin que ni un sonido la anunciara, la puerta se abrió y entró una mujer con fuertes rasgos indígenas. Sus ojos negros se detuvieron en Robertson sin parpadear y él tuvo la incómoda sensación de que ella podía ver a través de sus pensamientos.

—Tráiganos café, Cora, y aguardiente —pidió Farrell, y Robertson agradeció la interrupción, pues le permitió disimular la incomodidad de haber confesado aquello.

No bien se cerró la puerta, Farrell se puso de pie. Levantó los brazos y se tomó del dintel del balcón. Quedó así, observado por Robertson, quien prefirió fijar la atención en los libros, las manos asidas en la espalda, pues no sabía qué hacer con ellas.

—¿Me has dicho la verdad? —lo enfrentó Farrell. La luz de la mañana fue inclemente con el rostro viril y atormentado.

—Toda la verdad —respondió, como si se le exigiera un juramento. Sorprendido de sí mismo, salvó la distancia que los separaba. Se fundieron en un apretado abrazo.

En los días subsiguientes volvieron a cabalgar juntos, comieron varias veces en La Antigua, jugaron a las cartas con Osorio y escucharon cantar a las jóvenes.

Todavía se sentían extraños, aunque prevalecía la voluntad de salvar la amistad.

Robertson, que no podía dejar de estudiar las reacciones de Laura, notó a la joven contrariada, aunque lo disimulaba. Aquello era una molestia, porque en los últimos días había llegado a una especie de entendimiento con ella.

Un mediodía la siguió al bosque de araucarias y coníferas, traídas del sur un siglo atrás. Como ella lo descubrió e intentó volver hacia la casa, le cortó el camino y la tomó del brazo.

—¿Lamenta mi amistad con Edward? ¿Preferiría que nos odiáramos? —le reprochó.

—No —contestó ella—. Lamento haber perdido el afecto de él.

—Bien sé que usted lo ama —dijo, despechado.

Ella se sonrió con un gesto de superioridad que le era muy propio.

—Y usted no es quién para hacer reproches, pues es un hombre sin afectos ni suelo que pueda llamar suyo. Ya entendí qué significa ser soldado de fortuna: pelear la guerra de otros porque no se tiene una guerra propia por la cual morir. —Tironeó para desasirse de su mano, y agregó con ímpetu: —Hay muchos tipos de amor, y el que yo siento por él no es culpable, salvo para los ojos de alguien como usted, que no distingue el Sol del candil.

Él la tomó en brazos y la besó varias veces en la boca, aunque ella se resistió con fuerza. Cuando la soltó, la joven retrocedió como mareada, y roja de furia le reclamó:

—Usted prometió a mi tía...

—Solamente no acostarme con usted. Jamás discutimos lo de los besos.

Como si con aquel acto hubiera sentado su derecho de esposo, al menos nominal, regresó a la casa de buen humor. "Ya se le pasará", pensaba, cuando sintió algo que pasaba sobre su hombro; se volvió a tiempo de ver que Laura se agachaba y recogía algo del suelo. Esperó que se lo arrojara y lo cazó en el aire: era una piña de buen tamaño. Divertido, se la arrojó a su vez. Ella se cubrió la cabeza con los brazos y corrió adentrándose en el bosque. Él la siguió y, como era bastante rápida, tuvo que tomarla de la falda para detenerla; tiró de ella y la hizo rodar por la cuesta cubierta de helechos, líquenes y agujas de alerce.

Fue un forcejeo mudo. Con pericia Robertson se colocó sobre ella y antes de que Laura pudiera impedirlo le sujetó las muñecas por sobre la cabeza. Ambos estaban asombrados de la rapidez con que había sucedido; Laura respiraba con agitación, con la boca entreabierta, parpadeando.

Se inclinó a besarla en el pecho, sobre el vestido, y ella no forcejeó, aunque volvió la cabeza. Robertson hundió el rostro entre su cuello y el pelo. "Estoy perdido —pensó con un ahogo—. Ahora tendré que quedarme." A esa altura de las circunstancias el impulso le resultaba más fuerte que la voluntad.

—¡Niña Laura! —gritó alguien casi sobre ellos, y ambos se sentaron con rapidez, mirándose como cómplices. Era Juanchita; detrás, oyeron las voces de los niños.

—Ven. —Se puso de pie sin soltarle la mano. Corrieron cuesta abajo, él buscando los promontorios que cubrirían la huida. Cuando llegaron cerca de la casa, la apretó y le dio el último beso. —Me debes algo —le dijo al soltarla, y continuó hacia las barracas. Laura, desesperada, trataba de librarse de la hojarasca que la cubría de la cabeza a las zapatillas.

El incidente no enfadó a Laura, que dos días después estaba de nuevo provocándolo con sus ironías.

A veces la descubría en compañía de Consuelo; conversaban con entusiasmo, entretenidas en alguna labor, y él se preguntaba de qué hablarían. No conocía a muchas jóvenes de buena sociedad para imaginarlo, pues sus relaciones con gente de clase se habían limitado a amistades masculinas.

Había un lugar donde solían juntarse a la siesta, un lugar donde nadie parecía atreverse a buscarlas, las criaditas se negaban a hacerlo y los niños temían acercarse a él. Era una parte de la casa que, aunque unida al cuerpo principal, había quedado separada de éste por una puerta sellada a cal y canto. Se accedía a ella a través de un patio interior, de tierra y bastante enmarañado; luego se subía unos escalones, se atravesaba una muralla con entrada en arco de piedra gris y se llegaba a un jardín reducido, donde se alzaban dos árboles de magnolias. Parecía un lugar privado, un patio cercado por altas paredes, con poyos de piedra, una fuente de muro, seca, y en un rincón, una escalera que, bajo techo, subía a la decrépita construcción. Era una zona no habitada desde hacía un siglo, si no eran dos.

A Robertson el lugar le despertaba curiosidad, de modo que, sin invadir la intimidad de las jóvenes, estudió el lugar por afuera. Las habitaciones, que no podían ser muy amplias, estaban construidas hacia el sur y el norte, con un corredor que las dividía, un pasaje sin boca de luz, construcción extraña a la arquitectura del país. Eso podía, al menos, deducirse por el ancho del lugar, la escalera y las ventanas cegadas que miraban al norte. Las del sur daban hacia el patio del magnolio; en el centro de la construcción, sobre el primer piso, una puerta con vidrios se abría a un balcón y detrás de la baranda herrumbrada crecían helechos selváticos y orquídeas silvestres. Todos los postigos estaban cerrados.

Sintiéndose como la mujer de Barba Azul, esperó que las jóvenes salieran para el río con los niños y se encaminó hacia allí. Con cuidado, sin dejar huella que lo delatara, subió los escalones del muro y, sostenido del arco, miró el lugar. Era sombrío porque los árboles y la altura de los muros no dejaban mucho paso al Sol; sin embargo, poseía una belleza silvestre, la belleza de las cosas hechas por el ser humano y conquistadas finalmente por la naturaleza. Al levantar la vista para calcular la altura del magnolio, vio que los postigos del balcón estaban entornados y que detrás de los vidrios empañados de suciedad una figura miraba hacia él. Se sobresaltó, pensando que alguna criada lo había atrapado, pero a pesar de lo opaco del reflejo notó que se trataba de una mujer con la cabellera clara, quizás hasta blanca. No había sirvienta en la casa con aquel color de pelo. La figura de atrás del cristal parecía llamar a alguien, con las manos apoyadas sobre los vidrios; a veces meneaba la cabeza de un lado a otro como si sollozara o estuviera a punto de hacerlo.

Impresionado, Robertson retrocedió y regresó con rapidez al patio principal. Lo único que se le ocurrió fue que allí tenían encerrada a alguna loca a quien nadie nombraba.

Al atardecer encontró a las muchachas sentadas en el banco cercano al tajamar, envueltas en gruesas pañoletas; el fresco del sur había enrojecido sus mejillas y desarmado algo sus peinados. Se sentó en el suelo, a un costado de ellas, y encendió un cigarrillo. Los tres permanecieron en silencio ante el derrumbe del Sol sobre los montes.

Una especie de aspiración de Consuelo, un movimiento de hombros de Laura, le permitieron preguntar como al descuido:

—¿Quién vive sobre el jardín de la magnolia? —Como lo miraron sin entender y él no quería confesar que había andado atisbando, mintió: —Esta tarde subí al campanario y vi los postigos del balcón entreabiertos. Me pareció que había una persona en la habitación.

Durante unos segundos las jóvenes hasta evitaron respirar. Laura preguntó después:

—¿Hombre o mujer?

—Mujer. Con cabellera larga y de color claro.

—Es... es... doña Blanca.

—Perdóneme por inmiscuirme, pero, ¿cómo pueden tenerla en un lugar tan malsano?

—Doña Blanca murió hace mucho tiempo —dijo Consuelo.

Robertson creyó que se burlaban de él, pero Laura estaba notablemente afectada.

—¿Acaso cree en fantasmas? —se sorprendió.

—Nunca he visto uno... pero lo que usted contó me da miedo. Se cree que doña Blanca sólo se deja ver cuando va a suceder una desgracia en la familia.

—Qué romántico —dijo él, burlón—. ¿Y cómo es la historia de esa señora?

—Muy triste. Era huérfana, la criaron las monjas y apenas cumplió quince años la casaron con uno de nuestros antepasados, don Ignacio de Osorio. Era un hombre de cuarenta años que había perdido a toda su familia en un ataque de los indios, en la estancia del sur, la que ahora pertenece a la familia de Luz...

—¿Los Algarrobos?

—Sí. Bueno, la llevó allí, tuvieron varios hijos y decidió ampliar la casa, así que pidió artesanos a las reducciones de los jesuitas. Y entre los artesanos que le mandaron iba un indio de Salsacate, que era imaginero y trabajaba muy bien la madera. —Laura hizo una pausa y continuó: —Ambos se enamoraron. Doña Blanca tenía entonces veinte años y cuatro hijos.

—No hay que ser muy imaginativo para suponer en qué terminó aquello —dijo Robertson.

—A él lo torturaron y lo mataron de una manera muy cruel. Ella enfermó de gravedad, pues oyó los gritos del infeliz mientras lo martirizaban. Dicen que después lo tiraron a orillas del río Tercero y que los animales del monte se lo comían de a poco, así que se oyeron los lamentos por muchos días.

En el silencio que se hizo, Robertson apagó el cigarrillo sobre la piedra y dijo con tono seco:

—Es una historia terrible. Pero, ¿qué hace ella apareciéndose en La Antigua, si vivía en Los Algarrobos?

—Enfermó y la internaron en el convento, al cuidado de las Teresas. Padecía de lo que llamaron "el mal sin nombre". Luego, como se empeoraba cada vez que la llevaban al sur, don Ignacio la trajo aquí y dejó en Los Algarrobos a uno de sus sobrinos. Más adelante entregaron la estancia al mayor de los herederos nacidos de doña Blanca.

—¿Y ella mejoró?

—No. Quedó embarazada una vez más y el hijo le nació muerto. Dicen que se volvió loca y que odiaba de tal forma a su marido que intentó matarlo varias veces: una noche durante el sueño; otra vez en la capilla, con un hacha que había conseguido nunca se supo cómo. Fue por eso que tuvieron que encerrarla con una negra que la cuidaba con mucha paciencia. Doña Blanca la quería tanto que en uno de sus momentos de lucidez pidió en testamento que a su muerte se le diera la libertad, una pensión por los años que le restaran y una casita cerca de alguna iglesia para que rezara por ella hasta el fin de sus días. Así se hizo.

—¿Y qué fue de don Ignacio?

—La sobrevivió... sólo para sufrir el aborrecimiento de su hijo menor. Se podría decir que Nuño fue el vengador de su madre...

—Y quizás el verdugo de su padre —intervino Consuelo—. Ella murió un día en que su esposo iba a visitarla, a la pieza donde usted la vio...

—No estoy seguro de lo que vi —se apresuró a aclarar Robertson.

—Era verano y el balcón estaba abierto. Alguien lo llamó desde abajo y él, para hacerse oír, contestó con un grito. En el túnel de la escalera, debe de haber sonado aterrador. Ella se lanzó por el balcón, se golpeó el cuello malamente en un banco que había allí... que su hijo hizo demoler al plantar la primera magnolia... y murió después de dos días de agonía.

—¿Y el hijo?

—Se llamaba Alfonso Nuño. Acusó a su padre de haberla arrojado porque quería casarse de nuevo y siempre sostuvo que su madre no estaba loca, que tratarla como a tal había sido el castigo que su padre le había impuesto. Nuño terminó rodeándose de gente de su edad que le era absolutamente leal, nada de los antiguos servidores fieles a los mayores de la familia. A éstos los acomodó en casa de sus hermanos y tíos. Se puede decir que tuvo a su padre prisionero, dispensándole el mínimo de cuidados. Por fin, encontraron a don Ignacio ahorcado... Algunos dicen que si no lo mató él por su mano, lo hizo matar por uno de sus hombres.

—Bueno, contrario a lo que creen muchos británicos, las historias de ustedes no tienen nada que envidiarles a las nuestras —intentó bromear Robertson. Como había oscurecido y estaba más fresco, se puso de pie, tomó a Laura de la mano y sugirió: —Regresemos a la casa.

Ninguna protestó. Él no quería reconocerlo, pero la historia lo había impresionado; decidió dar un vistazo a la habitación del balcón. Al otro día lo hizo, pero sólo vio un lugar oscuro, derruido, lleno de telarañas y puertas cerradas imposibles de abrir... y ningún espectro, pese a que el aire helado olía a podredumbre vegetal. Fue imposible entrar en la habitación del balcón por el corredor interior, pero trepó al magnolio y empujó la puerta con los pies: estaba cerrada, lo mismo que los postigos interiores. Descendió del árbol diciéndose que el lugar, con su encanto fantasmal, además de los vidrios opacos de polvo y humedad, lo había inducido al engaño.

Esa noche, poco antes de cenar, encontró a Laura que lo esperaba al pie de la escalera. Se la veía muy nerviosa.

—Venga —le dijo en voz baja, y abrió una habitación, pegada al despacho de don Felipe, que Robertson no conocía. Cerró la puerta tras ellos y permanecieron en tinieblas hasta que encendió una palmatoria.

La habitación olía a jazmines secos, tenía unos pocos muebles, estaba arreglada como para un oratorio privado —aunque era evidente que no había sido construida para ello— y, según sus ojos se acostumbraban a la débil luz de la vela, Robertson pudo ver unos lienzos de la escuela cuzqueña, con la orla de flores que enmarcaba las figuras; eran dos ángeles que guardaban el retrato de una joven que parecía pintado en época muy anterior.

Los ángeles vestían riquísimos ropajes del siglo XVIII, con sombreros llamativos, e iban armados uno con un arcabuz, el otro con una larga espada que pasaba por crucifijo. Entre ellos, la Virgen, sin el Niño y con las manos en oración, mostraba unas lágrimas pintadas con delicadeza sobre sus mejillas. Quedó helado: se parecía asombrosamente a Laura.

—La llaman *La Virgen de las lágrimas* —susurró la joven. Al ver que él buscaba la firma del artista, le aclaró: —No está firmado, pero lo pintó el padre Luis Berger, un jesuita flamenco que estuvo en Córdoba por 1630. La familia cree que éste es el verdadero rostro de doña Blanca. El hermano Grimau, de la Compañía, pintó otra *Virgen de las lágrimas*, pero se la llevaron a Salta. Dicen que son muy parecidas, pero la nuestra, ¿ve usted?, protege un corazón entre las manos.

Robertson dijo con la voz tomada:

—Es muy parecida a usted.

—¿De veras? —preguntó Laura con satisfacción y recorrió con el índice la boca de la Virgen—. Una vez, Luz me dijo que el amor es más perdurable que las piedras, que aunque los amantes mueren y sus huesos se deshacen en la tierra, los sentimientos permanecen, que a veces hasta nos rozan...

En aquel momento oyeron salir de la casa a don Felipe, que conversaba con Farrell. Robertson, sin saber por qué, sopló la candela. Laura se arrimó a él. La tomó en los brazos y la besó febrilmente en la oscuridad. Ella no se resistió; parecía dócil e incapaz de luchar.

Las voces se alejaron. Avergonzado de que los descubrieran en la habitación que se mantenía cerrada, se separó de Laura. Aturdido, sentía, no sabía si su corazón o el de ella, latiendo entre ambos con violencia. Le dio el último beso, más calmo, abrieron la puerta y a la luz de los faroles de la galería se miraron a los ojos como amantes furtivos. Ella se dirigió al piso superior; él, atontado, salió por la puerta principal y caminó dispuesto a dar alcance a los otros.

Aquella noche, en su dormitorio, oyó los pasos de su esposa en el ritual de desvestirse y acostarse. Con la boca seca, creyó distinguir cada prenda que se quitaba, hasta el desprenderse de las peinetas, el sonido indefinible del cepillo sobre la cabellera, el ruido que producía el agua al caer del aguamanil a la jofaina. "Bueno, después de todo, ¿por qué no he de quedarme en este país? No es peor que otros y me gusta más que muchos." Lo que sentía con todos aquellos inconvenientes, promesas, situaciones absurdas, besos robados en la oscuridad, peleas y dilaciones, no podía compararse con ninguna otra sensación o sentimiento en cuanto a relacionarse con mujeres concerniera. La más completa y grata consumación que hubiera vivido le parecía aburrida con los trastornos que le deparaba ésta, con el deseo que se acrecentaba y se volvía desazón según se posponía una y otra vez. Mordió la almohada. Era preferible que la puerta entre ambos cuartos estuviera cerrada: quizás al día siguiente el deseo de tenerla no le pareciera tan importante y el deseo de partir se le incentivara. ¿Cómo haría Farrell para conseguirse una mujer por aquellas soledades? Tendría que preguntárselo, pues no deseaba ofender a Laura con las mujeres de la casa y si seguía en abstinencia terminaría acostado con ella por cuarenta años.

El tiempo se volvió frío y cayeron las últimas lluvias; en los huertos, los cítricos comenzaban a amarillear.

El empeño de los misioneros por trasladar árboles de una región a otra, de este continente a aquél, daba a Ascochinga un aspecto exótico, pues especies de hojas rojas, naranjas, amarillas —raras en la flora de la región— creaban un esplendor desconocido en otras partes de las sierras.

Una tarde, don Felipe comunicó a su yerno que debían regresar a Córdoba. Robertson se sintió desganado; si bien algunas cosas se le facilitarían —acceder a mujeres fáciles en cuanto lo deseara—, en Ascochinga tenía mucha más libertad para tratar a Laura sin que toda la familia estuviera pendiente de ellos, como pasaría en la casa de la ciudad. En la mesa, la cena se desenvolvió en un desacostumbrado silencio; sus ojos se cruzaron y creyó leer el mismo sentimiento expresado a través de un disimulado fastidio en ella.

Dejaron pasar Semana Santa, pues preferían compartir las devociones sencillas del lugar; el padre Ferdinando se presentó, alegrando a peones y patrones; era un privilegio contar con un sacerdote para que oficiara los ritos acostumbrados, ya que a veces eran inhallables en el campo.

El mercedario se quedó varios días, pues encontraba la tranquilidad del lugar y de La Antigua muy a propósito para sus meditaciones, sus estudios y en especial para la paz de su espíritu.

A principios de mayo, tristes y mustios, regresaron a la capital. Llegaron un día nublado y destemplado que los tomó desprevenidos; era como arribar a un país desconocido.

Osorio se enteró de que el gobernador no había vuelto del sur, y todo el mundo hablaba de la elección —impuesta, según unos; necesaria, según otros— que habían hecho los representantes en la persona de don Manuel López.

En las reuniones ligadas al ámbito universitario se hacían chistes sobre la ingenuidad de Quebracho, que había querido publicar decretos producidos por los Reynafé. Don Estanislao López le mandó un parte para explicarle la inconveniencia, y él obedeció. Algunos federales, celosos de sus fueros, callaron pero vieron con desagrado la intromisión. Otros, ciegos, justificaban la manipulación de los votantes "por el bien de todos". Antes de que terminara el mes, la mitad de la sociedad estaba reñida, por una u otra causa, con el resto. El pueblo humilde, sin embargo, se mantenía ajeno a esos resentimientos.

Al llegar, Laura se enteró de los últimos comadreos de la ciudad.

—Todas tus tías Núñez, a pesar de lo quedadas que son —dijo misia Francisquita a su sobrina—, han dejado de aceptar invitaciones de los franceses por miedo a encontrarse con esa turba de arribistas, los Arbonés, las Pereira y los Lescano. Y ya sabes que las pobres no pueden recibir, pues están... bueno, como están. —Tras una pausa, continuó: —Como Felipe las mantiene, les he advertido que si me entero de que andan gastando en obsequiar a esos belitres, mi hermano lo sabrá. Es un pan de Dios, pero no creo que permita que inviertan nuestros dineros en festejar a quienes nos han enjuiciado, sin agregar que ese señorito de siete suelas intentó matar a tu prometido.

—¿Y tía Mercedes?

—Ahí anda, paveando. Se cuida un poco ahora, pero va a quedar pegada al unto de los De Bracy cuando queden perdidos y rematados —dijo la señora con satisfacción. Sin haber cruzado ni palabra, doña Mercedes no se atrevía a verla y misia Francisquita no preguntaba a Sagrario o a Adoración por ella. —Y además hemos pasado un muy mal rato: ese negro malvado de los De Bracy quiso propasarse con Antolina. —Se refería a la criada de las Núñez del Prado. —Como la chiquilla se defendió, le ha marcado la cara. Las tontas no se han atrevido a denunciarlo. Espero que Felipe lo haga; después de todo, tus tías no tienen quién se ocupe de sus cosas. Además son tan inútiles...

—Por supuesto que papá lo hará —respondió Laura, afectada por la noticia.

—Y tú y tu esposo, ¿en qué andan pensando?

—No sé él, pero yo, en nada —dijo Laura, hurtándole la cara, pero la señora alcanzó a ver el rubor que se extendía por su cuello.

"Veremos, veremos —pensó la señora—. Ya que se han tenido que casar, mejor que sea lo que Dios manda. La Naturaleza es sabia..."

Enterado de lo sucedido a la morena, don Felipe presentó la denuncia ante la policía, pero no fue tomada en serio, pues consideraban que Antolina era responsable de haber atraído con mañas a Beau Bouclier para luego rechazarlo; en resumidas cuentas, que se lo había buscado.

La declinación de las familias señaladas como unitarias fue evidente cuando se desoyó a Osorio. El haitiano purgó unos días de encierro y De Bracy pagó la multa para que lo soltaran; Antolina quedó con el bonito rostro afeado por un larga cicatriz, además de aterrada de salir a la calle y tropezárselo.

Don Felipe, no acostumbrado a que se pasaran por alto sus reclamos en tanto fueran justos, declaró que presentaría recurso ante una cámara que tuviera más equidad para juzgar lo sucedido a una joven que, si bien humilde, era honrada por demás.

19

Responsabilidades intransferibles

"Salvé mi casa de Tulumba gracias a mi conocimiento de las leyes, pero no pude defender la de Córdoba... En esos remates infames, se perdió lo que quedó de los saqueos."

–Mabel Pagano,
Lorenza Reynafé

CIUDAD DE CÓRDOBA
MEDIADOS DE 1836

Dejar Ascochinga no hizo feliz a ninguno, en especial a Consuelo Achával. Toda su alegría comenzó a esfumarse al subir al coche y se podría decir que tocó la pesadumbre a la vista del portal de su casa.

Su familia había sido de recursos, pero los desarreglos del padre, unidos a su muerte prematura, habían dejado a doña Josefa y a sus hijos en la pobreza. Los hermanos mayores pronto habían contraído enlaces convenientes, ya que todos ellos eran de "buen ver" y esmerada educación. Habían quedado en la casa, con la madre, los dos menores, José María y Consuelo. Los demás residían en otras provincias.

Mucha gente creía que el mal carácter de Josefita de la Mota se debía a las desgracias sufridas y a los malos ratos que le había dado el marido, lo cual servía de disculpa para sus murmuraciones, la falta de caridad y el egoísmo que ejercía sobre sus hijos. Doña Josefa acudía, para retenerlos, al recurso de padecer males inexplicables para la ciencia, agravados en cuanto los jóvenes intentaban conseguir alguna independencia. Consuelo era la más sometida, por ser hija mujer y estar destinada a cuidar de su madre.

Vivía con ellos una parienta lejana, Antonia, mujer sensata, de humor cáustico y que quería mucho a su sobrina, aunque pocas veces había logrado suplantarla en el cuidado de doña Josefa, por rotunda negativa de ésta.

Cuando los Osorio la dejaron en su casa, la joven esperó a despedirlos antes de tocar la puerta. La avergonzaba llegar así, con la criada de otros cargando sus maletas. La visión de las ventanas herméticamente cerradas le produjo malestar, y había en su pecho un rechazo a entrar en las habitaciones sin luz, húmedas por la falta de ventilación, con el olor característico del encierro. La madre estaría en la pieza a oscuras, por no gastar las velas de sebo rancio que vendían las morenas a monedas la decena.

Ante la puerta deslucida, tomó ánimo y golpeó con los nudillos (del llamador sólo quedaba el soporte).

—Vete ya, que Antonia me ayuda a entrar todo —le dijo a Rosina, e intentó darle una moneda, pero la chica se alejó diciendo que le estaba prohibido aceptar dinero.

Antonia la recibió con una sonrisa y de inmediato le ayudó con sus cosas. La joven se quitó la capa y preguntó en voz baja:

—¿Y mamá?

—Bien. No te dejes engañar con sus aspavientos.

Consuelo atravesó varias habitaciones comunicadas hasta llegar a la de doña Josefa; la vela, apagada a las apuradas, todavía humeaba. Se acercó en puntas de pie a la cama, se puso de rodillas, juntó las manos e inclinó la cabeza:

—La bendición, mamá.

La señora pareció salir de un ahogo.

—¿Eh, ah? ¿Quién es? ¡Ah, tú, mala hija! He estado al borde de la muerte y no has sido capaz de venir a cuidarme!

Antonia llegó detrás de la joven con otra vela encendida.

—Dice que se siente muy mal, pero si miras alrededor comprenderás que nadie que tenga ese apetito puede estar enferma. Todo lo que ves es del día de hoy.

Al resplandor de la palmatoria, la joven distinguió platos y tazas acumulados sobre todos los muebles.

—¡Serpiente, malvada, mentirosa! —exclamó la señora con fiereza, olvidada la debilidad que había mostrado un momento antes. ¡Te voy a dejar en la calle para que tengas que trabajar de sirvienta en casa de los que alguna vez fueron tus iguales!

—Perderías más que yo, pues no conseguirías otra gansa que trabajara gratis para ti. A mí, en cambio, me pagarían por mis servicios —contestó la mujer. Con la mano sobre el hombro de su sobrina, le habló con cariño: —Vamos, que te ayudaré a desempacar. Tengo agua caliente. ¿Quieres tomar un baño?

—¡Chelo, ven aquí! —gritó la señora—. ¡Te digo que vengas! ¡Ah! ¿Me he de morir sin tener siquiera a mi hija al lado?

La joven dudó, pero Antonia la tomó de los hombros.

—Le queda mucho aliento, no te preocupes. —Y con afecto le indicó: —Estás muy linda, te ha sentado el campo.

—¿Y José María?

—Con el francés agarrado a sus faldones. Tu hermano no aprenderá nunca. Tiene, como tu padre, un instinto certero para elegir equivocadamente sus amistades. Por suerte, tu madre no deja entrar aquí a ese figurín.

—No creo que él se dignara pasar más allá del umbral —recapacitó Consuelo. Se volvió hacia su tía y la abrazó. —Gracias por todo lo que haces por nosotros.

Antonia le palmeó la cintura con suavidad.

—Ve a bañarte.

Después de ayudarla con la tina, una vez que la joven se metió en el agua, regresó a la pieza de su prima. Abrió de golpe y la encontró con la boca llena, intentando esconder la mano bajo las sábanas.

—Miremos qué tienes ahí. —Le tomó sin contemplaciones el puño y se lo abrió: era una rosca azucarada, de las que vendían en la calle para acompañar el mate.

—Esto quiere decir que, aunque medio muerta, te arrastraste hasta la ventana mientras yo tendía la ropa.

Sin que la otra pudiera decir una palabra, Antonia se retiró.

—Antes de insultarme —le advirtió—, recuerda que conozco un secretito tuyo que más vale lo siga ignorando tu hermano el doctor —y se fue a ayudar a Consuelo a salir de la tina.

—Clarita Oliva ha preguntado por ti. Si se entera de que has venido, seguro que mandará a la criada. Dame tu vestido, así te lo plancho. ¿Y tus botitas? ¿Se han despegado? Apenas. No te aflijas, les pondré cola y mañana las mandaré al zapatero.

Aquella tarde de mayo, en la casona de la calle del Pilar, domicilio de la familia de don Clemente Oliva, se encontraban el recién llegado coronel Elías Carranza y uno de sus oficiales. Habían sido invitados con absoluta discreción Osorio, Farrell, Robertson, Medina Aguirre, el padre Ferdinando y el doctor Benito Otero, cuñado del dueño de casa. No estaban presentes, como notó don Felipe, ninguno de los personajes que adherían al régimen de Quebracho ni otros que flotaban entre dos aguas. Todos eran de confianza y ninguno se hallaba comprometido con la administración del actual gobierno.

—Una mañana, Buenos Aires apareció inundada con panfletos contrarios a Rosas —comentó el coronel—. Por supuesto, se ordenó secuestrarlos, pero lo que a ustedes les dará idea del ánimo de la gente es que nadie se atrevía a levantarlos por miedo a ser denunciado por un vecino, por un vendedor callejero, en fin, por cualquiera. Y si por casualidad aparecían debajo de la puerta, corrían a quemarlos para que la servidumbre no los delatara.

—¿Y quién los habrá escrito? —preguntó Farrell.

—Dicen que el canónigo Pedro Pablo Vidal, que reside en Montevideo.

—Supongo que no habrán sido palomas mensajeras las que los hicieron volar sobre la ciudad del Buen Ayre —acotó el padre Ferdinando.

Aunque Carranza no tenía la respuesta, aquello los hizo reír. Después Medina Aguirre preguntó por los métodos de gobierno de Rosas.

Según el oficial que acompañaba al coronel, de una forma rápida y brutal se imponía a los renuentes la obediencia ciega.

—Para alguien que no sea un fanático rosista, la vida en el hogar es un suplicio. Aquí todavía confiamos en nuestros criados; allá les tienen miedo y ni siquiera pueden deshacerse de ellos, pues por venganza o sospecha se los tildaría de unitarios o de "lomos negros".

Se oyeron las voces de las jóvenes en la sala vecina: Consuelo había ido con Clarita Cáceres, y Laura, con Jeromita Carranza, la mejor amiga de su prima y sobrina de don Elías.

Robertson las había visto al pasar; la puerta quedó entreabierta al salir la criada y él consiguió echar una de sus rápidas y expertas miradas de observador. Estaban acompañadas por dos señoras y varias negras que cebaban mate, sentadas sobre la alfombra del estrado. Alcanzó a distinguir a la prometida del coronel Francisco Reynafé. Según Farrell, éste andaba por los cuarenta cumplidos; ella apenas tendría veinte y era una belleza de ojos grandes y labios sensuales. Llevaba el pelo negrísimo sujeto en una larga trenza, señal de que la reunión era entre íntimas; vestía de blanco y se había descalzado. Laura estaba recostada a su lado entre almohadones. Robertson contuvo una sonrisa; al verla así, nadie imaginaría sus chiquilladas, pero bien se podía especular con la pasión que había asomado cuando se besaron en la oscuridad, apretados contra el retrato de doña Blanca.

Mientras las oía reír, Osorio preguntó:

—¿Saben algo del coronel Reynafé?

Oliva desvió la vista. Carranza sacudió la ceniza del cigarro.

—Incautaron toda su correspondencia no bien salió de Santa Fe el negro que la traía.

Cuando regresaban a lo de don Felipe, algunos pasos detrás de las jóvenes, Farrell opinó:

—Se me hace que Carranza le ha traído noticias a Clarita; es muy amigo del coronel Reynafé.

Esa tarde, la señorita Oliva contó a sus amigas que Francisco le había hecho llegar una carta muy sentida, rogándole que le contestara al convento de los dominicos, en Montevideo, a nombre de Isidoro Hidalgo. Quizás aquella treta pudiera engañar a los porteños, pero no a los cordobeses; Isidoro era su segundo nombre y el apellido de la madre era Hidalgo.

—Allá lo han recibido como a un héroe —se enorgulleció Clarita.

Antes del año, Reynafé estaría viviendo en la indigencia, durmiendo donde pudiera y recibiendo el pan de misericordia. Su única ambición era unirse a alguno de los ejércitos que pensaban invadir el litoral para derrocar a Rosas —su mayor obsesión—, y así poder reunirse con su prometida.

Robertson dedicó el informe a la familia Reynafé:

"Tras el encarcelamiento de estos hombres, han quedado sus mujeres desamparadas, víctimas de las represalias que debían recaer en aquéllos. A algunas no únicamente se les incautaron los bienes de familia, dejando a sus hijos desamparados y empobrecidos; también fueron saqueadas sus herencias personales y sus dotes, legalmente intocables por deudas de los maridos. Es como si un vendaval hubiera caído sobre los Reynafé, sus seguidores y algunos de sus parientes. Mientras el acusado ex gobernador Reynafé y sus hermanos purgan las culpas con malos tratos, enfermedades y cárcel, sus mujeres pagan con el despojo, el insulto y la marginación..."

Lorenza Reynafé, mujer capaz de administrar estancias y enfrentar juicios, se trasladó adonde estaban sus hermanos para darles algún alivio y decidida a encontrar quien los defendiera. "Estoy tratando de hacerme de algunos papeles que serían de interés para la causa...", escribió desde Buenos Aires. Durante años hizo alusión a ellos, pero esos documentos no fueron presentados en el juicio, o no se los tomó en cuenta como defensa.

Desde que llegaron de La Antigua, Laura se sentía complacida al ver cómo la trataban —en su condición de casada— sus amigas y la gente mayor.

A veces se avergonzaba al recordar los besos que Robertson le había dado en la pieza de doña Blanca, a los cuales no se había resistido, y otras, mientras se cepillaba el pelo, se preguntaba cómo sería estar casada de verdad. Al acostarse, acercaba la boca a su hombro, la pegaba a su piel, y de aquella manera, respirando profundamente, con los párpados apretados, revivía un remedo de la emoción que habían despertado los labios de él en su cuerpo y en sus sentimientos. Perdía el sueño si no lo oía entrar —sus cuartos eran contiguos— en toda la noche. Se ofuscaba de rabia al pensar que andaría con malas mujeres y más de una vez se acercó a la puerta, después de haber caído en el sueño intranquilo del que vigila, con la intención de escuchar, por si él había vuelto mientras ella dormía. Había intentado abrir la puerta, pero estaba con llave. ¿Dónde estaría la llave? No del otro lado, puesto que podía distinguir el resplandor de la vela como un punto en la oscuridad. No se atrevía a preguntarle por ella a su tía o a Martina, avergonzada por las conclusiones a que podían llegar o los comentarios que se harían. Pero una mañana, con la excusa de una limpieza general, puso todo patas arriba hasta que dio con un manojo de llaves de repuesto. Lo escondió envuelto en un chal para que no sonara. Subió los escalones y probó llave por llave hasta que encontró una que calzaba. La retiró del aro y la escondió en su arquilla.

Tomó la costumbre de entrar en la habitación de él, antes de que las criadas comenzaran con el arreglo de las piezas, y observar todo alrededor. Más adelante se atrevió a tocar su ropa y después, a olerla; descubría el olor que ella relacionaba con los hombres: áspero y crudo, con un dejo a whisky y mucho de tabaco. No le resultaba desagradable, descubrió, por más que se quejaran de él las señoras mayores. Nunca se había atrevido a hurgar en sus baúles, pero se arrodillaba y, como ante algo prohibido, levantaba la tapa y contemplaba su interior: armas, libros, correajes, cuadernos...

Un día estaba así, tentada de meter la mano para ver qué había debajo de aquello, cuando oyó los fuertes pasos de él en la escalera. Apenas si tuvo tiempo de cerrar y estaba casi junto a la puerta que daba a su pieza cuando Robertson entró, trasnochado, sin afeitarse y no demasiado pulcro. Se miraron, y él, tras arrojar el saco que llevaba en el brazo, dio tres zancadas hacia ella, que, ahogada de vergüenza, consiguió llegar a su dormitorio y poner llave. En forma instintiva se dirigió a la puerta de la galería, corrió los cerrojos un segundo antes de que él intentara entrar.

—¿Qué hacías en mi pieza? —susurró Robertson desde afuera—. Abre la otra puerta y te mostraré cuanto quieras. ¿Qué crees que escondo?

Ella, que ardía de vergüenza, fue incapaz de protestar. Al rato, sin que lo hubiera oído desplazarse, vio cómo el picaporte de la puerta intermedia se movía con suavidad y él golpeaba con mucha discreción.

—Vamos, ábreme. Sólo quiero hablar contigo... ¿No somos acaso amigos?

Ella le contestó con la boca pegada a la ranura:

—¿Dónde ha dormido anoche? Por lo que vi, no en su cama. Vaya a saberse por dónde anduvo.

—Pero, de veras, dormí en mi casa. Estuve hasta muy tarde con Farrell y Medina. ¿No es eso una garantía para ti? Supongo que crees que Edward no tiene los malos hábitos de nosotros, los mortales varones...

—Sé que mi tío es un hombre de buenas costumbres, que no anda con esas mujeres... —Y después de un segundo: —Como las que le gustan a usted.

Quitó el pasador de la puerta de la galería y antes de que pudiera alcanzarla se introdujo en la pieza de su abuela y allí se quedó hasta que oyó que llamaban al almuerzo, viendo su cara de pirata, morena, hermosa, burlona, que parecía estar al acecho.

Todo lo sucedido la tuvo nerviosa y excitada hasta que llegó Consuelo y se encerraron en la sala a conversar. En Ascochinga habían tenido largas conversaciones, pero lo que ignoraban era tan vasto que no podían formarse una idea clara del asunto. Consuelo había terminado por proponerle que hablaran con Jeromita Carranza, que estaba casada, pero Laura no se atrevía, aunque consideraba que no podía seguir más tiempo en la ignorancia. Quizá Robertson decidiera quedarse y entonces... Con la mirada perdida, se imaginó acostada junto a aquel hombre, aspirando el olor a tabaco y a colonia, a whisky y a jabón y a algo menos delicado. Por fin bajó los ojos y reconoció ante su amiga:

—A pesar de que me enfurece, termino por reírme sola.

—¿Te has enamorado de él?

Ella iba a decir: "¿Será así?", pero se interrumpió al abrir Robertson la puerta. Sin soltar el picaporte, él las miró fijo, cohibiéndolas.

—Señorita Achával —saludó con una inclinación. Luego fijó los ojos en Laura, que había enrojecido. Como si hubiera logrado lo que quería, cerró y se retiró sin una sola palabra.

—¿Cómo puedes resistirte a un hombre tan apuesto? —se admiró Consuelo.

—¿Te parece que es más buen mozo que tío Eduardo?

—Ah, no podría elegir. Los dos son terriblemente apuestos —suspiró la joven—, y ninguno será para mí.

Uno de los privilegios de estar casada era que, si no quería, no tenía por qué llevar el diario: así, al menos, había dicho Robertson a su tía el día en que la oyó quejarse de su falta de voluntad para aquella tarea.

—Ese libro es una tontería; si no quiere hacerlo, que no lo haga. Tiene demasiadas obligaciones para ser tan joven.

—Señor, en nuestra familia, obligaciones y responsabilidades son intransferibles.

—¿De veras? ¿Y entonces por qué no están aquí sus sobrinos varones?

—... y el mozo se quedó bien orondo después de haberle cerrado el pico a la niña —le contó Fe, que les había servido el chocolate.

—¿Y mi tía se molestó? —se interesó Laura.

—Nadita. Siguieron conversando de bueyes perdidos. ¡Ya se va enojar la niña Francisca con él! Se la metió mesmamente al bolsillo, con el perdón de usté y sin faltar al respeto.

Aquella defensa... ¿significaría que la amaba? Antes del episodio de la creciente, se había sentido muy ufana, pues lo creía perdido de amor por ella. No fue poco su desconcierto al enterarla misia Francisquita de que él no conviviría con ella hasta que decidiera quedarse en la Argentina, y aún más la sorprendió saber que tuvieron que convencerlo de que se casara. ¿Decidiría él quedarse? ¿Podría enamorarlo tanto como para que desistiera de irse? Aquellas preguntas la mantenían de noche sin dormir. Por esto, y por estar alerta a las idas y venidas nocturnas de su esposo, andaba con sueño todo el día.

Había tomado la costumbre de presentarse a cenar arreglada con esmero; comenzaba a disfrutar de la cautelosa admiración de él, de la malicia disimulada de su tía.

—De nuevo han llegado los gravámenes mal liquidados —protestaba su padre unos días después de llegar de Ascochinga—. Otra vez tendré que tramitar los descargos. Perderé el día en la oficina de catastro. Pero primero me daré una vuelta por la policía, para remover el asunto de Tola...

Laura apenas si oyó lo que decía su padre. "Después de cenar tocaré el piano y cantaré. —pensaba—, y él desistirá de sus andanzas, al menos por esta noche." Se sentía irracionalmente dichosa, sin que le importara el porqué.

Para todos ellos, sería el último día feliz en meses.

20

Testigos y testimonios

"En la primitiva Danza de la Muerte sólo figuraban varones, depositarios de las funciones y de las dignidades sociales."
– Johan Huizinga,
El otoño de la Edad Media

CÓRDOBA
MEDIADOS DE 1836

—PRELUDIO—

Por la mañana don Felipe anduvo murmurando entre su despacho y el cuarto, llevando y trayendo papeles, buscando carpetas y separando recibos. Laura sabía que odiaba los trámites y que el solo pensar que debía perder horas en las oficinas públicas le amargaba el día.

Misia Francisquita lo reprendió:

—Basta, Felipe, que nos tienes a todas con jaqueca. Ve de una vez, pon las cosas en orden y te sacudes el problema de encima.

Aquello pareció tranquilizar a su hermano.

—Iré sobre el cierre de las oficinas. Antes que trabajar fuera de horario, me solucionarán todo. Después tengo que pasar por el Noviciado Viejo, pues casi no nos queda grano para los caballos.

—Y haz que te levanten un acta o lo que corresponda para que no te molesten más.

—Parte de la molestia es que tendré que hablar con De Bracy. Gracias a los buenos oficios de don Teodomiro, lo han trasladado a la oficina de gravámenes.

Osorio no se presentó a la hora de comer, y Robertson se disculpó no bien acabó el postre. Dijo que iría a su casa a escribir unos artículos para el *British Packet* que debía mandar aquella misma tarde.

Laura y Consuelo, que llegó al rato, se encerraron en una de las salas, con las cortinas corridas para que nadie las viera, pues la joven se había escapado unos minutos del cuidado de su madre. Martina les llevó un brasero y se acomodaron en la alfombra mientras saboreaban el anís hurtado a misia Francisquita y se entretenían en hacer labores.

—La salud de mamá se ha desmejorado. Antonia dice que no es así, pero ella se queja tanto que me hace pensar que quizá sea verdad. Y tú sabes que con los hombres no se cuenta. José María trabaja en un montón de lados... ¡Si tío comprendiera cuánto nos aliviaría que le aumentara el sueldo en el bufete!

—¿Y no puedes escaparte a esta hora? Ella solía dormir sus buenas siestas...

—¿Y mentirle?

Ambas se miraron en un entendimiento de muchachas sojuzgadas por generaciones.

—No es necesario que mientas. Simplemente, no le dices nada. Creo que así no sería ni pecado venial.

"En realidad, mamá nunca me ordenó que no viniera —pensó Consuelo—. Sólo me lo impidió con mañas."

Tras llegar a un acuerdo con la conciencia, comenzaron las confidencias

—Mira si te enamoras de Robertson y te vas con él a Buenos Aires y después a Europa, como Luz. A mí me encantaría conocer Europa.

Mientras conversaban, Laura cosía unas flores en la capota de su amiga y Consuelo bordaba pañuelos para el cumpleaños de Clarita Oliva.

—...ella piensa que el coronel volverá al país. No puede entender que, si lo hace, perderá la vida. —Miró hacia el patio, donde un viento punzante arrastraba las hojas que caían a cada ráfaga, y dijo con algo de aflicción: —No me gustaría quedar soltera.

—¿Y por qué habrías de quedarte soltera?

—No puedo salir a ningún lado, mucho menos recibir en casa. No tendré dote, no puedo dejar a mamá... Y si hablo de esto con ella, ¿sabes qué me responde? Que "el buen paño en el arca se vende". —Dejó la tijera sobre el costurero y comentó con desaliento: —No quiero llevar más esta vida, pero cada vez que intento cambiar algo, ella se empeora y...

—La señorita del Signo me preguntó si no querrías ayudarlas en la Casa de Huérfanas, como administradora. Te pagarían un sueldo.

Consuelo dudó, ruborizada.

—Aceptar sería como gritar a los cuatro vientos que estamos en la ruina. Mamá sufriría horrores y...

—Consuelo, todo el mundo sabe que están arruinados y que van para peor. En cuanto alguien se queje, José María tendrá que renunciar a dos de sus cargos. Deja de padecer, intenta hacer algo. Estoy segura de que la señorita del Signo podría pagarte sin que nadie se entere. Ella no es de soltar la lengua en esas cosas.

—Podría decirle a mamá que voy a ayudarla por unas horas.

—¡Si sabes que no está enferma! ¡Déjala con las criadas!

Consuelo sonrió con amargura.

—Ya no tenemos criadas; sólo Antonia queda en casa. Y Dios me perdone, pero sospecho que mi hermano se avergüenza de nosotras.

—No digas eso. José María es muy noble. Son cosas que te imaginas, nada más —dijo Laura con convicción, y le midió la capota para ver si las flores estaban bien colocadas.

—Estos días que estuve en La Antigua —confesó Consuelo— me recordaron los veranos que pasamos juntas, qué felices que éramos. ¡Ay, Laura! ¡Es como si hubiera sido otra vida! ¡A veces me parece que fue la de otra persona!

—Todo se arreglará, Consuelo. Piensa en lo que te ofrece la señorita del Signo. Es tan buena… Te gustará trabajar con ella, estoy segura.

En aquel momento oyeron un ruido a corridas sobre el empedrado y el llamador atronó sobre la puerta. Ambas se pusieron de pie, sobresaltadas.

—Papá —dijo Laura, consciente de que su padre no había regresado, lo que de por sí era una rareza, ya que nunca faltaba a la hora de la siesta.

Corrieron al zaguán y abrieron la ventanita de la puerta. Un chico, el rostro moreno descompuesto, advirtió a Laura:

—Su padre, niña…

No dijo más, pero era tal la urgencia de su voz que, tironeando los cerrojos y dando gritos, las dos jóvenes salieron a la calle.

—Testimonio I—

Lo que contó Consuelo

Corrimos gritando: "¿Dónde, dónde?", y seguimos al chico, que se dirigía hacia el Noviciado Viejo. En la boca de la escalera que bajaba a la cripta se veía un montón de gente. Laura se recogió bien arriba las faldas y simplemente se lanzó sobre el grupo, atropellando al que se interpusiera. Todo el tiempo gritaba: "¡Papá, papá, papá!" Se tomaba de las paredes, porque rebotaba por los escalones, y así llegó a ese sótano que ahora sólo se usa para almacenar cargas de carretas. Y allí vimos el cuerpo de su padre, boca abajo y con los pies sobre el último escalón.

Yo pensé de inmediato: "Qué accidente estúpido...", mientras Laura caía de rodillas y lo volvía de cara a ella y le pasaba el brazo bajo el cuello y le levantaba la cabeza. Pero la cabeza no se sostuvo; estaba ensangrentada, sin duda por el golpe, y rodó sobre el pecho de mi amiga. Me apoyé en el muro y levanté la cara, mirando aquel sótano helado. Oí corridas y voces con acento militar. Vi bajar un oficial que se acercó a Laura e intentó separarla de don Felipe, pero ella se aferró al cuerpo y no pudieron desprenderla. Alguien fue por don Eduardo, que es su padrino, y luego me avergoncé de no haber dicho que buscaran a su esposo, pero en ese momento no me acordé de él. Sin embargo, el señor Robertson había sido advertido, porque se lanzó por sobre el muro. Quedó de pie en el penúltimo escalón, muy pálido, y me preguntó: "¿Quién hizo esto?". Yo moví la cabeza. "Un accidente", dije.

Él se acercó a Laura, la tomó de la cintura y la alzó en vilo a pesar de que ella se debatía. En ese momento llegó don Eduardo, que al ver la escena se cubrió los ojos con las manos. Luego se acercó al señor Robertson y le habló a Laura hasta que consintió en ponerse de pie, pero entonces se desmayó. En ese momento llegaron dos monjas catalinas, de las legas, a socorrernos. "Déjennos sostenerla —dijeron—, que la señorita Achával nos ayudará." Entre las tres conseguimos reanimarla mientras Farrell y el señor Robertson se encargaban de don Felipe. Me acuerdo de que una de las beatas dijo: "¿No habrá que llamar por los Santos Óleos?", pero les dejamos la inquietud a los hombres y arrastramos a Laura hasta su casa. Lo último que recuerdo de la cripta fue que el marido de Laura hizo una seña al comandante Farrell y le dijo: "Ven a ver esto, Edward", y al mismo tiempo pedía que le alcanzaran agua y un lienzo.

Al salir de la cripta vimos venir unos soldados que traían una puerta para usarla de angarilla. Oí la voz del oficial que decía a Farrell, que seguía aferrado a la mano del muerto: "Comandante, ¿no sería mejor levantarlo?".

Cuando llegamos a la casa, el griterío fue mayúsculo. Preocupada por los chicos, le dije a Juanchita que entre ella y Rosina se los llevaran a Julita Núñez del Prado.

Gracias a Dios alguien había atinado a avisar a mi tío, el doctor de la Mota, que llegó y tomó las riendas de inmediato. Hizo cerrar puertas y ventanas con orden de abrir sólo al médico. Después le dijo a Martina: "A las siete se recibirán las condolencias; haga venir a aquella mujer, la que se encarga de amortajar. Tú, querida —me encomendó—, hazle a Laura un té de algo que la duerma".

La monjita no dejaba de insistir: "¿Y el sacerdote? Llamen a un sacerdote, que con la impresión, las señoras... A veces las desgracias vienen en seguidilla".

Yo acosté a Laura en un sillón y la mantuve cubierta con una manta. Mi tío dijo: "Manden por doña Mercedes, que ella se ocupará de las señoras".

Desde aquel momento el llamador no dejó de sonar, pero sólo permitieron entrar a don Eduardo y al señor Robertson, seguido por los soldados que traían el cuerpo; noté que le habían limpiado la sangre del rostro. La amortajadora entró por los fondos, y el doctor, por la puerta grande; al mismo tiempo, para tranquilidad de las monjas, llegó el padre Ferdinando. Lo vi tambalearse como si fuera a caer fulminado, pero don Eduardo lo abrazó y él se contuvo. Mi tío mandó servir bebidas y hasta a mí me obligaron a tomar un traguito. De pronto Laura salió del estupor y al ver las mortajas se negó a que aquella mujer tocara a su padre. El señor Robertson se acercó a ella y le habló con suavidad; doña Mercedes, que acababa de llegar, tan atolondrada como es para algunas cosas, fue invalorable en aquel trance. Hizo que el señor Robertson la sentara en el sillón, a su lado; le tomó las manos y le dijo que se haría como ella quisiese, "...pero deja que Ciriaca nos asista, criatura —le rogó—, que ella sabe más que nosotras".

Es increíble cómo, en las desgracias, las cosas se hacen tan rápido. Alguien había ido por algunas flores y las hermanas de doña Mercedes mandaron unos crespones y unos tapetes de terciopelo negro, que colocaron en las ventanas. De La Merced llegaron después unas enormes alfombras negras y la sala grande y la siguiente fueron vaciadas de muebles y se arrimaron sillas y sillones contra las paredes. Martina me pidió que la ayudara con las señoras; encontré a doña Adelaida en el dormitorio, tan blanca que parecía desangrada, aunque peinada y sentada en su sillón. La pieza comunicaba con el dormitorio de misia Francisquita, y la oí clamando por sus hermanos muertos. La Señora Mayor dio tal golpe en la columna de la cama con el bastón, que la criada y la tía de Laura se callaron. La señora me pidió el brazo y caminamos hasta la puerta divisoria. "Fe, ve a traer una tila", ordenó, y en cuanto salió la chica, dijo a su hija con mucha autoridad: "Paquita, repórtate. Quiero que te vistas y me acompañes a rezar por el alma de Felipe, que luego vendrá gente y no vamos a dar función". Como misia Francisquita gimió, dio con el bastón en el piso. "¡Basta de llantos! ¡Ninguno de los varones de esta familia ha muerto de viejo, y tú deberías saberlo!" Levantó la voz. Luego la llevé hasta su sillón y me pidió que le alcanzara agua. Luego, al volver Martina, eligió la ropa que ella y su hija iban a ponerse y después indicó: "En el arcón viejo" y se le quebró la voz. "El traje para mi hijo. Cúbranlo con la manta de terciopelo negro que cubrió a su padre..."

Entonces entró el padre Ferdinando y se arrodilló a su lado; no podía contener los sollozos. "Ya, ya, Servando." Lo palmeó y lo llamó por su nombre de bautismo. "Mira que se espera de ti que nos des aliento y resignación." A mí me ordenó: "Jovencita, trae el reclinatorio y del cofre de plata mi rosario". Le obedecí y quedé asombrada: ella tenía rosarios de oro, plata y piedras preciosas, pero el que quería, el único que estaba allí, era un simple rosario de cuentas de madera, casi diría que era el rosario de una indigente.

El padre Ferdinando ocupó el reclinatorio y después de tomar aire dijo con voz temblorosa: "Oremos; los Misterios Dolorosos".

Martina me hizo señas y afuera me aconsejó: "Váyase a su casa, señorita; cámbiese y vuelva, que la niña la va necesitar". Me dio una capa para tapar la sangre y me fui a casa tan trastornada que ni pensé en mamá. Y al entrar casi me caigo del susto, porque ella salió de la pieza a los gritos, llena de fuerzas a pesar de que la dejé postrada. "¿Dónde estabas, mala hija, falsaria? ¡Mandé por ti a lo de Cáceres y me dicen que nunca estuviste, que...!"

Yo, sin pensarlo, le dije: "Estaba en lo de Laura", y ella me dio una cachetada que me sacó lágrimas. Después gritó cosas horribles de los Osorio, y yo, llorando, le anuncié: "Escúcheme, mamá: ha muerto don Felipe", pero ella me tomó del pelo y siguió diciendo: "¿No te prohibí que te juntaras con esas perdidas? ¡Todas putas, las Osorio, desde aquella Blanca que se enamoró de un indio hasta esta otra, que pasó la noche con un hombre y por eso han tenido que casarla! ¿Y Luz, prostituida con un cismático? ¿Y Leonor? ¡No contenta con que su hermano matara por ella, se escapó con un italiano! ¡Ninguna de ellas puede amar a un hombre decente! ¡Por eso deben casarse con cualquiera!".

Yo insistí: "Mamá, suélteme. ¿No entiende que ha muerto don Felipe?", pero ella me arrastró a la pieza, amenazándome: "¡Te voy a encerrar! ¡No saldrás en un mes! ¡Ni a misa, ni a misa!".

Entonces pensé en Laura, que me necesitaba, y en la vida de locos que llevábamos, con mi casa que parecía un cementerio, como si nuestros muertos hubieran regresado al amparo de los cuartos oscuros y vaciados, pues los muebles se habían ido vendiendo. Siempre cerrada, siempre a oscuras... Y algo, algo como una atadura se soltó y tomé la mano de mi madre, que me mechoneaba, y se la apreté hasta que me soltó. Y supe que le había metido miedo, y al levantar la vista vi mi cara en el espejo y yo misma me asusté. Ella intentó zafarse, pero tiré de su muñeca y la hice trastabillar. Y le dije con lentitud, para que entendiera: "Usted no escucha. Le he dicho que ha muerto un amigo nuestro y padre de mi mejor amiga. Usted insiste en no darse por enterada y no sé qué zoncera dice de malas compañías y encierros. Yo le respondo que más vale que no me colme la paciencia, porque ya me harté de esta vida de trastornados que llevamos. Siga así y me iré, porque José María está tan abombado que no será capaz de negarme el permiso. Usted se quedará sola, porque no he de cuidarla de nuevo. ¡Usted está enferma!", grité. Y ella, muy conforme, me contestó: "Vaya, al fin te enteras", pero yo quería decirle que estaba enferma del espíritu y la pobre imbécil me salió con eso.

Entonces la empujé sobre la silla que nos quedaba y fui derecho a abrir las ventanas. Ella se cubrió los ojos por la luz y gritó: "¿Qué es esto? ¿Qué haces? ¡Los vecinos verán que nos faltan muebles!". Y entonces la enteré: "Pues que comprueben lo que ya saben. Y sepa que tengo un trabajo por el que voy a recibir un beneficio".

"¡Loca, desvergonzada! ¡Mi hijo no te lo permitirá! ¡Cobrar un salario, como si fueras manumisa! ¡No tienes dignidad! ¡Y cierra la ventana!", pataleó. Pero yo comencé de nuevo a abrirlas, lo mismo que la puerta, y ella corría detrás de mí cerrándolas, y a mí me dio un ataque de risa y llanto al mismo tiempo y se las volví a abrir.

En aquel momento entró Antonia y me miró muy seria. Yo me detuve y ella movió la cabeza al ver el vestido manchado de sangre: "Ya me dijeron las criadas de Bustamante. Lo siento tanto, querida, por Laura y también por ti, que más de una vez don Felipe se ha portado con ustedes como un protector...". Como yo no entendía, Antonia miró a mi madre y dijo: "¿No sabes que él les compró, a precio de oro, el campito de San Clemente, que no le servía de nada, sólo por ayudarlos? Don Teodomiro lo ignora, pero tu madre tiene bien escondido el tesoro". Me tomó del brazo y me llevó hacia adentro.

"¿Te preparo el baño, la ropa?", ofreció. Sin explicaciones (mucho hacía que pedía perdones por todo) le contesté: "Sí, querida Antonia. ¿Me quedará algún vestido negro que luzca decente? Tengo que acompañar a Laura". Así que me bañé y me puse un traje de Antonia, el que había usado para la muerte de mi abuela. Vestida así me volví a lo de Laura mientras mamá gritaba detrás de mí como si la estuvieran despellejando.

Me dolía la muerte de don Felipe, muy especialmente después de enterarme cómo había pretendido ayudarnos. Sentía mía la orfandad de Laura (¡cómo me acordé de mi padre, a quien extraño tanto!); también estaba preocupada por haber faltado al Cuarto Mandamiento, así que hice propósito de enmienda pero (vergüenza me da admitirlo) muy dentro de mí me sentía bien. Iba a decir que sí a la señorita del Signo y con parte del sueldo pagaría a una beata para que se encargara de mamá y así tener libertad para mantener la casa. E iría de nuevo con Laura a La Antigua y de nuevo me quedaría a dormir en su casa...

Por primera vez en años caminé por el medio de la calle, sin importarme salir sin la compañía de una criada, sin arrimarme a las paredes, sin bajar la cabeza. Me sentía como si hubiera nacido de nuevo.

Lo que apuntó Robertson

Aquella siesta decidí ir a ver a una mujer a la que había conocido por la costa del río, una viuda dedicada a costurera; después de haber conversado con ella varias veces, me pareció que podía mostrarse complaciente conmigo. Como no quiero ofender a nadie ni dar que hablar con mi comportamiento, en vez de salir de noche utilizo la hora de la siesta (que en estas tierras deja vacías las calles), para "mejor holgar", como decía el Empecinado. Después de estar con ella, me lavé en el río y hasta tomé mate con unos soldados acantonados por las inmediaciones.

Regresaba a mi primera casa, a terminar el artículo para Harrison, cuando alguien se acercó y me dijo: "Don Felipe ha tenido un accidente en el Noviciado Viejo", un sótano que alguna vez fue de los jesuitas pero que ahora sirve para depósito. Galopé hacia allí y vi mucha gente reunida. Alcancé a ver a dos jóvenes que llegaban corriendo y me pareció que eran Laura y su amiga. Apuré el caballo, me acerqué, y al bajar encontré a mi esposa fuera de sí y a los gritos. Apretaba contra su pecho a don Felipe y por el ángulo de la cabeza de mi suegro comprendí que estaba muerto.

Un oficial de policía intentaba inútilmente separarla del cuerpo, así que usé la fuerza para apartarla de su padre. En aquel momento llegó el comandante Farrell y oí decir a la señorita Achával: "Fue un accidente", pero no sé por qué instinto yo lo dudé.

Por suerte aparecieron unas monjas que, ayudadas por Consuelo, se llevaron a Laura. Nosotros nos quedamos a ver qué se hacía. Edward estaba deshecho, pero tuvo el tino de mandar un oficio por el doctor de la Mota, que luego supe acudió de inmediato a casa de la familia, no sin antes haber avisado al juez para que se presentara a certificar la muerte de don Felipe.

Como algo seguía molestándome, pedí agua y un trapo para limpiar la sangre que cubría el rostro de Osorio. Farrell creyó que lo hacía por piedad, pero en realidad quería ver la magnitud de las heridas, enterarme de cuál lo había matado.

No fue poco lo que me sorprendí al descubrir que tanta sangre provenía de una herida insignificante que jamás hubiera podido ser mortal. Le toqué la cabeza y comprobé que tenía el cuello roto. ¿Por la caída? No me lo pareció. Le descubrí el cuello y entonces vi la marca roja que lo rodeaba. Llamé a Farrell y se la mostré. En ese momento llegaban unos soldados —seguidos por un oficial de la policía— con una puerta para transportarlo, así que pedí que no lo tocaran; acompañado de mi amigo, salí al encuentro del juez, a quien seguía a paso rápido un escribano. Lo llevé aparte y le dije en voz baja:

—El señor Osorio ha sido asesinado.

El funcionario se mostró incrédulo y el oficial de policía —Pacheco— molesto, pero insistí en que hicieran salir a todos. Colocamos entonces el cuerpo sobre una especie de mesa de piedra que había sobrevivido entre los escombros; le separé la ropa y les mostré el cuello. El oficial inspeccionó la marca; no era lerdo de entendimiento y en seguida me dijo:

—Pero no tiene ninguna de las señales ...

—No lo estrangularon. Sólo lo inmovilizaron. —Moví la cabeza, que parecía suelta: —Le quebraron el cuello.

—Pero... ¿quién...? Aquí se mata derecho viejo, con cuchillo. No le tenemos asco a la sangre. Y la sangre que le vi, ¿no sería...?

—No. Creo que fue sorprendido a mitad de la escalera y después de un trabajo muy rápido, lo arrojaron al sótano. Todavía sangró un rato.

Pacheco quedó consternado.

—¿Cómo le explico a la familia? —dijo, molesto—. Es un crimen muy raro.

El juez hizo una seña al escribano y aseveró con firmeza:

—Levantaremos el acta con los pormenores. Llamen al doctor Gordon para que especifique la causa del deceso.

Así que ahí quedó don Felipe, velado por Edward y por mí mientras el juez dictaba al escribano las fórmulas pertinentes. El médico vino y después de un rápido examen, y sin dudar siquiera, explicó lo que yo había descubierto. Pero también él, como yo, quedó pensativo. Sin mirarnos, se limpió los anteojos con parsimonia británica.

—Un raro crimen para estas tierras —meditó en voz alta.

—¿Usted tiene experiencia en esto? —pregunté.

—Tanta como cualquiera que sea médico en este país. —Miró al juez casi pidiéndole permiso para expresarse. —El crimen típico es el de arma blanca. También tenemos los cometidos por aplastamiento con piedras u objetos pesados. Los ahorcados que he visto son suicidas o sentenciados. Es muy desconcertante...

Farrell presionó para que se mantuviera una absoluta reserva. Después de cumplidas las obligaciones legales, se nos permitió llevar el cuerpo a su casa; nada de esto sabría la familia.

Mandé a Pascual por la botella de whisky, me encerré en la sala donde se habían amontonado los muebles y me puse a pensar qué demonios sucedería ahora. No podía creer que Osorio estuviera muerto; no podía creer que aquella familia quedara absolutamente desprotegida, salvo por la buena voluntad de Farrell o la presencia mía. Me sentí mal, porque aquel hecho cerraba un círculo más estrecho a mi alrededor, privándome de la libertad de dejar el país para retornar al mío o adonde mi capricho me llevara.

Después del primer vaso de whisky me sentí triste por la pérdida de don Felipe; era el hombre más gentil que yo haya conocido.

No pude ir a ver a Laura, ni a la familia; no sabía cómo asumir mis responsabilidades, aunque no tenía más remedio que hacerme cargo de ellas.

Oí que varios caballos se detenían en la puerta y voces de tintes militares. Ya iba por la tercera copa, y salvo un desgano, no me sentía mareado. El cielo había comenzado a nublarse desde temprano y los serenos habían adelantado la hora de encender los faroles: pude oír sus coplas.

Entró Serafín a decirme que Farrell quería que fuera al despacho de Osorio.

—¿Quién llegó a caballo?

—Son de la gobernación —dijo el chico. Tan pícaro como era, Serafín mostraba una palidez verdosa y tenía los ojos hinchados de llorar.

Decidí acercarme al escritorio y vi que sólo una de las hojas de la gran puerta estaba abierta. Luego supe que en el exterior, bajo la escultura que resaltaba sobre el centro del portal, habían colocado unos crespones negros.

Doña Mercedes estaba en el zaguán, de luto, y a la luz de las velas pude verla, acongojada, rodeada de otras damas que —me sea perdonada la falta de caridad— me parecieron orgullosas de contarse entre los dolientes. En las galerías, sentados con los sombreros en las rodillas y las manos sobre los bastones, alcancé a ver —no quise saludar a nadie hasta mudarme de ropa— a varios caballeros de los más respetables de la ciudad.

De la sala en que solíamos hacer nuestras tertulias llegaban voces. Al entrar me encontré con las ventanas clausuradas con paños del más impenetrable negro. Un solo candelabro estaba encendido y a su poca luz vi que tres de los presentes eran, indudablemente, funcionarios. José María Achával y su tío, el doctor de la Mota, observaban, mudos, a Farrell.

El que tomé por edecán, que daba la impresión de haber recibido una reprimenda merecida por otro, remarcaba por sobre el vozarrón de Edward:

—Este atentado no tiene nada que ver con nosotros. Será investigado y castigado con el máximo rigor. Una de las metas del señor gobernador es terminar con la anarquía que nos han legado las administraciones anteriores...

A pesar de lo dramático de la situación, no pude dejar de sonreír;

recuerdo haber oído esa frase en cada lugar de Sudamérica en que he estado.

Se despidieron y Farrell salió, dejándome con el abogado y su sobrino; quedamos los tres en silencio, sin mirarnos. A poco regresó Farrell y me enteré de que uno de los hijos del gobernador había mandado al médico de cabecera de su familia.

—Quebracho —se refería al gobernador, pues eran amigos y lo nombraba por su mote— está de retiro espiritual. Don Calixto González nos asegura que nada tienen que ver con este crimen, y prometen justicia —nos informó.

—Cumplirán su palabra, comandante. —Don Teodomiro, al recordar que ahora yo era el jefe de familia, se dirigió a mí. —Ya verá usted. —Y algo murmuró sobre destinos y fatalidades. —Es mejor no informar a las señoras... al menos por ahora —indicó.

En aquel momento entró una criada con bebidas y me aparté para interrogarla, enterándome de que mi esposa dormía, ya que el doctor le había dado unas gotas.

—...la Señora Mayor se dispone a rezar el Servicio de Ánimas con las señoritas Villalba, las señoritas del Signo y la niña Isabel.

Isabel era hermana de doña Luz, aquella con la que había litigado. Me asombró que se presentara, ya que estaba en un convento de clausura, pero Don Teodomiro me explicó que todavía era postulante. También me informaron que los niños se hallaban en la Casa de Huérfanas, al cuidado de Benigna.

Cuando tomamos nuestras copas, Farrell levantó la suya hacia el retrato del padre de don Felipe.

—Por tu raza —brindó.

Luego nos dirigimos a la sala del velatorio, que no era otra que una especie de dormitorio, en la planta baja, que el muerto solía usar cuando estaba en la ciudad. Me extrañó la sencillez del lecho donde yacía, y la habitación, casi monástica. Había un pequeño altar rodeado de cirios encendidos y en la cabecera de la cama, un Cristo de madera sobre una cruz con detalles en oro. Aquella imagen y la suntuosa manta de grueso terciopelo negro con bordados de plata y perlas parecían impropios en la modestia de la habitación. Todavía no habían permitido pasar a nadie, así que subí a mi dormitorio a vestirme para recibir las condolencias como único varón de la familia.

Mi dormitorio estaba al lado del de Laura. Al pasar por su puerta no pude resistirme a entrar en su habitación. Abrí en silencio. Mi esposa estaba tirada —era la palabra justa— sobre el colchón, desmadejada, sin cubrirse a pesar del frío. Parecía a punto de caerse del lecho y su cabellera tocaba el suelo. Sentí no ya preocupación, sino ansiedad por ella. Me acerqué, la alcé con suavidad y la cubrí con las mantas; después le besé la frente y salí sin hacer ruido.

Una vez vestido con lo más sobrio que tenía, que era el traje azul oscuro con que me había casado, bajé a encargarme de todo y a recibir las condolencias que se me debían; en varias oportunidades estuve a punto de reír, pues la gente no sabía si tratarme como a un digno deudo del señor de la casa o como a un filibustero.

En la sala mortuoria me encontré con una joven de hábito y descalza; rezaba de rodillas junto al lecho y al alzar los ojos me miró con aire sombrío. Comprendí de inmediato que era Isabel Osorio, la novicia. Farrell me tomó del brazo y me dijo al oído:

—Es algo rara y odia a los protestantes. La dejaremos sola; es capaz de hacer un escándalo a tu vista. De modo que nos fuimos a la sala mayor, a esperar que terminara sus oraciones.

Yo nunca había entrado en el salón de recibo, que casi no se usaba en verano, y me llamó la atención un gran cuadro al estilo de los que Goya había pintado sobre el tema de la guerra: representaba una batalla. Me acerqué y vi que estaba firmado por Sebastián Osorio, el hermano de doña Luz. *Batalla de la Tablada*, se titulaba. Edward me dijo:

—Aquí están representados los principales jefes unitarios y federales, además de los varones de la familia Osorio, los sirvientes y sus parciales. También algunos amigos. Todos intervinieron en uno u otro bando.

—Luego me señaló a un jovencito de aspecto byroniano. —Éste es Edmundo, el hermano de Laura. —Y agregó con amargura: —Pasarán meses hasta que se entere del fallecimiento de su padre, y aun así no le está permitido regresar sin que le cueste la vida. Tendrás que escribirle.

Al rato, como vimos que la monja se retiraba en compañía de una lega, regresamos junto al muerto. El perfil de Osorio, noble hasta en la muerte, descansaba sobre un brocatel morado. Junto a él estaba un hombrecito que en forma ocasional se unía a nuestras reuniones: el sacristán de la iglesia de La Merced. En cuanto nos encontramos solos me comentó:

—Como usted no desconoce, mi pertinaz entretenimiento es la genealogía y la historia de las grandes familias de Córdoba. Con el padre Ferdinando nos dedicamos exclusivamente a las que llegaron con el Fundador, y los Osorio pueden ser rastreados sin vacilaciones hasta el primer rey Pelayo, noble visigodo del reino de los astures.

Don Dominguito era hombre menudo y casi calvo, vestido de manera anticuada y con una amarillenta peluca que Farrell llamaba "a lo Liniers"; insistió en sus alabanzas a don Felipe y yo creí distinguir en el difunto aquella sonrisa que lo caracterizaba, ahora como comentario póstumo a los elogios del sacristán.

—Una devota de nuestra orden, que lo mismo se encarga de nacimientos que de defunciones, preparó el cuerpo, ayudada por la señorita Laura. ¡Valerosa joven, misia Laura! —se condolió.

Yo me estremecí, recriminándome por no haber intervenido para ahorrarle el sufrimiento. Y al pensar en ella, en misia Francisquita, en doña Adelaida, en la señora Harrison, reflexioné: "Estas mujeres que han sufrido la pérdida violenta de los varones de la familia, así como el destierro de los más jóvenes, ¿cómo hacen para sobrevivir tan íntegras?". Pensé en la anciana señora encerrada en su pieza, orando, y comprendí cuán consoladoras son las devociones romanas.

Tuve que salir al corredor porque habían llegado Medina Aguirre y el doctor Manuel Cáceres, que querían darme el pésame. Después de unos minutos con ellos, volví junto al cuerpo de mi suegro y vi que Don Dominguito cambiaba unos cirios, despabilaba otros. Al rato llegaron los dos libertos que habían tocado el violín en el cumpleaños de doña Adelaida, Mártires y Primitivo. Oí que comentaban que un compañero, que era cantero, trabajaría toda la noche en la lápida de don Felipe, y quedé consternado al ver las lágrimas que resbalaban por sus arrugadas mejillas.

—Era el último mozo de don Lorenzo que quedaba vivo —murmuró uno de ellos—. Ninguno murió entre sábanas...

Y su amigo contestó:

—Y, di algo han de morir los hombres, siendo.

Las salas y el patio comenzaron a vaciarse según entraba la noche; ya muy tarde, vi entrar a De Bracy vestido como para el Buckingham Palace. Como don Felipe no lo recibía en su casa y las señoras de la familia lo evitaban hasta en el templo, le salí al paso y, sin importarme que nos expusiéramos a las habladurías, le dije:

—Prefiero que se retire.

Como él me miró con estudiada impertinencia —intentaba provocarme—, pensé: "¿Qué tengo que perder, si aquí se me tiene por bárbaro?" y tomándolo del brazo con fuerza, le dije en inglés:

—Entendámonos: no voy a permitirle la entrada.

Él se desasió y me dijo en castellano:

—He venido a dar mis condolencias a Mademoiselle Laura...

Yo le contesté:

—La señora Robertson está descansando y sé que no quiere recibirlo.

Al ver su palidez, su descompostura, comprendí que lo que tenía él enredado con Laura no debía de ser amor, sino un motivo irracional y sin sentido que no pude imaginar.

—¡Su esposa! —dijo en español, despectivo, y comprendí que por la servidumbre debía de haberse corrido la voz de que no dormíamos juntos. Antes de que pudiera dominarme, le puse la mano en el pecho y lo empujé. En realidad, no controlé mi fuerza y aquello fue suficiente para que él trastabillara. No cayó al suelo porque algunos hombres que estaban detrás lo sostuvieron, pero tuvo que agacharse a recoger el sombrero.

Perdida la compostura, me dijo:

—Nos veremos.

Yo le contesté en inglés:

—Espero que no sea en un callejón a oscuras.

Me miró fijo, sacudió con fuerza el sombrero sobre su brazo y se retiró. La gente, a mi alrededor, me dio la espalda en silencio. No aprobaban el escándalo, pero más de uno se regocijó del trato que le di.

Como ya la ciudad dormía, Martina mandó abrir puertas y ventanas y una ráfaga helada alivió los pulmones y se llevó algo del intenso olor a cera y a humanidad. Afuera amenazaba el trueno y los relámpagos cortaban el cielo. Volví a la capilla ardiente y oí decir al sacristán:

—...era uno de los hidalgos más envidiados.

Mientras pensaba si sería esa virtud deseable de alcanzar, se acercó la mayordoma, que me dijo:

—La niña dice que pida a la gente que se vaya y que cierre la casa, porque la familia quiere estar un rato a solas con el señor.

Así que entre Farrell y yo despedimos a los que quedaban, que entendieron la circunstancia. Se cerraron de nuevo puertas y ventanas y esperamos abajo. Poco después, por la escalera, vimos venir aquella procesión de mujeres: la propia Martina sostenía a doña Adelaida; detrás, doña Mercedes ayudaba a misia Francisquita, ambas olvidadas de su disgusto. Laura venía con Consuelo al lado, y parecía hallarse aún bajo el dominio del narcótico, así que me acerqué y le ofrecí el brazo para ayudarla a caminar, pero al llegar al lecho de su padre se derrumbó de rodillas, la cabeza enterrada en la manta y aferrada a su mano. Farrell dejó la habitación. Yo, que no soy propenso a emocionarme, sentí que perdía el control. Iba a sacarla de allí a rastras, pero doña Adelaida, que estaba sentada al lado de su hijo muerto y que jamás me había dirigido la palabra, puso su mano en mi brazo.

—Déjela llorar —me dijo—. Eso apurará su dolor. Yo, que he perdido a tantos que amaba, puedo asegurárselo.

Entonces, como Farrell, preferí salir. Uno de los negros venía con una bandeja y nos ofreció coñac. Lo bebimos de un trago y luego nos sentamos en una de las salas vacías, mudos y apesadumbrados a la vista de tanto dolor. Yo no podía dejar de pensar en los tres niños.

Lo que recordó Martina

Cuando nos avisaron que el señor había muerto, pensé: "¿Cómo lo va a aguantar la Señora Mayor?", porque no hay hombre de la familia que haya muerto de enfermo o de viejo. Del que más me acuerdo es del Nacho... ¡Cómo no habrá de ser, si tuve amores con él! Reciencíto me había preñado y se iba de viaje, así que me dijo: "Que no me entere de que te lo sacás, porque vas a saber lo que es esto", y me mostró la mano abierta, mano de lazador y de domador. Como yo me largué a llorar pensando en la que se iba a armar, me abrazó y me aseguró: "Vuelvo de Cuyo y nos vamos". Y yo le dije: "¿Dónde habrá de ser que acepten a una negra juntada con un blanco y con un hijo mulato?", pero él me dijo que tenía una buena cantidad de plata y que nos iríamos lejos. Y yo le creí, porque así era el Nacho, medio loco aunque de fiar. Unos chilenos lo mataron en la travesía, pero don Lorenzo no lo dejó así; salió con los muchachos y unos peones y pillaron a los chilenos que le habían muerto al hijo y los trajeron a lazo, no sé por cuántas leguas, hasta el linde de sus campos. Ahí colgó lo que quedaba de ellos, que eran pingajos. Con la señorita Francisca nos escapamos a verlos, y después la hija del capataz de Los Algarrobos, Videla era, me supo decir que los chilenos eran parientes de aquel Santiago que le arrastraba el ala a la niña Francisca, que había desaparecido. Me contó también que los Cepeda, que eran peones de allá, le aseguraron que alguien de la familia Osorio lo había matado al Santiago ese, y que por venganza los otros se vinieron a matar al Nacho. Así son las cosas de hombres...

Y bueno, me pensé: "¿Qué iremos a hacer yo y el guachito, corridos de la casa?", porque la señora Adelaida es estricta por demás, no solamente con la gente del servicio; con sus hijas también. Nos castigaba por igual; eso sí, a cada cual en su patio.

Así que cuando volvimos a la ciudá, me fui ahí nomasito al Pueblito y una india vieja me lo sacó... Entre todos nuestros pecados, siempre hay uno que no nos perdonamos; el mío es el de haber matado la carne de un hombre que ya estaba muerto.

¡Ah, tantos muertos he visto! Don Lorenzo viene después. Al patrón lo finaron los infieles un día que lo cacharon solo por el Puesto Encerrado donde se decía que tenía mujer, una de las Cepeda, lo más seguro... Lo atravesaron a cansarse con las tacuaras, y vaya el capricho que les dio: le cortaron la lengua y la clavaron en un poste del corral. A él no lo vengó nadie puntualmente, pero los Osorio habían matado tantos indios que la cuenta andaba por ahi. Sé de otras muertes, pero son tan antiguas que... Yo hablo de las que supe. Hará como cuatro años mataron a don Carlos. Pero el Fernando, su hijo, se cobró cinco... ¿o serían siete almas?, por la de su padre y la del negro que lo había criado, el Simón Viejo, que quiso defender al patrón.

Es lindo ese Fernando, ¡tan parecido al Nacho! Hasta en el gusto por la carne morena, como que se llevó a una mulata de su casa, la Calandria. ¡Vaya a saber dónde la escuende! Oí que en La Rioja, saberán si es verdad.

Yo lo quería mucho al patrón viejo. Él nos dio la libertá antes que vinieran los patriotas, y después don Felipe me dio permiso para casarme con Valentín; con él tuve a Canela. Era un negrazo hermoso, daba gusto verlo desnudo. Podía trabajar todo el día en el campo y después, toda la noche dale que dale... Poco me duró la dicha: pidió permiso para irse con el brigadier Bustos, que andaba persiguiendo a esos bandidos, los Carrera, y ahí me lo mataron.

Y don Felipe, ¡tan sin razón que ha muerto! Yo me pregunto: y este gringo, el mozo que se casó con la niña Laurita... Qué raro casamiento ha sido ése. Doña Francisca nos penó que dijéramos, pero para mí, ella sigue tan virgen como cuando la parieron. Yo digo, ¿no?, este marido tan raro que le han puesto a la niña, ¿será capaz de afrontar las cosas? ¿De dirigir el campo, la casa, cuidar a las señoras y los chicos? Tiene cara, no se crea, de muy hombre, pero eso de dormir solo estando casado... Sin embargo, hoy le vi entrañas: el franchute ese entró con todo descaro, pero él lo sacó carpiendo. A mí me pareció más que bien. Casi voy y le agradezco.

Después bajaron las señoras y lloraron lo que había que llorar, en especial la niña, que siguió con la cabeza sobre el pecho de su padre, a pesar de que el sacristán le había cubierto el rostro.

En la cocina nos juntamos todos los negros, los que éramos y los que habíamos sido de la familia. Nos pusimos a tomar mate, caña, y velamos el recuerdo del patrón, porque, como dice Mártires: "Ahora ellos viven en el recuerdo de nosotros, los que los criamos".

Se había largado a llover y ya iba para clarear.

—Responso—
A cargo de don Dominguito Saravia
Sacristán de la Orden de Nuestra
Señora de la Merced

Tuve el honor de ser el primero de los conocidos que entró en la casa, a las siete de la tarde en punto. Había llegado antes y, conocedor de las costumbres, esperé en uno de los poyos exteriores hasta que la misma Martina abrió la puerta y me guió a la cámara del primer patio. Sobre la cama franciscana, bajo el Cristo atribuido al Indio Manuel, descansaba don Felipe del Corazón de Jesús de Osorio y Luna y Cabrera y Cabrera, que de los últimos descendía por la sábana de abajo, es decir, por la madre. Tenía enredado en los finos dedos un rosario muy rico, todo de oro y plata, que se suponía había sido alguna vez de don Juan de Tejeda.

Sólo con ver la gorguera y los puños supe que lo habían ataviado con ropas virreinales: el traje de gala del maestre de campo Alfonso Nuño de Osorio, caballero de acción, pero como todo hombre de singulares prendas, latinista, que es idioma que nos dispone a la filosofía y a la teología. Primo y leal amigo de don Luis de Tejeda, bravo mozo éste y el primer poeta que dio la Argentina y, sin pecar de inmodesto, hago notar que fue cordobés.

Ambos mancebos emparentaban con Esquiveles, Fonsecas y Mirabales, y con Santa Teresa de Jesús, que era una Tejeda y Ahumada. Si eso no es oro en polvo en cuanto a linaje, ¿qué lo será?

El traje que viste a don Felipe está ribeteado en seda, bordado en oro, con inmejorables encajes amarillentos, tono que atestigua su castiza procedencia. Y prendida al pecho, la medalla de una orden concedida por un rey ya vuelto polvo y cenizas.

Y al recordar que varias generaciones de varones Osorio han sido velados con estos viejos atuendos, tuve la impía idea de discurrir que, en vista de que ninguno de ellos había muerto en la edad provecta, quizás aquellos ropajes exigían el sacrificio, cada tanto, de algún hombre de la familia en la flor de la edad. Entristecido, pensé en el gusano que, sobre los opulentos paños, entre la perla y la plata, convertiría en parábola las vanidades humanas.

Con tan estremecedor pensamiento, repetí el "Muerte, Juicio, Infierno y Gloria, recordad por no pecar", que dice:

"Cual del árbol cae la hoja todo viador morirá; la MUERTE a todos despoja y en polvo nos tornará.

"Del JUICIO la trompeta ¡cuán terrible sonará! Si no tienes limpia el alma, la sentencia ¿cuál será?

"Del INFIERNO la ancha boca al réprobo tragará; quien del Cielo ira provoca eternamente arderá.

"GLORIA eterna Dios prepara a quien preservará; podrá verlo cara a cara, para siempre lo amará..."

Al concluir me persigné en nombre de Nuestra Amable Señora de la Merced y, como ya era tarde y sólo iban quedando los esclavos y los íntimos, pedí el paño de respeto y con la delgada tela cubrí su rostro...

21

De la propia enmienda

"¿Por qué vas demorando siempre el momento de enmendarte, cual si aguardaras un maestro que nunca viene?"

–Epícteto

CÓRDOBA
MEDIADOS DE 1836

Robertson encontró que el funeral fue una ceremonia adusta para ser la de un católico; ni las lágrimas ni la apología de las virtudes del muerto fueron excesivas.

Doña Adelaida, contrariando a misia Francisquita —que deseaba un entierro en La Antigua—, decidió que se lo hiciera en el convento de las Teresas, congregación a la que siempre había favorecido. El padre Ferdinando oficiaría la misa de cuerpo presente.

Mientras se dirigían a la iglesia, Robertson, del brazo de Laura, vio cómo la joven, a la vista de los que la esperaban en la calle, endurecía los hombros. Un dolor inesperado lo trastornó. Buscó su rostro, pero un velo negro ocultaba piadosamente sus emociones. Detrás de ellos iban doña Mercedes y Consuelo con los niños, cosa que él hubiera preferido se les evitara.

Una vez en la nave, se arrodillaron alrededor del féretro cubierto de paños negros y galones plateados. Aquel día todo era plata; el oro se usaba para el júbilo.

Los profesores de la universidad se distinguían por sus togas; delegados de congregaciones, novicios de cabellos muy cortos y niñas expósitas espantadas ante aquel despliegue de pompa evidenciaban los múltiples intereses y caridades que los Osorio ejercían de una u otra forma.

Entre los proveedores de la casa iba don Fidel Calleja; apartado, el patriciado de rancios apellidos formaba un grupo singular, sobrio en la indumentaria, mesurado en la aflicción.

233

Muy pronto ciudadanos comunes, hombres que habían trabajado para la familia y negros con aire de artesanos prósperos fueron intercalándose en los distintos componentes sociales; el templo era demasiado pequeño para que se conservaran las distancias.

Robertson vio la curiosidad que despertaba en muchos; quizá creyeran que ocurriría algún hecho sobrenatural por haber un presunto cismático entre ellos, así que sacó a relucir los gestos —si no los sentimientos— de su niñez, cuando acompañaba a su madre al servicio católico. Eso, al menos, debía a don Felipe y a su familia.

El Réquiem llegó a su fin con un clamor de música que crispaba los pechos y a poco comenzó la procesión hacia el cementerio de laicos, en los terrenos de la orden. Frente a la fosa, el doctor de la Mota dijo unas sentidas palabras y el padre Ferdinando, envejecido diez años, balbuceó latines y asperjó agua bendita.

Robertson sintió el violento deseo de apartar a Laura de todos los que, con gestos y palabras, renovaban su congoja. ¿Habría sentido él aquel dolor si hubiera acudido al entierro de su padre? Era la pregunta que más le molestaba y que no podía contestarse.

En el más absoluto silencio, apenas quebrado por el bisbiseo de las plegarias de las mujeres, se cubrió la tumba y se colocaron lápida y cruz; lo hicieron las manos de muy ancianos esclavos de la familia, liberados hacía treinta años.

Con la torpeza que se achacaría —por no haber cumplido con todo el martirio social— a su condición de extranjero, Robertson mandó a Pascual a abrir el coche. Alzó a Francisco en brazos y se lo pasó a Laura mientras daba la mano a Catalina y tomaba a Javiera en brazos. Vio que Consuelo lo miraba con entendimiento y le susurró:

—Traiga a Laura.

Una vez acomodados en el coche, a salvo de los mirones, sentó a las niñas a su lado, las abrazó y las besó en la cabeza. Francisco, cruzado sobre el pecho de Laura, a quien se había aferrado con fuerza, se llevó el pulgar a la boca, los párpados cerrados con fuerza. Laura, sin quitarse el velo, se apoyaba en el respaldo del asiento, ya sin una lágrima posible. Detrás de ellos iba el padre Ferdinando, que se llegaría a la casa a consolar a doña Adelaida y misia Francisquita, disuadidas de acudir debido a la postración en que se encontraban. El doctor de la Mota lo acompañaba, pues estaría presente mientras se hiciera el obligado inventario de bienes; lo habían nombrado albacea y administrador, de mancomún con Robertson, de los bienes de la familia.

Se decidió que Pascual y Serafín quedaran con la familia por si se los necesitaba para algún encargo, ya que por un tiempo —debido al duelo— ninguno de la casa podía hacerse ver en las calles.

Doña Adelaida había ordenado que nada se tocara en la casa, de modo que al entrar se encontraron con un espectáculo descorazonador: flores mustias, muebles fuera de lugar, manchas de barro en los pisos, imágenes y espejos cubiertos... Con murmullos y caras contritas, los que inventariaban los muebles iban con discreción de una habitación a otra acompañados por don Teodomiro.

Robertson paseó la mirada a su alrededor y luego se entendió con Consuelo, que acompañó a su amiga al dormitorio y consiguió que Canela, con más juicio que Rosina y Juanchita, distrajera a los pequeños.

Tras dejar en las habitaciones de las señoras al padre Ferdinando para dispensar el alivio de la oración, Robertson se paseó por el patio a la espera de Farrell, que había acompañado a las mujeres de su familia con la intención de volver. Quería consultar con él qué debía hacer, si podía o era prudente tomar algunas resoluciones.

—¿Como cuáles? —preguntó el comandante en cuanto llegó.

—En primer lugar, a pesar del respeto que tengo por doña Adelaida, temo que me quite autoridad si la dejo tomar decisiones con respecto a Laura y a los niños. No estoy de acuerdo en que las criaturas sufran más de lo necesario; la casa en este desorden no hace más que exacerbar el dolor de todos. Si los mayores quieren sufrir, es asunto de ellos, pero quiero evitarles eso a Laura y a los chicos. Además, creo que sería mejor llevármelos a La Antigua, lejos de estos ritos tan extremos.

Farrell lo pensó un momento y luego le dijo:

—Ahora eres el hombre de la familia. Según el testamento de Felipe, la ley está contigo.

—Pero, ¿crees que es prudente tomar esas medidas?

—Puntualmente, ¿cuáles serían?

—Hacer limpiar la casa y darle aspecto de vivienda y no de cementerio. Llevarme a Laura y a los chicos y a quien quiera a Ascochinga.

—Que arreglen la casa, pero que no descubran los espejos ni abran las ventanas exteriores. Deja por unos días los paños sobre ellas, y el crespón en el frente hasta que se cumpla el tiempo. Me parece una buena medida que te lleves a todos al campo. Las ancianas no querrán ir, pero ya son viejas para cambiar de costumbres; una vez que te vayas, que ellas vivan como quieran su dolor. Yo hablaré con Mercedes. No le gusta el campo, pero a lo mejor consiente en acompañarnos, por sus sobrinos.

—Pensaba pedir a la señorita Achával que nos acompañara. Laura la necesita.

—No sé si la madre...

—Ya he oído de la madre —se impacientó—. Pagaré una enfermera para que la cuide, si es necesario.

—No hables con Consuelo de eso —se apresuró a aconsejarle el comandante—. Yo lo arreglaré con Antonia, que sabrá cómo solucionarlo.

Luego de tomarse lo que restaba de whisky, decidieron ir a descansar, pues estaban agotados.

Los funcionarios, el doctor de la Mota, su sobrina Consuelo y el padre Ferdinando se habían retirado sin que ellos se enteraran. La casa estaba inusitadamente callada. Al día siguiente, o a lo sumo el otro, llegarían los tasadores que adjudicarían precios materiales a bienes casi siempre evaluados con el aprecio de lo inestimable.

Evitando que su marido la viera, Laura fue al dormitorio de su padre y se arrodilló al lado de la cama, sollozando en silencio para que no la oyeran. Luego, como se sentía incapaz de dar consuelo a otros, se encerró en su habitación. El pensamiento que más temor le despertaba era el de que Robertson los abandonara. "Ahora no —rogó—. ¡Más adelante, después!"

El agotamiento la empujó a un sopor profundo. En un momento le pareció (¿o lo habría soñado?) que Robertson entraba en la pieza y, como en el sueño de La Antigua, se sentaba al lado de su cama y la contemplaba.

Durmió durante horas, con la angustiosa necesidad de una presencia protectora entre ella y el mundo.

Martina apareció al anochecer, a llevarle un caldo.

—Todo está bien —le susurró la mujer—. Duérmase, niña, que el señor se encarga.

Ya muy pasada la medianoche, Laura despertó lúcida y consciente de su pérdida. Como llevada por un mandato, bajó al escritorio de su padre, sacó papel y pluma y escribió con letra desmañada a su prima Luz, a quien preguntaba con desesperación: "¿Qué haré ahora? Por suerte tenemos a Robertson con nosotros. Sin él...", y dejó la frase inconclusa.

Enfrentó entonces la que debía mandar a Edmundo; tenía que ser cuidadosa, no dar la idea de que su hermano debía regresar. Así, le pidió —meses antes le había comunicado de su matrimonio— que tomara la desgracia con resignación, ya que los accidentes no pueden preverse. Lo tranquilizaba diciéndole lo capaz e inteligente que era su esposo, y que su padre ya lo había estado instruyendo para que lo asistiera con el campo. Los chicos, insistió, lo querían mucho. "No pienses en volver, porque sumarías a mi aflicción el temor por tu seguridad."

Luego, desahogada, tomó un candelabro, apenas eficaz para disipar la oscuridad del patio, y lo llevó hasta el altar doméstico. Todos dormían, y sólo Sansón la seguía, silencioso, restregándose contra sus piernas. Se arrodilló y rezó en silencio para que su corazón se sometiera a los designios de Dios.

Luego, entre las sombras que formaban un vago estanque de negrura a sus pies, se sentó en los escalones del altar. Suspiró profundamente, apoyó la nuca contra el tablero, dejó que el gato se subiera a su regazo y repitió la oración del Santo Ángel: "¡Santo Ángel, guarda mía! No te apartes, no, de mí; en la Tierra sé mi guía hasta verme junto a Ti...".

Robertson había salido al mediodía para dirigirse a su casa, donde se acostó a fumar una pipa de opio.

Se levantó al atardecer, aún con resabios del humo en la cabeza, dispuesto a volver a la casona. Bajo el efecto de la sustancia, había recordado el espectro de doña Blanca, que decían anunciaba desgracias para los Osorio. ¡Apenas habían pasado días desde que había imaginado verla tras los cristales sucios, en La Antigua, y ya Don Felipe estaba muerto! Se sentó en la cama, algo mareado, y se apretó la cabeza. Decidido a olvidar tales agorerías, se dio un baño muy caliente y, como antídoto, se dispuso a visitar al padre Mateo. Salió para San Francisco en el deseo de tener una conversación con él; no sabía de qué quería hablarle, pero lo necesitaba. O quizá necesitara entrar en un templo, del credo que fuera.

La tarde declinaba, los árboles lucían oscuros y todo mostraba una extraña luminosidad debida a la hora y a la lluvia del día anterior. Acentuada por el opio la sensación de irrealidad formaba una maraña entre la evocación del pasado, la última vez que había hablado con Osorio, el entierro, el llanto de Laura.

Entró en la iglesia en esa engañosa sombra de la última tarde y las primeras candelas. En torno de las naves se veían diversos altares, en el fondo de los cuales brillaban las lámparas votivas.

Se detuvo, y en su confusión mental le pareció que una procesión estática, perdida en el tiempo, se eternizaba allí. Algunos altares estaban adornados con flores; otros, con cirios de grandes flamas. Uno o dos tenían barandales para arrodillarse, pintados con hojuelas de oro. Y por caprichosas circunstancias, éste o aquél estaban en tinieblas. De ellos, le parecía, llegaba una respiración tranquilizadora, como de ensoñación; allí dormían las preces de siglos.

Pisó el mármol de alguna tumba, miró las ofrendas a una Virgen en su advocación más popular y al levantar la vista contempló los grandes lienzos con santos martirizados que había criticado Andrews en su libro.

Se encontró frente al altar mayor y algo se conmovió en él: había allí un santo, un santo que había renunciado al poder, a la riqueza, a la gloria; un santo que había predicado la pobreza y la sencillez, un santo bueno y sin complicaciones que amaba a los seres humanos, a los animales y a las plantas. Era un buen santo aquel, más admirable para él que los que lamían las pústulas de los enfermos o se laceraban sin beneficio aparente...

Una mano se posó sobre su hombro, haciéndolo estremecer; no había oído acercarse a nadie y por un loco instante pensó que era un espíritu bajado del altar. Se volvió, demudado, y se encontró con la cara campesina y la presencia no demasiado aseada del padre Mateo.

Tan carnal humanidad fue un alivio en su estado de confusión. El franciscano abrió los brazos en un gesto de: "¿Qué puedo decir?", y Robertson se dejó caer de rodillas. El buen fraile manoteó un "No, no" y lo levantó con su manaza.

—Hijo, es bueno saber que, a pesar de nuestros pecados de violencia, aún nos queda dolor por la muerte del amigo —dijo.

Robertson sintió que aquellas palabras, no por completo adecuadas a su estado, lo llamaban a alivio, un alivio que se acentuó al pensar: "Le contaré toda mi vida, le diré de mis sentimientos por Laura, de mis dudas sobre dejarla o quedarme. Le preguntaré si es justo para ella que ignore tantas cosas mías, que ignore mis designios. Si tengo que irme, tendría que ser ahora, no más adelante, cuando confíen en que yo me haré cargo de todo porque así los ha inducido a esperar mi comportamiento".

—Y ahora, señor mío —dijo el cura, al tiempo que lo guiaba con algo de rudeza—, usted me acompañará a mi celda. Tengo un queso que hacemos en el convento y un vaso de vino que lo esperan. Ah, y muchos libros... que yo no leo (a mí me da por la siembra) que dejó el anterior ocupante, *requiescat in pace*. Le aseguro —le susurró al oído—, aquí entre nos, que pocos males del espíritu no pueden aventarse con un buen queso, comida terrestre como no hay otra. ¿No opina mosén igual? —Usó el término aragonés con burlona afabilidad.

Cuando Robertson entró aquella noche en el solar, se encontró con Laura, que salía de las sombras del altar doméstico. No supo por qué se sintió cohibido, y ambos se miraron por unos segundos sin hablar.

—¿Va a dejarnos? —preguntó ella de improviso.

Mientras volvía de San Francisco, Robertson todavía dudaba con respecto a lo que iba a hacer, pero ante su esposa tomó la decisión.

—Tengo que irme... —comenzó a decir con torpeza. No pudo continuar, porque Laura dio media vuelta y corrió hacia la escalera. —Espera, espera —dijo él, apremiado por el temor de despertar a alguien. Subió los escalones de a cuatro y casi la alcanzó, pero se olvidó del último escalón y apenas si consiguió sostenerse con los dedos antes de tocar el suelo.

Laura llegó a su pieza; él la oyó correr el pestillo. Pegó la boca a la puerta y le dijo:

—Ábreme. Tengo que hablar contigo —pero la joven no contestó, y él, enfurecido consigo mismo, tuvo deseos de voltear la puerta a patadas.

Tras observar que nadie se acercara por los corredores, atisbando el reflejo de alguna luz bajo los umbrales, se agachó y dijo por el agujero de la llave:

—Ábreme. Quiero explicarte...

El más absoluto silencio sirvió de respuesta. Temiendo que misia Francisquita o doña Adelaida malinterpretaran sus razones, que alguna criada lo viera o lo oyera y se convirtiera en la comidilla de la ciudad al otro día, entró en su dormitorio. "Es la muchacha más necia que he visto en mi vida, y de veras se merece que la deje. Estoy harto de ella..." Observó la puerta intermedia. Había estado esa tarde observándola dormir; quizás ella se hubiera olvidado de correr el pasador...

Encendió una vela y tiró el saco sobre el piso para que sus botas no lo delataran; con toda suavidad movió el picaporte y entró en la habitación, tan oscura que la vela apenas si iluminaba. Se acercó a la cama y vio a la joven hecha un ovillo, con la almohada abrazada sobre el rostro.

—Quiero explicarte por qué debo irme... —susurró y se sentó a su lado.

Ella apretó la almohada con las dos manos sobre sus oídos.

—Deja de hacer la tonta —le dijo con firmeza. La tomó de las muñecas, le descubrió la cara.

—¿Vas a escucharme?

—No.

—Bueno, tendrás que hacerlo, porque no voy a soltarte las manos. Es necesario que me vaya, no ya, pero dentro de poco, y cuanto antes, mejor...

—Váyase ahora. Yo me haré cargo de todo. Farrell me ayudará.

—Si Farrell te ayuda será porque yo se lo pida o le dé mi consentimiento. Estoy a cargo de todo mientras no haya otro hombre de tu sangre; tengo todos los derechos de familia que tenía tu padre, además de los de esposo —se impacientó.

—No tendrá ninguno de los de esposo, porque usted dijo a mi tía que no los tomaría si decidía irse.

—Ah, ya veo que entiendes —se burló, al tiempo que aflojaba la presión de las manos—. Pero si bien debo irme...

La voz de misia Francisquita los dejó helados.

—Laura, ¿estás despierta?

Con un suspiro, Robertson se puso de pie y abrió la puerta.

—¿Qué hace usted aquí? —preguntó la señora con menos sorpresa de la que se esperaba de ella.

Laura se incorporó en la cama y lo denunció:

—Vino a decirme que nos deja.

A la luz de la vela que llevaba en la mano, Robertson no supo cómo definir la expresión de la señora.

—¿Es cierto, señor Robertson?

Él le arrimó una silla y se sentó a los pies de la cama.

—Intento explicar, pero no quiere escucharme.

—¿Explicar qué? —La anciana se armó de paciencia. Le entregó la vela.

—Por qué tengo que irme.

—¿Es necesario que haya razones? —dijo misia Francisquita, que se apretó los párpados con los dedos índice y pulgar. Parecía muy cansada, quizá desilusionada. Robertson sintió, como otras veces, un profundo entendimiento con ella.

—En este caso, sí —respondió.

Laura, que esperaba que se desmintiera, se volvió boca abajo en la cama.

—Señor Robertson —dijo misia Francisquita—, estoy cansada, estoy afligida por mi familia, necesito dormir —y terminó con exasperación: —Sin contar que hace un frío de los mil diablos. Páseme la pañoleta que está a los pies de la cama y, por favor, recuerde que lo malo, si breve, ahorra dolor. Lo escucho. —Cerró los ojos con una infinita fatiga que le pesaba sobre los hombros.

22

Acechanzas

"El juicio temerario es un pecado, porque la justicia prohíbe pensar mal de alguien sin pruebas suficientes."

—Catecismo del Concilio de Trento,
Octavo Mandamiento

CÓRDOBA
MEDIADOS DE 1836

Don Benito Lazcano murió sin saber que el Papa lo había nombrado obispo diocesano. Como su muerte sucedió antes de que la familia Osorio terminara su Novena de Ánimas, no asistieron a las exequias. Tampoco el gobernador se presentó, pues estuvo de retiro espiritual hasta dos días después del entierro.

"Noto en Córdoba, aunque muy disimulados, rastros del rechazo a la gente del general Quiroga", escribió Robertson en su diario de informes.

Misia Francisquita lloró sentidamente por el prelado, pues los unía una amistad de años y una cierta forma de ver las cosas. "Con los tiempos que corren, ¿a quién habrán de mandarnos en su reemplazo?", se preguntaba.

Inseguro de las circunstancias de la muerte de don Felipe, Robertson decidió llevar a Laura y los niños al campo; doña Mercedes y Consuelo se les unieron. Sólo esperaba que las cosas se tranquilizaran, que la policía diera con el asesino.

Continuaba exasperado con su esposa, pues no había forma de que entendiera que debía dejarlos por un tiempo para arreglar sus asuntos en Gran Bretaña. Y, por no discutir delante de otros, seguía intentando razonar con ella.

—Tengo un compromiso, un contrato firmado. No puedo renunciar por medio de una carta; tengo que presentarme en Buenos

Aires y en Londres. Cuanto antes lleve esto a cabo, más pronto estaré de regreso —le prometía con timidez—. Entonces viviremos normalmente; puedo encargarme de administrar el campo.

Al ver la tozudez de su silencio, la mirada que evitaba su cara, la sacudió por los hombros.

—Un día tendré que darte una lección.

Ella había abierto la boca.

—¿Cuántos meses estará afuera?

Él sacó con rapidez la cuenta.

—Sería imposible regresar antes de los ocho, a partir del día en que me vaya.

Porque no le había dicho que iría a ver a los abogados de su padre para cobrar la herencia; ahora era un hombre con responsabilidades.

Su esposa contestó de malhumor:

—¿Y debo esperar que vuelva, después de ese tiempo? ¿Por qué no deja de mentirnos y se va de una vez?

—¿De qué forma quieres que te explique la necesidad de este viaje? No entiendes porque no quieres entender. Estás buscando una excusa para irritarme. Sigue así y no me verás más —le advirtió con rabia. Mientras él subía la cuesta hacia la casa, ella le gritó:

—Eso ya lo sé.

Él se volvió y Laura retrocedió.

—No, señorita, usted no sabe nada. Si digo que vuelvo, vuelvo. Si decido, a causa de su obstinación, no regresar, se lo diré con todas las palabras antes de partir. Váyase usted al demonio.

Ofuscado, pateó una piedra. Mientras iba renqueando hacia las barracas, se preguntó: "¿Será así toda nuestra vida de casados?", pero enseguida se contestó: "En cuanto le ponga las manos encima se volverá un cordero. Nunca más regañará". Este pensamiento le permitió tranquilizarse. Ordenó que le ensillaran el bayo, un animal nervioso pero de rápida obediencia que había separado para él.

Estaba a la expectativa de un mensaje de Farrell; quería saber si habían descubierto algo sobre la muerte de Osorio y la posible intervención del haitiano. No se les había ocurrido otra persona que llevara a cabo un asesinato de esa especie. La respuesta a aquella cuestión decidiría si posponía el viaje hasta verlo preso o sentenciado. Por lo pronto, Camargo seguía a Beau Bouclier para hacerles saber a qué se dedicaba el negro.

Iba saliendo de los muros cuando distinguió a Francisco parado en el patio, como sumido en un sueño. Traspasado por algún recuerdo de su infancia, lo llamó y le hizo señas de que se acercara.

—¿Quieres ir a casa de tu tío?

Ante el asentimiento de la criatura, estiró el brazo y, aferrándolo de la muñeca, lo izó hasta la montura y ordenó a un peón que avisara que se llevaba al niño con él.

Doña Francisquita miró a Primitivo, liberto de la casa, que se hallaba de pie ante ella, con la mano sobre el hombro de un muchachito agraciado: su nieto.

El negro y la señora se encontraban cómodos en mutua compañía, muy consciente cada uno de su posición social, abarcados por una trama de necesidades y compromisos que determinaban las relaciones entre amos y criados.

—¿Cómo se llama?

—Carmelo, señora. El maestro Vidal le enseña las letras. Yo le pago con mis trabajos...

—Que le enseñe los números también, así no lo engañan. ¿Y a qué has venido, Primitivo?

El negro vaciló; al fin se humedeció los labios y comenzó:

—Sabemos quién mató al mozo, señora.

Doña Francisquita sintió como si el mundo se hubiera detenido.

—¿Mató? Estás equivocado. —Se repuso.— Lo de Felipe fue un accidente.

—No, señora. Lo... —Al advertir que había hablado de más, retrocedió.

—Perdone, su mercé, soy algo zonzo. Seguro que oí mal...

—Primitivo —dijo la señora, enérgica—, nadie mejor que yo sabe que de tonto no tienes un ápice. Explícame, que siempre se deja a las mujeres en babia para no preocuparlas.

El negro contó cómo se había enterado, por un cuñado que trabajaba en la policía, de que el comandante Farrell y Robertson habían discutido el tema ese con el jefe de policía.

—¿De qué forma mataron a mi hermano? —preguntó, escéptica, pues Felipe no tenía marcas visibles.

—Lo agarraron de atrás con una cuerda. Le apretaron el cuello y le dieron vuelta la cabeza.

Con un estremecimiento, la señora lo miró fijo.

—¿Eso lo supiste por tu cuñado?

—Un poco, sí. Pero... —Apretó el hombro del nieto.— Él lo vio todo.

Misia Francisquita observó al muchachito, que parecía amedrentado.

—¿Por qué no vinieron a decírmelo antes?

—Después de que habló mi pariente, recién Carmelo se atrevió a contarnos. El chico andaba asustado; yo vía que algo le pasaba, pero no atiné... vea, no atiné hasta que un día estaba mi mujer contando y va y nos dice, él: "Yo vide todo".

—¿No estarás mintiendo?

El muchachito negó con la cabeza.

—Oigaló y verá que no. Decí vos, contále a la señora.

El chico tragó saliva y comenzó con cortedad:

—Me le escapé a la mama, que no me deja salir por las iguanas y los duendes, ¿ve? Y a veces nos vamos con los chicos ahi...

—¿Ahí dónde?

—Al... el sótano ése, donde guardan las cargas...

—Donde supo ser el Noviciado Viejo —aclaró Primitivo—. La crita, que le dicen.

—...vamos a cazar ratas.

—Sigue.

—Entré y me fui detrás de unas bolsas aguaitando que apareciera unita; cuando oí que alguien bajaba me asusté; el hombre de ahí nos golpia si nos pilla, así que me escuendí, pero espiando, ¿sabe? Entonces veo a don Osorio por la mitá de la escalera, y ¡zás!, saltó el negro, le pasó algo por el cogote y apretó. Le hizo así y la cabeza del señor quedó suelta después de un ruido y él lo empujó abajo y se jué. Después corrí y avisé a la niña Laura.

—¿Un negro? No hay negro en esta ciudad que quisiera mal a Felipe...

—Ahi'stá, niña. No un negro nuestro. Es ese malnacido de los gringos donde trabajaba la Dionisia del Mártires.

—¿El negro de los franceses?

No hacía falta que se lo confirmaran. Una furia ciega la descompuso y tuvo que aferrarse a los brazos del sillón, sin poder hablar del ahogo.

Primitivo corrió a pedir agua. El muchachito, asustado, retrocedió hasta la puerta, pero ella le hizo una seña amistosa.

—Ven, ven. ¿Sabes que eres valiente? —se acercó el chico y le tomó la mano. —¿Estás seguro de que ese hombre fue quien lo empujó?

—No lo empujó —dijo el chico con seguridad—. Lo ahorcó y después le quebró el cogote, como hace la mama con las gáinas. Recién endespués lo empujó.

Misia Francisquita se cubrió los ojos. Una de las criadas le sirvió un vaso de agua que la señora apuró hasta el fondo, pues la boca se le había secado.

—Tráeme una copa de coñac —pidió. Le dijo a Primitivo en cuanto la joven salió: —Entonces, no hay dudas.

—Ninguna, señora. El chico me lo señaló en el mercado. ¿Quiere que le digamos a don Pacheco, al comandante Farrell...?

Doña Francisquita quedó unos segundos con la mente en blanco.

—Por ahora no, Primitivo. Me gustaría pensar en lo sucedido...

—Como mande su mercé.

El negro y su nieto se retiraron. Una vez sola, ella creyó que iba a morir de impresión. ¡Menos mal que Robertson se había llevado a Laura y a los niños al campo! Igual que él, se preguntó el objeto de aquella muerte. No podía creer que fuera por venganza. ¿Algo tan bárbaro por un "quítame allí esas pajas"? Y si era así, ¿qué peligro corría su familia que ella ignoraba, que no podía prever? De pronto cayó en la cuenta de que Farrell había estado yendo demasiado a la casa desde que Robertson partió al campo. Se lo encontraban en cualquier lado, aparecía a las horas más insólitas, un día hasta la había hecho levantar de la cama e insistido en revisar todas las cerraduras. Mandó a Camargo que diera una recorrida por la oscuridad de los fondos, y después lo dejó de centinela. Sí, Farrell temía por ellos, así que lo enfrentaría con los hechos.

Decidida a hacerlo de inmediato, mandó por él, pero Nombre de Dios regresó con la noticia de que el comandante acababa de salir para Ascochinga.

Esa noche, después de haber consultado su breviario, bajó el libro y quedó con la vista fija en la pared que enmarcaban los cortinados de la cama. ¿Qué debía hacer? ¿Llevar al chico a la policía? ¿Ponerlo en peligro de que, mientras se escribían órdenes y se buscaba a los que debían firmarlas, el famoso Beau Bouclier se encargara de matarlo como a un pajarito? ¿Debía aguardar que la policía hiciera algo? En una ciudad como aquélla, ¿era posible que en veinte días no hubieran descubierto una sola evidencia contra el asesino?

"Tengo que saber por qué lo hizo —se desesperó—, o no viviré en paz, penando por todos los míos." No podía creer que Robertson y Farrell se quedaran tranquilos con aquel asesino suelto. ¿La policía les habría prometido investigar con discreción?

"Alguien tiene que estar loco para matar sin motivo", fue su pensamiento más tenaz, el que le erizaba la piel.

Se durmió sumida en cavilaciones: "¿Hemos sido tan soberbios y violentos que el Señor nos vuelve las tornas?". Por su memoria pasaron los indios sacrificados en la lucha por la tierra, el artesano traído de las comunidades de Salsacate —el enamorado de doña Blanca—, a quien dejaron perecer, con los huesos quebrados, en las márgenes del río Tercero. ¡Y su muy amado Santiago, encerrado en la cripta de Los Algarrobos! O los chilenos que su padre colgó en las lindes del campo por la muerte de Nacho. Y Ramoncito Guzmán, el de Leonor. El indio de Luz... ¿cómo se llamaría?

"Rara vez hemos matado en vano. Casi siempre fuimos provocados", justificó su sangre. Pero quizás el Todopoderoso juzgara las cosas con otra vara. Y el tiempo, para Él, no existía; ayer era el minuto siguiente, ya lo decía Calderón de la Barca:

Tales los hombres sus fortunas vieron:
En un día nacieron y expiraron,
Que, pasados los siglos, horas fueron.

Cayó en un sueño nervioso, mientras oía ladrar en forma sostenida a Capitán, más malhumorado que nunca. Despertó unas horas después, sobresaltada al parecer sin motivo: Capitán había enmudecido, con seguridad cansado de perseguir gatos y ratones.

A pesar de sus años y de sus ocasionales dolores de piernas, misia Francisquita era, si se daba el caso, ágil y rápida. En cuanto Nombre de Dios subió a comunicarle la noticia, dejó la cama y en bata, cubierta por un pañolón, bajó al patio, donde encontró a la servidumbre reunida.

—¿Qué ha pasado? —inquirió con aspereza.

Martina se hizo a un lado y la señora vio a Capitán, degollado sobre un charco de sangre ya negra. Estaba tirado al pie de la escalera que subía a los dormitorios.

Se sostuvo de la pared, descompuesta, y luego se dejó resbalar hasta quedar sentada en los primeros peldaños. Alguien había llegado hasta allí, a unas zancadas de la puerta de ella y de su madre, a quince metros de las habitaciones de sus sobrinos.

—¿Haberán sido ladrones? —preguntó Martina, ceñuda.

Misia Francisquita guardó silencio mientras se le enfriaban las entrañas. "Sí, un ladrón. Un ladrón de vidas. Se llevó al amo y ahora se llevó al perro del amo. ¿A quién más habrá de llevarse antes de que lo detengan?"

Subió apoyándose en Canela, que lloraba; Capitán era el mimado de ella. En ausencia del patrón, solía dejarlo dormir bajo su catre, pero la noche anterior, harta de abrirle y cerrarle la puerta, pues estaba inquieto, lo había dejado afuera.

—Vísteme. Iremos a la policía —se decidió misia Francisquita.

Salió acompañada de Martina, armada de su monóculo, de su bastón y protegida por el rosario de amatistas sobre el pecho.

En reconocimiento a su familia se la recibió de inmediato y Casaravilla, tras ofrecerle asiento, la escuchó con atención, sin entender por qué la señora hacía tanto lío por un perro degollado.

—La explicación es muy sencilla, señora: alguna de las criadas tiene un enamorado y el muchacho, por no ser descubierto, mató al animal. ¿No dice usted que lo oyó ladrar por un buen rato?

Misia Francisquita lo miró fijo y, serena. Comprendió la inutilidad de la insistencia y de inmediato una voz interior le ordenó callar el nombre del haitiano.

—Bueno, Casaravilla, sea como usted diga. Pero quiero que esta noche nos deje una guardia: dos hombres en la puerta de entrada, dos en el portón de las barracas.

Se puso de pie y se sostuvo del brazo de Martina. Como vio impaciencia en la cara del funcionario, preguntó:

—¿Anda don Manuel por aquí? Me gustaría saludarlo.

La expresión de Casaravilla se tornó cautelosa.

—Le diré a mi asistente que la acompañe, aunque creo que está reunido con el juez Vélez.

—No se preocupe. Quebracho siempre tiene tiempo para mí.

"Veremos si cumples o no con lo que te pedí", pensó al tiempo que se dirigía a ver a su compadre, el gobernador de la provincia.

Esa noche, en cama, con Canela a los pies del lecho y el sable de su padre —que había mandado afilar aquella tarde— a su lado, misia Francisquita no podía conciliar el sueño. Sobre la banqueta tenía la vieja pistola que solía usar Laura.

Se negó a apagar las velas, de las que se había hecho llevar una provisión extra, y entre los suaves ronroneos de la morena intentaba buscar consejo en el devocionario de páginas amarillentas, con el oído atento al asesino invisible en la oscuridad.

"¡He de morir, y no sé cómo! ¡Seré juzgado por Dios, y no sé cuándo! Si fuese esta noche, ¿qué cuenta le daría? Y con esta incertidumbre, ¿no lloraré mis pecados?", leyó, pero otra parte de su mente pensaba en cómo era posible que Farrell o Robertson no hicieran nada. Era increíble, se consternó, hasta que una chispa saltó de la oscuridad de la conciencia y le advirtió: "Si Eduardo y Robertson planean algo, Camargo lo sabe".

Con aquella reflexión se le erizó la piel, ya que había oído pasos en el techo que cubría la escalera, que estaba casi pegado a la ventana de su dormitorio.

Sin un ruido bajó de la cama y sacudió a Canela, que despertó y la miró despavorida al verla con la pistola en la mano. Le hizo señas de que apagara el candelabro y se mantuviera callada. Luego, tanteando, se acercó a la ventana y la abrió de la manera lo más silenciosa posible. Disparó y en la quietud de la oscuridad se oyeron los movimientos apresurados de alguien que huía, el griterío de los pájaros sobresaltados, las alas de las palomas que se largaron a volar, llenas de pánico, en la noche cerrada. El fino oído de la señora, no obstante, captó la pisada aleve que, después de haber descendido al patio, trepaba más allá a otro árbol y huía por los techos.

Las puertas interiores comenzaron a abrirse, los ocupantes de la casa encendieron luces, gritaban, inquirían si los otros estaban bien. Al mismo tiempo, la puerta del frente atronó bajo los puños de los vigilantes y por los fondos se oyó cómo los otros guardianes saltaban las tapias.

—Alcánzame el candelabro —dijo misia Francisquita a Canela. Con él en la mano, pidió a la chica: —Yo te ilumino. Baja al alero y fíjate si hay huellas. Todo está muy barroso; algún rastro habrá quedado.

Cuando los guardias subieron a verse con ella, insinuando que el miedo les había hecho disparar al roce de una rama, la señora señaló hacia el techo de la escalera: varias pisadas grandes, nítidas, todavía húmedas de barro, se marcaban con claridad sobre las tejas deslucidas.

—Y ahí. —Señaló con la punta del sable la glicina que recorría los arcos superiores: en una de las ásperas ramas, unas gotas de sangre frescas indicaban que todo era reciente.

—¿Usted le acertó? —se pasmó el recluta.

Ella miró al guardia como si fuera lelo.

—No, señor, salvo que lo haya rozado. Las glicinas viejas crían espinas. Se lastimó al largarse por el tronco. Mire, está desprendido de la pared. —Ante el silencio consternado de los guardias, la señora se irguió, malhumorada. —Díganle a Pacheco y a Casaravilla que no chocheo.

Los hombres se retiraron después de dejar a uno dentro de la casa. Misia Francisquita fue a tranquilizar a su madre. Al volver a su dormitorio advirtió a Canela:

—Mañana habrá mucho movimiento de uniformados. En cuanto se retiren, vas por Camargo. Que nadie sepa qué encargo llevas.

Se durmió murmurando: "¡Oh mi buen Jesús!, óyeme. Dentro de tus llagas escóndeme. Del maligno enemigo defiéndeme...", tras reflexionar qué decir al ayudante de Farrell para predisponerlo a su favor.

23

Propósitos

"La contrición consiste en esencia en un acto de voluntad que quiere detestar efectivamente sus pecados pasados, y forma el propósito de no cometerlos en el porvenir."

–Misal Devocionario,
Dolor y Propósito

CÓRDOBA
MEDIADOS DE 1836

Camargo, rostro guaraní y ojos levemente oblicuos, negros y brillantes, la miraba sin pestañear.

—¿Te han ordenado que no me digas nada?

—No, señora.

—Entonces, ¿por qué me tienes en ayunas? Y no pongas cara de no entender lo que te he preguntado. A Felipe, ¿lo mataron? Ya ves que sé casi todo.

—Y dentón, ¿por qué pregunta?

—Mira —se encolerizó—, no ignoro que Farrell tiene un trato muy liberal con su gente, pero no te vas a propasar conmigo. —Y condescendió a explicarle: —Ya debes de haberte enterado que nos mataron el perro ahí mismo. —Señaló el pie de la escalera, donde la mancha negruzca persistía a pesar de los lavados. —Y anoche, ¿sabes qué pasó anoche? Esta vez llegaron hasta la puerta de los dormitorios. Tengo miedo de que le suceda algo a mi madre, a mis sobrinos, aunque hoy estén ausentes. No sé cómo ni de qué protegerlos. ¿Puedes entender eso?

Hubo un cambio en el semblante inescrutable del correntino.

—El comandante me dijo que lo siguiera, por las dudas...

—¿Al negro de los franceses?

—Ahá.

—¿Y qué has descubierto?

Camargo se encogió de hombros.

—Anda por ahí. Le gustan las guainas pero las trata mal; la gente de la orilla le tiene miedo porque es dañino como yacaré. No sé cómo hará, pero a veces lo pierdo. Por eso el comandante me manda dormir aquí.

—¿Anda armado?

—Será, aunque no se ve. Además, ¿pa qué? Con las manos limpias lo vi matar un perro que lo tarasconeó, y volteó un caballo de una trompada en la paleta.

La señora recordó la notable estatura del negro —sobrepasaba la de Robertson, que no era común—, sus anchas espaldas y el pecho descomunal. No tenía un gramo de grasa y daba la impresión, por la flexibilidad de su andar, de que podía saltar del suelo a un árbol, como los gatos. "No, señor. No me quedaré cruzada de brazos esperando que el malvado mate mis pichones", se ofuscó. Pensó también, con amargura, en la muerte de Felipe, el último de los hermanos que le quedaba con vida. El más bueno, el más generoso, el que, en alguna medida, menos suerte había tenido: no había sido un triunfador como Carlos, ni un héroe como Nacho, sino un hombre de hogar, sencillo y bueno. "Como a un pollo —se enfureció—. Ese negro de porquería mató a Felipe como si fuera un pollo."

—Camargo... —dijo, ronca y desencajada.

—Sí, señora.

—No voy a dormir en paz mientras ese hombre ande suelto. ¿La policía no piensa detenerlo?

—No me parece, señora. No hay testigos.

—Quiero hablar con él — resolvió.

Camargo se llevó como al descuido la mano al cuchillo.

—Señora, confíe. Yo solamente espero una orden del comandante. Él viene enseguida; no ha mandado nada porque todavía hay dudas.

—Yo no tengo dudas. —Le relató el testimonio del nieto de Primitivo. —No deseo que Farrell o el marido de mi sobrina se enreden en algo. Ya sabemos cómo son las cosas: un asesino se pavonea sin que nadie lo moleste y la gente de bien capaz que dé con sus huesos en la cárcel por una nimiedad: Robertson, por ser gringo; Farrell, por haber sido hombre de Lavalle. Mi padre tenía un dicho, Camargo: "La venganza fue la primera justicia que hubo sobre la Tierra". Anoche estuve pensando en eso. Quiero que me ayudes.

—¿Sin avisar al comandante?

—Se lo diremos... a su tiempo. Por ahora quiero que ese carnicero sepa que yo, misia Francisca de Osorio, deseo tener una plática con él, a solas, donde nadie nos vea. —Y agregó: —¿Crees que debo tentarlo con dinero, diciéndole que pagaré cualquier noticia sobre la muerte de mi hermano?

—¿Y si él se piensa que usté sabe algo y prefiere matarla?

—Bueno, iré preparada. Y tú me protegerás sin que él lo advierta. Sé que tienes una mujer en El Pueblito; tendrás amigos que quieran ayudarte. Les pagaré bien.

—¿Y por qué no nos deja a nosotros?

Ella lo pensó con los ojos cerrados.

—Quiero ver cara a cara al hombre que mató de manera tan cobarde a Felipe —afirmó.

El guaraní lo pensó unos segundos, con la cabeza gacha y sin mirarla. La señora parecía hablar su mismo lenguaje: las cuentas se saldan por mano propia y no por mano ajena. ¿Y para qué avisar a la policía? Con sus leyes —que sólo ellos y los jueces entendían— trastornaban todo.

—Veré qué se puede. Después le aviso.

Mientras Camargo se retiraba, misia Francisquita se levantó y se dirigió al altar doméstico. Lo único que le preocupaba era cómo confesarse y recibir el perdón si no sentía verdadero arrepentimiento. Tenía que encontrar una fórmula válida para poder seguir tomando la comunión, que para ella era el pan y el agua de la vida.

Dos días después, Camargo le dijo que regresaba el comandante Farrell, así que había que apresurar el encuentro con el haitiano.

—Lo pensé mejor —dijo la señora—. No irás tú a darle el mensaje, porque sospechará una trampa. Mandaré a Canela, que es vivaracha y lo va a engatusar. Se confiará pensando que es zoncera de mujeres. Dejemos que él elija el lugar del encuentro, para que se sienta seguro. Yo te aviso y mandas a alguien que vea si pueden esconderse sin que él los descubra. Si no resulta así, le digo que elija otro lugar. De ver el primero sabremos qué es lo que recela o qué es lo que prefiere.

Antes de comer, se encerró con Martina y Canela en el que había sido el despacho de su hermano. Entre los retratos familiares había uno de Felipe, pintado por su sobrino Sebastián, poco antes de partir hacia Francia. Se detuvo ante él, pensativa, apoyada en el bastón con las dos manos. Sin mirar a las mujeres, les dijo:

—¿Sabían que no murió de un accidente?

El silencio le contestó. Se volvió y captó el momento en que los ojos de madre e hija se separaban.

—¿Por qué no me lo dijeron?

Martina le sostuvo la mirada, los brazos cruzados sobre la cintura.

—Como el comandante y el señor se callaron —repuso la negra—, supimos que pensaban hacer algo cuando todo se apaciguara.

—Yo no sabía —reconoció Canela.

Ella las observó apreciando sus voluntades, sus fidelidades, sus fuerzas.

—He pensado... —Carraspeó y comenzó con voz más firme: —He pensado en que tendré que hacer algo. No es justicia que no se pueda dormir en paz ni en la casa de uno.

—Para servir a la señora —dijo Martina, como si prefiriera un entendimiento tácito a las explicaciones que podrían seguir.

—¿Y tú?

Canela preguntó con voz alterada:

—¿Dice que ha sido el negro ese, el que no es de aquí?

—Sí. Mis vísceras no suelen engañarme, pero, para conformar a Dios, tengo un testigo.

—Yo acompañaré a la señora adonde sea —dijo la chica con vehemencia— y a lo que sea.

Así que Canela fue mandada a entrevistarse con el haitiano en la plaza del mercado. El mensaje era que doña Francisca de Osorio quería verlo, pues le habían dicho que él sabía algo sobre la muerte de su hermano.

—Le dará plata —le dijo, y le mostró un soberano de oro, que deslizó en el hueco de sus senos.

Advertida de la maldad de Beau Bouclier, se mantuvo más allá del alcance de sus brazos, presumiéndole mientras comía una empanada jugosa y se lamía con gesto provocativo los dedos empringados.

Al otro día, cuando fue al convento por las velas bendecidas, Beau Bouclier, negrísimo y enorme, le cerró el paso. Regresó pálida del susto y dijo a Misia Francisquita que el negro la esperaba en las ruinas de un viejo oratorio —del que sólo quedaban unos muros— ubicado sobre la costa del río, hacia el Pucará. La ribera del Suquía era allí alta y plana, con pocos árboles.

—...Pero cae hacia el agua y en esa parte hay muchos churquis que tapan las cuevas. Ahí podemos guarecernos —le explicó Camargo después de estudiar el lugar—. Usté deje el coche lo más cerca posible del borde. Lleve solamente al cochero y a una de las guainas, para que se descuide. Nosotros nos encargaremos de él.

—Canela tiene arresto. Ella guiará el coche. Más seguro se sentirá el malvado.

Camino allá, acompañada por Martina y con la muchacha conduciendo los caballos, la señora pensó: "El desgraciado debe de creer que todas las mujeres son como esa mala cuca que tiene por patrona, que no sirven más que para abrirse de piernas...".

Al recordar el relato del chico se estremeció. "Sólo los degenerados matan con las manos o con la cuerda. Acá, al menos, matamos a cuchillo, que, digan lo que digan, es arma noble", pensó mientras se dirigía, dando una gran vuelta por el despoblado, hacia las ruinas.

Como advirtió que Martina espiaba a cada rato por la cortina de la ventanilla, le palmeó la rodilla.

—Tranquilidad, Martina, que somos los justos —le dijo—. El Antiguo Testamento aconseja: "Ojo por ojo, diente por diente". Ése es mi lema.

Martina no supo qué contestar; ignoraba, para su tranquilidad, que Canela había escondido, tapado con un poncho, el viejo sable de don Lorenzo. Si sostenía las riendas con la izquierda, pensaba la chica, podía —de ser necesario— tomar con rapidez el arma cuya empuñadura estaba al alcance de su mano.

Llegaron al lugar, como quería el hombre, casi a tiempo de oscurecer. Beau Bouclier, que en el descampado parecía bastante seguro, miró a Canela con ojos libidinosos y le dedicó movimientos obscenos de la lengua. Lucía una capa que evidentemente había pertenecido a su amo.

Detrás del velo de luto, doña Francisquita hizo una mueca. "¡Ah, es un príncipe, un garañón! Poco le ha de quedar cuando termine con él." Lo único que lamentaba era tener que hacer las cosas con rapidez, sin darle tiempo a que entendiera. "Le avisaré que haga el acto de contrición... aunque espero sea idólatra." Respiró hondo.

Descorrió la cortina y se levantó el velo. Con una sonrisa de bravucón, el negro se acercó a la puerta. En su español farfullado le preguntó qué quería saber.

—Quién mató a mi hermano, a Felipe Osorio.

Mostrando los dientes grandes y blanquísimos —que con seguridad no desdeñaría usar en la pelea—, Beau Bouclier le hizo una reverencia. En la mano que se había llevado al pecho, un anillo de oro con un enorme carbúnculo centelleó como el ojo de un basilisco.

—Le Monsieur Djab —la provocó, nombrando a un *baka*, un demonio haitiano. Después estiró la mano, exigiendo con descaro la recompensa.

—Sé que fue usted. ¿No se ha arrepentido? —preguntó la señora.

El negro se rió a carcajadas, golpeándose el estómago.

—¿Por qué lo hizo? —preguntó misia Francisquita sin que se le moviera un músculo de la cara.

—Molestaba. Todos ustedes molestan —dijo el negro con una expresión feroz—. ¿Pagará?

—Oh, sí —contestó la señora—. Nosotros, los Osorio, siempre pagamos las deudas... También nos acordamos de cobrarlas, no crea. —Y metió las manos bajo el almohadón del asiento.

Beau Bouclier se acercó al coche y se tomó de la ventanilla. No alcanzó a ver que Canela aferraba el sable; recibió el golpe entre el cuello y el hombro y con un grito de furia se abrió la capa para mejor manotear la hoja. Se cortó con el filo pero arrojó a la morena al suelo. Mientras los caballos, espantados con los gritos y el desorden, relinchaban y se alzaban de manos, arrojó lejos el arma y con un rugido levantó la pierna, dispuesto a aplastar la cabeza de la chica. La sangre le corría hasta el ombligo.

Misia Francisquita disparó sin dudar; la bala le entró por el costado de la cabeza. Como un monigote, volado el parietal, el negro se volvió, más por reflejo del cuerpo que por orden de la mente, con la pierna todavía levantada. Cayó al suelo enredado en la capa y pataleó un buen rato.

Camargo ya venía con los hombres.

—¿Por qué no gritaste, añá? ¿No decíamos que vos darías la seña? —increpó a Canela, que, aturdida por la caída y el susto, escapaba del lado del haitiano y de los cascos de los animales arrastrándose en cuatro patas.

Uno de los acompañantes de Camargo tomó a los caballos de los frenos y los tranquilizó. Martina se largó del coche y dio la vuelta hacia el lado de misia Francisquita. Todavía con la pistola en la mano, la señora aceptó la ayuda para descender y se acercó al negro, que aún tiritaba.

—Pensé que no le iba a acertar —dijo. Luego se dirigió al moribundo: —No sé si entiendes, pero bien te lo mereces. —Al ver que Camargo se disponía a darle el tiro de gracia, lo detuvo. —No. Acá nos quedaremos hasta que entregue el alma. Prendan la luz del coche. No me gusta el crepúsculo.

—Puede venir alguien y ver —le advirtió Camargo.

—Diré que intentó asaltarme. Que me citó aquí con el engaño de darme noticias de la muerte de mi hermano.

"Total, ¿qué hace una mentira si no me detuve en el asesinato?", pensó con amargura.

Se dirigió hacia el murito del oratorio; sentada allí, hizo señas a Canela, que tropezaba en la oscuridad buscando el sable que Beau Bouclier le había quitado.

—¿Por qué lo golpeaste? Yo quería darle la oportunidad de que rezara el Pésame.

—Usté le daba el cuello, señora.

—Bueno. —La dama suspiró, y entregó la pistola a Martina. —Tuve la intención. Si no se dio, Dios sabrá por qué.

Camargo tomó el sable de manos de la muchacha; lo limpió con el pañuelo y anunció a misia Francisquita:

—Ya se jué el malo.

—¿Seguro? ¿No se levantará de entre los muertos para nuestra pesadilla?

—No, señora. ¿Dónde quiere que lo tiremos?

—Déjenlo ahí. Toma, compártelo con tus amigos por habernos protegido.

—Sin ofender, señora. —Camargo el dinero rechazó y señaló a sus compañeros. —Eran hombres del brigadier Bustos; el general Paz los tomó prisioneros y don Osorio no paró hasta que los soltaron. Así que deje, no más. Yo pagaré el vino.

Las mujeres volvieron al trote de los caballos, demudadas y agotadas por el episodio.

Camargo esperó que partieran y luego, con pericia de soldado, rebanó profundamente el cuello del negro.

—Por las dudas —dijo y señaló un boquete sin brocal que habían descubierto al estudiar el lugar—. Lo tiraremos al pozo; se me hace que mientras más demoren en saber que está muerto, mejor será.

Uno de sus compañeros quiso quedarse con el anillo, otro con la capa, pero Camargo los disuadió.

—No son cualquier cosa. Nos pueden agarrar y decir que lo achuramos para robarle. —Después de arrojarlo envuelto en la capa, les propuso: —Sigamos el coche hasta que dentren en el poblado, no vaya y se cruce el diablo, que debe de andar campeando el alma del negro.

Mientras regresaban a la casa, misia Francisquita pensaba con preocupación: "Tendré que confesarme pronto, porque si muero súbitamente me iré a encontrar con ese mandinga en el mismo infierno".

Se encerró en su pieza, pidió sólo agua para cenar y prometió ayuno y abstinencia por tres días. Una vez que la dejaron sola, buscó el cilicio y se lo colocó bajo el camisón. Al acostarse, el dolor hizo correr lágrimas por sus mejillas, pero lo soportó: el tormento de la penitencia despertaba el arrepentimiento.

Con manos temblorosas consultó el breviario: "Registra con sosiego los senos de tu corazón, indagando las culpas cometidas —aconsejaba— mas no con afán congojoso, que esto fuera a hacer odioso el Sacramento de la Misericordia, sino con la misma diligencia que pondrías en un negocio de entidad...".

Al amanecer despertó con el claro pensamiento de lo que debía hacer: se confesaría en una parroquia de extramuros, con algún cura que no le conociera la voz. Llevaría el velo —tenía derecho a usarlo, pues estaba de luto—; admitiría su pecado y haría propósito de enmienda. ¿Cuántos asesinatos podía cometer uno en vida, si no era matón, soldado o político?

En cuanto al arrepentimiento... Por cierto, habría preferido evitar el pecado mortal, que la exponía a la condenación eterna. Con la mano en el corazón, le diría al sacerdote: "Maté en defensa propia y de los míos, pues fuimos atacados; me siento afligida por haber arriesgado mi salvación, pero mucho más por haber ofendido a Dios".

Se preguntaba qué harían los De Bracy ante la desaparición del verdugo, pero no pensaría en eso por el momento. Purgaría sus acciones y luego vería cómo defenderse si de algo se enteraban, lo cual le parecía dudoso.

En paz, rezó un padrenuestro por el alma de su hermano y se durmió hasta entrada la mañana, en que pidió que viniera Primitivo y la llevara a la parroquia de los Tambos.

No bien llegó de la ribera, Canela se lavó obsesivamente las manchas de sangre, metió la ropa en jabón, tragó como por obligación un bocado y cuando todos estuvieron acostados se escurrió en la oscuridad hacia los fondos. Trepó a un viejo castaño y pasó a la casa vecina, llamando en voz baja a los perros para que no le ladraran. Espió por el vidrio empañado de la cocina y alcanzó a ver las mantas y los ponchos con que se tapaba Antolina, la única criada que les quedaba a las señoritas Núñez del Prado. Con los nudillos golpeteó suavemente hasta que la chica despertó, aterrada.

—Soy yo, Tola, no tengás miedo...

La muchacha encendió un cabo de vela soplando en el rescoldo y abrió la puerta. A la luz que se doblegaba en el aire helado, Canela pudo ver el rostro delicado de la cuarterona. Cuando ella se inclinó a besarla, la luz le iluminó el lado izquierdo de la cara: una cicatriz, todavía lívida, le cruzaba la mejilla. Se abrazaron con fuerza.

—Ya'stá, Tola. Nunca más te va a lastimar el malévolo.

Se acostaron juntas, Canela abrazada a su prima, que lloraba despacio, solas ambas entre otras mujeres cada vez más solas, muertos, huidos o desterrados los varones de sus familias, caídos en los campos de batalla, enrolados en los ejércitos los criados.

—Ni unita palabra, Tola. Ni unita o vamos todas presas —le advirtió Canela antes de irse, cerca del amanecer, y le besó con suavidad la cicatriz.

Volvió por el mismo camino, pero al entrar en la pieza descubrió que su madre la esperaba. Debía de haberla visto cuando salió, porque no tenía dudas acerca de dónde había ido.

—¿Se lo dijiste?

Canela asintió con la cabeza. Detrás de ella, el amanecer tenía un sucio color de invierno que no terminaba de irse.

—Ya no podremos dormir. Vamos a tomar unos mates.

Con la obstinación que distingue a las mujeres de todas las razas, de todos los pueblos, encendieron el fuego y pusieron el agua sobre la hornalla.

Canela tomó una escoba y comenzó a barrer el piso blanco de ceniza. Su madre sacó harina, formó una corona, le echó agua y se puso a amasar.

Sin una palabra, la joven colocó una gran olla renegrida de hollín en el otro fuego. La grasa comenzó a calentarse y a despedir un apetitoso olor a medida que la negra dejaba caer los fritos uno por uno y Canela los iba dando vuelta con una larga espátula. El mate, como una ofrenda, iba de una a otra.

24

Lo que guarda la oscuridad

"De igual modo que cada organización simboliza a todas las otras, los cuerpos —visibles— simbolizan a los espíritus —invisibles— (dioses, demonios, héroes y almas humanas, según Jámblico), de los cuales son inseparables."

–Jérome-Antoine Rony,
La magia

CÓRDOBA Y ASCOCHINGA
MEDIADOS DE 1836

Farrell, que en cuatro días había vuelto de Ascochinga, se encontró al llegar con la noticia de que el haitiano había desaparecido.

Preocupado por lo sucedido en casa de los Osorio, que la policía reconocía a regañadientes y toda la ciudad comentaba como un misterio, fue a hablar con misia Francisquita, que con toda tranquilidad le dijo que sin duda las molestias se debían a los amoríos de alguna de las criadas.

—En cuanto pusieron la guardia, dejó de fastidiar. ¿Qué otra prueba necesitas?

—Me preocupa que haya desaparecido el negro de los franceses...

—¿Acaso te debía algo? —fue el comentario irónico de la señora.

Farrell la observó, vacilando. ¿Había en su tono una pizca de malicia, como si supiera algo más de lo que demostraba?

Misia Francisquita parpadeó y se esfumó su indefinible expresión. Tras haber purgado unos días de penitencia, y todavía con el cilicio bajo la ropa —con el consentimiento del padre Iñaki, fervoroso defensor de aquel tormento—, estaba por internarse en la Casa de Ejercicios.

—Lo único que te puedo decir, Eduardo, es que nada sabemos. Hemos estado encerradas la mayor parte del tiempo y recién ahora nos tomamos unas licencias...

El comandante interrogó también a Camargo:

—Pero, ¿no era que lo seguías?

—¿Todo el rato, dice?

—Hombre, imagino que a veces tendrías que dormir o mear...

—Y así desapareció. Con picardía, mientras se agachaba a acariciar uno de los perros de Farrell, acotó: —La señora esa que se pone harina en la cara debe de estar muy triste...

Farrell rió. Al tiempo que se iba, pensó con curiosidad qué tanto de cierto habría en las habladurías. Esa tarde escribió a Robertson: "No sé cómo expresarte mi sorpresa. El individuo que tanto nos preocupaba desapareció sin que ni sus patrones parezcan saber dónde está. Con las cosas puestas así, sería mejor que volvieras con todos a la ciudad; el tiempo es muy áspero por allá en invierno...".

Al anochecer recibió la visita de José Medina Aguirre, que junto con Cáceres administraba los intereses de los herederos de Carlos Osorio.

—Comandante —dijo José—, doña Luz me confió un encargo que no he podido cumplir. Me atrevo a presentarme a usted porque ella misma me lo indicó.

Sentados en el estudio de Farrell, siempre desordenado y polvoriento, le aclaró:

—Necesito encontrar a don Fernando Osorio. Por lo de la herencia...

—Ya, ya. ¿Oporto?

—Con gusto —dijo Medina Aguirre, y se acomodó en el sillón con gran naturalidad.

A Farrell le divertía ver a de la Mota indignarse ante los triunfos de Medina Aguirre. "¿Desde cuándo un santiagueño es mejor abogado que un cordobés? —decía el señorón, y hacía hincapié en las facciones amulatadas de José—. Convenga usted en que aquel antepasado debió de ser tan lejano —le hacía ver Farrell—, que no le ha impedido estudiar en la Universidad." Don Teodomiro hizo un gesto con la mano y protestó: "Pronto entrará cualquiera en los claustros. ¿No ordenó Reynafé la admisión de mulatos en el año 33?". De mala gana reconocía que Medina Aguirre se había recibido antes de aquel año, para luego comentar: "Espero que con Quebracho volvamos a las nobles tradiciones de nuestra casa de estudios".

—¿Y entonces? —preguntó Farrell mientras servía las copas.

—No he podido dar con don Fernando. Es como perseguir una sombra, y en esas condiciones no me atrevo a mandarle el dinero y tampoco me decido a viajar, porque es posible que tuviera que desplazarme entre dos provincias durante meses.

—Sé que visita a su hermana Inés; hace poco viajé a verla y me contó que Fernando había ido a auxiliarla.

—¿Y por qué, entonces, no se lo dijeron a mi enviado?

—Por temor a que fueran enemigos, seguro. Pero si usted se llega a Totoral con una nota mía, Inés sabrá cómo ponerlos en contacto.

—Me ha sacado usted un problema de encima. —Preguntó a boca de jarro: —¿Sabe usted que ha desaparecido el haitiano de los De Bracy?

Reservado, Farrell reconoció:

—Así dicen —para luego preguntar: —¿Y qué supone que ha pasado con él?

—Diría que es probable que ya no camine sobre sus pies.

—¿Es decir...?

—Alguien se habrá encargado de él. Tenía mala fama, golpeaba a las mujeres, mataba animales y rompía huesos de cristianos. Además, era sucio en la pelea, cosa que en este país es mal vista.

—¿No será que los De Bracy lo han puesto a resguardo por algún delito? —desconfió Farrell.

—No lo creo. El petimetre aquel anda con el alma en vilo por pulperías y prostíbulos, y dice el peón de patio, que es cliente mío por unas gallinas que "distrajo", que la señora tiene ataques nerviosos porque no dan con él.

Cuando se separaron, Medina Aguirre llevaba una carta de presentación para Inés Osorio.

El comandante durmió tranquilo por primera vez desde la muerte de su amigo; las noticias de José sobre el negro eran sin duda acertadas, ya que el abogado tenía una amplia clientela entre la gente sin recursos que conocía los bajos fondos de la ciudad, donde se propagaban con rapidez los sucesos. Si el peón de los De Bracy decía eso, era porque los franceses estaban asustados, o al menos inquietos con la ausencia del negro. No había motivo plausible que demostrara que los De Bracy supieran lo que había hecho Beau Bouclier; con seguridad todo había derivado del empeño de Felipe en conseguir justicia para Tola.

Camargo llegó a La Antigua con la carta de Farrell y el encargo de acompañar a Robertson con la familia a Córdoba.

Después de leer la correspondencia, el escocés, aún preocupado, interrogó al otro sobre Beau Bouclier.

—Yo de usté, ni me ocupo, señor —dijo el ayudante de Farrell al tiempo que entregaba el caballo—. Parece, no más, que lo han "limpiado". Así dice la gente del bajo, y la gente sabe.

Robertson subió al dormitorio y comenzó a preparar sus cosas. Se sintió intranquilo al pensar en los cambios producidos en su vida, y en los que aún vendrían. No estaba seguro de ser la persona indicada para lo que se esperaba de él: asumir la responsabilidad de la casa, velar por niños y ancianos, llevar una granja y cuidar, mantener y hacer feliz a su esposa. Tenía la brumosa sospecha de que al Foreign Office no iba a agradarle su renuncia, aunque no sabía qué podían hacer, salvo aceptar su decisión. Pensó que la amistad con Harrison y de éste con Olivier, Parish y otros popes del Servicio Exterior podía ayudarlo.

¿Y si se llevara a Laura a Gran Bretaña? Al menos así dejaría de desconfiar de él... Cuanto más lo pensaba, más le gustaba la idea.

Se asomó al corredor superior y miró hacia el patio. Al tibio Sol del mediodía de un invierno helado, vio que Laura y Consuelo protegían las plantas del frío. Oyó sus voces suaves, alguna risa ocasional. Al contemplar a su mujer entendió los temores del padre, la preocupación de la tía, el amor que Farrell le dispensaba: se la veía inexperta e inocente, y al mismo tiempo íntegra, pues el vivir rodeada de afectos, del respeto de criados y peones, de las consideraciones sociales debidas a su familia, la habían moldeado para depender amorosamente de un esposo. "Y ése soy yo", reconoció, consternado.

Como si se supiera observada, ella levantó los ojos y se encontró con los de él. La vio turbarse, todavía resentida con él.

Le volvió la espalda y, ya en su dormitorio, amontonó la ropa sin ton ni son. "No quiero irme sin haberme acostado con ella", pensó, pues su virginidad era algo que quería llevarse para que la joven entendiese que le pertenecía. Desalentado, sospechó que Laura, con sus confusas ideas sobre el sexo y la moral, el matrimonio y el amor, no vería las cosas de igual manera.

Doña Mercedes se alegró al saber que regresarían a la ciudad ("el campo es para las vacas", era su dicho). Después de almorzar, mientras las mujeres preparaban los baúles y los abrigos, Robertson se dirigió a El Oratorio en medio de una nevisca sostenida.

Allí, en compañía de Camargo y de Isidro, el capataz, recorrieron los corrales y los puestos, encargándose de las tareas que realizaba Farrell cuando estaba en la estanzuela. Había nevado por horas; como se les hizo tarde para regresar, pasaron por la cocina y a la luz de una vela que temblaba ante el empuje del viento en las rendijas Robertson tomó unos mates y comió asado recalentado que le acercó Cora con la punta del cuchillo. Espiaba de a ratos a la mujer, sin poder calcular qué edad tendría. Lo inquietaban sus ojos, que casi no parpadeaban, y cada vez que volvía la cabeza o tropezaba con su imagen en un vidrio los veía clavados en él, ni provocativos ni curiosos, sino como si esperaran descubrir algo que no hallaba.

—¿Se irá entonces, señor?

Su voz cadenciosa lo volvió a la realidad.

—Sí, pronto.

Ella se agachó a atizar el fuego.

—¿La niña Laura irá con usted? —Él calló, como si todavía dudara. —Debería, ¿no? —insistió la mujer.

Robertson esperó que continuara; tenía la impresión de que quería decir algo y no sabía cómo hacerlo. De pronto lo sobresaltó al preguntarle:

—¿Usté vio la Oscuridá?

Meses después siguió preguntándose por qué le entendió con tanta claridad. Cuando reaccionó, inquirió con brusquedad:

—¿Por qué?

Ella calló hasta que Isidro salió con Camargo a buscar leña.

—Tengo miedo por la niña; tengo miedo de que pase algo.

¿Qué quería decirle? ¿Le estaría advirtiendo de una posible infidelidad de su esposa, de una traición de su amigo? ¿Le estaría aconsejando que no diera espacio a la tentación? Los celos le hicieron olvidar el pensamiento de la Oscuridad, el que quizás hubiera evitado todo lo que vino después. Le devolvió el mate y dijo, cortante:

—A mi esposa la cuidará su familia —y salió de la cocina en busca de Camargo, listo para volver a La Antigua.

El cielo se había abierto y la noche era magnífica. Cabalgaron a la luz de la Luna, Camargo soñando con amaneceres calientes y aguas que se deslizaban bajo las sombras de los árboles, tibias porque bajaban del riñón de la selva.

La nieve del llano daba la impresión de aclarar el cielo y, al bordear el camino que desembocaba en la estancia, Robertson pensó que las fantasmales figuras de los monjes expulsados de la vecina Santa Catalina parecían deambular por el territorio, ciegos al avance de aquel siglo menos creyente y más bárbaro.

Hacia el tajamar, las aguas inmóviles reverberaban entre los juncos; ni un sonido animal rompía la quietud de la noche.

Robertson miró la sombra de La Antigua, a varios centenares de metros; se la veía secreta y misteriosa en la blancura del campo. El monte que corría hacia los paredones de las barracas se le antojó plagado de peligros; en el silencio destacaba el sonido de un vientecillo que iba y venía entre los matorrales y se detenía en forma sorpresiva en una ausencia de ruidos que resultaba estremecedora.

Flanquearon la construcción hacia la puerta de entrada; el cielo sugería un todavía lejano amanecer y el frío parecía paralizarse sobre ellos.

Se embozó en el poncho que llevaba sobre el capote. No quería separarse de Laura, de los niños, de las ancianas. "Sin embargo, es necesario hacer este viaje para regresar a ellos libre de todo compromiso", se justificó, pero algo glacial que se iba apoderando de su corazón según se acercaban a la estancia le hizo comprender que tenía miedo de Laura, miedo de aquella tierra fantástica, de aquellos hombres de códigos incomprensibles, de los indescifrables entretelones de una política sanguinaria; miedo a sus rencores sin tregua. Imaginó entonces que una multitud alucinada le cerraba el paso, una multitud compuesta por bárbaros mazorqueros y salvajes indígenas, por criollos aristocráticos y sesudos doctores, estudiantes burlones y frailes iluminados, todos los cuales avanzaban hacia él con enormes antorchas, haciendo sonar fúnebres cencerros, sacudiendo ramas por sobre sus cabezas... Iban hacia él fluctuando en el aire, dispuestos a desmembrarlo, decapitarlo, carbonizarlo, flagelarlo, despellejarlo, castrarlo...

Fue algo breve, pero sus formas irreales, escurridizas, le contaminaron el alma, le endurecieron los músculos hasta el dolor. Hizo un esfuerzo por dominar el cuerpo y la psique, y aquietó a su caballo, que parecía haber compartido la visión.

Al atravesar por entre las columnas que accedían a la propiedad, recibido por los perros que ladraban el alerta, las sombras quedaron rezagadas, suspendidas en la negrura tinta de la noche, desgarradas entre las ramas desnudas. Ya distinguía la luz del campanario y las que flanqueaban el portón de entrada. Una gran quietud lo ganó, hecha de silencio y escalofrío. Al amarillento vapor de los faroles, suspiró profundamente: la Oscuridad a la que aludía Cora casi lo había tocado.

Taloneó con fuerza al animal, que se adelantó galopando flanco a flanco con el de Camargo, hasta dejar atrás algo aborrecible que se balanceaba en las tinieblas, al acecho de otra oportunidad. Soltó entonces un alarido en el que descargó la ira irracional de un hombre racional que se había dejado seducir, durante unos instantes, por una enfermedad del espíritu.

La puerta se abrió para ellos, traspuso el zaguán al galope, seguido por el agudo sapucay que brotaba de la garganta del correntino, y sofrenó sobre la nieve del patio. Laura lo esperaba, envuelta en una manta, tal vez asustada por su tardanza y por los gritos con que se anunciaron. Atrás de él, Paula cerraba las puertas. Ante la figura de su mujer, que parecía un faro en la demencia que lo había rodeado, Robertson sintió el chirrido de los goznes que, desde los cuatro vientos, lo aprisionaban una y otra vez, una y otra y otra vez... cautivo para siempre de Laura, de La Antigua y de aquella sombra sin otro nombre que Oscuridad.

25

¿Qué buscas o qué demandas?

"Las mujeres (argentinas) son muy hacendosas y hacen no solamente sus vestidos sino también —según me han dicho— los zapatos de seda que llevan puestos."

–Un inglés,
Cinco años en Buenos Aires

CÓRDOBA
MEDIADOS DE 1836

Después de haber regresado con todos a la ciudad, Robertson tuvo una prolongada conversación con Farrell: al parecer, para tranquilidad de ambos, la desaparición del haitiano era definitiva. Hablaron de nuevo acerca de la necesidad de que viajara a Gran Bretaña cuanto antes para retornar con rapidez y hacerse cargo de todo.

—Laura piensa que miento, que no volveré.

—¿Y por qué no te la llevas contigo?

—No sabe el idioma, y yo tendré que hacer muchas antesalas para solucionar lo del Office. Si la llevo a Londres, entre mis idas y venidas, quedará encerrada en una pieza sin posibilidad de hacerse entender ante cualquier necesidad; si la dejo en Edimburgo, con mis tíos, estará en compañía, pero igualmente incapacitada para comunicarse. Realmente no quiero dejarla, pero sin duda tendrá que ser así. En ese caso, ¿cuidarías de todos, Edward?

—Por supuesto. No tienes ni que pedírmelo.

El comandante parecía reponerse poco a poco de su amor por la joven, iba distanciándose de la casa y de ella sin torpeza. Laura estaba dolida, y Robertson, celoso. "Si esto es ahora, que los tengo a mi vista, que puedo controlar los pasos de mi esposa... ¿qué martirio será cuando esté lejos?" Se enfureció consigo mismo mientras se dirigía a su casa, adonde todavía acudía a escribir. Recordó las palabras de

Cora; no debió contestarle así. Mejor hubiera sido inquirir el alcance de la preocupación de la mujer. Cada día estaba más convencido de que la india había tratado de transmitirle otra cosa, no lo que él interpretó.

Entró en la paz de las habitaciones blanqueadas, del orden que Clotilde mantenía, del calor de la estufa en su escritorio. Miró los libros tras los cristales de la biblioteca, el juego de escritorio —que Misia Francisquita le había regalado antes de que se fueran a Ascochinga—, las aguatintas colgadas de las paredes, el retrato de sus tíos...

Aquél era, después de Edimburgo, el único lugar en que había creado una especie de residencia, no un cuartel de paso; le molestaba dejarlo y la ausencia de meses que debía enfrentar le parecía un tormento sin sentido...

Como todos aquellos años, buscó refugio en escribir sus informes: el dilucidar políticas y desmenuzar sucesos le devolvía la ilusoria sensación de manejar su destino como, de alguna manera, manejaba el de los otros. Sacó la libreta del cajón y leyó las últimas anotaciones, pero se sintió desganado y lo dejó de lado. Cerró el despacho y salió rumbo a lo de don Fidel Calleja; tenía que disponer con tiempo algunos elementos para el viaje.

Don Fidel había dividido, de manera muy sabia, su negocio en dos —era la clásica casa de comercio con puertas en ochava—. Sobre la calle principal, ofrecía los famosos "ultramarinos": telas, cintas, encajes, zapatos, botas, perfumes, sombreros y monturas, además de muebles, cristalería, porcelana y otras cosas, todas importadas en pequeñas cantidades. Separado por una estantería y con entrada independiente sobre la calle menos concurrida, despachaba bebidas, granos, velas, aceitunas, fruta seca, sal y especias. En las paredes, colgadas en ganchos, se veían las monturas cómodas aunque rústicas del país, botas de potro sin sobar, ponchos doblados, con dibujos y colores característicos de varias provincias. Era indudable que el comerciante atendía a dos clientelas distintas.

El español salió de tras la cortina que separaba las habitaciones familiares. Farrell le había dicho: "Ahí anda Calleja, con cara de velorio", y así era. Se saludaron y, a una pregunta del escocés, el hombre no esperó más para quejarse.

—No hay caso, señor Robertson, el partido federal no es propicio para mí, y no porque sea yo su enemigo, sino porque me resulta incomprensible la política económica que buscan llevar adelante. Por una causa o por otra, pierdo cada vez que ellos toman el poder. Ya le conté a usted lo que me sucedió con Quiroga...

—¿Y cuál es el problema ahora? —preguntó Robertson.

—Señor, el gobernador ha prohibido la entrada de toda ropa hecha, todo tipo de calzado, de sillas de montar, de pieles, paños, cordobanes... Y eso para contentar...

—Y ayudar —agregó el padre Mateo, que andaba por allí— a nuestros buenos artesanos.

—La gente que compra paños del Tucumán o las telas bastas no dejará de comprarlas porque yo tenga otras más finas. Y no puedo imaginar a misia Francisca vestida para Corpus con tela del norte. Además, ¿en qué molesta mi mercadería selecta? No traigo una tropa de carromatos...

Se despidieron después de tomar un café y dejar arreglado lo referente al viaje.

Antes de volver a casa de Laura, Robertson pasó por la suya, decidido a terminar el informe.

Clotilde había encendido los candelabros. En la absoluta paz de la casa se puso a escribir:

"La política del gobernador don Manuel López comienza a tomar forma. Al volver de los ejercicios espirituales —práctica piadosa a la que es muy afecto— firmó una serie de decretos que han puesto cierto orden en la anarquía social. También ha tomado medidas para proteger la economía de los más pobres y de las pequeñas y medianas industrias, rebajando azogues, útiles de labranza y todo tipo de máquinas y herramientas, con lo cual se pretende comunicar vida a la moribunda actividad agraria que dependa no de la Naturaleza sino del empeño del hombre. Como se ha comprendido que los recursos no son ilimitados, se han decretado azotes o multas a los que sacrifiquen ganado en forma indiscriminada. Yo he visto vacas a las que han matado para quitarles la lengua, que es manjar valorado, o caballos mutilados con el solo objeto de hacer, con el cuero de las patas delanteras, un par de botas que llaman 'de potro'.

"Muchos respetables hombres de la política con los que he hablado consideran que al disolver Rosas el Banco Nacional acentuará la hegemonía del puerto sobre el resto del país con drásticas medidas económicas. Los federales lo ven de modo muy distinto, pues suponen que se ha perjudicado en algo a los británicos que tenían acciones en él, cuando la verdad es que, por haber sido advertidos a tiempo, han puesto a salvo casi todos sus capitales. Pero eso, por supuesto, el Office ya lo sabe...

"La revolución que estalló en el Uruguay ha tenido repercusiones en el interior: la legislatura de Córdoba, como la de otras provincias, tuvo que autorizar a Rosas para disponer los negocios de paz, guerra y relaciones exteriores. Muchos legisladores no estaban de acuerdo en entregar aquel poder, que sólo puede demandarlo el Presidente de la República, pero tuvieron que ceder, presionados por el gobernador

López; he sabido de otras provincias que se han negado a entregarle esa facultad. A mi entendimiento, esta exigencia de Rosas y la firme demanda para que sea Buenos Aires la que enjuicie y ejecute a los asesinos del general Quiroga, obviando a la justicia de Córdoba, confirman que busca acentuar el régimen que ha instrumentado para el país... El interior se defiende con evasivas y pretextos que se desarman ante la tenacidad de Rosas, que remite a los gobernadores consejos cada vez más apremiantes... Hay, en general, una disconformidad en los ciudadanos por esta política, o al menos una apatía que contrasta con el entusiasmo que los pobladores de Buenos Aires sienten por don Juan Manuel de Rosas..."

Laura estaba atareada fiscalizando cómo las criadas arreglaban la ropa en arcones y roperos; presa de una especie de fiebre, hizo vaciar todo y después de un recuento de prendas decidió que tenía que encargar ropa nueva para sus hermanos. Misia Francisquita, tolerante con los nervios de la joven —que se agudizaban a medida que se acercaba el día de la partida de Robertson—, trató de hacerla entrar en razón.

—No están las cosas como para renovar guardarropas —le dijo—. Espera que venga tu marido y convérsalo con él. No sé, de momento, con cuánta plata contamos.

—Y cuando él no esté, ¿a quién preguntaré? ¿Tendré que escribirle a Escocia y esperar un año la respuesta? —replicó ella, fastidiada.

—¿No quieres que se vaya? —la sondeó la señora.

La joven le volvió la espalda para sacudir con fuerza unas pantaletas que habían sido de su madre y ahora usaba ella.

—Por mí, que haga lo que quiera, pero cuanto antes, mejor.

—Dios te habrá de castigar concediéndote tus deseos —se burló la señora.

Laura no contestó. Una idea le rondaba la cabeza, pero se desalentaba al ver las prendas interiores, desgastadas, aunque prolijas y blanqueadas.

—¿Estás por ir a una fiesta en ropa interior? —se burló la señora.

La joven enrojeció y guardó todo desordenadamente en el arcón. Por primera vez lamentó no haberse dedicado a bordar las bandas y los apliques de encaje que su tía la instaba a confeccionar.

—Estás muy callada —insistió Misia Francisquita, empeñada en sacarle una palabra—. Y muy nerviosa. —Porque en verdad no podía creer que esa jovencita "que no se hallaba en sí misma" fuese la Laura controlada, quizá madura de más para su edad, que se había encargado de la casa al fallecer su madre. Claro que de por medio estaba la muerte del padre. "Y su casamiento con un hombre muy apuesto que al parecer no da muestras de pasarse a su cama."

—¿Acaso cree que le escondo algo? —se defendió la sobrina.

—Si te refieres a lo que imagino, no hará falta que me lo digas. Lo sabré de inmediato.

Laura, arrodillada, se dedicó a buscar el par de cada zapato. ¿Cómo era posible que hubiera tantos desparejados?

Misia Francisquita fue llamada a la habitación de doña Adelaida. No bien salió la señora, Laura puso pestillo a la puerta y se sentó en el suelo, la espalda contra la cama. Angustiada, se cubrió los ojos. "Si me acuesto con él, quizá se quede", pensó. Ahora que lo conocía mejor, estaba segura de que, con defectos y todo, era un hombre confiable. "Sí, se quedará. ¡Él me quiere, estoy segura! Y yo... yo lo necesito. No puedo apoyarme siempre en tío Eduardo, y menos ahora que papá no está. La gente empezará a hablar..." Además, Robertson despertaba en ella una energía que la hacía sentir viva, ya fuera por la alegría, la excitación o la furia. "He llevado una existencia tan aburrida, tan sin... sin... Siempre viviendo para los otros. Él hace que me sienta importante. Es extraño: antes de conocerlo, mis sentimientos más fuertes se relacionaban con el dolor. Las muertes, las enfermedades, el exilio, las ausencias... Pero él me perturba de tal modo que no tenga más pensamiento que el de estar pendiente de sus actos, imaginando las cosas que podría intentar, esas cosas que pasan entre un hombre y una mujer y que entiendo a medias. ¡Lo seguiría hora por hora para saber qué hace cada minuto del día y...! ¡Ah, cómo consigue que olvide deberes y responsabilidades! ¡Odio la palabra "responsabilidad"! ¡No quiero ser responsable de nadie ni de nada, al menos por un tiempo! Solamente quiero..."

Pero no conocía las palabras que pudieran definir lo que quería. Pensativa, levantó en la punta del pie los calzones, las basquiñas, las enaguas, las medias de encaje zurcidas en los talones. ¿Por qué nunca había dado importancia a su ropa, posponiendo siempre la confección en beneficio del resto de la familia? Su madre se había encargado de eso, y a su muerte ella lo había pasado por alto.

"Tendré que pedir dinero a Robertson y mandar las telas a la modista con urgencia. ¿Habrá tiempo de terminarlas? ¡Ah, Dios, qué mal que me siento! ¡Y mi querida Consuelo, tan pobre como yo, sin poder prestarme nada! Ni a ella puedo acudir..."

Se sintió infeliz hasta que una idea le devolvió el ánimo: había prendas que le quedaban chicas, que ya no usaba, de buenas telas y de inmejorables guarniciones. Se quedaría toda la noche armándose un ajuar mínimo. Después de que las cosas se arreglaran entre ella y Robertson, podría encargar a la modista un vestuario más completo.

Como atacada de fiebre corrió escaleras abajo, a la pieza de labores; buscó canastillas, tijeras y alfileres. Ante el asombro de tías y criadas, entre corridas y apuros, subió a encerrarse en su pieza. No bajó a cenar.

Robertson, que llegó tarde, observó, al apagar la vela, que, si bien no se oía ni un ruido, la luz se filtraba bajo la puerta que comunicaba ambos cuartos. Curioso, se acercó. Por una rajadura de la madera, espió a su esposa: Laura estaba sentada sobre la cama, con las piernas recogidas, rodeada de telas y puntillas, con dos candelabros encendidos y entretenida en algún tipo de labor.

Se apoyó en la pared, sorprendido, pensando cuál sería el motivo de semejante empeño. Volvió a mirar y el corazón le saltó a la boca al ver que ella levantaba una prenda y la observaba con atención. No estaba seguro, pero le pareció que era una especie de justillo o de corpiño. Se restregó los ojos y esta vez la circulación se le aceleró: Laura se había desnudado de la cintura para arriba, dejando al descubierto sus senos firmes y suaves, y sí, en efecto, era un corpiño que intentaba prender bajo sus pechos; lo consiguió y luego, con delicadeza, los acomodó en las tazas festoneadas. Robertson sintió que su comportamiento era incorrecto (¿aunque la observada fuera su esposa?) y, mientras luchaba con la idea de meterse en el dormitorio de la joven, ella saltó al suelo y se acercó a un alto espejo. El pelo suelto le ocultaba parte de la cara, y la camisa de dormir resbaló de la cintura a sus caderas; quedó así, contemplándose en la luna, el cuerpo espléndido y dorado a la luz de las candelas, con un aire de hurí que hizo que Robertson se apartara y clavara la vista en la oscuridad hasta que su mente se llenó de estrellas. Tanteó la puerta; estaba trabada del otro lado. "Si viviéramos solos, podría tirarla abajo sin importarme que gritara —reflexionó—. ¿Por qué acepté este trato contra natura? —pensó, y se contestó—: ¡Si yo mismo lo propuse, idiota de mí!"

Furioso, se vistió, tomó las armas y fue a las barracas; despertó a Pascual e hizo que le ensillara el caballo. Se dirigió después a la casa de una mujer con la que tenía una especie de acuerdo: era la viuda aquella a la que había ido a visitar el día que mataron a don Felipe. Se quedó con ella toda la noche.

Al amanecer se retiró, bajó hasta el río y se dio un baño helado que terminó de despejarlo, pero al ir por su caballo se encontró con que lo habían robado o se había escapado. Maldijo en voz alta y volvió a pensar cuán insatisfactorio había sido el trato con la mujer: la mecánica del sexo había funcionado, pero en todo momento pensó en Laura, en la desnudez atisbada por la rajadura de la puerta, en el beso que se habían dado en la pieza de doña Blanca, y antes, cuando la derribó bajo las araucarias y los abetos. Volvió a su casa y se tiró vestido en la cama; se durmió de inmediato.

· · ·

Cerca del mediodía llegó Pascual a llevarle el caballo; lo habían encontrado pastoreando cerca del río. Como reconocieron la marca, lo habían devuelto... no antes de pedir indirectamente una recompensa.

—La niña andaba por la huerta y se enteró —le dijo el chico sin mirarlo a la cara, con expresión divertida— y quiso hablar con el hombre...

Como Pascual calló, mientras jugaba con las riendas, Robertson se exasperó.

—¿Y?

—Le dijo dónde lo había encontrado.

—¿Y? — cada vez entendía menos el conflicto.

—Creo que, por el lugar, la niña debió de darse cuenta... Se fue muy enojada y Martina tuvo que buscar unas monedas para el hombre, porque ella dijo que no pensaba entregarle ni un real. Después me preguntó a mí a qué hora se había ido usté.

—¿Qué le dijiste? —preguntó Robertson, preocupado por el cariz del asunto. Aunque Laura no supiera de la mujer, no debía de ignorar que los burdeles estaban por la zona.

—Y... que no sabía nada yo...

—¿Te creyó?

—No me pareció.

Irritado, se encerró en el escritorio y sacó una serie de notas, como si fuera a trabajar. Le resultó imposible, pues no podía dejar de pensar en Laura. "¿Es justo que el destino se ensañe conmigo? ¿Cuántos hombres se desahogan sin que sus esposas lleguen a enterarse? En cambio, yo... cada vez que tengo trato con una mujer, Laura se entera. Es como darle argumentos para que me repruebe y... ¡Oh, demonios! Mientras no cumpla con sus deberes maritales, imagino que no esperará que me mantenga casto como un fraile..."

Oyó pasos y voces en la calle. En dos trancos estuvo junto a la ventana y espió a través de la cortina: allí estaban Laura, Consuelo y una de las criadas.

"¡Ah, no tendré un encuentro con ella ahora! ¡No discutiré hoy sobre mis derechos y sus demandas!" Y además, ¿qué buscaba al ir acompañada? Aunque dejara a las otras en la sala vecina, ¿creía que una discusión era algo susurrado?

Salió apresurado del escritorio, al tiempo que se ponía el saco. Clotilde iba a abrir, pero él la detuvo.

—No estoy, nunca estuve, hace días que no me ve —la instruyó.

Luego saltó la tapia y cayó en el patio del vecino. Las sirvientas que estaban de lavado se asustaron y la mayor de ellas tomó una pichana y se la quebró en la espalda, entre el griterío y las risas de las jóvenes. Él se atajó como pudo, consiguió trepar a un árbol, cayó en el callejón posterior y se encaminó a lo de Farrell.

26

De entrañable modo

"No pienso que podría
Según la viva sed de amor que siento
Amar como querría..."
                                    –San Juan de la Cruz

L aura entró en la casa de Robertson y, a pesar de que Clotilde le dijo que no sabía nada del señor, dio una recorrida por los patios, inspeccionó su dormitorio, pasó al escritorio y se sentó allí dispuesta a esperarlo.

—Capaz que no venga en horas —intentó convencerla Clotilde, pero Laura contestó con firmeza:

—Entonces me quedaré a dormir.

La mujer se alzó de hombros y se retiró con Canela a los fogones. A sus espaldas, Consuelo no pudo contener la risa e imitó la forma en que lo había dicho.

Laura, nerviosa, dio una recorrida por la habitación: era agradable. No le hubiera disgustado vivir allí; a pesar de que no se veían lujos, tenía un aire de intimidad y de comodidad muy grato.

—Mira, ¿así serán las casas por su tierra? —preguntó, al ver las aguatintas que él había pintado en España.

Consuelo se acercó y miró la puerta de Toledo, la torre de las Infantas, el jardín de Lindaraja...

—Esto parece España; sí, aquí dice España. Y están firmadas por él. ¿Sabías, Lali, que era pintor como tu primo? —Enseguida señaló otra: —Esto debe de ser de su país; mira cómo está escrito: "Edinburgh".

—¿Y qué tiene que ver?

—No hay ninguna palabra en español que tenga "n" antes de "b" alta.

—A lo mejor tiene mala ortografía...

—Lo dudo; es escritor. Además, ni tú te equivocarías poniendo "gh" al final de una palabra.

—No te burles de mí —le advirtió Laura. Curiosas, acercaron las cabezas para observar con detenimiento una vista de la Ciudad Vieja de Edimburgo.

—¿Será que tienen edificios tan altos?

—Sí. Luz me contó que por allá es así. Además, siempre hace frío y llueve todo el tiempo.

—Mira, le gusta leer. Tiene muchos libros abiertos. Éste debe de ser su trabajo...

Consuelo se acercó.

—Está en otro idioma.

Laura levantó una libreta. Al abrirla, entre mapas y dibujos de animales con explicaciones inentendibles, vio una ramita de madreselva.

—También a él le gusta la madreselva —se sorprendió.

Su amiga abrió el Atlas de Blaeu y Laura se sentó a la mesa escritorio con el retrato de una pareja que tomó de la repisa. Con seguridad eran sus padres, aunque le parecieron un poco viejos. ¿Quién era ese hombre que poseía libros de mapas, que dibujaba en libretas, que guardaba ramitas de flores secas? "¿Cómo es posible que nunca le haya pedido que me contara su vida? Quizá me merezca que se vaya; he sido indiferente por demás. Esto no se trataba de acostarnos juntos; se trataba de conocernos..." Y con un afecto nuevo, recordó cuando él le había dicho: "¿Acaso no somos amigos?".

Lo que observaba en esa pieza, en el austero dormitorio —que inspeccionó después—, no daba la imagen del hombre libertino y descarado que ella detestaba. ¿Quizá Robertson —como decía su tía— fuera mucho mejor de lo que, llena de prejuicios, había supuesto?

Al abrir una gran carpeta de hojas gruesas y ásperas se encontró con dibujos a pluma de La Antigua, de El Oratorio, además de un retrato de su padre, que le llenó los ojos de lágrimas. "Yo debería tenerlo, no él", pensó con resentimiento y siguió pasando las hojas. Había un hermoso estudio de los rostros de sus hermanitos —Francisco, Javiera y Catalina—, otro de misia Francisquita y ella, concentradas en hacer encaje, y por último, varios bosquejos de sus manos: con el rosario enredado entre los dedos, tocando el piano, descansando sobre la falda. "¿Así son mis manos, tan lindas?", se envaneció.

Consuelo se acercó a mostrarle un libro con ilustraciones.

—Deberías pedírselo prestado. Tiene unos cuentos muy lindos. Podríamos leerlos a la siesta...

—¿Cómo se llama? —Laura cerró la carpeta, presa de una ansiedad inexpresable.

—*Cuentos de la Alhambra.*

—¿Qué es "alhambra"?

—Al parecer, un lugar de España.

Laura se sintió inquieta. Tomó conciencia de que no debía estar allí (¿por qué no?, ¿acaso Robertson no era su esposo?) y se sintió avergonzada de que la encontrara, como la vez anterior en su dormitorio, así que se puso de pie con torpeza.

—Vámonos.

Consuelo dejó el libro sobre la mesa y la siguió a la galería; Laura llamó a Canela para advertirle que se iban.

—¿Qué pasa, Lali?

—Volvamos a casa, por favor.

Acompañaron a Consuelo hasta las Huérfanas y regresaron al solar, Laura molesta consigo misma y presa de una inquietud indefinible.

Robertson atravesó en silencio los techos de las Núñez del Prado, bajó a la tapia, pasó al castaño y por fin saltó a la huerta de los Osorio. No había tocado la puerta de entrada, para que Laura ignorara a qué hora había vuelto. Si bien no era tan tarde, la casa estaba silenciosa: doña Mercedes le había comentado que los niños se hallaban en lo de Julita Núñez del Prado y se quedarían esa noche con ellas. Subió la escalera con paso de gato y al llegar a la puerta del dormitorio de Laura apoyó el oído, pues se veían resquicios de luz entre las maderas. La oyó moverse; probó de abrir y descubrió que estaba con llave. Mejor así; entraría en el suyo sin encender la vela y al otro día juraría que estaba allí desde... Envolvió el picaporte en un pañuelo para apagar el chasquido, y empujó. El ruido fue ensordecedor, como si hubiera volteado cien cacharros de metal.

La puerta que separaba ambos dormitorios estaba abierta. Su esposa se acercó con una palmatoria encendida; a su resplandor vio, desconcertado, que había volteado una silla con varias cacerolas encima.

Pasó sobre ellas y preguntó a Laura, todavía pasmado:

—¿Una trampa para bobos?

La joven estaba en camisón, tan cubierta como una monja, con el pelo trenzado y descalza.

—¿De dónde viene? ¿No le da vergüenza llegar a estas horas? ¿Y quién le ha abierto, que no he oído que llamara? ¿Acaso está en combinación con una de las criadas? —preguntó, enojada.

—De dónde vengo es cosa mía. No, no me da vergüenza llegar a estas horas, eso deberías saberlo. No tengo cómplices en la fortaleza; me bastó saltar las tapias. No quería asustar a las señoras.

—Sólo asustaría a mi abuela, porque tía Francisca, además de apañarlo, se ha retirado a las Catalinas.

Aquello, pensó en un segundo Robertson, parecía un regalo del cielo: el dormitorio de doña Adelaida quedaba muy lejos y los que continuaban al de él se hallaban desocupados al no estar los niños. La actitud de Laura, proclive a la pelea, a veces predisponía al amor.

Cerró la puerta y se entretuvo en levantar los trastos mientras consideraba cómo encarar el asunto.

—¿Debo pensar que de veras te importa dónde he estado?

Laura retrocedió hacia su pieza.

—Por supuesto que me importa. Si va a irse, al menos cumpla formalmente con...

—Al diablo con la formalidad —se exasperó y se acercó a ella—. Quiero saber si de veras te importa que me acueste con otras mujeres.

—¿Lo ha hecho?

—Yo pregunté primero —le recordó. Le quitó la palmatoria de la mano y la dejó sobre la consola.

Laura le dio la espalda. Él, la tomó de los hombros y la volvió hacia sí con rudeza.

—Dime la verdad.

Laura permaneció en silencio unos segundos; luego asintió con la cabeza.

—Quiero oírlo —exigió Robertson.

—Sí... sí me importa. Creí que no, que nunca... pero sí, me importa y...

Sin más palabras, él la estrechó con fuerza, le metió la mano en el cabello, le desarmó la trenza sin querer. La sintió rígida y temblorosa, tan absolutamente ignorante de cómo sucedían las cosas, que se impuso paciencia. La alzó en brazos, pero antes de alcanzar la cama tropezó en un pliegue de la alfombra. Laura quedó al borde, pero él resbaló al suelo.

—No hay caso, estoy destinado a hacer el ridículo contigo —comentó con resignación. Se incorporó y se arrojó a su lado, para besarla apasionadamente. Con un esfuerzo consiguió contener la respiración para poner el pensamiento en claro, para no equivocarse en los pasos que iba a dar, pero Laura levantó los brazos, se tomó de su cuello y con los ojos cerrados le ofreció la boca. "Ah, Dios; esto es un milagro. Un año llevo deseándola." Inesperadamente, se llenó de pánico y suplicó: "¡Que no me falle la hombría justo ahora!".

Su hombría no falló, pero nada resultó bien. Comenzaron con algo de torpeza pero de modo prometedor; sin embargo, de pronto la cama se volvió un campo de batalla donde él luchaba por levantarle el camisón, por descubrirle los hombros, y ella por bajarse las enaguas, por taparse el pecho. Intentó seducirla con caricias, con besos, con promesas; le suplicó y por último se enfureció. Nada parecía poner calor en su cuerpo: permanecía rígida, con los ojos cerrados, muda; sólo movía las manos para impedirle llegar adonde él quería. Con el poco discernimiento que le quedaba, Robertson comprendió que no podía seguir adelante; no quería usar más fuerza de la que ya había empleado. Se levantó de la cama y se puso los pantalones que en algún momento había conseguido quitarse; con el torso desnudo, las botas en la mano y el pelo desgreñado, le advirtió:

—Está bien, dejémoslo así. Pero mejor que pongas llave a esa puerta —y señaló entre ambos dormitorios—, porque la próxima vez que vengas con recriminaciones las cosas no van a ser como tú quieras, sino como yo diga.

Salió a la galería oscura y al llegar a los escalones una sombra se le cruzó entre las piernas y lo hizo trastabillar: Sansón. "Maldito gato", juró y le arrojó una bota que luego tuvo que buscar entre las plantas del patio por un buen rato.

Más cerca del furor que de la frustración, se volvió a su casa; tendría que recurrir a costumbres de colegial para aliviarse, porque no tenía ganas de salir por una mujer.

Al día siguiente se dedicó a derribar los frutales apolillados y a desmalezar la huerta con un frenesí que preocupó a Clotilde. Pascual, sentado sobre el techo del galpón, lo miraba absorto.

Se bañó dos veces, tomó media botella de whisky sin usar el vaso, se trepó a los techos, quitó algunas tejas, salió a comprar otras, volvió en apenas un rato, las colocó con prolijidad y luego, en el banco donde trabajaba en las monturas, rescató unos muebles derrengados y comenzó a encolarlos martillando con fuerza sobre las espigas.

Y todo, como diría después Clotilde, en el más absoluto silencio; se veía que la niña Laura le había dado su merecido por andar por la costa enredado con malas hembras, que ella bien sabía dónde empollaba, sin respetar siquiera el día de Dios: un domingo, advertida por su cuñada, se asomó a la ventana y lo vio despedirse de Crispina, la viuda, él a caballo, ella medio desnuda.

Después de una siesta inquieta, en la que el cuerpo parecía seguir intoxicado a pesar del empeño puesto en expulsar los malos humores, volvió a bañarse y, algo más sereno, se vistió, trabajó en un artículo para la *Edinburgh Review* y por fin salió a dar una vuelta. Primero fue al Cabildo, donde tomó café con el padre Mateo; después se dirigió a lo de don Fidel Calleja, quien le hizo probar unas golosinas recién llegadas de San Juan, lo invitó con una manzanilla y se sentó con él en la vereda a mirar la gente, los coches, los jinetes. Una hora después llegó a casa de Farrell, que dibujaba unos mapas para sus Memorias. Tirado sobre el sillón, los estudió; con un dolor que le cerraba la garganta, se sintió perdido en la región de los afectos, pues no tenía para recorrerla ningún mapa trazado, él, que tan aficionado era a los mapas.

Terminaron el día en el salón del hotel, con algunos amigos. Pidieron unas aceitunas, unas conservas en vinagre, embutidos y una botija de vino. Cerca de las diez de la noche, después de pasar la tarde como caballeros, se despidieron y Robertson se dirigió a su casa. Clotilde, advertida, no había echado las trancas, así que pudo abrir con la llave. Todo estaba en paz; le habían dejado las luces encendidas.

Tras quitarse el saco, se sentó a concluir el artículo, para después ordenar la mesa, limpiar la pluma, tapar el tintero. Recogió el candelabro y salió al corredor; por un instante dudó en quedarse o irse a casa de Laura. No había querido pensar en ella —con poco éxito— pero, indulgente más allá de lo que creyera posible, decidió dejar pasar unos días para que se tranquilizara. En el patio sacó un cigarrillo, que encendió en la vela; lo fumaría antes de acostarse. Entró en el dormitorio, dejó la luz sobre la mesita... y vio a Laura tendida en su cama: cubierta con las sábanas hasta el pecho, boca arriba y estirada como una figura yacente, llevaba un cerrado camisón con cintas en el cuello y en los puños. Tenía los ojos bien abiertos.

—Te acompañaré a tu casa —le dijo con rudeza—. No vamos a empezar lo que no podemos concluir...

Pero la expresión consternada y el rubor que le encendió la cara al ser rechazada le hicieron arrojar el cigarrillo al patio, cerrar la puerta y sentarse a su lado. Captó entonces, en aquella mujer que estaba allí acostada, inmóvil en las sombras, una calidez, una especie de secreto fervor, como si se hubiera producido en ella, tan calma, algún cambio en lo más profundo de su ser.

Le despejó la frente de cabellos y le acarició el cuello con el dorso de la mano, pensativo y aún inseguro. De manera inesperada, Laura hizo un gesto que lo perdió: tomó sus manos entre las de ella y se las besó al tiempo que lo miraba a los ojos.

—Duerme conmigo —le rogó—. Ayúdame a ser tu esposa.

Sin poder contenerse, puso sus manos bajo ella y la levantó hasta él. Laura lo abrazó con fuerza y lo besó hasta que se le cortó el aliento.

Enredado en su cabellera, tironeando del cinto, Robertson manoteó la camisa. Temía separar su cuerpo del de ella, como si algún genio maligno pudiera arrebatársela; más trastornado que cuerdo, fue incapaz de controlar lo que estaba sucediendo. Perdió antes él la cabeza que ella la virginidad —prueba de que al fin le pertenecía—, y tarde comprendió que su forma de vivir había quedado alterada en unos minutos y sin retorno: nunca más podría enrolarse en guerras ajenas, ni viajar de un lado a otro, ni huir cuando se sintiera estrangulado por la rutina. La sangre de la joven había sellado un pacto que hasta aquel momento él no había estado dispuesto a refrendar.

Rendido, incapaz de cualquier esfuerzo, se tendió a su lado. No había escape posible: aun en el caso de que por el resto de su vida se le negara el tenerla, se encontraría ante la sensación absurda de no poder prescindir de ella. Cayó en el sueño con la certeza de que, aunque todo indicaba que la sometida era ella, el rehén era él.

Laura quedó insomne, los dedos sobre el relieve de las cicatrices del cuerpo de su esposo. Poco después lo oyó respirar en el desvanecimiento de la conciencia y entonces se atrevió a besarlas, estremecida, porque él podría haber muerto por cada una de ellas. "Y yo jamás habría sabido de él. No estaríamos en la cama, nunca habría ocurrido esto tan terrible y hermoso que acaba de sucedernos, el misterio que nos enseñan desde niñas a temer, el que que nos condenó a la mortalidad."

Al otro día Robertson despertó ante el contacto del cuerpo dormido de Laura arrimado al suyo; le respiraba sobre la espalda, las piernas contra sus piernas, la mano laxa sobre la cintura de él. Se volvió con cuidado y la besó en los hombros hasta que abrió los ojos.

—¿Te hice feliz? —murmuró ella, abrazándolo.

—Es fácil hacer feliz a un hombre —reconoció él—. Mucho más difícil es hacer feliz a una mujer... ¿Te he hecho yo feliz?

Ella murmuró algo, todavía con sueño. Robertson sintió que —a diferencia de otras veces— no deseaba abandonar la cama; como en raras ocasiones, quería holgazanear, liberado de la urgencia, por lo general inmotivada, con que encaraba el día. Se incorporó y recorrió el cuerpo de la joven desde el cuello a las rodillas. Se sintió vulnerable y hasta asustado ante una emoción que desconocía: la entrega voluntaria de sí mismo a otro.

Clotilde pasó cerca de la pieza, los oyó hablar y decidió caminar hasta las quintas. Cuando regresó, ellos ya no estaban. Al cambiar la cama, vio la sábana con algunas manchas de sangre. "Sería verdad que seguía virgen, como decía Canela —se admiró—. ¡Con razón andaban mal! Ahora sí que el patrón no se ha de ir."

Fue una etapa extraña para ellos, deslumbrados por una clase de amor que desconocían: ella, por saber poco; él, por saber demasiado.

Los chicos seguían visitando tías; esta vez se habían trasladado a lo de doña Mercedes, que estaba celosa de las Núñez del Prado. Como misia Francisquita continuaba en la Casa de Ejercicios y doña Adelaida se dormía temprano, los esposos disfrutaban de cierta intimidad. Descubrieron de a poco el humor del otro; se contaron con timidez algunas cosas, aprendieron a esperar y a compartir.

Con vanidad de hombre, Robertson sentía que lo que siempre había supuesto se volvía realidad: a veces, de sólo tomarla del cuello, ella caía en sus brazos. Sintió que lograba dominarla con su cuerpo, con su impulsividad; hasta con la voz podía provocar en ella una respuesta profundamente apasionada. Laura no tenía más armas que la pureza de sus sentimientos; no le quedaba más remedio que buscar refugio en sus brazos. "Soy su rehén —pensaba—, pero también su carcelero."

A veces, mientras lo contemplaba dormir, la joven se sonreía. "Hace casi un mes que sucedió. Dentro de unos días llegará tía Francisca. Veremos si es cierto que se da cuenta de lo que ha pasado entre nosotros." Por supuesto, lo había contado a Consuelo, que, después de interrogarla, le planteó sus dudas de que aquello pudiera ser el tan alabado amor marital.

—Claro que si no hay otra forma de tener hijos...

Al meterse en la cama, Laura —sonriéndose ante el recuerdo de las conclusiones de su amiga— se dormía abrazada a su esposo. "Ahora no se irá", pensaba.

27

Los venenos del amor

"Cuidó de advertirle que era indispensable que la persona que deseaba hacerse amar vertiese por sí misma dos gotas del bebedizo en medio vaso de agua, pronunciando ciertos conjuros."

–José Milla,
La hija del adelantado

CÓRDOBA
FINALES DE 1836

Las dos mujeres, a caballo, entraron en el patio de Ponciana Vargas, andaluza y reputada de hechicera. De niña había llegado al país en compañía de una viuda; criada por ella, "y para que no caiga en malas costumbres por necesidad", la señora le había dejado en herencia una casita y un pasar decoroso, que ella incrementaba con sus dotes de zahorí.

La más joven de las dos mujeres se retrajo.

—Tengo miedo —confesó a su amiga.

—No temás, Crispina. La Ponciana es buenaza, la conozco. ¿Te acordás que Tolosa me dejó? Bueno, ella hizo que volviera. Además, ¿no llevás la ruda en la media?

Llamaron batiendo las palmas. Una cortina de tela colgaba de la puerta; cuando la apartaron, apareció una vieja jorobada, con un pañuelo que le sostenía la quijada. Se agachó varias veces en señal de saludo y les dijo:

—Doña Ponciana las atenderá en seguidita... Es muy adivina, no la va a chasquear —prometió a Crispina—, ya que conocía a la otra —agregó al ver que dudaba.

Se ponía el Sol; era casi la hora en que los faroleros se lanzaban a la calle con sus blandones y chisqueros, hora de oscurecimiento invernal, de que sonaran las campanas, hora de Ánimas. En el patio del fondo, visible en parte, se disimulaba un coche de alquiler.

Crispina recogió bridas, arrepentida de haber escuchado a su amiga.

—Volvamos. Se hará oscuro antes de que lleguemos a casa.

Pero, como si el destino la apurara, vieron salir a una señora toda de negro, con alto peinetón y velo tupido, que subió apresurada al coche y apremió con movimientos de pañuelo al conductor.

—Vengan, no se achiquen —dijo la vieja al tiempo que les hacía señas con la mano. Les sostuvo las riendas de los caballos para que desmontaran e inquirió: —¿Quién será la primera?

La amiga de Crispina dio a ésta un empujón y aclaró:

—Quiere que la acompañe.

Entraron en una habitación espaciosa, de paredes tapizadas con telas de Argelia; un enorme gato gris, sobre un almohadón, miraba con fijeza una jaula enorme con un loro tan grande como jamás vieran, y además blanco y con copete.

La mesa estaba cubierta por una manta colorada que mostraba en partes el entramado. Había varios mazos de cartas desparramados, uno de ellos con dibujos que aterraron la inteligencia simple de Crispina: boca arriba, un esqueleto cegaba cabezas; en otra, un hombre colgaba de un tobillo; debía de ser de esos santos que la Iglesia desconocía, pues un halo dorado le rodeaba la cabeza.

A pesar de las velas, la oscuridad le ganaba a la luz y apenas si podían ver a la mujer, una figura menuda, todavía de luto por el ama que había muerto hacía al menos veinte años.

Crispina no estaba preparada para la voz que surgió de ella, clara y convincente, sin el tono melifluo de las pícaras.

—Siéntense —ordenó, y extendió la mano hacia Crispina—. Trazá una cruz en mi palma con una moneda de plata.

Ella, que la llevaba preparada, obedeció, y después del rito empujó el peso hacia la adivina; era su paga.

—Tu mano; la del corazón...

—Está tan oscuro... —se quejó Crispina, que miraba hacia los rincones, donde veía bultos y sombras que le avivaban el miedo. Sólo la idea de la ruda protectora, escondida entre la media y el pie, la mantenía allí.

La mujer no miró las líneas de su mano, sino que la tomó entre las de ella, la apretó con fuerza, la acarició con delicadeza para luego dar un suspiro.

—Has venido por un hombre que te se escapa, un hombre que es superior a vos en condición, un hombre que te ha encendido las entrañas y que querés agarrar sea como sea... —Al ver la expresión boquiabierta de Crispina, preguntó: —¿Sea como sea? —y consiguió que la mujer recordara vívidamente al que la hacía perder la cabeza cada vez que se ayuntaban, que la tomaba como si fuera otra, pero que la trataba, no obstante, con consideraciones que ningún hombre había tenido con ella.

Crispina vaciló unos segundos antes de responder:

—Sí —con voz hueca, sobresaltándose a sí misma.

La Vargas, con una casi sonrisa, insinuó:

—¿Y si te dijera que lo olvidés?

Crispina la miró fijo, para negar luego con la cabeza.

—¡Olvidar! —exclamó—. Si sabe un remedio para que se quede conmigo, demeló y pidamé lo que quiera, que si no tengo, robaré para pagarle.

—Sólo quería estar segura, porque él tiene esposa. Hay que tener cuidado con las esposas.

—Ella no lo quiere; la obligaron a casarse con él.

—¿Así te dijo? —La voz de la Vargas era burlona.

—No —vaciló la mujer, y miró a su amiga—. Lo averiguamos entre las dos.

Ponciana tomó el mazo de cartas con figuras y puso la mano de Crispina sobre él por unos segundos. Luego desparramó las cartas en abanico y las observó con detenimiento.

—Es difícil ir contra el matrimonio bendecido, pero vení mañana, que te voy a dar unas gotas para que le hagás beber durante un tiempo. Tráeme un pedacito de alguna prenda de abajo... de braguero, mejor. Después esperás unos días. Lo que deba ser será.

Con eso las despidió, pero no bien cruzaron el umbral, de las sombras del interior salió una joven negra delgadísima y alta, de cuello, manos y pies finos y largos.

—Seguílas.

—No hace falta. Es la viuda que vive frente a la casa del doctor Medina Aguirre. Antes de que él se fuera al centro, yo la sabía acompañar a mi madre, que trabajaba ahí. ¡Si la habré visto hacerle la corte al doctorcito mientras barría la vereda!

La Vargas miró las cartas mientras le sostenía la frente con la mano.

—Pero el doctor Medina Aguirre es soltero, y éste que la tiene mal es casado. Averiguame quién es el hombre.

Omara —femenino de Omar— asintió con un cabeceo. Tomó un puñado de semillas secas de cabalaza y silenciosa, más sombra que materia, se internó en la oscuridad; con sus dientes perfectos rompía la cáscara y obtenía el corazón, de un amargor agradable. Caminaba en forma pausada, cadenciosa, como sin duda aún caminaban por las planicies de África los de la tribu de sus antepasados.

A lo lejos se encendían con lentitud las luces del alumbrado de la ciudad. Ella sabía cuántos pasos daban los serenos entre una y otra, y los adecuó al ritmo.

• • •

Crispina Gómez era una viuda de treinta años. Vivía cerca de la costa, en una parte modesta de la ciudad, aunque no desacreditada, barrio de artesanos, de empleados del Cabildo, de mujeres con honestos oficios. Su marido había muerto de un cólico miserere, y ella, que se había criado en la Casa de Huérfanas, donde aprendió costura, decidió ganarse la vida cosiendo. Su clientela era humilde, pero trabajo no le faltaba.

Conoció a Robertson un día en que él se inclinó sobre el caballo para pedirle las señas de un herrero. Ella tuvo la impresión de que había sido una excusa. Como para confirmarlo, una semana más tarde él se detuvo en su puerta, le pidió un vaso de agua y se quedó a conversar sin que nada lo apurara.

Crispina no era promiscua, pero tampoco le negaba al cuerpo lo que el cuerpo le pedía, así que se mostró accesible la siesta en que el hombre apareció por tercera vez, y lo invitó a pasar "para que viera qué calientito estaba dentro". No bien traspasó la puerta, él se apresuró a cerrarla y sin más palabras la atrajo hacia sí, la tocó con rudeza, la besó con una avidez que la deslumbró. Después de la primera vez, desapareció y ella pensó que no volvería a verlo, pero al mes aproximadamente regresó; le dijo que había tenido que viajar. Desde entonces, la visitaba dos o tres días por semana; a veces se quedaba a dormir, otras sólo se demoraba unos minutos.

Había intentado darle dinero pero ella lo rechazó, advirtiéndole que no vendía sus favores, aunque permitió que pagara algunas cosas o que le llevara regalos. Como en bebidas tenía gustos raros, solía llegar con una o dos botellas que ella guardaba con cuidado.

Si viajaba a las sierras, se lo hacía saber; cuando volvía, iba a verla. Crispina comenzó a enamorarse rabiosamente, alentada por el whisky guardado en el armario y algunas ropas que él olvidaba —y que ella lavaba y planchaba con esmero—; mucho contribuyó el que Robertson no desdeñara ayudar con la acequia o reponer algún vidrio.

Un día supo que estaba casado. Su vecina era cuñada de la mujer que trabajaba para él —Clotilde—, y le contó la historia; le aseguró también que la esposa estaba enamorada de otro. No lo nombró, pero se refería a De Bracy. "Estuvieron a punto de matarse poquito antes de la boda."

Crispina creyó que iba a enloquecer de celos, y más aún cuando de pronto, esta vez sin avisarle, Robertson dejó de ir a su casa. Todo eso la había llevado a lo de Ponciana Vargas. Aquella noche la pasó en vela, esperanzada en oír el caballo de él, y al amanecer, insomne, buscó febrilmente alguna ropa hasta que dio con lo que la mujer le había pedido: un braguero. Cortó un pedacito, lo guardó en el pañuelo y, sin esperar a su amiga, en pelo por no perder tiempo en ensillar el petiso, partió para lo de la Vargas.

En la cocina, en camisón y descalza sobre un pellón de oveja, la hechicera bebía chocolate de una taza de plata.

Crispina le extendió el pañuelo.

—Ahí está —dijo, nerviosa.

—Sentáte. ¿Querés chocolate? Dale un poco —indicó Ponciana a la vieja. Luego, con los ojos saturninos clavados en la viuda, le dijo: —Ya te preparé el bebedizo. Se lo darás en cuanto llegue, mezclado con alguna bebida fuerte, para que no distinga...

—Es que él ha perdido el rumbo de mi casa...

—No te preocupés, que yo lo haré volver. Ahora, escuchá bien: le das dos gotas en un vaso de lo que sea. Eso, para predisponerlo. Pero si no se muestra amoroso, tenés que tener preparada una botella de lo que le gusta. Le ponés diez gotas, nada más que diez gotas, ¿entendés?, que es malo si no, y le regalás la botella. Él va a volver. Al notar desconfianza en la cara de la mujer, la tranquilizó: —Mirá, no me vas a pagar hasta que lo tengás de nuevo en tu cama.

—¿Y cuánto...?

—Ya hablaremos. Si él vuelve, no te parecerá mucho, y si no vuelve, sólo me pagás los remedios.

Crispina, nerviosa, terminó el chocolate, tomó la botellita y cabalgó hacia su casa, a esperar que Roberto —así lo llamaba— regresara. En mitad del camino se encontró con una de las hijas de Petronila, la negra que solía trabajar para el doctor Medina Aguirre. Se llamaba Omara y era una muchacha extraña, bella de una manera rara, delgada como una vara y de ojos que parecían abarcarle el ancho de la cara. Se saludaron con un cruce de miradas: la negra con los ojos entrecerrados, Crispina mirándola sobre las cejas; le tenía miedo, aunque no sabía por qué. "Seguro que, va a lo de la Ponciana Vargas."

Robertson, que disfrutaba de una felicidad que por primera vez conocía, se olvidó de la preparación del viaje, aunque mentalmente y de mala gana planificaba lo necesario.

Un día despertó del letargo amoroso y recordó a Crispina. No era hombre tan indiferente que se alzara de hombros y desapareciera, como muchos, cuando los favores de una mujer dejaban de ser apreciados o necesarios. Molesto por haber transgredido una de sus reglas referentes a las exigencias del sexo —crear relaciones duraderas—, se justificó: lo hizo, ya casado, por temor a las enfermedades venéreas que, llegado el caso, podría transmitir a Laura. La viuda le había parecido honrada, limpia, saludable, y al estudiar el movimiento de la casa no encontró

señales de tráfico con hombres. En Andalucía había oído un dicho: "Pa'
que se la lleven los moros, que la disfrute un cristiano". Así se había
enredado con ella...

Esa misma tarde iría a verla para decirle que saldría de viaje sin
fecha de regreso, lo que no era mentira si se estudiaban los imprevistos
que podían surgir. Espió a Laura, que, en el patio de su casa, discutía
con Clotilde algunos cambios; lo llenó de malestar el pensamiento de
que pudiera enterarse. Quizá, según estaban las cosas entre ellos, lo
perdonara, pero no dudaba de que se sentiría herida y que el saberlo
socavaría la confianza que tenía en él.

Su preocupación pareció poner en marcha algún mecanismo misterioso, pues cerca del mediodía apareció una muchacha negra,
delgadísima, que se aferró a la reja de la ventana y lo miró como a través de un sueño. Él, impresionado por la inmovilidad de sus enormes
ojos, de su hierática postura, la oyó decir con una tonada lenta y clara:

—Vaya a ver a la Crispina. Hoycito mejor que mañana —y desapareció envuelta en una túnica marrón, de tela ligera, muy diferente de los
lienzos toscos o las rústicas telas rayadas con que se vestía a la servidumbre africana.

Quedó helado, preguntándose si era una amenaza. Fuera de sí
porque lo habían encontrado —no tenía idea de que la viuda supiera
dónde vivía—, se planteó qué explicación podría haber dado de estar
Laura presente o cerca. Podría haber sido aún peor, recapacitó; debía
agradecer que la morena espectral no se hubiera presentado en la casa
de los Osorio. Cerró con fuerza el cuaderno de mapas y, con las manos
abiertas sobre el tablero, la vista fija en el rectángulo de luz, rogó a San
Andrés que lo sacara del embrollo sin que su esposa se enterara.

Llegó a lo de Crispina apenas entrado el oscurecer, y el rostro
ansioso de la mujer lo hizo sentir culpable. Entró con cierta cautela y
una vez que corriera las cortinas, le preguntó con voz fría:

—¿Quién te dio la dirección de mi casa? ¿Por qué mandaste a esa
loca...?

—Yo no mandé a nadie —se defendió ella—. No me hubiera atrevido.

Él la contempló largamente.

—¿Sabes mi dirección?

Ella bajó la cabeza y reconoció que sí.

—¿Por quién?

—La mujer que trabaja en tu casa... Clotilde... es cuñada de mi
vecina. Una amiga la siguió y...

"¡Dios Santo, he estado parado sobre un polvorín, expuesto a cualquier escándalo, estúpidamente ignorante de todo!" Se sintió furioso; ya debería haber aprendido que las mujeres eran sabandijas sagaces, disimuladoras, arteras y, hasta las que parecían más tontas, agudamente inteligentes para lo que les interesaba.

Con los pensamientos enredados, se sentó en una silla, el codo sobre la mesa. Ella se apresuró a llevarle un vaso de whisky y se ubicó frente a él, con los dedos entrelazados y respirando con agitación.

—De cualquier modo, iba a venir a verte. —Bebió un buen trago para cobrar fuerzas. —Tengo que irme a Buenos Aires. No sé cuándo volveré...

Ella permaneció impasible un momento; luego, con un grito que pareció el aullido de un animal, más doloroso porque trataba de contenerlo, se levantó, volteó la silla, se golpeó la cabeza contra las paredes, sacándose sangre, y desapareció en el dormitorio, donde Robertson, que no atinaba a nada, la oyó gemir atragantándose de ruidos. ¿Qué podía hacer por ella? Supo que ofrecerle dinero, un regalo, cualquier cosa, era agregar la injuria a la ofensa, y sin embargo eso era cuanto él podía darle. Volvió sobre el vaso de whisky y, aunque ella le había servido una medida más grande que la que solía tomar, acabó la bebida para finalizar la entrevista. Se puso de pie y se detuvo en el vano de la puerta del dormitorio.

—Crispina —llamó, y con un suspiro, resignado a lo que seguiría, encendió la candela de la pared y se acercó a la cama. Se sentó a su lado, le puso una mano sobre la espalda. Ella se volvió, enderezó, se abrazó a su cuello besándolo con frenesí, el rostro helado de lágrimas, la boca húmeda, la lengua ardiente.

Trató de liberarse, pero ella se aferró con un vigor anormal. Tuvo que emplear la fuerza; le apretó con brutalidad las muñecas y se las separó de su cuello.

—Basta —dijo con enojo—. No he venido a que me hagas un escándalo. O te tranquilizas y hablamos, o me voy sin más y si vuelves a molestarme, en mi casa o en la de mi esposa, puedo asegurarte que no tendré piedad contigo.

Ella gimió un rato y quedó, al fin, laxa entre sus manos.

—Hablemos —aceptó, con los párpados apretados—. Esperáme en la otra pieza. Ya voy. Quiero lavarme la cara...

Robertson volvió y se paseó por la habitación sin saber qué podía decir para hacer menos dolorosa la ruptura. Crispina se demoró un rato. Cuando él iba impacientándose, la oyó revolver entre los vasos. Oyó ruido de cristal, el gorgoteo del líquido y supuso que, aunque no le agradaba el whisky, se había decidido a tomar un poco para reanimarse.

Apareció ante él contrita, los ojos encapotados y las mejillas coloradas. Con el dorso de la mano se limpió una lágrima. Luego se sentó frente a él y puso las botellas de whisky sobre la mesa. Una estaba apenas empezada. La abrió y volvió a servirle, esta vez en menor cantidad.

Hablaron con monosílabos, ella huraña y muda. En el momento en que él, acabada la bebida, iba a despedirse, con una mirada rencorosa y una sonrisa desagradable, Crispina le dijo:

—Tu esposa quiere a otro. En cuanto te vayás, se acostará con él.

Oír que una persona que presumiblemente no sabía nada de ellos ponía en palabras sus más íntimos temores lo trastornó de tal forma que el brazo se le disparó y descargó la mano sobre la mejilla de la mujer.

—Una palabra más sobre mi esposa y te mato, pero antes te corto la lengua —juró, al tiempo que la tomaba del cuello con fuerza. Asustada, ella se quedó quieta hasta que él, recuperado el juicio, la soltó. Crispina tomó las botellas de whisky y lo siguió hasta el caballo.

—Llevátelas, no las quiero aquí. Si no te las llevás, aunque me matés se las daré a tu mujer en las manos —dijo arrebatada—.

"Acabemos de una vez", se dijo Robertson, y las acomodó en las alforjas. Sin considerar necesario, después de las amenazas que se habían cruzado, despedirse, montó y se alejó al galope.

Crispina entró en la casa y lloró por horas, hasta que el pensamiento de la venganza la tranquilizó. Fue al fogón y arrojó el frasco vacío a la noche. En vez de la dosis que con cuidado la Vargas le había señalado —"No más de diez gotas, ni una más"—, había vertido el contenido completo er una de las botellas, vaciándola un poco para concentrar el gualicho. Quizá la dosis fuera mortal, comprendió, pero enferma de despecho se dijo: "Que se muera, ¡qué me importa! Total, para que se lo lleve la otra...".

28

Pandemónium

"Y yo trastornaré, trastornaré, trastornaré..."
—Abezier Coppe,
A Fiery Roll

CÓRDOBA
FINALES DE 1836

De Bracy, en el secreter de su madre, probaba de escribir con la mano izquierda. A su derecha descansaba una nota con la letra cuidadosamente disimulada; se había envuelto la mano en un pañuelo y el resultado era satisfactorio. "¿A qué irá su mujer al manzanal de Santa Ana hoy a la tarde?" El ejercicio de escribir con la izquierda estaba destinado a otra misiva: "Si le interesa saber por qué murió su padre, vaya esta tarde a la quinta de Santa Ana, a las cinco, y espere detrás de la capilla. No deje que nadie se entere, porque la estoy vigilando y en ese caso no acudiré". Esta vez firmó: "Alguien preocupado por usted".

Las releyó, arrojó al brasero que ardía detrás de él las hojas en las que había practicado y, contento del resultado, las dobló con prolijidad y las selló burdamente con la vela. A la medianoche se encargaría de deslizar una por la ventana del escritorio de Robertson, la otra por la de la sala de Laura. Con suerte, las recibirían por separado, acudirían a la cita y el malentendido haría el resto...

Después de que Robertson salió, Laura se encargó de preparar el dormitorio de misia Francisquita —que después de un mes dejaba la Casa de Ejercicios— y el de los niños, que volverían de visitar a sus tías, pues la abuela Adelaida los quería de regreso.

Ordenaba la ropa de Robertson cuando Fe le alcanzó una carta con la cubierta en blanco.

—La tiraron en la sala grande —anunció la muchacha.

Laura dudó, pensando que tal vez no fuera para ella, pero el enigma que proponía la falta de destinatario y remitente se impuso; hizo saltar la cera con una horquilla y lo que leyó la dejó descompuesta. ¿Acaso había algún misterio en el accidente de su padre? ¿Acaso lo habían asesinado y nadie se dio cuenta, ni la policía? ¿Sabría algo Robertson? Dobló la carta y la guardó en el corpiño. Temblorosas las manos, la vista enturbiada, recogió las cortinas y ahuecó los almohadones de la cama de su tía.

Después, enferma de ansiedad, tuvo miedo de perder la carta, de que Robertson la descubriera e insistiera en ir él a la cita y quedara ella de por vida con aquel interrogante enloquecedor y así, después de releerla, arrojó el papel al fogón y observó cómo desaparecía en cenizas.

A la hora del almuerzo, su esposo llegó de pésimo humor, áspero y sin que hubiera indulgencia de ella que lo hiciera ceder; desconcertada, Laura no sabía a qué atribuir aquel cambio. La noche anterior, él había vuelto en un estado de ánimo muy raro; fue afectuoso con ella, la acarició mientras la miraba con fijeza y aunque no le hizo el amor durmió apretado a su cuerpo un sueño inquieto a pesar de sus maneras amorosas.

A la siesta se recostó a su lado, vestido, dándole la espalda y cubriéndose la cabeza con el brazo. Sin saber a qué achacar el cambio, ella intentó una caricia, que él rechazó.

—Tengo que irme; debo terminar un trabajo —dijo, se acomodó la ropa y le preguntó qué haría aquella tarde. No acostumbraba mentir, Laura titubeó.

—Acompañaré a tía Julita a la cordonera... —Él no debía de haber cruzado más de dos palabras con las Núñez del Prado desde que se conocían.

Robertson terminó de calzarse las botas, se puso de pie y se volvió a mirarla; colocó las manos sobre los hombros de ella y los pulgares en el cuello, primero acariciando, presionando después, hasta que Laura le advirtió, asustada:

—Me duele, Brandon.

Intentó abrazarlo, pero él la apartó. Desde el umbral le dijo:

—¿Qué sabes de Edward?

—Está en el campo, creo —contestó ella, desconcertada.

—Te veré más tarde. —Y con esa frase al parecer despreocupada, Robertson se fue.

Laura, nerviosa porque ya eran las cuatro y no tenía idea de cuánto podía demorar hasta la quinta, esperó a oír la puerta de calle y de inmediato mandó por Serafín, a quien avisó que acudiera montado y le llevara un caballo.

En veinte minutos se presentó el muchacho. Sin decir adónde iban, rodearon el centro hasta el puente sobre el Calicanto para cruzar hacia el Paseo del Virrey.

—¿Sabés dónde queda la capilla vieja, la de Santa Ana?

—Derecho pa'rriba, no hay cómo errarle —contestó el moreno—. Ahi nos empachamos de priscos y brevas; total, el dueño nunca está... —De pronto enmudeció, los ojos fijos en la hija de Petronila, que parecía llevar el mismo camino que ellos. Era Omara, la que trabajaba para la bruja. Con un mal presentimiento, contuvo el caballo y preguntó a Laura en voz baja:

—Niña, ¿por qué no me dice a qué va? Pa'mejor puedo aconsejarla. —Al ver una expresión de duda en ella, insistió: —Dentro las casas, usté sabe más; pero en la calle, niña...

—He recibido una carta —le confió ella—; decía que viniera a esta hora a la capilla, que me iban a decir algo...

—Mejor sería avisarle a don Roberto, niña —indicó Serafín.

—No, no. Decía que no tenía que informarle a nadie, así que te quedarás escondido.

—Seguro que la han de enredar con mentiras —insistió el moreno, asustado de la que se podía armar si le contaban que su marido tenía una mujer por la ribera: Ramona, la negra de Farrell, amiga de andar en brujerías, les contó que la viuda Crispina estaba en tratos con Ponciana Vargas; quería que la andaluza le hiciera un "trabajo" para que el gringo dejara a su esposa.

—Es sobre mi padre. ¿Qué pueden mentir sobre él, Serafín? —dijo Laura—. Nunca hizo daño a nadie.

Serafín guardó silencio, tranquilizado a medias, atento a las huellas de carro del sendero. Pronto atravesaron los pilares que daban acceso a la propiedad.

A unas cuatro cuadras del Colegio de los Jesuitas empezaban los terrenos de la quinta de Santa Ana, que desde un siglo atrás contaba con más de mil árboles plantados, toma de agua y acequia corriente. Después de la expulsión de la Compañía, la habían rentado por una suma muy baja, y desde entonces, en forma alternada, estaba en beneficio o abandonada. Subsistía un magnífico manzanal que ponía colorido en otoño con sus hojas y en primavera con sus flores. Vides, ciruelos, perales y cítricos se habían extendido, con poca ayuda humana, hasta cerca del Paseo de Sobremonte.

Cuando Laura y Serafín se internaron en su predio, la noria de dos burros permanecía silenciosa y en la huerta, cebollas, sandías, melones y hortalizas se pudrían por la poca atención que se les dispensaba entre uno y otro arrendatario. Las acequias estaban atascadas con hojas, y la toma del estanque, obstruida. Los hornos de cocer ladrillos y tejas apenas se distinguían bajo el derrumbe de las ramadas; cerca de ellos se levantaba una casa mediana, con una capilla simple y hermosa adosada al edificio; el repecho de una lomada se elevaba detrás. El entorno era más bosque que monte, con un suelo de hojas en diferentes grados de descomposición.

Al vislumbrar la cal agrisada de las paredes, Laura pidió a Serafín que se quedara a la zaga y se adelantó al trote. No parecía que hubiera nadie por allí; ni los pájaros cantaban, porque estaba nublado y el frío los silenciaba. Se detuvo frente al portal de la capilla y golpeó las manos; como no oyó ni vio señales de vida, hizo lo que le indicaba la nota: fue hacia la parte posterior.

Serafín, desobediente por instinto, la siguió entre los árboles; alcanzó a distinguir la capa color azafrán que se internaba por la derecha hacia la parte posterior de la capilla. Como el silencio lo asustaba un poco —aunque nada peligroso se dejaba entrever—, se acuclilló, vigilante. De inmediato se puso de pie: había distinguido una figura que se deslizaba por la izquierda de la casa hacia donde estaba la joven. Se agachó para atravesar el terreno despejado y, pegado a la pared, se asomó por detrás del que —como era evidente— había permanecido al acecho. Lo que vio lo tranquilizó: Laura, con las riendas en la mano, se hallaba sentada en un tronco caído justo a la subida del monte, protegida por las ramas de árboles añosos que formaban bóveda sobre el lugar. El recién llegado era Robertson. Respiró de alivio y se volvió a su escondite, pero las voces de ambos, enzarzadas en una discusión, lo hicieron regresar corriendo. Cuando se asomó de nuevo, se encontró con que Robertson tenía sujeta a la joven por la capucha y le gritaba:

—¿Con quién has venido a encontrarte? ¿Vive aquí la cordonera, acaso?

Laura retrocedió, tratando de explicarle:

—Recibí una nota... Decía que tenían algo que contarme sobre la muerte de mi padre...

—Muéstramela —exigió Robertson.

Consternada, Laura tartamudeó:

—La quemé... Me ordenaban destruirla...

Robertson dijo:

—¡Ah, por supuesto! —y la sacudió con fuerza. Serafín, que era miedoso pero no cobarde, recogió un palo, saltó sobre el escocés y lo golpeó en la espalda. El palo estaba podrido y fue lo mismo que pegarle con una almohada, así que allí quedó él, "regalado", como diría después, ante un hombre furioso en cuya mano, con asombrosa rapidez, había aparecido un cuchillo. Por suerte lo reconoció:

—¿Y tú, qué? ¿Acaso le servías de centinela? —Avanzó hacia él.

Serafín, que había resbalado, se enderezó dispuesto a correr, pero antes le advirtió:

—¡Esa mujer que anda con usté la engañó a la niña! —Como consiguió detenerlo, continuó: —¡Esa Crispina va con brujas pa' que usté no se le escape! ¡Dice que no va a pará hasta que usté deje a la niña!

Laura pasó de no saber cómo explicarse a escuchar con atención.

—¿Qué es lo que dice? ¿Que tienes una mujer? —Enfurecida con Robertson, que había quedado paralizado ante las palabras del chico, lo empujó con fuerza, haciéndolo vacilar. —¿Todo esto ha sido porque una mujerzuela se encaprichó contigo? —Le quitó el cuchillo y lo arrojó lejos. —¿Ibas a matarme por adúltera a mí, que no he deseado a más hombre que a ti, porque creíste en la mentira de una... una...? —Ante la impotencia de Robertson, que no sabía cómo atajarse, descargó golpe tras golpe, pegándole con el puño, dándole de puntapiés. —¡Debo de ser idiota para haber creído que ibas a corregirte! ¡Si así te conocí, qué ilusión podía hacerme! —Descompuesta después de la rabieta, la capa colgándole en desorden, llorando en profundos y secos sollozos, se dejó caer sobre un banco de piedra. —¡Cómo has podido tratarme así! —rabió, y se golpeó con los puños las rodillas—. ¡Yo confiaba en ti! ¡Creía que, después de mi padre, nadie era mejor que tú!

Robertson quiso acercarse, pero ella se apartó con furia.

—¡No quiero que me toques!

—Déjame explicarte —le rogó él—. Es verdad lo de esa mujer, pero desde que nosotros... te juro que... ¡Oh, Dios! ¿Qué esperabas de mí? —Se exasperó. —No soy un santo, pero créeme que no soy distinto de otros hombres... Sólo tu ignorancia puede creerlo. ¿Nadie te ha hablado de los instintos? Por favor, créeme. Sólo acudí a ella por... por necesidad. No he vuelto a tocarla, puedo jurártelo...

Como ella se iba calmando, insegura entre lo que sabía, lo que le decían y lo que juzgaba, él se acercó y le puso con suavidad una mano en el hombro.

—No discutamos aquí. Podría llegar alguien. Vamos a casa, que te contaré todo. No he estado con ella desde hace meses —exageró.

Por fin, después de mucho rogarle, Laura consintió, entre silencios y sollozos, en subir al caballo e ir hasta la casa de él.

—Vete a lo de Farrell —ordenó Robertson a Serafín, encarándolo con el caballo. El chico hizo recular el petiso, pero no bien le dio la espalda los siguió a distancia. No iba a dejarlos solos, no hasta que viera dónde se iban. Y eran, no más —rumió—, cosas de la Omara y de la Ponciana...

Laura parecía haberse serenado. El moreno, que los seguía a distancia, observaba: "Son zonzas las mujeres cuando quieren. Ya lo está

293

escuchando y la va a engatusar. Dentro de poco jurará que es un santo". Porque Robertson, con la vista puesta en el perfil de ella como si quisiera forzarla a que lo mirara, le hablaba con tono suave y persuasivo. En un momento se inclinó y le despejó el rostro del pelo adherido a la humedad de las mejillas. Ella apenas si esquivó la cara. "Ya está. Ahora, al catre y..."

Costearon el Paseo y en uno de los bancos que miraba hacia el camino a Santa Ana el muchachito descubrió a De Bracy acompañado por su madre; ella leía en voz alta y él escuchaba. El brazo sobre el respaldo, de piernas cruzadas, el mechón de pelo rubio tocándole la barbilla, Hubert miró como al pasar y su rostro de adonis no dio muestras de reconocer a ninguno.

Cuando desembocaron en el pasaje de Robertson, Serafín se tranquilizó al ver a Clotilde con una mujer en la puerta y decidió regresar a lo de Farrell. Todo parecía estar en orden, y hasta mejor sería si la vieja Clotilde se fuera a tomar mate con su comadre. Atravesó la plaza Mayor, frente a la catedral, y se asustó al encontrarse con Omara que bebía de la fuente. La chica lo miró con una expresión burlona. "Santo, Santo, Santo", se santiguó Serafín, para después dedicarle una seña obscena. Aunque Omara se rió —como era su costumbre, sin un solo sonido—, esta vez las brujas habían perdido, se dijo, y él algo había tenido que ver.

Robertson desmontó y en el momento en que se disponía a ayudar a Laura, se le heló la sangre: la mujer que estaba con Clotilde, cubierta la cabeza con una pañoleta, era Crispina.

Dejó a su esposa en el suelo y se puso entre ambas; le rodeó la espalda con el brazo y la entró en el zaguán sin darle tiempo a que se fijara en la otra. La única oportunidad que tenía de que las cosas no volvieran a complicarse era sacarla del medio, así que la besó y le rogó:

—Espérame adentro... —porque se había dado cuenta de que, contrario a lo que le pareciera al principio, Clotilde y Crispina discutían en sordina, la segunda con expresión de terquedad.

Laura no se había fijado en ellas, pero al trasponer el umbral tropezó con los baúles y los cofres abiertos y a medio llenar; Clotilde ya había guardado muchas de las cosas que Robertson le indicara para trasladar a casa de los Osorio, pues iba a devolver la casa. A la vista de aquel indudable anuncio de viaje, la joven dio dos trancos y se asomó al escritorio. Los retratos y los libros de Robertson ya no se hallaban sobre la chimenea, el escritorio había sido vaciado, los cuadros estaban descolgados; sólo quedaban sobre la mesa el juego de escritura, unos libros y una botella. Ante la consternación de Robertson, Laura corrió al dormitorio como loca y encontró la ropa apilada, las alforjas a medio llenar, el sombrero y el capote de viaje sobre la silla.

Ella se volvió y él, resignado, dejó caer los brazos.

—Te ibas a ir sin decirme nada —le recriminó, blanca como un papel.

—No, no es así. Preparaba todo para trasladarlo a tu casa...

—Me mentiste. Dijiste que sí... que no te irías si yo... —Lo hizo a un lado, salió confusa y aturdida al patio. —¡Ibas a dejarme! —Se largó a llorar.

—Escúchame —suplicó él—, es un malentendido. Esto iba para tu casa. Voy a irme, pero no ahora. Dentro de poco, sí, pero volveré para cumplir con lo que prometí a tu tía. Sobre todo voy a volver por el amor que te tengo... —Como ya no soportaba el desconcierto y el dolor de ella, la sacudió con fuerza de los hombros.

—¿No entiendes que te amo más que a mí mismo?¡Cómo podría no regresar!

Laura intentó librarse de sus manos.

—¡Prometiste que no te irías! —repitió.

Incapaz de llevar una discusión coherente, Robertson la abrazó y le dijo al oído:

—Vendrás conmigo. Iremos los dos a Escocia. No voy a dejarte, no puedo dejarte. ¿Entiendes eso? Te llevaré conmigo, no quiero separarme de ti... Afrontaremos esto juntos...

Después de comprender lo que él le decía, Laura dejó de luchar.

—¿Vas a llevarme contigo? ¿Me llevarás de verdad? —preguntó con la voz de una criatura.

La retuvo aún con fuerza, le tomó la cara con una mano y la besó repetidas veces, perdiendo la noción de donde estaban, de que Clotilde podía ser espectadora y escucha de la rencilla.

Laura lo abrazó, impulsiva, y le devolvió los besos.

—¿Es verdad que me quieres? ¿No vas a dejarme?

—Jamás, jamás. Te quiero como no he querido a nadie en mi vida... Te lo juro por las cosas más sagradas de la vida, por...

Pero se había olvidado de Crispina. Gritos en el zaguán se la recordaron.

—¡Salga, o llamaré a la policía! —chillaba Clotilde, que al parecer no había conseguido librarse de la viuda. La mujer, al oír lo que a pocos metros se decía a gritos, trataba de entrar a la fuerza.

—¡Quiero hablar con él! ¡Déjeme hablar con él! —gritaba—. ¡Roberto! ¡Roberto!

Laura se volvió, atónita, pero Robertson no tuvo que responderle, porque Crispina, arrastrando a Clotilde prendida de un brazo, estaba a unos metros de ella.

—Quiero que me des la botella que te devolví anoche... la empezada.

—¿Anoche? —Laura se adelantó. —¿Anoche estuvo con usted?

Crispina, vengativa, dijo:

—Sepa que no hay día que no vaya a alguna hora.

—Vayasé, que he mandado buscar la policía —insistía Clotilde, poniéndose entre las dos.

Laura se volvió y enfrentó a Robertson.

—No es como crees. Puedo explicarte —dijo él. Encaró desesperado a la viuda: —Dile la verdad.

—¿Querés que mienta para que "ella" te deje tranquilo? —replicó la viuda. Pero, con el semblante nublado, como si recordara a qué había ido, aclaró: —No te preocupés, que no quiero saber más nada con vos. Pero devolveme la botella. Es por tu bien... —La última frase, por extraño que pareciera, tenía algo de súplica.

—¿Qué botella? —intervino Laura, y Clotilde, de mala gana, tuvo que apartarse.

—Esa que toma él, la amarga.

Laura pasó a su lado y entró en el escritorio. Sobre la mesa había una botella de whisky empezada; la tomó del cogote, la plantó frente a él y le dijo:

—¿Hasta tenías tu reserva de bebida en su rancho?

—Tengo una casa, oiga, que no soy una cualquiera —se defendió Crispina, molesta—. Y no tengo que darle cuenta a nadie de lo que hago con mi... con lo mío, porque soy viuda. Usté, en cambio, es casada y... —Ante el silencio de estupor de todos, Crispina se retrajo, pero acusó: —¡Usté, en cambio, es casada y está enamorada del otro gringo, el hijo de la madama que se hace servir por el negro! Una será pobre, pero es decente —agregó con dignidad.

Como rúbrica a eso, Laura se adelantó con la botella en la mano y la estrelló a los pies de la mujer.

—Llévesela. ¿Qué más quiere? ¿Su ropa? —Entró en el dormitorio, donde comenzó a tomar las prendas ordenadas sobre la cama y a arrojarlas al patio. —Tome, tome. ¿Quiere las botas? A lo mejor le sirven a su próximo amante. ¿El capote también?

—¿Te has vuelto loca? —rugió Robertson—. Deja mis cosas, deja mis cuadernos. Ahí tengo los mapas. Si llegas a ensuciarlos, te juro...

—¿Qué? Vas a golpearme, vas a dejarme, te vas a ir con esa infeliz? —se burló Laura—. ¿Qué otra ofensa puedes hacerme? ¡Dime!

—Yo no soy ninguna infeliz, para que vea. Preguntelé al doctor Medina Aguirre; de años me conoce...

—¿También ha sido amante de Medina Aguirre? ¿Y con quién más la has compartido?

—¿Quizá con Edward? —sugirió Robertson, harto de ser insultado.

Con ello consiguió que Laura se serenara, pero fue para manifestar con todo desprecio:

—Eso lo creeré sólo si Farrell me lo dice, jamás de tu boca.

En aquel momento, advertido por una vecina, apareció un gendarme.

Laura se cruzó de brazos, sin llanto pero con furia, y escuchó las acusaciones que se cruzaban entre los otros.

—¿Quiere acusarla de algo, señora? —preguntó el hombre. Retenía a Crispina como si fuera una delincuente y la viuda, con espanto y vergüenza, miraba hacia todos lados, buscando ayuda donde nadie se la daría.

—Insultó a la señora —insistía Clotilde, que la señalaba—. Se metió a la fuerza en la casa.

Laura se serenó. Vio en la mujer el mismo dolor que ella debía de tener en la cara, la expresión de las engañadas, caídas en la trampa de sus debilidades, enredadas en el egoísmo de aquel a quien aman. Vio también el temor de los pobres y desvalidos que saben que la voz del poderoso se oirá por sobre la suya. "Está en nosotros ser justos —le oyó decir una vez a su padre—, y en nosotros, privilegiados en linaje, en educación y en dinero, es deber."

—Ha sido una confusión —expresó—. Estoy segura de que esta mujer no ha pretendido molestarme. Si de algo sirve lo que yo diga, desearía que no se la incomodara. —Tras dejarlos sorprendidos, regresó al dormitorio y se sentó en la cama. ¡Qué feliz había sido por un momento, cuando él le dijo que la amaba, cuando quiso llevársela con él! Ya no habría más noches de amor, palabras de amor, promesas de amor. Todo agonizaba entre las cosas que ella había arrojado al patio.

Inmóvil, trató de tranquilizar la respiración estrangulada. "Me dará asma —pensó; era su temor más profundo y no expresado—. No quiero morir por un mal hombre."

Las voces cesaron afuera y ella consiguió respirar mejor. Clotilde prendía las luces para aliviar las tinieblas; Robertson, contrito, entró en la pieza y quiso cerrar la puerta tras él.

Laura lo detuvo con un gesto:

—No quiero hablar. Al pasar a su lado, se detuvo a decirle: —Tampoco quiero verte. Si te queda algo de consideración hacia mí, te ruego que no vayas a casa, que me dejes en paz.

En aquel momento Robertson sentía el viejo instinto de escapar, de poner distancia con las cosas a las que no podía hacer frente.

—Siempre te dije que, de una forma u otra, debía irme. Pero voy a volver, y para entonces...

Laura sacudió la cabeza.

—No quiero que regreses ni que me escribas. No quiero nada de ti.

—Entonces, no tendrás hijos —dijo él, afrentado.

Ella se volvió, al tiempo que se acomodaba la capa.

—No deseo los tuyos, pero entérate de que cualquier hijo que yo tenga en los próximos diez meses será considerado de tu sangre, y estés o no estés aquí, la Iglesia le dará tu apellido. Pero no te preocupes; sé que puede pedirse una dispensa para que lleve el nombre de mi padre. Quizá me la concedan.

Salió acompañada por Clotilde, dejándolo con la impresión de que no era la joven de cuyo lecho se había levantado esa mañana, sino una mujer que, en dos lecciones, había aprendido a herir. Y golpeado en unos sentimientos que ignoraba poseer —¿por qué habló de hijos?—, se agachó y comenzó a levantar y sacudir sus cosas. El capote de Ulster olía a licor; a la luz de los faroles pudo distinguir las hojas sucias de sus libretas. Entre ellas descubrió la ramita de madreselva. Por recogerla, se cortó con un vidrio; miró la sangre que le corría por el brazo y, sin hacer nada por detenerla, se dijo que no podía quedarse ni un día más. Maldijo por la botella hasta que recordó que en las alforjas estaban las dos que había traído de la casa de Crispina la noche anterior.

Se tiró en un banco y contempló lo que quedaba de su vida: un vendaval mezcla de sangre, vidrios rotos, whisky derramado, prendas sucias, mapas borroneados, informes ilegibles...

29

El silencio de la partida

"Si al caer la tarde
solitario te pienso en el bosque,
me acerco al enebro en el que una vez
escribiera tu nombre,
y presiento que huirás,
dejando atrás el silencio diáfano
de tu partida..."

–Roberto Obregón,
Nostalgia

Misia Francisquita escribía una carta en la sala; al oír la puerta, se volvió a sonreír con complicidad a su sobrina.

—No podrás mentirme —le advirtió—. En cuanto llegué de la Casa de Ejercicios vi tus cosas en la pieza de Brandon. Me alegro de que por fin se hayan entendido... —Cuando observó la "cara de nada", que Laura ponía cuando cerraba toda comunicación con los que la rodeaban, le hizo una seña. —Ven acá.

La joven obedeció y la señora se sorprendió aún más, pues al acercarse notó que llevaba la capa mal puesta, el ruedo del vestido embarrado y apretaba las manos sobre la falda como si guardara un animal que no quería soltar. Mantenía los ojos bajos, no con timidez, sino con distanciamiento.

—¿Estás bien? —Como Laura no le contestó, le tomó las manos entre las suyas. Estaban frías. —Nada puede ser tan grave, querida —afirmó.

—¿No? —respondió la joven, que levantó la mirada hasta la suya. Después de aspirar con esfuerzo, le contó: —Recibí una nota de alguien

299

que me cita en la capilla de Santa Ana. No tenía nombre, pero decía que... no importa, todo era mentira. Fui allí con Serafín...

—Valiente compañía —se mofó la señora.

—Apareció Brandon, que al parecer había recibido otra nota en la que le decían que yo me encontraría a sus espaldas con un hombre. Sacó un cuchillo y casi me mata. Fue Serafín, que tan poco le parece a usted, quien me salvó.

Misia Francisquita, impresionada, no pudo hacer siquiera una pregunta.

—Resulta —Laura volvió a aspirar— que él tenía una mujer con la que vivía, por ahí, por cerca del río. Ella fue quien nos mandó las notas para que él dudara de mí.

—No puedo creerlo —misia Francisquita recuperó la voz. —¿Qué pasó después?

—Me enteré porque Serafín le advirtió a Brandon que todo era cosa de esa mujer. Tuvimos una pelea, pero él me convenció de que hacía mucho que no se veía con ella. Dijo que fuéramos hasta su casa, que me explicaría todo... Yo le creí... pero entonces... entonces...

—Dime —la urgió la tía, y ella volvió la cara, llevándose el puño a la boca..

—Clotilde hablaba con una mujer en la puerta y él me metió en el zaguán y vi todos los cofres, toda la casa levantada... ¡Se iba a ir sin decirme nada! —sollozó mientras se cubría los ojos con la mano.

—No puede ser. Acomodaría sus cosas para traerlas acá. A mí me dijo que iba a entregar la casa y que todo lo suyo quedaría contigo hasta que él volviera.

—Él dijo que no se acostaría conmigo hasta que no estuviera seguro de quedarse; ¡me mintió!

—¿Pensaste que porque durmieron juntos no se iba a ir? Tonta, tonta de ti. Él debe irse de todos modos; ¿no puedes entender eso? Yo confío en él. Volverá, te lo aseguro...

—¡No quiero que vuelva!

—No seas necia. Piensa que los hombres no tienen nuestro temple. Cualquier pollera los marea. Además, si te dijo que ya no iba con ella...

—¡Pero sí iba! En todo este tiempo en que hemos estado juntos, en que me dijo, me juró que me amaba, él seguía yendo a la casa de esa mujer.

—No creo que hiciera eso —afirmó la señora.

—¡Usted defiéndalo, que la tiene tan engañada como a mí! ¿Sabe qué dijo esa mujer? Que iba por una botella que se había llevado anoche, no hace un mes. ¡Anoche, antes de venir conmigo, fue con ella! Estoy asqueada, estoy enfurecida, estoy avergonzada. Toda la ciudad lo sabía, he hecho la tonta, he...

—Que anduviese tiempo antes con ella, puede ser; no le veo temperamento para cartujo. Que después de consumar el matrimonio siguiera haciéndolo, no, no y no. Debiste escucharlo. Quizás había una explicación inocente, quizá la mujer mintió...

—No mintió. —Como no deseaba discutir más, se puso de pie.

—Me siento mal. Si viene, le ruego que no lo deje subir. Mandaré a Canela con sus cosas. —La besó y murmuró: Ahórreme ese mal rato.

Misia Francisquita, después de darle vueltas al asunto, reflexionó con un suspiro de resignación:

—Si es por las mujeres, nunca se dejará de hablar en Córdoba de los Osorio. La ciudad entera estará al tanto de este escándalo... Bien, hay que afrontar.

Esperó a Robertson pero, al ver que no se presentaría a comer, le mandó un mensaje.

La respuesta fue que iría en cuanto terminara con los aprestos para el viaje. Era una respuesta de mal agüero, así que, con paciencia, hizo traer su labor de encaje y le pidió a Canela que se quedara levantada para abrir la puerta. El llamador sonó una vez, pero era Consuelo, llamada por Laura en cuanto hubo bebido una infusión calmante. Nombre de Dios, interrogada por la señora, le hizo saber que se habían encerrado bajo llave.

Robertson apareció muy tarde. Bajo su tez morena, la sangre parecía ausente.

—¿Es posible que usted haya hecho todas esas estupideces? —lo regañó misia Francisquita sin siquiera saludarlo—. Siempre lo creí un hombre de mundo, que sabía mantener separados los vicios y las virtudes.

Él se quedó de pie, apoyado en la mesa; sus ojos oscuros no parpadeaban. Misia Francisquita dio gracias a Dios por estar alejada de la edad de la pasión, porque, en verdad, era tan atractivo como sólo pueden serlo los hombres que disfrutan del peligro y las pasiones. "¡Tonta chicuela! ¿Cómo es que no ha sabido controlarlo? Varones como éste son fáciles de dominar: la sensualidad y la pasión los pierden. Otra cosa es con los Harrison..."

"Veamos, señor, ¿qué puede decir en su descargo? Le aclaro que no lo estoy juzgando. Creo en usted más de lo que se merece. Pero quiero una explicación con la cual yo pueda convencer a Laura.

—La mitad de lo que ha pasado está basado en trampas, mentiras y malos entendidos.

—¿Con quién creyó usted que Laura se encontraría?

—Con Edward —respondió él.

—¡Con Farrell! Por Dios, tiene que estar loco. Además... —Acalló con un ademán lo que él intentaba decirle.— Hay un hecho irrefutable: Farrell, señor mío, no está en la ciudad desde hace una semana. Supongo que usted no se enteró porque estaría embebido... en sus cosas.

—Como lo dejó mudo, continuó: —En realidad no es ése el conflicto. La dificultad reside en que ella se ha enterado de sus aventuras. ¿Es verdad que estuvo ayer noche con esa mujer y luego vino a dormir en brazos de mi sobrina?

—Estuve, pero sólo fui a decirle que no la vería más. Nada pasó, salvo que discutimos. Ella me amenazó, yo la amenacé y me fui después de dejar aclaradas las cosas. Hasta ahora no sé qué hacía hoy en casa, exigiéndome una de mis botellas de whisky. Yo le había dicho a Laura que no la veía desde hacía meses. Bien, no era exactamente así, pero poco antes de que nos convirtiéramos en marido y mujer yo había dejado de tratar a Crispina.

—¿Crispina Gómez, la modista?

—¡Ah, dioses! Con tanto cuidado que elegí, y al parecer todo el mundo la conoce.

—Es una buena mujer —reconoció doña Francisquita—. Debe de haber tenido otro motivo para presentarse; no la creo capaz de hacer maldad. En fin, ¿en qué quedó el lío?

—Laura se salió de sí. Antes de venirse, me advirtió que no quería verme más. Me pareció que no había forma de llegar a un acuerdo. Como la noté muy nerviosa, preferí dejarla en paz. Le escribiré desde Buenos Aires.

—¿A pesar de todo, regresará usted con nosotros?

—Es mi intención, así Laura me mantenga en el purgatorio. Trataré de solucionar mis cosas en Gran Bretaña lo antes posible. Tenga usted la certeza, para que interceda por mí ante ella. Aunque no lo hiciera por Laura, misia Francisca, por usted volvería —admitió—. No voy a permitir que alguien diga que se equivocó al juzgarme.

Ella puso su mano sobre la de él.

—No sólo he puesto mi confianza en usted, Brandon; le tengo un gran afecto. Haré lo posible para que Laura lo perdone. —Como no quería demostrar más emoción que la adecuada, retiró la mano y preguntó: —¿Cuándo parte usted?

—Mañana muy temprano; no tiene objeto quedarme después de este lío. No sé si mandar los cofres aquí o encargárselos a Calleja...

—Que los traigan. Ésta es su casa y Laura es su esposa. Y ahora, señor mío, será mejor que nos digamos "hasta la vuelta" —y le extendió la mano para que se la besara.

Él se la sostuvo y, como otras veces, pero esta vez en serio, se inclinó sobre su rostro y le besó la mejilla. Ella le palmeó la cara.

—Te despido como a un hijo, con mi bendición y esperando tu regreso. —Con esfuerzo contuvo las lágrimas, le tocó la coronilla y murmuró: —Que Dios te bendiga y te devuelva con bien.

Robertson se apresuró a salir antes de perder la compostura que había mantenido con tanto esfuerzo.

Fue una de las peores noches de su vida. En vista de que partiría con la primera claridad, no se atrevía a emborracharse y mucho menos a fumar una pipa de opio.

Con la ayuda de la gente de Calleja había levantado la casa; el resto quedó para que lo hicieran Pascual y Clotilde, con orden de trasladar todo después a casa de Laura. También repartió dinero a cuenta de su regreso.

Tirado en el lecho sin mantas, insomne y con la estima en retirada, decidió emplear la más segura de las actitudes para desvincularse de la ansiedad: aliviar el sexo. "Por él encontraré la muerte", se maldijo y salió para el burdel. Pero hasta eso le falló: de pie y desnudo él, la mujer despatarrada sobre el jergón, con la ropa a la cintura, comprendió que su hombría no respondería esta vez. Le pagó y regresó a su casa mientras la risa contenida de ella le avergonzaba los oídos.

"Pues dormiré mañana, en cuanto hagamos un alto. No es la primera vez que paso cuarenta y ocho horas despierto." Cuando los gallos comenzaron a cantar en todos los gallineros de la ciudad, alzó sus armas y lo poco que llevaría sobre el caballo; los demás bultos los había entregado don Fidel en la posta, pues viajaría con tropilla pero siguiendo a la diligencia.

Ya sobre el caballo, no pudo resistir la tentación de dar la última recorrida antes de partir. Pasó frente al Colegio del Monserrat y a la Compañía de Jesús; se dirigió a la Calle Ancha y se persignó ante Santo Domingo; se desvió después hasta el Paseo del Virrey, que se mostraba secreto y silencioso, salvo por el sonido del surtidor, adonde iban las morenas y las criadas a llenar sus cántaros, donde señoras y caballeros paseaban al atardecer, remaban en el lago artificial o conversaban sentados en los bancos sin perder de vista, las jóvenes madres, a las niñeras y a los niños.

Con paso errático, volvió hacia el Cabildo, donde el centinela, en un banco, dormía abrazado a su fusil, descalzo y con la boca abierta. En la bandera nacional que la brisa del sur hacía flamear se había bordado: "Libertad-Independencia", y luego López "Quebracho" había ordenado agregar: "Federación o Muerte". Mala señal —pensó— para un pueblo, que en su estandarte se escriba la palabra "muerte".

Poco más allá de la catedral aspiró el olor del mercado, que le recordó el primer día que había acompañado a Farrell a casa de los Osorio. Sintiéndose cobarde, retrocedió en la esquina de Laura y se dirigió hacia el río; descendió por la ribera de sauces y toscas —donde había alternado con soldados e indios—, para después trepar por la barranca a la altura de la iglesia del Pilar.

Entonces la vio. Al principio fue una joven más con su criada, envuelta en la mantilla, con el libro de oraciones y el rosario entre las manos, que se dirigía a la misa más temprana. Al llegar a su lado la reconoció: era Clarita Oliva, la novia del coronel Francisco Reynafé, que se encaminaba al oficio vecino a su domicilio. Sin estar seguro de si lo recordaría, Robertson se descubrió, saludándola; ella respondió con recato, subió los escalones y se perdió por la negra abertura del templo.

Por muchos años, la imagen que guardaría de Córdoba sería la de la joven prometida que, sin esperanzas de reencontrarse con su amado, iba a rogar por él: era la representación de miles de mujeres argentinas que tal vez no entendieran de política, que sólo sufrían las consecuencias del enfrentamiento entre sus hombres. También Laura se quedaría sola, aunque por otros motivos.

Con un nudo en el pecho enfiló hacia los Altos de San Francisco y se dispuso a esperar que pasara la diligencia hacia Buenos Aires. La gente de Calleja todavía no había llegado, así que desmontó y se acercó a la capillita en la que sólo los domingos se daba misa.

Con gesto furtivo, en el silencio del amanecer, sacó la sevillana del bolsillo y grabó en las hojas de madera reseca el nombre de Laura y el de él.

—Para que me esperes —murmuró, desgarrado al pensar que estuvo a punto de partir con ella. "Podríamos haber estado los dos juntos acá, mirando la ciudad allá abajo, escondida en esta niebla, mientras esperábamos juntos la diligencia. ¡Qué hermoso hubiera sido llevármela! Ah, hay días en que los malos hados de un hombre parecen ensañarse en él..."

No pudo retener tal pensamiento, pues oyó los silbidos y los inconfundibles gritos con que se azuzaban las tropillas: llegaban sus compañeros de travesía. Atrás retumbaba el tumulto de los ocho caballos de la diligencia.

Laura amaneció con fiebre y problemas respiratorios. Hubo que llamar al doctor Pizarro mientras corría por la ciudad la comidilla de lo sucedido la tarde anterior; se decía que ella había expulsado a Robertson del hogar por sus costumbres disolutas.

Los chicos llegaron a media mañana escoltados por todas las Villalba, deseosas de enterarse pero prudentes ante la expresión de misia Francisquita, que no propiciaba confidencias. Francisco corrió a la pieza de Robertson y al verla desmantelada —Laura había insistido en que no quedara recuerdo de nada que hubiera usado él— enfrentó a la señora con la pregunta que temía:

—¿Y dónde va a dormir Brandon?

Catalina y Javiera, detrás de él, clavaron los ojos en la señora, con expresión inquisitiva.

—Se ha ido de viaje, a arreglar unos negocios que tiene lejos. Vendrá en cuanto termine...

Si bien no discutieron el asunto, pudo leer en sus caras la sentencia: "Primero se fue mamá, después papá, ahora Brandon...".

La señora se quitó los anteojos, sacó una sonrisa de donde no la tenía y les preguntó con mucho ánimo:

—¿Quieren que les cuente una historia?

Los chicos adoraban sus relatos, llenos de venganzas, aparecidos y ángeles, así que se sentaron a sus pies.

—Les voy a contar —comenzó la señora— lo que sucedió a tía Agapita, añadas ha, como se verá. Ella, una amiga y la esclava Belerma andaban por la costa del río buscando a una mujer que tejía guantes con hilos tan finitos que parecían de telarañas. Iban así las señoras, del bracete, seguidas por la negra, cuando al meterse bajo unos sauces se encontraron con el ánima de don Jerónimo Luis de Cabrera; había salido a pasear, el buen señor. Miraba el fundador así, como con ceño, hacia la otra orilla, con seguridad molesto por el cambio de emplazamiento de la ciudad... Pero como don Jerónimo era tan gentil en vida, como cualquiera les dirá, les hizo una reverencia y después, ante el susto de las tres, siguió hacia donde caen las aguas del Pucará. Todavía llevaba al cuello, el mártir, el dogal con que le habían dado tormento...

Y preguntó de improviso:

—¿Dónde fue que lo martirizaron?

—¡En Santiago del Estero! —corearon sus sobrinos.

—¿Y quién lo prendió?

—¡El cobarde Antón Berrú!

—¿Y quién ordenó matarlo con alevosía, junto con uno de nuestros antepasados?

—¡El felón Gonzalo Abreu!

—¿Y qué les deseamos a esos ruines?

—¡Vergüenza y condenación por toda la eternidad!

—Que así lo quiera Dios.

Aquellas intervenciones —y otras improvisadas sobre relatos que se sabían de memoria— los llenaban de entusiasmo, con gran satisfacción de la señora, que había encontrado el modo de entretenerlos y enseñarles a un tiempo el pasado de la provincia y la historia de la familia.

—Bien —continuó—, mi tía supo decir que en aquel momento se oyó huchear a un mochuelo y ellas, que como por encanto habían quedado lo que bien se dice duras, recuperaron el movimiento, se hicieron la señal de la cruz y echaron a correr. La negra Belerma solía presumir, ¡la muy descarada!, de haberse vuelto a mirar...

Javiera tartamudeó:

—¿Qué... qué vio?

—Vio a don Jerónimo caminar sobre el agua y esfumarse en los aires antes de llegar a la otra banda. Así que ahora saben que no sólo descendemos de los Cabrera, sino que el mismísimo fundador tuvo a bien mostrarse a vuestra tía abuela allá, por el bajo del Pucará, adonde alguna vez he de llevarlos.

—¿Y se nos aparecerá "él"? —preguntó Francisco, impresionado.

—Si se muestra o se recata es cosa de don Jerónimo —contestó la señora, fingiendo impaciencia—. Y que no me parezca que eres miedoso, Pancho, porque entonces te quedarás acá, aburriéndote.

Catalina pidió otra historia y Javiera propuso la del santo aquel —San Ramón Nonato— que espantó las aguas de la cañada que amenazaban arrasar con la ciudad.

—¡Sí, el que vio la abuela Ana desde el tejado, adonde subió para no ahogarse!

—Bien, resulta que hubo una gran lluvia en las sierras y...

La mirada fija, los labios entreabiertos, la inmovilidad en que se mantenían, demostraban la bondad del remedio. Gracias a Dios y a San Ignacio, patrón de las Luces, guardaba cien cuentos más con los cuales alejarlos de la aflicción y del sentimiento de desamparo.

30

La cualidad del misterio

"Todo intento cabal de asesinato debe ser matizado en una u otra forma por la importantísima cualidad de misterio, y en este aspecto se trata de una obra excelente, ya que el misterio aún no se ha aclarado."

Thomas de Quincey,
Del asesinato considerado como una de las bellas artes

CÓRDOBA
FINALES DE 1836

La desaparición de Beau Bouclier, que en un principio había impacientado a De Bracy, había comenzado a preocuparlo; aquélla no era una de sus escapadas de tres días. Lo había comentado con su madre, y con cierta aprensión concluyeron que podría estar muerto, porque, aunque más no fuera para pedir dinero —el haitiano no había trabajado en su vida, salvo como acompañante, semental o esbirro—, ya debería haberse presentado.

Pero, ¿quién podría haberlo matado, fuerte y listo como era el bastardo, sin conciencia, astuto y desconfiado?

—Robertson y Farrell estaban en Ascochinga, lo recuerdo bien.

—Lo cual no garantiza —le hacía ver su madre— que no hayan venido sin hacerse ver, y después de asesinarlo se hayan vuelto de la misma manera. Debiste dejar que se encargara de matar a Robertson, como quería.

—Mamá, ya se sabía de mis peleas con él, y estaban en boca de todos los atropellos de Beau. Hasta estos brutos pueden sumar dos más dos. Pensaba hacerlo más adelante, cuando pareciera que se habían olvidado las injurias...

Ambos estaban inquietos. Beau Bouclier era como un escudo que los protegía de las acechanzas, que detenía los golpes dirigidos a ellos; sin él se sentían desnudos, desamparados, intranquilos ante la imposibilidad de conseguir alguien semejante entre los vagos de la ciudad, de los cuales no podían esperar fidelidad y mucho menos la sagacidad que había sido una de las mejores cualidades del negro. Preferían saberlo muerto que sospechar que los había dejado tentado por un amo más poderoso; se tranquilizaban en la sabiduría de que pocos en aquella ciudad podían pagarlo, y mucho menos imaginar o emplear sus habilidades. Siempre cabía la posibilidad de que alguien lo hubiera comprado para que hablara sobre ellos... Aquel episodio de Filadelfia, en el que había muerto un joven de la sociedad —del que Robertson parecía saber algo—, los pondría en sus manos si el negro decidía venderlos. Mucho les había costado cada una de sus intervenciones, pero había valido la pena: era difícil que el maldito se sustrajera a las recompensas, a los regalos, a las joyas y a la perversa satisfacción de extorsionarlos.

No dar con el cuerpo ponía enfermo a De Bracy; era como si le hubieran hecho una broma al escamotear la prueba, demostrándole que en aquella ciudad alguien podía seguirle el juego. Sospechó de Robertson, pero en los últimos tiempos, salvo el desagradable incidente del velatorio de don Felipe, el escocés no se le había acercado. Dentro de las preocupaciones, era una tranquilidad que hubiera partido; le satisfacía saber que se vio obligado a adelantar el viaje debido a los anónimos.

Cuando comenzaba a calmarse, diciéndose que quizá Beau hubiera muerto en una reyerta, otro incidente vino a irritarlo: descubrió que le faltaba una capa, una prenda costosa que usaba sólo esas veces que quería impresionar a alguien. Se daba el caso de que el gobernador había invitado a Achával y a él a una reunión social, y con ese motivo descubrió la falta.

La semana había pasado con lentitud y él, ganado por la inercia, dejó de buscar al negro; la gente afirmaba no saber nada, aunque le pareció haber captado, al volverse de pronto, sonrisas, miradas y hasta murmullos al pasar cerca de aquellos bandidos que infestaban las márgenes del río.

La voz de su madre, mezclada con las notas del piano, se abrió paso en la niebla de sus preocupaciones.

—Hubert, ¡qué forma lamentable de tocar! —bromeó.

Estaba sentada ante un alto de cuentas, a su secreter, único mueble que arrastraba por cuantos lugares viajaran; era una pieza delicada, con tapa corrediza y placas de basalto azul engastadas.

—Basta de preocuparte por lo que no podemos solucionar —le dijo, mirándolo por sobre los espejuelos—. Tendremos que arreglárnoslas sin Beau. —Apartó los papeles y reconoció: —También sé que es una molestia no poder encargar la ropa a Viena y que tu plaza en la Administración es hartante; deberías dejarla, aunque creo que te sirve de distracción, además de mantenerte en contacto con la gente del gobierno... —Al no recibir respuesta de él, insistió con acento confidencial: —Dime qué te tiene tan preocupado.

Como él no contestó, enfrascado en unos arpegios, ella cambió de tema:

—¿Me acompañarás a lo de Bernárdez? Tadea me pidió que asistieras...

—Si usted lo quiere, mamá... —respondió él, mientras dibujaba con el dedo sobre la magnífica caoba del mueble.

—Hubert, deja de hacer eso. Me exasperas.

De Bracy, las manos enlazadas a la espalda, caminó hasta la ventana.

—En lo de Bernárdez no te muestres cáustico —continuó la mujer—. Es medio pariente del gobernador y aunque el parentesco es lejano, nunca se sabe... porque con el apoyo que le da el espléndido don Juan Manuel a Quebracho, este hombre gobernará tantos años como él. Y ésos, querido, van a ser muchitos —terminó en español.

De Bracy frunció las cejas.

—No diga "muchitos", madre; solamente las criadas dicen "todito, muchito, ahicito". Hay que tener cuidado con los diminutivos. En Córdoba, la gente de sociedad, en general, sólo los usa en los sustantivos, y la servidumbre... en cualquier forma. Y no se aflija por misia Tadea; es poca cosa para que me inspire —la tranquilizó.

—Mejor así —se desperezó y propuso: —Tengo la vista cansada. ¿Quieres que juguemos a las cartas? Falta una hora para la merienda y nadie ha mandado tarjeta. Creo que hoy nos dejarán en paz.

De Bracy fue hasta el bargueño y retiró una caja con un juego de cartas francesas. Las puso sobre la mesita y acercó los asientos.

—¿No te olvidas de algo, Bijou?

Él se desconcertó, pero al fin recordó el ritual. Volvió al bargueño y retiró un tapete de felpa púrpura con que cubrió el tablero. Luego acercó los cuencos con las fichas para las apuestas.

Los ojos de su madre, le pareció, le tanteaban el alma. Impelido por la mirada que reclamaba confidencias, preguntó con desgano:

—¿Ha visto mi capa, madre? ¿La que me regaló aquel vizconde de...? Oh, ya ni recuerdo de dónde, de Prusia o algo así, en Praga.

—La habrás olvidado en alguna velada —contestó ella, sin darle importancia, mientras acomodaba las hojas dentro del escritorio. Antes de cerrarlo, acarició las iniciales en oro (C. D. B.) entrelazadas en la mitad de la tapa.

Al levantar el rostro vivaz, maquillado con esmero —nadie iba a sorprender a Clémentine sin arreglo—, su expresión se dulcificó.

—¿Es importante, acaso? —Apretó la mano de su hijo, donde lucía un topacio de considerable tamaño, del mismo color que sus ojos y engarzado en oro.

—No, en realidad no. Me molesta no recordar cuándo fue la última vez que la usé, ni dónde.

Mientras mezclaba las cartas, ella pensó, emocionada: "Sus bellas manos... son realmente aristocráticas", sin recordar ya que Hubert, en realidad, era hijo de aquel girondino tan poco distinguido que había preferido quedarse en Londres.

En general gozaban del juego; se hacían trampas, se descubrían y se reían como chicos, todo aderezado con comentarios implacables, habladurías secretas y planes para la próxima reunión. Disfrutar del poder social justificaba su estancia en aquel villorrio; ejercerlo era el premio y el precio de seguir conservándolo.

Una mañana, desde la ventana de la oficina que daba a la plaza, De Bracy observó mucha gente que se dirigía al río.

José María Achával entró limpiándose la tinta de los dedos; las medias mangas sostenidas por ligas le protegían los antebrazos. Cuando vio que se acercaba un amanuense lo llamó y le preguntó el motivo de tanto movimiento.

—Han encontrado un muerto, señor.

Sacudido por un presentimiento, De Bracy buscó el pañuelo y se secó las manos que le parecieron pegajosas.

—¿Vamos? —instó a su amigo.

—Oh, no; este año he reverenciado demasiados difuntos —respondió Achával, indiferente.

Llevado por un incontrolable deseo de saber, Hubert acomodó sus papeles y, como hasta los jefes de departamento se entretenían en conversar sobre el tema o iban hacia donde marchaban los curiosos, salió por la callejuela de Santa Catalina y tomó uno de los caballos que los soldados solían dejar atados al palenque.

—¿Qué sucede? —preguntó a un jinete que se dirigía hacia la costa.

—Han encontrado un cuerpo en un pozo, señor —fue la respuesta.

Desde lejos distinguieron, sobre un descampado que caía en forma abrupta hacia el río, las modestas ruinas de una ermita. De Bracy, intranquilo, taloneó el caballo y se acercó a los uniformados, que, mientras se alejaban del bulto que estaba en el suelo, para evitar el olor, sacaban conclusiones entre ellos. Iba a interrogarlos, cuando la sangre pareció escurrírsele del corazón. Puso el caballo al trote y, a pesar de que algún guardia intentó detenerlo, se adelantó a dos metros del cuerpo y observó con espanto el bulto envuelto en la capa que creía perdida. Supo entonces que había, por fin, encontrado a Beau Bouclier.

—¿Lo conoce? —preguntó Pacheco, que se acercó a él.

—Esa capa me pertenecía —alcanzó a decir, con rostro inexpresivo—. Supongo que es mi esclavo desaparecido. ¿Hay forma de reconocerlo o está...?

—Tiene una sortija de oro —dijo el jefe de policía con acento de desaprobación. ¿Dónde se había visto que un esclavo gastara aquellas ropas y semejantes joyas? "Debe de ser verdad que el negrazo le hacía de padrillo a la vieja."

De Bracy preguntó tratando de mantenerse impasible:

—¿Cuál es el trámite a seguir?

—Debe usted apersonarse en el Cabildo y reconocerlo en forma oficial...

—¿Y luego?

—Se le entregará el cuerpo para que le dé sepultura.

—¿Y no habrá una investigación? —se ofuscó.

—¿Investigación? —preguntó con mordacidad el comisario al tiempo que levantaba una ceja.

—Supongo que no se habrá metido a morir en ese pozo por voluntad propia.

Pacheco miró hacia el río, acariciándose la barbilla. Demasiadas ganas le había tenido al negro, con todos los trastornos que le traían sus fechorías, sin contar que los Osorio y los Farrell —además del gringo que acababa de irse— sospechaban que el tal Bouclier había matado a don Felipe. Él mismo había sopesado la idea de eliminarlo, porque temía las acciones de aquel asesino; no había conseguido testigos ni pruebas, pero estaba seguro de que, además de la muerte de Osorio, ese atrevido había aterrado a los deudos al meterse por dos veces en la casa... Claro que se había preguntado si el haitiano no equivocó la casa con la propiedad de las Núñez del Prado, de donde era la Tola, la chinita a la que había marcado por "calienta pavas".

De Bracy volvió a preguntar y él, de mala gana, arrojó el cigarrillo al suelo.

—La habrá, la habrá. Pero debe darse cuenta de que, debido a su comportamiento, el hombre tenía muchos enemigos; si le agregamos los lugares que frecuentaba... Además, hace mucho que desapareció. Ha llovido lindo; cualquier prueba se habrá borrado. —Con una palmada espantó los mosquitos que los atacaban y se volvió hacia el francés. —Yo creo que éste va a ser uno de esos casos raros, como la muerte del señor Osorio.

Vio cómo se tensaban los músculos del cuello del joven, que, así picaneado, preguntó:

—¿Qué tuvo de raro la muerte de don Felipe? Fue un accidente y...

—No, señor. El comandante Farrell y ese Robertson no quisieron hacerlo público, pero el señor Osorio fue asesinado de una forma muy rara, que no es común entre nosotros...

—¿Intenta sugerirme algo?

—No. Intento decirle que a veces es difícil dar con el asesino, ya sea la víctima un negro o un señor. Hay que conformarse... y dar gracias a Dios.

—No entiendo a qué se refiere.

—Agradecer porque no nos tocó a nosotros —aclaró Pacheco, que recogió riendas, le volvió la espalda y se fue a dar indicaciones a los peones de la comuna que se aproximaban con una angarilla y unas mantas.

De Bracy quedó perturbado, sin saber cómo interpretar las palabras de Pacheco. ¿Cuál sería la actitud que parecería correcta? ¿Qué tipo de entierro sería aceptable? Si le concedía algo más que la fosa común, ¿qué interpretación podían llegar a darle?

Regresó al Cabildo al trote, con un incipiente terror que se le agudizaría en las semanas siguientes. Cada vez estaba más seguro de que era el escocés quien le había dado muerte. "Pero Robertson no pudo hacerlo solo. No conoce el lugar, no sabría dónde encontrar a Beau. Si lo hubieran visto seguirlo, alguien lo recordaría, y ninguna de las personas a las que interrogué recordó nada por el estilo." Entonces —consideró—, tenía que aceptar que alguien había ayudado al escocés a dar con el negro. Esa persona no debía llamar la atención en el lugar; por lo tanto, debía de ser un habitante de las orillas o...

"Demasiada especulación. Esperaré a saber si el doctor Gordon asegura que no ha sido un accidente..." Puso así freno a sus pensamientos.

Al regresar a la casa, encontró a su madre en cama, descompuesta; las criadas ya le habían contado lo sucedido.

—¡Ha sido ese cochino del escocés! ¡Ha sido él, estoy segura! —rabió Clémentine.

—Cálmese, mamá. No saquemos conclusiones antes de tiempo. Veamos primero qué dice el médico. Después de todo, podría ser un accidente.

—¿Quieres decir, que se cayera solo...?

—Sí. A lo mejor esperaba a una mujer. Ese pozo es una trampa; los yuyos crecen sobre el borde, no tiene pretil. Si había oscurecido o era de noche...

Ella se volvió sobre las almohadas, el pañuelo húmedo y arrugado entre los dedos.

—No puedo creer que esté muerto. ¡Era tan fuerte, tan astuto! —como él se dirigió a la puerta, se volvió a decirle: —No sé cómo te quedas tan tranquilo...

—Prefiero enterarme primero y luego...

—... siendo que él tenía puesta tu capa.

De Bracy se volvió con lentitud y aguardó a que continuara con la idea.

—En la oscuridad, es posible que creyeran que eras tú.

—Esperaré el resultado de los estudios de Gordon —la detuvo él. Cerró con suavidad la puerta del cuarto y, perturbado ante la posibilidad que jamás había considerado, entró en su dormitorio y se sentó al *toilette*, el rostro entre las manos... Pero no había ningún rostro en el espejo, o al menos él no pudo verlo, porque la ceguera de la ansiedad le anuló por unos momentos los sentidos.

Después de la siesta calurosa y húmeda, se dirigió al Cabildo para inquirir sobre la muerte de Bouclier y disponer del entierro.

Pacheco lo recibió manoseando unos papeles que tenía sobre el escritorio.

—Le volaron los sesos con una pistola, tiene la marca de un sablazo en este hueso de por acá —señaló cerca del cuello— y además parece que le rebanaron el gaznate. Cómo Gordon puede asegurarlo, en vista del estado en que encontramos al difunto, escapa a mi ciencia —concluyó.

—¿Con tres armas? —se desconcertó De Bracy—. ¿El asesino usó tres armas para matarlo?

Pacheco lo observó y, como el francés no parecía comprender lo que aquello significaba, golpeó con una regla la carpeta.

—Sería más sencillo pensar que al menos tres personas hicieron el trabajo, ¿no?

—¿Una emboscada?

El otro asintió con la cabeza, y con cara de "yo lo sabía" agregó:

—El muerto tenía un comportamiento provocador. También es posible que haya sido por alguna trenza. Bueno, cuando usted quiera retira el cuerpo.

Y mientras De Bracy demoraba en entender que con la palabra "trenza" se refería a una mujer, el otro se puso de pie, abrió el cajón del escritorio, sacó la sortija de oro y la arrojó sobre el tablero. El carbúnculo quedó meciéndose unos segundos.

—El doctor la limpió. ¿Quiere la capa?

—No, por Dios —contestó De Bracy con el pañuelo tomó el anillo por no demostrar cuánto lo impresionaba todo. Consiguió decir sin mirar al policía: —Si les dejara plata, ¿se encargarían sus hombres de enterrarlo?

—Eh... sí, supongo que sí. —Señaló hacia el patio con una sonrisa sarcástica. —Usted conoce la casa. Vaya y hábleles.

Y así fue como Beau Bouclier fue arrojado sin contemplaciones, con cierta satisfacción por parte de los sepultureros y entre chistes escatológicos, en la fosa común.

De Bracy volvió a su casa y después de dejar el sombrero y los guantes sobre un sillón de la sala, fue al dormitorio de su madre, pidió un vaso con vinagre y sumergió el anillo en él.

Clémentine no se había levantado en todo el día. Ni ella misma se daba cuenta del porqué, pero la muerte del haitiano la había llenado de terror, como si hubiera una confabulación contra ellos, como si aquél fuera el primer paso para entregarlos desprotegidos a un destino amenazador.

Él se sentó en el silloncito, pensativo, mientras se acomodaba los puños que sobresalían de la manga.

—Usted tenía razón, mamá. Lo asesinaron —comentó.

Ella, en la penumbra, se cubrió los oídos.

—Pero no es para afligirse. Ha sido una venganza por mujerzuelas.

—¿Cómo pueden saberlo? ¿Acaso han encontrado a los criminales? ¡Oh, Hubert, no podrás convencerme de que no era a ti a quien querían matar! Y si no, ha sido para provocarnos, para dejarnos desvalidos... ¿Qué haremos ahora?

—Averiguaré todo, no se preocupe —la tranquilizó, con un apretón de la mano.

—Al menos ese hombre, el bastardo, se ha ido. ¡Espero que no vuelva nunca, que deje embarazada a esa chica estúpida! —chilló Clémentine.

Golpeado por aquellas palabras, De Bracy soltó la mano de su madre, que continuaba gritando:

—¡Ella tiene la culpa de todo! ¡Ella y la vieja cochina, misia... misia...! —Ahogada en rabia, miedo y resentimiento, enterró la cara en los almohadones entre sollozos convulsivos. Hubert recordó de pronto haber visto a Tola, desde antes de que apareciera el cadáver, muy tranquila por la calle, cuando tiempo atrás era tal el temor que sentía por Beau que ni sus patronas —según doña Mercedes— podían obligarla a salir. Con un sacudón de los nervios, intuyó que la muchacha sabía, ya hacía bastante tiempo, que el negro estaba muerto: alguien se lo había dicho, o alguien de su conocimiento lo había matado.

Sin escuchar a su madre intentó concentrarse en eso, pero fue inútil: de pronto el tiempo, como continuidad, se escurría por alguna grieta de su cabeza y Robertson estaba todavía en la ciudad, provocativo, Laura se negaba a dejarse acompañar por él —¿fue esa mañana?— y Tola... Tola andaba por la calle riéndose de ellos. Trató de poner orden en sus ya muy confusas ideas, pues algo oscuro desfilaba en el trasfondo de su mente: imágenes desapacibles, como reflejadas en un cristal en el que se duplicara una tormenta porque alguien había olvidado cerrar la ventana... La muerte y los muertos que había sembrado Beau Bouclier a través de todo un continente parecían insinuarse en una especie de humo desagradable.

Si no se miraba al espejo, Tola se sentía bien —y hasta contenta— desde que Canela le había dicho que Beau Bouclier estaba muerto. Había comenzado a ir de nuevo al mercado, se reunía en la fuente con las otras criadas y no tenía problemas en salir, una vez anochecido, para algún encargo de última hora.

Fue una de esas veces, mandada a lo de Calleja por unos metros de cinta, que al cortar camino por un baldío alguien la tomó con brutalidad de la garganta. Casi se desmayó al pensar que sería el ánima del negro que venía a vengarse; no pudo gritar y tampoco acertó a defenderse, inmovilizada por De Bracy, que había pegado su rostro al de ella. Con la mente turbada por la falta de aire, manoteó en un intento de zafarse. Sólo consiguió que el brazo presionara hasta que un desvanecimiento le aflojó las piernas y quedó suspendida contra el cuerpo de su captor.

Lo que le producía más miedo era el silencio. De Bracy la había capturado en silencio y en silencio la puso de pie, para hacerle una pregunta cuando le permitió respirar.

—¿Quién mató a Beau Bouclier?

Tola recordó las advertencias de Canela ("vamos todas presas") e intentó forcejear, pero él volvió a apretar, esta vez sin compasión. Quebrada la resistencia, la muchachita, en cuanto la dejó respirar, se encontró confesándole en frases cortas, espasmódicas, lo que sabía.

Atónito, De Bracy la soltó.

—¿Ella le disparó?

—Sí, mismito, cuando supo que le había muerto al hermano.

—Alguien debió ayudarla —pensó él en voz alta.

—Eso no sé —mintió la chica. Sin duda el malvado lo pensaría dos veces antes de meterse con la señora Francisca y ni siquiera un segundo en maltratar a Canela.

De Bracy quedó ensimismado. Tola aprovechó para escapar entre el yuyal. Se metió en la casa por un hueco de la tapia del fondo, corrió a la cocina y cerró la puerta con tranca; se hizo un ovillo en la carbonera y ahí quedó, cubriéndose la cabeza con los brazos ante las pisadas que intuía en la profundidad del crepúsculo.

Tranquilizada al comprender que no la había seguido, se lavó las manos y el rostro sucio de lágrimas y hollín; palpó el bulto de cintas en el bolsillo y fue por las patronas, a quienes explicó a medias que un hombre la había corrido. Entregado el encargo, fue en busca de Canela y le contó todo.

Misia Francisquita estudió a la chica, que todavía tiritaba de impresión. "¡Ah, que no haya un hombre en la familia para que se encargue de darle su merecido a ese trastornado!"; se indignó.

—No temas. Ahora te dejará en paz. Ya averiguó lo que quería.

—Pero, señora, yo le dije que usté... No le dije que Canela, pero de usté...

—Mejor, pues conmigo no ha de atreverse; pensará que he traído peones de las sierras. Mira, no tengas miedo. Cada vez que te manden a la calle, llama a Canela, y ella o alguna de las chicas lo harán por ti. Y no te preocupes más, que no voy a cejar hasta verles la espalda, a él y a su madre, rumbo al paso de Ferreyra.

Antolina, confortada, se retiró. Misia Francisquita quedó pensando que, si los De Bracy tenían responsabilidad en la muerte de Felipe, sólo podía significar que eran incapaces de matar por sí mismos. Eliminado el verdugo, poco harían, salvo quedarse un tiempo escondidos en la madriguera. Necesitaba que llegara la carta de Sebastián, pues quizá trajera noticias que la ayudarían a sacarlos de la ciudad. No, no cedería ante aquellos advenedizos que habían encabezado la caravana de otros tan desagradables como ellos, que habían venido a cambiar las reglas del juego en aquella sociedad que conservaba tradiciones seculares: Lescano —no emparentaba con los conocidos en Córdoba—, que comprara por monedas los bienes de los Reynafé; los Arbonés, enriquecidos con el contrabando; las Pereira, llegadas de la Banda Oriental del Uruguay, descendientes de tratantes de negros... "¡Ay, Bastián, escribe de una vez! ¡Que no se extravíe la carta, San Judas Tadeo!", suplicó al defensor de las causas perdidas.

31

El mar de los Sargazos

"Sólo de manera muy fugaz, y en breves relámpagos de lucidez, tenía yo conciencia, pues mi mente concentraba todos los pensamientos en esa extraña e inmensa niebla fantasmagórica."

–William Hope Hodgson,
Los espectros del mar

ARGENTINA Y GRAN BRETAÑA
FINALES DE 1836-PRINCIPIOS DE 1837

La travesía hasta Buenos Aires no fue peor que el viaje anterior, aunque después, ya en el barco, Robertson no pudo recordar nada relevante, ni el color de un día, ni alguna anécdota dramática o trivial.

En Buenos Aires se hospedó en el hotel de Faunch, donde, con obsesivo perfeccionismo, puso en orden el trabajo que en el último mes había descuidado. Presentó al *British Packet* sus colaboraciones y entregó a James Olivier, del consulado de Gran Bretaña, mapas, rutas e informes; trataron también el tema de su separación del Servicio Exterior y, como aquellas entrevistas con el delegado de la Corona lo obligarían a retrasar su partida, aprovechó que salía un paquebote y mandó aviso a sus tíos de que viajaría en el *North Star* y que aproximadamente en setenta días desembarcaría en Plymouth.

Todo lo hizo con desgano; pasó muchas horas sentado en el bar del hotel, sin deseos de mezclarse con un montón de comerciantes ingleses que llenaban el aire con sus charlas sobre ganancias e inversiones. No pudo dar con de la Torre, y al fin, decidido a entrevistar a Harrison a solas —por no responder a doña Luz sobre Laura y la familia—, se presentó en la oficina que éste tenía cerca del puerto.

El inglés tuvo mucho gusto en verlo; una vez sentados, Robertson fue directamente al asunto.

—Necesito consejo de usted —le dijo—, sobre una cuestión de intereses.

—Venga a mi sala privada. Hablaremos más cómodos —le indicó—. ¿Cómo ha quedado la familia? ¿Laura bien? ¿Y misia Francisca? Mujer extraordinaria, ¿verdad? ¿Y mi amigo Farrell? Ese tal De Bracy... ¿sigue por allí?

La puerta cerrada los aisló de los empleados y de los imprevistos visitantes. La actitud de Harrison cambió de sonriente a pragmática.

—¿Cuál es su problema?

—Debo ausentarme un tiempo, hasta que solucione... ¡Oh, demonios! Hablemos sin rodeos —y en pocas palabras le explicó su condición de bastardo reconocido, la posibilidad de cobrar la herencia y el temor a que ese trámite lo retuviera lejos de la Argentina por más tiempo del prudente.

—Aún no entiendo qué desea de mí —dijo Harrison.

—Que me aconseje cómo dejar un fondo para que le sea girado a mi esposa.

Harrison guardó silencio, pensativo. Luego tomó un lápiz, se colocó los anteojos y sacó algunas cuentas sobre el papel.

—Lo más importante es despejar las vías de peligros. Para eso usted debe tener... hmm... le llamaremos capital de resguardo... en algún lado. Pongámoslo así: como el seguro naviero que pago a la Lloyd's para casos de desastre. Hay buenas compañías británicas en el Río de la Plata en las que podría usted invertir. Al mismo tiempo, mi administración puede encargarse de llevar sus asuntos...

—¿Y su compañía, Harrison? Me sentiría más seguro si invirtiera con usted, porque si llegara a pasarme algo, sé que usted, sin demoras, se encargaría de cuidar de los intereses de Laura y de mis tíos en Escocia.

Discutieron el asunto largamente, y al despedirse, Robertson se había tranquilizado: le pasara a él lo que le pasare, Laura no quedaría desprotegida.

Por aquellas fechas, la ciudadanía porteña estaba atenta al juicio de los Reynafé y sus cómplices. Rosas había asegurado las máximas garantías para los acusados; no obstante, iniciado el proceso, se produjo un incidente que alertó a los defensores. El doctor Gamboa —"respetable por la dignidad de su conducta y famoso por su ciencia"— solicitó venia al gobierno para hacer público el alegato de la defensa, ya que el Supremo Juez de las Provincias (don Juan Manuel de Rosas) había "prejuzgado sobre la culpabilidad" de los Reynafé al acusarlos ante los demás gobernadores del asesinato de Quiroga.

Rosas se enfureció y de "puño y letra" injurió a Gamboa, tachándolo de unitario y amenazando pasearlo por Buenos Aires en "un burro celeste", además de prohibirle el uso de la divisa punzó; poco después, salir a la calle sin la cinta podía costar la vida.

Los defensores comprendieron que debían moverse con precaución. Los Reynafé se habían convertido, de feroces federales salidos del riñón del patriarca de Santa Fe, en "unitarios traidores a la causa de los pueblos", pues día a día —sucedería durante casi dos años— se insistió en que el crimen de Barranca Yaco había sido una maniobra sangrienta de la logia unitaria de Montevideo. Muchos así lo creyeron. A menos de un año de que se diera el fallo, se los sabía condenados.

Y mientras preparaba afiebradamente el viaje, Robertson se negaba a ceder a aquella urgencia de mandar todo al diablo y regresar a Córdoba. Le dolía pensar que Laura tendría que tomar sobre sus hombros —por el resto de su vida, si le sucedía algo a él— el control de la familia, del campo, de las finanzas. A pesar de las palabras de ella —"No he deseado a más hombre que a ti... pensaba que después de mi padre, nadie era mejor que tú"—, que habían aliviado sus celos, se le cegaba la razón cuando, por aliviarse, pensaba: "Edward los protegerá".

Comenzó a tener pesadillas poco antes de embarcarse; el malestar crecía como un secreto que enterraba día a día y que de noche emergía de la ceniza de los sueños; la mañana lo recibía con vómitos que paliaba con whisky, pues supuso que sería una fiebre del estómago.

"No tuvimos una verdadera oportunidad de conocernos; apenas si llegamos a conocer nuestros cuerpos", era el pensamiento angustioso, y lo trastornaba el haber ofendido a Laura por no ser capaz de poner freno a sus instintos.

Ya navegando, creía perderse en los bosques oscuros de su patria, o se sentía transportado al templo de Saint Giles y volvía a sorprender en la capilla del Cardo la mirada de su padre, que parecía querer decirle algo que jamás le decía.

A una semana de Plymouth el tormento se volvió cotidiano; comenzó a sufrir escalofríos y los vómitos se intensificaron. Laura y Crispina se unieron a la cohorte que se le aparecía en sueños: sus otros demonios familiares, los enemigos que creía vencidos.

Antes de tocar puerto en Inglaterra se hizo evidente para el resto del pasaje que una enfermedad desconocida lo agotaba, de modo que el capitán lo puso en cuarentena. Se llevaron las botellas de whisky y le dieron a beber sólo agua, té y algún caldo con sustancia; a pesar de las medidas, la enfermedad parecía ganar terreno.

Las últimas horas a bordo, hundido en el camastro, decidió cavar una trinchera imaginaria y dejar que alguien acudiera en su rescate, así fuera la muerte; ya no tenía fuerzas ni para incorporarse sin una orden.

La ayuda llegó en la persona de una mujer alta, delgada, de rostro alargado, tocada por un bonito sombrero, no muy discreto. Su cabello era canoso y tenía un cutis de papel arroz, con ojos de cielo nublado y delgados, casi inexistentes labios: tía Maud subió en cuanto el barco atracó, y después de constatar su estado lo sacudió al tiempo que lo llamaba con el tono perentorio de voz con que lo había criado:

—Brandon, muchacho.

Mandó por algunos marineros, por una camilla, por el médico del puerto y, ya controlada la situación, se sentó a su lado y lo observó con expresión crítica en cuanto él dio muestras de reconocerla.

—¡Qué consumido estás! Pareces casi pasional. ¿Y tu esposa, que no está aquí para cuidarte? ¿Es tan desaprensiva que te ha dejado viajar solo?

Después de aquello la anciana dama besó apenas con sus labios resecos la curtida y barbuda mejilla de él, que no se había afeitado porque, además del desgano y el malestar, no imaginó que ella viajara de Edimburgo a Plymouth a recibirlo.

—Vine a despedir a la prima Kathleen, querido, que partía para Lisboa... Qué espera ver allí, Dios lo sabrá... Y decidí quedarme estos cinco días para conducirte a casa. Bien, debo reconocer —se sonrojó— que si tu barco no hubiera estado a punto de llegar, no habría acompañado a Kathleen. Ahora me alegro de estar aquí.

En aquel momento entraron los marineros y en la estrecha cabina ella insistió en ayudarlo a levantarse. Lo bajaron del barco y su mano protectora no se apartó del brazo de él.

En la enfermería del puerto, un médico cansado y no muy limpio lo auscultó, decidió que tenía fiebres del trópico, le dio alguna medicación —quinina— para bajar la temperatura y aconsejó a la señora que internara a su sobrino en un hospital hasta que pudiera soportar el viaje a Escocia.

Ella, eficiente, hizo como él le aconsejó. Mandó recado a Edimburgo, tomó habitaciones en un hotel cercano y compró el favor de médicos y enfermeras con buenas propinas.

Robertson, en medio de la niebla que lo envolvía, le rogó:

—Si muero, busca en mi maleta... avisa a mi esposa... dile que enfermé, que lamento...

—No te pongas trágico, Brandon —lo detuvo ella—, pues no es el caso que yo vaya a dejarte morir. —Le palmeó con afecto la mano y agregó como al pasar: —Te hemos extrañado mucho, tu tío y yo.

Fue evidente para ella que él estaba muy conmovido; tanto, que se vio obligada a decir con su habitual llaneza:

—Lo que necesitas es un espléndido té, una suculenta comida escocesa y el aire de las Highlands. En cuanto nos lo permitan, viajaremos al norte. —Con una sombra de aflicción, le acomodó el cabello sobre la frente húmeda: —¡Dios, los hombres! ¿Cuándo aprenderán que los trópicos no son saludables, que sólo sobreviven en ellos las razas inferiores?

Robertson no tuvo fuerzas para discutirle errores y prejuicios; se sentía infelizmente agradecido de que estuviera allí y se encargara de él, acompañándolo como, cuando niño, rendido pero incapaz de descansar por la excitación de los juegos, lo metía en cama con un vaso de leche caliente y una canción monótona.

En algún momento —¿una hora después, meses después?— la señora le comentó:

—¿Sabes que Constantia se ha casado con un plantador de tabaco de Estados Unidos? —Constantia Hardy no sería nunca "tu madre" para tía Maud.

—Creo que viven en Virginia o Luisiana, ¿o será Carolina?... No importa, en algún lugar con nombre de mujer. A propósito, Malcolm dice que tus artículos para el *Gentleman Magazine* son excelentes.

Y después de lo que a él le pareció un paréntesis (luego supo que habían mediado días entre una y otra conversación) la señora acotó:

—Bien, querido. Tanto tu tío como yo esperamos que te quedes largo tiempo con nosotros. No te dejaremos partir hasta que te hayas recuperado de manera definitiva e indudable.

Lo primero que dijo él, en un instante de lucidez entre dos oscuridades, fue:

—Gracias, tía Maud —avergonzado porque se le habían humedecido los ojos, desesperado por la enorme distancia que lo separaba de Laura.

—¿Gracias? ¿A qué te refieres?

—Gracias por tu recibimiento, por... por la oportunidad que me da tío Malcolm de editar mi libro, por... —Balbuceó estupideces en la necesidad, e incapacidad, de expresar lo que sentía.

Fue entonces cuando notó la diferencia con los argentinos: ella aceptó sus frases, atenta sólo a los términos y no al tono de voz. En la Argentina —comprendió él— habrían prestado más atención a la inflexión que a las palabras. Antes de volver a caer en la inconsciencia recapacitó, como un difícil ejercicio de retener la razón, que para los hispanos en general las palabras eran sólo el tendedero donde colgar las emociones.

Su tía seguía conversando con él —tanto si escuchaba como si no—, dedicada a tejer interminables abrigos para los pobres que los rodeaban. Robertson presintió que los períodos durante los que se perdía entre una y otra frase eran cada vez más largos, cada vez más confusos. Imágenes vivísimas lo asaltaban: los altares a oscuras que había visto en San Francisco, las campanas de los templos llamando a las devociones, el brazo del río que acunaba a la ciudad, las bouganvillas derramadas por las tapias, trepadas a los techos, las "damas de noche" que se abrían sobre los áticos.

Los blasones de los Osorio, el encaje inacabable que tejía misia

Francisquita, la carroza encarnada que fue por los restos de Quiroga, los estudiantes con sus togas, que por la calle de los Dormitorios azuzaban un burro con bonete de bachiller. Don Felipe con traje colonial, velado en su cama; aquel hijo ausente, Edmundo, cuyo rostro sensual e intenso lo miraba desde el cuadro de La Tablada, al que ya nunca conocería. La Antigua en la noche nevada... Y, como el mayor castigo, no podía recordar el rostro de Laura.

Cuando ya no distinguió los gritos ni los silencios del pasado, pensó: "Moriré y ella no sabrá que es libre para volver a casarse". Un segundo después, antes de que lo alcanzara la última Oscuridad, de la que había escapado en las tinieblas de La Antigua, sintió una profunda amargura: "Qué desastre he hecho". Y pensó no en Laura, sino en misia Francisquita: "Creerá que soy un miserable...".

32

Nudos gordianos

"De lo que pierdes consuélate con lo que te queda."
–Raymundo Lulio
El libro de los proverbios

Contrariamente a lo que misia Francisquita temía, Laura se repuso bastante rápido; los ataques de asma se volvieron esporádicos y terminaron por desaparecer. El rencor con que se acordaba del episodio de Santa Ana y del vivido después en casa de Robertson, con Crispina Gómez, parecía ser un buen remedio para sostenerla. No permitía a nadie que le hablara de Robertson o le preguntara por él, y una vez repuesta se dedicó con ahínco a las tareas de la casa. A solas tía y sobrina, aquélla escarbaba en su experiencia, decidida a encontrar el mejor recurso para interceder por el marido ausente, pero la joven tomaba entonces un libro y fingía leer para que no la molestara con su insistencia. La situación parecía no tener salida.

Llegó la Navidad y apenas hicieron una parodia de alegría para los niños, aunque se permitió que doña Mercedes, Adoración y Sagrario los pasearan por los pesebres, los indigestaran con mazapán y golosinas y los retuvieran hasta Epifanía; después los llevaron a ver la caravana de los Reyes Magos, en la Toma del Pueblito, que hacía posada en la casa de Macaria Tablada, vecina de aquel asentamiento de indios.

Los Reyes iban a caballo, vestidos con ropas llamativas que había costeado el marido de doña Macaria; se llamaba Acevedo —era familia de caciques— y tanto él como su mujer descendían de los indígenas que fueron trasladados allí para encargarse de las acequias de la ciudad en algún momento del 1600.

Las señoras no tenían inconveniente en llevar a los niños a esas fiestas; "son muy cristianas, no como las de El Abrojal", puntualizaban, pues era de notar que en La Toma, la gente, en su mayoría, estaba unida en matrimonios de bendición.

Sentadas junto a la dueña de casa —una mujer ancha, bajita, de rostro adusto y graves maneras—, Francisco, Javiera y Catalina, observados por los niños del vecindario, se admiraban al ver aparecer a un muchacho que trotaba a paso rítmico llevando una larga y flexible vara en la que brillaba una estrella, con cometa de cintas, que espejeaba al Sol. A paso tardo, contagiados de la importancia concedida, seguían los Reyes de a uno en fondo y con un negro prestado por el Abrojal que actuaba de Baltasar. Llevaban sus regalos al Niño en forma de incienso que, provisto por el cura de la parroquia más cercana, sería quemado ante la Sagrada Familia como ofrenda milenaria. A falta de él, o para complementarlo, ofrecían el bálsamo de estoraque, que despedía un humo muy perfumado.

Se oraba, se cantaba y luego los niños recibían regalos y dulces y los mayores comenzaban los preparativos para un asado con cuero y empanadas, todo provisto por los vecinos y del cual comerían ricos y pobres.

Antes de que el vino empezara a surtir efecto, las señoras se levantaban, subían al coche con los niños y, escoltadas por entusiastas vecinos, entraban de nuevo en el centro de la ciudad.

Todo esto excitaba a los chicos sobremanera, así que misia Francisquita, en vista de cómo estaba Laura, los mandó con las niñeras a la casa de las Núñez del Prado, que de tan aburridas y rezadoras se los devolverían sosegados.

Se había ido un año malo, que pesaría en el recuerdo de muchos como "el año de los funerales": los varios de Quiroga y del doctor Santos Ortiz, los dos del obispo Lazcano, las exequias "en honor, memoria y descanso" de La Torre, gobernador de Salta, del general Benito Villafañe, del coronel Juan Aguilar y, por supuesto, los de Felipe Osorio: entierro y ofrendas al concluir el novenario.

"Y pronto —recordaba con tristeza misia Francisquita— tendremos las memorias del cabo de año." Porque al cumplirse el aniversario de estas muertes, ceremonia y ritual, acompañados de cantos sagrados y preces, repiques de campanas y velas encendidas, se reavivarían para sufragio de vivos y muertos. No era entonces raro que la casa pareciera aún de duelo, como si todos los difuntos de la familia hubieran muerto de nuevo y al mismo tiempo.

Sin embargo, entre tantos malos ratos recibió una alegría inesperada: Luz le escribió para darle buenas noticias de su primogénito, Tristán, y de su pequeña Amanda, a quien le habían salido los dientes y ya gateaba. "Harrison, como siempre, trabaja mucho, pero en cuanto llega a casa, no he visto padre más cariñoso y dedicado. A veces tengo celos, porque me parece que los chicos se entienden mejor con él que conmigo." Luego de contarle de Ana y Carlitos, que continuaban en Gran Bretaña, muy adaptados a la familia política, le comentaba que, si bien ella no había visto a Robertson, éste estuvo con Harrison, "preocupado por dejar protegida a Laura en caso de que a él llegara a sucederle algo. A pesar de tener alma de vagabundo, es hombre de principios y dice Harri que quiere profundamente a Laura...". Luego le comunicaba que la Compañía de Jesús, llamada por Rosas, había llegado a Buenos Aires en agosto. El pueblo los recibió con alegría, lo mismo que el gobierno. "Son sólo seis religiosos, tía, pero da la impresión de que fueran un batallón, por la forma en que se mueven y planifican sus actividades. El padre Berdugo, el superior destinado a Buenos Aires, me ha dicho que el gobernador tenía miras muy vastas sobre la Compañía. Yo temo que las vastas miras de Rosas sean usar de la influencia de los jesuitas para mejor sujetar al pueblo. También he sabido que la orden está muy interesada en volver a Córdoba, pero sobre eso todavía no hay nada más que especulaciones..."

Pensativa, misia Francisquita dudó en decírselo a su madre. "Esperaré, no sea que decidan no venir al interior." Pero, ¿no ir a Córdoba? ¡Imposible! Córdoba había sido el bastión de los loyolistas en el virreinato, y una provincia donde se había mantenido tan viva la devoción a San Ignacio que admiraba hasta a los extranjeros.

Dobló la carta, cerró los ojos e imaginó lo que sería la llegada de la Sociedad de Jesús, el regocijo de la gente, la pompa con que se los recibiría... Sólo temía que su madre, doña Adelaida, decidiera cumplir su propósito de entregarse al descanso eterno una vez que estuvieran de regreso.

Animada por las noticias, quiso compartirlas con Mercedes. —"Llégate con tus hermanas y Eduardo —le escribió—, si es que volvió de las sierras, que tengo noticias de Luz María. Y como recuerdo haberte prestado un pequeño volumen manuscrito de las *Obras de grande alivio para las ánimas del Purgatorio y de mucho mérito para nosotros*, me gustaría que me lo devolvieras. He pensado mucho en Felipe en estos días y no sea que el bueno de mi hermano necesite de algunas prácticas. Si tú quieres podríamos compartirlas por los difuntos de tu familia..."

Tal como la tía lo había imaginado, Laura se alegró mucho con la visita de sus tíos, y esa noche, después de un caluroso atardecer de verano que enrojeció la tejas y las alturas de los árboles, cenaron en el salón, que se mantenía fresco.

Farrell, que recién llegaba de Ascochinga, besó a su sobrina y se mostró poco comunicativo; cuando se le preguntó por qué, pretextó cansancio.

De sobremesa, Laura cedió al ruego de las tías, se sentó de buen grado al piano y tocó una pieza de Mozart que Robertson había encontrado en lo de Calleja; era una buena intérprete, así que todas hicieron silencio para escucharla. Misia Francisquita, satisfecha con su idea de reunirlos a todos, paseó la vista por la sala. Entonces, alarmada, vio a Farrell con su copa de oporto en la mano, la vista fija en Laura y una sonrisa antinatural en el rostro. "Por Dios, Brandon tenía razón. ¡Está perdido por ella! ¡Cómo es posible que no me haya dado cuenta!" Por algún hecho fortuito, comprendió, Farrell había olvidado sellar las compuertas y algo se filtraba a través de una ranura. Algo que, siendo un hilo ahora, podría volverse torrente. "Por suerte, ella no tiene malicia...", pensó la tía, pero al observarla vio la mirada sugestiva, aquella mirada que volvía locos a muchos, fija en su padrino. "¿Ingenua?" Se estremeció. "Tal vez le pasó lo que a Eva, que después de saborear la manzana... Quizá sea resentimiento, y el resentimiento es mal dictador. En cambio, Eduardo... en él será saberla sola, el haberla oído decir que ha roto definitivamente con su esposo... ¡Ah, Dios, qué felices serían los amantes si el amor no fuese pecado!"

Mientras se preguntaba si en verdad conocía a Laura, contempló el jardín, donde no parecía moverse una hoja. "No es posible. Me lo dice la razón. Pero desde que faltan Felipe y Brandon es como si una luz se hubiera apagado en los patios", pensó. No parecían meses los transcurridos entre la muerte de uno y la partida de otro, sino años. "Qué no daría por volver a oír pisadas de hombre en los corredores. Me quejaba de que Eduardo no venía; ahora sé sus razones..."

Ya se preparaban las señoras para despedirse, y misia Francisca vio que Laura, al ponerse de pie, hizo un movimiento que le recordó los embarazos de Amalia.

Cuando se retiraron las señoras, su mirada aguda advirtió cómo Farrell se demoraba en ponerse la chaqueta y se acercaba a su sobrina como guiado por un hilo invisible.

—Eduardo —lo distrajo—, dame el brazo y vamos a la sala. Mercedes, préstame a tu esposo unos momentos. No, no lo esperes. Serafín las acompañará bien. Tenemos que hablar de La Antigua.

Laura quiso acompañarla, pero la mandó a la cama. Una vez en la sala, a puertas cerradas, contempló con largueza a Farrell. ¿Qué mujer podría resistirse a amarlo si veía empeño en él? Suspiró.

Sin duda el comandante intuía algo, pues en otro momento, impaciente, le habría preguntado: "¿Y qué, Francisca? ¿Adónde íbamos?". Pero ahora, tenso, había adoptado una pose que parecía distendida, el codo apoyado en los brazos del sillón, los dedos sosteniendo la cabeza.

—Bueno, Eduardo; por fin te vemos la cara —le dijo ella con ironía—. Desde antes de que se fuera Brandon que no te apersonabas en la ciudad...

Él adujo, al tiempo que se quitaba una hebra de los pantalones, que estaba muy ocupado encargándose de El Oratorio y de La Antigua.

—Lo agradecemos. Pero no te estoy recriminando; tu ausencia es lo más conveniente... en este caso. —Como la expresión de él se volvió cauta, propuso: —Hablemos, o el silencio matará nuestra amistad. Pero antes de avanzar en esta conversación, debes saber que distingo entre el afecto que siempre has expresado a Laura... y lo que he visto hoy en tu mirada. —Él intentó hablar, pero ella levantó la mano para silenciarlo: —Ni una palabra, Eduardo. Si ella te amara y tú le tuvieras paciencia, no me preocuparía. Si tú la amaras y ella te viera como a un pariente maduro por el que siente el afecto de una sobrina, tampoco me preocuparía. Pero hoy te he visto mirarla y he visto cómo te miraba ella.

Farrell, que había palidecido, reconoció:

—Fue un instante de debilidad. No voy a arruinarle la vida; bastante tengo con haber arruinado la mía.

—Que te consuele saber que ni te lo buscaste ni te lo mereces.

—Jamás le he faltado; ni de pensamiento —se justificó él, que se puso de pie, nervioso.

—Ni que decírmelo tienes. —Ella hizo un gesto. —Sé que tu situación es difícil, que si pudieras tal vez elegirías rehuir los encuentros... Al menos, así lo pienso en vista de tu comportamiento. Pero, dadas las cosas, sería mejor que espaciaras tus visitas; si tienes que tratar algo del campo, de lo que sea, lo tratas conmigo. Discúlpame, pero no hay otra salida. Temo que Laura, sola, ofuscada, creyéndose abandonada, busque en ti el amor que siempre percibió. Y es de eso que debo protegerla: no de ti, sino de ella misma. Como tienes más madurez, solicito de tu nobleza que te alejes un tiempo, especialmente mientras Brandon esté ausente.

—Quizá se demore un año —dijo él, resentido—, o aún más.

—Así sean diez. Y no creas que es fácil pedírtelo. Has sido un padre para los niños y una ayuda para nosotras. ¿Crees que no nos costará prescindir de tu afecto, de tu presencia? Pero tengo que ser firme. En esto no puedo arriesgarme. Además...

Con los ojos oscurecidos de enojo y frustración, Farrell la increpó:

—¿Parezco un canalla, Francisca? ¿Parezco un hombre capaz de aprovecharse de una joven que ha quedado sola y...?

—Mira, no discutamos lo obvio. Te sé noble, la sé casta. Pero no siempre nobleza y castidad se mantienen tal como deben si las juntas. Quiero evitar la ocasión que suele presentarse en bandeja. En especial te lo pido porque Laura está embarazada.

—¡Laura embarazada! —Incrédulo, la increpó: —Si es así, ¿por qué no lo han anunciado a la familia?

—Recién esta noche me he dado cuenta. —Y le explicó con paciencia: —Laura, en el estado de furor en que se hallaba, dijo a Robertson cosas desagradables... como que tendría un hijo de quien fuera mientras él estuviera ausente. Ya ves cómo ha cambiado a nuestra sobrina aquel estúpido embrollo.

Farrell, de espaldas, se llevó la diestra, disimulada bajo la chaqueta, al corazón. Misia Francisquita se puso de pie y posó con ligereza la mano sobre el brazo de él; podía sentir el dolor que atenazaba el pecho del hombre.

—¿Entiendes, querido amigo, que aunque no pasara nada entre ustedes, pondrías en peligro la legitimidad de ese niño?

Farrell asintió con la cabeza. Al volverse, perdido todo dominio sobre su expresión, recogió el sombrero y, después de besarle la mano, se encaminó a la puerta. Abrió sin esperar a la criada y la señora, acongojada, oyó sus pasos que se alejaban sobre el empedrado de la calle. "Hice lo que debía, pero siento como si le hubiera dado una estocada mortal", reflexionó misia Francisquita. Ni la muerte del haitiano le había dejado tal sentimiento de culpa. Llamó a Fe y, apoyándose en ella, subió hacia los dormitorios.

—Prepárame la pieza —le indicó a la chica, y se metió en el dormitorio de su sobrina.

—¿Cuándo te ha venido el período por última vez? —preguntó de improviso a Laura.

La joven, que se cepillaba el pelo, la miró por el espejo.

—Desde que se fue Brandon... nunca.

La señora se sentó a considerar cómo decirle que era probable que estuviera esperando un hijo. En ese momento Nombre de Dios entró con el aguamanil donde se maceraban flores de azahar; trenzó el pelo de la joven y luego derramó agua en la jofaina para que se lavara el rostro y las manos.

Cuando la chica se retiró, Laura dijo con la mayor placidez:

—Estoy embarazada, tía.

Misia Francisquita esperaba temores, desconciertos, ignorancia... ¿y Laura le salía con eso?

—Eres una chinitilla bastante sinvergüenza —la reprendió—. ¡Tenerme en la ignorancia! Y bien, ¿cómo te sientes?

—Al levantarme, mal, pero supongo que eso pasará. —Se puso de pie y se observó en el espejo de perfil, alisándose el vestido sobre el vientre.

—Me da rabia porque todavía no se me nota —confesó. Enseguida señaló a su tía y le dijo con tono admonitorio: —Que no me entere de que anda mandando cartas a Escocia con noticias de mi estado, porque vamos a pelear, usted y yo.

—Es tu marido y tiene tanta parte como tú en esto.

—No mencione a ese hombre —dijo Laura, terminante.

Ya se le pasaría, pensó la señora de regreso a su dormitorio. Se metió en la cama con una alegría renovada. "Al menos conoceré a este sobrino nieto", pensó con satisfacción. Y quizás hasta la dejaran participar en su crianza. "No sería mal sistema ese de casarse, embarazarse y luego mandar lejos a los hombres. Las madres no se llenarían de hijos, arriesgando la vida y la salud, y así se podrían tener los que uno decidiera, no los que la Naturaleza y ellos nos impusieran."

Farrell salió de la casa y se encontró con que el aire estaba lleno de luciérnagas y mariposas que se movían como una fluida corriente por las calles y se amontonaban para morir alrededor de los faroles.

Se detuvo un momento; apoyó una mano en la pared, la otra en el pecho para contener el dolor que se abatía sobre él; era como si sus más bellos sueños se desmoronaran.

Se enderezó. De espaldas contra el muro, dio gracias de que la mayoría de la población estuviera a esa hora recogida en sus casas. Permaneció quieto, con la vista clavada en la claridad de la noche de verano, hasta que un vecino, que lo reconoció, le preguntó si se sentía bien.

—Ha sido un espasmo —se justificó Farrell––. Nada que no me quite una copa de coñac.

Se dirigió a su casa. En una vida en que no había conseguido equiparar el fin a los medios, en que había sufrido decepciones dolorosas, aquélla, la de saber que Laura al fin se había entregado a Robertson, que tendría de él un hijo, le pareció, absurdamente, la más inesperada y cruel de todas. Absurdamente porque, si daba una ojeada al reciente pasado, aquellos dos, sabiéndolo o no, se amaron desde el primer día.

Llegó a su casa, se metió en el escritorio a oscuras, tanteó en busca del coñac y sin encender una vela se tumbó en el sillón. Abrió la botella con los dientes y la vació a sorbos casi sin respirar, tratando de borrar las imágenes en las que veía a su amigo y a su amada haciendo el amor, imágenes que se empinaban desde más lejanos recuerdos, cuando, juntos en Montevideo, ambos hombres iban por mujeres. Brandon no parecía cansarse nunca; cualquier día, cualquier hora estaba bien para él; no distinguía entre putas y mujeres de conductas liberales. ¿Así habría tratado a Laura, llevándose consigo —con el apasionamiento que no lo ataba a nadie— la virginidad de ella?

El dolor que sentía se le volvió insoportable; de pronto recordó que detrás de las obras de Plutarco guardaba una pistola cargada. "La oscuridad —evocó al padre Ferdinando— nos tienta más que la luz del día. Hay algo misterioso en la noche que levanta las barreras con que contenemos la locura y la maldad."

Se sentó; la botella cayó al suelo y se estrelló con ruido. Farrell se puso de pie, se llevó por delante otro de los sillones, trastabilló y cayó sobre la mesa.

No quería encender una vela, por no renunciar a lo que se sentía impelido a hacer. Metió la mano detrás de los libros, pero no halló nada. Enloquecido, comenzó a arrojarlos al suelo y pisotearlos, mientras seguía tanteando en la oscuridad.

De pronto, la puerta se abrió, una correntada de aire le tocó la espalda y al volverse quedó ciego ante un candelabro de tres velas que parecía flotar hacia él. Ebrio más allá de lo razonable, contuvo la luz con el brazo, sacudido por imágenes irreales. La voz atiplada de Serafín preguntó, temblorosa:

—Patrón, patroncito, ¿es usté?

Y aquella voz terrenal, voz de muchachito que ya empieza a buscar mujeres, lo volvió en sí. Miró el desastre que había producido en un rato, se sostuvo de la estantería y le dijo:

—Acompañáme a mi pieza. Me siento mal.

—¿No sería mejor que gomite?

—¿Aquí?

—Mas vale no, o la tendrá que oír a la señora. Venga, apoyesé en mí. Lo acerco al patio, qu'es más fácil de limpiar.

Lo dejó aferrado a una de las parras, avergonzado y rogando que no lo vieran las mujeres, y fue por un balde de agua. Regresó con una toalla, lo obligó a enjuagarse la boca, a lavarse la cara y mojarse la cabeza. Luego lo llevó a una piecita en que solía dormir su siesta. Lo recostó, le dejó el candelabro y fue por café con ceniza. Una vez solo, Farrell lloró como en los días de la infancia, repugnado de sí mismo.

Despertó después de un sueño reparador. Recordaba haber soñado —extraña cosa— con nudos: nudos gordianos, nudos corredizos, nudos de verdugos, nudos que desatar. Comprendió que en el dolor, primero del tormento y después de la inconsciencia, había desarmado algunos.

Se enderezó en el colchón y vio a Serafín tirado en el suelo, a los pies de la cama, sobre un jergón. La puerta estaba abierta y la luz de la Luna bañaba el patio interior.

Llevado por una súbita necesidad, despertó al chico y le pidió que lo acompañara afuera.

—¿Pa' qué?

—Quiero bañarme.

—¿Con tina y todo? —preguntó el chico, resignado.

—No. Solamente quiero que me tirés unos baldazos encima.

Estremecido por el agua helada, recibió balde tras balde y se mojó la cabeza repetidas veces. Supo que la borrachera, el pensamiento de suicidio, los vómitos, las lágrimas y el sueño habían cerrado un círculo de dolor. Nunca volvería a sufrir tanto; cualquier desgracia que sobreviniera —aun a los que más amaba— sería un pálido reflejo de aquella ordalía.

Mientras se secaba con una sábana oyó ladrar a los perros, voces y pasos. Fastidiado, comprendió que había despertado a toda la casa. Ya se veían las candelas que traían. Se asomó a la galería envuelto en la sábana como un Cristo. Su esposa, sus cuñadas y las criadas acudían todas juntas, asustadas; al verlo, soltaron algunos gritos. Doña Mercedes lo reconoció y se acercó a él, temblorosa.

—¡Farrell, un hombre ha entrado en la casa! Lo hemos oído andar por ahí, se ha paseado por todos lados...

—¿Y cómo es que yo no he oído nada?

—Usted tiene el sueño pesado, eso es lo que pasa. Pero Sagrario...

—Lo que pasa es que quizás usted tenga un amante, señora, y yo sin enterarme, como el zonzo del cuento.

—¡Farrell, si usted sabe bien qué poco me gustan esas cosas! ¡Que sólo por la esperanza de los hijos, yo...!

Farrell volvió al dormitorio y de la vaina que colgaba de una silla retiró el sable, que refulgió a la luz de la Luna.

—¡Revisaré la casa cuarto por cuarto, patio por patio, pero si encuentro un hombre, lo mato, lo descuartizo, lo...!

Las mujeres se desbandaron y él rió hasta que tuvo que sostenerse la cintura con un brazo.

Serafín, detrás de la puerta, zapateaba a las carcajadas.

Aquel acto absurdo y la risa que le había seguido terminaron de mejorarlo. Reanimado, recordó que hacía años que no se confesaba. A la mañana siguiente, decidió, le daría un susto al padre Iñaki cuando se presentara en Santo Domingo.

$$\widehat{33}$$

El elemento destructivo

"La vida que describe, en la superficie, es falsa; la que inventa es verdadera."

–Stephen Spender,
Henry James: The Destructive Element

CÓRDOBA
PRINCIPIOS DE 1837

El embarazo de Laura llenó de alegría a la familia; la promesa de un niño remediaría la tristeza del mal año que habían dejado atrás.

De inmediato se mandaron noticias a los cuatro puntos de la provincia, a Buenos Aires y a Cardiff. Las mujeres, en Córdoba, encontraron un nuevo motivo para reunirse tarde a tarde, entretenidas en confeccionar el ajuar de la criatura, impacientes porque la embarazada no mostraba el crecimiento de vientre esperado.

—Es que es ancha de caderas, tiene mucha cuna...

—No se le notará hasta que esté en los meses mayores —decían las Villalba, entre quienes no había una sola que hubiera sido madre.

Misia Francisquita, contrariando a Laura, mandó una carta a Robertson, a la dirección de Edimburgo que él le había dejado: la oficina del tío, Malcolm Stewart. Después, como Dios el séptimo día, descansó y esperó el resultado de sus actos.

Farrell no demoró en marcharse a El Oratorio, y una vez allí lo primero que hizo fue trepar por la sierra, en un día húmedo y nublado. Se sentó en las ruinas de la ermita y encendió un cigarrillo, con la vista clavada en las quebradas profundas y boscosas que se abrían hacia el poniente.

"De lo que pierdes consuélate con lo que te queda", decía Raymundo Lulio, y si lo que le quedaba de allí al día de su muerte era encargarse de Laura y de aquel niño al que quería doble y contradictoriamente —por la mujer que nunca sería suya, por el amigo que lo había despojado—, se daba por más feliz que muchos.

"Ojalá sea una niña. Un muchachito me recordaría demasiado a..." Y el recuerdo de su joven amante y del hijo que habían concebido —muertos hacía tanto tiempo— le impidió pronunciar el nombre.

Antes de que la noche lo tomara, descendió por la torrentera hacia la casa. Entró en la cocina, tomó un repasador y, mientras se enjugaba la llovizna de la cara, comentó a Cora:

—Bueno, Cora, tendremos un niño cerca en poco tiempo. Mi ahijada espera un hijo.

Para su sorpresa, la mujer no pareció alegrarse.

—Ojalá le vaya bien a la niña —dijo la mujer, atizando las brasas—. Se lo merece por buena. —Y continuó dedicada a cocinar. En el trasfondo de su mente, veía la espada del Ángel de la Oscuridad que había rozado la cabeza de la joven y que ya se había cobrado la vida del padre.

—¿Se ha enterado, Madame De Bracy, de que la señorita...en fin, la señora de...?

—La hija de aquel hombre que murió en la cripta.

—¿...está esperando un hijo?

Esa pregunta planteada por las Pereira, madre e hija, consiguió de la interpelada un levantamiento de cejas que indicaba que hablar de niños por nacer no era tema adecuado para una reunión social.

Pero al parecer a todos los interesaba el caso, pues desde las circunstancias que obligaron a la joven a casarse con el extranjero, además del supuesto de que no vivieron juntos durante meses, hasta el escándalo (del que media ciudad había sido testigo) y el intempestivo mutis del escocés, seguían aquella historia como si fuera una obra a veces dramática, a veces cómica.

—Dicen que la atiende el doctor Pastor...

—No, el doctor Pizarro.

—¿Y... lo sabrá el marido?

—Seguro que ya le han escrito...

Clémentine miró con desgano el pastel de membrillo que tenía en el platito; no podía acostumbrarse a la tosquedad de las comidas criollas. Comprendió, desalentada, que los tiempos habían cambiado; ya no disfrutaba de su permanencia allí. La esposa de Farrell no había acudido a verla, así como ninguna de las Villalba ni de las Núñez del Prado. José María Achával había denegado la invitación y su hermana,

Consuelo, ni siquiera cruzaba saludos con ellos. ¡Pequeña perra sin lugar donde caerse muerta, y con más humos que el Vesubio!

—¿Se supone que ella lo recibirá de vuelta? —preguntó, pues se decía que Robertson no se había ido de buena gana, sino que Laura y su familia lo habían obligado a dejar la ciudad.

—Ella es hermosa, aunque un poco altanera, y con la muerte del padre va a heredar muchas propiedades. ¿Por qué él no querría regresar, diga?

La señora de Lescano tenía alarmada a Clémentine con su poco disimulada prepotencia. Ya habían tenido algunos desacuerdos, así que la francesa prefirió desviar la vista y solicitar a la mayor de las Pereira que le sirviera más chocolate.

Aquella actitud no detuvo a la otra, que dijo con malicia:

—Su hijo estaba interesado en la señorita Osorio... ¿Qué pasó? ¿Ella no le prestó atención?

Clémentine miró a Hubert, que estaba al piano y si algo había oído lo disimuló muy bien. El joven dijo unas palabras galantes a la joven que le pasaba las hojas de las partituras y por fin, después de besarle con galantería los dedos, se sentó cerca de su madre, atento y paciente.

—Se ve que a usted no le gustan los Osorio —machacaba la Lescano.

Clémentine dio un suspiro resignado.

—¿Es que a alguien le agradan? —preguntó.

Su resentimiento con los Osorio se había agudizado desde el episodio del gato, que aún le erizaba la piel. Los bastonazos de misia Francisquita todavía ofuscaban su entendimiento, pues le recordaban un desagradable episodio de su primera juventud. Y luego aquel juicio en que el juez le preguntó si se creía una funámbula...

Con un estremecimiento, se acomodó el chal sobre los hombros.

A su lado, la señora Pereira pensó que algo se estaba agriando en el carácter de la francesa; si no fuera por el joven, de tan buenas maneras y tan encantador carácter... Lo miró hablar con su hija y dio un suspiro de satisfacción: "Quizá... quién sabe... tal vez...", soñó mientras se abanicaba con fuerza. Sólo por esa alianza aceptaría seguir recibiendo a Clémentine, ya que él amaba a su madre, lo cual demostraba su bondadosa índole.

En el coche, de vuelta a la casa, Clémentine notó que Hubert tenía una expresión rígida, por completo ausente. "Ha oído lo que dijo esa cochina de la Lescano", se angustió, y puso con suavidad la mano sobre la de él.

—No debes preocuparte por lo que diga esa entremetida. —Como él no pareció escucharla, le apretó un poco los dedos. —Creo... creo que deberíamos levantar la casa, irnos a...

—¡No!

La reacción de su hijo la sobresaltó.

—¿Para qué quedarnos aquí, Bijou, aburriéndonos hasta el bostezo? "Ellos" han conseguido aislarnos. Ya ves, hoy no había nadie, sólo gente sin importancia... ¿Qué podemos hacer contra "ellos", dime, sin Beau Bouclier? Ya lo hemos intentado todo. No sé qué más... —Sacudió la cabeza. —No hemos tenido suerte —dijo con amargura—. Siempre la vieja historia, siempre la envidia, el llenarse la boca con sus apellidos, sus antepasados y sus campos... ¡Antes que poner casa, debimos comprar tierra, aunque más no fuera para tener unas vacas dando vueltas por ahí!

Su voz había subido de tono, y entonces fue Hubert quien, con un suspiro, aflojó la tensión de su rostro y le sostuvo la mano.

—¡Qué tontos hemos sido! —continuó ella, perdida en sus razonamientos—. Estaríamos mejor lejos de aquí, en algún lugar mundano y brillante. Tenemos aquello de lo que estos tontos carecen: ¡dinero! Con él se puede comprar cualquier cosa, llegar a cualquier parte; se puede...

—Ya ve cuán lejos hemos llegado —dijo Hubert, como si hablara para sí.

—Amsterdam... Los atardeceres de Amsterdam son maravillosos; duran una eternidad en llegar a la noche... —Clémentine se limpió las lágrimas con los dedos enguantados. —Vámonos, Hubert. Tengo un mal presentimiento. Cualquier sitio será mejor que éste. ¡Podríamos vivir tan bien! Marienbad, Zurich, San Petersburgo. Podríamos cambiar de nombres y...

—¡No! —la interrumpió él.

Ella se derrumbó y se cubrió los ojos con un brazo.

—En realidad, querría regresar a Francia... ¡Extraño tanto París! Pero tenemos que esperar que todos mueran... todos aquellos que recuerdan lo que hice... Y Londres... Sí, me conformaría con Londres, pero la familia de tu padre... ¡Hay tantos viejos de buena memoria, tantas viejas desconfiadas, tantos abogados indagadores! Es su perfidia la que los mantiene alerta...

Hubert, en la oscuridad del coche, se mordía los labios. También él sentía la amargura de tantos planes convertidos en fracasos.

—Está bien, mamá. Nos iremos. Tranquilícese. No vale la pena vivir en esta asquerosa cueva de sacristanes.

Se volvió y la abrazó. Había pensado decirle quién mató a Beau Bouclier, pero comprendió que no debía mortificarla más.

—Usted tiene razón: nos iremos. Viajaremos por Italia. Nunca llegamos a Florencia, ¿recuerda? Y Brujas, y Varsovia. Deseo mucho volver allí... Me gustaría conocer Bagdad; dicen que se acepta casi cualquier capricho de los extranjeros. ¡Oh, mamá, hay tantos lugares hermosos para visitar, para vivir!

Clémentine no parecía oírlo, perdida en el laberinto de su remoto pasado.

—...me encontró en la calle. Yo llevaba uno de los vestidos que él me había regalado. No sabía que eran de ella; pensé que habrían pertenecido a una de sus amantes. Y entonces ella hizo detener el coche, se bajó y me azotó con un latiguillo que llevaba en la mano. Me golpeó de tal manera... y nadie, Hubert, nadie me ayudó. Después me obligó a desnudarme y todos se rieron de mí. ¡Y ésos no eran condes y duquesas! ¡Eran gente como yo! ¡Ellos se burlaron de mí, me siguieron, me cubrieron con basura de la calle! ¡Uno intentó meterme un nabo en... en...!

—¿De qué habla, mamá? —preguntó Hubert, aterrado.

—...después me desquité. Oh, sí; conseguí que recibieran su merecido. Ella, y los otros y...

—Pero, ¿a quién se refiere usted?

—Ella y el hermano murieron en la guillotina, y yo no sólo estoy viva, sino que me he apropiado de sus nombres, de sus apellidos, de las maneras de esa odiosa. —Se volvió a mirar a su hijo y con expresión extraviada le acarició la cara. —La estirpe de los De Bracy ha desaparecido, Hubert. Yo la hice desaparecer.

El joven, perturbado, no estaba seguro de haberle entendido.

—Pero entonces, nosotros...

—Sólo tú y yo mantenemos vivos sus nombres. Ya casi nos pertenecen, ¿verdad, hijo? ¡Tantos años llevándolos!

—¿Y el baronet, mi padre?

—Oh, él. Es por su familia que no podemos volver a Gran Bretaña. Ellos saben... —Y de pronto calló, tapándose la boca.

—¿Qué saben? —preguntó él, que la tomó con firmeza de los hombros.

—Saben cosas que no te puedo decir ahora, Hubert. ¡Por favor, no quiero hablar más!

El coche se detuvo frente a la casa, pero él comprendió que su madre tenía los pensamientos en blanco, sin recordar siquiera en qué lugar estaban, así que descendió y tomó en brazos a aquella frágil mujer y la condujo al dormitorio.

Llamó a una criada para que le llevara una tisana y a otra para que la desvistiera; volvió a entrar cuando le avisaron que ya estaba acostada, y él mismo, con infinito amor, fue dándole la bebida en la boca, cucharada por cucharada.

—Todo podría haber sido tan distinto, querido... si solamente no se hubieran metido los Osorio, si esa muchacha hubiera aceptado casarse contigo, o su padre conmigo... Si esa vieja cochina no nos hubiera tomado tanta inquina... ¿Qué le hicimos nosotros, Bijou, qué, para que nos odie? ¡Son tan soberbios! ¡Ah, alguien debería darles su merecido!

De Bracy la besó en la frente y, conmocionado, continuó dándole a beber de la taza.

—Está bien, mamá. Se hará lo que usted quiera —le aseguró al fin, pues comprendía, por el estado de ella, que quedaba librado a su suerte. Había perdido no sólo a su madre: a través de aquellas revelaciones transmitidas en frases elusivas, en historias inconclusas, había perdido su identidad. Se sintió desarmado, espantado, extraviado en un país enemigo y sin saber con certeza quién era. Una luz se apagó en su mente y lo dejó en tinieblas. Cerró los ojos y esperó que su madre se durmiera; había recordado la cartera de cuero verde y herrajes de oro donde ella guardaba todos sus documentos. Pero estaba en el secreter, y para eso debía conseguir la llave que ella siempre llevaba, prendida con un alfiler, en el interior de su bolso.

34

Tras la puerta cerrada

"Es increíble cómo pueden impresionar en la dormida conciencia imágenes más horriblemente vívidas que las presentadas jamás por la realidad."

–Charles Maturin,
Melmoth el errabundo

ASCOCHINGA
PRINCIPIOS DE 1837

P ara febrero, fue evidente para misia Francisquita que tenía que apartar a Laura de la casa y de sus hermanos, que exigían de ella atención y cariño constantes. A pesar de que prefería la ciudad, comprendía que para una embarazada eran mucho más saludables las sierras. "Los aires de aquí están llenos de miasmas, en especial en verano. No sea que le dé una peste..."

Mandarla a Ascochinga planteaba otro problema: la cercanía de Farrell. "En fin, tendré que confiar en él. Pero no la mandaré sola; convenceré a Consuelo de que la acompañe. La chica es de una moral intachable y de mucho carácter. Laura no hará nada sin confiárselo, y estoy segura de que Consuelo detendrá cualquier actitud equivocada de mi sobrina..."

—Por supuesto que iré —respondió la amiga de Laura cuando misia Francisquita se lo pidió—, pero tendré que pedir permiso a la señorita del Signo. No quiero dejarla sin ayuda con las huérfanas, en especial ahora, cuando todas las otras señoras se van a sus campos.

—No te preocupes por eso. Buscaré quien te suplante —le aseguró la señora.

Así quedó decidido que las jóvenes se trasladarían a La Antigua. Laura quiso llevarse a sus hermanos, pero sus tías la convencieron de que debía dejarlos en Córdoba, que ellas no sabrían qué hacer sin los niños.

—Además, no queremos preocupaciones ni tareas pesadas para ti en los meses que te faltan. —En esto, misia Francisquita fue terminante.— Ya oíste lo que aconsejó el doctor Pizarro: para tu estado, descanso y aire puro son el mejor remedio. Y pueden llevarse a Juanchita, que acá nos damos maña con las criadas que quedan. Sin hombres en la casa, y para las que somos, tenemos un batallón...

Los días siguientes fueron de preparar cofres de ropa y costureros, comprar telas y puntillas de Valencia, afilar tijeras y hacer dorar agujas. Don Fidel Calleja les prestó unos muestrarios para que sacaran dibujos de las *Últimas Novedades para Infantes*... que tenían al menos diez años de uso.

—¿Y para qué tanta cosa? —quisieron saber las tías, que tenían muy adelantado el ajuar.

—Quiero bordarle el traje de bautismo —dijo Consuelo.

—Se pondrá el de Felipe —le aclaró misia Francisquita—, que para eso se lo preserva.

—¿Entonces el de olearlo? ¿El de mecerlo por primera vez en el brizo?

—¡Ah, contigo no se puede! ¡Siempre te sales con la tuya! —exclamó la señora, riendo—. Está bien, el de cuna. En lo demás, prefiero que se sigan las tradiciones.

—Prometo a usted —aseguró Consuelo— que le devolveré a Lali sabiendo hacer encaje.

—Milagro será —se burló la señora—. ¿Y llevan libros?

—Yo no voy a ningún lado sin libros —aseguró la joven.

—A ver si la contagias.

—Si no insistiera tanto, quizá yo leyera más —protestó Laura.

Por fin, acompañadas por Camargo, Juanchita y Serafín, que por cansancio había conseguido el permiso de su patrona, salieron hacia Ascochinga en el coche.

En unos días se celebraría en La Estancita la fiesta de la Candelaria, a la cual las jóvenes pensaban ir, junto con cientos de peregrinos que bajaban de las sierras, que subían desde los llanos, que llegaban de poblaciones vecinas y aun de más lejos a acompañar a Nuestra Señora.

Se formarían largas procesiones, en las que los fieles llevarían encendida una candela, orando y cantando para festejar la Purificación de la Madre de Dios.

Desde La Antigua, por camino de sierra —sólo a caballo podían hacerlo—, bajarían hasta La Granja y después, casi en ángulo recto, seguirían hacia el Sauce y Agua de Oro, tierras de la que había sido la estancia de San Cristóbal, donde harían posada para visitar la capilla de San Vicente, levantada un siglo antes. Y muy temprano al otro día saldrían hacia La Estancita.

La idea de Laura era poner a su hijo bajo la protección de la Virgen de la Candelaria.

—Imagino que nunca mejor que en esta fecha —reflexionó Consuelo—, estando María, como dicen las señoras, "de recién parida". Y si es niña, bien podrías llamarla Candelaria.

—Si es varón, ni siquiera podré ponerle el nombre del padre —comentó Laura con resentimiento—, porque, a pesar de que tiene muchos, ninguno figura en nuestro santoral.

—¿Extrañas a tu marido?

—Lo detesto —respondió Laura con enojo.

—¿No será que lo amas? —se burló su amiga.

La joven contempló los campos muy verdes, de monte alto y pocos sembrados, que se extendían al lado del camino. Por fin soltó un suspiro de resignación.

—Ah, ya ni sé. Hay días que pienso mucho en él, pero enseguida me acuerdo de lo que hizo, de las mentiras, de la vergüenza que pasé... y entonces estoy segura de que lo odio.

—¿Le has avisado de tu embarazo?

—No tengo la menor intención de hacerlo —contestó Laura—. Este hijo será solamente mío. —Se acodó en la ventanilla del coche y le pidió: —No hablemos de ese tema, Consuelo, que me pone mal.

—Déjame decirte antes que debes avisarle que va a ser padre. No sólo por él, sino por tu hijo, que merece que hagas el esfuerzo...

—¿Después de lo que me humilló? ¡Todo el mundo sabía que andaba con esa costurera!

—Bien puede uno humillarse por un hijo —repuso Consuelo con tranquilidad.

Laura pensó: "Quizá tenga razón. Mi orgullo herido no tiene por qué caer sobre nuestro hijo". Pero no sería de su mano, ni por su encargo, que recibiría la noticia; dejaría que lo hiciera su tía. "Quizá ya lo haya hecho", se esperanzó. Quizá, después de todo, Robertson llegara para el nacimiento. Era una esperanza que la llenó de contradicciones. "Y si él viniera, ¿qué haría yo?" No pudo contestarse con sinceridad.

Fueron días muy felices para ambas los que pasaron en La Antigua. Al anochecer solía llegar Farrell, que entonces las acompañaba en las caminatas que había prescripto el doctor Pizarro. A veces cenaba con ellas, y de sobremesa jugaban al tresillo. Consuelo tocaba la guitarra y Laura y Farrell cantaban a dúo.

Serafín, algo apartado y sentado en el suelo, contaba con gracejo chistes o decires de los peones. El muchachito siempre estaba alegre;

era poco dispuesto al trabajo pero sí a efectuar mandados y a llevar mensajes.

Farrell parecía algo distante y no iba tan seguido como Laura hubiera querido; de cualquier modo, ella se sentía feliz de una manera tranquila, sin exaltaciones. ¿Sería su estado? ¿El niño que crecía dentro de su vientre le produciría aquella serenidad que, después de tantas tristezas, dolores y contratiempos, la llevaba a un estado de completo sosiego? El embarazo había conseguido que hasta el dolor por la muerte del padre se mitigara en una tristeza tenue, en una nostalgia que jamás cesaría: la necesidad de su afecto, de su bondad, de la felicidad que habría significado poder ofrecerle el primer nieto.

—Se llamará como papá —dijo un día, sin que nadie le preguntara nada. Consuelo la entendió.

Una vez a la semana pasaba un hombre mandado por misia Francisquita, lleno de encargos, misivas, noticias y obsequios: "Este tocino del cielo lo ha hecho la más chica de las Núñez, que es quien mejor mano tiene para lo dulce...", o: "Mándennos quesillos, que acá en Córdoba no conozco quien los haga tan buenos como el viejo Eleuterio. Simple de alma tenía que ser para que Dios le diera esa gracia...".

Y Laura le contestaba: "Ahí le mandamos los quesillos para que calme el antojo. Seguro que llegarán bien frescos; los hemos protegido con mucha hoja de achira y paños apenas húmedos...".

Dos días antes de la fiesta de la Candelaria, Laura pasó una mala noche, turbada por sueños inquietantes aunque poco comprensibles. Creyendo que se le advertía que con aquel peregrinaje podía interrumpirse su embarazo, desistió de ir, pero dio permiso a Paula y a las criadas para que emprendieran la marcha con el resto de la peonada.

—Ve con ellas, Consuelo, que bien puedo arreglarme con Juanchita y Serafín. Además, quedan algunos peones y mi padrino no va nunca a la fiesta.

—Pero el comandante se ha ido a Córdoba...

—Aseguró que hoy volvía, aunque tuviera que viajar de noche.

A la hora de partir, Consuelo decidió quedarse, y ni los ruegos de Laura ni sus afirmaciones de que se sentía bien valieron para hacerla cambiar de opinión.

La ausencia de Paula y del comandante Farrell se notó en especial en Serafín y Juanchita; sin aquellos que los sujetaran, parecían dos criaturas en recreo. Corrían alrededor de los corrales, jugaban a las escondidas, se emboscaban uno al otro y Consuelo andaba tras ellos pues temía que se les olvidara la decencia en algún rincón.

—Tus tías no nos lo perdonarían nunca —se afligía.

Fue por eso que aquella noche, víspera de la Purificación, se llevó a Juanchita de una oreja para que durmiera en su pieza mientras Laura resolvía hacerlo sola, le costaba conciliar el sueño y había tomado la costumbre de quedarse leyendo en la cama.

Al anochecer la casa quedó excepcionalmente silenciosa. El ir y venir de los peones, la campana que llamaba a la gente que trabajaba en los campos, los caballos que al atardecer entraban en tropilla en los corrales, los perros que encerraban las cabras o mordían los garrones de los terneros... todo había callado ante la ausencia del trabajo diario. La falta de los sonidos cotidianos producía un estado de tristeza —y hasta un ambiguo temor— en los habitantes de La Antigua.

El viejo Eleuterio había quedado, con pocos hombres más, al cuidado del fuego y de la casa; todavía se vivía como si no hubiera enemigos del otro lado de los muros.

Las dos amigas comieron casi en silencio, oyendo las risas sofocadas de Serafín y Juanchita mientras llevaban y traían las fuentes y los botellones.

Consuelo dijo, poco antes de levantarse de la mesa:

—¿Será así como llegará el Fin del Mundo, con esta tristeza, con estas ausencias, con este silencio?

Antes de acostarse llevó a Laura a su dormitorio y le entregó, doblado, un paño muy fino. Al desenvolverlo, la joven se encontró con un juego delicadamente bordado de toallas para la cara.

—Oh, Consuelo, son hermosas —se admiró, conmovida.

—Pensé dártelas en tu cumpleaños, pero falta demasiado. Anoche las terminé. Mira. —Las extendió sobre la colcha; en una, bordada en relieve, se veía la letra "L"; en la otra, la "R", ambas entrelazadas con un tallo de hiedra.

—Él volverá, te lo prometo. Nuestra Señora de los Dolores nunca me ha decepcionado.

Se abrazaron llenas de emoción. Laura, por el obsequio, por las palabras; Consuelo por la reacción de la amiga. Tras advertirle ésta que, de sentir alguna molestia, la despertara, se dieron las buenas noches con un beso y entraron cada una en su dormitorio. Juanchita protestaba porque desconfiaban de su buen comportamiento.

Farrell se acercaba a La Antigua, maldiciendo porque era muy tarde para detenerse. Llevaba las ventanillas bajas y las cortinas sujetas para que el aire nocturno, que había refrescado la atmósfera, lo despertara. Había comido en Jesús María, con unos amigos, y había bebido algo de más.

Las caravanas de peregrinos en el camino los habían detenido varias veces; él mantuvo durante todo el trayecto la preocupación de que Laura, sin escuchar sus consejos, hubiera partido con la romería.

Quizás estuviera chapado a la antigua, se dijo, pero no aprobaba que las mujeres encintas anduvieran a caballo entre montes y piedras.

Afuera, la Luna iluminaba el camino con magnífica claridad; los promesantes que decidieran seguir viaje para llegar al alba al refugio de la Virgen podrían hacerlo sin inconvenientes.

Se acarició el bigote y la barba que dejaba crecer nuevamente. A veces se sentía miserable porque una voz, muy en lo hondo, pedía que Robertson no regresara, que le fuera a él dada la gracia de encargarse del hijo de Laura.

Iban a los tumbos, pues el conductor había arreciado el galope de los caballos, que conocían el camino aun sin verlo.

A la vista de los pilares de entrada a la estancia, Farrell dudó en ordenar que detuvieran el coche, pues temía que se dijera que él había visitado, entrada la noche, a las dos jóvenes.

—¿Quiere que paremos, comandante? —Camargo se asomó por la ventana. La respuesta le llegó después de una vacilación.

—No, sargento; métale guasca —dijo Farrell, reclinado en el asiento.

"Creo que me he dormido profundamente", pensó Laura. De nuevo un sueño la había despertado, alarmada con una pesadilla de la que no podía recordar ni forma ni esencia.

Recostada sobre varias almohadas, con el candelabro encendido —las velas estaban a punto de extinguirse— y el libro abierto sobre el pecho, prestó atención al silencio de la casa durante largo rato. Se sentó en la cama, pensó en acudir a Consuelo, porque el corazón le latía con violencia. Iba a salir al corredor cuando los cirios que agonizaban se apagaron. Estremecida, sintió como si la mano de la Oscuridad la hubiera cegado, al tiempo que oía pasos afuera y algo que era arrastrado.

Quiso llamar a gritos a Consuelo, pero el instinto que protege al animal en peligro la silenció.

Con sumo cuidado bajó de la cama y descalza se acercó a la puerta, el oído pegado a la tabla. Pensó: "No hay nada tras la puerta; ha sido un mal sueño". Pero la realidad se impuso: alguien andaba por allí, murmurando y arrastrando algo, algo pesado, hacia las escaleras. Escuchó con angustiada atención, desesperada por saber qué era o qué ocurría afuera; durante todo el tiempo oyó el débil murmullo de una voz que venía del otro lado de las gruesas paredes. A veces le parecían llantos o exclamaciones de sufrimiento, miedo o súplica, y al concentrarse en ello pudo oír, apenas distinguible, su nombre pronunciado en voz tan baja que no podía decir si la voz era de hombre o de mujer.

Empapada en la transpiración del terror, sufrió un desfallecimiento; las piernas se le doblaron y cayó de bruces en el suelo. Se mordió la mano para no sollozar o nombrar a su padre, o pedir por Robertson o, al menos, llamar a Consuelo.

¿Qué era eso que susurraban en la galería? ¿Qué arrastraban? ¿Qué explicación razonable podía encontrar a semejantes sonidos? "Serafín y Juanchita", pensó. Tomó aire y volvió a apoyar el oído sobre la madera. Una sola voz se oía, aunque ahora lejana y... lo que aquello fuese había llegado a la escalera, porque oía el "tum... tum..." —cada golpe separado por los mismos segundos— sobre los escalones, hacia abajo.

Entonces comprendió que en el aire no había un presagio de los juegos o retozos de Serafín y Juanchita; aquel sonido sólo podía presagiar el horror de algo a lo que ella no podía ponerle nombre ni suponerle causa, un horror que se manifestaba en gruñidos más bestiales que humanos, aunque contenidos, en rezongos que parecían provenir de la fauna que, según la Iglesia, habitaba el Infierno y a veces lograba llegar, burlando a Dios, hasta muy cerca de los mortales.

Respiró con dificultad y se llevó las manos al vientre como si ellas pudieran proteger al hijo no nacido del mal que acechaba del otro lado de la puerta.

—Dios mío, Madre mía, que sea una pesadilla... ¡Quiero despertar, quiero despertar...! —musitó, y volvió a morderse la mano para no dejar escapar ni el más mínimo sonido que alertara a eso que seguía bajando —tum...tum...— como si reptara por la escalera que desembocaba en la puerta de la sacristía.

35

De arcángeles y demonios

"No paséis la noche afuera, temed al tentador. El Señor ha retirado su mano del cielo."

–Jan Potocki,
Manuscrito encontrado en Zaragoza

ASCOCHINGA
PRINCIPIOS DE 1837

Juanchita y Serafín se habían enredado en un juego que empezó con ingenuidad y se volvió intencionado. Serafín la había tentado, con miradas amorosas y bromas de doble sentido, a "pasear" cuando todos se hubieran dormido. Las cosas se complicaron pues Consuelo advirtió ciertos peligros y decidió que la chica pasara la noche con ella. Pero Juanchita, que sabía que la señorita tenía el sueño pesado, aseguró a Serafín que en cuanto Consuelo se durmiera bajaría a reunirse con él. Por la niña Laura no debían preocuparse, ya que ocupaba la pieza que había sido del mozo Edmundo. Lo único que debía hacer la muchachita era recorrer un mayor trecho de corredor para no pasar frente a ella. La ventaja residía en que descendía más cerca de las cocinas, sin tener que atravesar el inmenso primer patio, que le producía miedo de noche, ya que nadie ignoraba que en las casas viejas viven las ánimas de los que han muerto bajo sus techos.

Serafín, que la aguardaba con impaciencia, se había apostado bajo la escalera. Cuando ella pisó el último escalón, le tapó la boca y la sujetó por la cintura; le tanteó el pecho y le murmuró al oído: —Soy el Diablo que te va agarrar... —y algunas tiernas procacidades.

Asustada al principio, ella terminó por reírse. Se abrazaron al fin, se besaron con angurria e intentaron, sin mucha experiencia, algún contacto que ella dudó en aceptar. Pero la porfiada voluntad del muchacho, su habilidad para convencerla y la urgencia de su deseo consiguieron hacerle olvidar todos sus propósitos de "portarse bien".

Corrieron descalzos, tomados de la mano, hacia los patios domésticos; se detuvieron en cada recoveco, se apoyaron en cuanta puerta cerrada encontraron. El silencio de la casa y la ausencia de Paula y de las otras criadas les dieron la maravillosa sensación de que eran libres, de que el día y la servidumbre del trabajo no llegarían de nuevo. La noche cálida y luminosa tenía la seducción de un sortilegio.

—¿Oyís? —preguntó ella, de pronto y lo apartó un poco.

Él prestó atención.

—Es un coche. El comandante, seguro, que va pa' la casa.

Aguardaron unos segundos pero no oyeron nada más. Él la llevó, entre tironeos y besos, hacia la pieza donde dormía, dentro de la casa, como criado privilegiado que era.

Consiguió, con algo de fuerza, voltearla sobre el camastro y quitarle a medias la ropa. Allí, tan lejos del patio grande, de los corredores de la familia, de los dormitorios de las niñas, se sentían a salvo para reír y hasta soltar alguna exclamación.

Estaban acariciándose el cuerpo entre bromas y apretujones cuando un grito, alejado, los inmovilizó.

—¿Me llamaron? —preguntó la chica, asustada, al tiempo que se incorporaba y se bajaba la blusa.

—No, no —la tranquilizó él.

Prestaron atención; nada volvieron a oír, pero al reanudar el besuqueo percibieron con claridad que una puerta se abría y alguien pronunciaba unas palabras... algo así como un rezongo que sólo resultó audible por la total ausencia de ruidos. Luego, mientras se sentaban en silencio, acomodándose las ropas, pensando en dónde esconderse, se oyó algo que caía al suelo y después el sonido sordo y continuado de una cosa arrastrada. Juanchita, estremecida, se arrimó a Serafín.

—¿Qué será?

Él se mantuvo más calmo.

—No ha de ser nada, Juancha, o los perros hubieran ladrado.

—Pero... aunque fuera la niña, ¿no te parece raro que ni anden husmeando?

El muchacho le pasó la mano por la cintura pero el miedo los atontó, pues no sabían a qué debían temer.

—¿Será un ánima?

—¡Chist, ni las nombrés! —El moreno se santiguó. Juntó coraje, se arrimó a la puerta y la entreabrió. La luz de la Luna formó un triángulo brillante sobre el piso y ellos salieron, tomados de la mano, a medio vestir. Pegados a las paredes se acercaron, silenciosos, al primer patio.

—Mejor me güelvo —dijo la morena, y se zafó de la mano de él. Con rapidez, Serafín la retuvo.

—Esperáte... ¿No te parece raro —le hizo ver él— que si te descubrieron no hayan salido a buscarte?

—¿Y di ahi?

Serafín dudó, pero decidió no arriesgar su suerte.

—A ver, acomodáte un poco. Te acompaño hasta arriba. Si te dicen qué, vos decís que saliste a mear.

Avanzaron, el muchachito algo adelante. Al llegar al pie de la escalera por donde había bajado Juanchita, se oyó de nuevo la voz, como una protesta, como un juramento. En aquel momento, nítido, sonó un golpeteo rítmico, repetido, sobre los escalones.

Sin decirse palabra, apretadas la manos, corrieron en el mayor silencio hacia las cocinas. Trancaron la puerta y se escondieron detrás de unos barriles.

—Si es un alma —gimió Juanchita— de nada nos valerá la tranca...

Serafín pensaba lo mismo, pero nunca había oído que las ánimas anduvieran por las cocinas. Un gato negro, al que Paula solía encerrar para que las lauchas no se metieran, les dio un susto de muerte al incorporarse sobre uno de los barriles, los ojos espejeando como brasas.

—¡Callate, zonza! —el moreno zamarreó a la chica. —¡Si es el Matón, mirá!

Entre sollozos secos, Juanchita escondió la cara en la espalda del chico.

—¡Tengo miedo, Sera! —murmuró.

—Al menos pa' acá no viene nada. Mirá el gato...

Matón, después de tensarse en un arco, comenzó a lamerse con pachorra.

Se quedaron un largo rato, acurrucados y muy quietos. No les llegaba ningún sonido.

—Yo digo... —Serafín carraspeó. —Mejor te volvés a la pieza.

—¿Y lo que oímos?

—Haberá sido un perro. ¿Vos te créis que las niñas se cayarían si no te encuentran? A gritos te andarían buscando.

—Vayamos, dentón...

Salieron en silencio, evitando llevarse nada por delante, con cuidado de no hacer el mínimo ruido. Una vez en el corredor de arriba, Serafín la hizo esperar y se adelantó hacia la pieza para ver si Consuelo estaba dormida. Al menos no había encendida ninguna candela, pero le sorprendió que estuviera abierta la puerta del dormitorio. En puntas de pie volvió hacia la chica y la hizo agacharse a mitad de la escalera.

—¿Vos dejaste la puerta abierta?

—No; cerradita.

—Tá abierta. Seguro que ti háis descuidado...

—No, no. —De pronto, afligida, la chica se incorporó. —Vamo a ver. Me parece raro. Yo la dejé bien trabadita.

—¿Se haberá dado cuenta y...?

Pero Juanchita, llevada por una necesidad imperiosa de saber, se dirigió con rapidez hacia el dormitorio.

—¿Niña Consuelo? —Puso un pie adentro y al pretender avanzar resbaló y cayó sobre un charco. El grito de ella se oyó al mismo tiempo que el de Serafín. El muchachito había visto una figura blanca —un ánima o un ángel— que iba por el corredor de abajo hacia el pequeño patio del magnolio, donde las dos señoritas solían refugiarse a conversar o a coser. Al oír a Juanchita, subió los escalones de prisa y la vio salir arrastrándose y gimiendo de la pieza. Cuando levantó la vista —pues algo le llamó la atención en el campanario— distinguió, sin duda, al mismo Satanás, la capa agitada al viento nocturno, inclinado hacia el primer patio como si buscara al alma que se le había escapado.

El chico tomó la mano de Juanchita, que aullaba en su oído, y la arrastró por la escalera sin contemplaciones. La salida posterior de la casa estaba cerrada, pero había un hueco en la tapia; lo atravesó, tomó a Juanchita de los brazos y tiró de ella con fuerza.

Corrieron bajo la luz blanca de la Luna, aterrados de que algo se abalanzaba por los aires a apresarlos como los aguiluchos apresan a las liebres.

Farrell se había levantado muy temprano porque el plenilunio lo desvelaba. Él mismo se había preparado el mate y fumaba un cigarro mientras el mundo dormía adentro y afuera de su casa. Se dirigió al tajamar con la pava en la mano y sentado en el banco escocés que había hecho construir su padre contempló cómo la luz de la mañana comenzaba a iluminar, débilmente aún, el naciente.

Le daba vueltas a un problema de conciencia: ¿debía escribir a Robertson para darle noticias e instarlo a regresar? ¿No era pecar de hipócrita, aunque tuviera el amor por Laura bajo control? Tenía conciencia de cuán improbable era que volviera a casarse o que decidiera engendrar fuera del matrimonio: el egoísmo le decía que lo más parecido a un hijo que conseguiría en su vida sería aquel que había concebido Robertson con su ahijada.

Pensaba en esas cuestiones, preocupado por la situación y el futuro de Laura y el niño, cuando vio venir a alguien semidesnudo, corriendo ya sin fuerzas, por el sendero de tropa que cortaba hacia la casa.

Tiró el cigarrillo, dejó el mate en el banco y se irguió, atento.

—¡Patrón, patrón...! —Era Serafín y traía la ropa manchada de sangre.

Farrell se adelantó hacia el muchacho con la garganta cerrada por la alarma; la fatiga y lo descompaginado de sus movimientos sólo podían significar que algo malo había sucedido en La Antigua. Lo primero que se le ocurrió fue que se había malogrado la gravidez de Laura y que ni Paula, que era comadrona, estaba a mano.

El chico trastabilló y cayó en sus brazos. Como lo vio descompuesto y falto de aliento, Farrell lo arrastró al banco.

—¿Te tiró el petiso?

—¡Algo pasó, patrón! Hay sangre en el piso, hay alguien por ahí, un ánima, el Diablo...

—¿El Diablo? —Farrell soltó un coscorrón sobre la cabeza del muchacho, que se largó a llorar.

—¡No pegue, patrón! Vimos al Diablo en el campanario y miraba a un ánima que corría por el patio... ¡fue fiero verlos, creamé!

—Sería Eleuterio, mirando si venía alguien por el camino...

—¡Y di ánde tendrá capa el Tero!

En el intento de encontrar una explicación a lo que el chico creía haber visto, el comandante lo interrumpió:

—¿No ladraron los perros?

—¡Ni guau, patrón!

Lo que el muchacho decía parecía tan irracional que era imposible dilucidar lo sucedido.

—¿Dónde había sangre?

—En la pieza de la niña Consuelo.

—¿Y Laura? —Lo tomó de los hombros.

—Ella hace días que se fue al cuarto del mocito Edmundo...

—Pero, ¿fuiste a ver...?

—No... La llamamos, pero no... También la puerta de ella taba abierta. Así que pensamos con la Juanchita: "Mejor le decimos al comandante", porque ya no sabíamos qué más hacer, así que nos escuendimos en el monte y después nos vinimos pa' cá —Señaló detrás de él: —Dejé a la Juancha por ayá, porque no podía correr más. Si me da permiso, agarro un petiso y me la voy a buscar.

Pero ya Farrell corría llamando a gritos a su ayudante.

Farrell y Camargo galoparon hacia La Antigua sin cruzar palabra. Iban armados y habían dejado a Serafín, en uno de los caballitos, para que buscara a Juanchita, que lo esperaba en el pedregal que daba al río.

Al acercarse a la estancia, el correntino indicó al comandante, con un ademán, que se ocultara en el bosque, y él se adelantó al trote largo para hacer un reconocimiento. Regresó en minutos y se quitó el sombrero con desconcierto.

—Algo raro pasa, ché comandante. La puerta grande está abierta. Han matado a los perros de adentro... Envenenados, será, porque no tienen marcas. —Con los ojos desconfiados fijos en la construcción que se perfilaba entre los árboles, agregó: —No quise ir más allá hasta que usté ordene.

Farrell luchó con el deseo irrazonable de entrar al galope, llamando a gritos a Laura y a Consuelo. Sólo su sentido de la táctica se lo impidió.

—El portón de coches... ¿no ha sido forzado?

—Abierto no más está.

—¿Y los perros?

—Allayté... en el primer patio.

Talonearon y se adelantaron al paso, las riendas cortas, atento el oído y las armas martilladas. Rodearon la propiedad y atravesaron el portón de entrada.

En el patio grande, un silencio absoluto —que rompieron los cascos de los caballos sobre las losas— pesó sobre ellos. Sin desmontar, dieron una recorrida por la planta baja, abriendo puertas a patadas, a pecho de caballo. No encontraron un alma.

Dejaron los animales atados a un arbusto, para que no se les escaparan si había una corrida, y subieron al primer piso por la escalera en la que Serafín y Juanchita se habían escondido. De pronto, Farrell estiró el brazo para detener a su ayudante. Puso una rodilla en el suelo y observó la marca de un pie... una marca ensangrentada. Al incorporarse, distinguió unas huellas que iban hacia la otra escalera, un rastro de sangre que evidentemente alguien había intentado limpiar. En la pieza de Consuelo descubrió una enorme mancha de sangre sobre las sábanas desordenadas. No había mucho donde mirar, así que salió hacia la pieza de Edmundo, donde Serafín le dijo que dormía Laura. También estaba abierta; no había sangre en ella, ni desorden... pero tampoco estaba Laura.

Ni rastros de criadas o peones, pues estaban en la fiesta de la Candelaria.

Siguieron el rastro de sangre, cada vez más débil, que por fin desaparecía en mitad de la escalera que daba a la puerta de la sacristía. Tampoco allí hallaron nada, salvo una pequeña mancha de sangre, seca, junto a un ropero donde se guardaban las vestiduras sacerdotales y la mantelería de altar. Un poco más lejos, un grueso cirio, al rodar, había dejado una marca amarillenta en las baldosas.

Abrieron el armario, pero sólo vieron algo de desorden en las cosas que allí se guardaban.

—¿Se habrán escondido aquí hasta que se durmió la gente?

—¿Quiénes, comandante?

Farrell no podía responderle, así que dijo:

—Vamos por los hombres.

En las barracas sólo quedaba el viejo Eleuterio, que, con el mate en la mano, asaba un trozo de carne. Lo rodeaban los perros que cuidaban los corrales.

—¿No oyó nada anoche, Eleuterio? —Era inútil preguntarle más, ya que era un inocente.

El hombre les dijo que había oído dos coches, el grito de un zorro ("raro, porque venía de las casas") y los perros que ladraban a Juanchita y al negrito del comandante...

—...que seguro que andaban en zafadurías propias —El "Tero" rió y señaló que habían tomado por detrás de los antiguos barracones, ya en desuso.

Fuera de sí, Farrell regresó a la casa con Camargo. Escudriñaron los recovecos y cuartuchos ocultos en los más insólitos lugares del piso superior, a los cuales no habían prestado atención en la primera ronda. Pero aquellos cubículos no se habían usado en años y conservaban cadenas y candados; telas de araña entre el marco y las hojas garantizaban que nadie había entrado en ellos.

El recorrido fue lento y exasperante. De allí bajaron a los sótanos, donde tuvieron que encender velas para guiarse. Al fin, maldiciendo y sudando de aprensión, regresaron al patio principal; una sensación de escalofrío comenzó a ganarlos. De manera instintiva, levantaron los ojos hacia las torres.

—El campanario. Serafín dijo que vio al Diablo.

Subieron y revisaron techos y miradores. Sobre el borde del mirador, una mano había dejado un rastro marrón rojizo: de nuevo la sangre. Recién entonces Farrell distinguió el balcón del patio de las magnolias, que rebosaba de plantas crecidas hasta ocultar la barandilla; la puerta entreabierta, imposible de ver desde abajo, le llamó la atención.

—Allá —señaló, y bajaron los escalones de a dos y de a tres—. Ese cuarto no se ha usado en años. Es raro que la puerta esté abierta.

Subieron los escalones y cruzaron el arco de piedra que daba al pequeño jardín donde Consuelo y Laura solían apartarse para hablar a solas. Encontraron la escalera abovedada y, como Robertson el año anterior, se internaron en una zona deshabitada de la casa. Se enredaron en telarañas, pisaron animales pegajosos, espantaron palomas que habían buscado, por los huecos de los muros, refugio en aquellos lugares descuidados donde ni los niños se atrevían a jugar.

Era como haber entrado en un laberinto. Empujaron puertas y puertas, hicieron saltar cadenas y candados, destrozaron a patadas tablas podridas por la humedad o la carcoma. El pasillo, frío y oscuro, era angosto como una tumba. La habitación del balcón parecía inhallable, uno de esos cuartos secretos a los que no se llegaba más que por caminos indirectos sobre planos confusos.

Distinguieron por una ventana el magnolio y Camargo señaló:

—Tiene que ser la puerta de al lado...

Farrell intentó entrar pero se encontró con que estaba herméticamente cerrada; la madera de algarrobo no cedía.

—¿Por dónde entró, entonces? —se desesperó.

Camargo fue por un hacha mientras él, con la boca pegada al tablero, llamaba a Laura y a Consuelo dándose a conocer. No percibió ni una voz, ningún sonido. Había sido absurdo, pensó con amargura, creer que podían estar allí. No las encontrarían nunca...

El hacha, usada también como maza, consiguió romper las bisagras podridas y desmenuzar los soportes de madera. Camargo, como si hubiera continuado el hilo del pensamiento de su jefe, murmuró con el último hachazo:

—Por el árbol han llegado al balcón.

Tras despejar de astillas, entraron por fin en la penumbra, que olía a humedad y a descomposición vegetal. En una de las esquinas se veían unos impresionantes hongos blancuzcos rodeados de otros negros, como achicharrados. Camargo tuvo miedo de que hubieran envenenado el aire, y se cubrió la nariz y la boca con un pañuelo.

Había un bulto en un rincón, un cuerpo vuelto sobre sí mismo, vestido con algo blanco, la cabeza protegida por los brazos, la cabellera enmarañada cubierta de polvo, telarañas y hojas secas. Era Laura; de Consuelo no había señal.

Farrell se acercó a la joven, agradecido de que tuviera el rostro oculto, porque la posición en que se mantenía, la mudez, el no acudir a ellos, le decían que estaba muerta o... Entonces la vio hacer un movimiento espasmódico con las piernas, como si intentara meterse dentro de ella misma, y supo que estaba viva.

"Pero no consciente", comprendió, y se arrodilló a su lado. Cuando le apartó con suavidad los cabellos descubrió las manos lastimadas que apretaban uno de esos ramitos de olivo que se bendecían en tiempo de Pascua.

—Laura, querida... —la llamó, pero ella comenzó a gemir, al tiempo que se retiraba más y más hacia la pared hasta tener que incorporarse. Con los brazos en cruz, las manos hacia arriba, no reconocía nada, no había en su mente un pensamiento racional.

Al tocarla Farrell, perdida al parecer el habla, la joven hizo girar la cabeza como si quisiera esquivar un dolor extremo. Sólo entonces, acostumbrados los ojos a la escasa claridad del balcón, los hombres vieron la sangre que le manchaba la ropa desgarrada en partes y sucia, además, de tierra.

—¡Está herida! ¡La han lastimado! —exclamó Farrell.

Laura resbaló pegada al muro y se desplomó sin conocimiento.

36

Por temibles comarcas

"Ignora en qué temibles comarcas vagabundea la mente de la joven, si está recordando alguna desgracia, o si hay algo aquí y ahora, que él no puede ver."

–Charles Dickens,
El misterio de Edwin Drood

ASCOCHINGA
PRINCIPIOS DE 1837

—¡Angá, no la reconocí! —reaccionó el sargento, mientras seguía a Farrell, que llevaba en brazos a Laura—. ¿No la habrán envenenado los hongos?

—No —dijo Farrell, que trataba de evitar que el cuerpo inanimado se le resbalara de los brazos—. Algo malo ha pasado, pero no sé qué puede ser.

El correntino propuso ir por el coche hasta El Oratorio, pero él, desesperado por sacar a Laura de La Antigua, dijo que la cargaría en su caballo.

Ciego de aflicción, pensó en la posibilidad de que la hubieran violado. Pero, ¿quién? ¿Una cuadrilla de salteadores de frontera? ¿Indios envalentonados, bajados desde la Villa del Río Seco? En ambos casos, recapacitó al dar paso a su ayudante para que aprestara los caballos, habrían encontrado huellas de cascos, rastrilladas, el desorden que deja detrás la montonera o la indiada indisciplinada. El fuego sería la rúbrica de una excursión de ese tipo, y también el despojo. Pero nada de eso se veía; apenas un leve desorden que, de no mediar la sangre y los perros muertos, no habría llamado la atención. ¿Quién se tomaría el trabajo de envenenar los animales, pudiendo matarlos a lanzazos o a tiros? "Gracias a Dios que los chicos quedaron en la ciudad", pensó al tiempo que, montado, recibía de brazos de Camargo el cuerpo de la joven.

—Por la quebrada será mejor, comandante —indicó el hombre, que señaló, hacia el monte.

Después de un trecho de rápida ascensión, consiguieron ganar el tajo de la sierra y se perdieron de vista para cualquiera que observara sus movimientos o llegara por el llano desde el Camino Real.

Camargo indicó a Farrell que continuara y él trepó a la cresta del monte para vigilarle las espaldas.

Farrell se había criado allí; conocía los atajos y las sendas perdidas, así que llegaron a El Oratorio con rapidez y sin encontrar a nadie en el camino ni ver ninguna señal que los preocupara.

El bosque de molles que se levantaba al fondo de la casa se veía sombrío en contraste con el cielo que comenzaba a clarear. Cora los esperaba en los escalones de la galería, parada entre dos columnas, los brazos cruzados sobre la cintura. Era una figura hierática, y Farrell, de lejos, tuvo la impresión de que era alguien desconocido. Al acercarse, vio en su rostro indígena, en el que resaltaban los ojos oscuros y penetrantes, una rara expresión. Sólo meses después comprendió que le había desconcertado la falta de sorpresa, como si ella hubiese estado a la espera de que aquello sucediera y hasta se sintiera aliviada.

Sin preguntar nada, Cora se adelantó a abrir las puertas, lo guió hasta una pieza que había sido de doña Eduarda y después lo ayudó a recostar a Laura sobre la cama.

Ambos se apartaron de la joven y la miraron consternados. Parecía dormida, así que Farrell se limitó a seguir a Cora hacia las cocinas, donde encontró a Serafín y a Juanchita, sentados muy juntos y todavía asustados. Cora les dijo algo en voz baja y luego salió hacia las construcciones de piedra, donde guardaba sus remedios.

Antes de cerrar la puerta, Farrell amenazó a Juanchita, que había comenzado a lamentarse:

—¡Callate o te mando a pie a Córdoba, caracho!

En vez de obedecer, la chica arreció el llanto. Él cerró la puerta con un golpe y se dirigió a la sala. Sacó una botija de caña y sirvió dos medidas generosas; luego salió a la galería y llamó al sargento.

—Tome, Camargo. Nos hace falta. —Le extendió el jarro.

El otro agradeció y vaciaron la bebida de un trago.

—Haga venir a la gente del campo —dijo Farrell—. Que tengan los caballos listos, y ármelos, por las dudas. Sería mejor que subiera un hombre a la sierra para que avise si viene alguien. Aunque monte en burro, que dé el alerta...

—Ya puse dos vichadores, comandante, para que uno se abaje a dar el parte.

—El viejo Eleuterio dijo que oyó otro coche...

—Ese viejo es atontado, señor.

—Pero tiene buen oído. —Ordenó: —Vuélvase con algunos hombres, sargento, y fíjese si hay otras huellas que no sean las nuestras.

Mientras miraba alejarse al correntino, se sentó en uno de los poyos y recordó, inquieto, que el día anterior le habían comentado en la ciudad que había sido abortada la primera conspiración contra el gobernador. Decían que don Benito Otero, ex mandatario de la provincia, estaba complicado. Según unos, Otero había sido desterrado a La Rioja; otros, en cambio, aseguraban que se había refugiado allí y se hallaba en tratativas para que López "Quebracho" lo perdonara. Decían que pretendía tentarlo con una gran suma de dinero que entregaría a la gobernación...

No sería raro, pensó Farrell, que alguna tropa librada a su suerte hubiera andado por la zona, desmandada. Una gran furia (contra sí mismo) le nubló el sentido. Se cubrió el rostro con las manos y maldijo el destino que le había tocado, los tiempos de locura que corrían y la inseguridad en que todos vivían.

"Pero soy responsable en gran parte de lo que sufre Laura. Si no me hubiera ido a Córdoba... si anoche me hubiera detenido..." Todos los "si" y los "si no" dejarían una cicatriz en su conciencia. "De eso está hecha la conciencia" —pensó con amargura—, de pequeñas heridas y trozos de remordimientos acumulados año tras año hasta formar lo que llamamos culpa."

—Señor.

La voz de Cora lo hizo reaccionar.

—La he lavado y cambiado. Usé la ropa del cofre... la de su difunta madre.

—Está bien.

La mujer se adelantó en la galería, la mano izquierda cerrada sobre algo que llevaba a la garganta, bajo el vestido.

—No sé qué le pasó a la niña, señor, pero no la han forzado. Tampoco ha perdido al hijo y no me parece que vaya a perderlo.

Con un alivio que le devolvió las fuerzas, Farrell preguntó:

—¿Y la sangre?

—Tiene los brazos y las manos en carne viva, como si hubiera trepado... Pero nada es de gravedad.

—Creo que trepó por la magnolia. Eso fue lo que la salvó. ¿Puede hablar?

—Apenas, pero se va a poner bien. Algo le ha golpeado el alma, pero el hijo que espera la va a traer de vuelta, ya verá... —Los ojos de la mujer miraron hacia La Antigua. —Parece creer que el Diablo se le apareció... —Al ver la incredulidad en la expresión de él, aclaró: —Piensa que el Diablo mató a la niña Consuelo. ¿Usté no la encontró?

Farrell logró articular, después de dos intentos, un ronco:

—No.

—Bueno, su sobrina dice, señor, que ella la está llamando desde algún lugar muy oscuro. ¿Buscaron en los sótanos?

—En todos lados. —Se desesperó. —¿Usted cree que Laura...?

—No se aflija, señor, que ella va estar bien.

Las palabras de la mujer produjeron un súbito alivio en sus nervios.

—Pero sobre la otra niña... —continuó Cora—. Hay que buscarla, señor. Puede que esté viva. —Tras esa advertencia, se retiró sin decir más.

Farrell se puso de pie, tambaleante. Al entrar en la sala se miró, sin querer, en un espejo, y tuvo la impresión de estar ante alguien a quien había conocido pero que no veía desde hacía tiempo; pálido y desgreñado, los años parecían haber caído sobre él en apenas una mañana.

Dio media vuelta y salió bajo el Sol, en camisa, demudado y furioso, y echó a caminar muy decidido a ninguna parte, sintiéndose patético.

¿Y si Cora se equivocaba? ¿Quedaría Laura así, perdida y con la razón en sombras? "¡Antes muerta, Señor!" suplicó en silencio. No bien pronunció el ruego, comprendió que no, que no deseaba que muriera, porque quería cuidar de ella por el resto de su vida.

El pensamiento de todo lo que le quedaba por hacer lo hizo reaccionar; tenía que revisar de nuevo La Antigua, mandar a Isidro con unos cuantos hombres a patrullar para asegurarse que no hubiera montoneras o cuatreros por los alrededores, avisar al comisario, al juez de Alzada...

Farrell ya estaba en La Antigua cuando llegó el funcionario desde una estancia vecina, intranquilo por aquel crimen que trastornaba los dominios de su cargo. Vestía con sencillez aunque con buenas ropas; era un anciano digno y de prosapia, y viajaba con dos o tres funcionarios menores.

—Gracias por venir, don Justino.

—Y para qué estamos, si no. —Hizo un gesto y murmuró algo sobre las obligaciones de la investidura.

—¿Y qué tenemos aquí?

Recorrió la casa con Farrell mientras éste le explicaba lo que había encontrado.

—Eleuterio dijo haber oído dos coches, así que mandé a mi ayudante a investigar. Mire —Lo llevó hacia la parte de la entrada de la casa, donde don Justino había prestado atención a unas ramas colocadas en círculo. —Nosotros no nos desviamos del camino, pero fíjese.

—Mandó a Eleuterio que retirara las ramas. —Aquí se detuvo otro coche.

—¿Con escolta?

—Al parecer, no.

—Raro, muy raro —murmuró el anciano, que, con las manos a la espalda, daba vueltas alrededor de las huellas.

Luego fueron a la pieza de Consuelo y la vista de la sangre los enmudeció. Don Justino se quitó el sombrero y con un gran pañuelo se secó la frente y la calva.

—He mandado llamar al hermano, a José María, sin explicarle toda la gravedad del caso —dijo Farrell—. Quizá todavía...

—No creo que... —El juez carraspeó.

Ninguno completó las frases, pero la pregunta estaba en todas las cabezas: ¿Qué esperanza podía existir de que Consuelo estuviera con vida después de ver la cantidad de sangre derramada y las horas que habían pasado?

—Bien, a lo nuestro. —El hombre suspiró y con un gesto pidió a Farrell que continuara exponiéndole lo sucedido. —¿Y la señorita Osorio...?

—Está en El Oratorio, junto con los criados que nos avisaron. Son dos chicos, uno de ellos de mi servicio. Mi sobrina está muy mal, don Justino; ha quedado sin habla... En fin, ya la verá usted. He mandado a Córdoba por el doctor Pizarro. No he querido asustar a la familia; les avisaré después de que la examinen.

En aquel momento llegó el comisario con sus hombres y, con más pericia y minuciosidad de lo que Farrell hubiera esperado de un caballero de provincias, el juez los acompañó a revisar pieza por pieza e hizo acotaciones que su amanuense anotó mientras dos muchachitos trasladaban el banco y la mesita con tintero y arenilla por toda la casa. Al final fueron a la capilla. Tuvieron que encender varios cirios, porque la oscuridad era total. Revisaron aquel recinto, que no era muy grande, sin dar con ninguna señal, salvo las que ya había encontrado Farrell esa mañana: la mancha de sangre cerca del armario, el cirio que continuaba en el suelo sobre un lamparón de cera.

A la luz de las velas, el interior lucía magnífico y hermoso. Aunque la lámpara votiva estaba apagada, se descubrieron la cabeza con respeto, hincaron una rodilla en tierra y se persignaron. Luego se volvieron a mirar hacia la entrada de la nave. La oscuridad comenzaba más allá de los escalones del altar y les pareció, a pesar de la santidad del lugar, siniestra. Sonidos insidiosos indicaron que había ratas que se deslizaban lejos de la vista, atentas a los intrusos.

—Animales asquerosos —murmuró don Justino—. No respetan ni los lugares sagrados...

Farrell se adelantó, elevando el candelero.

—Es extraño, señor. Nunca he sabido que hubiese ratas en la capilla. Quizá vinieron de otro lado.

El lugar se hallaba casi vacío; sólo había unos bancos sin respaldo arrimados a las paredes, algún reclinatorio.

Seguido del juez, el comisario se dirigió a los confesionarios, situados uno frente a otro, en busca de rastros de sangre. Farrell, sin dudarlo, hizo saltar de un tiro los candados de la capilla. Las hojas se abrieron con quejido de herrajes y la tarde inundó la nave. Varias ratas, asustadas, huyeron furtivamente hacia el reparo de la penumbra.

Don Justino dio un respingo y pegó un saltito lleno de gravedad.

—Es imposible acabar con ellas —murmuró como si tuviera que justificar semejante presencia—. Son animales subterráneos.

Farrell se detuvo y giró de pronto sobre sus talones.

—¿Qué sucede? —preguntó el juez.

—La cisterna —murmuró el comandante—. Estamos buscando sótanos y piezas abandonadas y nos hemos olvidado de la cisterna. Había una seca, que solía usarse de bodega; estaba a la entrada de la sacristía.

—Con seguridad la habrán cegado...

—Comunicaba por un túnel con el exterior. De esa manera metían los barriles sin que hubiera necesidad de que los troperos ingresaran en la casa. Después tapiaron la boca de entrada.

Farrell salió al corredor, bajó al patio y señaló un gran redondel de madera, con dos fuertes argollas en los costados, que nadie había notado porque estaba casi oculto al pie de una planta de estoraque.

No bien se acercaron, distinguieron algunas señales reveladoras: las blancas flores pisoteadas, la tierra de alrededor de la tapa cruzada con marcas de haber sido maltratada hacía poco, la falta de la espiga que sujetaba la madera al suelo, atravesando las aros de hierro.

Pálido, cruzado de brazos porque no podía contenerse, Farrell observó cómo dos de los hombres del comisario tomaban cada una de las argollas y levantaban la cubierta. No era pesada y al momento de abrir sus voces retumbaron en la cámara —un habitáculo circular—, a la cual se accedía bajando unos diez escalones.

No fueron mucho más allá, porque un cuchicheo agudo y unos chillidos cortos y penetrantes los detuvieron.

Farrell comprendió de inmediato.

—¡Cuidado! —gritó pues recordó que había visto, días antes, una enorme rata que se deslizaba por la boca del túnel, sobre el frontón exterior de la capilla; aquella entrada, cegada por el padre de Felipe, estaba casi derrumbada.

Camargo disparó un tiro, se oyeron exclamaciones y todos se apartaron, convencidos de que algo maligno saldría de la negrura del pozo. Un desbande de ratas emergió de las profundidades del túnel, dio unas vueltas por el redondel del foso, trepó por los escalones y pasó entre ellos, asustando a los hombres, que corrieron para esquivar sus dientes.

Como una plaga apocalíptica, las alimañas invadieron el patio, las habitaciones, treparon a los techos, se refugiaron en la sacristía y en la capilla, buscando salir por cuantas aberturas encontraban; mancillaron el altar, se refugiaron en los confesionarios, tomaron por asalto las imágenes sagradas y desfilaron por las vigas.

Aquellos hombres que habían intervenido en los horrores de la guerra, que no conocían el miedo frente al enemigo, huyeron despavoridos. Los que tenían armas de fuego dispararon, otros las sablearon, mientras los que sólo llevaban el —en semejante circunstancia— ineficaz cuchillo al cinto trataron de espantarlas dando alaridos y castigándolas a ponchazos.

En aquel momento un carruaje se detuvo en la entrada de coches. Asomado a la ventanilla, el doctor Pizarro contempló aquella escena grotesca y se dispuso a bajar. Lo acompañaba Domingo Saravia, el sacristán de La Merced, a modo de guía.

Farrell, aferrado a una de las ramas del estoraque, se sintió enfermo: había visto en el fondo de la cisterna, al pie de los escalones, una mancha blanca sobre la que una rata atontada iba y venía. No necesitaba bajar para saber que habían encontrado a Consuelo.

(37)

El alma toda a oscuras

"¿Desde qué tiempo distante estás viniendo a mí?"
—Rabindranath Tagore,
El jardinero

A lzaron el cuerpo con la mayor consideración, lo llevaron a uno de
los dormitorios de la planta baja y lo tendieron en la cama, mudos
e impresionados ante la pálida belleza de la muerta, ante la sangre que
se ennegrecía en su ropa y se pegoteaba en sus cabellos, entre sus
dedos.

Los hombres se persignaban, dispuestos a decir una oración por su
alma, cuando uno de ellos gritó, aterrado:

—¡Miren!

Farrell levantó la vista pero no vio nada que justificara aquel grito
de espanto.

—Los ojos... —balbuceó otro—. ¡Los abrió!

Intentó explicarles que aquello era un capricho de los cuerpos muertos, pero observó, fascinado, que un leve movimiento se insinuaba en el
cuello de la joven, al tiempo que volvían a estremecerse los párpados.

—¿Respira?

Abrumados ante lo que parecía un milagro, mientras algunos retro-
cedían y Farrell se agachaba sobre su pecho, un gemido, un sonido hondo
y antinatural salió de la garganta de la joven a la que daban por muerta.

—¡Está viva, está viva! —fue el clamor de todos.

Don Justino, pálido, retrocedió murmurando:

—¿Ha... ha resucitado?

El doctor Pizarro, tan impresionado como ellos, tomó la muñeca de
Consuelo.

—Increíble. Su corazón apenas alienta, pero todavía lucha por vivir —dijo, pasmado.

Se quitó la levita y el chaleco, se levantó las mangas y sacó un delantal de la maleta; exigió agua, vendas, vinagre y una manta para procurar calor a los miembros yertos.

—¿No hay nadie que me asista? —se exasperó—. Necesito a una mujer; que busquen a una mujer donde sea y la traigan. No podré solo; hay que desnudarla para limpiar las heridas...

Farrell regresó con una anciana a la que arrastraba del brazo; era una viejecita que, impedida de acudir a la procesión de la Candelaria, se había llegado a La Antigua para recibir las velas bendecidas encargadas a Paula. Mientras seguía las conversaciones de los hombres, la mujer se había desplazado con discreción al patio principal y allí se quedó curioseando hasta que la descubrió el comandante.

—Si yo le sirvo, señor —se ofreció con buena voluntad la anciana—. Sé amortajar.

—Todavía está viva —le anunció Pizarro.

—Pero vean a la pobrecita... —Se inclinó con los ademanes pausados de la vejez y contempló, en el silencio de aquellos hombres demasiado afectados para reaccionar, a la muchacha bañada en sangre. —Frotenlén las manos y los pieses —dijo— y, tamién la crisma. El médico, sin detenerse a discutir los alcances de su título, se unió a ella en la tarea.

—Unas plumas recién arrancadas, de pavo o ganso mejor —sugirió la vieja—. Hay que quemarlas en las narices. Ayudan a despertar.

Pasó el brazo bajo la cabeza que no se sostenía, le acomodó los cabellos que en una noche se habían vuelto ásperos. Pidió después una tijera o un cuchillo afilado y cuando le llevaron el agua, los paños y el vinagre, hizo salir a todos. Mientras el médico cortaba las telas, fue limpiando con paciencia y delicadeza las heridas.

—¡Huy, huy! —mascullaba al descubrirlas—. Con saña le han dado. El novio, de juro; celoso habrá sido...

En la galería, Farrell pensaba que pronto llegaría Achával, a quien había mandado avisar al mismo tiempo que al médico. ¿Qué era peor? ¿Comunicarle que su hermana había sido asesinada, o que había quedado a medias viva y que el trance podía alargarse hasta ver desaparecer las esperanzas? Y en cuanto a misia Francisquita, ¿cómo decirle lo de Laura? "¿Y si el niño se ha dañado y nace con alguna tara?" Esa posibilidad le sacudió los nervios.

Mucho después Pizarro salió de la pieza, cerró la puerta tras de sí y pidió a todos que abandonaran las inmediaciones, para producir el tan necesario silencio. Luego comentó en voz baja a Farrell y a don Justino:

—De nuevo ha abierto los ojos, pero sin señales de tener conocimiento. Ha sangrado mucho. Las heridas son severas, pero la que podría haberla matado pasó a centímetros del corazón y respetó los pulmones. Sin duda se encogió cuando la atacaron y el cuchillo resbaló entre los músculos y las costillas.

Mientras se limpiaba las manos con un trapo empapado en alcohol, comentó:

—No obstante la gravedad, me siento optimista. Usted —señaló a Saravia, el sacristán—, dedíquele unas oraciones. Las preces guían la mano del cirujano. —Los alentó: —No desesperen. He visto a muchos reponerse de peores heridas que las de la señorita Achával.

Que no sentenciara que el estado de Consuelo era un caso desahuciado, que no anunciara que en pocas horas terminaría todo sobrepasó las expectativas de la mayoría.

En aquel momento se oyó llegar otro coche y José María Achával, palidísimo, entró apresuradamente en el patio. Se detuvo ante Farrell, a quien miró con desesperación. El comandante se adelantó y lo sujetó de los brazos.

—La hemos encontrado. Está... —Temeroso de transmitirle más ilusiones de las convenientes, terminó: —Aún vive; está luchando.

José María se cubrió el rostro con un pañuelo, porque el estado de emoción en que se encontraba no le permitía ni hablar. Detrás de él venía el doctor de la Mota. Su rostro moreno había adquirido un color verdoso; con la aparente calma que lo caracterizaba, interrogó a Farrell con la mirada.

—Pizarro cree que saldrá adelante, don Teodomiro —lo tranquilizó el comandante, y los guió a la sala ocupada por el juez y el comisario. Hizo llevar vasos y repartió caña; se retiró después a un rincón con los recién llegados para conferenciar sobre lo sucedido y sobre lo que debía hacerse.

Aquello fue como cambiar confusiones. ¿Qué decirles a doña Josefa y a misia Francisquita? La exigencia de las circunstancias ordenaba que alguien viajase a Córdoba. ¿Quién debía hacerlo? Tan avanzada la tarde, era imposible llegar a tiempo para llevarlas a Ascochinga; en tal caso, ¿debían dejarlas atormentarse durante la noche, siendo que sólo al amanecer podrían emprender el viaje? Estudiaron varias posibilidades sin llegar a nada, salvo a callejones en los que morían, empantanadas, las intenciones.

Don Teodomiro carraspeó; hasta entonces no había abierto la boca, siempre con su expresión de morsa a medio despertar.

—Hay que decidir sin perder un minuto más —sentenció—. Alguien debe ir a Córdoba, y no puede ser un fámulo ni un servicial. José María, irás tú.

—¿Yo?... ¿Y qué diré a mamá? El golpe la matará, la...

—Ni verás a las señoras. Llegas y te vas a mi casa; ya será muy tarde. Te encierras y mañana bien temprano vas por Francisca y Josefa y les dices con toda la consideración de que eres capaz... más o menos lo que ha sucedido, escudándote en que no sabes mucho. Querrán venir y tú las traerás.

—Pero, tío, mi madre está enferma. No me parece posible, ni siquiera conveniente...

Don Teodomiro le dedicó un pesado parpadeo.

—Nadie más contento que yo si mi hermana no apareciera por aquí —dijo con sequedad—. Que toda la vida ha sido un trastorno para la familia. Pero las formas son las formas. Debe venir, así muera en el camino. Como los nervios le habían hecho decir delante de Farrell más de lo que quería, calló lo que iba a agregar: "Y no está enferma más que de ganas de estarlo".

A pesar de todo, José María se negaba a abandonar a Consuelo.

—Si muere, ¿deberá hacerlo sin que mi madre o yo le sostengamos la mano? —les hizo ver, atormentado por tal posibilidad.

—No morirá —aseguró de la Mota, que sacó el reloj y controló la hora—. Si ha resistido el tormento y la pérdida de sangre, es que nuestra querida niña está empeñada en vivir, y por lo tanto vivirá. Tienes que irte —se impacientó, al tiempo que guardaba el reloj.

Así se dirimió la cuestión, pero permitieron al joven pasar un momento a ver a su hermana, para que se tranquilizara.

—Dice el doctor Pizarro que respira mejor... —comentó al salir, pero aún seguía dando vueltas, con el sombrero en la mano, la capa en el brazo, como en espera de una señal divina, un empujón que lo arrojase a la carretera; por fin, conmovido al pensar en su madre, y en Antonia, que tanto afecto tenía por Consuelo, aceptó el deber.

Se mudaron los caballos cansados y prepararon los faroles del coche; poco después partieron él y don Dominguito, que prefería regresar a su refugio en La Merced.

—Haga una promesa, joven Achával —lo instó el sacristán no bien se pusieron en marcha.

José María cerró los ojos; temblando de un dolor que, como hombre, le costaba expresar, anunció:

—Si se salva mi hermana, tomaré los hábitos. ¡Si así no lo hago, que Dios se lo cobre con mi vida!

En La Antigua, don Teodomiro y Farrell quedaron pensando en cómo iría a afectar la situación la presencia de las matronas de ambas familias, pues las dos se llevaban mal y eran personas de difícil carácter. Qué clase de trato sostendrían era algo que no podían predecir, así que evitaron el tema.

Después de despedir a José María, Farrell regresó a la casa con un juramento:

—¡Si yo me hubiera detenido anoche!

—Es una cuestión de proporciones —respondió don Teodomiro, al tiempo que sacaba su cajita de rapé y tomaba una pizca entre el pulgar y el índice—. Dadas las circunstancias, sin Paula ni la servidumbre para guardarlas, si usted se hubiera detenido y nada hubiera sucedido, que es lo más probable, la virtud de ellas sería, para muchos, una fábula.

—Pero, ¿no sería preferible...?

—Si yo tuviera que responder, diría: "No". Una buena reputación es a la mujer lo que la probidad al letrado, amigo Eduardo: todo. Y usted debería saberlo, pues por ese *quid* casaron a su ahijada.

Farrell se preguntó si don Teodomiro hubiera preferido que, con tal de conservar su reputación de probidad, lo hubieran dejado con la razón perdida, como a Laura, o con el cuerpo desgarrado a puñaladas, como a Consuelo. Tuvo que reconocer que era muy probable.

Sin que por el momento pudiera hacerse más por Consuelo, Pizarro propuso a Farrell que salieran para El Oratorio y dejaran al comisario a cargo de la seguridad de La Antigua y a don Teodomiro y la vieja velando por la moribunda.

Todavía se oía a los hombres del comisario que cazaban ratas por los cuartos. Don Justino, sentado en el despacho que había sido de don Felipe, dictaba, corregía y agregaba acotaciones a las actas. Había decidido hacer noche en la estancia, pero antes se trasladaría a casa del comandante, en la esperanza de que Laura pudiera añadir algo a la investigación.

Salían en coche cuando llegaron los primeros peregrinos de la Candelaria. Lo que habría sido un momento de júbilo se transformó en duelo; se moderaban las voces, se preparaba la comida por costumbre, y a pesar del hambre nadie tenía deseos de alimentarse. En los fogones, en las barracas, se contemplaban los hechos que pudieron suceder; lo sobrenatural se imponía entre peones y criados. Paula, con los ojos hinchados de llorar, andaba por las habitaciones retirando sábanas y edredones ensangrentados y hacía baldear los corredores del piso superior, las escaleras, la sacristía. Luego ordenó que se encendieran las luces y que fueran quemados los cuerpos de las ratas muertas por los soldados. Pronto se distinguió el humo que se levantaba más allá de los corrales y un olor horrible, que les recordaba las más espantosas fábulas sobre el averno, les descomponía el ánimo y el estómago. Los perros ladraban y trotaban de un lado a otro, tarasconeándose entre ellos, aullando a veces en dirección a la casa.

• • •

En El Oratorio, la puerta y la ventana de la pieza donde descansaba Laura permanecían abiertas, y el espejo de pie, cubierto con una tela blanca. Las candelas querían apagarse a cada golpe de brisa y los cortinados de la cama se agitaban con una respiración incorpórea.

Cora, sentada en la mecedora, sostenía una tira trenzada de hilos de colores y nudos que semejaban las cuentas de un rosario, de la cual colgaba una piedra muy sobada; también ella, como Laura, parecía adormecida o en trance, aunque no bien entraron los hombres abrió los ojos con tranquila fijeza. Permaneció callada, sin dar explicaciones sobre el estado de la joven.

Pizarro se puso los anteojos, la auscultó, le tomó el pulso, le levantó los párpados, le pellizcó la planta del pie y por fin, con el dedo índice en gancho, constató que la lengua estuviera en su sitio.

—Físicamente está bien; sus reacciones son normales, aunque un poco lentas; sus latidos, algo tardos, pero parejos. —Fuera de la habitación, les aclaró: —He visto los mismos síntomas en algunos soldados después de una batalla, en gente que asistió a la matanza de su familia; también en un minero, durante mi exilio en Mendoza, que quedó atrapado en la nevisca, internado en la cordillera de los Andes.

—¿Se repusieron?

—Sí, sí. El minero falleció porque el congelamiento le había dañado los pulmones, pero murió totalmente en razón.

—¿Y cuánto tiempo cree usted que continuará así?

—Este mal no tiene una duración establecida. Pueden ser horas, días... Sé de algún caso que duró meses. Depende de la fortaleza del paciente, del deseo de vivir, así como del afecto y del cuidado que le transmiten quienes lo atienden.

—Eso no le faltará entre nosotros —aseguró Farrell, que recordó lo dicho por Cora: Laura lucharía por el hijo que llevaba en su vientre—. ¿Qué más podemos hacer por ella?

Pizarro, que se lavaba las manos en la jofaina, escudriñó el rostro inexpresivo de Cora.

—Rogar y esperar. Dele mucha agua, buena mujer —prescribió, como si no hubiera notado el botellón mediado que estaba en la mesita de la cama.

El empeño de don Justino, en cambio, fue inútil: Laura permaneció tan inconsciente como si no fuera a despertar nunca.

Y mientras el juez y el médico se dirigían al coche, Farrell regresó al dormitorio y permaneció en el umbral como un mendigo que espera —aunque por dignidad no solicita— una dádiva.

Cora, que humedecía la frente de la dormida, le hizo señas de que se acercara.

—No ha tenido pesadillas en las últimas horas, tomó agua y hasta intentó hablar. De a pasitos vuelve... —Después de una pausa, siempre en voz baja, agregó: —¿Encontraron a la otra niña?

—Sí. La sacamos del pozo como muerta, pero aún respiraba. —Antes de retirarse le rogó: —No la deje sola. Si usted tiene sueño, échese un colchón acá mismo.

—Ay, señor. —La mujer rió suavemente. —Soy como lechuza: duermo de parada y a ratitos.

Alentado por esa sonrisa, Farrell se unió a los otros para regresar a La Antigua. Cora reanudó el movimiento de la mecedora y, serena, pasó uno a uno los nudos de la tira de colores. Se hubiera dicho que habitaba otro mundo, que no era el de ellos.

Un árbol seco, grandes piedras altas y planas. Todo era silencio y el Sol parecía irse muy lejos al oscurecer.

Hacía centenares de años que los huesos allí enterrados se habían incorporado a la tierra; las manchas en las piedras ya no tenían significado, el ojo del pedernal lloraba de sed dentro del árbol y la Oscuridad se reclinaba sobre todas las cosas.

Entre los confusos recuerdos de Cora estaba el de haber sido recogida por el padre del comandante, que la halló en la mina que exploraba: una criatura desnuda, contraída como un caracol. Era pequeña, y la esposa de don Andrés la recibió en brazos y la acostó, después de lavarla y alimentarla, en un cuartito pegado al de ellos, donde brillaba un espejo manchado. "Te llamaremos Cora —dijo la señora—, como la india que me crió." Pero aún no era Cora cuando se durmió con la conciencia a oscuras, para volver en sí sin recordar su nombre, ni dónde estaba, ni qué edad tenía; era como despertar de una resurrección en el lugar equivocado, en la forma equivocada: una adulta en el cuerpo de una niña. Buscó la puerta —el encierro le provocaba náuseas y sudores— y tropezó con el espejo. Una figura terrible, un ser alado, vestido de negro, la miraba desde el otro lado de la Luna; estiraba la mano hacia ella como si pretendiera liberarse del azogue para atraparla. Ella regresó a la cama, donde se hizo un ovillo. "Esta vez me agarra", pensó, pero doña Eduarda, con el rosario al pecho, se presentó en aquel instante. Sostenía un candelabro y la luz hizo que la Oscuridad se replegara en las profundidades del cristal. Muchos años vivió con miedo, sabiendo que algo terrible la esperaba en un recodo del tiempo. Pero, empeñada en protegerla de algo que ignoraba y Cora no podía hacerle saber, siempre andaba cerca de ella, como ángel custodio, doña Eduarda.

El cuerpo se le volvió adulto antes de que comprendiera que, buscando a tientas la aurora de su raza, había dado con algo que apenas concebía y que sus fuerzas no podían contener. Desconocía el misterio, pero le bastaba el instinto; más que un juego incomprensible, era maligno y no debía dejar que se apoderara de ella.

Le había venido su primera sangre mensual cuando oyó hablar de la ermita, y subió al cerro buscándola. Y al pisar el lugar se sintió a salvo; en el humilde recinto levantado para recogimiento y oración —toda veneración era una—, la Oscuridad no podía tocarla.

Limpió el terreno y la construcción, dotándola de otra especie de santidad. Hizo un lugar de privilegio para la Divina Pastora a la que le faltaba una mano —los serranos la llamaban, cariñosamente, la Manquita—; puso agua para los animales silvestres y también agua bendita en la pila de piedra sapo. Limpió las imágenes: un San Francisco Javier de rostro amable, un San Miguel Arcángel pisando una culebra. Les hizo ofrendas: el primer pan, el primer grano, las primeras flores, y en la terraza superior del terreno plantó yerbas que no eran de la región.

Nunca dejó de preguntarse por qué no recordaba nada anterior a la aparición de don Andrés Farrell en su enorme caballo blanco, la mano estirada para alzarla hasta la montura; por qué veía todo como un sueño dentro de un sueño que siempre cambiaba de forma instándola a abandonar las reservas de una identidad equívoca, aunque conveniente: la que respondía al nombre de Cora.

A veces despertaba de sobresalto, segura de que esperaban por ella y de que sólo la gema que usaba al cuello y la tira de hilos de colores —únicas cosas que llevaba encima cuando la hallaron— la mantenían a salvo. Entonces quedaba, atenta e insomne, a la espera de la voz que vendría a llevarla y a la que temía responder si se quedaba dormida.

Al mismo tiempo que trataba de guiar a Laura hacia la luz, pensaba: "Ah, ¡si su marido se la hubiera llevado!". No temía por Consuelo —viviría o moriría según la voluntad divina—, pues la Oscuridad no la buscaba. Era a esta otra a quien deseaba alcanzar.

(38)

El dintel de la razón

"El asesino es pálido y lampiño.
Arde en sus ojos una fosca
lumbre que repugna a su máscara de niño
y además de piadosa mansedumbre."
                        –Antonio Machado,
                              "Un criminal"

SINSACATE Y
CIUDAD DE CÓRDOBA
PRINCIPIOS DE 1837

No bien el coche de Farrell llegó a La Antigua, Ventura Lencina, el capataz, se les adelantó con una extraña noticia: el maestro de posta de Sinsacate había mandado un peón solicitando "la presencia del señor juez, pues hay un hombre encerrado y dice el cochero que anoche lo llevó al campo de don Felipe".

Dejaron al médico a cargo de Consuelo y mientras se daban las órdenes, llegaron hasta Farrell las plegarias presididas por Paula; el eco de las voces era un murmullo tranquilizador que se extendía por el silencio de la noche y llegaba a través de corredores y de arcadas. El comandante creyó comprender por qué la fe se asentaba en ellas: el tono y la cadencia parecían poner en orden el Universo.

Sintió de pronto que los dos últimos días habían sido como un largo viaje, en busca de sombras que se le escapaban y lo mantenían cansado, hambriento y casi sonámbulo. Don Justino ordenó que el coche se pusiera en marcha, y al comisario, que los siguiera hasta la posta.

En Sinsacate los recibieron armados y con evidente preocupación.

—Anoche tuve que levantarme a atenderlo. Mismamente parecía que iba a derribar las casas... —comentó el maestro de posta—. Llegó bastante después de la medianoche y lo dejé entrar porque pensé que era un promesante de otro lado. Al enterarme esta tarde de lo sucedido... ¡qué quiere, me pareció tan raro, un caballero sin guardia por estos montes y a esas horas...! El cochero se fue hoy al mediodía, pues era de alquiler y no le habían pagado por más tiempo, ni muestras daba el hombre de salir de ahí.

Los guió hasta uno de los cuartos interiores, tocó la puerta y preguntó:

—Señor, ¿no va a comer nada?

Esperaron unos segundos sin recibir respuesta. Después, don Justino golpeó la puerta y por fin lo hizo Farrell, con menos consideración. Terminaron mirándose consternados; tal parecía que la presencia atrincherada entre las cuatro paredes fuera inmaterial.

—Abran como sea —ordenó el juez, malhumorado, y se retiró para que derribaran la robusta puerta de algarrobo.

Lo lograron al cabo de media hora, usando como ariete un tronco que arrancó marco y adobe antes de que los tableros se rompieran.

Farrell se adelantó entre la polvareda, detrás del muchacho que llevaba la lámpara. Primero distinguió un bulto de ropas manchadas amontonadas en el suelo y, cerca de ellas, un cuchillo ensangrentado, arrojado como al descuido. Una capa parecía a punto de caer de la silla. Sobre un mueble se veía el lavatorio. Farrell acomodó a su lado la luz y de inmediato distinguió el color rosado del agua y, a su lado, unos lienzos manchados con los que sin duda el hombre se había secado después de asearse de manera imperfecta.

Oyó detrás de él que alguien corría una cortina, y don Justino lo llamó.

—¿Lo conoce usted?

Farrell se inclinó y pidió más luz, que era insuficiente. Sentado en la cama, en ropa interior, había un hombre; mantenía las piernas recogidas, los brazos enlazando las rodillas, la mejilla pegada a ellas, el rostro cubierto por el pelo rubio. El comandante se acercó, lo tomó por el cabello, le levantó la cabeza. De Bracy lo miró con esa expresión mordaz y cínica tan propia de él. Sin embargo, descubrió de inmediato que el gesto era sólo aparente; el cuerpo se mantenía tenso, las manos crispadas, enlazadas con fuerza. Gracias a las velas que habían llevado, Farrell pudo precisar que no resaltaban en su rostro aquellos colores arrebatados que le eran naturales sino la uniformidad de la tiza; habían desaparecido la juventud y la belleza de las que tanto se ufanaba. Cuando De Bracy levantó la vista hacia ellos, su mirada, aunque bien enfocada, parecía ausente y animal.

Al observar a ese hombre tembloroso, encogido, costaba pensar que hubiera cometido un acto salvaje, traspasado a puñaladas a una joven dormida, arrastrado el que creía su cadáver por las escaleras, para luego meterlo en la cisterna, subir al campanario y perseguir a la otra muchacha por patios y corredores.

Farrell, con la fuerza de la náusea, sintió que todo el desprecio que desde siempre le provocaba De Bracy se encauzaba en sus manos estiradas hacia el cuello del asesino, explotaba en un grito implacable de ira y de venganza. El comisario y algunos hombres debieron contenerlo aferrándolo de los brazos.

Don Justino se arrimó a la cama. Antes de que pudiera formular una pregunta, De Bracy, tembloroso, comenzó a mecerse mientras repetía con voz entrecortada:

—Tuve que hacerlo... tuve que hacerlo.

—Y como si la capacidad de comunicarse se fuera desintegrando en él, siguió murmurando lo mismo, entreverado de vez en cuando con un:

—Era ella o yo... ella o nosotros...

—Después gimió: "—Escapó... escapó... ¡está viva! —con la piel palidecida, mojada en lágrimas, vaciló, atento a la vida secreta de su mente más allá de las palabras. —¿Oyen? —preguntó, aterrado, e hizo fuerza con los tobillos para arrinconarse contra la pared—. Viene por mí...

Desde que Clémentine le contó la espantosa escena en que había sido golpeada, humillada y ultrajada, De Bracy no recobró el equilibrio interior.

Nunca supo qué atormentaba a su madre, salvo esas vagas alusiones que le volvían tensas las facciones, temor jamás comprendido por él y en el que se negó a indagar por no tocar algún punto doloroso en la frágil sustancia de su espíritu.

La escena contada por Clémentine, a pesar de los ahogos, las medias frases, las omisiones evidentes, era una historia terrible y maldita. Hubert había supuesto a su madre hija ilegítima de un noble, convertida a su vez en amante de otro, con quien lo había concebido. Su padre lo había reconocido por fin, y de él provenía el capital que los sustentaba. Jamás imaginó que ella fuera una mujer que podía ser azotada en la calle, sin derecho a usar el apellido que ostentaban...

Mordiéndose las uñas, esperó que ella cayera en el pesado sueño de la adormidera que le había hecho poner en la infusión. Entonces dejó con sigilo la palmatoria en el piso, buscó la llave y revolvió en el secreter hasta dar con la cartera de cuero verde con broche de oro, muy gastada, que ostentaba las mismas letras que la chapa del secreter —C. D. B.—, pues sabía de sobra que allí guardaba su madre papeles que le eran muy preciados, que él nunca había tenido la tentación o la curiosidad de leer, ya que se supone que lo que uno sabe de sí mismo es la verdad.

Se llevó todo a su pieza y desparramó el contenido de la cartera sobre la cama. Se sentó a la turca sobre la colcha y abrió uno a uno documentos, pergaminos y credenciales, el pequeño libro de la cuenta en Suiza, el acta de bautismo; se fijó en las fechas, pasando del francés al inglés. Leyó durante horas; releyó una y otra vez, incapaz de reaccionar, de aprehender la realidad que se le imponía. Con la mente turbada, la razón confusa, iba de un documento a una nota y un grito interior se le adhería a la garganta sin conseguir que rompiera en sonido.

"Pero, ¿quién soy? ¿Quién soy? ¿Nacido en Francia? ¿En Inglaterra? No, éste no puede ser mi padre; murió antes de que yo pudiera haber sido concebido... Y éste, el que nos legó el dinero... Pero aquí dice que me llamo... ¿Montague Seymour?... Tengo que ser yo... Mi madre no tiene otro hijo..."

Los hechos y las cifras que encerraban sus propias vidas se oponían a la verdad que se desprendía de aquellas letras de fina caligrafía inglesa, del más grueso trazo de la francesa, de letras bastas escritas en papeles minúsculos, con plumas despuntadas y tinta aguachenta...

Al comprender el alcance de lo revelado, quedó en un estado de furia cercano a la demencia, seguro ya de que no era desacertada la sospecha de que los seguían —desde la muerte de Beau Bouclier— en la calle, de que los espiaban cuando salía con su madre, de los silbidos que oía en la oscuridad y las voces irreconocibles que susurraban detrás de las puertas. Unos días antes, al salir de su pieza, dos morenas que cuchicheaban se separaron con premura, para tomar cada una en sentido contrario.

Era evidente había una confabulación contra ellos. Cada vez eran menos las personas que los visitaban y las invitaciones que les llegaban; se notaba en especial la ausencia de aquellos a los que aspiraban a frecuentar. Algo había pasado, y ese algo se le extraviaba en un viento frenético.

Desquiciado después de sopesar los menudos detalles, cada una de las contingencias, supo con certeza que alguna habladuría corría sobre su madre en esa ciudad gazmoña y santurrona. Sabía que se murmuraba sobre ella y las funciones prestadas por Beau Bouclier, pero eso, que con tanto escándalo se divulgaba, a ellos les había servido de gozosa diversión. Lo que no podía soportar era que hablaran de sus orígenes, del linaje que hasta entonces él había creído poseer por derecho.

Le resultaba perturbador pensar cómo habían podido llegar noticias a tan remoto lugar, sobre circunstancias que él mismo ignoraba. Recordó la inquietud de su madre por las cartas de Edmundo y Sebastián e imaginó que ellos habían escrito y que, en represalia por la muerte de don Felipe, Laura y misia Francisca se habían dedicado —sabiendo ya que ellos no contaban con la protección del haitiano— a desparramar calumnias y sembrar infundios, basadas en cosas sobre las que en realidad nadie podía atestiguar.

En la demencia que le entorpeció el discernimiento, se mezclaron todos los verdugos de su madre —aquella aristócrata que la había azotado, la mala gente que la había humillado, los abogados de los nobles ingleses que les habían conminado a dejar Gran Bretaña— en uno: Laura.

Hizo descarnadamente un recuento de las afrentas recibidas: las veces que la muchacha se había negado a dejarse acompañar por la calle, las veces que dio media vuelta y lo dejó con la mano extendida al solicitarle un baile, las frases que solía dirigirle a Achával, sin darse por enterada de su presencia; cómo esta vez se había levantado de una tertulia en casa de doña Mercedes, para retirarse de inmediato al entrar él; cómo esa otra le había dado vuelta la cara en el momento en que él la saludaba... Había rechazado de manera insultante su proposición de matrimonio; era la responsable, además, de las heridas infligidas a Clémentine por aquel gato diabólico, y de que ellos quedaran como tontos en el juicio en el cual —ahora lo comprendía— el juez, que se había mostrado tan sarcástico, estaba al tanto de las habladurías que la joven había desparramado escudándose en noticias de Francia que no podían comprobarse.

Clémentine, su madre, había quedado excluida de los mejores salones y de la amistad de las más distinguidas familias por culpa de Laura y de su tía Francisca, que además —y sintió un escalofrío de angustia— los había privado de su "hermoso escudo", Beau Bouclier, esa especie de dragón que los protegía de las acechanzas mientras ellos danzaban en un baile interminable que los había llevado por cortes y palacios...

Hasta el amanecer, la excelente memoria de Hubert pormenorizó cada una de las ofensas, de los agravios, de las burlas, de los desprecios. Se puso de pie. El dictamen sobre lo que debía hacerse le había acudido a través de un sueño; la decisión de la noche anterior, mientras daba de beber a su madre la tisana y le prometía sacarla de aquel pozo de serpientes, se presentó entonces con la urgencia del mandato.

Puesto que se jactaba de manejarse con lógica y siempre dentro de esquemas realizables, se tomó tiempo para llevarlo a cabo. Pensó, planeó, seleccionó estrategias y vías de escape. El conocimiento que tenía del lugar y de la casa (por la temporada que pasara en La Antigua con Achával, donde por primera vez había sido rechazado por Laura), el haberse enterado de la fiesta de la Candelaria, el haber supuesto que la joven quedaría sola, impedida de viajar por su estado, todo fue sopesado hasta que el plan le pareció tan perfecto como el pensamiento que lo había concebido.

Ni siquiera se preguntó por qué Laura, y no misia Francisca...

Al día siguiente, con toda la lentitud de la ley, cubrieron con una manta a De Bracy y encadenado, ausente y ya mudo, lo subieron a un carromato descubierto, con dos guardias. El coche de don Justino iba adelante; los soldados rodeaban ambos carruajes.

El viaje fue lento, pero el asesino no les dio trabajo. Cuando entraron en la ciudad de Córdoba, la gente, sorprendida ante el raro desfile, comenzó a seguir la caravana preguntando por la identidad del detenido y la índole de su delito.

Iban por la entrada de carretas y los mirones se habían multiplicado hasta volverse gentío. Uno de los soldados se detuvo a pedir fuego a una muchacha, que, al lado del camino, con la mano en la cintura y un pie adelantado, fumaba con mucho garbo.

—¿Y qué fue que hizo el mozo? —preguntó la chica al inclinarse el soldado sobre la brasa de su cigarro. Observando el escote generoso que marcaba la hendidura entre los senos, el guardia quiso impresionarla.

—Es el que mató a puñaladas a las chicas de Ascochinga —le confió. Le rozó el mentón y la tentó: —Si vais esta noche al Cabildo, te dejo que lo vichés de cerca...

Aquel hablar tan confidencial hizo que algún entremetido se acercara a la joven con intención de sondearla; muy pronto la noticia pasó de boca en boca y unas cuadras después la gente gritaba y había comenzado a juntar piedras, que arrojó sin fijarse si daban a los guardias o al reo.

—¿Quién fue el infeliz que habló? —vociferó el comisario, y ordenó a sus hombres dispersar a los revoltosos.

De Bracy, que se había puesto de pie, envuelto en la manta, miraba con el entrecejo fruncido a la turba. Nadie hubiera reconocido en aquel hombre hosco, de expresión hermética, al joven bien trajeado, siempre impecable, con su infaltable sonrisa, no necesariamente simpática.

Lo entraron en el Cabildo sin que hiciera un movimiento para caminar o movilizarse por sí mismo. Estaba rígido, pálido y continuaba mudo.

El silencio se hacía al paso del juez y de los hombres que lo arrastraban, un silencio primero de curiosidad, luego de pasmo, por fin de respeto a algo que parecía ir más allá de lo humanamente comprensible: la locura.

Hubo consultas, dudas, temores de que alguien intentara matarlo antes de que la justicia se expidiera. Todos se sentían incómodos con su presencia; aunque parecía indiferente y aquejado de un quietismo absorto, nadie confiaba en sus reacciones. Considerando todo eso, y por no arriesgarse a que les fuera arrebatado o herido por la multitud que se había congregado en la plaza, las autoridades decidieron internarlo en los túneles de castigo. Lo trasladaron a las celdas subterráneas, donde se mantenía a los presos peligrosos, a los locos furiosos, a los que se quería escarmentar con dureza. Cepos y argollas incrustadas en las paredes húmedas, tientos mal sobados, duros y con olor descompuesto eran los instrumentos de castigo.

Le tuvieron algo de piedad; lo sentaron en un banco contra la pared, le aherrojaron los tobillos y las muñecas con cadenas largas, que le daban cierta libertad de movimiento, y se retiraron dejándolo en la más completa oscuridad. Mientras subían los escalones, las dos o tres puertas que cerraron en su ascenso hacia la luz amortiguaron el alarido espantoso, infrahumano, que lanzó Hubert al quedar solo.

Afuera, alguien de la multitud vio al ama de llaves de Madame De Bracy y corrió a darle la noticia. La catalana se apresuró a volver a la casa mientras lanzaba denuestos por el costado de la boca. Se presentó en la sala de la señora y le espetó:

—¡Buena la ha hecho misser su hijo! ¡Esta vez tendremos que salir como ratas por tirante!

Clémentine, blanca de impresión, intentó hablar, pero las palabras le salían con sílabas que se abalanzaban de un idioma a otro, mezclado en su vocabulario parte del francés de clase alta que usaba con el argot del puerto en que se había criado. Consiguió hacerse entender: quería saber de qué acusaban a Hubert. Nada menos que de asesinar a dos chicas, indicó la mujer. No, imposible, su hijo jamás... ¿Dónde? En Ascochinga. La sobrina de misia Francisca, la hermana del señorito Achával.

Esta vez Madame De Bracy cayó como muerta sobre la cama.

En cuanto se repuso, llamó a las criadas y se vistió de prisa; como no pudo cubrirse de afeites, eligió un tocado con velo y seguida de dos de sus doncellas (una llevaba las sales y una pantalla de palma para refrescarla del calor; la otra, la arquilla donde guardaba el dinero y la sombrilla para protegerle la cabeza) se dirigió al Cabildo a pie, pues estaba demasiado alterada para esperar el coche.

No bien entró, la mayoría de los funcionarios menores desaparecieron hacia los patios y corralones, y los de mayor jerarquía se encerraron en sus oficinas y encargaron a algún auxiliar malhumorado que no la dejara pasar.

No le permitieron ver a su hijo; ni siquiera pudo averiguar en qué parte del edificio lo retenían. Atontada por aquel golpe, perdida de a momentos, deambuló por pasillos y escaleras intentando dar con alguien que le aclarara lo sucedido. Por un instante creyó oír, como en sordina, un aullido que le heló las entrañas.

—¿Y eso? —preguntó, y se volvió hacia el guardia.

El hombre la miró, impávido.

—¿Qué cosa?

—¿Oyó?

—Nada. —El hombre negó con la cabeza; en sus ojos relumbró una expresión taimada.

Anocheció y ella seguía recorriendo los vericuetos del Cabildo de Justicia; tarde ya, el gobernador entró, ceñudo y silencioso, grandote y tosco, con prestancia en el andar.

Clémentine intentó tocarle el brazo, pero la lanza de un guardia bajó sobre su mano; aunque sin rozarla, llevaba implícita una advertencia.

Madame De Bracy se sentó en uno de los poyos del corredor y quedó allí, flanqueada por sus sirvientas, perdida la lucidez, encorvándose más y más según pasaban los minutos.

Se encendieron los faroles y afuera se oyó el canto del sereno, con el aditamento de una copla federal; un soldado se acercó a la mujer y le dijo que debía retirarse. Ella pareció haber olvidado el idioma y hasta las circunstancias por las cuales se hallaba allí. Hizo un alegato sobre la nobleza de sangre de su hijo, de su fortuna; se levantó la falda, se retiró lo más erguida que pudo y se perdió hacia el hospital de San Roque. Puesto que no llevaba un enfermo con ella y además ya habían cerrado los portales, se le negó la entrada.

Volvió sobre sus pasos y decidió ir a lo de doña Mercedes, para pedirle que el comandante Farrell interviniera, pues desesperaba por ver a su hijo.

No fue recibida. La puerta permaneció cerrada; una criadita recelosa abrió apenas la ventana y, a medias escondida tras los postigos, le dijo que las señoras no atendían por razones de familia.

Se dirigió entonces a lo de Núñez del Prado, pero allí ni siquiera abrieron la ventana. Pasó a lo de los Arbonés, donde distinguió luz tras las cortinas de la sala; al empinarse sobre los pies alcanzó a ver cómo el matrimonio desaparecía hacia otra sala cuando la muchachita que atendía el llamador les comunicó su nombre.

En casa de las Pereira nadie atendió, y en la de los Lescano hicieron que un criado le anunciara que no estaban, sin preocuparse por bajar las voces. Mareada, a punto de desmayarse, Clémentine oyó el nombre de su hijo pronunciado varias veces.

Regresó a su casa arrastrando los pies, con las criadas mudas y atemorizadas ante el cambio que iba produciéndose en ella: los vestidos parecían habérsele ajado, el velo se le pegaba a la frente y a la nariz. Sus pasos se habían vuelto erráticos, la espalda se le había curvado.

Tuvieron que abrirle la cama, sacarle los zapatos y acostarla, llevarle agua, mojarle los labios y friccionarle las sienes con perfume. Sus ojos redondos, estáticos, fijos en el cielo raso, ni siquiera acusaban la falta de los cirios encendidos. Más tarde, una de las criadas llevó un candil y lo dejó en la pieza; volvió horas después y al mirar con disimulo dentro de la habitación la vio sentada ante el bonito secreter, arrastrando el camisón. Con los dedos recorría porfiadamente las placas de basalto azul engastadas en la madera y pronunciaba en voz baja un monólogo indescifrable.

No se atrevieron a acercarse.

(39)

Un poder sin límites

"Para Lévy-Bruhl, el espíritu mágico reposa en la creencia en fuerzas difusas que circulan con completo desprecio de las leyes científicas."
–Jérome-Antoine Rony,
La magia

CÓRDOBA
PRINCIPIOS DE 1837

M isia Francisquita no dudó un segundo en tomar la decisión de viajar a La Antigua en cuanto Achával, con trazas de estar a punto de desplomarse, se presentó en la casona para relatarle, dejando mucho espacio entre la inquietud y la alarma, lo que había sucedido en Ascochinga.

Acosado por la voluntad de la señora, se había atrincherado en miradas indirectas, en silencios y en la excusa de que él mismo no sabía mucho más que lo mandado a decir por su tío.

—Tengo que rogar a su buena voluntad que nos lleve, a mi madre y a mí, en vuestro coche —pidió el joven con resignada necesidad.

—No tenías que pedírmelo, José María —repuso misia Francisquita, que ya había largado varias órdenes—. Estaba por ofreceros que viajáramos juntos.

Sabiendo que no sacaría más del mozo —¡a la vista estaba que el zorro de su tío lo había aleccionado!—, con el presentimiento de que algo malo ("muy malo" le dijo su intuición) había sucedido, no perdió más tiempo en interrogatorios y lo despidió, tras indicarle que los esperaba en una hora. Llevaría lo necesario para dos días, y el resto sería enviado en la carreta.

Pero no todo podía salir con tan deseada sencillez estando de por medio doña Josefa. La señora se presentó en la casa con malos modos y, aprovechando que en los momentos de crisis misia Francisca hablaba poco, le recriminó lo sucedido a Consuelo y culpó a la familia Osorio, "que pretendía distraer con embelecos y buena vida la voluntad de su hija".

—¿Dónde está José María? —preguntó misia Francisquita.

Cortado con tal brusquedad su alegato, doña Josefa parpadeó, mientras intentaba recordar por qué su hijo no se hallaba con ella.

—Teodomiro le mandó un chasqui después de que estuvo contigo —respondió al fin—. No sé qué decía, pero tuvo que quedarse.

Misia Francisca, que no deseaba herir al joven —José María y Consuelo le eran igualmente queridos—, se sintió liberada al saber que no viajaría con ellas. Sin dar explicaciones, mandó por el coche de alquiler de Calleja, quien para ese entonces, sobrepasado por tanta demanda, estaba pensando en aumentar el número de carruajes de su negocio.

—Tú te acomodas en él, y yo, en el mío —avisó a doña Josefa—. No pienso aguantarte durante todo el viaje, que es bien largo. Y no te preocupes, que yo pagaré el alquiler. ¿Quieres una criada?

—¿Cómo podría moverme sin una? —explotó la de Achával, molesta por no poder soltar cuanto resentimiento había juntado.

—Bien que lo has hecho en estos últimos veinte años —replicó misia Francisquita, ya exasperada.

Se decidió que Nombre de Dios atendiera a la invitada y Fe a su ama, así que cada una subió tras cada señora al coche correspondiente.

Cuando llegaron a Ascochinga, doña Josefa quedó en La Antigua y misia Francisquita siguió hasta El Oratorio.

Muda y blanca, aunque compuesta, descendió en el prado, atravesó galerías y corredores y se presentó en la antigua pieza de la madre de Farrell, donde estaba su sobrina. Desde la puerta, sin habla todavía, observó a Laura, a quien Cora mantenía en la penumbra.

—Pobre criatura —dijo. Cerró los ojos y se llevó el puño al corazón.

Cora surgió de un rincón y dijo algo en tono pausado; misia Francisquita, que tuvo la incómoda sensación de que eran sus ojos indígenas los que mantenían encendidas las candelas, sacudió la cabeza para librarse de esa especie de letargo que se condensaba alrededor de ellas.

—Haga que me traigan un sillón, Cora —pidió, y se bajó la mantilla sobre los hombros después de quitarse los mitones—. Aquí he de quedarme.

Se acomodó luego en el asiento, hizo que Fe le preparara una yema batida con oporto y azúcar (le hacía el efecto de un tónico), pidió que le alcanzaran el cesto con sus libros, su rosario y su labor de encaje. Dormitando a veces, rezando otras, retomando a veces el tejido, se mantuvo inquieta y pendiente del menor movimiento de la joven.

En un momento, lejos de la medianoche, despertó ante la luz que se volvía insignificante en las tinieblas de la pieza y oyó decir:

—Tía... tía...

Fue tal la impresión que no pudo contestar ni moverse. Laura volvió a cerrar los ojos; se revolvió en la cama y quedó dormida otra vez, de espaldas a ella.

Misia Francisca quiso despertar a Cora, pero antes de que pudiera hablar vio que la mujer sostenía, en la insinuación de una sonrisa, una expresión de misteriosa satisfacción.

—Ya ve, la Niña la ha reconocido —dijo.

Luego se levantó y desapareció por los corredores sin producir el más leve sonido.

La señora lo agradeció, porque las lágrimas le corrían por el rostro sin que pudiera evitarlo. Tuvo que llevarse el puño al pecho, donde una puntada penetrante le recordó la fragilidad de la existencia. "No voy a morirme precisamente ahora, que ella me necesita tanto." Luchó con su ahogo y su dolor mientras, en una especie de nube que la separaba de la realidad, pensaba: "Luz es mi preferida, pero es a Laura a quien más amo".

De pronto distinguió a Cora a su lado, que le extendía una taza humeante. No la había oído ni visto llegar.

—Tome, señora —le ofreció—. Le hará bien.

Ella no discutió, y aceptó la ayuda para enderezarse en la silla y acomodar sobre la mesita el libro de oraciones y la labor.

—El rosario no —dijo, y Cora, con delicadeza, se lo pasó sobre la cabeza, dejando que la cruz pendiera sobre su pecho, donde pudiese acariciarla si sentía la necesidad.

La infusión era algo amarga, desabrida a pesar del azúcar.

—¿Qué es?

—Muérdago colorado, el que crece en las ramas del "sombra de toro". Aliviana la sangre, señora —le aclaró, y volvió a ocupar su lugar.

Mientras bebía, misia Francisquita observó que las manos morenas de Cora hacían pasar los nudos de una tira trenzada en varios colores.

—¿Acaso es un rosario?

Peleaban ambas, cada cual con sus recursos, por el alma y la vida de Laura y su hijo, y se creó entre ellas un estado de raro entendimiento.

—Porque no lo parece —continuó misia Francisquita—. ¿Cuántos nudos tiene?

—Los indios contamos de otra manera, señora.

—Imagino que no será brujería.

—Mal me conoce la señora si piensa que ando en brujerías —repuso Cora con una sonrisa amable.

Misia Francisquita estudió los ojos de la mujer; sin impertinencia, le mantenían la mirada. En ellos se veía la firme, la resuelta voluntad de luchar contra el mal con todas sus fuerzas; en ellos brillaba la luz del taumaturgo, la que confería "un poder sin límites".

"El bien será siempre el bien, no importa el nombre que se le dé ni la fe que lo sostenga", reflexionó la señora. La bebida debía de ser también adormecedora —¿o el efecto vendría de las pupilas de Cora?—, pues los párpados comenzaron a cerrársele sin que pudiera impedirlo.

—Mañana... mañana —susurró en sueños, sin discernimiento aunque consciente del desmayo de sus facultades.

Se detuvo de pronto, respirando con esfuerzo, dejándose transportar por el agotamiento de los sentidos. Estaba como en una caja oscura y en algún lado, afuera, cerca, se oían pájaros y voces, ruidos familiares.

Yacía acostada; se palpó, desplazó una mano por su pecho y su cintura. Al constatar que nada le dolía, la posó sobre el vientre, donde, aliviada, creyó sentir el corazón de su hijo que latía bajo la palma tibia. ¡Estaba vivo! ¡Ambos estaban vivos! La sacó de aquel delirio el chirrido de la mecedora donde se sentaba la mujer que le había tendido la mano, la que espantaba con palabras incomprensibles la Oscuridad que la asustaba.

Pretendían que abriera los ojos, pero... ¿y si al levantar los párpados se encontraba de nuevo en el pantano de la pesadilla? Oyó que la mujer de ojos oscuros (tenía que ser suya esa voz tan moderada) decía: "Vayan por el comandante; que Serafín traiga al doctor. Y usted llámela, señora. Usted tiene que devolverle el nombre... Está a un paso, no más...".

Por la corriente de aire cálido que le llegaba a través de los cortinados, olió el aroma del pan recién horneado y la boca se le llenó de saliva. Tenía hambre; sobre todo, hambre de pan.

Notó el lecho mullido, el colchón que crujía y olía a helechos, las sábanas que habían sido guardadas entre manzanas y la almohada rellena con hierbas balsámicas. Luchó por levantarse y la habitación se le presentó borrosa y ocre, con un gran rectángulo de luz por donde avanzaban pasos fuertes, seguros, no furtivos como los de los asesinos. Y la voz de un hombre, áspera, profunda, nerviosa: "¿Está bien? ¿Ha despertado?", preguntaba.

Pasos y voces se detuvieron. La mecedora dejó de chirriar. La mano que sostenía la suya se estremeció y alguien dijo en su oído: "Laura, Laura, despierta" y por fin le devolvió su nombre.

Con el juicio indeciso, miró a las personas que rodeaban la cama: la mujer de la mecedora, el hombre, la anciana que le sostenía la mano, las jovencitas en la puerta. Todos parecían emocionados, como si fueran testigos de un portento. La mente buscó en vano sus identidades; había recuperado la suya, pero no podía dar con la de ellos.

Clavó los ojos en el hombre, que, muy emocionado, dijo: "Laura...", y recordó aquella voz que le impedía avanzar hacia la ribera sin retorno: "Soy quien más te quiere en este mundo", le había confesado al oído, y sus palabras habían atravesado la niebla de la inconsciencia.

Miró a quien le sostenía la mano. "Ah, debo de haber estado muy mal si tía Francisca ha venido a cuidarme...", pensó, y de pronto algo le estalló en el pecho y, como tantas veces en la vida, la señora la recibió en brazos, tranquilizándola con frases suaves, acariciándole la cabeza, besándola en la frente y en las mejillas. "Mi querida —decía—. Mi querida, mi querida." Se sintió a salvo entre aquellos que la amaban. Entonces los recuerdos llegaron como un soplo que resucitó la imagen de Consuelo arrojada dentro de la cisterna iluminada hasta el fondo por el plenilunio, y a De Bracy, que, oculto por las ramas del árbol de estoraque, le apresó el tobillo cuando faltaban diez escalones para que ella llegara al patio. La mano de él estaba helada y pegajosa...

—¡Oh, Dios! ¡Él la mató! ¡Mató a Consuelo y yo no la defendí! ¡Tuve miedo, pensé en mi hijo...!

Por un insensato momento deseó retornar al mundo que acababa de abandonar, pero era inútil esconderse en el delirio. Se había alejado del último refugio y era imposible retroceder; los caminos se habían desvanecido, aunque retendría para siempre el recuerdo de haber gritado en un laberinto y de cuando Cora la instaba sin descanso a que no se detuviera, no le soltara la mano, porque las Sombras venían por ellas.

—Hija, no, no sufras. —Su tía la sacudió, afligida. —Consuelo está viva. Herida, pero viva...

El dolor abrió paso a la lucidez, que le devolvió, como en espejo, nombres, rostros, restos de su vida.

—¿Y Brandon? ¿Lo sabe Brandon?

En el rostro de Farrell —que aún no se había acercado— la sonrisa se mantuvo por un rato; luego, en el momento en que le daban de beber, mientras le aseguraban que Consuelo vivía, le friccionaban las sienes con perfume, le humedecían el rostro con un paño, le pedían que se tranquilizara, que más tarde le contarían lo sucedido, él salió sin que nadie lo notara y cerró tras de sí la puerta sin producir el más leve ruido.

Al enterarse doña Josefa por su hermano de la identidad del agresor, cayó enferma de alguno de sus increíbles males y pidió con desesperación regresar a Córdoba, pues sentía que iba a morir si continuaba en Ascochinga. Pretendió llevarse a su hija, pero don Teodomiro y el doctor Pizarro no se lo permitieron. Después de una tormentosa escena —que el abogado resistió impertérrito—, dándose ya por muerta, decidió regresar sola a la ciudad, pues Nombre de Dios se negó a acompañarla sin el mandato de su señora. Doña Josefa subió al coche de alquiler convencida de que debía internarse en algún convento para que la atendieran; de ser necesario, Antonia podría hacer mucho más por Consuelo que ella, de tan caprichosa salud. Sentía, en la maraña de especulaciones que daban forma a su vida, que Francisca, sin importarle que ella jamás hubiera aprobado la amistad del tonto de su hijo con el francés, se desquitaría en su débil persona.

Pronto se conoció en La Antigua el enojo que había desencadenado en misia Francisquita al enterarse de que el culpable era De Bracy. En tanto, don Teodomiro de la Mota, con la resignación de quien sabe que, siendo un astro en el foro, ha quedado en la vida privada a merced de mujeres a las que nunca entendió y a cuya comprensión había renunciado, se mantuvo firme y mandaba chasquis a la ciudad con mensajes para su sobrino, que desesperaba por presentarse a saber de su hermana y de Laura.

"Es mi convencimiento, querido sobrino, que, como tu hermana mejora, bueno sería que tu madre continuara, para mejor rogar por ella, en la Casa de Ejercicios. Tú, que poco y nada puedes ayudar en este trance, deberías recluirte con el padre Ferdinando por un tiempo, pues temo que la aflicción quiebre tu espíritu y tu salud. La Virgen de la Merced, de la que siempre hemos sido devotos, y los buenos frailes, que tan sanos consejos nos han prestado, han de ayudarnos. Por favor, antes de hacer cualquier movimiento, de tomar cualquier decisión, habla con el padre Ferdinando. Lo que él te aconseje yo acataré, como espero que lo acates tú. Antonia quedaría a cargo de la casa, pues aquí sobra quien cuide a nuestra Consuelo..."

Luego de enviar esa carta, reflexionó en que la posición de José María, y en menor grado la suya propia, no era tan grave comparada con la de doña Mercedes y sus hermanas, Adoración y Sagrario, que habían bregado por la aceptación de los franceses, encaprichadas además en emparentarlos con los Osorio. Lo lamentó por la esposa de Farrell, a quien tenía especial estima, pues dudaba que Francisca (¡si la conocería él, que hasta pensó en casarse con ella!) le perdonara aquello. "Sin embargo, el mayor castigo provendrá de sus conciencias, pues, con lo mucho que aman a estas jóvenes, les remorderá hasta el Día del Juicio. ¡Pobres mis buenas amigas! Dura será la expiación de sus errores."

*   *   *

Antes de pensar en trasladar a Laura a La Antigua, misia Francisquita tuvo una conversación a puertas cerradas con el médico, para interrogarlo acerca de la recuperación de Consuelo.

—Está mucho mejor —la tranquilizó Pizarro—. Ayer ha tenido unos minutos de conciencia. Lo difícil es mantener sus heridas libres de infección, porque eso requiere curaciones molestas y hasta dolorosas. Por el momento, vamos bien. Le quedarán, eso sí, terribles cicatrices... Es una gran lástima, pues es una joven hermosa e inteligente... —Suspiró mientras se miraba las manos, como preguntándose qué más podría haber hecho que cerrar esas heridas con mala luz, en condiciones de gran nerviosismo, acuciado por las horas que la muchacha llevaba sin atención.

—Gracias a Dios, su sangre tiene la particularidad de coagularse con rapidez. Si no fuera por eso... —La frase quedó pendiente. Como llevaba la camisa arremangada delante de la señora, le dio la espalda mientras se prendía los puños. —En cuanto a su sobrina, muy pronto estará bien —continuó—. Tendrá terrores nocturnos por algún tiempo, pero...

—La culpa, Pizarro. La culpa es lo peor. Se achaca no haber socorrido a su amiga.

—No se puede luchar contra un loco determinado a matar. En algún momento comprenderá que su deber era resguardar la vida de su hijo. Estoy seguro de que su amiga, si sobrevive, se lo hará ver.

Dio unos pasos por la sala, con la cabeza gacha, como quien busca argumentos. Levantó un índice.

—Hay que hacerles saber que De Bracy está preso y enajenado sin remedio, imposibilitado de ningún pensamiento, ni siquiera maligno. Eso las hará sentir más seguras. El resto se logrará mediante el afecto y los cuidados y, en el caso de la sobrina de usted, por el hijo que ocupará su vida. —Pensativo, los pulgares en el chaleco, añadió casi a modo de pregunta: —Bueno sería que el esposo regresara cuanto antes...

El silencio le contestó. Él, como caballero experimentado en tragedias ajenas, dejó ese tema y prosiguió:

—Me aflige la señorita Achával. Su experiencia ha sido terrible, y sus heridas, salvajes. Temo que las marcas sean para ella un perpetuo recuerdo de su martirio. Aunque hiciera el esfuerzo de sobreponerse, cada vez que se bañe, se vista, se quite la ropa, sus dedos rozarán las cicatrices, que la obligarán a recordar. Le dolerán por años y sin duda la avergonzarán para tomar esposo... Puedo asegurarle, misia Francisca, que aquí, la víctima, sin menospreciar lo ocurrido a su sobrina, es esta pobre niña a quien no sé qué decirle cuando despierte.

—Consuelo ha sido siempre para nosotros como una más de la

familia, pero le aseguro, Pizarro, que ahora presionaré a Teodomiro para que de alguna manera nos la deje, sin bulla, a nuestro cuidado. He prometido a Laura ocuparme de ella, y así muera yo, dejaré todo en orden para que no tenga que preocuparse, al menos por las cosas materiales, durante los años que le concedan Dios y María Santísima.

Poco después, cuando la señora acompañó al médico hasta la galería, le dijo antes de despedirse:

—¿Qué debo escribir al marido de Laura? ¿Sería apresurado decirle que su esposa y su hijo están fuera de peligro?

—No sería apresurado. Su sobrina mejora con rapidez y no hay problemas con el embarazo. Hágale usted saber que ese monstruo está como sepultado en vida.

Tras verlo partir a caballo hacia La Antigua, misia Francisquita se sentó en la galería del frente; no podía dejar pasar más tiempo sin informar a Luz y a Robertson sobre lo ocurrido. Si el esposo de Laura había recibido la carta en la que le comunicaban que ella estaba encinta, sin duda se desesperaría ante lo acontecido. ¿Debía escribirle de nuevo, o mejor sería esperar que él le contestara? Sacó la cuenta de los meses que demoraba la correspondencia en ir y venir. "Debe de haberla recibido hace menos de un mes, y tengo que esperar al menos otros dos para que la respuesta llegue a mis manos", pensó, exasperada. Armada de paciencia, decidió postergar las crónicas del disgusto por no afligir a Robertson ante la imposibilidad de llegar de inmediato. "Pero a Luz no puedo dejarla en la ignorancia", comprendió. Con un suspiro, ordenó a las criadas que se encargaran de trasladar sus cosas y las de su sobrina a La Antigua. Luego se encerró en la sala, mientras esperaban el coche que llegaría por ellas, escribiría a Buenos Aires.

40

Encuentros

"—No tengo genio para eso... A mí no me cuadra rendirme a nadie."

–Mariano Azuela
Los de abajo

SANTO DOMINGO (LA RIOJA) A
TOTORAL (CÓRDOBA)
PRINCIPIOS DE 1837

A quella mañana dos viejas habían subido la cuesta para advertir a Calandria:

—Gritan Chañarito —conocían a Fernando por aquel apodo— por todos lados y ende no contestan, incendian.

La otra había añadido:

—Tenga cuidado, doña, que nadie le conoce la espalda a su hombre. Siempre da la cara, el mozo.

Y en la penumbra de la pieza, mientras oía los disparos lejanos y las voces que llegaban del bajo, la morena espió hacia el monte, de donde temía que apareciera un regimiento de soldados dispuestos a saldar en ella alguna deuda de hombres.

Temía por Lucián, por la finquita, ¡tanto que le había costado, tan feliz que la había hecho! Las cabritas, el sembrado, la higuera, los nogales plantados ya nadie sabía por quién, bajo los cuales se sentaba a manejar el telar.

Se asomó a la ramada, donde el Sol le atigraba el cuerpo, y llamó a los perros atontados por los disparos, el olor a quemazón y los gritos que llegaban del valle.

Aliviada porque Lucián, la chiquilla y el peoncito estaban en la capilla con las Correa, se enderezó al oír caballos. Tomó el garrote que escondía detrás de la puerta, aunque poco podía hacer contra una bala o un grupo de hombres decididos a apresarla.

"Si tenés que defenderte —le había aconsejado Fernando mientras le enseñaba a sostenerlo—, debés tirar el primer golpe a la garganta. Con suerte, lo matás de inmediato. Si conseguís que te den la espalda, un golpe en los riñones o en el espinazo puede ser igual de bueno. Si no lo hiciste de entrada, intentá en la panza. Lo dejarás sin aliento... si es que no le reventás algo. Más difícil es el corazón, porque se pueden cubrir por instinto con los brazos... Claro que, si se los quebrás, poco te podrán hacer. Si andás con un cuchillo en la mano, igual tené cuidado con el corazón: las costillas son traicioneras; pueden desviar la hoja y te vas a encontrar con una tetilla ensartada. Y si te pensás que el tipo te quiere forzar, dale sin asco, ya sea con el pie, con el palo o con la hoja en los genitales." "¿Lo qué?", había preguntado ella. "Las pelotas serían, zonza."

El galope desembocó frente a la vivienda. Eran seis o siete hombres y no de los peores. Quizá pudiera mantenerlos a raya con un poco de audacia...

—Tengo orden de llevarme a Chañarito —dijo el que los comandaba.

—A mal monte va por leña; hace días que desapareció —contestó Calandria, y sonó convincente porque era verdad.

—¿Y dónde podríamos hallarlo?

—No sé ánde, pero... ¿usté supone que se lo iría decir?

—Señora, no venimos con mala leche —le advirtió el otro—. Don Tomás Brizuela dice que lo necesita en la ciudá.

—¿Y en de cómo no me mandó al Calderón, que lo tengo bien visto?

—No sé, no soy quién pa' preguntarle al hombre. Yo cumplo órdenes. —Y la mirada se le fue detrás de los tobillos de la morena.

—¿Qué lo que está mironeando usté, mamarracho? —lo increpó ella, sin salir de la ramada, lo bastante baja como para demorar a los caballos si decidían embestirla. Señaló hacia la bajada: —Se me van de acá, que por estos lados no se les pudre nada. No tienen derecho a venir a jorobar a una pobre que solamente cuida su campito y sus cosas. ¿Qué madre los habrá parido, para que sean tan malvados?

—Bueno, comadre...

—Su abuela.

—No provoque —gruñó el cabecilla—. Uno solamente cumple, caray... Le diré al Zarco que el comandante no estaba. —Se reclinó en el apero y sugirió, confidente: —Yo digo... ¿no se le estará dando vuelta el poncho a su hombre?

Enfurecida, Calandria se le fue encima.

—¿Traidor, el Payo? ¡Antes vos, infeliz! —Levantó el palo y amenazó con "romperles el alma" a cuantos pudiera.

Los hombres hicieron recular los caballos y entre risotadas se fueron por donde habían llegado.

Ella esperó que se desvaneciera el polvo y corrió a mirar si, en efecto, bajaban hacia Campanas.

Horas después, oyó llegar a alguien con paso sigiloso: era Lienán, apeado.

—¿Lo han agarrado al Payo?

—Lo tienen en Pituil. El Gato, el Tuna y los otros han ido a librarlo. He venido por usté y Lucián.

—¿Para ir dónde?

—Donde pueda —contestó con tono sombrío el indio, y fue por agua. Después de beber a grandes sorbos, dijo con preocupación: —Alguien de Córdoba la busca a usté y a Chañarito.

Como ella quedó pasmada, Lienán se sacudió la melena con un golpe de cabeza.

—Esa niña Luz, ¿mandaría a alguien? Porque vienen en coche. Ahorita mismo no sé dónde andan, porque están medio boleados y yo no quería levantar la perdiz.

—¿Qué pinta tienen?

La descripción no le dijo nada. Como estaban apurados, llenaron los chifles de agua, tomaron lo que les pudiera hacer falta y, con los envoltorios a cuestas, el ranquel indicó a Calandria que fuera a la capilla, con Lucián, y lo esperara adentro.

—Yo voy por los Correa, que se han metido en la sierra. Ellos nos van a ayudar.

—¿Y el chico, y la chinita? —se preocupó la mulata—. ¿Los iremos a abandonar como a los perros?

—Los llevamos. Con un matungo para los dos basta. Y los perros, que nos sigan. Por allá —se refería a las tolderías, al sur del país— hasta maloneaban con nosotros. Bueno, Cala, apure.

Fernando habría podido escapar o encararlos, pero le hicieron la misma treta que al general Paz: "¡Eh, amigo, mi comandante!", gritó uno, y otro: "¡No tiren, que es mi comandante!". Y él, que había decidido salir a uña de caballo, pensó, como el jefe unitario, que sería vergonzoso que hombres que habían peleado bajo su mando le vieran el trasero y no las barbas. Y así, aunque dudando, sofrenó y los esperó.

—¡Entregáte, mierda, que Villafañe te busca! —fueron las siguientes palabras. Lo rodearon (eran cinco) y él ni siquiera tenía el arma en la mano. Pensó en las pistolas que llevaba en las botas, levantó los brazos y dejó que le quitaran el cuchillo y el sable de la cintura, mientras se decía: "Con lanza hubiera sido otra cosa".

· Hicieron noche en Pituil, pero dos de ellos siguieron a San Blas, donde al parecer esperaba el que había mandado prenderlo.

Los otros lo engrillaron —cepos y grillos, pensó Fernando, señalaban a alguien con poder—, pero el que se los colocó, no acostumbrado a hacerlo, le permitió separar bastante las muñecas.

Mientras comían, se recostó contra una piedra y con disimulo aflojó las pistolas, para estar preparado por si se presentaba la oportunidad de escapar.

Tres hombres, cuatro balas. "Me juego —decidió, y esperó que la bebida los volviera descuidados—. Si toman de más, son capaces de desacatarse y ahí me degüellan." Debía sorprenderlos desprevenidos, antes de que los tentara a hacer una salvajada.

Recogió las piernas y las enlazó con los brazos; después simuló dormitar y consiguió que se olvidaran de él. Al rato, dos de los hombres se pusieron de pie y comenzaron a discutir y a empujarse. Fernando comprendió que era mejor dispararles antes de que se trenzaran en un cuerpo a cuerpo. Miró al tercero, que en un vaho alcohólico estudiaba su facón, en cuya hoja tenía grabada una sentencia, y se preguntó qué dirían las palabras.

"El del cuchillo querrá ensartarme", pensó; era demasiado esperar que acertara a los tres.

Las dos detonaciones bajaron a los que estaban peleando; el del facón, indemne, se le fue encima, así que soltó las pistolas, se puso de pie y lo esperó afirmado. A último momento, mientras sentía correr por las venas el júbilo de la violencia, unió las manos como martillo y las descargó, a la altura del hierro de los grillos, sobre la sien del otro, que cayó a plomo, sin haber alcanzado a marcarlo.

Fernando observó el resultado de su obra y por fin, con cautela, recogió el puñal, se lo puso al cinto, fue por las pistolas y se acercó al caído, de cuya sien se deslizaba un hilillo de sangre hasta la arena. Toda la furia acumulada por el deseo de venganza —decían haber violado a Calandria, quemado su casa, arrasado el campito ("al chico lo dejamos; total, pa'guachito...)— había acudido en el momento preciso: no pudo sentir remordimientos.

Se miró las manos ensangrentadas y fue hasta el río arrastrando las cadenas de los tobillos, donde se las enjuagó. Bebió hasta toser de ahogo y regresó a estudiar a los caídos, que parecían muertos. Hurgó en el refajo del que tenía la llave y con mucho esfuerzo y nervios, usando los dientes, consiguió destrabar el candado de sus muñecas y luego, en un instante, el de los tobillos. Soltó los caballos después de quitarles los arreos, y se aprestaba a montar el suyo cuando lo detuvo la respiración estertorosa del hombre al que había golpeado. Iba a degollarlo por misericordia, pero la furia le destempló el ánimo. "¿Piedad con el que violó a tu mujer?" Escupió a un lado y, con el dolor de pensar cómo estaría ella, en la afrenta a él infligida en el cuerpo de la compañera, montó y dejó al hombre en agonía. La urgencia de encontrar a los suyos lo empujó, en el amanecer que amarilleaba, al galope por el cauce del río que llevaba todavía el agua de los deshielos. Las gotas lo salpicaron en una fina llovizna que brillaba como el espectro del arco iris. Igual que en la infancia, al galope y con la rienda entre los dientes, abrió los brazos y las recibió en la cara, en el pecho, en las palmas.

"Si salgo de ésta —prometió—, no habrá empresa que me haga perder de vista el campanario de Santo Domingo." Una promesa difícil de cumplir... Bueno, al menos había tenido la intención, se dijo con un encogimiento de hombros.

Medina Aguirre había conseguido por fin, gracias a las gestiones del comandante Farrell, dar con el paradero de Fernando Osorio, a quien debía entregar, por pedido de su hermana Luz, la parte correspondiente a los bienes familiares.

Se preguntaba el abogado con qué se encontraría al adentrarse en La Rioja, pues había oído que una serie de hacendados, con pasta de caudillos, dirimían sus cuestiones en recurrentes entreveros.

Dávila, que lo acompañaba en el coche, era un joven riojano que estudiaba en la Universidad de Córdoba. Ante su pregunta, se lo confirmó:

—Desde que mataron a Quiroga, son varios los que quieren montarse en su caballo. No podría asegurarle, doctor Medina, que esté en paz la región a donde usted va, porque no tengo noticias de lo que sucede tan arriba de la provincia.

En Patquía se desvió hacia la capital, fundada bajo la advocación de Todos los Santos de la Nueva Rioja; el grupo de Medina tomó hacia Los Colorados, por Catinzaco, Nonogasta, Chilecito, Famatina, Campanas... Siempre ascendiendo hacia Potrerillo y Santo Domingo.

Encontraron montoneras raleadas, gauchos montaraces pero con buena voluntad hacia el viajero, escasas poblaciones, muy alejadas unas de otras. Era una geografía de contrastes, que alternaba lo desértico y lo llano con montañas escarpadas, zonas de sembrados y viñedos, olivares, nogales y otros cultivos.

A pesar de una primera desconfianza, pronto eran bien recibidos y, como en casi toda la Argentina, la carencia —más que la pobreza— no significaba falta de hospitalidad.

Por todo el camino recibieron noticias de lo que sucedía detrás o delante de ellos y, si bien no sufrieron inconvenientes, dieron con algunas míseras poblaciones arrasadas, donde las mujeres, con rostros endurecidos por el dolor, enterraban a sus muertos; hasta chiquillos había entre ellos y una que otra muchachita apenas púber, tan violentada que había expirado durante la ofensa.

Medina Aguirre nunca pudo saber a qué bandos pertenecían alternadamente víctimas y victimarios. El guía, un llanista que hablaba en lentos murmullos entre largos silencios con los azorados campesinos, volvía para decirles: "Eran hombres de Fuentes", o de Villafañe, o de Dávila o de... Pero en general alguien agregaba, esperanzado: "El Chacho Peñaloza los viene barriendo. Entre él y Chañarito los van a contener".

Llegaron a Santo Domingo hacia el mediodía y apenas si encontraron gente; se veían perros perdidos, y las majadas y las tropillas habían desaparecido. En una casa modesta, casi derruido el adobe, encontraron a una centenaria desdentada sentada a la puerta, indiferente al miedo o a la curiosidad.

—Chañarito no está —les dijo—. Creo que lo ha prendido uno de los Villafañe, no sé cuál. La mujer y el chico están en la capilla, con los otros. —Y señaló con un gesto impreciso hacia una arboleda cerrada y alta. Antes de que llegaran a la iglesia aparecieron varios paisanos comandados por un indio. Se midieron a distancia hasta que el guía cruzó la pierna sobre el apero y preguntó:

—¿Usté no es el ladero de Chañarito?

El otro, sin contestar, continuó mirándolo con expresión torva.

—Fui baquiano del Chacho. Para La Tablada, yo enlacé uno de los cañones del Manco Paz —dijo el guía con orgullo.

La expresión del ranquel apenas si aflojó, tranquilizado.

—¿Y qué andan? ¿Paseando? —preguntó.

—No. Traemos al doctor —respondió el baquiano, y señaló a Medina Aguirre—. Tiene un parte de la familia propia para el comandante Osorio.

No preguntó más, en espera del siguiente movimiento del otro.

Lienan bajó el arma y se les acercó.

—Doña Calandria está en la iglesia, con el chico. Yo tenía intención de sacarla de acá, pero somos pocos.

Miró al grupo y pareció calibrar la capacidad de ayuda que podían prestarle: el guía, el doctor, cinco hombres de escolta, no muy bravos, más bien gente de vivir en rancho y no en monte.

—Nosotros ayudaremos —le aseguró Medina Aguirre, que iba montado pues, como el coche llamaba la atención, lo habían dejado escondido entre unos cañones profundos.

El ranquel no pudo evitar una sonrisa burlona; a la vista estaba que el abogado no era hombre de armas.

—Tiene razón, no sé usar las armas —admitió el abogado, que le

394

leyó el pensamiento—, pero podría encargarme de la señora. Por allá, el guía sabrá dónde, tenemos un coche de cuatro caballos.

—Vayan con el cura. Nosotros rodearemos el lugar para que no nos sorprendan.

El tiroteo que se oía en el bajo había juntado a los pobladores en la capilla, donde el aire viciado y caliente los sofocaba.

Medina Aguirre entró con el sombrero en la mano y dio unos pasos en el recinto, tratando de adivinar cuál sería la mujer de Osorio. Muy pronto distinguió la erguida figura de la morena. La joven tenía los ojos vidriosos —se diría que de furia o contrariedad—, cargaba un niño en brazos y parecía una virgen madre exótica y hasta temible. Admiró en ella el valor que le impedía encogerse en un rincón a cada tiro que sonaba. Ni siquiera se la veía cómoda en aquel refugio. Tal vez, pensó él, porque había amado contra toda lógica y se le había concedido la felicidad, ahora empañada por los hombres que descargaban, afuera, sus armas.

El sacerdote insistía en sus plegarias, pero Calandria se volvió de pronto a mirar por sobre el hombro y observó fijamente al abogado, alertada por la noticia de que alguien la buscaba. Parecía estar fuera de la realidad, no resignada, sino con el firme propósito de salvarse y salvar a los suyos: el niño que llevaba en brazos —abrumadoramente hermoso— y dos chiquillos que se prendían a su ropa. No podían ser suyos, por lo que Medina Aguirre sabía; sin duda eran huérfanos o abandonados que ella había recogido.

Medina se deslizó entre los feligreses; tenía el don de despertar respeto y simpatía en los pobres.

—Señora —dijo en voz baja a la morena—, vengo de parte del comandante Farrell. Traigo un encargo de doña Luz.

La mulata ni se movió. Sobre su piel, de un dorado oscuro, había aparecido la palidez.

—Es necesario salir antes de que lleguen las tropas. No siempre respetan los templos, y quizás el cura no pueda detenerlos. —Con humor, añadió: —Se me hace que Dios no quiere tomar partido en esta pulseada.

Ella murmuró:

—Por la sacristía. El monte está ahí no más.

Cuando salieron el Sol blanco y ardiente los cegó, pero ya Lienán se acercaba con los caballos a tiro.

—Apuren, que están cerca. Deme el chico, doña Cala, hasta que monte. Ustedes dos —señaló a los huérfanos—, suban al overo.

—Vayamos a Pituil —dijo Calandria, pues creía que allí tenían a Fernando.

—Como quiera su merced —repuso el Gato—, pero el comandante

se les ha escapado. Anda libre el hombre... y más enojado que tigre con abrojo en las verijas.

Ella rió —una risa de alivio y de orgullo—, al tiempo que partían. El Tuna los sobresaltó al salir del monte al galope.

—¡Vayan pa'l Totoral, que Chañarito los sigue! —les indicó—. ¡Le ha caído a Fuentes para ponerle las cuentas al día! —Con un alarido, él y sus hombres desaparecieron de nuevo en la sierra.

—Yo quiero ir con el Payo —se plantó Calandria—. Ni pienso aparecerme por lo de esa desdeñosa de la hermana. ¡De dónde se habrá pensado él que voy a llevarle el apunte! —estalló, inquieta.

—No vamos a la casa grande —la tranquilizó Lienán—. Vamos al puesto que queda para San Pedro.

A medida que se alejaban, el fogueo cruzado comenzó a atenuarse.

En el bajo subieron al coche; uno de la escolta se encargó de los caballos, que llevó a tiro. Medina Aguirre respiró al ver a Calandria y a los niños acomodados frente a él, y aunque la morena no hacía, al principio, más que asomarse por la ventanilla, terminó por adormecerse con el niño prendido al cuello y los otros dos apretujados contra ella. A los pies del abogado, sentado sobre sus cuartos traseros, un viejo perro le babeaba las perneras; los chicos habían llorado porque no podía seguirlos, y Calandria, sin pedir permiso, lo alzó y la cuestión quedó zanjada. Dos o tres más corrían a la retaguardia de la tropa; a veces desaparecían para aparecer en cuanto hacían campamento. Se echaban cerca de ellos, y hambreados y sedientos, las lenguas afuera y los ijares sumidos, miraban con ojos resignados la comida. A veces se iban para volver con un cuis o un pájaro que se habían ingeniado para cazar.

Por suerte los viajeros llevaban bastante agua, pero no conseguían qué comer por largos trayectos, como no fuera leche de cabra para los niños.

Hicieron noche detrás de unos terrones inmensos, donde escondieron el coche y los caballos; el Tuna cavó un hoyo en la pared de la barranca y allí hizo fuego, para que se disimulara el humo, con la intención de asar dos liebres que habían cazado y que les proporcionarían un exiguo bocado.

—¿Alguien vendió al comandante Osorio? —preguntó Medina.

—Sí; don Fuentes. Se manda guardar si el Chacho anda cerca y sale de su agujero en cuanti se retira. Se la tiene jurada a Chañarito —contestó Lienán. (Era sabido que don Fermín Fuentes perseguía con saña a Osorio porque no podía olvidar el sopapo descomunal que le había plantado Calandria un día que se le metió en el rancho, cuando Fernando estaba en campaña.)

Fue un viaje de días, cansador y difícil, pero llegaron al fin al puesto de la estancia de los Allende Pazo, donde Osorio se había refugiado varias veces: una construcción precaria, apartada del puesto verdadero, que estaba cerca pero no se divisaba desde allí.

Dos días más tarde apareció Fernando con el resto de sus hombres, sin los Correa, que se habían vuelto a Santo Domingo.

Calandria, no bien lo vio, tiró el balde en que sacaba agua y corrió hacia él a los tropezones. Medina, que se había asomado a la puerta del rancho, los vio abrazarse fuerte, ella sollozando, él mudo. Vio que la rotunda nuez de Adán del hombre le bajaba y subía por el cuello. Vio cómo le dijo algo, tomándola del mentón, y cómo la besó mientras se estrechaban; ella reía y lo tranquilizaba: "Te mintieron, pavote, te mintieron; mirame si estoy bien...".

Eran una pareja hermosa —observó el abogado—; altos, sanos, fuertes, amén del contraste de ser ella morena y él tan rubio y quemado por el sol, con los ojos tan azules. Avergonzado de que lo sorprendieran espiándolos, Medina se retiró al fondo de la habitación. Oyó a los chicos gritar de alegría, a los perros propios y ajenos ladrar a un tiempo. Los hombres se saludaban con alegría, como si volvieran de una yerra y no de escapar y perseguir enemigos.

Pensó en la larga travesía que la pareja había hecho para encontrarse, y suspiró con admiración. Sacó después la caja en que cargaba los papeles, el juego de escritura, la almohadilla, el lacre. Decidió dejarlos disfrutar del reencuentro, así que tomó los documentos y los puso en orden.

Los hombres del puesto grande habían aparecido con algunos chivitos y un novillo; pronto la carne que se chamuscaba le hizo agua la boca.

Fernando entró, un gigante en una casa de muñecas en la que debía inclinar la cabeza a causa de la escasa altura del techo.

—Soy Fernando Osorio —se presentó. Se sentó en el suelo con una flexibilidad rara a su corpulencia y lo miró con detenimiento antes de preguntar: —¿Y quién es usted?

En segundos, ambos se habían aprobado. Lejos de la vista de los otros, se leyeron cartas, hablaron de la familia, se dieron noticias, estudiaron ítem, aceptaron regalos y por fin, sellada una simpatía reciente y llevada a cabo la tarea legal, firmaron los documentos pertinentes.

Apenas después del mediodía organizaron la fiesta. Llevaron unas vaquillonas y unos odres de vino —el abogado no entendía de dónde los habían sacado, pues no se veía un poblado cerca—, y al atardecer, como si hubieran puesto bando, vecinos de los confines del campo, viajeros, peones y hasta músicos se unieron al festejo, todos aparecidos de la nada, como respondiendo al llamado de un cuerno que sólo ellos oían.

Medina observó a Osorio, que bailaba y bebía, trenzado en conversaciones con los peones o los hombres a su mando. Alzaba por los aires a su hijo sin olvidar a los dos chicuelos "arrimados"; algo desinhibido por el vino, abrazaba a su mujer, la besaba en la mejilla o en el cuello.

Atraído por la personalidad de Fernando, en un momento Medina lo vio dirigirse a los restos de la vaquillona, sacar el cuchillo del refajo, sobre los riñones, y admiró el movimiento a la vez armonioso y eficaz con que lo retiró: era la perfección del experto. Mudo, miró la faca de cuarenta centímetros, reluciente la plata a la luz de las brasas, y se estremeció al imaginar que alguna vez debiera enfrentar a alguien tan experto en el manejo del acero. En la hoja distinguió una leyenda.

—¿Qué le hizo grabar? —quiso saber.

—"Lo mejor es el rigor." Ése es mi lema.

Después hablaron de la guerra.

Fernando pasó a contarle, muy a lo cordobés, algunas anécdotas que mezclaban la tragedia con el humor, lo ridículo con el drama. A su pesar, Medina tuvo que reír, aunque comprendió, por alguna expresión que le cruzó el rostro, que Osorio estaba preocupado.

Chañarito le comentó de sus andanzas por La Rioja, en la época de Quiroga.

—Había pueblos —le dijo— donde todos eran federales de yerba y azúcar.

—¿Cómo es eso? —se interesó Medina Aguirre.

—Que uno entraba y decía: "Desde hoy, todos los buenos federales recibirán al mes una bolsa de yerba y otra de azúcar, contribución del general Quiroga", o de Peñaloza, o del fraile Aldao, o de Brizuela, cualquiera que tuviera ascendiente en la región. Así que todo el pueblo juraba que era federal y se presentaba a recibirlas; después, cuando se efectuaban las levas, nadie podía chistar.

El cielo comenzaba a clarear. Descubrieron a Lienán roncando la borrachera, abrazado a un botijo de caña.

—El hombre más leal que he tenido a mis órdenes —afirmó Fernando—, el más capaz también, pero difícil de sujetar. Usted, que es santiagueño, quizá no sepa que ni sus mismos caciques pueden tener a los ranqueles disciplinados por mucho tiempo. Yo le debo la vida a Lienán, y él me debe la suya. Puedo asegurarle que moriría por defender a mi mujer y a mis hijos... —y señaló con la cabeza hacia un tala, bajo el cual dormía Calandria con Lucián y los huérfanos. —Esas dos criaturas no tienen a nadie más que a nosotros en el mundo —comentó.

Al amanecer sujetaron los caballos al coche y recogieron las cosas.

La despedida fue corta, aunque Medina rogaba que el viento fresco del amanecer despejara la borrachera del conductor.

—¿Va a volver a Santo Domingo? —preguntó Medina a Fernando.

—Por ahora no. Primero veré cómo nos acomodamos, y después iré a la ciudad, a visitar a los míos; hace mucho que no tengo noticias de ellos. Después, quizá me baje hacia el Tercero, para darle una ojeada a la estancia. Años que no sé qué pasa por Los Algarrobos...

Se estrecharon las manos y partieron. Medina, que miraba por la ventanilla trasera del coche, observó a aquel hombre alto, de chiripá y blusa de tela cruda, de rastra lujosa a la cintura y descalzo. La tarde anterior, Calandria le había recortado el pelo y la barba, porque no quería vérsela trenzada.

"¿Y qué irá a hacer con su compañera?", pensó Medina, curioso. Él había conversado con su hermana Inés y no le parecían personas —ni ella ni el marido— capaces de aceptar a la morena en la familia.

Les deseó suerte, pues comprendía que ambos sólo se tenían a sí mismos y a sus hijos en el mundo.

41

"Líbralos de las tinieblas"

"¿A quién podrá llamar la que hasta aquí ha venido/ si más lejos que
ella sólo fueron los muertos?"

–Gabriela Mistral,
"Desolación"

CÓRDOBA
PRINCIPIOS DE 1837

Para el mes de abril, todavía se le negaba a Clémentine De Bracy
reunirse con su hijo. La habían engañado los guardias a los que
había creído sobornar; se había sentado en los bancos de los corredores
dispuesta a introducirse hasta los calabozos; lo había llamado a gritos,
había presentado petitorios a los que ningún abogado quiso prestar las
fórmulas legales.

Aquellos papeles se habían convertido en el asombro de los que los
leían, pues el texto era indescifrable, las palabras, apenas comprensibles, y la finalidad, oscura.

Nadie se reía de los franceses —excepto los más ignorantes—, pues
la locura había terminado por conferirles el respeto que con tanto
empeño pretendieran.

Las criadas de Madame Clémentine comenzaron a asustarse ante el
estado de la señora. Sus cabellos desteñidos parecían un nido de
pájaros; muchas veces olvidaba sus afeites y era peor cuando se los
ponía, pues la piel, de pronto marcada por infinidad de arrugas,
quedaba convertida en una máscara grotesca.

Casi no comía; rechazaba plato tras plato, aunque luego la veían
atragantarse hasta el vómito con las frutas que quedaban en los árboles
del fondo de su casa.

Tenían que insistirle en que se quitara la ropa para lavarla,
insistirle —por un prurito de criadas formadas en antiguas familias—

para que les permitiera lavarle las manos y los pies... ¡habiendo sido tan aseada!, se asombraban. Sus ruedos, sucios de barro reseco, deshilachados, las avergonzaban; al seguirla por la calle, bajaban los ojos, molestas por llamar tanto la atención.

Varias veces, alarmadas por el absoluto silencio de sus habitaciones, la espiaron y la encontraron sentada ante aquel mueble, el secreter ("la mesa con tapa", lo llamaban ellas), con la vela encendida y las ventanas cerradas en pleno día; estudiaba papeles tras papeles y, olvidada de sus famosos impertinentes, la veían acercar la vista hasta pegar la cara a las hojas.

—¿Estará endemoniada?

—¿Por qué decís?

—Conviersa con alguien, y si me asomo, no hay nadies.

—Inorante habías sido. ¿No vis que está...? —Y el índice, girando a la altura de la sien, ilustraba mejor el pensamiento que cualquier palabra.

—No sé qué me da más miedo...

—Yo me voy. Ya le dije a don Fidel que iré a su casa por lo que quieran pagarme.

—¿Y qué me iré hacer yo? Mis tatitas están muy viejos... Después de todo, la madama me sigue pagando...

Por último, de la cantidad de criados que tenían, sólo quedaron dos: la mayordoma catalana y la muchachita que tenía a los padres enfermos, que era quien, con paciencia de buena persona, seguía acompañándola a cuanto peregrinaje se le ocurriera, pues la catalana se negaba a "pasar vergüenza" mientras se demoraba en la ciudad; quería encontrar una buena colocación, sin darse cuenta de que nadie, por haber llegado con los franceses, la tomaría.

Mientras el juicio seguía su curso, el doctor Gordon insistió en que De Bracy fuera sacado de los sótanos y llevado a una celda común.

—Está loco y ustedes deben tener leyes con respecto a situaciones semejantes.

—Éste es un país civilizado —contestó Casaravilla de mal modo—. ¿O será que me porfía con eso de que no respetamos los derechos del ciudadano?

—Nada más lejos, don Eusebio —intervino el padre Mateo, que intentaba poner paz entre el jefe de policía y el médico inglés, que en realidad no había querido ser ofensivo, sino más bien legalista—. El doctor Gordon sólo pide de usted un acto de clemencia.

—¿La tuvo el bastardo cuando mató a esas jóvenes, cazándolas en la noche como si fueran palomas?

—Esas jóvenes han pasado una experiencia aterradora, pero están vivas, don Eusebio —le recordó el médico, pues, a pesar de las evidencias, se hablaba de Laura y Consuelo como si estuvieran muertas.

—Lo que dijo Nuestro Señor —intervino el franciscano para poner paz— fue que debíamos tener paciencia y caridad con nuestros enemigos... ya que es muy fácil tenerlas con nuestros amigos.

Después de dejar sentados sus pareceres, Casaravilla, cansado de ver al capellán rondar su oficina con cara de interrogación, terminó por ceder.

Sacaron a De Bracy de la oscuridad, lo arrastraron por escaleras y corredores, lo llevaron hacia los corrales, donde hubo que desnudarlo y bañarlo; el sacerdote, compadecido, consiguió una tijera y le recortó el cabello y las uñas.

Para entonces Hubert se mostraba dócil y, aunque perdida la razón, a veces aparecía una chispa en el fondo de su inteligencia; el sacerdote había tratado de capturarla para darle la absolución, pues estaba seguro de que, por una mano o por otra, el joven iba a morir pronto.

Lo llevaron por fin al calabozo y lo sentaron en una silla, donde se mantuvo en una postura rígida, negándose a comer.

—Dejen que su madre se ocupe de él —insistió Gordon.

—No —replicó Pacheco—. Ya lo conversamos con el comisario. Cada vez que oye la voz de esa mujer se pone violento.

—Se tranquilizará al estar en la luz y sin grillos...

—Entonces veremos...

Al fin anunciaron a Clémentine que podría verlo y que le permitirían llevar lo que le pareciera necesario para la comodidad de su hijo.

Muy pronto estuvo ella de regreso; entró en la celda casi en puntas de pie, seguida por la última morena que le quedaba, que llevaba un bulto de ropas y una cesta con algo de vajilla. Las seguía un vago de la calle que cargaba al hombro la mejor alfombra de los De Bracy.

Pacheco, malhumorado, salió de su oficina jurando que aquello no era una casa galante, pero el padre Mateo lo detuvo; le puso una mano sobre el brazo y le recitó:

—"La misericordia es una virtud que nos mueve a compadecer las miserias ajenas y a remediarlas. Las obras corporales de misericordia son las que tienen por objeto las necesidades corporales del prójimo." Así dice el catecismo de Trento.

—Dígale entonces a Trento que corporalmente yo necesito una alfombra como ésa —contestó con desabrimiento el otro, pero terminó por permitir que se hiciera lo que quería el cura—. Total —continuó, con los codos en el escritorio—, tiene los días contados. Lo condenarán por asesino.

—Mejor sería que habláramos de "intento de asesinato" —corrigió el sacerdote con paciencia.

—No se moleste, que no ahorcaremos a un inocente. Si no es por esas jóvenes, pagará por crímenes que no le conocemos pero que sin duda ha cometido. Un asesino no nace de la mañana a la noche; empieza por matar a su perro.

Ajena a aquellas discusiones, Madame De Bracy besó a su hijo tomándolo de los brazos y empinándose para llegar a su mejilla. No pareció notar la transformación que se había operado en el joven; trinó en francés, se sentó con él en la cuja, le peló una manzana que él comió, obediente, cuando ella se lo sugirió. Hubert aceptó beber de su mano y permitió que entre ella y la criada lo vistieran con buenas ropas, le cepillaran el cabello y le calzaran los finos zapatos de cuero de Rusia.

—Mira, te traje la faja amarilla, la que tanto te gusta —le dijo Clémentine por último, como si lo consintiera con algo muy deseado.

Su hijo, por primera vez interesado, tomó la prenda en sus manos y la observó largamente; era de buen raso y parecía haber despertado en él algún recuerdo, pues la aferró, apretada contra el cuerpo, para que Clémentine, que quería dejarla doblada con las prendas recién traídas, no se la quitara.

—Es para que la uses en la audiencia; le darás al juez una buena impresión —le aseguró la madre, pero ni con este argumento consiguió que se la entregara. Por no ponerlo nervioso, desistió. —Pero no la arrugues, Bijou, que deseo que luzcas como lo que vales.

Se retiró del Cabildo feliz de haberlo visto "tan hermoso como siempre", y parloteó sobre los viajes que harían una vez que se libraran de aquel engorroso asunto.

"Él es hijo de un lord —presumía ante la morenita, que no entendía nada—. En algún momento se darán cuenta de su error y lo liberarán. Tendrán que pedirnos disculpas entonces..." Esto último le parecía poco probable a la muchacha, que jamás había sabido que un juez pidiera disculpas por nada. Su padre le había contado que el general Belgrano dijo una vez que en la nueva república un juez era más importante que un gobernador, o al menos eso había entendido ella.

Esa noche, el guardia que recorría los pasillos y se entretenía en conversar con los presos dijo a Pacheco —que lo interrogó antes de irse— que el loco estaba muy tranquilo sentado ante la mesa con el mantel que le había llevado su madre. Le habían servido la comida en el plato de porcelana, el agua en la copa de cristal.

—No le habrán puesto cuchillo, supongo.

—No, señor. La cuchara, no más.

—Bueno, espero que coma, o empezarán a decir los enemigos que lo estamos matando de hambre... —remató el superior con ironía.

Antes de la medianoche no se oía un sonido en la ciudad, como no fuera el canto ritual de los serenos y una campana que doblaba, triste y sola, por una misa a perpetuidad.

• • •

La ronda del alba encontró a De Bracy ahorcado con la faja color oro. Había llegado hasta una ventana alta, con rejas, para subir a la mesa que después pateó. El mantel, en el suelo, conservaba las huellas de los zapatos que le había calzado su madre; la porcelana y el cristal no se habían roto porque Clémentine había mandado cubrir el suelo con la alfombra, lo que evitó que se oyera caer la mesa y la vajilla, cosa que acaso habría salvado la vida de su hijo.

Pacheco gruñó después de hurgar en el mantel con la bota:

—Al menos tuvo su última cena.

Pero uno de los guardias recordaba haber corrido a un perro que huía furtivo de los calabozos con algo en la boca.

—Podríamos llamarlo a declarar —dijo Pacheco con sarcasmo—, porque seguro que los unitarios empezarán a chillar que hemos ajusticiado al santo sin la orden de Pilatos.

—Los ahorcados no son un espectáculo agradable —recapacitó el padre Mateo, que llegó de inmediato—, pero este infeliz tiene la marca del sosiego en el rostro... —porque parecía que De Bracy hubiera podido, por fin, exorcizar a sus demonios. —No pueden enterrarlo en lugar consagrado —dictaminó, compadecido, el franciscano. Se hizo la señal de la cruz y volvió a la capilla a continuar escuchando confesiones de pecados tan simples como haber bebido de más, haber fornicado con la cuñada, haber golpeado a la mujer o acuchillado al rival.

Clémentine llegó y se lanzó sobre el cuerpo; lo acunó en sus brazos y, patéticamente sola, con la última dignidad que ostentaría en vida, caminó más tarde hasta el hospital de San Roque y pidió a un fraile que aseara y preparara el cadáver de su hijo para velarlo. Depositó una cuantiosa suma en el limosnero e hizo saber que donaría otro tanto si quedaba conforme con el trabajo.

Luego volvió como sonámbula a su casa y en el silencio del abandono —la muchachita había huido, y la catalana, después de adueñarse de cuanto podía, buscaba dónde pasar la noche— comenzó a juntar en varios cofres las cosas más preciadas de ella y de su hijo. Como cada vez que los temores la conmovían, se sentó ante el secreter. Aquel día, después de retirar de él todos los documentos que les pertenecían, tomó una cinta roja, ya desteñida, y la miró con la más sabia sonrisa de sus últimos cincuenta años. Con ella ató los papeles.

—Bien sujetos están por ti —dijo en voz baja, y los depositó en una gran maleta de mano.

Luego, sin lástima, rasgó uno de sus más finos vestidos y lo hizo tiras, con la intención de proteger el delicado mueble con ellas. En un momento las piernas le fallaron y cayó de rodillas, sosteniéndose del mueble.

—¡Cuánto me has costado! —gimió, vencida.

Aquella noche, ya tarde, se presentó ante José Medina Aguirre y le encargó, pues el abogado no tuvo la crueldad de negarse, que vendiera todos sus bienes y le girara el dinero a Berna, a la dirección que consignaban los papeles que le entregó.

Luego volvió al Cabildo y pasó la noche velando a su hijo en uno de los corralones cubiertos, pues no le habían permitido hacerlo en la capilla. Los guardias la observaban cada tanto; alguien le había alcanzado una silla y de vez en cuando reaccionaba para entonar canciones de cuna con voz gangosa y arrastrada, en una lengua que los demás no entendían. Su rostro se había humanizado; nada recordaba a la extranjera que había llegado años antes con tal despliegue de lujo y soberbia que había molestado a unos y encandilado a otros. Ahora tenía el aspecto de una de aquellas mujeres que morían a fuerza de mala suerte y trajines, sin haber entendido nada de lo que les sucedía.

A la mañana reclamó el cuerpo. Quería llevárselo a Francia; él era su delirio.

En principio, las autoridades se negaron, pero Clémentine dijo que bien sabía que sus mismos guardianes lo habían asesinado, y que de eso se valían para negarle la sepultura en sagrado.

Como todos querían librarse de ambos, al otro día se le concedió el permiso para transportar el cuerpo, y ella y su macabra carga desaparecieron en la noche en que cayó la última lluvia de la estación.

Los vecinos, tras los visillos, la vieron partir en su coche y más de uno sacó hipócritas —o sentidas— conclusiones morales de lo sucedido a los De Bracy.

En un pequeño carro tirado por una mula iba el cajón, uno de esos olvidados ataúdes que habían hecho los artesanos locales para el año de los funerales de Quiroga.

En la ciudad, una turba orillera (no se supo si por verse privada del espectáculo de la horca o por resentimientos incomprensibles), al grito de "¡Asesino, asesino!" asaltó la casa mientras Medina Aguirre intentaba cumplir con las últimas disposiciones de Clémentine.

Entraron aullando, sacaron muebles y arrancaron cortinados, que quemaron en una pira. Las ropas y los libros alimentaron la hoguera.

La guardia se mostró remisa a poner orden, y cuando lo hizo —ante la insistencia del padre Mateo y de Medina Aguirre, que temían una explosión popular—, ya nada quedaba por salvar, excepto la tranquilidad pública. Lo que no habían quemado, lo habían robado.

Clémentine, en su coche, sin criada, con una mezquina escolta que el abogado había contratado con dificultad, continuaba su camino hacia el Paso de Ferreyra. Habían llegado los primeros fríos pero ella se abanicaba como si fuera enero. En cada parada abría el cajón y conversaba con su hijo. Luego subía al coche, apoyaba con gesto posesivo el brazo sobre el secreter que había envuelto con papeles y trapos, y canturreaba:

Llevémoslo lejos, bien lejos de aquí,
a la fuente de Odierne o aún más allá,
hasta la ciudad grande del gran Loquifer...

Su voz tenía una patética cualidad infantil.

(42)

Errores y aciertos

"Por medio de la conveniencia, de la constancia y de la moderación en todo cuanto se hace o se dice, resalta en la vida ese decoro que merece la aprobación de aquellos con quienes se vive."

–Lord Chesterfield,
Cartas a su hijo

CÓRDOBA
(CIUDAD Y SIERRAS)
PRINCIPIOS DE 1837

Desde que las jóvenes fueron atacadas por De Bracy, doña Mercedes se había atrincherado en el dormitorio y confirmaba su malestar con lavativas internas, consultas al doctor Pastor, ayes a medianoche y continuas novenas. Envidiaba a Adoración y Sagrario, pues, como solteras, no tenían que pedir autorización a nadie para internarse por un tiempo en el convento, y el solo pensar ella que debía hablar con Farrell para obtener el permiso la hacía desfallecer.

¿Y Francisca? Desde un principio habían tenido problemas por los De Bracy, ¡qué no sería ahora! ¡Y qué injusto que ella, queriendo tanto a Laura y a Consuelo, no pudiera asistirlas en la recuperación!

Don Teodomiro había tenido la gentileza de pasar a informarle que su sobrina estaba muy recuperada y que la de él iba camino a estarlo. Le dio ánimos, no hizo mención a nada desagradable y le prometió volver. Ojalá así fuera. ¡Se sentía tan sola sin sus hermanas, con escasas visitas, sin nadie a quien corresponder atenciones! Sólo las Núñez del Prado iban a verla, y a ella le avergonzaba salir a la calle, porque le parecía que la gente hablaba a sus espaldas.

Un día había mandado decir a la Casa de Huérfanas que no iría porque tenía vahídos. De allí le contestaron que se tomara su tiempo, que "por ahora no nos es necesaria tu presencia". ¿Alguien había visto cosa más brutal y desagradecida, siendo ella una de las principales sostenedoras, con trabajo, tiempo, afanes y dinero, del orfanato? Eso solo bastaría para que llorara por el resto de su vida...

Agradecía que Farrell continuara en Ascochinga, porque así podía deambular por la casa en bata y pantuflas, discutir con Ramona por unas nueces, escribir misivas a las del Signo para explicar cómo se había equivocado con "aquella gente", o hacer llamar al padre Ferdinando, que acudía, paciente, a veces acompañado por el sacristán. Se sentaban en la sala, sin descorrer las cortinas, y ella hacía servir chocolate, que tanto le gustaba a don Dominguito. En una de esas conversaciones fue que se enteró de que José María estaba decidido a profesar en La Merced, promesa hecha a la Candelaria si salvaba la vida de su hermana.

"Al menos él puede, con la santa medida, lavar la falta de haber traído a ese asesino a Córdoba. ¡Si Eduardo me diera la dispensa del contrato matrimonial, yo también sería aceptada como penitente y nunca más tendría que ver la cara de los que ahora me señalan!"

Su esposo debería permitirle, al menos, que entrara unos meses en las Teresas —donde estaba de novicia su sobrina Isabel, la hermana de Luz—, congregación a la que era devota. Pero temía enfrentar a Farrell; comenzaría a balbucear y terminaría sintiéndose más tonta de lo que era.

Desde la cama, donde reflexionaba sobre sus desdichas, oyó pasos y voces masculinas, además de arcones arrastrados y otros ruidos inquietantes. Tocó la campanilla con desesperación y preguntó a Joaquina qué era aquel bochinche.

—Que llegó el comandante, señora.

—¿Regresó con los cofres? —preguntó ella, sobresaltada.

—No, señora. Hizo subir los arcones del sótano y está vaciando el despacho, creo yo.

—Vete.

Pero antes de que Joaquina llegara al tercer patio la campanilla repicó con insistencia. La muchacha, después de protestar en voz baja, regresó al cuarto de la señora.

—Hazme una tila y tráemela urgente —le ordeñó doña Mercedes.

Mientras Joaquina se retiraba, la señora tomó en un puño la sábana y la apretó sobre su vientre; por un momento lúcida, comprendió que debía hablar con Farrell y acabar con aquella situación. Después de todo, era su marido. No tenía por qué temerle; no era un hombre violento, aunque sí sarcástico con ella. Reconocería sus errores, aguantaría sus pullas, soportaría que la culpara de lo ocurrido y, de una manera u otra, bien o mal, las cosas se solucionarían. "Antes yo no era así. Dios sabe que nunca fui sabia, pero desde que nos casamos he sentido que tiene el poder de atormentarme con sólo un gesto. Antes yo no era así...", repitió, angustiada.

Tomó la infusión de tilo e indicó la ropa con que se vestiría.

—Péiname bien. No quiero quedar ridícula —pidió con una voz que Joaquina no le conocía—. No importa cómo, pero que no se caiga.

Se miró al espejo y se vio como lo que siempre supo que era: una mujer sin belleza y sin gracia, que había recobrado la gravedad muy tarde.

Cuando Joaquina le abrió la puerta del despacho de su esposo, encontró que él y Camargo estaban vaciando la habitación. Camargo acomodaba libros en cofres, y Farrell, con los anteojos puestos, ordenaba papeles y documentos que colocaba en su caja-escritorio.

No vio en el rostro de su marido aquella expresión burlona que anticipaba la ironía. Era como si fuera "el otro", el hombre que hablaba con seriedad con los demás —nunca con ella—, el que trataba temas importantes con hombres importantes, ese al que en algún momento la Sala de Representantes había deseado nombrar gobernador.

Cuando se cruzaron sus miradas, Farrell dijo a Camargo:

—Sargento, vaya a ver si es posible que el zapatero me entregue las botas. —Una vez desaparecido el ayudante, continuó con lo que estaba haciendo.

—¿Se va de viaje? —preguntó Mercedes, sin considerar los protocolos.

—Sí.

—¿Adónde, si me lo quiere decir?

Farrell bebió de la copa de oporto que tenía sobre el escritorio y respondió con tranquilidad:

—Me voy a vivir a El Oratorio.

Ella se sostuvo del picaporte para que él no notara que las piernas le temblaban.

—Usted dice... ¿por un tiempo? —preguntó, incrédula.

—No. Para siempre.

—No es justo —le reprochó ella con un ahogo—. No creo merecer esto.

—Señora, en justicia, usted y yo nos merecemos algo peor que esto. Hemos sido dos imbéciles y hemos llevado nuestra vida como si fuera un circo: con atolondramiento de su parte, con extravagancia de la mía. Nos hemos hecho desgraciados y yo no la he respetado lo suficiente...

—Yo lo amaba cuando nos casamos.

—Mercedes, si usted me hubiera amado de verdad, yo no habría podido burlarme de usted. Habría respetado sus sentimientos, encontrado una forma para que al menos fuéramos amigos. Entre las culpas que me atribuyo, la que más me molesta es ésa: la de no haber sido amigos. Usted sólo me transmitió su tontería, su pacatería, su atolondramiento, y yo... no crea que me eximo... la indiferencia, el desdén y el cinismo. Fue un mal matrimonio y no hicimos el esfuerzo de enmendarlo. Creo que ya es suficiente. Le guardaré a usted el respeto y la consideración que le debo como a esposa. Puede usted hacer de sus bienes y los nuestros lo que le dé en gana. Yo sólo quiero El Oratorio, que me pertenece por herencia, y como criado, a Serafín, porque le tengo afecto. Sepa también que aceptaré cualquier imposición de parte suya... salvo la de vivir juntos.

Ella quiso decir varias cosas, ninguna ofensiva, casi todas sensatas, pero tantos años de haber asumido el papel de aturdida se lo impidieron.

—Desearía al menos tener noticias suyas. Cartas... algo para...

—Pierda cuidado. Vendré a la ciudad cada tanto y pararé aquí. Usted habrá de prepararme un cuarto aparte. Nos haremos ver juntos, asistiremos a misa y a cuanto acontecimiento corresponda. Ya basta de dar que hablar. Seamos juiciosos por lo que nos resta de vida. Le mandaré dinero por medio del doctor de la Mota porque, perdóneme, no confío en la administración de esta casa ni en la gente que usted ha elegido para llevarla... y que yo consentí por dejadez y hasta, ¡Dios me perdone!, por regocijarme en la inutilidad de usted. Si alguna vez necesita más dinero, o lo que yo pueda proveerle, sólo tendrá que mandarme un chasqui.

—Usted puede contar también con mi apoyo... si alguna vez le hace falta —repuso ella, al borde del llanto.

—Mercedes —respondió él con suavidad—, estoy seguro de contar con usted. Admiro su buen corazón y le envidio la caridad que tiene con sus enemigos y la entereza que muestra en los momentos críticos.

Eran los más bellos y sentidos elogios que ella había oído en su vida, y los primeros que oía en boca de él, a quien tanto había amado. No quiso hacer una escena, así que parpadeó, dio media vuelta y se dirigió a su pieza. Encendió los cirios del pequeño altar, cerró el cortinado detrás de ella, se sentó en el reclinatorio. Había tomado el rosario, pero no para rezar. Quedó en la penumbra en compañía de pérdidas y fracasos, de errores y aciertos; y tarde ya, con la amargura transformada en una resignada dulzura, oyó entrar a Joaquina en puntas de pie, respetuosa por una vez de su estado de ánimo.

—¿Se fue el comandante, Joaquina?

—Sí, señora... —dijo la chica, asomada entre las cortinas—, y no quiso comer ni tantito.

—No te preocupes; los hombres nunca mueren de hambre. Comerá algo en la posta, al salir de la ciudad. ¿Te fijaste si llevaba abrigo? Siempre se descuida, y es tan propenso a sufrir de la garganta...

—Llevaba puesto el poncho, señora.

—A ver, dame el brazo, que tengo las piernas entumecidas. ¿Hay noticias de La Antigua?

—Ahorita no más, no, pero esta siesta me dijo la Canela que llegó Nombre de Dios y dice que capaz se venga misia Francisca. Parece que la niña Laura no quiere volver a la ciudad, pero ya está bien y dicen que por fin se le nota la panza. Dicen también que don Fidel le ha mandado a la señorita Consuelo unas muletas muy buenas para que empiece a caminar. Y doña Josefa ya no sabe qué hacer para que le devuelvan la hija, pero don Teodomiro, como que es su hermano mayor, la ha rigoreado para que la deje en paz. Dicen, se saberá luego si es verdad, que la señorita Achával se va a quedar a vivir con la niña Laura, y que el mozo, su hermano, se mete no más a cura; ya fue un fin de semana con el padre Ferdinando y ahora se va por diez días. Yo creo que la Virgen de la Merced y la Virgen de la Candelaria se juntaron para vencer al Diablo, y por eso dicen las señoritas Núñez del Prado que si es una mujercita, la hija de la niña, deberían cristianarla como Mercedes de la Candelaria... y así, señora, llevaría también su nombre, ya que ella la quiere a usted tanto...

Doña Mercedes no tuvo un minuto para conmoverse, porque oyó a Ramona enredada en una de sus famosas trifulcas, en las cuales intervenían hasta los perros.

—Enciende el candelabro de la salita —dijo a Joaquina. Se alisó la pechera, guardó el rosario en el bolsillo, tironeó de sus mangas y caminó con firmeza hacia la habitación donde se trataban los temas domésticos. No sabía qué sería de ella al otro día, la semana que seguiría, el mes más tarde, pero ese día era su día de cordura.

—Dile a Ramona que venga y... Espera. —Lo pensó mejor. —Antes que nada, ve al Cabildo y dile a Pacheco que me mande un recluta, que tengo una ladrona en casa. Luego llamas a Ramona y le haces el atado con el guardia delante.

Ramona dejó la casa insultando a medio mundo y burlándose con obscenidad del resto. La condujeron al calabozo a punta de bayoneta, pues el guardia calculó que a esa distancia era difícil que le acertara uno de sus célebres salivazos. En su habitación se había encontrado una despensa muy nutrida, que ella convertía en dinero al venderla al menudeo entre sus amistades de "las oriyas". Al parecer, también se dedicaba a hacer amuletos y a pinchar muñecos.

—Por ladrona no es tanto, pero por bruja... —le dijeron sus compañeras de celda al oír al guardia contar los hallazgos. Aquellos puntos suspensivos la mantuvieron en silencio por varios días.

Así terminó el reinado de Ramona la Energúmena, como la había bautizado Farrell. Dionisia Osoria, la hija del liberto Mártires, tomó su lugar, con un poco de celos de algunas criadas aunque con el alivio de todas.

· · ·

413

Misia Francisquita, tranquilizada al ver a las jóvenes fuera de peligro —Laura lucía saludable y de buen color—, se sentía impaciente por volver a la ciudad. Su sobrina le había dicho que quería quedarse en Ascochinga, que el viaje podía ser malo para su amiga y que en Córdoba llamarían tanto la atención como "Don Gustavino, que se sentó en la cama cuando lo estaban amortajando, o como la parda aquella que pegó un grito cuando la tiraron a la fosa".

—Qué idea repugnante —se molestó la señora, crispando el rostro, pero comprendió que tenía razón—. Mira, sin embargo, que te vas acercando al parto...

—¿Qué mujer de nuestra familia ha necesitado médicos para dar a luz? —respondió la joven—. Paula es la mejor partera que conozco; le tengo tanta confianza como al doctor Pizarro.

—Acá me quedaré, perdiéndome la Semana Santa, el Corpus y todas las devociones de invierno —se lamentó la señora.

—Tía, todavía me falta. Puede ir y venir cinco veces, si quiere.

Laura dejó a la señora sacando cuentas y fue a buscar a Consuelo. El Sol entibiaba y el doctor Pizarro había aconsejado que se expusieran las heridas al aire.

Juanchita disponía un colchón cubierto con una tela delicada y Consuelo, acostada, iba descubriendo por partes las heridas. Su rostro no había sido tocado, ni sus manos; pero el pecho, los brazos, la espalda, estaban llenos de cicatrices.

—No se borrarán —decía a veces la muchacha tras un largo silencio, mientras Laura, con extremo cuidado, las cubría con un ungüento preparado por Cora.

—Lo que importa es que sanen. Dice Cora que los dolores desaparecerán con el té de madera de sauce...

—Ya me vino la regla, con esa pócima que me hizo tragar...

—¿Ves? Yo tenía períodos muy malos y ella me los calmaba con uno de sus cocidos...

—¿Es verdad...? —Consuelo vaciló. —...¿que después de que te casas... que tienes relaciones con tu esposo, se te van esos dolores?

—¿Y cómo quieres que sepa, si desde que estuve con Brandon nunca me vino el mes?

—Jamás me casaré —declaró amargamente la joven.

—¿Por qué dices semejante tontería? —la amonestó Laura.

—¿Qué hombre querría casarse con una mujer así lastimada? El doctor Pizarro no sabe si podré tener hijos.

—Si un hombre que conoce tu valía y lo que has sufrido te lo propone, supongo que no le molestará lo que ya debe de imaginar.

Consuelo volteó la cabeza.

—No quiero que me tengan lástima. —Ayudada por su amiga se

puso de pie y la observó trasladar el colchón hacia donde se había corrido el Sol.

—Todo pasará, Consuelo —dijo Laura—. No creo que la Madre de Dios te protegiera sólo para hacerte desgraciada.

—No será así, ¿verdad?

Tan convencida estaba Laura de que las sumas que mediaban entre el destino y Dios serían perfectas, que su amiga se adormeció hasta que debió envolverse en la sábana y entrar, pues la temperatura había bajado de manera notable.

Al caer el Sol, el frío las reunió en la sala, donde un gran calientapiés de cobre entibiaba el ambiente. Consuelo dormitaba en el sillón grande; la señora, rodeada de cirios, continuaba con su labor de encaje, y Laura se había sentado ante el diario de la casa, a anotar las recetas de Cora: "...20 gramos de sanguinaria hervidos en un litro de agua y mezclados con hojas de helechos (doradilla y culantrillo) evitan el atraso mensual y calman sus dolores...".

Para cuando cerraran las heridas, si quedaban carnosidades desagradables podía carbonizar corteza de ceibo —en la vieja fábrica de Caroya había varios— y aplicar el residuo sobre las llagas; las dejaba en carne viva, lo que ayudaba a cicatrizar con fomentos del mismo ceibo, que mataban la infección de cualquier lastimadura. Se hervían 40 gramos en un litro...

Laura se acariciaba el labio con la pluma, pensativa. Consuelo y ella estaban tomando la infusión del mburucuyá o pasionaria, que calmaba los estados nerviosos y provocaba buen sueño. Ella tomaba una taza antes de acostarse; Consuelo, cinco en el día. Cora le había explicado que, contrariamente a lo que producían otras adormideras, ésta no enviciaba ni causaba decaimiento al despertar. Se debían hervir tres gramos por cada taza grande...

La campana de la entrada, que anunciaba visitas, sobresaltó a las jóvenes: Consuelo se incorporó sobre la palma de la mano, la tez frágil como un lirio.

Misia Francisquita dijo con vez sosegada, como si no lo hubiera notado:

—Ése debe de ser Farrell.

Era Farrell, en efecto, en compañía de un joven. Después de anunciarlos, los criados los hicieron pasar a la sala. Consuelo se había sentado, aunque con las piernas todavía extendidas sobre el sillón y cubierta por la manta. No hubo tiempo de llevarla a su cuarto, como deseaba, sin que la vieran el comandante y su amigo, que esperaban en el corredor. Tomó entonces un libro e hizo como que leía. Laura cerró el diario; estaba limpiando la pluma en el momento en que los visitantes entraron.

—Eduardo —dijo misia Francisquita, al tiempo que extendía la mano que aún conservaba el dedil. Él se la besó con buen humor.

—Francisca, ¿conoce usted a Esteban Ocampo? Éste es el mayor de sus muchachos, Marcos Mateo...

—¿Y dónde dejó a Lucas? —preguntó la señora, en alusión a los evangelistas.

El joven le hizo una cortés reverencia.

—En el acta de bautismo, Madam —aclaró muy serio.

Ocampo era pálido sin parecer enfermo, grave de rostro y de ojos grandes, con el pelo muy corto, de un castaño oscuro. No usaba bigote ni barba y vestía para la ciudad más que para el campo, en contraste con Farrell, que, a pesar de los ajustados pantalones del ejército, las botas de caballería y los guantes de oficial, se abrigaba con un poncho y un pañuelo de lana al cuello.

No parecía hablador y sí arrepentido de haber seguido al comandante. Fue presentado a las jóvenes y, al dirigirse a Consuelo, que lo saludó a distancia para no tener que ofrecerle la mano, pareció vacilar. Laura vio cómo se le turbaba la expresión; en un segundo pasó de mostrarse seguro de su encanto, y hasta un tanto indiferente, a un estado de confusión.

"Tengo razón —pensó la joven con enojo—. La gente parece creer que hemos regresado de la tumba y siente curiosidad y rechazo por nosotras." ¿Tendrían que vivir por siempre con aquel estigma, después de lo que habían sufrido? "Que se vayan al diablo. Nos quedaremos en La Antigua, llevaremos el campo, nos apoyaremos. Yo no podré casarme de nuevo, y ella dice que no se casará nunca."

Apareció Serafín con las bebidas; el muchachito temía que Farrell quisiera llevarlo con él, pues, aunque le resultaba difícil encontrarse con Juanchita, no perdía las esperanzas de burlar a todas las mujeres que cuidaban de su mustia virtud.

—Te has aquerenciado en La Antigua —lo inquietó el comandante—. Y justo ahora que venía a llevarte...

La cara del muchacho y las señas rogando piedad a espaldas de la señora expresaron su desesperación.

Farrell rebuscó en su chaqueta y sacó un sobre que entregó a misia Francisquita.

—Carta para usted. De Sebastián o Edmundo, porque el sello es de Francia.

La señora la recibió y la guardó en la cesta de labores, muy dispuesta a dejar la lectura para cuando estuviera a solas.

—Pero, tía, yo quería saber...

—Laura, la curiosidad mató al gato —le contestó. Se volvió hacia Farrell: —Eduardo, ¿no queréis cenar con nosotras? Algo liviano será, ya ves cómo estamos las tres: Laura esperando, Consuelo convaleciente y yo con mis años, a pesar de lo joven que parezco... —se burló de sí misma.

—En la mesa de los amigos, un mendrugo es un banquete —repuso Farrell, y arrojó a Serafín el poncho, el pañuelo y los guantes, además del sobretodo de Ocampo.

Laura lo miró a hurtadillas. Estaba más apuesto que nunca. Un buen barbero le había recortado melena y barba y su coleta ostentaba una impecable cinta verde oscura en vez de aquella raída que solía llevar. Se había puesto sus buenas ropas, y su calzado brillaba. Parecía un festejante deseando impresionar y Laura sintió añoranza de lo que no podría ser.

Y que más tarde, durante la cena, en la expresión de él —un gesto fugaz, una breve sonrisa— comprendió que ya había decidido el cariz que, de allí en adelante, tendrían sus relaciones. Sintió como si la hubiera puesto en pie de igualdad con él: eran dos adultos que se tenían afecto; nunca más el hombre mayor, protector, afectuoso, y la chiquilla algo imprudente que terminaba apretándose a su pecho. "Esto es como el acta de mi mayoría de edad —pensó Laura—. A partir de hoy tendré que vivir sin papá, sin Edmundo, sin Brandon, sin él... Sólo yo, responsable de todos mis yerros. Él ya no será 'tío Eduardo' o 'padrino', y si alguna vez vuelvo a lanzarme a sus brazos, tendré que afrontar lo que resulte de eso." Inapetente, revolvió la comida en el plato; habría preferido no crecer.

La cena fue incómoda, pues Laura se mantuvo callada y Ocampo casi no habló; observaba —cuando creía que nadie lo notaba— a Consuelo, que permanecía encerrada en sí misma: no quiso sentarse a la mesa y apenas aceptó un caldo.

Farrell y misia Francisquita, en tanto, se contaban noticias de la familia, chismes políticos y las últimas murmuraciones.

—¿A que no sabe con quién se casa la viuda de Orduña?

—¿Casarse? ¡Pero si aún no se cumplió el aniversario!

—Bueno, supongo que esperarán al año.

—¿Y dónde habrá andado esa inquieta para conseguirse otro marido en tiempo de duelo?

—Puedo asegurarle que no salió de su casa.

—¿Algún amigo de su esposo?

—Frío, frío.

—¿Algún pariente?

—Tibio, tibio.

—¿No será su cuñado Pablo? Siempre me pareció que la miraba de más.

—Nones. Es más joven y...

—¿Más joven aún? ¡Pero si Pablo es menor que Angelita...!

—Le doy un dato: nació rengo y el año pasado estuvo internado para fraile en los dominicos.

—Pero... ¡ése es el hijastro, el hijo menor del marido! Eduardo, ¿te burlas de mí? ¡Ella tiene más de treinta y cinco, y no creo que Dardo tenga los veintidós!

—El amor es ciego —ironizó Farrell.

—Tendrán que pedir las dispensas...

—Hace cuatro meses que las han pedido...

—¡Dios Santo! ¡Pobre Orduña, las cosas que dirá la gente! Menos mal que está bajo tierra. Angelita y Dardo tendrán que irse de la ciudad...

—Qué va. Pondrán casa nueva, con muebles nuevos y cortinas rojas... como que son federales.

Al ver la atención de los jóvenes pendiente de ellos, misia Francisquita se alzó de hombros.

—¿Vamos a ser más papistas que Pedro? Veo que piensan llevar la boda a lo príncipe, así que estas querubinas habrán de enterarse. Mejor que lo sepan por nosotros...

Laura soltó la carcajada que venía conteniendo y hasta Consuelo esbozó una sonrisa. El joven Ocampo, escandalizado, cambió de tema preguntando cuándo pensaban regresar a la ciudad.

—Yo, muy pronto, aunque sea por diez días. Mis sobrinas piensan quedarse en Ascochinga por más tiempo —respondió Misia Francisquita—. ¿Y usted?

—Permaneceré aquí por dos meses, al menos —dijo el muchacho.

Cuando se retiraban, Ocampo, de dos trancos, se acercó a Consuelo, que se vio obligada a concederle la mano para que se la besara.

—Espero que se mejore pronto, señorita —dijo él, sacando (pensó Laura) fuerza de su crianza; luego siguió a Farrell, que recibía del moreno los abrigos. Poco después, Serafín trababa los cerrojos de las grandes puertas de entrada. Aquel ruido seguía amedrentando a Consuelo, aunque sabía que De Bracy estaba muerto.

Mientras se retiraban a los dormitorios, Laura insistió a su tía para que le leyera la carta, pero la señora le cerró la puerta —y con pasador— en la cara.

Ya acomodada sobre seis almohadas, misia Francisquita se colocó los anteojos y rasgó el lacre; estaba fechada casi cuatro meses atrás. "Tarde ha llegado", dijo al comenzar a leer. Dudaba de que aquellas páginas pudieran sorprenderla.

43

En vano llega mayo

"Siempre me arrancan lágrimas
aquellos que nos dejan,
pero más me lastiman y me llenan de pena
los que a volver se niegan."

–Rosalía de Castro,
"¡Volved!"

ASCOCHINGA
MEDIADOS DE 1837

Laura se había alejado de la casa buscando diente de león, que era bueno para purificar la sangre, cuando vio venir a un jinete a campo traviesa. Tenía la figura del caballista, elegante y armoniosa al plegarse a los movimientos del animal, un caballo grande y robusto, cuya cola, así como las crines, se movían con suavidad al galope corto.

El hombre se acercó y desmontó. Laura tuvo la confusa impresión de conocerlo (¿cómo podía haber olvidado a un hombre tan rubio, tan alto, tan apuesto?). De pronto él, que se acercaba con las riendas en la mano, se detuvo y, tras mirarle el vientre, exclamó:

—¡Por los huesos de Cristo, Lali! ¿Quién te ha preñado?

—¿Payo?

Fernando Osorio abrió los brazos y Laura corrió, riendo a carcajadas, hacia él, que la abrazó con fuerza.

—¡Ah, primita, qué bonita que estás! ¡Qué linda... y esperando un hijo!

Se besaron efusivamente y él confesó:

—Temí encontrarte mal. ¿Cómo está Consuelo?

—¿Entonces, te enteraste?

—Inés me avisó. Por eso vine. —Con el rostro endurecido, la tomó de los hombros. —¿Dónde está ese malnacido?

—Muerto. Se ahorcó en la cárcel. Yo no estuve tan mal. Consuelo, en cambio...

—Ya supe que llevó la peor parte. ¿Y cómo es que te has casado con un gringo?

—Bueno... sucedió —dijo ella, ruborizada—. Ha ido a Escocia a... arreglar unas cuestiones de trabajo.

—¿Por qué tú y Luz no eligieron a un muchacho de nuestras familias? —protestó Fernando, al tiempo que entregaba el caballo al viejo Eleuterio, que se deshacía en saludos.

Misia Francisquita, que daba su paseo alrededor del patio acompañada por Fe, se sobresaltó al ver entrar a Laura con un hombre que le pasaba el brazo por los hombros.

—¿Con quién viene esa desatada? —se indignó. —¿Nadie le habrá advertido que no debe...?

—Pero si es el mozo Fernando, señora —lo reconoció la morena.

—No puede ser. —Manoteó los anteojos que le colgaban sobre el pecho y se los puso con gesto apresurado. —Pero si es de no creer. El mismo Payo, presentándose como si fuera ayer que nos vimos.

—Tía Francisca —saludó Fernando con algo de cortedad.

La señora le dio con el bastón en las piernas. Al ver el respingo de él, afirmó:

—Alguien tenía que dártelo, por olvidadizo y desamorado. —Luego se abrazaron un buen rato. —Vienes de lejos, seguro. ¿Tienes hambre? ¿Qué quieres tomar?

—Café. No consigo por donde vivo.

Laura había corrido a contarle a Consuelo, que preguntó:

—¿Y dónde la habrá dejado a "ella"?

—No muy lejos, con seguridad. —Mientras lo espiaban a través de la cortina agregó: —Dicen que la quiere muchísimo, que prefiere perder todo antes que dejarla, que por eso vive como matrero...

—Que la quiere, no lo dudo —dijo Consuelo—. Pero si vive así, es porque es más indio que cristiano.

—¿Cómo puedes decir eso de Fernando?

—Tú viste a Farrell anoche. ¿Crees que tu primo es de la misma especie?

—Lees demasiado —se burló Laura, mientras se sujetaba el pelo con una cinta.

Tía y sobrino se sentaron en la parte soleada de la galería, en tanto que Fe corría a preparar el café y a contar que había llegado el hijo del difunto don Carlos; el nombre de Calandria se transmitía en las miradas, pues Paula tenía prohibida toda alusión a la mulata.

—Me llegaré a Los Algarrobos a ver cómo anda el campo. Después seguiré hacia Buenos Aires —comentaba Fernando a su tía.

—Imagino que irás a ver a Luz...

—Ni dudarlo, aunque tenga que soportar al presumido del gringo...

—¿Sabes que ya tiene dos hijos, Tristán y Amanda?

—Algo oí.

—Qué raro sistema de correos usan por tus lados.

—No es peor que el suyo, aunque el mío es gratis —se burló Fernando.

—Y ya sé que tienes un hijo.

Él calló mientras bebía el café con lentitud.

—Con quién te habrás casado, que no quieres decirlo...

—Tía —dijo Fernando con firmeza—, no hablaré de mi mujer ni de mi hijo. Todo lo que puedo decirle es que Lucián es sano, hermoso y que tiene los ojos azules de mi padre. —Y cambió bruscamente de tema: —¿Es verdad que Laura piensa quedarse a vivir en La Antigua?

—Así dice, y es más tozuda que tu hermana. A mí me da miedo que se queden por acá, tan solas.

—Si hay peligro, la ciudad tampoco es protección. Ya ve usted lo que pasó con mi padre y el pobre Simón Viejo.

—Por suerte, ahora todo está tranquilo. Rosas ya tiene sus presos y aquí no hay quien se atreva con Quebracho...

—Pero ya comenzaron las sediciones. ¿Acaso no se enteró de que Benito Otero fue desterrado a La Rioja por estar implicado en una? Ha tenido que pagar dos mil pesos para que le vuelvan a dar el crédito de ser "federal neto". ¿Y qué me dice de los catedráticos que fueron expulsados de sus cargos y desterrados por no ser adeptos al gobierno?

—Tienes razón; eso creó mucho malestar en la universidad... —reconoció la señora.

—¿Y los problemas con el Cabildo Diocesano? Quebracho debe nombrar al sucesor del obispo, y ya rechazó a Martiarena, al deán Zabaleta y no sé a cuántos más, porque no son buenos "colorados". Creo que se quedará con López Cobo, pero puedo asegurarle, tía, que el gobernador perseguirá al clero que no responda a sus exigencias. Y cuando se meta con el clero, empezará, como Rivadavia, como los Reynafé, a tener problemas con la Iglesia y mucha gente se sentirá desagradada; le morderán los garrones cada vez que puedan, se acabará la paz y, de ahí en adelante, cualquier cosa puede suceder.

—Pero, ¿no son ahora todos federales? A los unitarios no les queda nadie. Paz está preso; La Madrid... no sé dónde anda. Y Lavalle, ni se hace ver... ¿Qué puede...?

—Lavalle va a aparecer. Tiene vocación de héroe y la presión que hacen sobre él los unitarios y los exiliados terminará por devolverlo a la lucha. Y en cuanto se ponga en marcha, va a arder el país, aunque no creo que llegue a imponerse, ya que siempre le faltó el toque de Paz, por suerte para nosotros, y la astucia de Rosas. —Después agregó: —El Zarco Brizuela y el Chacho Peñaloza me han pedido que vaya a Buenos Aires a entrevistarme con el general Pacheco. Debo asegurar a Rosas que las provincias del oeste se quedarán quietas siempre que nos dejen tranquilos.

—Espero que te vaya bien, porque si no, será la eterna historia de Córdoba: para llegar a ustedes, antes deben pasar sobre nosotros. ¿Y ya has decidido dónde vas a vivir?

—Por los Terceros, supongo.

—¿En Los Algarrobos?

—No en la casa. Había pensado en el Puesto Encerrado, ¿recuerda usted?, donde cuidaban los Cepeda. Ahí seríamos unos cuantos para defendernos, porque mi lugarteniente es del sur del río Cuarto.

—Sí, de las tolderías. Ya me han dicho que tienes un infiel de ayudante.

—Lienán es bautizado.

—Bueno, si muere matando cristianos, al menos podrá irse al purgatorio...

—Como mi abuelo después de haber exterminado una toldería entera...

—No te pongas quisquilloso; es la ley del desierto. Y de Inés y de Luis, ¿qué sabes?

—Siempre les doy una vuelta. No hallo qué hacer con ésos; Allende está muy enfermo y no se me ocurre a dónde podría llevarlos.

—¿Y por qué no a la casa de Córdoba? Ese tonto de Luis debería dejar de lado...

—No lo llame así, tía. Si usted lo hubiera visto pelear como lo he visto yo, lo respetaría. Además, mi hermana lo quiere mucho y él es un buen padre. Por otro lado... —Iba a decir: "sigue siempre melindroso y abombado", pero prefirió no empañar la imagen de su cuñado, consciente de que mucho de aquello se le achacaba por ser unitario. —Es buena idea que se vayan a Córdoba. Si Farrell los convenciera...

—No creo que Luis quiera abandonar la tierra. Pero, en fin, lo conversaré con Eduardo. ¿Y qué me dices de tu abuela, que cree que estás muerto y no se lo queremos decir?

—Entro en la ciudad y me presento a verla, de veras —aseguró, y se besó los dedos en cruz.

Misia Francisquita lo tocó de nuevo con el bastón.

—Vamos, que eres grande para irreverencias.

—Usted me hace sentir chico de nuevo... —Se justificó él, que se puso de pie al ver acercarse a las dos jóvenes.

Un sentimiento de conmiseración, que disimuló, lo sacudió al ver a Consuelo. No se podía decir que hubiera perdido la belleza, pero se la veía débil, delgada, la piel del rostro casi pegada a los huesos, los ojos y los labios febriles. Caminaba sosteniéndose en las muletas y al acercarse a saludarla Fernando vio su hermoso cabello negro estriado de hebras blancas. Emocionado, la abrazó.

—Estás hecha una mujer, Chelo —le dijo—. Ya no parecés una laucha —y con eso la hizo reír.

Al atardecer llegó otra vez Farrell acompañado por Ocampo; después de un rato, él y Fernando se fueron hasta el tajamar, pues deseaban hablar a solas.

Ocampo, tan incómodo como las veces anteriores, se quedó sentado entre misia Francisquita y Laura. Advertida a tiempo, Consuelo había conseguido retirarse a su dormitorio.

Él preguntó brevemente por la salud de la joven y luego permaneció en tan obstinado silencio que la señora, molesta, le comentó a su sobrina:

—Creo que te vendría bien una caminata, Laurita. Ocampo, acompáñela. Puedes mostrarle la capilla, querida.

Laura se puso de pie y Ocampo la ayudó con el manto, pues afuera estaba fresco.

—Si a usted no le molesta, prefiero caminar por el campo —le hizo saber el joven al tomar distancia del oído de la señora.

Sin una palabra se dirigieron a la huerta.

—Vaya, quedan algunas frutas —se asombró el joven.

Laura se acercó a un peral y trepó sobre el banquito que usaban los niños para subir a los árboles.

—No haga eso —la regañó él—. En su estado, es una imprudencia. Le alcanzaré la que quiera.

Laura se sintió tentada de pedirle, con tan elegante traje, que cortara las más altas, pero se reprimió. Él tomó varias y se sentaron en la pirca de piedra; hacía un frío agradable que ponía color en la cara de Laura, tostada por el Sol, y más en la de él, tan blanca.

Laura había pensado que Ocampo rehusaría comer, pero sacó un pequeño cortaplumas y peló primero una para ella y después otra para sí mismo.

—Son muy dulces —se admiró. Ante la sonrisa burlona de ella, comentó: —Hace años que no venía por Ascochinga. Vivía en Buenos Aires, no sé si usted sabe. —Incómodo, reconoció: —Tendré que conseguirme otra ropa. Ésta no es apropiada para el campo.

Saber que no se vestía tan atildadamente por gusto, sino por necesidad, reconcilió a la joven con él.

Al entregarle la segunda fruta, Ocampo dijo con naturalidad:

—Es extraordinario lo bien que se la ve a usted.

—Tener hijos parece ser el estado natural de las mujeres —repuso ella.

—No. Me refiero a lo que tuvo que sufrir. Pérdoneme. —Se limpió las manos con el pañuelo. Pero si no hablamos de esto va a ser una molestia todo el tiempo, así que mejor lo tratamos ahora. No crea que quiero que me cuente algo; no es eso. Sólo deseo que no sea un tema prohibido, o nunca podremos ser amigos. ¿Cree usted que la señorita Achával se recuperará?

—Sí, pero muy lentamente.

—Es una pena, siendo tan joven...

—Y usted, ¿qué hacía en Buenos Aires? —lo interrumpió ella.

—Estudiaba y trabajaba en el bufete de uno de mis tíos.

—¿Y no le convenía quedarse con él?

—Sí, pero mi padre me ordenó volver.

—Seguro que su madre lo extrañaba...

—No fue por eso. — Miró hacia el fondo de la huerta. —Es mejor que se lo diga, a que después lo oiga en Córdoba: me enamoré de una mujer casada. —Calló, esperando que Laura se pusiera de pie y lo abandonara en el crepúsculo de la huerta, entre los árboles de hojas mustias.

—Y ella, ¿le correspondía? —preguntó Laura, interesada.

—Sí, me amaba. También a ella la obligaron a dejar Buenos Aires. Era la esposa de un diplomático brasileño. Tuvo que regresar a la corte del emperador con el marido, que parecía el menos afectado de todos. Además, le valió un ascenso, puesto que lo mandaron a América del Norte.

—¿Era muy bella?

—No, pero sí encantadora. Tenía unos años más que yo —confesó con algo de cortedad.

—¿Cuántos? —quiso saber Laura, fascinada con la historia.

—Mmm... doce.

—Marcos, me parece que me miente.

—Quince... si ella decía la verdad.

—¿Y sufre usted mucho?

—A veces lamento no haber escapado con ella a Europa. Pero verá; pronto se habrían acabado mis reservas, mi padre me habría dejado sin un céntimo y yo no me creo capaz de ser mantenido por una mujer.

—¿Y el estado de pecado?

Él pareció buscar en su mente qué significaba aquello.

—Los hombres no estamos muy pendientes de eso. No creo que la conciencia me hubiera molestado.

En aquel momento, la voz chillona de Juanchita los llamó a rosario. Regresaron, y Ocampo preguntó:

—¿Cree usted que podré visitarlas aun después de que se vaya su tía?

—Siempre que venga a horas prudentes.

—Por supuesto.

Él le ofreció el brazo y Laura lo aceptó; al acercarse a la casa, donde Misia Francisquita podía verlos, ambos continuaron separadamente.

—Esta hora me agobia —reconoció Ocampo.

—A mí me dan ganas de llorar. —Como él ignoraba su historia, admitió con la voz tomada: —Extraño mucho a mi esposo.

Esa noche se preguntó: "¿Por qué dije eso? En realidad, estoy furiosa con él. No me importa si viene o no".

A la mañana siguiente Fernando partió a encontrarse con sus hombres, que lo esperaban en Carreta Quemada. Llevaba noticias para Luz.

Empecinada en saber qué decía la carta de Sebastián, pues sospechaba que podía contener noticias sobre Robertson, Laura aprovechó un día de visitas y se metió en el dormitorio de su tía, donde la buscó hasta dar con ella. La escondió en el corpiño, subió al campanario y, sentada en el suelo, oculta de los de abajo, la desplegó. Leyó con interés cuanto comentaba su primo: el cinismo del gran mundo que frecuentaban y los artículos políticos de Edmundo, que aparecían en los periódicos del liberalismo, en especial en América del Norte, adonde lo habían invitado a dar unas conferencias. "Es posible que yo lo acompañe —decía Sebastián—. Desearía conocer Boston y Nueva Orleáns. He sabido que en las tierras sin colonizar viven grandes animales salvajes: búfalos, pumas, osos, lobos. Dicen que los indígenas son singularmente hermosos, y sus atuendos, coloridos y trabajados. Desearía pintarlos, pero me he enterado de que son hostiles al hombre blanco..."

Laura pasó a la segunda hoja. "Acá está", se dijo.

Con respecto a lo que usted me pidió, le diré que hubiese sido de necesidad que se enterara usted cuanto antes sobre esa gente. Son impostores, por supuesto. Ése no es su apellido. Han suplantado (mejor diré que ella ha suplantado) la identidad de una de sus víctimas. Para la Revolución Francesa, entregó a los tribunales populares a mucha gente, sin distinguir edad, condición social ni riqueza, y se quedó con los bienes y los fondos (fueran misérrimos o caudalosos) de aquellos a quienes ella misma había mandado encarcelar. Me aseguran que solía entrar en la cárcel y, fingiendo ser una samaritana, hablaba con los que esperaban casi con seguridad la guillotina, y se ofrecía a comprar la buena voluntad de los funcionarios que dirigían la prisión, de los guardias, de los jueces, de los carreteros que llevaban las víctimas al cadalso. Muchas de esas personas habían guardado dinero, joyas o documentos valiosos al verse amenazadas, y esta mujer era tan convincente que los condenados le revelaban los escondites, a veces para salvar a una jovencita, a un anciano. Armaba tan bien la trampa, en connivencia con los sayones de la prisión, que más de uno moría agradeciéndole que hubiera salvado al ser amado.

"¿Qué hacía con los presuntos rescatados? A veces conseguía (pues repartía el dinero con los que podían secundarla) que los ejecutaran en otro pueblo. Si se trataba de jovencitas, las vendía para prostíbulos clandestinos, que se multiplicaron por entonces. A veces cobraba a revolucionarios fanáticos para entregarles a alguien: así hizo con su antiguo amante, Hubert De Bracy, un noble de vieja data, que había conseguido huir a Inglaterra. Le hizo saber que sus padres y su hermana estaban en espera de ser decapitados. Lo convenció luego de que había gente que trabajaba calladamente para poner a salvo a muchos, y sólo sería necesaria su presencia y su colaboración para sacarlos del país. Y dinero, por supuesto, porque los carceleros no mirarían para otro lado en vano. Así cayó el joven, y fue guillotinado con toda la familia. Ella se quedó con gran parte de la riqueza que el hombre traía de Inglaterra para pagar la evasión. Ya ve, tía, el perverso sistema que empleaba: cobraba a los verdugos por entregarles víctimas, y también cobraba a las víctimas, haciéndoles creer que ponía a salvo a alguno de los suyos.

"Más adelante, ya con un buen capital, se fue a vivir a Londres; entró en el Reino, ¿puede usted creerlo?, como Clémentine De Bracy, el nombre de la hermana de su protector. Pero éstos tenían parientes en Inglaterra (los Howard y los Raffles, que pertenecían y pertenecen a familias de la nobleza) y a causa de un desafortunado (para ella) intento de contraer matrimonio con un anciano aristócrata, se descubrió todo y fue expulsada, con la prohibición de volver a pisar suelo inglés. Su hijo recién nacido fue reconocido por el baronet, de quien les viene el dinero, sumado a su sangriento capital. Por una razón u otra, ella optó por el apellido francés y, aunque no fue bautizado con él, dio al hijo el nombre de su amante: Hubert. Esta terrible historia es más trágica cuando uno piensa, quizá no en los nobles que entregó (pues, ya que era de muy bajo origen, podía considerarlos sus enemigos), sino en los artesanos, los pequeños comerciantes, sus vecinos. Aunque parezca mentira, todavía hay gente que la busca para saldar tan viejos crímenes..."

Las manos de Laura temblaron. "Es demasiado espantoso. Esto es..." Sacudida por escalofríos, golpeó la frente contra las rodillas. "Está muerto, él está muerto, y ella, loca... No volveremos a verlos. ¡Ya no pueden dañarnos! ¡Ah, pobre tía Mercedes, cómo sufrirá por esto!"

Casi con temor levantó las hojas del suelo y terminó la carta. No contenía noticias sobre Robertson.

Impresionada por la historia de los De Bracy, decepcionada porque ni una línea aludía a su esposo, devolvió la carta sustraída y salió de la casa deseosa de olvidar el talento para la perversidad de que es capaz el hombre.

Tomó hacia una loma que nacía en la última terraza de la huerta y ascendió por una cuesta pedregosa: el camino de sus excursiones infantiles con Luz y Edmundo, a veces guiados por Fernando y acompañados por alguna niñera. Era una ladera abrupta y boscosa, y el camino muy pronto se convertía en sendero, desdibujándose a medida que ascendía. Se detuvo en un balcón natural que caía, a la derecha, hacia una profunda garganta, y reanudó la marcha después de elegir la senda menos escarpada. Arriba, el viento soplaba con mayor fuerza y los matorrales se mecían como si fueran olas.

Laura sintió que, no obstante la pesadez de su estado, contaba con fuerzas para trepar, aunque tuviera que tomarse de las matas, salvar algún peñasco, liberar su ropa de espinas o ramas. Si hubiera dado un grito, la quebrada que se abría cada vez más abajo habría llevado su voz hasta muy lejos; en caso de no querer ser encontrado, era preferible permanecer en silencio. Se detuvo un momento, apoyándose en una piedra cubierta de musgo, y se volvió a observar la grandiosidad deshabitada de la montaña. Cora le había dicho que aquél era el antiguo Camino de los Comechingones, y que un día los españoles descubrieron el paso y cayeron sobre su pueblo. "No dejaron a nadie vivo, salvo a mujeres y criaturas que llevaron en cautiverio. Los pasaron a todos a cuchillo seco y espada...", le había contado, y ella no se atrevió a preguntar qué era eso de "cuchillo seco", porque Cora hablaba como si, a pesar de los siglos transcurridos, hubiera presenciado la matanza.

Atraída por el despeñadero, miró hacia abajo, donde nubes blancas se deshacían en las ramas de espinillos y aromos; un poco mareada, se apartó del borde. Respiró hondo y contempló las copas oscuras y perennes de los molles que se entremezclaban con las más claras de unos árboles de redondas espinas de madera en el tronco, al que llamaban "coco". Sus hojas, según le había dicho Robertson, se parecían a los bordes de helechos de la campiña inglesa. Las sierras eran altas y se sucedían en hileras apretadas, aunque podía distinguir las grandes piedras que surgían de la tierra y les daban una coloración distinta, unas con espejos de mica y otras casi plateadas de líquenes. Gran variedad de helechos nacían entre sus resquicios, lánguidos y brillantes de humedad. La lechosa neblina estancada en los valles minúsculos ponía un toque misterioso en el día nublado, haciendo que todo pareciera menos real, como si los sucesos, las muertes, las pasiones, la demencia, la maldad, pertenecieran a un territorio legendario.

Al levantar la vista, mientras trataba de calcular cuánto le faltaba para llegar a la cumbre, distinguió, entre la vegetación, una cruz. Se fijó con atención y más abajo vio tres escalones de piedra: "Fe, esperanza y caridad", le había dicho el padre Ferdinando, "para llegar a Nuestro Señor". Si se ignoraba su emplazamiento, podía pasarse a su lado sin distinguirlos.

Alcanzó la cima y, sobre una base de argamasa y piedra, dio con la cruz de hierro que dominaba la elevación. Llegó hasta ella trepando sobre manos y pies y se sentó en el mojón. Una enredadera de campanillas violetas y enormes hojas de corazón se había ceñido al hierro, las corolas abiertas para recibir la llovizna: frágiles y al mismo tiempo capaces de resistir el aire que castigaba desde el sur. Y a través del cansancio y del universo agreste que la rodeaba, Laura consiguió atenuar el malestar que le había dejado la carta de Sebastián, aunque no la añoranza de la presencia de Robertson, que el lugar parecía avivar. "Pero nunca vinimos aquí...", se desconcertó. ¿Y si él volvía, si de verdad volvía porque la amaba, qué actitud tomaría ella? Y si no regresaba, ¿debía quedarse sola, sin amar a nadie, hasta el día de su muerte, sin saber si era casada o viuda? Pensó en Farrell y espantó la idea. Primero tendría su hijo; después pensaría en... ¿Había algo en qué pensar?, se preguntó con inquietud.

A su alrededor se mezclaban el seco rechinar del hierro —que el viento de un siglo y medio había aflojado de su enclave—, el quejido de la madera de los grandes árboles, el silbido persistente del aire por los bordes de la cumbre... De pronto, dominando los sonidos reconocibles, se oyó un grito que la paralizó; parecía provenir de las sierras de la izquierda, montado en la neblina, azuzado por las ráfagas. Fue como si al deshacerse chocara sobre su pecho y la obligara a ponerse de pie, sobresaltada, hasta que el eco se desvaneció. Un punto negro que surgió de entre las nubes le indicó que había sido un cóndor, uno de los pájaros más difíciles de encontrar, siempre refugiados en laderas inaccesibles, en cuevas y desfiladeros intransitables para el ser humano.

Como si el graznido hubiera sido un alerta, decidió regresar a la casa. Cuando llegó al suelo de la huerta, empapada y cansada, caminó entre los frutales pensando, decepcionada, en que por alguna razón inexplicable había creído que Robertson volvería para mayo; ahora temía que mayo llegara en vano. "¡Ah! —rogó, rencorosa— ¡Que se presente un día de invierno, al anochecer, que es cuando más triste me hallo!" Que llamara a la puerta y se sintiera culpable de encontrarla sola con su hijo en aquella casa enorme, de donde —estaba decidida— no iban a expulsarla ni la tragedia ni los malos recuerdos.

Al trasponer el arco de piedra se dobló en dos: su hijo, que se movía dentro de ella, esta vez la pateó con fuerza. En un instante olvidó la tristeza y corrió sosteniéndose el vientre con las dos manos.

—¡Tía Francisca! ¡Consuelo! ¡Se ha movido, me ha pateado! —gritó al tiempo que esquivaba las últimas matas de dondiego que coloreaban —blanco, fucsia, rosa, amarillo— el prado que contrastaba con el oscuro atardecer.

Y al caer en brazos de su tía, que se había alarmado al oírla gritar, comenzó a reír con gozo ante el milagro de su cuerpo florecido a pesar de que casi estaban en mayo.

(44)

Por siempre oculto y sellado

"Estoy ya consumida y abrasada.
¿No habrá quien me revele mi destino?"

Cuatro poetas hebraico-españoles:
"Selomó ibn Gabirol"

CAMINO A BUENOS AIRES
MEDIADOS DE 1837

Los hombres que la escoltaban se habían quejado del olor que despedía el ataúd, que estaba sin sellar, y le rogaban enterrarlo. Aunque le dijeron que debían viajar más rápido, que el territorio era peligroso, ella no quiso prestarles atención.

Varias veces se habían apartado a discutir el tema. Sólo les impedía abandonarla el hecho de que todos tenían familia en Córdoba; si se sospechaba que habían matado a la francesa para quedarse con sus cosas, serían perseguidos y los suyos quedarían desamparados. Como sentencia, si no la muerte, los amenazaba la internación en los fortines, lejos de todo poblado, muriéndose de hambre, encerrados y con cuatro o cinco mujeres para cuarenta hombres: era la avanzada de la civilización contra las invasiones de los indígenas, donde no se sobrevivía más de seis años.

La mujer continuaba con su cantar confuso; comía mal y tomaba poca agua. Miraba y miraba los papeles que tenía en una cartera de cuero verde. Cada vez que se acercaban a la ventanilla, ponía la mano sobre el secreter, como si temiera que se lo quitaran.

Un día, cuando el guía, que era el más paciente, intentó hablarle, ella lo detuvo con una frase incomprensible.

Poco después descubrieron la inquietante figura de un indio parado sobre la grupa del caballo, apoyado en su lanza.

—Un bombero —señaló el conductor.

—¿Cuántos serán? —preguntó otro.

—Esta vez, lo quiera o no la vieja, hay que correr —dijo el baquea-no. Se acercó al coche y comunicó a la mujer: —Señora, tenemos que apurar. Dejaremos el carro y después vendremos por él.

La francesa enfocó la mirada extraviada, pareció comprender, lanzó un graznido y con insólita agilidad bajó del carruaje por la otra puerta y subiéndose al carro, se abrazó al cajón donde llevaba el cadáver de su hijo. Trataron de separarla por la fuerza, pero fue inútil; sus gritos les crispaban los nervios. El que había pegado la oreja al suelo les advirtió:

—Ahí se largan. Son un montón.

—¿Y vamos a jugarnos por un asesino podrido y una gringa loca? —protestó otro.

No lo pensaron más. Fustigaron los caballos y corrieron por sus vidas. Al paso que habían avanzado, los animales estaban descansados; con un poco de suerte, llegarían al fortín antes de que los alcanzara el malón.

La mujer que se abrazaba al cajón estaba ya muy lejos, muy atrás en el tiempo.

Mignonne la Batarelle, hija de un batelero de Toulon, cantaba mientras bajaba hacia el puerto. Su abuela materna, que era bretona, le había enseñado muchas canciones de su tierra.

Saltando sobre los charcos, Mignonne recorría los callejones estre-chos de la vieja ciudad, que mantenía "un puerto inmenso y un enorme arsenal"; se dirigía a los muelles a comprar pescado para la familia. Era una muchachita alegre, con un decidido talento para sobrevivir; con doce años, el hambre no la había dejado desarrollarse plenamente, pe-ro la buena salud la había mantenido viva mientras varios de sus hermanos morían tosiendo o con las heces ensangrentadas.

A pesar de la contextura tosca de sus padres, ella había heredado la delicadeza de rasgos, el pelo, la voz y la hermosura de la abuela.

Las calles eran lóbregas si no apuntaban al desembarcadero, y en esa zona se alineaban tienduchas mal abastecidas y despensas de escasa mercadería, sólo encontrables para los que conocían el barrio.

Toulon, con su laberinto de callejuelas enturbiadas por arroyos de aguas servidas, era una ciudad de conventos, iglesias y cuarteles.

Mignonne, que corría haciendo tintinear las monedas en el puño, se detuvo, curiosa. En una pequeñísima plazoleta formada por el derrumbe de una casa, un joven ejercitaba sus habilidades de saltim-banqui y un niño esmirriado pasaba el sombrero para recoger unos céntimos. La chiquilla quedó con la boca abierta hasta que terminó el espectáculo, aunque no cedió su moneda. El joven usó la garrocha para bajar de la soga tendida entre dos balcones y al caer frente a ella se inclinó con galantería. Le habló, Mignonne le contó que iba por pescado, él le preguntó si tenía hambre, y ella, que vivía hambreada, lo siguió después de que él recogió las cosas y pagó al chico. Fueron a la taberna, donde él ocupaba un cuarto en los fondos, sin ventanas. Allí se hizo servir comida, extendió una tela, puso sobre ella un plato, un jarro de latón y comieron con la mano, Mignonne olvidada de su mandado. El vino la mareó, la hizo reír y pareció abrirle la mente a perspectivas nunca imaginadas. El muchacho sacó una caja de latón y, de entre muchos tesoros, levantó ante sus ojos una cinta roja, ancha, satinada, perfecta, que nunca se había usado.

Ella la tomó, aceptó la seducción que siguió y esa misma tarde se embarcaron en una goleta que los llevó a Génova. Mignonne no volvió nunca a Toulon, pero siempre recordó a su abuela y el estribillo aquel:

Llevémoslo lejos, bien lejos de aquí,
a la fuente de Odierne, o aún más allá...

Dejó al saltimbanqui un año después —ya un poco más pulida y mejor alimentada—, por el dueño de una compañía de teatro que iba de aldea en aldea. Las ventajas eran evidentes: se dirigían a París, viajaban en carromato y ella no tenía que andar semidesnuda en invierno para hacer el espectáculo. El hombre era viejo pero más rico —en lo que podía medir Mignonne la riqueza— y sentía pasión por ella. La hacía pasar por hija, pues la joven parecía aún una pequeña ninfa sin desarrollar.

En París la vio el dueño de una compañía de comedias. Era más joven y tenía más dinero que el anterior... y muchos amigos en la fuerza pública. Con su ayuda se apropió de Mignonne y el viejo no pudo hacer nada.

Fue aquel hombre quien le enseñó modales, le cultivó la voz, la vistió de dama de la corte sobre el escenario y le enseñó juegos eróticos para entretener a los caballeros, que dejaban dinero en su mano de proxeneta.

Un día entraron en el teatro unos jóvenes nobles que iban a divertirse y, si las cosas no llegaban al desorden, llevarse una de las comediantas para pasar la noche. Pero al aparecer Mignonne en el personaje de la condesita, las risas callaron y dejaron de arrojar huevos y tomates: se la veía realmente preciosa y cualquiera de ellos podría haber creído, si no se fijaba mucho, que era la hermana, la prima, la novia que habían dejado en París o en sus seculares posesiones de la campiña.

Uno de estos jóvenes, a fuerza de empujones, consiguió trepar al entarimado una vez que concluyó el acto, en que ella se desmayaba en brazos del bandolero que la había raptado.

El dueño de la compañía comenzó a calcular cuánto podría obtener de aquel delfín, en vista de la bolsa que le había entregado sólo por hablar con su pupila. Pero Mignonne, aleccionada por su instinto, consiguió que Hubert De Bracy —tal el nombre del enamorado— deseara llevarla con él; el dueño de la compañía quiso oponerse, pero el otro regresó con sus guardias y se apoderó, sin pagar una moneda más, de la bella condesita.

Le puso casa en París, en un barrio pobre pero en una plazuela donde se mantenían todavía algunas de las viejas familias de artesanos. Mignonne estaba feliz; los malos años parecían haber pasado, su amante la quería con locura, era joven, hermoso y adinerado, y la mantenía con lujos chocantes para el barrio: hasta solía mandarle una silla de mano con dos lacayos. No era querida entre sus vecinos, pues su aspecto y sus aires lo impedían, aunque jamás fue consciente de ello.

Ya habían comenzado los disturbios que preludiaban la revolución que se cobraría cabezas de reyes, nobles y villanos, pero Mignonne, ajena a toda sensibilidad social, los vivió como una molestia inesperada.

Al lado de su casita de tres pisos, compuesto cada uno de ellos por una habitación, estaba el taller de Brossard, fino artesano de muebles pequeños. A veces, ella se secaba el pelo en la ventana del piso superior, donde daba el sol, y podía observar las carrozas que se detenían frente al negocio.

Brossard evitó desde el primer día todo trato con Mignonne. Era un joven viudo, con una hija adolescente por la que se desvivía; hasta pagaba a maestros para que le dieran instrucción.

Un día, a través de la vidriera, Mignonne observó a Mademoiselle Brossard sentada ante un mueble encantador: un secreter trabajado con fineza, con adornos de basalto azul y tapa corrediza que se cerraba con llave. Seducida, entró a verlo y comprobó que en la chapa de oro —ajustada entre los dos apliques de piedra— se enlazaban unas iniciales. Quiso adquirirlo pero el ebanista le dijo que lo había fabricado exclusivamente para su hija, Catherine. "Hubert lo conseguirá", pensó Mignonne, pero no pudieron tentar a Brossard con dinero.

Resentida, Mignonne solía observar, en las sombras del crepúsculo, la ventana iluminada detrás de la cual Catherine, serena y protegida, se dedicaba a sus deberes. Había por allí un ayudante, un muchacho apenas mayor, que la miraba, con expresión devota, atento a cada necesidad de la muchachita mientras lustraba o pulía la madera. A Mignonne le pareció que a Catherine se le caía muy seguido el lápiz o el libro, que él se apresuraba a alzar. Cuando el joven se lo entregaba, se miraban un instante a los ojos y aquella mirada hacía que Mignonne se sintiera despojada de algo que no le sería concedido ni en la tumba.

Quiso resarcirse de eso soñando con convertirse en Madame De Bracy, y, en pos de esta utopía, molestó a Hubert hasta que éste contrató a un anciano sacerdote, que le enseñó a leer y a escribir, y a la parienta pobre de una gran casa, que terminó de pulir los modales de Mignonne y la ayudó a refinar su dicción.

Un día el joven le llevó varios vestidos; estaban pasados de moda, pero eran espléndidos, bordados con perlas e hilos de oro. Sólo tenía que levantarles el ruedo; una vez que lo hizo, no pudo resistir la tentación de salir a la calle para asombrar a sus vecinos: un grabador, un carnicero, un verdulero, las hermanas que confeccionaban tocados, el maestro de la parroquia, la madre de una monja, el carpintero, su hija y su ayudante...

Al negocio del carpintero se dirigía cuando un magnífico carruaje se detuvo en la puerta. Bajó una muchacha bella y altiva como sólo pueden serlo las personas cuyas familias han hecho su voluntad durante siglos. Había en su expresión un desprecio no disimulado y en la mano enguantada llevaba una fusta.

Se tropezaron y la mirada altanera de la aristócrata cambió en una mueca de cólera que le distorsionó el rostro. Tomó a Mignonne del hombro y comenzó a destrozarle la ropa, que le arrancó a jirones al tiempo que la cubría de insultos. Como Mignonne intentó defenderse, la otra usó la fusta sin compasión. El escándalo hizo salir a los vecinos, y dos muchachones ebrios que guiaban un carro de desechos se detuvieron a mirar, regocijados, al oír los gritos de la joven del coche, que exclamaba fuera de sí:

—¡Mis vestidos! ¡Son mis vestidos! ¡Prefiero regalárselos a una sirvienta a que se los ponga una puta de mala muerte!

Tras quitarle los últimos vestigios de ropa que le quedaban encima —en tanto que Mignonne, dolorida, avergonzada y desnuda, se escabullía como podía de los golpes—, la otra completó la injuria: apoyó su pie de amazona en el trasero de Mignonne y la empujó hacia el lodo. Luego partió, al parecer olvidada de lo que la había llevado al barrio. Uno de los carreteros tendió la mano a la caída y, con la excusa de ayudarla, le manoseó las nalgas y le pellizcó los pechos; el otro, entre risotadas, comenzó a arrojarle desperdicios y, una vez iniciada la batahola, dentro del corro de curiosos, el verdulero, que tenía tirria a tan bonita y desdeñosa vecina, fue por un nabo y, parodiando copular con ella por detrás, intentó vejarla.

Intervino la guardia y al fin Mignonne, embarrada, lastimada, llorosa, violentada y desnuda consiguió cerrar la puerta tras de sí. Pero antes tuvo la visión de la cara de Brossard tras la vidriera de su negocio; el hombre había trabado con prudencia la puerta y había dejado que todo sucediera sin intervenir, sin duda más por cobardía que por indiferencia.

La madre de la monja, que fue luego a llevarle un caldo y a consolarla, dijo a Mignonne que quien le había propinado la golpiza era Clémentine De Bracy, hermana melliza del amante de la muchacha; al parecer, iba a ver a Brossard.

Hubert no volvió a la calle del ebanista y Mignonne no lo vio por mucho tiempo, pues fue enviado por su padre a las posesiones que la familia tenía en Artois.

Muy poco después, el 14 de julio de 1789, se tomó la Bastilla y el destino de Mignonne, como el de toda Francia, cambió en forma brutal.

Como temía que la acusaran de apoyar a la monarquía —los De Bracy lo hicieron—, huyó modestamente vestida, con su atado bajo el brazo. Arruinó sus manos de tanto emplearlas en cortar ramas y arrancar hierbajos hasta que se le ampollaron; recobró el hablar de Toulon y anduvo dando vueltas hasta que encontró, en una aldea de mala muerte, a una de sus antiguas compañeras de teatro, quien le dijo que la familia De Bracy estaba en la cárcel de París. Hubert, desde Artois, había conseguido huir, cruzar el paso de Calais y desembarcar en Dover. Sus parientes de Inglaterra, las familias Howard y Raffles, trataban de liberar a los encarcelados por medios diplomáticos.

—Pero será inútil, verás. Y tú, ten cuidado —le advirtió la amiga entre dos estornudos—. Cualquiera te puede acusar de apoyar a los Capetos. Aunque seas limpiapisos, te mandarán a la guillotina. Basta con que algún "buen ciudadano" te denuncie.

Al amanecer de una noche de insomnio, Mignonne tomó el camino de regreso a París. Poseía el don de mimetizarse, y ya estaba lo bastante cambiada como para que no la reconocieran. No volvería a vivir en la calle de Brossard, pero iría allí, sí que iría.

Durante todo el viaje entonó las viejas canciones de su abuela. Nunca pudo borrar de su pensamiento el secreter de Brossard: esta vez iba a conseguirlo. Al recordar las letras grabadas en oro, se dio cuenta de que las iniciales de la hija del ebanista correspondían a la hermana de su amante: una era Catherine Denise Brossard; la otra, Clémentine De Bracy. Dejó de cantar, pues se sintió inspirada: había encontrado un nuevo nombre, aunque no sabía cuándo o dónde podría usarlo.

El grupo que comandaba Fernando Osorio dejó la provincia de Córdoba por Cruz Alta y cruzó a Santa Fe por la Guardia de la Esquina, donde los esperaba el capitán Ignacio de la Torre con una pequeña tropa. Hicieron noche y continuaron al otro día hacia Arequito, esquivando los esteros.

En Candelaria acababan de dispersar una montonera de indios; todavía ardía la paja y una mujer, en el suelo, lloraba meciendo a un muchachito muerto. Algo retirados, unos hombres lanceaban con saña a un indio moribundo.

Se quedaron unas horas, a ayudarlos a apagar el incendio; enterraron al adolescente muerto y vieron, sin intervenir, cómo arrastraban a lazo el cuerpo medio deshecho del indio y lo abandonaban lejos de la posta para que sirviera de alimento a los perros.

Fernando, con amargura, dio gracias de que Lienán no iba con ellos; habría sido difícil contemplar las atrocidades que los pueblos de ambos acababan de infligirse.

Casi al llegar a la provincia de Buenos Aires, en la posta de Arroyo de Pavón, se encontraron con una galera detenida, pues los conductores temían enfrentarse con la cola del malón, que con seguridad todavía azotaba la región. Los pasajeros les comentaron que habían visto los restos de un coche abandonado y que temían por la suerte de los ocupantes.

Al día siguiente, al cruzar el arroyo del Medio, los cordobeses se encontraron con el coche del que les habían hablado; estaba rodeado de hombres, la mayoría uniformados.

—Es el coche de la madama esa de Córdoba —lo identificó de la Torre—. Vamos a ver qué hace la partida.

Los soldados levantaron la cabeza sin recelo, seguros en el número, en las armas y en el territorio. Apenas si dieron el "quién vive" reglamentario.

El coche no estaba muy dañado; casi perdida entre los cardales resecos, vieron una pequeña carreta. Las maletas y los cofres yacían abiertos y saqueados. Se veían ropas suntuosas prendidas en las matas, flameando al viento; enseres de todo tipo, desparramados por el suelo sin embargo, según observó el ojo atento de Fernando, ni un papel se distinguía por los alrededores.

—¿Qué clase de asalto ha sido éste? —preguntó—. No parece faltar nada.

—No podemos saberlo —contestó el oficial.

Se habían llevado los animales de tiro y, al estudiar las huellas, notaron un olor desagradable.

—Por ahí hay un difunto —dedujo el oficial, que señaló hacia la carreta.

Fernando y de la Torre, cubriéndose la nariz con los pañuelos, la rodearon sin saber qué iban a encontrar. El féretro en el cual Madame De Bracy transportaba el cadáver de su hijo estaba volcado y semiabierto; el cuerpo era un revoltijo de miembros desmadejados entre sal gruesa; flotaba en el aire el ácido olor a vinagre y manzanas descompuestas con que se intentaba preservar los cadáveres. Ignacio se santiguó y preguntó:

—¿Y la madama?

—¿Ustedes los conocían?

—Yo sí. Ella y su hijo vivían en Córdoba.

—Supongo que será la mujer que está colgada por allá —y señaló un montecito cerrado, uno de esos amontonamientos de árboles que perduran en las praderas. No bien entraron en la maraña de ramas, Fernando y de la Torre vieron a la francesa: colgaba ahorcada de un árbol, a bastante distancia del suelo; los animales salvajes habían desgarrado sus ropas en un intento por alimentarse de sus restos. El cuerpo no se hallaba lo bastante descompuesto aún como para caer.

Fernando sintió un escalofrío y se acercó taloneando al animal que bellaqueaba al reconocer el olor de los muertos. Se encontró con un verdadero lazo de verdugo; jamás había visto uno tan prolijo, eficiente y seguro.

—¿Y los hombres que venían con ella? —preguntó al oficial cuando regresó—. Seguro que traía algunos...

—Sí; ellos nos avisaron del malón. Dicen que la mujer estaba loca y que no quiso seguirlos. Para mí que llegaron los indios y al dar con el difunto metidito en un cajón, entre sal y manzanas, custodiado por una loca, la ahorcaron y se tomaron las de Villadiego sin tocar nada. Son temerosos de esas cosas. También han desaparecido unos viajeros que llevaban baqueanos, escolta y hasta lenguaraz. —Alzándose de hombros, concluyó: —No hemos dado con ellos; tal vez los infieles se los llevaron. Si están muertos, puede que no encontremos nunca los huesos.

Después de hacer el parte, el oficial ordenó cavar, con los facones, dos tumbas. Y así, lado a lado, enterraron a la madre y al hijo en una tierra inhóspita, la más amarga de cuantas habían conocido.

Fernando, al reiniciar la marcha, sintió la obsesión del misterio, la inquietud de la ecuación desconcertante.

—Qué cosa tan extraña —murmuró, pensativo—. No parece que se hayan llevado ninguna de las pertenencias... Además, faltaban los papeles. —Como el capitán lo miró perplejo, aclaró: —¿No le pareció raro que no hubiera ni una sola hoja, documento o lo que fuere, volando por ahí?

—Bien raro —convino el capitán.

Desde luego que no iba perder el sueño por ese detalle, así que dio un suspiro a modo de plegaria.

—Jesús, qué fin.

Y ése fue todo el responso que mereció Clémentine de De Bracy, cuyo verdadero nombre jamás conocerían.

45

El viento del oeste

"No es cobarde mi alma, ni medrosa..."
–Emily Brontë
Poesías

El barbero y el peluquero —un anciano que todavía peinaba dos pelucas en Edimburgo— llegaron muy temprano aquel día tibio que adelantaba en el ánimo el próximo verano de Escocia; entraron en el dormitorio donde Robertson los esperaba e iniciaron de inmediato sus funciones. Malcolm Stewart, su tío, llegó poco después y dio varias indicaciones.

—El cabello —señaló, y tomó unas puntas entre los dedos índice y medio—. Está muy largo; parece un islandés. Quiero que cuando ustedes terminen mi sobrino haya recuperado el aspecto de un verdadero caballero.

El aludido se sentó con toda paciencia; cerró los ojos y recordó las manos de Laura cortando el pelo al padre, pocos días antes de que éste muriera.

Sobre el lecho estaba la ropa comprada un mes atrás: lo mismo que el que había sido favorito de Jorge IV, él también opinaba que no se debía aparecer en público con algo que no se hubiera usado antes.

Sería aquél un día importante en su vida: se haría por fin cargo de la herencia de su padre, se convertiría en señor de tierras y caudales... Podría mantener con desahogo a su esposa y, de ser necesario, a su familia también.

Cuando bajaron, la señora Stewart —tía Maud— se emocionó al verlo tan apuesto.

—Gracias a Dios conseguiste que se cortara esa melena —agradeció a su esposo. Ahora, Robertson lucía una coleta corta, y aunque ella hubiera preferido verlo con el pelo "como lo usaba Sir Walter Scott", reconocía que lo llevaba sujeto de una manera aceptable. En el cutis moreno, que guardaba la palidez de una larga enfermedad, no se veía ni sombra de barba.

El coche los esperaba en la rotonda, que se volvía sobre sí misma para luego enderezarse hacia la salida de la propiedad. El tío había insistido en que Robertson llevara bastón, sombrero, guantes y una capa liviana; la tía, al notarlo incómodo, lo animó:

—Luces muy bien, Brandon.

Cerca de la una de la tarde el coche entró en la capital de Escocia por West Kirk y Grassmarket. Los edificios de Edimburgo, de seis a siete pisos, las estrechas calles, las bocacalles arqueadas por donde cruzaban infinidad de transeúntes, los escaparates que mostraban tentadores géneros y artículos, los desagradables olores de las alcantarillas, el ruido del paso de los coches sobre el empedrado, los ricos muy bien vestidos y los pobres muy pobremente chocaron a Robertson como si no reconociera la ciudad a la que pertenecía; el tiempo pasado en la Argentina, y luego los meses de enfermedad y enclaustramiento en la casa de las afueras de los Stewart, lo habían desvinculado de todo aquello. "Londres estará peor", pensó.

Mientras atravesaban la ciudad, recordó el momento en que había despertado en su cama, en la casa donde se había criado.

Recordaba la lenta recuperación, las primeras caminatas, apoyado en el caballerizo, hasta el bosque que crecía algo lejos de la casa. Si bien no había día en que no pensara en su esposa, en que no le remordiera la conciencia por haberse comportado de manera tan necia, su voluntad se resistía aún a aceptar la derrota del amor propio en beneficio de los sentimientos. ¡Cómo iba ella a decirle que no quería verlo más, que tendría un hijo con cualquiera! "No es capaz de hacerlo", se decía. Estaba casi seguro... aunque dejaba un margen para la duda razonable.

Cuando mejoró, pensó en escribir a Laura, pero al comprender que lo que tenía que decirle era un enredado palabrerío que podía prestarse a confusiones, pensó: "Mejor espero a viajar; ya casi estoy bien. No tiene sentido escribirle ahora".

—Hemos llegado —le anunció el tío.

Se encontraban ante un edificio lo bastante imponente como para producir confianza en los inversionistas: el Banco de la British Linen Company, el Banco de la Compañía del Lino, donde Harrison tenía fuertes intereses.

En la sala a la cual los hicieron pasar esperaban cuatro hombres, tres casi idénticos: eran los abogados del fideicomiso de los bienes de Robertson. El cuarto, que contrastaba con ellos —cuerviles, bien trajeados—, lucía rozagante como una manzana y tenía una cara ancha donde se leía que no rechazaría una copa. Era el hombre de confianza de su tío; aunque los encajes de sus mangas se hallaban algo sucios, poseía "la más limpia de las conciencias de un notario".

Fueron presentados por el director de la institución y todos se mostraron un poco cohibidos ante aquel hombre alto y moreno que, si bien mostraba el porte de un caballero, tenía los movimientos y la mirada de un contrabandista.

—Bien, señores; la situación es...

—Conozco la situación —interrumpió Robertson, tras entregar la capa y acomodarse en el sillón—. Abreviemos.

Se hizo un silencio y uno de los secretarios del Banco carraspeó.

—Yo creo... es decir, dadas las circunstancias...

—Comencemos, si a usted le place. —Al recordar muchas cosas que habría preferido olvidar, Robertson se mantuvo inmóvil. Con el bastón sostenido con la mano izquierda, el sombrero sobre las rodillas, dentro de él los guantes, oyó sin demasiada atención el inventario de los bienes de su padre. La cuenta era sencilla, pues no quedaba con quién repartir, una vez muerto el benefactor, después de su primera esposa, con la cual no había tenido hijos. Dejaba un legado discreto para Constantia Hardy (nombrada "su segunda esposa") y otros menores para amigos, sobrinos y servidores, más una suma considerable para la iglesia de Saint Giles y el King's College de Aberdeen.

"Es el precio que pagó para que me dejaran entrar a pesar de ser ilegítimo", comprendió.

La enumeración de bienes proseguía, pero Robertson pensaba que había esperado, durante todo aquel tiempo, una carta de misia Francisquita. Sólo una carta... Habría jurado que al menos una iba a recibir de ella. ¿Acaso no habían sido cómplices desde un principio? Ella creía en él, consideraba que el lío con Crispina había sido un enredo sin demasiada importancia; lo había amonestado pero al fin lo había bendecido como a un hijo. Las meditaciones de la convalecencia habían acrecentado la confianza de Robertson en las personas: sin duda la carta se había perdido.

Los abogados hablaban ahora de las acciones en una compañía de seguros navieros, pero él pensaba qué haría en ese momento su esposa, cómo se administraría el campo, si Farrell habría ocupado el papel de varón de la familia. Extraña cosa era comprobar que sus celos se habían atenuado después del absurdo incidente en la quinta de Santa Ana.

Sentía como si el Destino le allanara los caminos del regreso. Se había librado del Foreign Office, cuyos trámites se habían retrasado por la muerte de Guillermo IV y luego con la ascensión al trono de su sobrina de dieciocho años de edad, Victoria. Por fin un buen amigo que estaba en el Almirantazgo —Alexander Maxwell— consiguió dar término a la historia. Iba ganando la guerra contra el opio, aunque el whisky... "Bueno, un hombre tiene derecho a algún vicio", se dijo, y recordó, con una sonrisa que desconcertó a los que lo miraban, a aquel negro que velaba los restos de don Felipe: "Y... di algo deben morir los hombres, siendo...", había dicho filosóficamente.

El ritual de la transferencia de los bienes, el consiguiente trámite mediante el cual abría una nueva cuenta para pasar fondos hacia la empresa de Harrison, en Buenos Aires, más el consabido brindis, los entretuvieron durante tres horas. Antes de que se marchara, varios funcionarios superiores se acercaron a felicitarlo, todo reverencias y palabras suaves y sugerencias de inversiones, puesto que una parte importante de las propiedades quedaba a cargo de Malcolm Stewart.

Una vez sentados en el coche y ya en marcha, el tío resopló.

—Bien, Brandon —le dijo—, ya ves lo que es la riqueza. Tómalo en cuenta, que con tanta facilidad como vino se irá... y con ello las genuflexiones y la cortesía, en especial las de los mercaderes del dinero. Pero, en fin, si eres prudente estarán, tú y tu familia, a salvo por varias generaciones.

—Tengo la suerte de saber que soy mal administrador; por eso confío en el señor Harrison y en usted, tío Malcolm. —Sonrió, porque el anciano estaba alelado con semejante responsabilidad.

Ya podía organizar el viaje de regreso a la Argentina.

Su tío miró hacia la calle. Como vio que estaban a un paso de la oficina, pidió al cochero que los llevara hasta la puerta.

—Desde que principió la primavera que no he venido...

El dependiente que atendía el despacho había renunciado para irse a Nueva Zelandia y, como entraban en época de calores, el señor Stewart no había contratado a otro empleado.

La oficina cerrada olía a moho y a tierra asentada sobre los papeles. En el buzón encontraron un grueso fajo de cartas humedecidas.

—Muy mal, he hecho muy mal —se recriminaba el tío—. Pero, en fin, con tu enfermedad... No nos apetecía pensar en nada... —Dejó de hablar y frunció el entrecejo. —Mira, hay dos cartas para ti.

Robertson las tomó y, con aparente indiferencia, se acercó a la ventana. A la sucia luz que llegaba de la calle, las observó. Una era de Harrison; la más vieja, de misia Francisquita. El alivio que sintió al verlas hizo que sus dedos las apretaran con fuerza. Impaciente, pues quería leerlas a solas, instó a su tío a partir, al tiempo que guardaba la correspondencia, como al descuido, en el bolsillo interior de su levita.

Pero no bien llegaron a la casa, al notar el anciano que Robertson sonreía tenso ante los comentarios de la tía Maud, la interrumpió:

—Señora Stewart, Brandon ha recibido noticias de ultramar. Creo que debemos dejarlo solo por un rato.

Liberado y agradecido por la intervención, Robertson salió a la terraza y bajó hacia el estanque; sentado en el borde, rasgó con torpeza la carta de misia Francisquita, fechada poco después de que él abandonara la Argentina. Tenía sólo dos carillas —para desesperación de él, que esperaba varias hojas de información—; decía que Laura había estado algo enferma, y que eso le daba la certeza "de que ella te ama tanto como tú la amas. El amor suele ser una cosa muy extraña, y aunque te preguntes: ¿Qué puede saber sobre el amor esta señora de edad y soltera?, te diré que sé mucho, pues mucho sufrí cuando mi familia me separó del único hombre al que he amado, y a quien tú, hasta en el origen, me recuerdas. El amor, Brandon, es un desconcertante estado de ánimo que poco tiene de claro o definido: en él caben el engreimiento y la flaqueza, el egoísmo y la piedad, todos los vicios y el hastío también, así como la generosidad y el sacrificio de los propios intereses. Este tan desconcertante sentimiento debe, además, sobrevivir a la desilusión, al rencor y a la intervención de terceros, pero, una vez suavizadas las asperezas, se vuelve profundo y pacífico y se distingue de la pasión porque carece de teatralidad, está exento de falsedad. No creo equivocarme en cuanto a que éste será el amor que habrá entre ustedes dos. Y como para afianzar mi pálpito, hace unas horas me enteré de que Laura está esperando un hijo. Eso le ha mejorado mucho el carácter y, si bien debo ser sincera y confesarte que no quería que te enteraras, la conozco lo bastante como para saber que está empecinada en no ceder, pero deseosa de que yo tome esta determinación por ella. También los chicos extrañan mucho tu presencia, y nosotras, las viejas... ¡qué diré! A mí me entristece una casa donde no se oyen pasos y voces de hombres... Con todo cariño espero tu pronto regreso y que mi bendición, si en algo vale, te acompañe de vuelta...".

La carta se le cayó de los dedos y tuvo que correr para atraparla, pues la brisa la hizo rodar por el césped. Estaba aturdido, no sabía qué pensar, veía como una especie de luz ante él, tan fuerte que le impedía distinguir lo que lo rodeaba. Con una puntada de inquietud en el estómago, la volvió a leer; era una carta hermosa. Sólo misia Francisquita podría haberla escrito. La alusión al lejano y perdido amor le hacía ver cuán sincero era el afecto que ella sentía por él. Y Laura... "¡Dios Santo! ¿Habrá tenido ya el niño?", se sobresaltó. Después de leerla por tercera vez, rasgó el otro sobre, de fecha muy posterior.

Cuando terminó de leer los horrorosos sucesos que comprometían a De Bracy, y a pesar de que se le avisaba que Laura ya estaba bien y que su embarazo no había sufrido ningún sobresalto, se sintió como un hombre que ha recibido una herida mortal y lo sabe, aunque todavía no sufre. Levantó la vista y miró el prado florecido en tréboles, la línea oscura del bosque, los recortados setos de tejo y mirto que rodeaban la terraza. Se sintió perdido y el primer pensamiento coherente que tuvo fue: "Demoraré al menos tres meses en llegar a Córdoba".

Debía partir en aquel mismo momento, así que regresó a la casa con premura. Su tía, al verlo subir las escaleras hacia el primer piso, preguntó:

—¿Buenas noticias, Brandon?

Él se detuvo, aferrado al pasamanos. Demoró unos segundos en recuperar la voz, y cuando habló no parecía la suya.

—Yo... mi esposa... Voy a tener un hijo... Tengo que irme —y desapareció en el hall de arriba, llamando a gritos al criado y pidiendo que bajaran baúles y maletas del altillo.

Tía Maud subió con una de las doncellas y puso una nota de orden al encargarse de su ropa y del calzado, mientras tío Malcolm iba a las oficinas de cabotaje para reservar un pasaje a Plymouth.

En menos de una semana estaba en el puerto, pero algunos problemas en conseguir sus papeles demoraron la partida.

Ya a bordo, adentrado en el Atlántico con buen viento, sintió que el fin de las tierras conocidas, de la declinante luz solar de su patria, el dejar a sus espaldas las mareas conocidas, le producía incertidumbre, pues el límite de los mapas parecía ser el límite con la nada... y el principio de vastas regiones que iban más allá de los complicados signos cartográficos: la frontera con una inmensidad apenas conocida donde podía comenzar otra vida, una más de las que ya había intentado en su inquieta existencia.

Una tormenta oscura avanzaba hacia el barco, empujando grandes bancos de niebla, pero se quedó en cubierta con un libro de Emily Brontë en el que había subrayado la noche anterior un poema:

Llega con los vientos del oeste, con la preregrina brisa del atardecer;
con ese diáfano crepúsculo que producen en el firmamento las grandes estrellas;
cuando los astros adquieren un suave resplandor
y brotan entonces cambiantes visiones que me llenan de anhelos...

Ese poema había precipitado sobre él el pasado, un pasado que habría deseado ordenar en sus recuerdos hasta señalar: "Aquí comenzó todo".

Lloviznaba y el gris que lo rodeaba parecía magnificar el sonido del mar y del viento que con grandes suspiros y silencios comenzaba a arreciar. Detrás de él, vislumbraba el resplandor de luces a través de los huecos de las escotillas y las ventanas sin cortinas. Sobre su cabeza, el sonido de las jarcias y los palos, de las velas recogidas con rapidez, azotaba el aire.

Se preguntó qué había hecho de su vida, salvo huir de un lugar a otro, de este oficio a aquél. Farrell tenía razón al acusarlo de tener aversión a comprometerse con algo o con alguien: "Por eso deambulas esquivando patrias, amigos, responsabilidades civiles, mujeres dignas de ser amadas —le había dicho—. Y eso, ¿sabes?, es algún tipo de locura."

Recordó de pronto la costa baja e incómoda mediante la cual accedía —a través del río color lienzo— a Buenos Aires, la travesía por la planicie pampeana, las tropillas de caballos salvajes y animales desconocidos para él, en aquel viaje en que la muerte se le presentó en distintas formas. Emily Brontë decía en otro verso: "No es cobarde mi alma...". Pero, ¿en verdad el alma de él no lo era? ¿Acaso no se planteaba el triste privilegio de renunciar a la memoria? ¡Renunciar a la memoria! ¿Qué hacer, entonces, con todo lo vivido?

Levantó el rostro: el gran Oeste se tragaba la poca luz que quedaba en el firmamento borrascoso. Pensó en los defectos de Laura: era malhumorada, terca, demasiado virtuosa y, también, la única mujer a la que él había amado, ya que sus relaciones anteriores habían sido más carnales que emotivas, sin que hubiera llegado a preguntarse si los sentimientos importaban tanto como el sexo. ¿Qué lazo tan complejo lo unía a su esposa? ¿Qué cosa tan simple lo mantenía atado a ella?

Sacudido por el cimbronazo de las olas que iban ganando en fuerza, sintió una especie de liberación por la entrega: todo el pasado se elevaba ante sus ojos como esas ciudades de leyenda que aparecían y desaparecían en los mares ante los atónitos ojos de los marineros.

—Señor —lo alertó un grumete, mandado por el oficial—. Debe retirarse de cubierta. La tormenta va a empeorar.

Con una última mirada observó la tempestad que se acercaba. Todo aquel tiempo había estado braceando en temores que lo desesperaban: ¿y si ella moría de parto antes de que él llegara? ¿Y si estaban equivocados y su hijo había sufrido daños y nacía defectuoso? ¿Y si nacía muerto? ¿Y si ella moría de sobreparto? ¡Tantas mujeres morían de sobreparto!

Bajó a la cabina y un corcoveo de la nave lo tiró de una pared a otra. Quizás existiera otra posibilidad: que naufragaran y ella nunca —ésa era su más oscura obsesión— supiera que él iba camino a verla. Encendió el farol y se maldijo por no haber previsto alguna disposición práctica: una carta para Harrison, algunas instrucciones para su tío.

Preocupado, sacó una botella de whisky, se tiró en el camastro y la vació a sorbos.

En el curso de una vida en que había decepcionado y herido a muchos, le desesperaba pensar que, si moría en altamar, su hijo pudiera crecer creyendo que él lo había abandonado. "Y se repetiría mi historia: él llegaría a odiarme y a despreciarme como yo lo hice con mi padre. ¡Dios me perdone! ¿Quién era yo para juzgarlo?"

En aquel momento se notó que la galerna por fin los había tocado. Casi cayó al suelo y le pareció sentir que el golpe furioso de una ola sobre el ojo de buey le rozaba las costillas. Calzó las botas en los postes del camastro y se aferró con fuerza a la cabecera. "Señor —rogó—, dame la oportunidad de redimirme. Permíteme llegar vivo hasta mi hijo..."

Por el ruido que venía del mar, no parecía que aquella noche Dios se sintiera clemente.

46

Cosechas de invierno

"Hablaremos de parientes y amigos; hablaremos de Dios, del universo, de las maravillas de esta hermosa tierra y de las cosechas encerradas en nuestros corazones."

–José Enriques Figueira:
Trabajo

M isia Francisquita decidió regresar a la ciudad, tranquilizada porque Allende Pazo había convenido con Farrell en que se trasladaría a La Antigua. Para principios de junio, una tarde fría pero soleada, él y su familia llegaron a Ascochinga desde el Totoral.

Laura quedó impresionada al encontrarse con su prima. Poco la había visto desde su casamiento, pero aquella joven bonita y tímida, envidia de Consuelo y de ella ("Inesita todo lo hace bien", decían sus madres), parecía ahora agotada por los padecimientos. Era admirable, pensó Laura, que aún tuviera valor para sonreír a su esposo y paciencia para escuchar a sus hijos.

Laura esperaba encontrar mal a Luis, pues sabía que sufría las consecuencias de una herida muy grave que había recibido en Oncativo, donde luchó bajo las órdenes del general Paz; pero al verlo bajar del coche, apoyado en el hombro de Farrell y sosteniéndose con esfuerzo en el bastón, sintió que entendía lo que le había dicho Fernando: era otro hombre, menos apuesto pero de una dignidad que lo elevaba por sobre sus sufrimientos. En cuanto a los niños, Laura pensó: "Menos mal que no está tía Francisca", porque le hubiera dolido que ella, tan celosa de su familia, viera aquellas criaturas desmedradas, esquivas, limpias pero vestidas con pobreza, de cabello mal cortado. Se sintió culpable: ella se contaba entre los que habían olvidado interesarse por los problemas de esos parientes, con un campo que no podían trabajar por la incapacidad de Luis, sumada a los despojos que sufrían por sus ideas políticas.

Se acercó a su prima y le dio la bienvenida con un afectuoso abrazo. Besó levemente la mejilla de Luis y luego fue a atender a sus sobrinos.

En las barracas se oía el estrépito de las carretas que traían los cofres, los muebles y los enseres más apreciados por ellos. Muy poca servidumbre los acompañaba: dos paisanos de aspecto montaraz que habían peleado bajo el mando de don Luis y que le eran muy leales, un negro anciano de la familia de sus padres, y una chiquilla descalza que se encargaba de los pequeños. El resto de la gente había preferido quedarse mirando "que el campo no se vaya", perdidos entre los puestos del norte, dispuestos a pasarse a prófugos si veían venir el peligro de las levas.

En pocas horas —tal era la exigüidad de lo que quedaba de sus bienes— Farrell y Laura pudieron preciarse de haberlos acomodado en forma conveniente.

—Respiro al saberlos aquí —dijo el comandante a Laura—. Por ellos, sobre todo, pero también por ustedes, que estarán acompañadas.

Consuelo se encargó de las criaturas, tres muchachitos y una niña. El mayor no tenía aún siete años; el más pequeño, dos y medio, aunque parecía menor.

—¿Cómo se llaman? —les preguntó. Le contestó el más tímido silencio. A la joven se le apretó la garganta. "Qué dolor han de sentir sus padres al no poder darles la vida que imaginaron para ellos: el bienestar, la seguridad, la educación..."

Tomó la mano de la niña y preguntó con suavidad:

—¿Me dirás tu nombre?

—María del Carmen —murmuró la nena, que intentó desasirse. Luego resignada, señaló a sus hermanos. —Luis Gonzaga. —Tocó el pecho del más grande. —Carlos María y... y... Monchito.

—José Ramón —corrigió el mayor.

—¿Les gustan los pasteles?

Asintieron con la cabeza.

—Miren, Juanchita nos trae una fuente.

Los niños, mudos ante el manjar, se sirvieron con excelentes modales. Consuelo preguntó a la paisanita —apenas mayor que ellos—, que los miraba desde atrás.

—¿Cómo te llamás?

—Pedra.

Consuelo tomó un pastel y se lo alcanzó.

Con el pequeño ritual de conocimiento y ofrendas, los niños quedaron de inmediato seducidos por la joven, que se dijo: "Si no puedo tener hijos propios, me quedan los ajenos. El amor nunca se desaprovecha".

Días después, cuando ya todos se sentían más a gusto, Consuelo propuso a Inés dar clases a los mayores, que, aunque sabían algo de escritura, leían mal y sumaban peor.

Al atardecer, todos reunidos en la sala calentada por dos enormes braseros, Luis leía o conversaba con Farrell sobre cosechas, caballos y recuerdos de guerra, las criaturas se entretenían con Consuelo en sus deberes y Laura e Inés cosían el ajuar del niño por nacer. La paz espiritual de aquella reunión de abandonados por el destino parecía entonces palpable. "Haré venir a mis hermanos en cuanto nazca el niño" —pensaba Laura—. Esperaré que haga más calor; tengo miedo por el asma de Francisco..."

Miró la pequeña prenda que bordaba Inés, que era de una perfección admirable.

—Está quedando muy hermosa —la elogió.

Sin levantar los ojos, Inés se sonrió.

—Luz María siempre se burlaba de mí porque me gustaba bordar —recordó.

Laura no detectó resentimiento en su tono, pero aclaró:

—Tu hermana nunca sirvió para enhebrar una aguja; tía Francisca siempre se lo reclamó.

Le pareció que Inés iba a decir algo, pero ambas callaron y siguieron vainillando.

Un poco antes del rosario, Consuelo dejó a los chicos con las niñeras y dijo a Laura:

—Iré a caminar un rato. Hoy casi no me he movido de la silla.

—¿No estará muy frío?

—Me abrigaré. —Como Laura le alcanzó la capa y se la puso sobre los hombros, le agradeció con una sonrisa.

—¿Muletas? —ofreció la amiga.

—Prefiero tortas —respondió Consuelo con humor, y señaló el bastón.

Era una tarde nublada, aunque seca y sin viento. Caminó hasta el banco que miraba al ocaso, cerca del tajamar.

Se sentó pensando en el cambio de su vida: las cosas parecían haber naufragado por un lado y haberse compuesto por otro. No creía recuperar nunca la salud, y temía ser una lisiada de por vida. Tampoco se casaría; ella había deseado un esposo de quien encargarse, llevar una casa, ser una mujer considerada entre las otras, educar a sus hijos... ya que no podía ser notaria, que era lo que en verdad le habría gustado ser.

Había disfrutado trabajando con su hermano o ayudando a su tío en el despacho.

Le extrañaba no sentir ninguna inquietud por su madre, apenas si un reflejo cariñoso por José María y uno más acentuado por Antonia, a quien siempre había querido. Don Teodomiro la había sorprendido al cuidar de ella con dedicación, como un verdadero tutor, tan distinto del tío que ella conocía, pomposo, fatuo y un poco avaro.

Él fue quien le aconsejó que se quedara a vivir con Laura.

—Se conocen desde la infancia y nunca han dejado de ser amigas —le dijo—. En casa de tu madre te consumirás inútilmente. Conozco a mi hermana; es capaz de desbaratarle la vida al rey de España. —Y la tranquilizó: —No te preocupes por ella, ni por Antonia ni por ti, que yo cuidaré de todas. Y tu hermano, ya ves: se acogió a la paz del convento. Bien cierto es que mi aspiración era dejarle el bufete, pero si él está feliz ahí... He pensado... Dame tu opinión, que te tengo por sensata... He pensado en Manuel Cáceres...

—Es excelente. No creo que vaya a arrepentirse nunca de tenerlo a su lado —aseguró Consuelo, pensando que quizás, una vez recuperada, a falta de su hermano, pudiera ayudar a su tío otra vez.

—Y si os mirarais con buenos ojos... no te faltaría a ti dote ni a él trabajo para...

—No deseo casarme —repuso ella con brusquedad, y el anciano dejó la conversación.

La gramilla seca crujía bajo su pie. Consuelo se apretó la capa contra el cuello y se sentó con movimientos cuidadosos. Miró el temprano ocaso del invierno y se animó al ver que día a día se movía con más facilidad. Pensó en la casa de la ciudad y se alegró de estar en Ascochinga, ya que, después de lo ocurrido, no soportaba los espacios cerrados o pequeños ni la oscuridad. Antes de ir con Laura a La Antigua, había perdido la guerra de las ventanas con su madre.

Estaba pensando en que Paula había dicho que el niño de Laura ya estaba acomodado para salir, cuando oyó que alguien se acercaba desde el camino.

Se volvió —cualquier ruido imprevisto la sobresaltaba— y distinguió a Ocampo.

Sintió que enrojecía de disgusto: ya no podía retirarse sin dar el espectáculo de su esfuerzo.

—Buenas tardes, señorita Achával.

Ella contestó embozándose en la capa.

—¿Puedo sentarme con usted?

—Siéntese. Yo me iba en este instante. —Llena de pánico, intentó ponerse de pie, pero le flaquearon las piernas. Él estiró un brazo para sostenerla, y ella hizo un gesto de rechazo. Se miraron; ella, avergonzada de haber perdido las maneras; él, resentido por el desaire.

—No quiero su compañía, señor Ocampo —dijo Consuelo, y se, sentó de nuevo, ante la imposibilidad de una airosa retirada—. Desearía que no se me acercara. Soy una persona nerviosa desde... desde...

—Nunca he querido molestarla.

—¿Va a decirme que nunca se dio cuenta de que rehúyo su compañía?

—Sí me he dado cuenta, pero pensé...

—Me cuesta mucho tratar con la gente. Prefiero que se me deje en paz.

—Pensé que podíamos ser amigos. Somos los únicos jóvenes solteros en varias leguas...

—Eso no forma una necesidad.

—¿Por qué es tan amarga? —explotó él, apretando los puños—. Desde que la conocí, no puedo comprender que exista ese ánimo tan irritable en un cuerpo tan joven y en un rostro tan espiritual.

—No quiero escucharlo —se negó ella, y volvió a incorporarse, decidida a irse de cualquier manera.

Pero él se puso de pie al mismo tiempo, más alto e igualmente irritado.

—¿No será que me rehúye, no porque le disguste yo, sino porque se disgusta a sí misma?

Atónita, Consuelo se detuvo a mirarlo.

—Se tiene por todo un galán —ironizó—. ¿Ninguna mujer se le resiste?

—No quise decir eso. Pero es verdad: pocas mujeres me rechazan, y no creo tener defectos que merezcan que se me trate como me trata su gracia.

—Ocampo, usted es una agradabilísima persona, pero yo no deseo trabar amistad con nadie. Y ahora, por favor, vuélvase, o vaya delante de mí. Me avergüenza... me molesta que...

—No voy a dejarla sola. La casa está lejos y ahora le toca subir la cuesta.

—¡No quiero que me ayude! ¿No puede entenderlo?

—Sí, lo entiendo. Entiendo que usted parece pensar que, porque un degenerado la atacó y la dejó por muerta, usted debe avergonzarse de sus heridas, culparse de algo, castigarse vaya a saber por qué mandato.

Muda, llena de cólera y a punto de llorar, Consuelo lo enfrentó:

—¡Váyase al diablo, Ocampo, pero déjeme en paz! ¡No quiero escuchar su filosofía de salón!

Esta vez él se salió de sí y la tomó con fuerza del codo. Consuelo trastabilló y tuvo que aferrarse a la chaqueta del joven para no caer. Él le rodeó el cuerpo con los brazos y sin esfuerzo la alzó; luego caminó con ella hacia la casa.

—Suélteme, quiero caminar sola —insistió Consuelo.

—Está demasiado frío y todavía no camina bien. La dejaré en la puerta.

—Mi bastón...

—Volveré por él, no se preocupe.

La dejó sentada en uno de los poyos exteriores, alterada y casi sin respiración. No se atrevía a ponerse de pie sin el bastón, por miedo a caerse. "Soy patética. ¡Ojalá hubiera muerto! ¡Ojalá no me hubieran encontrado!" Sollozó, descontrolada.

Ocampo regresó y, al verla en semejante estado, se sentó a su lado.

—Imagino que se habrá dado cuenta... —Con un suspiro, terminó la frase que había quedado en el aire: —Estoy enamorado de usted. Por favor, quedémonos un rato aquí, hasta que nos serenemos. He venido a cenar y me disgustaría que usted no se sentara a la mesa. —Terminó con suavidad: —No me dirija la palabra, si no lo desea, pero al menos deme la oportunidad de estar cerca de usted.

Consuelo se secó las lágrimas con el pañuelo que llevaba al puño y comenzó a reír.

—Usted... ¡enamorarse de mí! No tengo dote, ni tierras, ni propiedades; sólo mi apellido, del que puedo enorgullecerme, y mi integridad. Tengo el cuerpo lleno de cicatrices y quizá no pueda concebir hijos...

—No me gustan mucho los niños; tengo demasiados hermanos menores y más sobrinos de los que puedo soportar.

La joven lo estudió tratando de detectar la burla, pero él continuó mirándola con una expresión de seriedad que terminó por calmarla. De alguna manera, con su absurda declaración de amor y su desatinada confesión sobre los niños, el muchacho había conseguido cambiarle el ánimo.

—Ocampo, si esto no fuera tan... tan...

—¿Ridículo? —indicó él.

—Un buen adjetivo. Pero, ya que hemos hecho las paces, ¿puedo preguntarle si padece alguna enfermedad del espíritu que lo lleva a amar a mujeres que serían desechadas por el resto de los hombres?

Con un gesto de ternura, él le tomó una mano y se la besó. Consuelo la retiró sin brusquedad.

—Ahora veo por qué es tan estimado entre las damas. Pero, en cuanto a mí, no creo poder superar el estado en que me encuentro.

—Puedo esperar. Mi padre está satisfecho de que permanezca en Ascochinga. Cree que estoy soportando el castigo como un hombre.

—¿Y se dedicará a estanciero?

—Me doctoraré en leyes —afirmó el joven con seguridad—. Pero este año ya no puedo inscribirme, por lo que tendremos varios meses para conocernos y hablar de lo nuestro.

—¡Lo nuestro, por Dios, si no existe!

—Existirá —dijo él, y le tomó de nuevo la mano.

Ella volvió a rechazarlo con suavidad.

—Ayúdeme a ponerme de pie y entremos en la casa.

—¿Cenará usted...?

—Sí, Ocampo. Creo que su valor merece que le dé ese gusto.

El joven se inclinó y la besó en la mejilla. Entraron, ella apoyada en el brazo de él.

Aquella noche Laura pasó por la pieza de Consuelo y la encontró con los brazos cruzados bajo la nuca, mirando el techo con una expresión de complacencia.

—¿Qué pasa? —se sorprendió. Se sostenía la espalda con la mano; el embarazo ya le pesaba.

—Si quieres saberlo, Ocampo me ha declarado su amor esta tarde —se ufanó Consuelo ante su amiga.

—¿Es una broma?

—¿No crees que un hombre tan guapo pueda interesarse en mí?

—No, si ya me sospechaba que algo se traía bajo el poncho. Lo que me asombra es que hayas consentido en hablar con él. Venías eludiéndolo con bastante éxito. Cuéntame.

Se tiraron en la cama y Consuelo contó con teatralidad y mucha gracia lo sucedido entre ellos.

—Pero, ¿te gusta?

—Por supuesto que me gusta, pero no puedo aceptarlo. Sería injusto para él. Además, no creo que a don Esteban lo haga feliz verlo casado conmigo.

En aquel momento entró Paula para ver a Laura y tantearle el vientre.

—Hmm. Pasado mañana cambia la Luna. Por ahí vamos a andar...

Se fue a dormir a la pieza del lado, donde había armado un catre y tenía los lienzos, las sábanas y la ropa del recién nacido. En una caja de porcelana, las tijeras de oro para el cordón umbilical —con ellas habían cortado el de muchos Osorio— y otros instrumentos, además de hierbas y desinfectantes que podían necesitarse; en una mesita había preparado varios cacharros, una botella de coñac y unas copas. Juanchita dormía en el suelo, para que ayudara llegado el caso. En la cocina, una olla de agua era mantenida día y noche sobre el rescoldo. Ningún médico podía haber tomado mejores disposiciones.

Y dos días después —tal como lo suponía Paula— Consuelo, que dormía con Laura, golpeó la pared intermedia, así que la mujer se presentó de inmediato, aunque a medio vestir, para evaluar el progreso de las contracciones.

—¿Qué sintió? —preguntó a la muchacha.

—Pensé... que me había orinado —se extrañó Laura—, pero el dolor...

—Se le ha roto la bolsa, no se preocupe —la alentó la mujer mientras se recogía el pelo bajo un pañuelo y daba órdenes a Juanchita, que, con ojos despavoridos, espiaba desde la puerta. Antes de continuar con los preparativos, Paula encendió dos velas y se santiguó: una a San Ignacio, que ayudaba a las parturientas, y otra a Santa Ana. "Que sea una niñita", pidió en silencio, pues la madre de la Virgen tenía fama de conceder el sexo del por nacer.

Inés, que había oído voces y puertas, se presentó envuelta en una manta.

—¿Ya está?

—Sí, señora. —Paula sirvió dos copas de coñac. —Hágale probar a la niña. Yo me tomaré otra. —Y después de un generoso trago indicó a Consuelo y a Inés: —Ustedes también deberían tomar un poco; está muy frío y esto las mantendrá en calor.

Juanchita y Serafín ya llegaban con la olla caliente, los lienzos y todo lo necesario. Levantaron a Laura y la cambiaron de ropa, así como de sábanas tras dar vuelta el colchón.

—Después de que nazca el guagua, la llevaremos a la otra pieza. Ya tengo el otro dormitorio entibiándose. Ustedes —ordenó a los morenos— vayan a poner más agua al fuego.

La tina de Robertson, que Laura había llevado a La Antigua, esperaba a un costado; en ella recibiría el baño de parida. En uno de los jarros se maceraban unas cataplasmas de hojas y pétalos por si era necesario usarlas.

—No creo que vaya a pasar nada. Ahora me siento bien —protestó Laura.

—Algo de dolor sentirá, pero no se me asuste. Yo sé que usté es fuerte. Todo saldrá bien —le aseguró Paula—. Mire, cuando sienta que el vientre se le cierra y se le suelta como un puño, haga lo que le indique, ¿eh?

Por varias horas Laura sintió las contracciones que iban y venían, pero a pesar de cada grito que sofocaba mordiendo una almohadilla que Consuelo le metía en la boca, se sentía con fuerzas y confiada.

—Todo va bien, todo va bien —murmuraba Paula—. Misia Francisca va a lamentar haberse perdido esto. A ver, niña Inés, déle un poco de agua. ¿Ha descansado un ratito? Bué, hay que empujar de nuevo. Otra vez; puede hacerlo mejor... ¡caramba, niña, no me afloje ahora!

Mucho tiempo después, Laura no recordaría los dolores, pero sí la voz suave, convincente, de la mujer, y sus manos calientes y expertas entre sus piernas, tanteando la cabecita que pugnaba por salir. Ella empujó hasta que le lagrimearon los ojos, hasta que, casi desmayada, oyó que Inés exclamaba:

—¡Está asomando, Lali! ¡Un poco más de fuerza!

"Que sea ahora —rogó ella—. Me estoy debilitando." Perdió breve instante la conciencia, pero la despertaron los gritos de las mujeres y el llanto de clavecín de la criatura. Por fin podía relajarse, y se dijo con alivio y orgullo: "He dado a luz a un hijo, un hijo de Brandon. Algún día lo sabrá". En tanto, Consuelo le hacía oler un trapo embebido en agua de Colonia.

—La placenta —se preocupaba Inés. (Ella le oía la voz opaca, como a través de la lluvia.)

—No se preocupe, niña, que sé lo mío.

Laura sintió una presión firme y experta que se repitió, insistente, sobre su vientre.

—¡No sale, por Dios! —gimió Inés, sin que Laura entendiera su urgencia.

—Pierda cuidado, que se la he de sacar, niña. Ya casi, casi... ¡Aquí va! —Y Laura sintió el alivio inmediato de expulsar algo denso que le oprimía adentro. Oyó gritar a la criatura, ruido de agua y el murmullo jubiloso de las mujeres. Consuelo se largó a llorar y la besó en la frente.

—¿Le ató el cordón? —decía la voz apremiante de Inés mientras Laura sentía que muy poco a poco le volvía el conocimiento.

—¿No me ve? —replicó Paula, paciente y hasta con humor.

Laura levantó la cabeza:

—¿Qué es? ¿Qué es? —quiso saber.

Inés ya se acercaba con un bultito en brazos, bien abrigado y todo envuelto en una de las sábanas de lino que ella misma había bordado.

—Querida... ¡es una niña! —Y se largó a llorar, feliz y emocionada.

Juanchita retiró las sábanas manchadas, las dejó en el corredor y ayudó a desnudar a Laura para bañarla.

—A la otra pieza —indicó Paula después de ponerle un camisón limpio.

Apoyándose en la partera e Inés, al tiempo que Juanchita cargaba a la niña, Laura llegó por su pie al otro dormitorio. Estaba tibio y olía a romero. Luego de colocarle una especie de grueso pañal, la recostaron entre varias almohadas. Encendieron más candelabros, arrimaron sillas, en una de las cuales se sentó Consuelo con la criatura en brazos, y dieron a la parturienta un caldo espeso y aromático para luego entregarle la criatura. Recostada sobre las almohadas, con las primeras succiones, tan dolorosas que le hicieron saltar lágrimas, Laura pensó que no había sentimiento comparable a aquel de sostener a su hija prendida al pecho.

Todas las mujeres de la casa proponían nombres mientras se movían alrededor de la cama: —Tiene que llamarse Mercedes de la Candelaria —decía una.

—No, Consuelo.

—Mejor el nombre de la abuela o de la bisabuela, para perpetuarlo en la familia.

Laura, con los ojos cerrados, pensó en su esposo con menor resentimiento. Era como si, al nacer, aquella criatura se hubiera llevado parte de su rencor. "¿Quién necesita un hombre, teniendo un hijo?", le contestaron sus instintos de recién parida.

47

Salvoconductos

"Pero, en retrospectiva [1836-1837] fueron años tranquilos, sin duda angustiosos para algunos, pero seguros para quienes lograron mantenerse anónimos. El terrorismo acechaba, pero aún no era desenfrenado."

–John Lynch,
Juan Manuel de Rosas

A cuatro días de haber partido de Río de Janeiro hacia Montevideo, Robertson y los otros pasajeros tuvieron que sacar ropa de abrigo de sus cofres.

La niebla se había hecho más espesa y un oficial que observaba desde la proa le señaló:

—Estamos en el Plata.

No se veía la costa, pues la distancia de orilla a orilla del río era de más de cien millas, pero el cambio se evidenciaba en la tonalidad del agua: desaparecidas las azules aguas del océano, se encontraban navegando a través de olas color ocre. Acababan de sacar la sonda.

—Un fondo de doce o nueve brazas —aclaró el oficial antes de que volvieran a sumergirla, al tiempo que controlaba la exactitud de los cronómetros.

Pronto pasaron la pequeña isla de Lobos, que parecía una tierra homérica entre las sombras de la niebla, cubierta de pájaros marinos y de focas. Acentuaba aquella impresión el sonido profundo del grito de algún animal macho que parecía retar a la nave.

—Pasaremos la noche en Maldonado. Mire, señor Robertson: balleneras francesas. ¿Sabe cómo llamaban los españoles al río de la Plata? "El infierno de los marineros". Nos hemos librado del temporal del sudeste —señaló—; ahora nos falta librarnos de algo menos ruidoso, pero que lo iguala en peligro: los bancos de arena, que cambian continuamente de lugar.

Esa noche durmieron en sus camarotes y al día siguiente desembarcaron en Buenos Aires. Fue posible llegar en cúter, pues la marejada seguía alta debido al viento; la vez anterior, Robertson se había empapado al tener que hacerlo en carro.

El frío era cortante, pero después del calor de Río de Janeiro le resultó agradable. Parecía imposible que estuvieran en primavera; los días previos a la primavera escocesa habían sido más tibios que los de la Argentina, a la cual llegaba.

Se hizo llevar el equipaje al hotel de los Faunch, donde se había alojado en los otros viajes, y en su impaciencia lamentó que no fuera hora prudente para visitar a los Harrison: estaba ansioso por saber si habían tenido noticias de Córdoba, si su hijo había nacido bien. Después de darse un baño, bajó al salón de reuniones, donde unas señoritas inglesas y sus damas de compañía —además de un caballero alemán— tocaban el piano y cantaban unas aburridas baladas.

El hotel, inaugurado en 1817 por James y Mary Faunch, no gozaba de la suntuosidad de los europeos, pero tenía categoría. En él se alojaban pasajeros de importancia, sobre todo llegados del Viejo Mundo, pues la comida era europea y tenía un excelente servicio de criados. Sus cuartos estaban alfombrados, casi todos contaban con chimenea y el mobiliario de caoba podía calificarse de lujoso. Disponía de baños de agua caliente, una sala de billar y un salón de recepciones y conciertos.

Acomodado en un sillón, Robertson se hizo llevar un café y el periódico; en la edición de ese día se recordaba, con frases machaconas y los consabidos "vivas" y "mueras", que el Supremo Juez de las Provincias Unidas —don Juan Manuel de Rosas— había firmado la sentencia de muerte de los Reynafé y sus cómplices, declarando que "cualquier agravio" —que ellos señalaran— "es reparable por el recurso de la súplica". En la misma página, el recién inaugurado Salón Literario, que funcionaba en la calle Victoria número 59, recordaba a socios y simpatizantes que el viernes siguiente tendrían reunión "a las siete de la noche". Y continuaba el texto: "El Salón Literario ofrecerá en su escogida biblioteca lectura de las obras más importantes de la literatura moderna. Hará venir constantemente de Europa los mejores periódicos literarios y científicos, y todas las obras nuevas de más crédito que se publiquen en francés, inglés, español e italiano. Habrá cada semana dos o más reuniones, en que se leerá todo trabajo literario importante que sea presentado con ese objeto, sea traducción o composición original. Se formará un fondo para costear la impresión de toda obra original, ensayo, traducción o composición en prosa o en verso, que se considere digna de ver la luz pública, además de establecer premios..."

Sin duda, estaba en la Argentina; sólo allí podían darse la mano en la misma página el lenguaje de un pasquín con el de la más refinada cultura.

Durante aquella siesta Robertson decidió llevar a cabo una idea que le rondaba la cabeza desde que había desembarcado en Buenos Aires: escribiría a Laura. Que ella supiera sus sentimientos a través de la palabra escrita, que no deja resquicios para que las discusiones entorpezcan el entendimiento entre dos personas que deben explicarse largamente. Quería soslayar la sorpresa de presentarse a ella sin aviso; quería soslayar la duda de si ella lo aceptaría o no. Le pediría una señal, y esa señal evitaría toda palabra, toda discusión, todo pacto explícito. La mandaría con un chasqui personal para que llegara cuanto antes y le diera a ella tiempo para pensar en qué condiciones comenzarían sus relaciones después de lo pasado.

Cenó aquella noche con los Harrison, quienes le dijeron que ya era padre de una niña y, después de los brindis, lo instaron a que se mudara a casa de ellos.

—No va a conseguir salvoconducto así como así —le advirtió Harrison—, con este asunto de la guerra con Bolivia.

—Tengo urgencia por llegar a Córdoba. La enfermedad me ha demorado y me siento intranquilo por mi esposa y mi hija.

Doña Luz lo miraba en silencio desde hacía un rato. Era una mujer (una joven, más bien) de una belleza notable, belleza que se hacía más evidente con el carácter seguro de sí y un algo de humor lleno de ironía y fineza. Sus respuestas siempre eran rápidas, y esperaba, clavando sus ojos de un raro azul, casi del color de las violetas, que se le respondiera con la misma prontitud. Parecía tener poca paciencia con los tontos y mucha con sus hijos, a los que se dedicaba personalmente más de lo que era habitual en las mujeres de su clase social.

—Brandon —intervino de pronto, persuasiva—, es peligroso viajar sin un pase. Tranquilícese; Brian intercederá para apurar los trámites. Por lo que sabemos, Laura y su hija de usted están bien. Absolutamente bien, puedo asegurárselo. —Extendió una mano y apenas rozó con la punta de los dedos la muñeca de él, que estaba a su derecha.

Aliviado, como si un acto de magia lo hubiera tocado, Robertson reconoció:

—Tengo un enorme deseo de verlas...

—Déjelo en mis manos —indicó Harrison con una seguridad que lo tranquilizó.

Al otro día Robertson hizo llevar sus cofres a la casa, y al anochecer, entre el coñac que le sirvió el inglés en su biblioteca, más los puros que compartieron, con la risa de los niños —Tristán, que acababa de cumplir tres años, y Amanda, de dos— y la voz de doña Luz que hablaba con amabilidad a las criadas, Robertson permitió que el ánimo se le aplacara. Ésa era la dicha a la que aspiraba después de haber andado por tantos lugares; ésa era la tierra que elegía como su segunda patria, una tierra hermosa e incomprensible, a la medida de sus caprichos y apetitos, seductora como esas mujeres a las que los hombres aman más allá de la prudencia, aun sabiendo que podrían arrastrarlos al desastre.

"Ya tengo esposa e hija de quienes cuidar, una familia que proteger y una propiedad que defender —pensó, en respuesta a una dura frase de Laura—. Ése es el mejor salvoconducto que podría conseguir entre los hombres." Afuera, el resabio de la sudestada sacudía los árboles y la marea golpeaba en las barrancas del parque. En medio de las voces del viento, llamaron a la puerta. Harrison se puso de pie, preocupado, al tiempo que miraba el reloj de pared.

—¿Quién puede ser, a estas horas? —Despacio, sin ningún movimiento nervioso, Robertson lo vio apoyar el codo en la repisa de la chimenea, donde había un par de pistolas. "¿Las cosas están tan graves, que un hombre se preocupa si después del atardecer alguien toca a su puerta?", se preguntó, y recordó pequeños detalles: charlas que se acallaban si se acercaba un desconocido, caballeros que bajaban la voz ante la presencia de los fieros gauchos de la Mazorca. "Dentro de poco nos exigirán salvoconductos aun en las ciudades", había oído decir a un caballero en el hotel.

Pero las voces eran de bienvenida, y hasta se oyó a la señora de la casa bajar de prisa la escalera.

—¿Por qué no viniste a almorzar con nosotros?

Una voz varonil, con un leve acento, contestó:

—Tuve que encontrarme con Maza y terminé sentado a su mesa.

—Ven; quiero presentarte a alguien.

—Preferiría... —protestó el hombre, pero doña Luz lo interrumpió:

—Es el marido de Laura, que ha llegado de Escocia.

—¡Ah, si es así...! —se oyó después de un silencio.

La puerta se abrió y Robertson quedó sorprendido ante el hombre que entró: era muy apuesto, de cabellos y barba de un rubio tan claro que comprendió que tenía que ser el "Payo" Osorio, el hermano de doña Luz. Por los comentarios que había oído, pensó encontrarse con una especie de gaucho rico, pero éste vestía como hombre de ciudad, aunque no la levita, sino un saco de corte militar, pañuelo anudado al cuello como corbata y botines. De gaucho, sólo la rastra lujosa y recargada de monedas de oro y plata.

Fernando se detuvo en el umbral como un gato ante una habitación extraña. Saludó al inglés con desapego y extendió la mano a Robertson, que al ponerse de pie comprobó que Osorio era un poco más alto que él y de ojos profundamente azules, como los de la hermana.

—Se ha tomado su tiempo en volver —dijo Fernando Osorio.

—No por mi voluntad —contestó Robertson, molesto—. Estuve enfermo.

—De todos modos, Laura se pondrá contenta. Parecía extrañarlo mucho.

"Mis acciones no están demasiado bajas, entonces", pensó Robertson, con una sonrisa, y mientras Harrison servía jerez para su esposa y coñac para ellos, Fernando tomó asiento frente a él. Al cabo de un silencio les comentó:

—Han dado a conocer el decreto que estipula el ceremonial de la ejecución de los Reynafé y sus sicarios. Esta semana se les notificará que entrarán en capilla.

—¿Todos han sido encontrados culpables? —se sorprendió Robertson, que desde antes de partir seguía el proceso—. ¿No es posible que alguno tuviera menor responsabilidad que otros en el crimen? He oído que varios hombres de la partida ni siquiera sabían el propósito de la misión.

—Rosas quiere escarmiento, no justicia —dijo doña Luz, y Fernando indicó:

—El capitán de la Torre ha ido a ver a los Reynafé, sobre todo por el ministro Aguirre, que es medio pariente de su madre. Dice que están muy abatidos; Vicente tuvo que escuchar la condena sentado, porque ya no puede sostenerse. José Antonio y Aguirre están agonizando.

—¿Y Santos Pérez? —preguntó su hermana.

—A ése no hay con qué doblegarlo, Luz. Se comporta como si lo hubieran invitado a los juegos patronales.

Harrison fue por la caja de cigarros, pero Fernando prefirió el tabaco oscuro y oloroso de la guayaca que llevaba consigo.

—¿Te acuerdas del capitán King, el norteamericano que se casó con la sobrina del gobernador Bustos? —preguntó a su hermana.

—No lo conocí.

—Yo sí —dijo Robertson, interesado.

—Ese hombre aprecia de verdad a la familia Reynafé —continuó Fernando—. Se ha venido desde Córdoba para ayudarlos en lo que pueda. Justamente me lo encontré ayer en la Recova... —Encendió el cigarrillo y aspiró con fuerza antes de proseguir: —Les debo mis malos ratos a esos cuatreros, pero no soy tan desalmado como para alegrarme de que estén en la mala... aunque tampoco tan santo como para ir a consolarlos. —Se volvió hacia Robertson para aclararle: —Por ellos tuve que exiliarme en La Rioja, y por ellos murió mi padre, pues no supieron poner orden, a la caída del general Paz, en las tropas invasoras.

—No deseo que Luz y los niños estén en la ciudad para la ejecución, así que en unos días partiremos para la pampa —intervino Harrison con brusquedad—. Usted, Robertson, puede seguirnos, si aún no le han extendido el salvoconducto...

—¿No se lo han dado todavía, a pesar de que mi cuñado es amigo de Rosas? —preguntó Fernando, en fingida sorpresa, y el inglés le clavó la mirada, irritado.

—Bien, Robertson —continuó Osorio—, si Albión no lo ha conseguido, quizás este criollo del interior lo saque del apuro. El general Pacheco no dudará en darme la autorización para viajar.

Doña Luz miró a su hermano, divertida.

—Por supuesto que sí. Después de todo, estás entre los "rosines"...

—Epa, hermanita...

—¿No eres federal?

—Pero no rocín —replicó el joven, molesto con el juego de palabras que pretendía avergonzar a los "colorados".

—Para ser que te encanta fastidiar a los demás, eres muy sensible —se burló ella. Lo miró, risueña, por sobre la copa de jerez y restableció con aquel cruce de palabras el humor de Harrison.

La reunión terminó en paz. Esa noche, al acostarse, Robertson admitió que Fernando Osorio le había caído bien, como si ambos pertenecieran a la misma hermandad. Habían quedado en ir a la mañana siguiente a ver unos caballos. Si le entregaban el pase con rapidez, viajarían juntos a Córdoba. "Traje hombres armados, además de los baqueanos, pero tendría que agregar más animales a la tropilla... —le expresó Osorio— Quiero partir pronto. Tengo familia y estoy preocupado por ellos. Es la segunda vez en el año que me hacen venir."

J. Anthony King había nacido en Nueva York. A los catorce años huyó de su casa, se enroló en un barco mercante y luego de terribles penurias desembarcó en Buenos Aires. Allí encontró personas que lo ayudaron, y se mantuvo trabajando en la tienda de "perfumes y fantasías" de Monsieur Coquelet, muy conocida entre los porteños. Al crecer, se incorporó al servicio de la República; luchó contra los españoles y después contra los indios chiriguanos, que lo tuvieron un tiempo prisionero. Liberado, se puso a las órdenes del caudillo entrerriano Francisco Ramírez. Emboscado éste y muerto en San Francisco del Chañar, en el norte de la provincia de Córdoba, se salvó de ser ejecutado pero quedó prisionero del gobernador de la provincia —Juan Bautista Bustos, por entonces—, quien le tomó simpatía y quiso enrolarlo en el ejército. King se negó, alegando que no quería intervenir en una contienda civil. Poco después se casó con una joven de la familia Bustos.

Trabó amistad con los Reynafé y al ser apresados éstos viajó a Buenos Aires, donde intentó suavizar sus penurias. Era de los que creían que había una intriga más alta detrás de la emboscada de Barranca Yaco.

Robertson y Fernando lo encontraron en el Café de la Victoria; al verlos entrar, King se despidió de los oficiales con los que departía, para ir a sentarse con ellos.

—He visto a la señorita Reynafé —les dijo de inmediato—, pero no he podido darle el menor consuelo. Ya no es posible salvar a sus hermanos; dentro de unos días los ejecutarán. —Después de encender el cigarrillo, agregó: —Sólo el terror gobierna las agitaciones públicas, y deben sacrificarse algunas víctimas para imponerse al pueblo. Por eso van a morir estos infelices, mientras que el responsable oficia de juez.

—¿Pero qué motivo podía tener el gobernador Rosas para asesinar al general Quiroga? —preguntó Robertson.

Ante la mirada interrogativa de Osorio, King contestó:

—¿Ustedes piensan que Rosas, con un poder tan grande en las manos, tiene intenciones de dictar constitución? ¿Saben ustedes de los pactos que había firmado el general Quiroga en el norte, pactos que muchos llaman "los prólogos de la Constitución"? ¿Sabían ustedes que las provincias pasaban por alto a Buenos Aires y entregaban toda la autoridad negociadora a Quiroga?

—¿Y en qué traducimos todo eso? —inquirió Fernando, que apoyó un brazo sobre la mesa y se inclinó hacia el estadounidense.

—Oí decir entre la oficialidad que Facundo quería ser Presidente constitucional. —Como advirtió la duda en el rostro de los otros, señaló: —Quiroga estaba enfermo; no era hombre fácil de convencer y tampoco de aceptar que se le ordenara algo... ¿Por qué emprender aquel viaje infernal, salvo que fuera para su propio interés? Y aclaro que no estoy hablando de intereses mercenarios.

—¿Cree usted que los Reynafé no ordenaron el asesinato de Quiroga?

—Oh, sí que lo ordenaron... Ellos son lo que llamo responsables irresponsables del hecho.

—Capitán, usted parece saber cosas que yo, siendo de este país, ignoro —observó Fernando con cautela.

King clavó la vista en la lejanía, mientras se atusaba el airoso bigote. Tenía buena estampa y aunque a veces parecía fatuo, de la Torre había dicho a Robertson que en el campo de batalla se podía confiar a ciegas en él. La soberbia desembozada de los estadounidenses lo había salvado, de manera increíble, de peligros mortales.

—Rosas empleó muchas mañas para ganarse la confianza de estos hombres, en especial la de José Vicente, que, debo decirlo, es ingenuo y de poco carácter. ¡Pobre amigo, nunca pudo sostener con fuerza las riendas del gobierno de Córdoba! —Como se sentaron nuevos parroquianos muy cerca de ellos, hizo señas disimuladas de desconfianza y se puso de pie.

—¿Irá usted a la ejecución? —preguntó Fernando.

—No. No seré testigo de un asesinato; me flaquean las fuerzas.

Se encasquetó el sombrero con gallardía y se despidió de ellos.

—Vaya personaje —comentó Fernando, y bebió de un trago la ginebra que acababan de servirles—. Me pregunto si sabe algo o todas sus teorías son simplemente invención de su ignorancia.

Esa tarde los directivos del *British Packet* propusieron a Robertson que hiciera la crónica de la ejecución, y él, harto de andar de un lado para otro sin nada que hacer salvo esperar el demorado permiso para viajar, aceptó.

El 25 de octubre de 1837 no comenzó con la muerte de los Reynafé sino con la de los cómplices menores. Se llevó a cabo a las siete de la mañana en la llamada plaza de Marte —años después, San Martín—, un lugar tétrico y casi inaccesible por los pantanos que lo rodeaban. Se los ejecutó usando el criterio de la suerte (que, según decían, era la voluntad de Dios): corrió la bolilla negra y a tres de ellos —los menos culpables, de acuerdo con la investigación— les tocó morir con algunos oficiales de Santos Pérez.

No hubo en aquel escenario ni multitudes ni espectáculo; los mirones eran pocos y la tropa, la indispensable. Se oyó la descarga, el remate, el toque del tambor; la policía se encargó del resto.

Los que se habían tomado el trabajo de asistir a la muerte de aquellos hombres, cuyos crímenes los habían llevado tan lejos de su tierra y de los suyos, cambiaron unas cañas con los soldados, hicieron bromas zafias sobre las formas de "estirar la pata" de los caídos y luego se dispersaron, a caballo, en el amanecer que se extendía sobre la ciénaga maloliente.

Horas más tarde, camino al Cabildo, Robertson recordó el decreto ceremonial: la ejecución de los Reynafé se había organizado como un espectáculo de trágica solemnidad.

Desde muy temprano, en la plaza de la Victoria se había congregado una multitud de todas las edades, que siguió incrementándose hasta las once, hora en que los reos serían fusilados. La muchedumbre se completaba con dos mil hombres de tropa, que aparecieron marchando a las órdenes del general Pinedo y acompañados por la banda militar.

Ya esperaban el juez comisionado, asesores, fiscales, escribas y mucha gente de la selecta sociedad porteña. No faltaba, por supuesto, el capellán encargado de salvar las almas de los reos, ya que no estaba entre sus potestades salvar sus cuerpos.

Robertson se unió a Fernando Osorio, al capitán de la Torre y a un amigo de éstos, el comandante Gaspar Indarte, y se dirigió con ellos a una casa cuya azotea habían alquilado para observar la ejecución. Llevaba el catalejo y la libreta de notas.

El sol estaba alto, la temperatura era agradable, se veían hojas recién brotadas, flores en los árboles de la calle, enredaderas en los "huecos" de tapiales desmoronados: la naturaleza respiraba belleza en aquel día aciago para los condenados.

—Llegó la Lorenza —señaló de la Torre, al ver avanzar entre el gentío a la hermana de los Reynafé, guiada por el abogado defensor. Se dirigían a un sitio de privilegio que Rosas, enterado de que los hermanos habían pedido que asistiera a sus últimos momentos, hizo reservar para ella.

—¿Se presentará Rosas? —preguntó Robertson en voz baja, pues compartían el lugar con otras personas.

De la Torre, con una sonrisa torcida, murmuró:

—Al Restaurador le enferma la vista de la sangre.

—Allí vienen —avisó Indarte.

Los condenados aparecieron bajo los arcos del Cabildo, custodiados y cargados de cadenas. Para entonces, las campanas tocaban a agonía y el sonido producía una enorme congoja.

Los tres condenados —José Antonio y Aguirre habían muerto días antes— lucían limpios y rasurados, con ropas discretas. José Vicente y Guillermo iban encogidos, pero Santos Pérez caminaba con toda la insolencia que los grillos le permitían. Marchando detrás, el capellán los instaba a arrepentirse y a resignarse a morir.

A la vista de los condenados, la multitud hizo un silencio tan notable que se pudo oír, sarcástico y agudo, el grito de una urraca.

Los carceleros los tomaron de los brazos y los arrastraron hasta los banquillos, pero tuvieron que forcejear con Santos Pérez, que, por rebeldía, quiso sentarse solo.

—Ése —murmuró el comandante Indarte— morirá tal como lo conocí: sin agachar la cabeza.

Sin duda, Santos Pérez contrastaba, por la diferencia de edad, la altura, la apostura y el ánimo, con los otros dos, mayores pero sobre todo vencidos por la cárcel y los malos tratos. El asesino de Quiroga no parecía demasiado afligido: apenas se lo veía un poco más flaco sin su hermosa barba y con el pelo cortado a modo de afrenta.

—¿Será que ninguno va a decir nada? —preguntó de la Torre.

—Quizá no haya nada que decir —arguyó Indarte.

—Comandante, ellos saben que han sido traicionados y entregados por aquel a quien sirvieron con lealtad durante años; por el que debió, aunque sólo fuera porque le hicieron el favor de sacarle al Tigre de encima, ponerlos a salvo. Yo acusaría a diestra y siniestra, que siempre hay algo con qué ensuciar a los poderosos.

Pareció como si el mismo Santos le contestara, porque, al ver que los soldados aprestaban las armas, su voz resonó de una banda a otra de la Plaza:

—¡Rosas es el asesino de Quiroga!

El oficial lanzó una interjección y bajó el brazo con ímpetu. La descarga rozó las últimas sílabas de la frase, pero se la había oído con toda claridad. Algunas mujeres se cubrieron la cara, otras huyeron entre lamentos, hubo quien se desmayó.

—No deberían permitir que las hembras anden tan sueltas por la calle —reflexionó de la Torre.

Sonaron los tiros de gracia y luego los guardias, con la indiferencia con que se dispone de una res, pasaron lazos bajo los sobacos de los muertos e izaron sus cuerpos a un andamiaje preparado para eso. Todavía sangraban, y alguien gritó, impresionado:

—¡Están vivos, se mueven!

Los cuerpos se balancearon mientras las campanas, que habían enmudecido unos minutos, proclamaban la muerte. Como última ironía, las tropas desfilaron al son de marchas fúnebres, rindiendo el postrer respeto a los ejecutados. Un charco de sangre comenzaba a formarse bajo ellos.

—Ya estará el pueblo satisfecho —dijo Indarte, de espaldas a la plaza. Ante la mirada interrogativa del escocés, agregó: —Las ejecuciones no deberían usarse a modo de espectáculo.

—Amigo —le respondió Fernando—, en todas partes es lo mismo. De Roma acá, los gobernantes conocen las bondades del "pan y circo".

—No me importa el resto de las naciones. Siempre he querido creer que los sentimientos humanos no han sido desterrados de entre nosotros.

—De Traslasierra tenía que ser... —señaló de la Torre.

Robertson permaneció callado; hacía dos años que no presenciaba ninguna ejecución, y le pareció que ya no tenía estómago de observador.

Después de bajar a la calle, dieron una vuelta por la plaza; la muchedumbre no se dispersaba, porque el decreto decía que los cuerpos debían colgar por seis horas, así que muchos merodeaban atraídos por lo macabro de la escena.

Cerca del cadalso, Robertson distinguió a la señorita Reynafé, una mujer de mediana edad y facciones llenas de carácter, que continuaba rezando, con los ojos cerrados, por sus hermanos. A pocos pasos, una jovencita cubierta hasta la cabeza por un mantón lloraba bajo los pies del capitán Pérez y pedía a los guardias que por favor le quitaran los grillos de los tobillos y de las muñecas.

—¿Se les va escapar, acaso? —los increpaba—. ¿Adónde puede ir ahora, ah?

—Derechito pa'l infierno —le contestó un guardia.

—¿Quién es? —se condolió Fernando ante la extrema juventud de la muchacha.

—Una chiquilla que iba a vender empanadas a la cárcel. Parece que se prendó de Santos, y les pagaba a los guardias para que le pasaran la comida que le llevaba. —Indarte señaló a un negro que daba vueltas en redondo, como perdido, agarrándose la cabeza. —Era el criado de los Reynafé; los asistió hasta la última hora con fidelidad y afecto.

—Iré a ver al capitán King —anunció Robertson, y los otros se excusaron de acompañarlo.

El hospedaje donde paraba el estadounidense distaba pocas cuadras de la plaza. Un pardo viejo y descalzo lo guió, a través de un patio despojado de plantas y convertido en barrial, hasta la pieza de King.

Él mismo le abrió, pálido y con un vaso en la mano. Infinidad de colillas de cigarrillos rodeaban la silla donde había estado sentado.

—Ah, Robertson, pase usted. —Cerró la puerta en la cara del viejo. Se pasó la mano primero por la cabellera rubia y luego desde el bigote a la barbilla. —Todo terminó, ¿verdad? —dijo—. ¡Pregunta estúpida! ¡Si oí la descarga de los fusiles!

Robertson se sorprendió al ver la Biblia abierta sobre la mesa.

—¿Bebe? —ofreció el capitán.

—Sí, me hace falta —reconoció el escocés.

King trajo otro vaso y sirvió ron de la botella que esperaba al lado del libro; levantó después el vaso hacia el de Robertson y, mientras lo tocaba en el aire, lanzó una maldición a Rosas.

Se quedaron juntos varias horas, recordando otras guerras y sin probar bocado.

—Querría saber si los enterrarán cristianamente —dijo King.

Caminaron hasta la plaza, donde pudieron ver el carro de la policía que los arrastraba como si fueran reses a pesar de las protestas de doña Lorenza y los llantos de la jovencita.

—¿Adónde los llevan? —preguntó Robertson.

—El castigo incluye la fosa común. ¿Quiere que los sigamos?

—Ya tienen compañía. —Robertson señaló un grupo de mujeres y hombres que se arrimaban a Lorenza Reynafé; eran unos pocos, entre parientes, amigos, abogados y criados. —Al menos no estará sola. Dejémosla con sus muertos.

Decidieron buscar los caballos y dar un paseo hasta el río. En lo alto de las barrancas ataron los animales y, recostados en el suelo, contemplaron el agua amarillenta, las lavanderas, los gauchos que llevaban el ganado a abrevar, una que otra embarcación. Nada recordaba, allí, el tristísimo acto de la muerte.

Cuando regresaban, el estadounidense pareció pensar en voz alta:

—Se ha reparado la matanza de Barranca Yaco con otra. —Miró de frente a Robertson y declaró: —Porque las plazas, amigo, también son campos de batalla.

—Unos matan por odio; otros por temor —replicó el escocés—, y algunos lo hacen por sistema. El mundo se gobierna a través de la moneda y del miedo, capitán.

Con una incómoda angustia sobre la cintura, Robertson deseó con desesperación estar con su esposa y su hija.

Mientras ellos regresaban al centro de la ciudad, los cuerpos fueron arrojados al osario común, destino final de los ejecutados. Con esa última injuria se cerró el ritual de la Justicia.

48

Revelaciones

"—Ha llegado la hora de una revelación que influirá en tu existencia y que retardé hasta hoy, por motivos que te explicaré y que tú encontrarás justos."

–Juana Manuela Gorriti,
Relatos

CÓRDOBA
FINALES DE 1837

—Allá está —dijo Fernando Osorio, y Robertson detectó la emoción que no esperaría en un hombre como aquél.

Llevaban días cabalgando y se habían desviado, en territorio de Córdoba, hacia lo que Osorio denominó "los Terceros", región que, por la cercanía del río del mismo nombre, llamaban Tercero Arriba y Tercero Abajo.

Lo que Fernando señalaba era una gran estancia que se levantaba en medio de la llanura. Algo alejado, se veía el río, ancho y caudaloso, correr hacia su desembocadura en el Carcarañá. Robertson recordó de inmediato la historia de doña Blanca. Aunque había muerto en La Antigua, fue en Los Algarrobos donde ella presenció el suplicio que se aplicó a su amado: el río había sido testigo de la agonía del infeliz enamorado.

—Mire, Robertson —señaló Fernando—. Por aquellos algarrobos lleva el nombre la hacienda. Son centenarios. Desde el año 29 han desaparecido dos. A uno lo tocó un rayo; al otro lo quemaron mis propios correligionarios —confesó, mortificado—. Destruyeron y saquearon la propiedad y mataron a mi padre y al negro que me crió... Pero eso fue en Córdoba.

Hacia el oeste, el llano se convertía en un cordón montañoso, con otro más elevado detrás. A la distancia, la frondosa vegetación marcaba con una línea oscura los tajos de las quebradas. Los nombres que invocaba Osorio sonaron llenos de sugestión para Robertson: sierra de los Cóndores, sierra de las Peñas, la aguada de las Corzas, los valles de Traslasierra...

Hacia el sudeste, la llanura se deslizaba entre monte espeso, lagunas y bañados. Blancos manchones de salitre espejeaban a lo lejos.

Animales silvestres huyeron ante los jinetes, pero vieron muy poco ganado de corral.

—Hace siete años —señaló Fernando—, esto era un mar de animales: mulas por miles, caballos, vacas y rebaño menudo. De Chile y del Perú venían a comprarnos. Hacia allá estaban los saladeros y la curtiembre. Todo era... —Calló, incapaz de calificar el pasado.

Robertson recordó lo que le había dicho de la Torre: las incautaciones de productos y animales, además de las levas que los dejaban sin peones, conspiraban contra los estancieros, en especial los establecidos en aquel corredor.

—¿Y usted se ha venido a vivir aquí? — preguntó. Intuía un misterio en torno del hermano de doña Luz; sabía que tenía un hijo, al que había nombrado Lucián por cariño a su hermana... pero nadie preguntaba por la madre del niño, la que debía de ser la mujer de Osorio. Días antes de que los Harrison —debido a la ejecución de los Reynafé— salieran para La Severa, Robertson oyó sin querer una conversación entre doña Luz y Fernando; detenidos bajo la ventana del cuarto que ocupaba él, en el primer piso, no se dieron cuenta de que el viento del Plata elevaba sus voces.

—En el cofre colorado he puesto unos obsequios para Calandria y tu hijo... —oyó que decía la esposa de Harrison, y la voz de Fernando, que tenía la cualidad de hacerse oír aunque hablara en voz baja, le reclamó:

—¿Y nada para tu hermano preferido?

—¿Quien te ha dicho que eres mi preferido? —replicó ella, entre risas.

—Eso cree el viejo pomposo de tu marido.

—Payo, Dios te va a castigar: un día le deberás la vida a Harrison.

—Quisiera verlo. Más fácil me parece que él me la deba a mí.

—No hables así, que el destino es caprichoso. Un algarrobo necesita cien años para crecer, pero cualquier idiota lo voltea en unas horas.

—Si sabes que soy supersticioso, ¿por qué me dices eso? —se molestó Fernando.

—No me provoques, entonces —le advirtió ella con buen humor—. Vamos, deja en paz a mi esposo. Bien sabes que lo quiero y que es una buena persona. ¿Qué hubiera sido de mí y de los más chicos sin él?

—¿Me estás echando algo en cara? —se encrespó él; su hermana contestó con soltura:

—Si lo pienso un poco, sí. Pero volvamos a tu regalo. A pesar de la maldad que muestras hacia Harri, él encargó traer de Inglaterra algo que te gustará mucho. Un rifle Norton y un barril de balas. Ven, vamos a su despacho.

—Mientras se alejaban le preguntó: —¿Has estado con Indarte?

—Claro. Anda amargado porque no se concreta la Constituyente.

—Sé bueno y no lo nombres delante de Harri. Tuvieron unas palabras en la fiesta que se dio para festejar la Campaña del Desierto.

—Si yo le debo a Harrison el bienestar de mi familia, él le debe a Indarte tu vida... —respondió Fernando.

Robertson quedó pensando en el raro nombre —Calandria— de la esposa de Osorio; también le llamó la atención lo que había dicho éste con respecto a Indarte, así que, cuando se juntaron para la ejecución, fijó en él una aguda mirada de informante. "Temple tenía razón: éste es un país de hombres apuestos", se dijo, aunque lo más destacado en el oficial del general Pacheco era su carácter adusto y tranquilo, una afabilidad rara en un militar. En aquel punto, le recordó a Farrell.

Mientras se acercaban a Los Algarrobos, Fernando le explicaba:

— ... a los míos los tengo lejos, en los puestos que están fuera del camino de las tropas.

Apuraron los caballos. Osorio estaba inquieto —sintió Robertson—, como si temiera no recordar las palabras del encantamiento que lo devolvería a su familia.

La ilusión de buen estado que producía la casa desaparecía al acercarse: las hojas del otoño se amontonaban en la galería frontal, redondeaban los ángulos de la construcción, yacían detenidas entre las rejas y los postigos. La madera reseca necesitaba cuidados; la cal había comenzado a desprenderse en gruesas láminas que parecían hostias mal hechas; el hierro estaba áspero de herrumbre.

Con el respeto que se siente ante un santuario, Fernando desmontó al pie de los escalones.

—Venga, Robertson. Echaré una mirada.

Buscó las llaves en la alforja y saltó a la galería. Abrió primero el candado que trababa las grandes puertas de entrada, y después la puerta misma, que rechinó al empujarla.

Algo de fortaleza mostraba la construcción, observó Robertson; las paredes eran altas, difíciles de escalar, y al trasponer el amplio zaguán comprobó que los muros tenían un metro de grosor.

—Es fácil de guardar: tiene solamente dos puertas al exterior —comentó Fernando—, porque hemos anulado la del oratorio. —Golpeó una de las hojas. —Madera durísima. Tiente.

471

Las rejas de las ventanas no serían arrancadas con facilidad, pues se enterraban profundamente en las paredes.

Recorrieron casi en silencio las piezas que Fernando iba abriendo. Pocos muebles, cubiertos de lienzo, eran la evidencia de que alguna vez se había desarrollado allí la vida de una familia. Quedaban unas camas que al parecer se usaban de vez en cuando, pero no había otra señal de ocupación, salvo los pozos y aljibes, cerrados para mantenerlos limpios.

Por la sacristía que daba al interior de la casa pasaron a la capilla, de una sencillez cautivadora; la entrada había sido sellada con argamasa. De allí fueron a las cocinas, donde los fogones apagados eran más expresivos que el vaciamiento de las habitaciones. El olor a humo perduraba, impregnado en los tirantes ennegrecidos del techo, en las hornallas vidriadas de hollín. Allí estaba la segunda puerta que daba al exterior; se asomaron por ella y vieron los restos de los corrales, las barracas a medio caer, la maleza que avanzaba sobre lo que antes había sido patio y solaz de criados y peones.

Fernando se sentó sobre uno de los palenques, que seguía afirmado a la tierra, y sin mirar a Robertson le pidió:

—Convídeme con uno de sus cigarros. No tengo paciencia para armarme uno.

La Antigua, pensó el escocés, era hermosa, pero esta propiedad era magnífica: se veían en ella las señales de una maquinaria de producción en gran escala, donde lo bello se ajustaba a lo práctico —cosa que en la casa de Ascochinga no siempre sucedía—, y él, que no había conocido más propiedad que las de sus tíos, entendió el dolor de aquel hombre bravo y temerario al ver el territorio yermo que pudo ser su imperio.

—En fin, no sé qué otra cosa pudo hacerse por ella —dijo Fernando, como para sí mismo—. Incluso Luz lo intentó un tiempo...

—¿Doña Luz? —se sorprendió Robertson.

—Sí. Entre el 30 y el 31, creo, pero tuvo que desistir. Las tropas la desangraban. Y después, como los chimangos cuando ven un caballo herido, aparecieron los cuatreros... Dicen que Francisco Reynafé quiere derrocar a Rosas para poder casarse con Clarita Oliva; yo podría decir que deseo que se constituya el país para dedicarme a poner Los Algarrobos de nuevo en marcha. Así son las cosas —murmuró, y abrió los brazos como si quisiera abrazar el sur—. Me fui disgustado con mi padre, y esto me importó poco; me creía el defensor de los relegados, los escarmentados, los que, por ser menos, eran atacados, sin derecho ni voz y mucho menos voto. Ahora... —Se encogió de hombros. —En fin, mejor ni detenerme a pensar hasta que pueda hacer algo. Si no, es martirizarse en balde... —Guió a Robertson hacia adentro y le preguntó: —¿Laura le habló de nuestra antepasada, doña Blanca? Hay una leyenda sobre ella...

—Sí, en La Antigua me la contaron.

—Voy a mostrarle una cosa.

Subieron las escaleras y entraron en un aposento a oscuras. Fernando buscó a tientas, y se oyó el ruido de un postigo —no de la ventana, pues continuaron en tinieblas—; brilló una pequeña llama que al robustecerse mostró el cabo de vela del cual provenía.

—Acérquese —le indicó Fernando.

Las puertas, maravillosamente labradas, pertenecían a un nicho profundo. Al ser levantada la luz, aunque era escasa, surgió una figura tallada en madera: era un Cristo, un *Ecce Homo* sentado en la columna, policromado hasta parecer de carne y hueso, lacerado hasta lo indecible en la frente, la espalda, las rodillas, las palmas y los pies. Coronado de espinas y con una vara en la mano a modo de cetro. En la expresión de su rostro se reflejaba la mansedumbre del que acepta el destino, por amargo que sea.

—Es un Señor de la Paciencia. Lo hizo aquel indio que amaba a la señora. Varios de nuestros ascendientes intentaron desprenderse de él, pero dicen que les traía desgracia en cuanto se decidían a hacerlo. Por eso quedó aquí. —Y añadió: —Pasa algo raro con este Cristo: en las invasiones que hemos sufrido, se han llevado de todo, sin perdonar cruces ni imágenes sagradas, pero a él no lo han tocado. Quizá sea el tamaño —recapacitó, sólo a medias incrédulo—, o quizá les provoque respeto. En fin, hace dos siglos que no se mueve de esta casa.

Cerró con cuidado los postigos, apagó la vela y salieron a la luz ciega de los corredores que daban al mediodía.

—Luz tenía una devoción especial por él. Lo llamaba "el Cristo indiano", no sé por qué, aunque ahora... —Se calló de golpe. Cerró la puerta y dijo: —Bajemos. Usted puede quedarse aquí a descansar. Yo iré a ver si rodeo algunos animales para que coman mis hombres.

—Desearía salir cuanto antes para Córdoba.

—Por supuesto. Pero, hora más, hora menos, llegará a la medianoche.

Bajaron y, en una de las piezas donde quedaban camas, Robertson se tiró como muerto. Tuvo que taparse con una manta, pues adentro hacía frío, aunque era un día templado de primavera. Se durmió de inmediato y tuvo un sueño extraño que de alguna manera se relacionaba con el Cristo de la habitación de arriba y el indio asesinado. Se despertó al oír que abrían la puerta; con la reacción del legionario, dejó caer la mano bajo la manta y tomó una de las pistolas. En el umbral, una morena tan alta como él, de una belleza notable, miraba sin un ápice de miedo la boca del arma. La cabeza de líneas perfectas estaba rasurada casi a rape; el cuello era fino y largo; los hombros, anchos y altos; la cintura, estrecha; las piernas, largas. La boca tenía un

473

dejo de malhumor y los ojos de párpados entrecerrados lo estudiaban con fijeza. Llevaba en brazos un niño que parecía de tres años, calzado a horcajadas entre la cintura y la cadera. La manita que se aferraba al escote de la blusa descubría la línea redondeada y la piel algo más clara de un pecho. Era moreno y tenía los ojos —que miraban a Robertson tan fijamente como los de la madre— de un raro azul; eran los ojos de Fernando, de doña Luz, de don Felipe, los ojos de muchos de los Osorio. Robertson comprendió que estaba frente a la mujer de la cual nadie hablaba, a la que doña Luz había llamado Calandria.

—¿Y el Payo? —preguntó ella con una voz melodiosa, sensual y al mismo tiempo exigente.

Robertson apenas si pudo tartamudear:

—Fue... creo que fue a juntar reses.

No alcanzó a ponerse de pie cuando ya la morena había desaparecido. Por un rato oyó los pasos de ella que resonaban en las baldosas de la galería. El viento de afuera le llevó dos o tres palabras dichas con la voz del niño, media contestación de la mujer.

Se dejó caer de nuevo sobre el jergón y soltó la pistola. El misterio le había sido revelado.

Misia Francisquita fue despertada por las criadas, que le comunicaron, muy asustadas, que habían llamado a la puerta y que en la calle se oían voces de hombres y cascos de caballos.

—Ha de ser ese desconsiderado de Fernando —las tranquilizó la señora—. Miren por la reja, pero sin abrir la ventana. No teman; ésta es casa de bien y no hay hombres que se metan en política, para que vengan a prenderlos de noche.

Mientras Nombre de Dios y Rosina bajaban, empujándose una a otra, misia Francisquita pidió a Fe que le alcanzara los anteojos y una pañoleta para los hombros. Temía que le hubiera pasado algo a Laura, a Inés, a los hijos de sus sobrinas. "O a Fernando", se angustió, tan feliz que estaba de haberlo recuperado. Pensó con cansancio en ese ejercicio de la preocupación, que sólo se extinguía cuando el que amaba o el amado dejaban de existir. "Que Dios me conceda morir antes que ellos —rogó mientras se ponía los anteojos—. "Ya he perdido demasiados afectos."

Oyó pasos que subían la escalera, que llegaban al corredor. Eran pasos de hombre. "Fernando, entonces. Traerá noticias de Luz; quizá sepa algo de Robertson..."

Martina llamó a la puerta.

—Hazlo pasar, hazlo pasar —se impacientó la señora.

A la luz de la palmatoria, e iluminado por el brazo levantado de Martina, que sostenía el candil, apareció un hombre alto y moreno cubierto por una capa oscura. Doña Francisquita tuvo un sobresalto: no era el Payo.

De pronto, el pulso se le disparó como una flecha. Parpadeó, no pudo hablar, extendió los brazos.

—¡Hijo, hijo! —apenas si pudo articular.

Robertson entró en la pieza, apuesto, cansado, más moreno que nunca. Se acercó a la cama y pretendió besarle las manos, pero ella le hizo un gesto perentorio de querer abrazarlo. Y mientras él la apretaba con el mayor afecto, ella, llorosa y emocionada, le palmeaba la espalda.

—Cuánto has tardado. Ya empezaba a temer...

—Estuve enfermo —se justificó él—. Fue imposible llegar antes. Todo parecía estar en mi contra: los barcos, los puertos, el clima, la política... Pero aquí estoy. Hice el viaje con Fernando, que quedó en Los Algarrobos. Sus hombres me acompañaron hasta aquí.

—Martina, acomódenlos en la barraca y arrímenles algo de comer —ordenó la señora.

Se volvió hacia Robertson, le pidió que acercara el sillón y mandó a Fe por el coñac; después le dijo:

—Hoy no podrás ver ni a tu esposa ni a tu hija, pero mañana subiremos al coche y partiremos a Ascochinga. Tu hijita, Brandon, es una belleza, una verdadera belleza, muy parecida a Laura. De ti, nada. ¿Y sabes cómo se llama? Agustina Milagros de la Candelaria. Querían ponerle Mercedes de la Candelaria. Como nombre es bueno y justo, pero, como estoy enemistada con Mecha, se lo prohibí. El parto, hijo, mejor no podía haber sido; la asistió Paula y allí estaban Inés y Consuelo... Para que entiendas, te explico: Inesita, a quien no conoces, es hermana de Luz y de Fernando, y ella y su familia se han ido a vivir a La Antigua. Por eso no están los chicos en casa: los he mandado al campo para que hagan amistad con los de ella, Francisco necesita juntarse con muchachos; acá está todo el día con mujeres que lo malcrían. En cuanto a Consuelo, se ha quedado a vivir con Laurita. Hemos cortado relaciones con Josefa, pues nos acusa de haberle robado a la hija... ¡Bah, debí cortarlas hace años!

Las criadas, descalzas y bostezando, llevaron el precioso coñac, además de la botella de anís, por darle el gusto a la señora.

Misia Francisquita mandó a las chicas a airear la pieza de Laura, "porque preparada ya está; mando que cambien las sábanas todas las semanas, como si durmieras en ellas". Aceptó el anís que Robertson le había servido, y le propuso:

—Brindemos porque has regresado.

—Por el amor —dijo él, burlón—, ya que usted sabe tanto de eso.

—Bien sea. —Y tocó la copa de él.— Por los amores; por los nuevos y por los viejos; por los que nacen y por los que han muerto.

—Hoy no nombremos a la muerte. —Robertson levantó la mano.

—A ver, cuéntame qué te ha pasado.

En pocas frases, él le comentó de la enfermedad que lo había llevado al borde de la muerte. Ante la descripción de los síntomas, la señora hizo a medias un análisis:

—Parece como si hubieras ingerido un tósigo; quizás algo en la comida del barco... Y tus tíos, ¿cómo los encontraste? ¿Te libraste de ese trabajo al que querías renunciar?

Después de contestar sus preguntas, Robertson quiso que le explicara lo que había pasado con De Bracy.

—Es demasiado terrible para hablar de ello a estas horas. Que te tranquilice saber que no se llegó a la tragedia. En el viaje te daré a leer la carta de Sebastián, en que me cuenta el pasado de esos perversos. Es increíble, es... Oh, mañana lo hablamos. Y de Luz y sus hijos, ¿qué me dices?

—Traigo cartas, regalos, diarios de Buenos Aires, unos libros que le manda su sobrina... Hasta unos quesillos de parte de Fernando.

Misia Francisquita pareció retorcerse en la curiosidad de preguntar por la esposa de su sobrino —nadie se había atrevido a insinuarle la identidad de ella— pero, como no se atrevió, terminó por preguntar:

—¿Conociste a su hijo? ¿Es un lindo chico? ¿Qué color de ojos tiene?

—Los ojos de su padre, y de don Felipe también. Es un niño lindo y fuerte.

Ella pareció tranquilizarse. "Debe de suponer que, con esos ojos, es de piel blanca", pensó Robertson, que deseaba evitar el tema. La misma señora lo desvió:

—Cuéntame cómo está aquello. ¿Sabes que Los Algarrobos es la pasión secreta de Luz?

Robertson describió, morigerando la realidad, el estado general de la casa, y por fin, cansados, expectantes por el viaje que tenían por delante, decidieron dormir unas horas. Robertson, sin atreverse a preguntar si Laura seguía tan enojada con él como cuando partió, se dirigió al dormitorio que habían compartido; descorrió las cortinas y las mantas de la cama. La luz del candelabro aleteó al caer sobre el colchón. Enterró la cara en la almohada, donde quedaba un resabio del perfume a madreselva. Quiso creer que alguna noche, recordándolo, Laura se había acostado igual que él ahora. Se volvió boca arriba y tuvo que tomar aire ante el recuerdo de la intimidad compartida.

Agotado —aún tenía resentida la salud—, decidió desvestirse y tratar de dormir. "Agustina Milagros de la Candelaria —pronunció al apagar la vela—. Demasiado nombre para una criatura."

• • •

Un mes antes de que doña Francisquita se reuniera con Robertson, Laura había tenido un diálogo confidencial con Consuelo; hablaron de Farrell.

—¿Dices que estás enamorada de él?

Para su alivio, Laura no encontró reprobación en la voz de su amiga.

—En realidad... ni siquiera sé por qué he sacado esta conversación —se turbó.

—Será que necesitas aclarar las cosas —dedujo Consuelo—. Mira, Lali; desde chica has querido a ese hombre. Lo has querido de muchas maneras, lo he visto a través de los años. Quizás, al volverte adulta, tu amor se convirtió también en un amor de adulta... —Hizo una pausa y agregó: —Con honestidad... Y no vamos a sacar a relucir culpas y pecados... no creo que ames al comandante más allá de un cariño afectuoso... Y el amor de una mujer por un hombre, Laura, está compuesto de sentimientos más fuertes, más violentos y menos idealizados. Ya deberías saberlo por lo sucedido con Robertson.

—Quizá tengas razón, pero... ¿y si no fuera así?

—Precísame la pregunta; de otro modo no podré contestarte —le pidió Consuelo.

—Bueno, ¿y si amara realmente a Farrell? ¿Qué haría entonces?

—¿Te refieres a qué debes o a qué puedes hacer en ese caso?

—Sé lo que debo —murmuró Laura, que enterró la cabeza en las almohadas, pues estaban las dos recostadas en la misma cama, con Milagros entre ellas.

—Entonces, te refieres a lo que puedes. Bien, Lali: puedes enredarte en una relación de infidelidad que te hará desgraciada a ti y con seguridad lo destruirá a él. Esas cosas terminan sabiéndose, y a la larga tu hija pasaría a ser "la que dicen que es hija del comandante".

—¡No digas eso!

—Solamente te explico cómo van a resultar las cosas. Decidas lo que decidas, yo te apoyaré, pero será muy difícil, muy doloroso para todos, y más aún para Milagros. Además, conozco a don Eduardo; en poco tiempo se culpará por haberte arrastrado a una situación desagradable...

—Me siento muy sola —se justificó Laura.

—Si la soledad te hace desear a Farrell, eres demasiado egoísta. Ten paciencia, que ya vendrá tu esposo.

—No es la espera lo que me molesta, sino esperar en vano. ¿Y si él tomó al pie de la letra lo que le dije y decide que es inútil regresar? —Terminó, dudosa: —Dime, ¿debo sentirme casada o viuda?

—Si él de veras no regresa, quizá la justicia pueda hacer algo. Creo que existe una ley que permite que, después de varios años de ausencia, se lo declare muerto. Te considerarían viuda y podrías casarte... No con Farrell, desde luego; por si lo has olvidado, está casado con una de tus tías. —Enseguida afirmó con mucha seguridad: —Pero Robertson vendrá. Me dijo tío Teodomiro que sólo para llegar a Buenos Aires se necesitan cerca de diez días... si nada sale mal. Luego, debió encontrar un barco que se dirigiera a su país, que no deben de salir todos los días. A partir del embarque, habrá demorado más de dos meses en arribar a Gran Bretaña, y a lo mejor tuvo que recorrer una distancia similar a la que tenemos desde el puerto a cualquier provincia, para llegar a su ciudad. Sabes que tenía que arreglar cosas legales, cuestiones de trabajo... y una vez que decidiera regresar, se encontraría con las mismas demoras. Si a eso le agregas algún inconveniente en sus gestiones... Suma los días y te darás cuenta que es muy pronto para suponerte abandonada. —Consuelo se puso de pie y le revolvió el pelo. —Lali, tú amas a ese hombre. En vez de pensar en meterte en líos, préndele velas a San Cristóbal para que lo guíe de vuelta, y a la Candelaria para que tu hija recupere al padre. Olvídate de tus resentimientos.

—¿Olvidar? —protestó Laura—. ¿Es justo que me pidas que olvide cómo me avergonzó ante mi familia, que fui la comidilla de la ciudad?

—La situación de él es peor: todo el mundo se burla del lío en que se metió. Muchos creen que tú lo echaste, y ahora tendrá que volver con la cabeza gacha. Digamos, querida, que están empatados; en estos casos, la sociedad es más misericordiosa con la esposa que con el marido.

Aquella noche Laura casi no durmió. La conversación con Consuelo había expulsado algunos de esos espectros sentimentales que se enquistan en el corazón. El amor por Farrell era tan antiguo, tan cómodo, tan grato, que le costaba desprenderse de él. En cuanto a Robertson... Tuvo que reconocer que su forma de seducirla, las palabras que le había dicho —y las que le negó—, le habían resultado absurdamente irresistibles. La exasperaba, la sacaba de quicio, pero así mismo la atraía: siempre la sorprendía, casi siempre la hacía reír con sus desatinos. Era como si lo hubiera sacado de un sueño, quizá de aquel sueño de Luna llena, la que trae locura y muerte, la que se lleva la castidad de las mujeres y la prudencia de los hombres.

Al levantarse, urgida por el hambre de la niña, su mente volvió sobre aquel episodio, y dos días después, cuando aún recordaba el susto que experimentó al sentir la mano del —por entonces— desconocido sobre su corazón, recibió una carta por correo especial. Las señales del papel, la letra, le dijeron que era de Robertson. Incapaz de compartir lo que le diría —testificado en tinta, rubricado con su firma—, corrió hacia el huerto y se perdió por las terrazas, buscando esconderse de la vista de todos. Se tiró bajo un árbol, con el sol de octubre en la frente, vivo y agradable, mientras el fantasma del ausente parecía tocarle la nuca con un soplo frío. Se sacudió. "Tengo que romper el sobre, tengo que leer lo que diga, tengo que..." De pronto, la certeza de que venía de Buenos Aires la llevó a romper y rasgar con impaciencia, deseosa de enterarse, temerosa de no sabía qué. Tuvo que armar los pedazos sobre su falda para poder leerla. Comenzaba después del encabezamiento, sin preámbulos:

"Te escribo sin deseos de molestarte pero deseando, sí, explicar algunas cosas que no pudimos hablar personalmente. Cuando viste las maletas y los cofres en mi casa creíste que me iba sin avisarte, pero no era así: preparaba todo para mudarme a la tuya, pues, según estaban las cosas entre nosotros, ya no tenía sentido que siguiera llevando vida de soltero. Jamás habría partido sin haberlo discutido contigo. Muchas veces pensé llevarte, pero me detuvo el miedo al rechazo (que mostraría el poco amor que sentías por mí) y el temor de que te sintieras muy sola en Gran Bretaña, pues no conoces a nadie allí y tampoco hablas el idioma. Puedo asegurarte que no soportaba la idea de que nos separásemos.

”En cuanto a mis celos, he tenido que estar al borde de la muerte, como he estado, para darme cuenta de que era una actitud que se relacionaba más con mi pasado que con nuestro presente. El sufrimiento me ha hecho entender, a través del dolor, mis equivocaciones y las virtudes de los otros. Creo que no volveré a tener celos, salvo que te empeñes en provocármelos.

”¿Qué puedo decirte de aquella mujer? Conoces mis debilidades, y el destino no se privó de ponerme en ridículo ante ti cuantas veces quiso. Pido disculpas por haberte ofendido. El dolor que provocaron entre nosotros, además del amor y el respeto que te tengo, han moderado en mi naturaleza algunos vicios. Era mentira que hacía tiempo que no la veía, pues la noche anterior había ido a romper nuestras relaciones. No mentí cuando dije que desde que éramos marido y mujer jamás había tocado a otra que no fueras tú.

”Nunca dudé de regresar a este país, y si me demoré fue a causa de mi salud y por las dilaciones comunes a los viajes. No soporto esperar el salvoconducto para llegar a Córdoba, y menos soporto pensar en la distancia que nos separa, en especial porque hay días en que todavía me siento debilitado.

”Recién desembarcado, te escribo para explicar lo que quizá ya no te interese saber. He venido a quedarme contigo en las condiciones que me impongas. Una vez dijiste que yo no tenía patria; ahora sé que mi patria eres tú. Donde estés, está mi hogar, y ésa es la única nacionalidad, el único país que reconozco. Pero no me siento con fuerzas para enfrentarme a ti en largas discusiones, en explicaciones que, una vez cara a cara, servirán más para el desentendimiento que para el entendimiento. Por eso te pido que al encontrarnos, con una palabra, con algún gesto, una señal, una actitud, me hagas saber qué quieres de mí. Y si deseas solamente que sea el guardián de tu persona, de nuestra hija y de tus intereses, eso seré sin protestar.

"Nunca te lo conté, pero al poco tiempo de conocernos, en circunstancias que me avergüenzan, tuve un sueño muy extraño. Era noche de plenilunio y dormía al aire libre. Tuve la sensación de salir de mi cuerpo y llegar a La Antigua, aunque me era desconocida entonces. Deambulé por una especie de laberinto hasta que me encontré dentro de una pieza que creo que no existe. Estabas acostada boca arriba, tenías los brazos cruzados sobre el pecho, la boca entreabierta, y a la claridad de la Luna me pareció que no respirabas. Puse mi palma sobre tu corazón pues temí que hubieras muerto. Entonces despertaste, clavaste tus ojos en mí, y yo, sobresaltado, regresé a mi sueño. Después de la experiencia, he sentido que estábamos predestinados, que un cordel invisible nos ató para siempre, quizás en el cielo, quizás en el purgatorio..."

Laura se acostó en el suelo, rodó hasta quedar boca abajo. Se llevó la mano al corazón, que le dolía hasta el aturdimiento, y trató de dar un significado a lo que acababa de leer. Él no sabía —eso la asustaba— que nunca vio la habitación aquella pues la habían desarmado para tener a mano la ropa de cama.

No pudo regresar a la casa de inmediato, de modo que vagó por las terrazas hasta que, molesta por la blusa húmeda de leche, el instinto de madre la hizo regresar.

Cuando Consuelo fue a verla, la encontró en su pieza, con el rostro descompuesto, la niña al seno y apretando la carta en el puño.

—Ya debe de estar en camino —dijo, y se largó a llorar al tiempo que ofrecía la carta a su amiga.

—Ah, querida —Consuelo la abrazó. —Ahora todo se arreglará.

Sin embargo, al releer la misiva, la muchacha comprendió que tendría que dejar La Antigua y volver con su madre a la casa de Córdoba. "Bien dicen que lo que es remedio para uno es veneno para otro", se dijo con amargura.

De todos modos, pasó un mes antes de que tuviesen noticias de Robertson: la carta llegó en octubre, y él se encontró con misia Francisquita, después de pasar por Los Algarrobos, una medianoche del mes de noviembre.

49

El culto vivo

"Aunque eres un pasado que no llegó a existir,
para mí, cual los sueños, eres del porvenir."
–Pedro Miguel Obligado,
El ala de sombra

BRUNOY (FRANCIA)
FINALES DE 1837

No les costó llegar; después de todo, Brunoy quedaba, yendo en coche, en las cercanías de París.

Sebastián y Edmundo, que habían tomado el viaje como un día de descanso, contemplaban la campiña con interés. Sebastián miraba con ojos de artista los bosques que rodeaban la población; eran frondosos y tenían en sus hojas caducas un toque de alegría que los alejaba de los sombríos bosques perennes.

Era noviembre y el frescor del otoño iba dando paso a los fríos del invierno; de las lomadas bajaba olor a romero.

—El bosque de Senart —dijo Sebastián después de un largo silencio.

—¿Y de dónde la "mano izquierda de Monsieur Vidocq" puede pagarse un pequeño *château* a unas millas de París? Además de abrir un negocio de antigüedades.

—No será con lo que le debíamos, pues nunca se lo pagamos.

—Fue él quien desapareció de circulación —hizo constar Edmundo.

—¡Qué vida misteriosa lleva! —comentó su primo—. De cualquier manera, me alegro de cancelar esa deuda. —Bajó la voz. —Esta parte del país es hermosa. Vendré otro día con la caja de pinturas y el caballete.

—Me gustaría encontrar entre los trastos de Meunier algún libro especial para mandarle a Luz.

Pensativo, Sebastián reflexionó:

—La última vez que estuvo en casa debimos comprender que Meunier tenía otros intereses.

—¿Cuándo fue?

—Aquella noche que se presentó en medio de un diluvio. Lo recibí en la cocina por temor a que manchara la alfombra de Esmirna, y él hizo una alusión a las maderas que me llamó la atención: aquello del nogal y la caoba, ¿te acuerdas? En dos palabras nos dio la clave de sus intereses, de sus aficiones y, quizá, del oficio de su padre.

—Te has contagiado de sus dotes indagatorias —se burló Edmundo.

En aquel momento los cruzó un coche descubierto, ocupado por un anciano de expresión adusta y vestido con sobriedad, las manos sobre un bastón sencillo. Se protegía del fresco con una capa azul marino y lo acompañaba una joven que llevaba en brazos a una criatura de meses.

Titubeando, Sebastián se descubrió y los saludó. Ellos correspondieron con amabilidad: el caballero inclinó la cabeza, la joven los observó curiosa.

—¿Los conoces? —se sorprendió Edmundo.

—No, no lo creo —dudó el otro—. Sin embargo...

En aquel momento distinguieron la casa. No era una gran propiedad, pero sí digna, con un frente de tranquilizadora simetría. Constaba de dos plantas, con una alta puerta en el centro; arriba y a los costados, unas ventanas pequeñas y dos grandes, a izquierda y derecha de éstas, que nacían muy cerca del suelo. El piso superior repetía el diseño, trocando la puerta por una ventana central. Tenía techo de pizarra a dos aguas, y en cada esquina una chimenea.

Un paisaje otoñal, con una claridad dulce y ambigua, daba una nota avejentada, pero no triste, al lugar.

El coche se detuvo en una discreta rotonda. Al descender, los jóvenes se encontraron con un jardín en *parterres* y una fuente que era más bebedero de pájaros que surtidor.

Una anciana de aspecto rústico, fornida y de piel rojiza, los atendió. Al adentrarse en la sala, Sebastián quedó sorprendido: aunque el mobiliario era antiguo, las piezas se hallaban en perfecto estado, algunas evidentemente restauradas.

La mujer abrió la puerta vidriera que daba a una solana de lilas y lavandas; el límite de la mirada era la fronda de Senart.

Sin palabras, la anciana se dirigió a una especie de pabellón de caza encristalado. "En realidad, un jardín de invierno", dedujo Sebastián. A un costado, vieron un coche de alquiler cuyo cochero dormitaba una siesta tardía. La mujer los anunció pronunciando el apellido Osorio como si fuera francés. Ambos argentinos, deslumbrados por la luz que se colaba a través de los paneles del techo, se encontraron mirando la espalda fuerte, cubierta con una camisa tosca, y el pelo ahora por completo gris de Meunier.

—Mis jóvenes amigos —dijo éste, que se volvió a mirarlos. Sebastián notó que algo había cambiado en su rostro, no ya demacrado, sino lleno y de buen color. Estaba en un aparte con un caballero sin duda inglés, al que nombraba Howard, que los miró con impaciencia; el hombre vestía ropas de calidad y tenía el bastón y el sombrero en la mano, como dispuesto a retirarse. Sobre la mesa de trabajo, Sebastián, mientras estudiaba unos cuadros viejos, vio una gran cantidad de libras esterlinas. Había a su lado una letra de cambio, por una suma considerable, firmada por un tal Sir Hubert Raffles.

El francés, después de entregarle una cartera de cuero verde con herrajes de oro, abultada al parecer de papeles, acompañó al gentleman hasta el coche, siempre hablando en murmullos. "Seguramente le ha vendido documentos antiguos", dedujo Sebastián al ver que el inglés guardaba con cuidado la cartera en una caja de seguridad.

La voz de Edmundo distrajo a Sebastián:

—Mira este pupitre.

El pintor, interesado, se acercó. Era un mueble pequeño, con cajoncillos y delicadas cerraduras de oro, compartimentos e incrustaciones, sin olvidar la chapa oblonga con las consabidas iniciales.

—No es un pupitre —le aclaró Sebastían, y bajó la tapa volcable sobre los papeles que Meunier tenía en el tablero, al lado de un juego de tinteros de ónix—. Es un secreter. Mira. —Con genuina admiración probó la tapa corrediza, que se deslizó sin un chirrido. —Le pones llave y nadie podrá husmear en tus papeles.

Oyeron que el coche del inglés se retiraba al trote. Meunier se acercó a ellos con ese andar no ya furtivo, sino satisfecho, de quien considera que lo mejor de la vida le llegó después de los sesenta.

—Don Sebastián, don Edmundo —saludó y abrió los brazos—. Aquí me ven, convertido en ebanista, restaurador y anticuario.

—Me alegro por usted —dijo Sebastián con sinceridad, y el francés, tomándolo ligeramente por el codo, los guió por la habitación:

—Quiero que conozcan a alguien que me es muy querido y que fue quien me enseñó el oficio. Se dirigió a una ventana que daba al soleado oeste y se detuvo ante un enorme sillón. En él, perdido entre almohadones, un anciano a quien no habían notado tomaba una taza de té.

—Maestro Brossard, estos señores son de la Argentina, ya sabe usted: Monsieur Sebastian, Monsieur Edmond.

La cara del hombre se iluminó y la mano que sostenía la taza tembló haciendo tintinear el platillo, que Meunier tomó con suavidad y dejó a un lado.

—Ya sabía que le alegraría verlos —continuó Meunier, dirigiéndose a los jóvenes—. Tiene un recuerdo especial de vuestro país. Allí encontró algo perdido largo tiempo.

—Pues me alegro mucho —repuso Sebastián con cortersía—. ¿Así que conoce usted nuestro país?

—No hace mucho estuvimos en Buenos Aires —respondió Brossard—. Fuimos a cobrar una deuda... con tanta suerte que Dios... ¿o sería el Diablo?... nos reunió con quien nos adeudaba, con menos trabajos de los que esperábamos. —Con sutil ironía señaló: —A veces, inesperadamente, cuando uno va, el otro viene... y entre ambos cae el dedo de la Providencia, que no siempre es clemente, aunque casi siempre es justo.

—Debe de haber sido una deuda notable para que os hayáis molestado en cruzar el océano —señaló Edmundo, sorprendido.

El anciano pareció pensarlo; luego asintió con la cabeza.

—No fuimos sólo por nuestros intereses. El caballero que acaba de salir necesitaba recuperar unos documentos, y como él, otros. Hay deudas que no prescriben si uno es capaz de ejercitar la memoria. Con lo que me pagaron, nos retiramos a esta pequeña choza, a terminar nuestros días en el oficio en que comenzamos...

Los jóvenes se despidieron del anciano y luego husmearon en busca de algo que comprar. Edmundo se interesó por unos libros muy viejos, de magnífica encuadernación, aunque con algo de humedades.

Sebastián no se dejó distraer y se fue en derechura al secreter.

—Meunier, póngale el precio que quiera —dijo, al tiempo que posaba las manos sobre el tablero con gesto casi posesivo.

—Monsieur, me pide lo imposible —Se acercó a él. —Usted, que es artista y joven, entenderá: perteneció a una joven a quien yo adoraba y a la cual pensaba desposar. —Bajó la voz y miró con preocupación hacia Brossard. —Una joven que murió de trágica manera. ¿Sería usted capaz de vender algo así? ¿La madera que ella tocó? ¿La pequeña llave que tantas veces se guardó en el seno?

Conmocionado ante el recuerdo de la que amaba —Edmée de Simeuse—, recuerdo que Meunier, sin saberlo, acababa de despertar, Sebastián abandonó cualquier actitud negociadora.

—No, Meunier. Jamás lo haría. —Sin poder disimular el sentimiento de mortificación, recorrió con el dedo índice la chapa donde se entrelazaban las letras. —¿Cómo se llamaba su prometida? —quiso saber.

Acodado en la parte superior del mueble, Meunier, con voz ronca, pronunció:

—Catherine Denise Brossard. —Miró al anciano: —Era hija de él. Él hizo este mueble, por el que tengo veneración, para ella.

—Lamento su prematura muerte. —Con un suspiro, Sebastián miró alrededor. —Es usted un hombre de nobles sentimientos, Meunier. En fin, me dejaré tentar por otra cosa. —Mientras examinaba el resto de las antigüedades, le preguntó: —Cuando llegábamos nos cruzamos con un coche descubierto; el caballero era anciano y la joven que lo acompañaba llevaba un pequeño en brazos...

—Monsieur— respondió Meunier—, es un compatriota de ustedes. ¿No lo reconocieron?

—Ignorábamos que un argentino fuera vecino de usted —dijo Edmundo—. ¿Quién es?

—Don José de San Martín y su hija, Mercedes, casada con don Mariano Balcarce. La criatura es la nieta de don José...

Después de un sorprendido silencio, Sebastián dijo que escribiría al general para solicitarle les diera fecha para una visita.

Se retiraron muy cerca del anochecer, cargados con algunas bagatelas y con la intención de volver más adelante. Cuando pretendieron saldar la deuda —por la investigación de los De Bracy—, Meunier se negó terminantemente a aceptar el dinero.

—Dejemos eso —se impacientó el ebanista—. Yo les estoy muy agradecido.

—No alcanzo a entender de qué —repuso Sebastián con curiosidad, pero el francés hizo unos ademanes displicentes con la mano, instándolos a partir.

Llegarían a París muy tarde, así que se detuvieron a hacer noche en una de las celebradas fondas de la región.

Cuando se acomodaron en la habitación, Edmundo pidió las luces y los vinos y ordenó que les sirvieran en el espacioso cuarto. Sebastián, desde aquella alusión a la amada perdida de Meunier, había quedado como extraviado en otro mundo: acodado en la ventana de la posada, se quedó mirando hasta que las llamas de los balcones desaparecieron y el eco de las últimas campanadas se extinguió. Extintos los ruidos de la calle, oyeron los engañosos pasos de los gatos en los salones a oscuras, en las escaleras por donde se colaba el frío de las bohardillas.

Edmundo se acostó después de que el sirviente retiró la vajilla. Sebastián seguía en la ventana, fumando; no había querido cenar.

—Apaga la luz —indicó a su primo, y Edmundo obedeció.

—¿Qué tenía que agradecernos Meunier? —preguntó el joven. Sebastián no contestó; no le interesaba aquel pequeño misterio, pues se había hundido en sus propios dolores.

Una sensación de tristeza que no le pertenecía se apoderó de Edmundo. De pronto, Sebastián dijo con una voz desconocida:

—¿Qué hacemos acá, Edmundo, escatimando nuestras miserables vidas, mientras la patria es degollada?

—Deseo volver, pero no lo suficiente como para terminar como una res en el matadero porque la mayoría de mis conciudadanos aprueban la matanza y sostienen el régimen de Rosas —contestó el más joven.

—¡Ah...! Yo... ya no sé ni quién soy. Quizá, si regreso a América...

—Espero que no a la Argentina, porque te costará la vida.

—Quizás, entonces, me encuentre en mi muerte...

Volvió a hacerse el silencio, y Edmundo, desvelado, pensó: "Es como si los espectros nos hubieran visitado". Lamentó no tener el rosario que su madre había puesto a escondidas en su chaqueta cuando huyó de Córdoba. No se habría negado a rezar ante tanta melancolía. Las palabras de su primo ("Ya no sé quién soy... quizá me encuentre en mi muerte...") provocaron él una serie de reflexiones, ninguna grata, mucho menos tranquilizadoras. Comprendió que, antes o después, su primo regresaría al país para reanudar la lucha que había abandonado siete años atrás.

50

Corazón y entendimiento

"Porque en nuestra vida el entendimiento es el que juzga; pero el corazón es el que sentencia."

–Jacinto Benavente,
El demonio fue antes ángel

El chasqui que había enviado misia Francisquita antes de salir de Córdoba llegó a media mañana, para avisar que ella y Robertson iban en camino. Se mandó de inmediato a Serafín para que, desde el campanario, les advirtiera en cuanto distinguiera la galera. Era pasado el mediodía cuando el moreno gritó que el coche traspasaba los pilares de entrada, en dirección a la casa.

Laura, a pesar de cuanta tranquilidad declarara, se hallaba más ansiosa que de ordinario; se sentaba y se ponía de pie sin cesar, hasta que Inés, que no perdía nunca la calma, le quitó a Milagros de los brazos. Los chicos, trajeados y con los peinados aplastados por el agua, trataban de dar, bajo el cuidado de Rosina, la impresión de que eran muy tranquilos.

En cuanto el suelo vibró bajo el galope de los caballos, Laura volvió a sentarse, incapaz de afrontar el encuentro. No tenía dudas en cuanto a aceptar a Robertson, pero no sabía cómo conducirse. "Dejaré que sea él quien se me acerque... Pero ése no es el trato que él propuso", se desesperaba.

El coche entró en el patio y los niños estallaron en exclamaciones: unos, al ver descender a Robertson; los otros, al ver aparecer, apoyada en él, a misia Francisca. Consuelo e Inés se adelantaron a recibirlos, pero Laura se demoró. Robertson alzó a Francisco, besó a las niñas y a Consuelo, fue presentado a Inés. Titubeó al ver a Laura apartada, pero se le iluminó el rostro al conocer a su hija e insistió en tenerla en brazos. Por sobre la cabecita de la pequeña, las miradas de ambos se cruzaron. Laura lo notó desmejorado: era verdad, entonces, que había estado enfermo. Tenía la intención de darle la señal que él esperaba, pero, paralizada, lo veía acercarse y no se le ocurría nada. Incapaz de remediarlo, transcurrieron varios minutos sin que se oyera su voz.

—¡Ah! —dijo su tía con un tonillo de burla—. Es de veras delicioso tener una sobrina casada y una sobrina nieta de regalo. Y un casi yerno, además, complaciente con las ancianas. ¿No vas a saludarnos, Laurita, o tendré que cantarte el *Ánima sola ni ríe ni llora*?

La joven, confusa, recordaba sólo un trozo del discurso que había preparado, las cien fórmulas para hacerle saber que todo estaba perdonado. —Sólo atinó a murmurar:

—Veré que lleven tus cosas a nuestro dormitorio. Encendido el rostro, quiso tomar a la niña de brazos de él.

—Déjame sostenerla —pidió Robertson, y con algo de torpeza se inclinó y le dio un rápido beso en los labios.

Consuelo y misia Francisquita hubieron de poner orden, pues Francisco, Javiera y Catalina estaban tan excitados que Milagros había comenzado a lloriquear.

—Basta de escándalos. Compórtense —ordenó la señora—. ¿Ves, Laura, lo que es criar a los chicos en el campo? Están hechos unos salvajes. Basta, he dicho, o no habrá un solo cuento que salga de mi boca. Laura, tu marido debería recostarse; no está nada bien, por más que presuma de lo contrario.

De nuevo intentó Laura tomar a la pequeña en brazos; de nuevo él se negó, apretándola con delicadeza.

Subieron en silencio detrás del peón y Serafín, que acarreaban maletas y cofres por la escalera.

—¿Y qué le pasa al hombre, que está tan magro? —preguntó el jovencito a Robertson, al tiempo que lo observaba con descaro.

—¡Serafín! —lo reprendió Laura, pero Robertson se sonrió a medias y le contestó mientras miraba a su esposa:

—Será que me hace mal alejarme de Córdoba.

Laura pasó a su lado y abrió la puerta del dormitorio; había preparado la habitación y dejado sobre las sillas algunas prendas, además de su cepillo, sus perfumes y sus peines sobre la repisa del espejo. Las facciones de Robertson se distendieron al notarlo; dejó a la criatura sobre la cama e iba a quitarse la chaqueta cuando ella se acercó a ayudarlo.

Él dijo "gracias" y ella temió demorarse en la ayuda, no fuera él a pensar que intentaba tocarlo. Robertson descorrió la cortina que reservaba una parte del dormitorio; encontró la hermosa bañera de roble, un mueble barbero recuperado de las habitaciones de don Felipe y otros que proveían a su comodidad. Se volvió a mirar a Laura y la consternación de ella fue tan notoria que él se sonrió.

"¡Dios mío, algo tiene que pasar para que dejemos de ser dos extraños!", rogó la joven. En ese momento oyó el perentorio llamado a la comida.

—¿Quieres comer aquí?

—No. No me siento tan mal como cree tu tía. Bajemos. Yo llevaré a ... —y enmudeció.

—Se llama Milagros.

De pronto, recobrado algo de aquel dominio que había ejercido por breve tiempo sobre ella, Robertson dijo:

—Prefiero que la llamemos Agustina, que es tu otro nombre. —Tomó a la criatura de nuevo en brazos, abrió la puerta y esperó que ella saliera para cerrarla detrás de sí.

El almuerzo fue incómodo para Laura, pero, aunque se mantuvo más o menos callado, él pareció disfrutarlo. Se sentó a la cabecera de la mesa, frente a ella, puso a Agustina en brazos de Juanchita, e insistió en que Francisco y el hijo mayor de Inés, Luis Gonzaga, se sentaran a su izquierda. Misia Francisquita aceptó la derecha y las cosas se desenvolvieron con alegría, salvo para Consuelo, que pensaba en regresar a Córdoba. "Pero no volveré con mamá. Aprovecharé la buena disposición de tío Teodomiro para ocuparme de llevarle el bufete o la casa." Por un tiempo no podría ver a Marcos Ocampo, perdería la compañía de Laura, el hacer de maestra de los niños... Había disfrutado mucho de ello.

Laura casi no comió; revolvía el alimento con desgano. La duración del almuerzo la desasosegaba. ¿Qué harían después? ¿Tendría que seguir a su esposo al dormitorio? Él parecía más bien distante; seguro que ella no se había comportado como él esperaba...

Le era todo tan penoso que se mostró casi descortés, como siempre que se sentía incómoda. "Si no hace un gesto hacia mí antes de que subamos al dormitorio, no dormiré con él aunque me amenace con dejarme", se juró, porque Robertson había conseguido revertir, con su carta primero y su presencia después, la situación: de rogar para ser aceptado, le parecía a Laura que ahora estaba en la posición de dudar en aceptarla.

—¿Y Luis? —preguntaba su tía. Inés le respondió:

—En El Oratorio, con Farrell y el joven Ocampo. Tenían que poner al día unos registros...

Momentos después, concluido el almuerzo, misia Francisquita propuso:

—Bueno, vayamos a descansar un rato. Brandon, ni pienses en hacerlo con tu hija. Acuéstate, y que Laura te haga llevar alguno de esos menjunjes que Cora le ha enseñado a preparar.

Laura se puso de pie y abandonó la sala, molesta. "Pero, ¿qué espero? Ni yo lo sé." ¿Y para qué mandaba su tía que le preparara una infusión? Es decir, ¿remedio a qué mal, si ella lo ignoraba todo sobre la enfermedad de Robertson? "Pero me miró durante la comida. Me miró así, como hace todo, disimulando..." Antes de que pudiera evitarlo, Robertson produjo en ella el efecto de siempre: se sentía furiosa, aunque no tuviera en claro por qué.

—Yo le daría té de sauces, nada más —aconsejó Paula.

Cuando Laura volvió sobre sus pasos, descubrió que no quedaba nadie en el comedor: todos habían desaparecido en sus respectivas piezas.

Subió al dormitorio pensando encontrar a Robertson ya acostado. Pero estaba de pie, de espaldas, y se quitaba con desgano la camisa. Ella volvió a mirar las cicatrices, la larga línea de la espalda, que la atraía tanto, y cuando él le dio la cara lo notó descompuesto. El instinto le hizo dar un paso y sostenerlo de la cintura antes de que se desplomara sobre la cama.

—¿Qué te pasó? —preguntó, alarmada—. ¿Estás bien?

—Un mareo, nada más. Hice el viaje en menos de diez días. Yo...

Se sentaron sobre el colchón y Laura no se atrevió a soltarlo. Él le había pasado el brazo por los hombros y respiraba con lentitud.

—Ayúdame a acostarme. Realmente, mi hombría sufrirá un revés —pero no pudo manejar el cuerpo.

Preocupada, Laura le sacó las botas y le levantó los pies, pero se encontraron con que éstos habían quedado hacia la cabecera. Con empeño, Laura intentó alzarlo tomándolo del tronco, pero su cuerpo parecía pesar una tonelada.

—Llama a alguien —aconsejó él, al tiempo que intentaba enderezarse.

—No —se empecinó ella—. Estoy segura de que podré. Ayúdame un poco; lo haremos en varios tiempos.

Pero antes de que terminara de acomodarlo en forma aceptable llamaron a la puerta y entró Serafín con una taza. Entre chistes e insinuaciones, la ayudó a desvestirlo y meterlo en la cama. Por fin, tuvieron que echarlo de la habitación.

—Esto te hará bien. —Laura se sentó al lado de Robertson y le acercó la taza, que él aceptó con docilidad. —¿Por qué tuviste que exigirte de esa manera? —lo reprendió—. ¿Es que no conoces la mesura? Si has estado enfermo, ¿qué ganabas con hacer este viaje con tanta rapidez, si luego estarás enfermo un mes?

—Quería verte. Quería ver a mi hija —confesó él.

Ella preguntó, para disimular el enternecimiento:

—¿Y de qué enfermaste?

—Los médicos no se pusieron de acuerdo. Unos decían que era fiebre del trópico; otros, que era envenenamiento por algo que comí.

—¿Y quién te cuidó? —preguntó ella, recelosa.

—Mis tíos; tía Maud, sobre todo.

Laura se levantó y él alcanzó a retenerla de la falda.

—No te vayas.

Ella, que había pensado retirarse, contestó que sólo dejaría la taza sobre la mesita.

Volvió a la cama y dudó de lo que debía hacer.

—¿Te acostarás vestida? —se sorprendió él.

La muchacha negó con la cabeza y comenzó a quitarse algo de ropa. Se metió entre las sábanas tratando de no molestarlo, de no tocarlo; él no hizo el mínimo gesto, no mostró la menor intención de acercarse a ella. Los ojos de Laura se llenaron de lágrimas al pensar que la apatía de Robertson se debía a que había encontrado, en su patria, a otra a quien querer. "Entonces, ¿por qué volvió?", se preguntó. Le respondió la duda: "Por Milagros, porque no quiere repetir en ella su propia historia...". La mano de él, caliente, seca y áspera, tomó la suya en el momento en que iba a darle la espalda..

—Se puede decir que estoy vivo por ti. —Carraspeó antes de hablar, y, como ella no respondió, agregó con seriedad: —Odiaba morir y que nunca supieras que podías casarte de nuevo. De veras —insistió ante el escepticismo de Laura, que no distinguía si se burlaba de ella o la fiebre lo hacía hablar—. Estaba seguro de que, cuando nos encontráramos en el cielo, adonde con certeza te tocaría ir por casta y buena, ibas a hacer tales denuncias sobre mí que el Todopoderoso me arrojaría de un puntapié al infierno.

Había conseguido hacerla sonreír y a través de la sonrisa, desatar el nudo de la ansiedad que le impedía hablar.

—¿Nunca dudaste de que irías al cielo?

—Jamás. —Se volvió hacia ella, abrazándola por la cintura—; estaba seguro que tus preces ya me habían redimido.

—Si las maldiciones pueden enfermar, debiste enfermar por las que te dediqué —reconoció ella.

La risa los acercó. Se abrazaron y se besaron.

—No creo poder responder a tus expectativas —se disculpó él—. No en este momento, al menos.

—Quedémonos así, abrazados; recuéstate sobre mí.

—Entonces, ¿tu corazón me ha levantado la condena?

—Todavía no sé si eres tonto, sinvergüeza o desvergonzado —replicó ella antes de volver a besarlo.

—Supongo que mientras te mantenga en la duda seguiremos juntos...

En la penumbra de la pieza, Laura lo sintió aflojarse en sus brazos hasta respirar acompasadamente sobre su cuello y dormirse de inmediato. Veló su sueño, feliz de que necesitara de ella. "Se pondrá bien. Yo lo cuidaré. El campo lo ayudará a mejorar; ¡es tan bueno el aire de las sierras!" Cuando sintió que se había dormido, se atrevió a acariciarle la sien, a besarlo en la frente, dispuesta a esperar, pero deseando que le hiciera el amor.

Robertson durmió un sueño tan profundo que cuando llevaron a Milagros, que reclamaba su alimento, él ni siquiera despertó. Sosteniéndolo aún con el brazo izquierdo, Laura hizo que acomodaran a la niña sobre el derecho; la criatura se prendió de inmediato al pezón y ella se relajó, aliviada en el momento en que su hija la libró de la presión de la leche, que se volvía dolorosa.

Después de devolverla a Juanchita, pidió que tuvieran agua caliente lista para el baño de su esposo, que sólo al atardecer emergió de la turbia laguna del descanso.

Serafín apareció con un brasero, dispuesto a cebarles mate "hasta que el hombre quede pupudo y la niña en satisfacción".

—¿Y qué haces en La Antigua? ¿Tu puesto no está con el comandante? —inquirió Robertson.

—Me han prestado —le aclaró el chico, con un chasquido de los labios—. El comandante tiene una deuda con la niña y yo soy la "gargantía"...

En aquel momento entró Juanchita contoneándose, descalza y con una fuente de pastelitos.

—Dice la niña Francisca que los disfrute —ronroneó mientras cruzaba miradas con el moreno.

Poco después subieron el agua para la bañera. Robertson, más por capricho que por necesidad, pidió a Laura que lo ayudara. Ella consintió en lavarle la cabeza, en friccionarle hombros y brazos, y lo cubrió con la toalla al salir.

Mientras lo ayudaba a ponerse la camisa se tentó de darle un beso en el pecho. Fue una caricia ingenua pero, antes de que se diera cuenta, él la había abrazado, la había arrastrado a la cama y ella se encontró tan sin ropa como él. Alguien tocó la puerta pero él, tendido sobre su mujer, le tapó la boca.

—No contestes. Ya se irán.

En realidad, ella no había pensado en contestar.

• • •

—Toma, es para ti. Lo compré en Río de Janeiro, porque salí de Escocia con tal apuro que no pensé en nada. Todos los regalos los adquirí en Río y en Buenos Aires.

Estaban casi desnudos, Laura con la sábana enrollada al cuerpo y él con apenas el braguero puesto. Robertson, que no parecía el mismo hombre que había llegado a la mañana, se había levantado después de hacerle el amor —urgido primero por la pasión y después por la necesidad de abrazarse a ella— y, como un poseso, había comenzado a revolver las maletas y los bolsillos del abrigo. Volvió al lecho con una bolsa de terciopelo verde, bordada en amarillo y anudada en trencilla dorada.

Laura la abrió: en un estuche de oro encontró un medallón trabajado en oro y esmeraldas, pendiente de una cadena que imitaba ramas y hojas. El trabajo era de tal belleza que no pudo hacer ningún comentario.

—Me lo mostró el joyero y fue como ver tus ojos. Pero ábrelo —se impacientó él.

Buscó el cierre y al hacerlo saltar comprendió que era un relicario donde, además del guardapelo de fino cristal al centro, tenía dos óvalos para colocar unas miniaturas.

—¿Sabes que ha venido a vivir a Córdoba un miniaturista? —le comentó Laura—. Se llama Gavier. Dicen que es un gran artista; podríamos encargarle nuestras miniaturas. Y aquí —tocó el cristal— un mechoncito de pelo de Milagros...

—Mira —Robertson señaló la contratapa del estuche. —Hice grabar tus iniciales. —Indicó la palabra "A.M.O.R.", las letras entrelazadas y cada punto un diamante. —Dejé de lado el Laura por el Agustina María Osorio, y le agregué la R de Robertson. —Atacado de timidez, añadió: —Ya sé que aquí las casadas conservan su apellido, pero me gustó la palabra que formaba. —Mientras lo abrochaba en el cuello desnudo de ella, comentó: —A tu tía le he obsequiado un joyero para sus rosarios. Hay otras cosas en los cofres; después los abriremos.

Levantó el pelo rojizo y se inclinó a besarla en la nuca y en los hombros; luego la abrazó desde atrás.

—¿Y si yo seguía enojada, qué habrías hecho con tu regalo? —preguntó Laura.

Él la volteó sobre la cama.

—Te habría emboscado en alguna habitación y estarías perdida. Siempre supe que tarde o temprano, a pesar de tus desplantes, te rendirías. Déjame mirarte. ¡Ah, Jesús, tu mismo color de ojos...!

—¿Dónde iré a lucir esta alhaja? ¿Bajo los sauces de Ascochinga? —respondió el sentido práctico de Laura.

—He encargado los aretes y una ajorca como la que usan las moras de Tánger en los tobillos. Y cuando estemos solos, te desnudaré y te cubriré sólo con ellas y con tu pelo. ¿Y sabes qué me volvería loco? —Quitó de golpe la sábana del cuerpo de Laura y le besó el vientre. —Ver aquí, en tu ombligo, una esmeralda grande como una guinda.

Laura se largó a reír, contraída por la cosquilla. En aquel momento Juanchita gritó desde la escalera:

—¡La guagua tiene hambre, niña! ¡Si no le da teta, se pondrá a llorar!

—¿Se alimenta bien? —preguntó Robertson que comenzó a vestirse.

—Claro que sí.

—¿Ha estado enferma?

—Nunca todavía.

—¿Estás contenta? —Sentado en la cama, le rodeó los hombros con ternura.

—Nunca lo estuve más —reconoció Laura, apoyada sobre su pecho.

—¿Dormiremos siempre juntos?

—En un solo colchón —se burló ella—, bajo la misma manta.

—La vida se me hará un suspiro —renegó él, y al ver que Laura se había puesto algo de ropa, abrió la puerta y gritó a Juanchita que llevara a Agustina. Desde aquel momento, la niña dejó de ser Milagros y pasó a llamarse Agustina.

En el crepúsculo de noviembre, reunidos en el patio de honor, misia Francisquita miró con enorme satisfacción a Robertson, que, sentado, pálido pero complacido, tenía en brazos a su hija. Por detrás del sillón, Laura, la cara casi pegada a su mejilla, compartía los mimos con la criatura. Los niños de la familia jugaban a las escondidas en las salas, dentro de los arcones y de los espaciosos aparadores, seguidos por un cordero guachito que Laura protegía y misia Francisquita mandaba sacar con las criadas.

Consuelo, al lado de ella, la ayudaba a unir las piezas de encaje disimulando la inquietud que le provocaba la nueva situación.

Ventura Lencina, el capataz, llegado hacía un momento del campo, se presentó con la cabeza y la cara recién lavadas. Se estrecharon las manos y se alejaron hacia los corrales, Robertson interesado en la marcha del establecimiento, Laura prendida a su brazo. Después de convenir que al día siguiente irían juntos a recorrer el campo, le dijo al separarse:

—Me gustaría que mandara a alguien a lo del comandante Farrell para avisarle que estoy de regreso.

—Que acompañe a don Luis; que lo esperamos ahora mismo —agregó Laura.

Poco más tarde, mientras tendían la mesa en el comedor, porque había refrescado, misia Francisca dijo a Consuelo, esperando que no la oyeran los otros, pero sin esconder tampoco la voz, porque habría ofendido la sensibilidad de la joven:

—Tendrás que acompañarme a Córdoba, querida. Como sabes, Mercedes se ha alejado de la Casa de Huérfanas y la señorita del Signo me ha pedido...

—Justamente estaba pensando en ella...

Laura la oyó y buscó la mirada de Robertson, pero él le dijo al oído:

—No te preocupes, ya arreglaremos eso.

Poco después entraron Farrell, Marcos Ocampo y Luis Allende Pazo. Al ver al amigo, Robertson se puso de pie y se acercó a abrazarlo.

Le presentaron a don Luis y Ocampo; luego se acomodaron en la sala para conversar a gusto y beber unas copas.

—¿Y, viejo? ¿Qué pasó con el Foreign Office? —quiso saber Farrell.

—Conseguí que me dieran la baja. Harrison presionó un poco al comisionado, que terminó arreglándoselas con Londres. Lo demás se solucionó por un amigo que tenía en el Almirantazgo...

—Entonces, ¿todo bien?

Robertson le puso una mano en el hombro.

—Mejor no podría estar, Edward —aseguró.

—Bien, bien. ¿Y cuáles son tus planes?

—Quedarnos aquí con los chicos, salvo que se discuta otra cosa... —Como Allende Pazo y Ocampo se habían acercado a conversar con las mujeres, bajó la voz para decir: —En cuanto a los Allende y a Consuelo, son demasiado queridos para Laura, así que es nuestra intención que consideren La Antigua como su hogar. —Luis podría ayudarte con la administración, que a ti te harta. Entre Marcos y él me han puesto al día registros que andaban medio perdidos. Con él en la intendencia, esto tiene que marchar.

—Me gusta la idea. Yo prefiero estar en el campo, con los peones... —reconoció Robertson. Quedaron un rato en silencio y dejaron que les llegaran las conversaciones de los otros.

—¿Por qué no puedo hablar con mis padres?

—¿Hablar de qué? No tiene nada que decirles, Marcos.

—Al contrario, Consuelo; tenemos mucho que decirles.

—Primero demuestre usted a su padre que está decidido a recibirse en leyes y después...

Robertson, que no estaba al tanto de la nueva relación de Consuelo y Ocampo, preguntó a Farrell:

—¿Están prometidos?

—No, pero me parece que el mocito va ganando, no sé si todavía la guerra, pero ya varias batallas... —Farrell se sonrió, al tiempo que oía decir a Inés:

—Tápale las orejitas, Laura, que cuando Luisito tenía unos meses le entró aire en el oído y creí que iba a morir por la forma en que lloraba. Pero lo curó una señora que vivía con mi suegra. Lástima que ya no la tenemos...

—¿Y con qué lo curó, Inés? Te pregunto porque estoy llevando un libro con todas las recetas de medicina que consigo...

—Te parecerá asqueroso, pero dio buen resultado: juntó orina del niño y le puso tres gotitas en cada oído. Santo remedio, querida.

—¿Y cómo se siente, Luis? ¿Le ha sentado Ascochinga? —interrogaba misia Francisquita a Allende Pazo.

—Yo creo que lo que me ha sentado es la buena compañía, doña Francisca. Estoy seguro de que usted entiende el alivio que significa ver protegidos a Inés y a mis hijos. Mire usted a mi esposa: ha recuperado los colores. Y mis hijos ya no se muestran cerriles; la señorita Achával ha logrado milagros con ellos. María del Carmen sabe recitar y ha comenzado a tocar el clave...

Farrell se volvió de pronto hacia Robertson.

—Estuve pensando... ¿Y si en vez de andar comprando lana por ahí, criamos ovejas y vendemos nosotros el vellón?

—Podríamos consultarlo con Harrison, que tiene rebaños de raza; una vez me dijo que las tierras de Los Algarrobos eran buenas para crianza. Quizá Fernando quiera entrar...

—¿El Payo? Estás loco, Brandon. No creo que acceda a criar ovejas; a los criadores de ganado mayor les parece que los desmerece meterse con animales que necesitan pastores.

—Pero me dijo que tenían cabras en La Rioja...

—Él, no. Su... mujer.

La reunión se extendió hasta muy tarde y por fin, con la expectativa de pasar el día siguiente en El Oratorio, se fueron a acostar.

Al llegar a la puerta del dormitorio, Robertson pidió a Laura:

—Ve por Agustina. Que hoy duerma con nosotros.

Cuando ella regresó con la criatura, él había encendido la palmatoria; la recibió en brazos y la acunó con suavidad.

—¿Le darás el pecho? —susurró.

—Recién al amanecer. Suele dormir muy tranquila hasta esa hora.

Apagaron el candelabro y se recostaron con la niña entre ambos, la cabecita sobre el hombro de la madre, el brazo de Robertson cruzado sobre ambas, descansando en la cintura de Laura. En pocos minutos la joven se durmió; la pequeña no despertó, hasta la mañana.

Pero Robertson permaneció despierto. Por primera vez en la vida, con su esposa a su lado y su hija entre ambos, sintió que se desvanecía un pasado oscuro y amargo, lleno de vergüenza e intemperancia. Había luchado contra sí mismo y había conseguido reparar el círculo; todo estaba en armonía, ya podía pensar en sus padres sin rabia ni desprecio, sino con una comprensión que le permitiría recordarlos con serenidad, hablar de ellos con Laura, sobreponerse a tantos dolores irracionales. Porque, comprendió, cegado por el inofensivo matrimonio de sus tíos que había olvidado que "el amor no es una flor de salón, sino una mata salvaje, nacida en los desiertos personales en una inesperada hora de sol". Alguien más sabio que él lo había dicho, aunque no sabía quién.

Pensó también, con un escalofrío, en De Bracy: Fernando y de la Torre le habían relatado el espantoso fin de él y de la madre. Durante el viaje de Córdoba a Ascochinga, misia Francisquita le había contado los terribles sucesos de La Antigua. Luego le dio la carta que Sebastián Osorio le había enviado desde París. Al terminar su lectura, Robertson creyó sentir la desagradable presencia de Hubert dentro de sí: ¡cuán semejantes sus orígenes, las circunstancias de sus vidas! Ambos habían matado, ambos se habían movido de un país a otro, ambos hablaban muchos idiomas. Las debilidades de sus respectivas madres los hermanaban, las fortunas les habían sido legadas por un padre que no se sabía con certeza si era o no el progenitor: en el caso de Hubert, el baronet inglés, en el caso de él... "Al menos me parezco a mi padre; tengo retratos, además de mi memoria, que lo atestiguan, aunque De Bracy haya insinuado que yo podría ser hijo del duque de Wellington..." Sin duda, De Bracy habría deseado ser bastardo del duque de Wellington y no hijo legítimo de un girondino sin nombre. Él no podía decir lo mismo.

Besó la mano de Agustina y cedió por fin al cansancio. Borrosamente, la memoria despertó a la gitana de Granada, la que le recordó: "...lo que hoy no está escrito en el libro del Destino puede estarlo mañana".

Telón

CÓRDOBA
FINALES DE 1838

En casa de los Osorio, Rosina y Juanchita, apostadas en los techos, vieron aparecer un carruaje sobre el Alto de San Francisco; se asomaron hacia los patios de la casona y gritaron con entusiasmo:

—¡Ya vienen! ¡Ya vienen!

Los hermanos de Laura y los hijos de Inés repitieron las palabras y consiguieron alborotar la casa con exclamaciones y corridas, pero era una falsa alarma, la tercera en una hora.

En las ventanas que daban a la calle, Martina y Canela había acomodado los mejores sillones frente a las rejas, y allí estaba instalada doña Adelaida, con un vestido negro de seda de Damasco con cuello y mangas de encaje, guardado por generaciones para algún suceso notable. Le sostenía el cabello un discreto peinetón de carey y, sobre él, la mantilla se plegaba desde los hombros hasta la cintura. Sobre el pecho resaltaba el rosario de oro, pero la anciana sostenía entre las manos translúcidas el modesto rosario de gastadas cuentas de madera, el que Consuelo llamaba "de indigente", su preferido.

Misia Francisquita, que andaba enredada con Fe por las mangas del vestido, se movía seguida por la morena, que le prendía alfileres sobre el raso púrpura, y volvía loca a Nombre de Dios exigiendo su bastón con contera y pomo de oro, su monóculo y su rosario de amatistas, que Laura, con Agustina en brazos, le traía.

—Si quería que luciera, debió elegir otro color —le señaló la joven—. Y me gustaría saber a quién le presume con esas zapatillas de taco...

Satisfecha, la señora miró el calzado de terciopelo bordado en perlas y oro, venido de un lugar tan ignoto como Islandia y regalado seis meses atrás por el esposo de su sobrina Luz. De pronto exclamó:

—¡Mis mitones! ¿Dónde están mis mitones? —y un desbande de criadas corrió a revolver arcones en busca de los mitones de la señora.

—¿Y cuándo te vestirás? ¿O piensas recibir a los padrecitos con ese vestido de sacudir avena? —reclamó la señora a su sobrina.

Robertson había elegido para ella una tela de un hermoso marrón cobrizo, pero Laura, en consideración a Consuelo y a su prima Inés —que no se hallaban en tan buena posición y se habrían sentido ofendidas si se les ofrecía regalarles las galas—, había preferido ponerse un buen vestido, ya usado y que no llamaba la atención. Con satisfacción apoyó una mano sobre su vientre abultado; estaba embarazada y muy contenta de sí misma.

—No voy a gastar esa tela para un vestido de encinta —fue su excusa—, así que no siga con el tema.

Nombre de Dios volvió de atender la puerta.

—Doña Josefa —anunció.

La madre de Consuelo, con quien a pesar de todo se guardaban las formas, se presentó muy peripuesta, ya que su hermano había abierto la mano para aquella ocasión.

—¿Cómo estás, Francisca? —saludó.

—Nerviosa y emocionada. Ahí tienes tu asiento. ¿Y José María?

—Con el padre Ferdinando. Integrará la delegación de los mercedarios —dijo la señora, muy orgullosa.

A pesar de que al otro día seguirían tan enemistadas como siempre, la tregua pactada se mantuvo con necesaria voluntad entre ambas matronas.

Don Fidel Calleja pasó del brazo de su esposa y seguido por sus hijos, decidido a unirse a la cofradía de San Francisco, santo del que era devoto, donde lo esperaba el padre Mateo. Dedicó a las señoras una educada reverencia y la madre de Consuelo aprovechó para indagar si era cierto que tenía un San Ignacio antiguo para la venta, a lo cual el comerciante respondió que sí.

—Una hermosa talla. La familia que la vende lo hace por grande necesidad y con lágrimas, puedo asegurárselo. —Se despidió y siguió su camino.

—Es de los Usandivaras, ya me enteré —comentó Doña Josefa. Enseguida sopló al oído de misia Francisquita: —¿Sabes quién se la va a quedar? La de Arbonés. Ya oí que está empeñada en tenerla.

—No si puedo evitarlo —contestó la otra, furiosa de sólo pensar en la posibilidad.

Robertson, que cada tanto desaparecía con don Luis en el escritorio, donde habían sentado sus reales con Manuel Cáceres y Medina Aguirre, se asomó a la sala y se preocupó al ver a su esposa con la niña, de año y meses, en brazos.

—Ya sabes que no debes alzar a Agustina en tu estado. Dámela. —Y se la quitó, al tiempo que decía a la criatura: —Venga con su padre, que la dejará caminar. —Luego se volvió hacia las señoras: —Recién pasó Camargo. Dice que Edward ha llegado de Ascochinga, pero que doña Mercedes hizo compromiso con los Ocampo, así que vendrá más tarde, cuando se desocupe.

Fiel a la promesa hecha a su esposa, el comandante Farrell había bajado a la ciudad para escoltarlas, a ella y a sus hermanas, para que fueran a reunirse con los parientes y amigos de don Esteban Ocampo, llegados de Calera, de Potrero de Garay, de San Agustín y de las tierras de los Reartes.

Marcos Ocampo, junto con otros compañeros, varios llegados de otras provincias a estudiar Leyes en la Universidad de Córdoba, hacía en voz baja las memorias de alguna joven agraciada. Marcos disimulaba el deseo de que pasara la procesión para unirse a Consuelo; Serafín, de librea, ofrecía la bandeja con refrescos a las damas mientras se mordía la lengua para no soltar una chuscada, pues don Esteban no tenía la sensibilidad de apreciar sus gracias. El moreno sentía más o menos lo que el señorito, y maquinaba que, en el desorden que vendría después, quizá pudiera escapar y tuviera suerte de apretujar a Juanchita —con quien ya se consideraba "en relaciones"— tras una puerta.

Si un extranjero hubiera llegado a la ciudad, se habría preguntado a qué se debía aquella conmoción.

Un mes atrás, en octubre de 1838, había muerto en Buenos Aires doña Encarnación Ezcurra de Rosas, lo que provocó una crisis social agravada por el bloqueo impuesto por Francia a la ciudad del Plata. Don Juan Manuel perdía no sólo a su esposa sino también a su mejor auxiliar, pues doña Encarnación gozaba del favor del pueblo y de las cofradías de negros, además de haber sido la responsable de preparar las revueltas y asonadas que durante años contribuyeron a fortalecer el poder de su marido.

Por entonces, la Orden de Loyola luchaba por conseguir del gobernador autorización y pasaporte para Córdoba; los logros más brillantes en el territorio argentino —en cuanto a organización social, educación y trabajo— habían tenido lugar en esa provincia. Allí, contaban con el apoyo de un activo sacerdote, el doctor Jenaro Carranza, que había remitido al Padre Provincial una petición y adjuntado otra del gobernador López "Quebracho" (que era gran admirador de la Compañía), en la que ofrecía toda clase de garantías.

En esos trámites andaban cuando murió Doña Encarnación, deceso que tuvo un fuerte impacto popular y se prestó a comentarios y especulaciones, pues la señora había muerto, por desgracia, sin haberse confesado ni recibido la extremaunción.

El superior de la Sociedad de Jesús, el padre Berdugo, mandó una carta de pésame a Rosas, quien la contestó por su mano; ninguno de ellos podía olvidar que la difunta había aprobado el restablecimiento de los jesuitas en 1836, prometiéndoles "que residirían en comunidad", pues, como había dejado sentado el superior, "para vivir como particulares no habrían dejado la patria y todas las comodidades que allí disfrutaban".

Un mes después de enviudar, Rosas entregó salvoconductos para tres misioneros: los padres Fondá, la Peña y Colldeforns. Llegarían a Córdoba el 1º de diciembre de 1838, día de San Eloy Obispo.

Por entonces, Córdoba se veía afeada por la falta de presupuesto para funcionarios menores, como maestranza, peones de acequias y otros encargados de mantenimiento; el alumbrado había desmejorado y ya no era "la ciudad mejor iluminada del país".

Todo había venido a menos y las limitadas opciones económicas se notaban en el decaimiento de cierto estilo de vida; se veían muchas casas sin blanquear, maderas sin pintura, coches que no habían sido renovados en años. No era, evidentemente, la misma Córdoba que habían dejado los religiosos en 1767.

A pesar del escaso entusiasmo que desde tiempo atrás despertaban los asuntos públicos, este suceso, que se consideró de supremo simbolismo, síntesis de un largo período de espera, impresionó la imaginación de la gente. Al igual que los Osorio, casi todas las familias de la ciudad estaban aquel día en agitados preparativos; se habían conseguido flores y ramas de laurel y olivo para arrojar a los sacerdotes cuando pasaran frente a sus domicilios, y todo el mundo había hecho acopio de agua en botellas, botellones y cántaros con la intención de hacerla bendecir, ya que se consideraba al agua de San Ignacio "hacedora de milagros" y algunas personas ostentaban pequeñas vasijas y frasquitos que contenían lo que se creía eran las últimas gotas que quedaban en la ciudad, bendecidas por los misioneros antes de ser expulsados poco más de setenta años atrás.

Aunque lo ignoraran, los jesuitas llegaban para presenciar los estertores de una época, y Córdoba, favorita y amada por la Compañía, se disponía a lanzar multitudes a las calles para recibirlos en una genuina alegría que abarcaba todos los estratos sociales, a todos los ciudadanos sin distinción de políticas. Se apostarían en los caminos, en los cruces, tanto en descampado como entre edificios, para aclamar a aquella Orden que había desafiado el poder de reyes y papas en silencio y con firmeza, sin avenirse a desaparecer según mandato. Allí estarían soldados y gauchos, el gobernador, los ministros, las otras comunidades religiosas, los doctores de la iglesia y de la universidad y sobre todo el gran oleaje oscuro de la multitud, que se cobijaba en mansiones o bajo el alero de un rancho, con algún toque de nostalgia en el fondo de los ancianos por los años perdidos trás la expulsión. Querían acoger a una Orden que, superando el dolor de la diáspora, había vivido sabiamente de acuerdo con sus propias reglas y luces.

El ambiente en que se vería pasar a los tres misioneros, en compañía del gobernador López y el doctor Carranza, tenía el entusiasmo de una festividad mayor. Decían que los viajeros llegaban en un buen carruaje que alguien de Buenos Aires les había proporcionado, y era el comentario de los que se adelantaban que los seguía una multitud que crecía según se internaban en la provincia: algunos hacendados a caballo, con peones y paisanos de las distintas poblaciones, se habían unido a la caravana. Hasta mujeres cabalgaban entre ellos.

López Quebracho, como gobernador, y el doctor Carranza, en representación de la Iglesia, los esperaban rodeados de funcionarios y representantes de las grandes familias federales, pues con el tiempo se notaba cómo se iba desplazando a los unitarios o tibios, aunque fueran de linaje, de toda actividad pública. Recién llegados de oscuro origen —por lo ignorado— tenían, en cambio, lugares de privilegio: los Arbonés, las Pereira, los Lescanos, que compraran los bienes de los Reynafé, habían cubierto el lugar de los Osorio, los Allende, los Díaz, los Martínez, los Castellano, los Aparicio...

Para los humildes, la vida seguía más o menos igual; apostados en el camino de la procesión, se entretenían jugando a la taba mientras bebían y tocaban la guitarra; los sacerdotes pasarían entre ellos a la misma distancia que de la gente trajeada, y ellos recibirían el beneficio de las mismas bendiciones.

Don Dominguito Saravia, que recorría la ciudad deteniéndose en cada ventana para llevar y traer noticias para las familias que lo acogían, comentó a las señoras refugiadas tras las rejas de los Osorio que, en las esquinas del Cabildo, cruzadas sobre las paredes de los edificios públicos, calzadas en las columnas que sostenían los faroles callejeros, la bandera de la Federación —que había desplazado a la celeste y blanca de la Independencia— se recogía en forma de abanico, mostrando el azul casi negro de sus franjas y los gorros mazorqueros, de un colorado subido, en sus esquinas. Bordadas en el centro, se leían frases amenazadoras contra los unitarios y vivas a los dignatarios federales. Tal noticia despertó un moderado murmullo de desaprobación.

Las señoras del Signo, recién llegadas, describieron los arcos de ramas de olivo atadas con moños rojos que adornaban las entradas que atravesaría el carruaje; antes de llegar a ellas, los esperaban dos carrozas de honor engalanadas en rojo. Una era ocupada por los delegados del obispo y en la otra se agrupaban representantes de las distintas órdenes religiosas que habían tenido un conato de discusión con la comisión gubernamental, la que reclamaba para sí el derecho de precederlos.

La cuestión fue zanjada en forma salomónica por don Teodomiro de la Mota "Todo el clero —aseguró— está representado en los enviados del obispo, y todo el gobierno en nosotros. El resto, de uno u otro poder, son acólitos."

De pronto, sobre la villa, los que vigilaban desde los techos gritaron de nuevo:

—¡Ahí vienen! ¡Ahí vienen! —esta vez sin dudas, pues los bridones blancos del carruaje del obispo se distinguían a distancia. Fue tal el clamor que se repitió de casa en casa, transmitido al pueblo, que obligó a los sacristanes a dar la orden de echar a sonar todas las campanas de la ciudad.

La gente, en las casas, en la calle, corría a tomar sus puestos; los menos inhibidos trepaban a los árboles, a las torres; otros se asomaban por terrazas y balcones, se montaban sobre los muros y los espinazos de los techos, con peligro de morir por una caída.

Entraba el coche a paso contenido por la bajada de San Francisco y, por las ventanillas enmarcadas en raso morado, los tres sacerdotes observaban con emoción aquella bienvenida que superaba sus mejores esperanzas.

Como los caballos dieron muestras de inquietarse, y porque el pueblo lo exigía con exclamaciones y ruegos, descendieron del coche y con sus vestiduras negras —más uniforme que hábito— avanzaron a pie, protegidos por la escolta de la gobernación para que no los aplastara la multitud que se precipitaba a su encuentro.

Una lluvia de flores y de hojas de laurel caía sobre ellos; palmas y ramas pascuales eran agitadas a su paso; cuando llegaban a la plaza Mayor, estallaron los cohetes.

Coros de niños de todos los conventos avanzaron entonces cantando, portando enseñas coloridas y agitando estandartes con las distintas advocaciones de María.

Hubo señoras y ancianos que se descompusieron de emoción; otros, llorando, se arrodillaron al tiempo que los tres sacerdotes se acercaban a la antigua iglesia de la Compañía, frente a la cual se les entregó la llave en un arca de plata. Se hizo un profundo silencio mientras el padre de mayor rango la hacía girar en la cerradura; la enorme puerta, de reminiscencia medieval, se abrió con un quejido y el Sol iluminó el camino hacia el sagrario. En el silencio, en que se contenía la respiración, resonaron los pasos de los tres misioneros que con respeto y admiración elevaban la mirada hacia la magnificencia del templo, la perfección del arco de la techumbre, las pinturas desdoradas por el polvo pero no por ello menos espléndidas. El abandono y el despojo no habían prevalecido contra su belleza. Un instante después, incontenible, la gente prorrumpió en cantos, vítores, rezos y exclamaciones: era la entrada más triunfal que tendrían los jesuitas en América, que demostraba cómo la Orden de San Ignacio había perdurado en el recuerdo de los muy viejos; recuerdo que fue transmitido a sus descendientes con igual devoción. Los religiosos, tocados por el pasado esplendor de la orden, habían caído de bruces para besar los escalones que llevaban al altar.

Se inauguró la misión dos días después, el 3 de diciembre, día de uno de los santos más queridos de la Sociedad de Jesús: San Francisco Javier, catequista.

Dos horas antes del comienzo del sermón, el templo, el atrio, la calle, estaban completamente ocupados.

Al día siguiente hubo que sacar el púlpito a la puerta de la iglesia, ante el reclamo de los que no habían podido entrar el día anterior. La población se había multiplicado con la gente que llegaba del interior, además de aquellos que, advertidos por sus parientes o los comerciantes que se desplazaban de un lugar a otro, acudían de otras provincias.

Confesaron muchos días, durante quince horas diarias, en dos turnos separados para hombres y mujeres; los primeros comenzaban temprano por la tarde y terminaban a las diez de la noche; las segundas, desde que amanecía hasta las doce o la una del mediodía. Un cronista escribió: "Y lo más doloroso era que muchas, después de haber pasado buena parte de la noche al sereno, y toda la mañana aguardando su turno, tenían que volver a su casa sin confesarse".

En medio de aquella muchedumbre que llenaba la catedral, el atrio, la plaza, las casas vecinas, el padre Fondá, que tenía "el don de la palabra divina" junto con una voz excepcional y una robusta salud, predicaba por horas desde el púlpito levantado en la calle, en medio de la lluvia o de intensos calores.

Pasaban los días y aquello no parecía menguar; antes bien, se incrementaba. El gobernador era el primero en presentarse a recibir los sacramentos.

Se había programado que desde Córdoba visitarían regiones limítrofes, pero les fue imposible. No se les permitió salir; los retuvieron con pedidos y ruegos, al tiempo que se apuraban los trámites para el restablecimiento oficial de la orden en todo el territorio de la provincia.

No había descanso para ellos. En Alta Gracia, donde fueron acogidos con la misma calidez que en la ciudad capital, celebraron las fiestas de Navidad. Jesús María, San Vicente de Agua de Oro, Santa Catalina de Ascochinga —la más célebre posesión de los jesuitas—, además de muchas otras estancias y establecimientos que, les hubieran pertenecido o no, reclamaban la presencia de los misioneros; en todas partes se los recibió con emoción y alegría, se les abrieron las casas, los pobladores acudieron a verlos, a recibir los sacramentos, a solicitar de ellos asistencia.

Tuvieron que volver a Córdoba por los reclamos del gobernador y de los feligreses, y entonces los retiros espirituales se llenaron de tantas personas como podían caber en la antigua Casa de Ejercicios; era la práctica preferida de la alta sociedad y de los gobernantes del momento, y se completó con la presencia del señor deán.

Doña Adelaida escribió por primera vez a Luz, para pedirle que fuera con sus hijos y su esposo; hizo lo mismo con Fernando, además de dirigir una petición a la superiora de las Teresas para que permitiera a Isabel presentarse en la casa. Después llamó a don Teodomiro y le dijo que quería renovar su testamento, más espiritual y afectuoso que material.

Como misia Francisquita, preocupada, intentó sonsacarle el porqué de aquellos arreglos y actitudes, se reclinó en su sillón y cerró los ojos.

—Ahora que han vuelto los padrecitos, ya puedo irme en paz. Demasiado he esperado por ellos —fue todo su comentario, y se dispuso a aguardar a los que amaba y estaban lejos. Su hija se largó a llorar, inclinando la cabeza sobre su falda, así que la anciana la consoló con indulgencia: —Ah, los años no han gastado tu temperamento, Paquita. Ésa no es cualidad que deban mostrar las damas. Y no te aflijas, que no moriré antes de haber dispuesto las cosas a mi gusto.

Mientras tanto, entre dos respiros, los jesuitas, educadores por vocación, ya soñaban con un establecimiento, confiados en la promesa de López Quebracho de entregarles gobierno y cátedras de la universidad.

La ciudadanía vivía con alegría y gozo todo aquello que parecía indicar el resurgimiento de la cultura, de la educación, del buen entendimiento. No comprendían que habían tocado el dintel de la razón: más allá había monstruos —como decían los mapas de las tierras incógnitas— que bañarían el país, dos años después, en sangre.

LOS

SIGLO XVI

El 6 de julio de 1573 don Jerónimo Luis de Cabrera funda la ciudad de Córdoba (llamada de la Nueva Andalucía) en lo que hoy es territorio argentino.

Damián y Gonzalo Osorio estaban entre los que acompañaban al fundador. Sus nombres figuran en el primer plano que se ejecuta sobre la distribución de solares en la flamante ciudad. Las manzanas se dividían en cuatro. Damián compartía una manzana de privilegio con Alonso de la Cámara "de noble alcurnia". Gonzalo, poco más lejos, la compartía con Diego de Cabrera.

SIGLO XVIII

SIGLO XIX

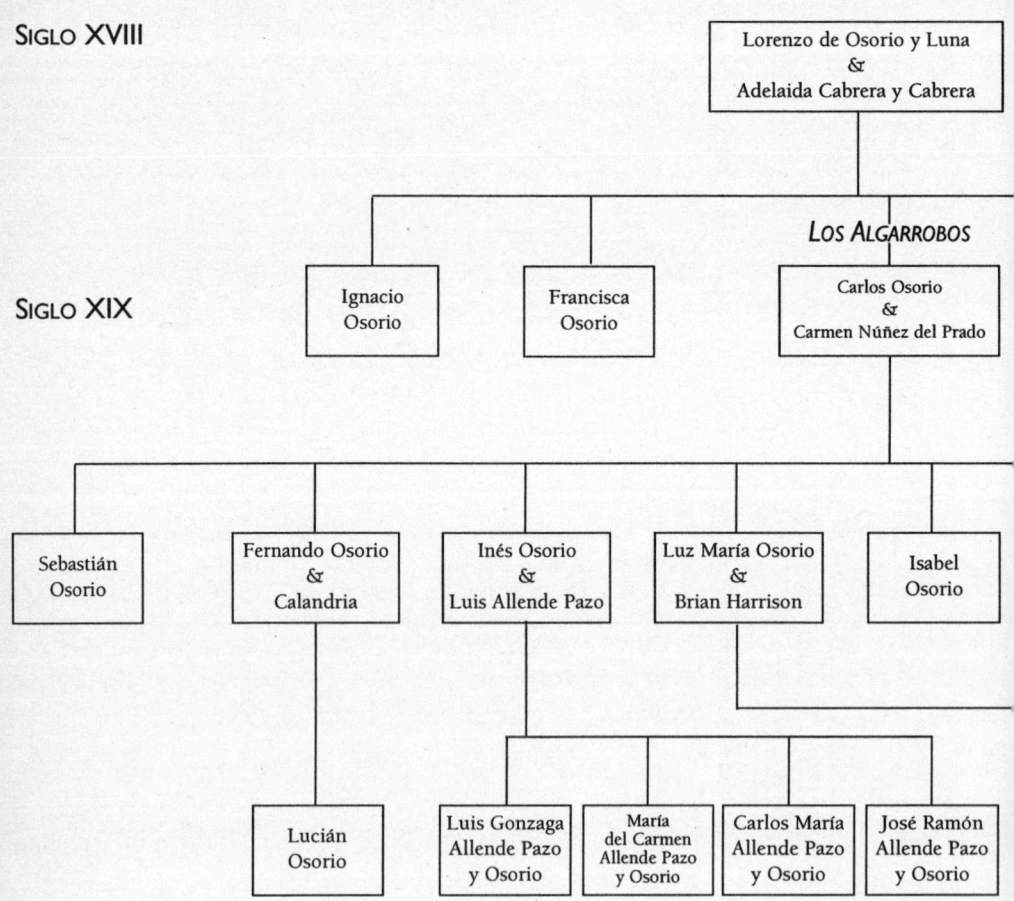

OSORIO

SIGLO XVII

Don Ignacio Osorio y Quiñones, un descendiente de ambas familias, fue fundador de las estancias Los Algarrobos en el sur de la provincia de Córdoba y de La Antigua en Ascochinga. Se casa con doña Blanca de Luna y Figueroa y tienen diez hijos, de los cuales sólo llega a viejo Alfonso Nuño.

Tres generaciones después don Lorenzo de Osorio y Luna se casa con doña Adelaida de Cabrera y Cabrera.

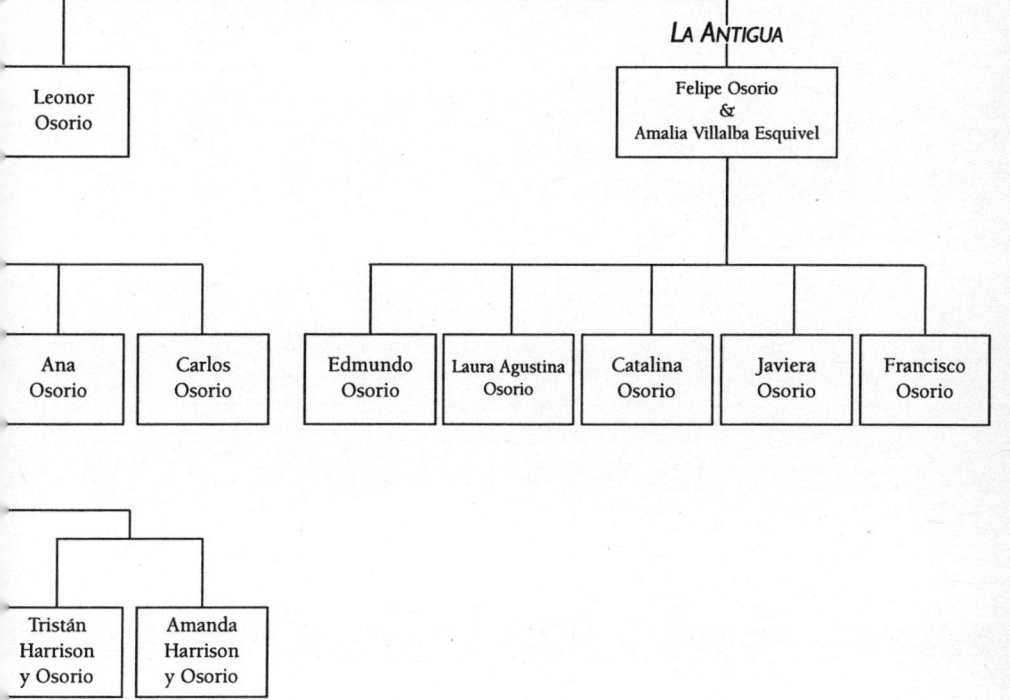